BASTEI
LÜBBE

JERRY COTTON
JUBILÄUM

Frontwechsel

Die den Tod verkaufen

Die Cockpit-Piratin

Drei Kriminalromane

BASTEI
LÜBBE

BASTEI LÜBBE TASCHENBUCH
Band 31 918

Erste Auflage: Dezember 1998

FRONTWECHSEL
DIE DEN TOD VERKAUFEN
DIE COCKPIT-PIRATIN

Lektorat: Rainer Delfs
Titelbild: Bastei-Archiv
Umschlaggestaltung: QuadroGrafik, Bensberg
Satz: Fotosatz Steckstor, Rösrath
Druck und Verarbeitung: 44336
Groupe Hérissey, Évreux, Frankreich
Printed in France
ISBN 3-404-31918-4

Der Preis dieses Bandes versteht sich einschließlich der gesetzlichen Mehrwertsteuer

Frontwechsel

Sie schreckte auf, als sie die schleichenden Schritte jenseits der dünnen Lattentür hörte. Mühsam richtete sie sich auf. Ihre Hände waren wieder gefühllos, weil die dünnen Nylonstricke ihr das Blut abschnürten.

Die Schritte verharrten. Sie konnte ihre Entführer inzwischen genau an ihren Schritten unterscheiden. Der schleichende, auf dem rauhen Zementfußboden kaum hörbare Schritt gehörte dem Anführer der Bande.

Der Schlüssel kratzte im Schloß. Dann schwang die Tür auf. Helles Licht fiel in den engen Verschlag, der ihr seit fast zwei Wochen als Unterkunft diente.

Als Gefängnis!

Ein schmales, fensterloses Verlies. Zwei Wände bestanden aus Bohlen und Brettern, die anderen aus Backsteinen, von denen der Anstrich längst abgeblättert war. Es roch nach feuchtem Mörtel und altem Maschinenöl.

Sie lehnte mit dem Rücken an der kalten Wand, legte den Kopf auf die Schulter und blinzelte gegen das helle Licht an, das durch die hohen Sprossenfenster des ehemaligen Fabriksaals flutete und den Mann, der im Rahmen stand, mit schimmerndem Glanz umhüllte.

Dieser Mann sah jeden Tag einige Male zu ihr herein, um sie stumm anzustarren. Wenn er sie ansprach, dann nur, um sie zu provozieren oder zu beschimpfen.

Er brachte ihr nicht das Essen. Er ersetzte auch nicht das Wasser in der Schüssel oder leerte den Blecheimer, der ihr als Toilette diente. Dafür sorgten die beiden Mädchen oder der dickliche Junge.

Aber auch sie sprachen nicht mit ihr. Sie hatte sie angefleht, mit ihr zu reden, irgend etwas. Nach drei Tagen hatte sie einen Koller bekommen. Sie hatte geschrien und sich gegen die Bretterwand geworfen, bis ihre Bluse nur noch in Fetzen an ihr hing und Blut über ihr Gesicht lief. Sie hatten sich zu dritt auf sie gestürzt, sie verschnürt und geknebelt. Als der große Mann ihr nach vierundzwanzig Stunden den Knebel abnahm, hatte sie sich in ihr offenbar unvermeidliches Schicksal gefügt und keine Forderungen mehr gestellt.

Jetzt stand er wieder in der Tür und starrte sie an aus Augen, die sie nicht sehen konnte. Sie machte ihn nur als Umriß aus. Er trug immer dieselben abgewetzten Jeans, Baseballschuhe und den leichten, hellgrauen Pullover. Sein Haar war dunkel, vielleicht schwarz, und kurzgeschnitten. Doch obwohl sie sein Gesicht kein einziges Mal deutlich gesehen hatte, würde sie ihn wiedererkennen. Immer und überall. Seine Gestalt und mehr noch seine Bewegungen waren unverwechselbar.

Sie würde ihn identifizieren können. Und die beiden Mädchen und den dicklichen Jungen ebenfalls. Der dickliche Junge hieß Mick. Ein Mädchen hatte ihn einmal so genannt, als die Unterhaltung in der Halle jenseits der Bretterwand laut geworden war.

Es mußte noch einen Mann geben. Doch den hatte sie nicht zu Gesicht bekommen. Er hatte eine hellere Stimme und sprach jenen blasierten Neuengland-Tonfall, den man auch ihr, Deborah Shriver, aufzuzwingen versucht hatte. Doch selbst den Dozenten des vornehmen, exklusiven Medfield College war es nicht gelungen, aus ihr ein gehirnloses Püppchen zu machen, das die langweiligen Partys der Bostoner Society bereicherte. Die gezierte Sprache, die keine Auseinandersetzungen zuließ, stand bei ihr für Boston. Und Boston bedeutete Geld und Macht. Und Unterdrückung, Volksverdummung, Ausbeutung.

Sie war ein Neuengland-Girl. Sie hatte sich dagegen gewehrt, eins zu sein, sich aufgelehnt. Für kurze Zeit war sie zu einem Idol der Studentenbewegung aufgestiegen. Doch dann hatte sie den Kampf zu früh entmutigt aufgegeben und war auf den Weg zurückgekehrt, an dessen Ende groß das Wort ANPASSUNG stand.

Doch ihrem Schicksal war sie nicht entronnen. Weil sie die Tochter eines superreichen Neuengland-Mannes war, hatten dieser schlanke Bursche und seine Komplizen sie entführt und hielten sie jetzt seit zwei Wochen unter entwürdigenden Bedingungen in einem Verschlag gefangen.

»Es geht los«, sagte er plötzlich. »Sie sind unterwegs.«

Deshalb war es nebenan so ruhig! Deshalb hatte es zum Lunch nur vertrocknete Sandwiches und zu warmes Dosenbier gegeben. Ihr Herz machte einen Sprung. Dann zog es sich schmerzhaft zusammen.

Würde dieser Mann sie töten, wenn er das Lösegeld hatte?

Sie war eine erwachsene, intelligente Frau. Er mußte wissen, daß sie dem FBI unzählige Mosaiksteinchen liefern konnte, die schließlich ein Bild ergeben würden. Das Bild der Entführerbande. Drei junge Männer und zwei Mädchen, von denen eins schwanger war.

Er mußte sie töten!

Aber noch war es nicht soweit. Erst mußte die Übergabe des Lösegeldes erfolgen. Danach, irgendwann danach, würde sie in diesem verlassenen Fabrikgebäude zurückbleiben. Wenn die Bande abzog, würden die Ratten über sie herfallen.

Sie schloß die Augen.

Sie sah das Gesicht ihrer Mutter vor sich. Warum dachte sie ausgerechnet jetzt an ihre Mutter? Sie hatte ihrer Mutter nie verziehen, daß sie in eine neue Freiheit geflohen war, ohne sie, Debbie, mitzunehmen.

Warum dachte sie ausgerechnet jetzt an ihre Mutter?

Selten hatte ich das Gefühl gehabt, daß der Ort für die Übergabe eines Lösegeldes mit größerem Bedacht ausgewählt worden war wie diesmal. Und obwohl selten einmal so viele FBI-Agenten zugleich aufgeboten waren, eine Übergabe zu überwachen, hatte ich mich selten so allein gefühlt wie an diesem Mittwochnachmittag in Manhattan, mitten im Gewimmel der größten Busstation der Welt.

Mit seinen unzähligen Geschäften, Restaurants, Imbißbuden und Verkaufsständen für Hamburger, Eiskrem und weiß der Teufel was sonst noch, gleicht das weitläufige Gebäude eher einem orientalischen Basar als einem modernen Verkehrsknotenpunkt. Hinzu kommen die Anlaufstellen der Heilsarmee und der städtischen Drogenberatung, eine große Niederlassung der New Yorker Telefongesellschaft und eine Station der New York Port & Transport Authority Police, deren Mitglieder für die Sicherheit auf dem Gelände der Busstation verantwortlich sind.

Ich schlenderte an der oberen Galerie entlang, wo ich wenigstens so etwas wie einen Überblick hatte, obwohl er mir im Zweifelsfall vermutlich einen Dreck nützen würde. Okay, ein kleines Walkie-talkie steckte in meiner rechten Brusttasche.

Das Mikrofon war unterhalb des Revers angebracht. Ich konnte mit meinen Kollegen in Verbindung treten und die Hände frei behalten.

Und ich konnte die beiden großen Reisetaschen sehen. Je zwei Kollegen hielten sie an den Griffen fest, als ob das Geld darin ihrs wäre.

Je fünf Millionen Dollar. Das Lösegeld für eine höhere Tochter.

Sie standen zwischen dem Aufgang zu den Chicago-Bussen und der Treppe zu den Rampen der Expreßbusse, die in kurzen Abständen nach Harrisburg und Pittsburgh fuhren. In Rudeln schoben sich gepäckbeladene Fahrgäste an den Kollegen vorbei.

Die Busschienen auf den verschiedenen Abfahrtebenen sind direkt mit den Straßenröhren des Lincoln-Tunnels verbunden, die unter dem Hudson River her nach New Jersey führen – und weiter westwärts.

Wir hatten keine Zeit gehabt, Spekulationen darüber anzustellen, wie die Kidnapper mit ihrer Beute davonzukommen gedachten.

Ihre letzte Anweisung hatten wir erst vor 40 Minuten erhalten. Wie stets in den vergangenen 13 Tagen hatte ein anonymer Anrufer der FBI-Zentrale mitgeteilt, wo wir eine Mitteilung vorfinden würden. Diesmal lag der Brief in einem Papierkorb in der Eingangshalle des Gerichtsgebäudes, nur ein paar Minuten vom Federal Building entfernt.

Der Gummistempel mit dem Abdruck eines Indianerkopfes, wie man ihn in jedem Spielzeuggeschäft kaufen konnte, dokumentierte die Echtheit der Nachricht. Wie alle anderen zuvor war sie auf einer alten Remington-Schreibmaschine geschrieben worden. Die Anweisungen waren präzise. Das Geld, das seit Tagen im FBI Office bereitlag, sollte zum Bus Terminal gebracht werden. Die Überbringer sollten sich zwischen den beiden genau bezeichneten Zugängen aufstellen und weitere Nachrichten abwarten.

Ich wurde angerempelt und wirbelte herum. Ein Mann sah mich erschrocken an. Als ich ihn scharf musterte, ging er eilig weiter.

Im Lauf der Verhandlungen hatten die Kidnapper eine Menge Forderungen gestellt. Nur das eine, sonst übliche und meist kategorisch vorgebrachte Verlangen, auf keinen Fall Polizei oder FBI einzuschalten, war nicht vorgebracht worden. Ein Umstand, der uns zu denken gab und Rückschlüsse auf die realistische Einstellung der Kidnapper zuließ, die einfach davon ausgingen, daß sich die Entführung eines Mitglieds des Shriver-Clans nicht verheimlichen ließ.

Ich vermutete darüber hinaus, daß sich die Kidnapper

einen Dreh ausgedacht hatten, wie sie die gefährlichste Klippe in einem Fall von Menschenraub, nämlich die Lösegeldübergabe, unbeschadet und ohne Spuren zu hinterlassen, durchziehen konnten. Ich sah immer noch dem Mann nach, der mich angerempelt hatte.

Ich tippte gegen das Mikrofon. »Da hat mich gerade ein Mann angerempelt«, sagte ich leise. Das empfindliche Mikrofon übertrug meine Stimme störungsfrei. »Mittelgroß, karierte Hosen, Cordjacke, grauer Hut. Seht ihn euch mal an!«

»Verstanden«, bestätigte mein Freund und Kollege Phil Decker, der in der Zentrale der Transport Cops an den Fernsehmonitoren saß, mit deren Hilfe die ganze gewaltige Anlage bis hinunter zu den Plattformen der U-Bahn überwacht wurde. »Ich habe ihn auf dem Schirm. – George, er kommt jetzt bei dir vorbei. – Jerry, paß auf, da kommt eine ganze Gruppe ... Verdammt, ich habe keine Kamera, die von oben auf die Stelle hält ...«

Mehrere Männer mit breitrandigen Texashüten schoben sich an den Kollegen mit dem Geld vorbei. Ich atmete auf, als ich die Taschen wieder sehen konnte. Die Kollegen warfen einander erleichterte Blicke zu, obwohl zu Erleichterung nicht der geringste Anlaß bestand.

Augenblicke später meldete sich Phil erneut.

»Jerry, ich habe hier einen Anruf für dich. Kennwort Kiowa.«

Kennwort Kiowa bei mündlicher Kontaktaufnahme – und der Abdruck eines Indianerkopfes auf schriftlichen Mitteilungen! Weder wir vom FBI noch jemand aus der Umgebung Edward C. Shrivers hatten ein Wort über die mit den Kidnappern vereinbarten Erkennungsmerkmale der Presse mitgeteilt. Auf diese Weise konnten wir sicher beurteilen, ob eine Nachricht von den Kidnappern stammte oder ob sich ein Spinner oder Trittbrettfahrer einzuschalten versuchte.

»Hat der Anrufer meinen Namen genannt?«

»Nein. Er verlangt, daß der G-man, der oben auf der Südseite der Galerie steht, zu den Telefonkabinen zwischen dem Buchladen und der Kosmetik-Boutique geht. Er ruft dort an. – Ja, ich höre – – die dritte Kabine von links. – Jerry, hast du verstanden? Die dritte von links!«

»Verstanden.«

»Er hat aufgelegt. Jerry, du brauchst es nicht zu tun!«

»Red keinen Quatsch!« sagte ich unwirsch.

Ich sollte eine bestimmte Kabine betreten. Ich blickte zur anderen Seite der Galerie hinüber. Dort am Geländer standen meine Kollegen Jimmy Stone und Larry Hopkins. Sie hatten den kurzen Dialog über ihre Funkgeräte mitbekommen. Beide blickten herüber.

Ich tastete mit den Augen die dunklen Stellen unter der Dachkonstruktion ab. In den Schatten unter der abgehängten Decke, zwischen den eckigen Klimaschächten und den dick verkleideten Heizungsrohren konnte sich ein Scharfschütze verstecken, der uns zeigen wollte, daß die Kidnapper es ernst meinten.

Ein toter G-man wäre wohl Beweis genug. Dazu eine Panik in der überfüllten Halle zur Rush-hour! Über die Rolltreppen kamen sie in dichten Pulks von der Subway und den unterirdischen Fußgängerpassagen vom Times Square herauf. Ein Prediger erhob seine Stimme. Die meisten hasteten vorbei. Doch andere, zumeist jüngere Farbige, blieben stehen und bildeten einen Keil, der die Menge teilte.

Die acht Telefonkabinen standen zwischen den beiden Geschäften in einem kurzen Gang. Die dritte war belegt. Ich hielt meinen Ausweis sichtbar in der Hand und öffnete die Tür.

»FBI«, sagte ich. »Das ist ein Notfall. Räumen Sie bitte die Kabine!«

Der Mann in der Kabine war dick. Seine Wangen

bedeckten sich mit hektischen roten Flecken. Ich entwand ihm den Hörer und zog ihn aus der Zelle. Mein harter Blick ließ ihn seinen Protest vergessen.

»Verzeihen Sie«, sagte ich zu ihm und in den Hörer.

Undeutlich murmelnd zwängte er sich in die freie Nachbarkabine. Ich hängte den Hörer auf den Haken.

Der Apparat begann wenige Sekunden später zu läuten. Ich nahm den Hörer ab und zog die Tür zu. Mein Funkgerät würde meinen Teil des Gesprächs auf Phils Empfänger übertragen. Phil würde dafür sorgen, daß die Kollegen, die mit Kameras ausgerüstet waren, die Telefone im Bereich der Anlage fotografierten. Viel würde nicht dabei herauskommen. Es gab einfach zu viele Telefone in diesem Bau.

»Hallo«, sagte ich.

»Hallo«, sagte die etwas verwischte Stimme. »Kennwort Kiowa. Sie stehen mit Ihren Leuten über Funk in Verbindung?«

»Ja«, sagte ich. Ich unterdrückte ein grimmiges Zähneknirschen.

Wir hatten eine Menge Männer und Material aufgeboten. Trotzdem sollten die Kidnapper das Geld bekommen. Ohne Mätzchen oder Kinkerlitzchen. Edward C. Shriver, der Chef des Shriver-Clans, hatte sich taub gestellt, als wir ihm andere Möglichkeiten aufzeigten. Weiter verhandeln. Ein neues Lebenszeichen verlangen. Die Scheine präparieren. Minisender in die Bügel der Taschen bauen ...

Shriver wollte kein Risiko eingehen. Es war sein Geld, das er hinauswarf. Und es war seine Tochter, die er zurückhaben wollte. Unbeschädigt, wenn es ging. Wenn ihr ein Haar gekrümmt werden sollte, würde er notfalls hundert Millionen Dollar aufwenden, um die Täter zur Rechenschaft zu ziehen. Das hatte er im Fernsehen verkündet. Ernst und nachdrücklich. Ich glaube nicht, daß irgend jemand an der Entschlossenheit dieser Aussage zweifelte.

Die Zeitungen hatten alles über ihn und seine Familie gebracht. Jeder im Lande wußte, daß seine Tochter Debbie sein ein und alles war, auch wenn sie ihn in aller Öffentlichkeit einen Kapitalisten und Ausbeuter nannte, einen Volksschädling, schlimmer als die Gangster der Mafia. Vielleicht war es ihre Kraft, die ihm imponierte.

Die Kraft seiner Tochter vermißte er bei seinem jüngeren Sohn aus zweiter Ehe, den er für degeneriert hielt und deshalb verachtete. Wäre er entführt worden, hätte Shriver uns vermutlich freie Hand gelassen.

»Sie werden Ihren Leuten, die unten mit den beiden Taschen stehen, gleich sagen, was sie zu tun haben, Sir«, sagte die höfliche Stimme.

»Wir werden uns an die Vereinbarungen halten«, sagte ich neutral.

»Das will ich annehmen, Sir«, antwortete der Fremde gelassen. »Wir haben uns nämlich etwas ausgedacht, Sir. In der Ablage unter dem Apparat steht eine Dose. Können Sie sie sehen?«

Ich bückte mich und schob das angekettete Telefonverzeichnis zur Seite. Richtig, dort stand eine ganz normale verschlossene Zweipfunddose aus Weißblech, allerdings ohne Etikett.

»Ich kann sie sehen«, sagte ich.

»Holen Sie die Büchse mal raus, Sir«, verlangte der Anrufer.

Ich streckte eine Hand aus, und ich griff nach der Dose. Als meine Finger das Blech berührten, zuckten sie zurück.

Das Metall war heiß wie eine Ofenplatte. Dann schoß ein Gedanke durch meinen Schädel. Das Ding unter der Ablage strahlte wie der Uranstab in einem Kernreaktor. Ich verspürte den Drang, einfach wegzulaufen, aber ich drehte mich nur um und sah durch die Türscheibe auf das Gewühl draußen, wo sich irgendwo ein Verbrecher mit einem teuflischen Gehirn versteckte.

Meine Sinne waren aufs äußerste gespannt. Es roch schon sehr eigenartig. Meine Hand, die den Hörer umklammert, wurde glitschig.

»Was haben Sie sich ausgedacht?« fragte ich laut.

»Es ist nur Wärmestrahlung«, sagte die höfliche Stimme beschwichtigend. »Haben Sie keine Angst, Sir! Die Dose enthält ein Thermitgemisch. Eisenoxyd, Aluminiumpulver und Bariumperoxyd. In dem Gemisch läuft eine exotherme Reaktion ab. Der Sauerstoff des Eisenoxyds verbindet sich mit dem Aluminium. Die Temperatur wird so hoch ansteigen, daß sich das Eisen verflüssigt. Die Blechhülle wird einfach verbrennen.«

»Warum holen Sie sich das verdammte Geld nicht?« schrie ich. Das Holz, auf dem die Büchse stand, begann zu qualmen.

»Behalten Sie die Nerven!« Die Stimme zischte jetzt wie ein Schaumlöscher. »Hören Sie mir genau zu, denn viel Zeit haben wir nicht! Vierzig solcher Brandsätze haben wir im Bereich des Terminals verteilt. Vorwiegend in leicht brennbarer Umgebung. Hinter Zeitungsstapeln oder in Boutiquen unter Stoffballen . . .«

Der große, schlanke Bursche in den engen abgewetzten Jeans löste sich aus dem Rahmen der Lattentür. Er ging um die Pritsche herum wie um eine Pfütze. Am Fußende des improvisierten Bettgestells blieb er stehen. Mit einer fließenden, auf Wirkung bedachten Bewegung drehte er sich halb herum und stützte eine Hand auf die Hüfte.

Zum ersten Mal sah sie sein Gesicht. Es war kantig und irgendwie häßlich mit der mehrfach gebrochenen Nase und dem großen, schiefsitzenden Kinn. Die Lippen waren schmal und dünn und halb geöffnet. Aknenarben bedeckten die Stirn wie Brandspuren. Die hellgrauen Augen sahen sie von oben herab herausfordernd an.

Sie wich den Augen aus. Ihr Blick fiel auf die Ausbeulung vorn in seiner Hose. Großer Gott, nein, dachte sie, und ein Schauer packte sie. Bisher hatte sie nie daran gedacht, daß sie vergewaltigt werden könnte. Aber jetzt war sie mit dem Kerl allein.

Er rührte sich nicht. Er starrte sie nur an. Sie sah auf seine Hose. Ihr Mund füllte sich mit Speichel. Sie spürte ein Ziehen in ihrem Unterleib, daß sie nur zu gut kannte. Sie hatte seit vier Wochen keinen Sex mehr gehabt. Bruce ... Sie konnte sich nicht mehr an seinen Körper erinnern. Er war weiß gewesen und angenehm – ja, das wußte sie noch.

Ausgerechnet jetzt dachte sie an Sex. Es war ein animalisches Gefühl. Sie zog die Beine an und schlang die aneinandergefesselten Arme um ihre Knie.

»Es wird noch ein paar Stunden dauern, bis die anderen mit dem Geld zurück sind«, sagte er, ohne mehr als die Lippen zu bewegen.

»Und wann lassen Sie mich endlich frei?«

»Oh, das werden wir dann sehen ... Wir brauchen Sicherheit!«

»Sie werden mich nie freilassen! Sie können mich gar nicht laufenlassen!« schrie sie.

»Sie lesen zu viele schlechte Kriminalromane«, sagte er unwirsch.

»Ich kann Sie alle beschreiben und vor Gericht identifizieren! «

»Das macht uns nichts aus. Wenn wir in Sicherheit sind, können alle wissen, wer wir sind. Dann sollen auch alle erfahren, warum wir es getan haben.«

Sie hob den Blick. Seine Augen hatten sich verdunkelt. Sie glänzten wie nasse Kieselsteine.

»Es wäre billig, eine wie Sie zu töten«, fügte er hinzu.

»Warum hassen Sie mich?« fragte sie,

Er warf den Kopf in den Nacken und öffnete den Mund zu einem lautlosen Lachen. Sein Körper zuckte dabei.

»Warum sollte ich dich hassen?« gab er zurück. »Ich kenne dich doch gar nicht!«

Unverwandt sah sie in das zerklüftete Gesicht, dessen Züge keine Ähnlichkeit mit den Gesichtern aufwiesen, die sie kannte. Und doch hatte sie plötzlich das Empfinden, daß der Mann vor ihr einer wie sie war.

Wie sie bis vor ungefähr einem Jahr gewesen war, schränkte sie ein.

Mit einer schroffen Bewegung drehte er sich um. »Willst du irgend etwas? Bier? Oder was zu essen? Ich kann auch Kaffee machen.«

»Nimm mir die Stricke ab!« bat sie. »Sie tun so weh . . .«

Zwei-, dreimal am Tag hatte ihr der dickliche Junge die Stricke abgenommen, damit sie essen und sich waschen konnte. Ein Mädchen war jedoch immer bei ihr im Verschlag geblieben. Meistens die Schwangere mit den zotteligen Haaren.

Sie sah, wie der Mann unsicher eine Schulter hob.

»Ich will mich waschen«, sagte sie leise.

Er wandte sich wieder um, doch sie konnte seine Augen nicht erkennen, weil sein Gesicht im Schatten lag. Er machte einen langsamen Schritt auf sie zu und kniete dann mit einem Bein auf der Pritsche. Sie spürte seinen Atem auf ihren Armen, als er sich herabbeugte. Seine Finger strichen über ihre Haut, als er die Knoten löste. Er wickelte die Schnur um seine Hand und richtete sich auf. Rückwärts verließ er die enge Kammer und schloß die Tür.

Sie zog die Bluse aus, die ihr eins der Mädchen gegeben hatte, weil ihre eigene nur noch aus Fetzen bestand.

Sie legte den Büstenhalter ab und zog auch die Jeans aus. Fiorello-Jeans. So weit war es mit ihr schon wieder gekommen, daß sie Fiorello-Jeans trug, wenn es schon Jeans sein mußten. Sie schleuderte die 200-Dollar-Hose auf den Boden und trat an die Waschschüssel, die auf einem wackligen Stuhl stand.

Sie hatte gerade ihr Gesicht naß gemacht, als sie die Tür hinter sich hörte. Also doch? Wollte er doch nur die Situation ausnutzen? Langsam drehte sie sich um und hob die Arme vor die Brüste.

Sie trug nur ein dünnes, fast durchsichtiges Höschen. Immerhin ist es sauber, dachte sie mit einem Anflug von Sarkasmus. Die Mädchen hatten es zugelassen, daß sie das Höschen regelmäßig wusch.

Er stand in der Tür mit einem Topf in der Hand.

»Ich habe warmes Wasser«, sagte er. »Ich stelle es hier hin.«

Sie ließ die Arme sinken. Ihre Brüste waren groß, aber sie sanken keinen Zoll nach unten. Die Warzen waren klein und hellbraun.

Wenn das Licht von der Seite darauffiel, schimmerten sie wie durchsichtiges Porzellan.

»Du kannst ruhig herkommen«, sagte sie. Ihre Stimme klang belegt.

Er kam und goß das Wasser in die Schüssel. Dampf stieg auf, und einige Tropfen spritzten gegen ihre Schenkel.

»Wieviel Zeit haben wir?« fragte sie.

»Zeit genug«, antwortete er. Er stellte den Topf auf den Boden. Als er sich wieder aufrichtete, strich er mit zwei Fingern über ihre linke Wade, durch die Kniekehle, den Oberschenkel hinauf. Und dann lag seine Hand groß und hart auf ihrer Kehrseite, und er preßte sie an sich.

Ihre Knie wurden weich, und sie sank nach hinten hinüber.

Meine Nasenflügel blähten sich. Der Rauch in der Kabine wurde bereits dichter. Aber ich preßte den Hörer an mein Ohr, weil ich den Kontakt zu dem Kidnapper auf keinen Fall verlieren durfte.

40 Brandsätze hatten die Gangster in diesem Bau verteilt! Die Reaktion des Thermitgemischs ließ sich nicht mehr aufhalten. Eine Panik schien unvermeidlich.

»Wir haben ein Verzeichnis hier im Gebäude versteckt, auf dem alle vierzig Positionen genau vermerkt sind«, sagte die verwischte Stimme gerade. »Wenn unsere Leute die Taschen erhalten und feststellen, daß sie wirklich das Geld enthalten, rufe ich die Sicherheitszentrale an und teile Ihrem Kollegen mit, wo die Liste liegt.«

»Wie lange noch?« fragte ich. Mein Gott, warum quasselte der Kerl denn so lange?

»Die Blechwände werden in etwa acht bis zwölf Minuten durchbrennen. So ganz genau kann man das beim Thermitverfahren nicht im voraus berechnen. Die Dose in Ihrer Kabine, Sir, wird allerdings etwas früher zu qualmen beginnen . . .«

Er hat recht, dachte ich. Die Dose unter der Ablage bekam plötzlich ein schwach rot glühendes Band um ihre Mitte, das schnell in ein dunkles Kirschrot überging. Das Band teilte sich, und zwei rote Linien wanderten nach oben und unten, während das Blech in der Mitte heller zu glühen begann und schließlich in grellweißer Glut aufleuchtete.

Mit leisem Knistern zerbröckelte das verbrannte Blech. Die Thermitmasse quoll heraus und fiel auf die hölzerne Unterlage. Erstickender Rauch stieg in meine Nase.

»Wenn Sie die Kabine verlassen, Sir, hängt gleich links an der Säule ein Feuerlöscher. Allerdings wird er nicht viel ausrichten, weil sich die Masse selbst mit Sauerstoff versorgt. Sir, dort, wo Ihre Leute mit den Geldtaschen stehen, befindet sich hinter ihnen eine Stahltür in der

Betonwand. Auf der Klappe steht ein Schild *Vorsicht! Hochspannung!* Sagen Sie Ihren Leuten, sie sollen die Tür öffnen. Los, sagen Sie es Ihnen! «

Ich unterdrückte einen Hustenanfall. »Steve! Hinter dir ist eine Klappe oder eine Tür mit der Aufschrift *Vorsicht! Hochspannung!*«

»Ist da«, bestätigte Steve. »Wir haben versucht, sie zu öffnen und hineinzuschauen, aber sie war verriegelt.«

»Jetzt nicht mehr. Mach sie auf! Mach schon!«

Die Stimme des Fremden meldete sich wieder. »Ihre Leute sollen sich keine Sorgen machen. Es handelt sich nur um einen nicht benutzten Reserveschacht. Es befinden sich keine Hochspannungsschalter, stromführende Schienen oder Kabel darin.«

»Was jetzt?« hustete ich in den Hörer. Ich bekam schon keine Luft mehr. Aber die Tür zu meiner Zelle wollte ich nicht öffnen. Der Rauch hätte Neugierige angelockt. Und Zuschauer mit langen Ohren konnte ich nicht gebrauchen.

»Ihre Leute sollen die Taschen reinschieben und einfach runterschmeißen. Weg damit! Und die Klappe wieder schließen. Sagen Sie es ihnen!«

»Schmeißt die Taschen in den Schacht!« keuchte ich.

»Okay, Jerry«, klang Steves Stimme dünn aus dem kleinen Gerät in meiner Jacke. »Sie sind weg.«

»Sie sind drin!« sagte ich laut.

»Das war's für den Moment, Sir. Vielen Dank!«

Die Leitung war tot. Ich ließ den Hörer fallen und taumelte aus der Zelle. Die Luftzufuhr ließ das Holz der Ablage unter der hohen Temperatur des Thermitgemischs sofort in Flammen aufgehen. Rauch quoll aus der Kabine. Ein paar Leute blieben stehen und sahen in meine Richtung. Hustend und würgend und augenreibend schob ich mich zwischen ihnen durch und riß den Feuerlöscher aus der Halterung an der Säule.

»Gehen Sie weiter!« rief ich den Gaffern zu und schlug auf den Verschluß des Löschers. »Phil, gib Alarm für die Feuerwehr!«

»Schon geschehen ...«

Löschpulver wirbelte wie Schnee in die Telefonkabine.

Irgendwo in der riesigen Halle schrie jemand auf. Woanders fiel eine schrille Stimme angstvoll ein.

»Feuer!« kreischte es. »Um Gottes willen – Feuer!«

Eine Alarmglocke begann zu bimmeln. Die ersten Rauchsensoren sprachen auf den zur Decke steigenden Qualm an und öffneten die Sprinklerventile.

Ich stand im Regen.

Dieser Bastard, dachte ich voll Wut. Er hatte gelogen. Von wegen acht bis zwölf Minuten!

Der Löscher verspuckte sein letztes Pulver. Ich warf das leere Gehäuse auf den Boden und sprang ans Geländer der Galerie. Hinter mir rannten schreiende Menschen her.

Unten sah es nicht besser aus. Die Menge wogte zu den Ausgängen. Nur die Kollegen, die bis eben zehn Millionen Dollar in ihren Händen getragen hatten, standen wie Felsen in der Brandung. Der aufsteigende Rauch ließ weitere Rauchmelder ansprechen. Immer mehr Ventile der automatischen Löschanlage sprühten Wasser.

Steve Dillaggio sah zu mir herauf. Er breitete die Hände aus. Löschwasser rann über seinen Kopf und klatschte das schüttere Blondhaar an seinen Schädel. Seine Lippen bewegten sich. Aber bei dem Gerenne der hastenden Füße, dem Geschrei und dem Rauschen des Wassers konnte ich kein Wort verstehen.

Ich nestelte das Walkie-talkie aus meiner Tasche und hielt es an mein Ohr.

»Noch mal, Steve!« bat ich meinen Kollegen.

»Jerry, die Klappe war zu, als wir kamen!«

»Ich glaub's dir ja«, tröstete ich ihn. Es spielte ohnehin

keine Rolle, mit welchem Trick die Kidnapper uns überraschten. In unseren Anweisungen war eine Verfolgung derjenigen, die das Geld übernehmen würden, nicht vorgesehen gewesen.

»Es ist ein leerer Schacht«, berichtete Steve. »Weiß der Teufel, wo er hinführt. Wahrscheinlich hundert Fuß tief in einen Kabelkanal der U-Bahn. Wahrscheinlich ist jemand über die Sprossen in der Schachtwand heraufgestiegen und hat die Klappe von innen entriegelt. Hoffentlich hat er die Taschen auf den Kopf bekommen!«

Hoffentlich nicht, dachte ich. Doch wir würden jeder Einzelheit nachgehen, wenn es an der Zeit war. Jetzt ging es erst mal darum, ein Chaos zu verhindern. Denn aus einer Filiale der Citibank, die renoviert wurde, stürzten eben ein paar Anstreicher. Hinter ihnen her fauchte ein Stichflamme, die den Overall des letzten in Brand setzte. Die Gangster hatten ihre Dose mit dem selbstzündenden Inhalt einfach zwischen die Büchsen und Kanister mit Farben und Lösungsmitteln deponiert.

Die Bande hatte sich in der Tat etwas Feines ausgedacht. Jetzt hatten die Verbrecher zehn Millionen Dollar in nicht registrierten Scheinen in ihrem Besitz. Und eine Millionenerbin, deren Schicksal höchst ungewiß war.

O Jerry, dachte ich ahnungsvoll, der eigentliche Ärger fängt erst an ...

Sie sah auf seinen gebeugten Rücken, als er die Hose wieder anzog. Ihre Fingernägel hatten blutige Linien in die Haut gegraben, die auf den Schultern schon mehrere Narben aufwies.

»Woher stammen die Narben?« fragte sie. »Warst du beim Militär?«

Er drehte sich um und sah sie aus dunklen Augenhöhlen an. »Nein, ich war nicht beim Militär. Uncle Sams

Interessen sind nicht meine Interessen. Aber da, wo ich aufgewachsen bin, geht es nicht ohne Schrammen ab.«

»Und wo bist du aufgewachsen?«

Er kam auf sie zu und beugte sich zu ihr herab. Seine Hand legte sich auf ihre Brust und drückte sie sanft. Er war sehr zart gewesen; überraschend sanft und zart.

»So etwas darfst du mich nicht fragen ...«

»Warum nicht?«

Er lächelte nah vor ihrem Gesicht. Das Lächeln glättete seine Züge.

»Ich frage dich ja auch nicht, wieso du so gut im Bett bist.«

»Ich verstehe dich nicht.«

»Du vögelst wie ein Weltmeister«, sagte er.

Einen Augenblick hielt sie die Luft an. Dann stieß sie ihn mit beiden Fäusten vor die Brust und zerrte eine Decke über ihren nackten Körper.

»Ich muß dich bitten, in meiner Gegenwart keine derart vulgären Ausdrücke zu benutzen!«

»Das vornehme Püppchen mag das nicht, zu Hause spricht man nicht über so etwas?« Er stand breitbeinig neben der Pritsche und stemmte die Fäuste in die Seiten.

»Denk, was du willst! Ich mag es nicht, wenn jemand so spricht. Besonders dann nicht, wenn er mich meint.«

Ihre Lippen waren blaß und steif vor Ärger.

»Entschuldige«, sagte er nach einem Augenblick des Zögerns.

»Laß mich allein«, sagte sie.

»Ich habe mich entschuldigt.«

»Ich hab's gehört. Du sollst mich trotzdem allein lassen!«

»Glaub nicht, daß du mich jetzt ausnutzen kannst, nachdem wir ...« Er unterbrach sich gerade noch rechtzeitig. »Es ist gut, es ist gut, Debbie.«

Zum ersten Mal nannte er sie beim Namen. Er nahm

seinen Pullover vom Stuhl und verließ den Verschlag. Die Tür drückte er in den Rahmen, ohne sie jedoch abzuschließen.

Debbie wusch sich. Dann zog sie sich an und ordnete ihr Haar. Schließlich drückte sie die Tür auf.

Zum ersten Mal sah sie die Halle in ihrer ganzen Ausdehnung. Sie war sehr groß. An den eisernen Trägern hingen die losen Enden der Kabel, die einmal zu den Maschinen auf den kniehohen Betonsockeln geführt hatten. Hinten türmten sich Schutt und Gerümpel. Nur vorn, in unmittelbarer Nähe des abgeteilten Verschlages, hatte man notdürftig etwas Ordnung geschaffen und aus Luftmatratzen, Klappsesseln und Gemüsekisten ein Notquartier errichtet. Es gab einen zweiflammigen Gaskocher, eine Gaslampe und einige Kühltaschen, Wasserkanister, schmutzstarrende Töpfe und mehrere Batterielampen.

Der Mann hockte auf den Knien vor einem Transistorradio. Er warf ihr einen Blick zu und drehte weiter an den Abstimmknöpfen.

»Irgendwo müssen gleich Nachrichten kommen«, sagte er. »Es ist drei Minuten vor halb fünf.«

Ihr Blick wanderte zu der großen Öffnung hinüber, die mit einem halbhohen Holzgatter verschlossen war. Der Mann bemerkte ihren Blick.

»Der Aufzug ist außer Betrieb«, sagte er. »Wir sind hier im achten Stock.« Er deutete auf die graue Metalltür in der Ecke. »Die Tür ist abgeschlossen. Du kommst hier nur raus, wenn wir es wollen.«

»Darf ich zu dir kommen?« fragte sie.

Er nickte, und sie ging hinüber. Sie genoß die kleine Freiheit, zehn Schritte und mehr in eine Richtung gehen zu können.

Neben ihm hockte sie sich auf die Fersen. Vor dem Gaskocher lag eine Küchenmesser mit langer Klinge unter Abfällen halb verborgen. Schnell sah sie in eine andere Richtung.

Die Stimme eines Nachrichtensprechers drang plötzlich überlaut aus dem kleinen Apparat.

»Hier ist Tom Kenney mit den Kurznachrichten auf allen Kanälen der WCBS. Auf dem kleinen Wirtschaftsgipfel der Organisation amerikanischer Staaten hat der Außenminister Brasiliens heute ...«

Der Mann drehte den Ton leiser. Sie sah ihn unverwandt an. Irgend etwas hatte sich verändert. Natürlich nur für sie. Er hatte sie genommen, weil sie sich ihm an den Hals geworfen hatte. Warum hatte sie das getan? Wollte sie ihn von sich abhängig machen? Oder hatte sie einfach einen Menschen gebraucht?

Wahrscheinlich war sie nur so verdammt scharf gewesen, daß sie es nicht mehr ausgehalten hatte.

»Du willst weg«, sagte er, ohne den Blick abzuwenden.

Sie antwortete nicht.

»Ich kann es dir nicht verdenken. Wenn sie das Geld schon haben, werden sie sich Zeit lassen. Sie werden nicht vor Anbruch der Dunkelheit hier aufkreuzen.« Er hob eine Hand und drehte den Ton wieder höher.

»... bestätigte ein Sprecher des Pentagon, daß zum gegenwärtigen Zeitpunkt keine Waffen in den Libanon geliefert werden. – Und nun noch einige Meldungen aus New York. Manhattan. Nach bisher unbestätigten Berichten sind im Bereich des Bus Terminal an der Eighth Avenue an mehreren Stellen zugleich Brände ausgebrochen. Die Anwesenheit zahlreicher Brand- und Sprengstoffexperten des FBI und der New York City Police lassen vermuten, daß Brandstiftung vorliegt. Ein Reporterteam der WCBS ist bereits unterwegs. Wir werden uns in die laufende Sendung einschalten, sobald das Team ...«

Der Mann schaltete das Radio aus.

»Würdest du mir versprechen, drei Tage lang keine

Aussage vor dem FBI oder der Polizei zu machen, wenn ich dich freilasse?«

»Wann?«

»Sobald die anderen mit dem Geld hier eintreffen.«

»Was werden die anderen sagen?«

»Sie hören auf mich.«

»Ich will dich irgendwie nennen. Sag mir einen Namen!«

Er überlegte eine Weile, dann sagte er: »Kevin. Nenn mich Kevin!«

Sie ahnte, daß er ihr seinen richtigen Vornamen genannt hatte. »Warum hast du das getan?«

»Was?«

»Das Geld erpressen. Warum hast du das getan?«

»Das verstehst du nicht«, sagte er schroff. Ruckartig stand er auf.

»Vielleicht doch«, meinte sie. »Vielleicht fiele es mir dann leichter, das Versprechen zu geben.«

»Es zwingt dich niemand, etwas zu versprechen. Geh wieder in die Kammer! Ich habe einiges vorzubereiten.«

»Vergiß nicht abzuschließen!« sagte sie in verletzendem Tonfall.

Der Gangster mit der höflichen Stimme hatte geblufft. Er und seine Komplizen hatten keine vierzig Dosen mit dem Thermitgemisch im Gelände des Bus Terminal verteilt, sondern nur vier.

Trotzdem war die Wirkung katastrophal. In der frisch gestrichenen Schalterhalle der Citibank, in einem Zeitungskiosk und in einer Hemdenboutique fraß sich das teuflische Gemisch durch Papier, Kunststoff und Baumwolle. Der Sprühregen aus den Sprinklerdüsen verwandelte die Böden in schmierige Rutschbahnen.

Transit Cops, Feuerwehrmänner und Techniker des FBI

und der City Police waren bereits an der Arbeit, um die Schäden möglichst gering zu halten, den Terminal bald wieder in betriebsbereiten Zustand zu versetzen und dabei gleichzeitig Spuren zu sichern, die für unsere späteren Ermittlungen und die Beweisführung vor Gericht von größter Bedeutung sein würden.

Obwohl wir Edward C. Shriver und er den Entführern seiner Tochter verbindlich versichert hatten, daß keine Ermittlungen stattfänden, solange sich seine Tochter in der Gewalt der Kidnapper befand, verharrten wir nicht untätig.

Das wäre einfach undenkbar gewesen. Der Strafanspruch des Staates blieb von allen Versprechungen, die unter dem Zwang noch so erschwerender Umstände gegeben wurden, unberührt. Das hatte der Bundesanwalt auf der letzten Konferenz der Sonderkommission Debbie Shriver erklärt.

Es war nicht schwer, den Weg zu verfolgen, auf dem die Gangster das Lösegeld in ihren Besitz gebracht hatten. Steve Dillaggio, inzwischen naß wie eine Katze, hatte sich mit einer großen Stablampe bewaffnet. Er zeigte uns die Tür, auf der das warnende und abschreckende Zeichen *Vorsicht! Hochspannung!* befestigt war. Die Tür war nur drei Fuß hoch und nicht ganz so breit. Es handelte sich also eher um eine Klappe. Von der Hallenseite aus war sie mit einem Spezialschlüssel zu öffnen, den wiederum nur die Ingenieure und Elektromonteure von ConEdison besaßen.

Von innen dagegen ließ sich der Riegel mit der Hand betätigen.

Steve leuchtete in den Schacht hinunter. Das Licht verlor sich in der schwarzen Enge. Um keine Spuren zu verwischen, verzichtete ich darauf hinunterzuklettern.

Ein Ingenieur der Bauabteilung der Hafenbehörde kam schließlich mit einem Teil des Bauplans. Wir suchten uns eine trockene Ecke, und er zeigte uns auf der Pause, wo der Schacht hinführte.

»Es handelt sich um einen Reserveschacht, wie er heutzutage bei allen größeren Neubauten mit eingeplant wird. Es kommen später immer Installationen hinzu. Um die auszuführen, reichen dann die vorhandenen Kapazitäten an Kabeln und Schaltern nicht aus. Schauen Sie, der Schacht mündet hier in den Kabelkanal, der zum Haupttransformator in der Schaltanlage unter dem Madison Square Garden Center führt. Von dem Trafo aus werden seit 1975 alle Neubauten auf der mittleren Westside mit Anschlußwerten über 5000 Kilowatt versorgt.«

»Heißt das«, fragte Steve, »jemand, der hier hinunterklettert, kann erst am Madison Square Garden Center wieder raus?«

Der Bauingenieur schüttelte den Kopf. »Nein, Sir, natürlich nicht. Wer da unten einmal drin ist, kann im Umkreis von etwa einer Meile an jedem öffentlichen Gebäude, jedem größeren Hotel oder Kaufhaus und an einigen Straßenecken wieder hinaus. Die Gänge und Ausstiege sind sogar beleuchtet und beschildert.«

»Scheiße«, sagte Steve.

»Was hast du anderes erwartet, Amigo?« fragte ich. »Halte dir diesen Gentleman warm und sorg dafür, daß ein paar Experten in die Unterwelt absteigen! Es wird zwar nicht viel nutzen, aber ich möchte doch ganz gern wissen, wo die Herrschaften wieder ans Tageslicht gestiegen sind.«

»Stets zu Diensten«, sagte Steve und zog endlich sein nasses Jackett aus.

Der Bauingenieur starrte auf die große Kanone unter der Achsel des langen G-man.

Debbie Shriver drückte die Lattentür auf.

Kevin saß auf einer Luftmatratze, den Rücken gegen eine Kiste gelehnt. Er hielt eine Zigarette zwischen den Lippen. Sein Gesicht bildete eine scharfe dunkle Linie gegen das helle Sprossenfenster. So, wie er da saß, bot er ein Bild völliger Entspannung.

»Hast du es dir überlegt?« fragte er leise.

Sie ging auf ihn zu und setzte sich auf eine andere Matratze. Schatten krochen aus den Ecken. Sie konnte hinter den verdreckten Scheiben die leuchtenden Vierecke anderer Fenster sehen. Aber es war kein Gebäude dabei, das sie kannte. Sie vermutete, daß sich dieses Gebäude irgendwo am äußersten Rand von East Village befand. Zuerst hatte sie auf ein Fabrikgebäude im Garment Center, im Bekleidungsviertel, getippt. Doch dort standen keine ganzen Fabrikgebäude leer.

Dieses Haus war leer. Sie hätte sonst in den dreizehn Tagen ihrer Gefangenschaft irgend etwas hören müssen. Das Stampfen oder Rattern von Maschinen, Stimmen, das Rumpeln des schweren Lastenaufzugs.

»Es gibt nichts zu überlegen«, sagte sie. »Ich verspreche dir, was du willst, wenn du mich dafür gehen läßt.«

»So gilt das nicht«, sagte er.

»Versprechungen unter Druck haben keine Gültigkeit. Wie kannst du sicher sein, daß ich mich an die Abmachung halten werde?«

»Ich gehe das Risiko eben ein ... Willst du eine Zigarette?« Er hielt ihr seine Packung hin.

»Nein. Habt ihr noch etwas Gras?«

Manchmal hatte sie abends den süßlichen Geruch von Marihuana geschnuppert, der durch die Ritzen in ihr Gefängnis drang.

Kevin richtete sich auf und wühlte in einer tiefen Leinentasche herum. »Becky hatte gestern noch was«, sagte er. »Das Zeug ist sowieso nichts für sie in ihrem Zustand.« Er fand ein kleines, in knisterndes Seidenpapier gewickeltes Päckchen. Er warf es ihr zu. »Papier müßte dabeisein«, sagte er. »Paß auf!« warnte er dann. »Das ist guter Stoff. Der bringt dich sofort in die Umlaufbahn, wenn du ihn nicht gewöhnt bist.«

Ihren letzten Joint hatte sie vor ein paar Wochen auf der Party eines Werbefritzen geraucht. Die Party war dadurch auch nicht kurzweiliger geworden. Und das Zeug hatte ihr nicht geschmeckt.

Damals, als sie in der Studentenbewegung aktiv gewesen war, hatten sie praktisch Tag und Nacht unter Strom gestanden. Vielleicht war darum alles so unbefriedigend verlaufen.

Er sah ihr zu, wie sie geschickt einen Joint rollte, ohne auch nur einen Krümel zu verlieren. Er warf ihr die Streichhölzer zu, und sie zündete den Stengel an.

Zuerst inhalierte sie sehr vorsichtig. Sie spürte das vertraute Prickeln auf der Zunge. Gleich würde sich ihr Mund strohtrocken anfühlen.

Sie behielt den Rauch lange in der Lunge und ließ ihn dann langsam hinausströmen. Sie fühlte Kevins Blick auf ihrem Gesicht und lächelte.

»Von wem ist das Kind?« fragte sie plötzlich.

»Beckys? Keine Ahnung.«

»Von dir?«

»Kann sein.«

»Mann, sag bloß; ihr seid 'ne richtige Kommune?«

Kevin nickte. »Becky, Maureen, Mick und ich. «

»Einen verschweigst du. Den Neuengland-Boy.«

Kevin lachte verhalten. »Der gehört nicht zu uns. Er ist ein Freund von mir, aber er gehört nicht zu uns. Er hat mir nur sehr geholfen.«

»Warum?«

»Du bist sehr neugierig!«

»Okay, vergiß es!«

»Er hat vielleicht eine Rechnung mit deinem Vater offen.«

Debbie kicherte. Sie spürte schon die Wirkung des Marihuanas.

»So viele Kinder kann mein Vater gar nicht haben, damit jeder eins kidnappen kann, der eine Rechnung mit ihm offen hat.« Sie schüttelte sich vor Lachen, bis sie sein starres Gesicht sah.

»Ihr seid keine richtigen Gangster«, stellte sie dann ernüchtert fest.

»Was denn sonst? Wir haben einen Menschen entführt. Das bedeutet lebenslänglich, wenn sie uns erwischen.«

»Wenn euch die FBI-Bullen nicht zusammenschießen. Was macht ihr, wenn ihr das Geld habt? Wenn mein Vater es euch zahlt . . .«

»Er zahlt. Er kann nicht anders.«

»Okay. Was macht ihr dann? Reiche Leute spielen?«

»Ich weiß es noch nicht. Vielleicht kämpfen wir weiter.«

Wieder überkam sie der Drang zu lachen, doch es gelang ihr, sich zu beherrschen. Sie hätte sich gewünscht, daß er sie berührte. Aber er saß nur da, den Blick nach innen gekehrt.

»Gegen wen oder was kämpft ihr?« fragte sie. »Gegen meinen Vater? Oder gegen das, was er verkörpert?«

»Ich kämpfe gegen deinen Vater«, sagte er mit einer Stimme, die dunkel und heiser klang vor mühsam zurückgehaltenem Haß.

Sie sah ihn an. Sein Gesicht bildete im Schatten eine konturenlose Fläche, die leicht rötlich schimmerte, als sie an der Marihuana-Zigarette zog und die Glut hell aufleuchtete.

»Es ist also eine persönliche Sache?«

»Sehr persönlich«, sagte er schroff. Er beugte sich vor und nahm ihr den Joint weg.

Sie grapschte nach seiner Hand, verlor aber das Gleichgewicht und fiel auf seine Knie. Sie klammerte sich an seiner Hüfte fest.

»Schick mich nicht wieder da rein«, bat sie. »Ich weiß nicht, wie mir ist.«

»Du bist bekifft«, sagte er. »Wenn das dein Vater wüßte . . .«

Ich fuhr nach Hause, um mir den Rauch aus den Haaren zu waschen und den Anzug zu wechseln. Phil blieb unterdessen in meinem Jaguar sitzen, um keine Nachricht zu verpassen.

»Der Bus Terminal ist wieder frei«, sagte er, als ich die Tür aufriß und mich hinter den Lenker klemmte. »Sonst gibt es nichts Neues.«

»Ich habe eben mit dem Chef telefoniert«, berichtete ich. »Um acht Uhr findet eine Besprechung statt. Mit und bei Mr. Shriver.«

»Das wird Mr. Shriver aber gar nicht gefallen«, meinte Phil. »Es sei denn, seine Tochter befände sich bis dahin in Freiheit.«

»Wir haben viel zuviel Rücksicht auf das genommen, was Mr. Shriver gefiel oder nicht gefiel«, sagte ich.

Ich startete, blickte in den Rückspiegel, und als ich eine Lücke im Verkehr erspähte, ließ ich meinen Renner von der Leine.

Ohne zu wissen, wohin ich ihn lenken sollte. Bis zu der angesetzten Besprechung in Edward C. Shrivers New Yorker Wohnung hatten wir noch über eine Stunde Zeit.

Frühestens fünf Stunden nach der Übergabe des Lösegeldes, so hatten es die Kidnapper versprochen, würden sie Debbie Shriver freilassen. Shriver hatte sich gegen unseren Rat auf diese Bedingung eingelassen.

»Egal, was sie versprechen«, hatte Shriver kühl zu

bedenken gegeben. »Fünf Minuten, fünf Stunden oder fünf Tage – habe ich eine Wahl? Oder können Sie mir Garantien geben?«

»Was ist, wenn sie nicht freigelassen wird?« fragte Phil.

Dieselbe Frage spukte auch in meinem Kopf herum. Sie tauchte unweigerlich bei jedem Entführungsfall auf. Jede Antwort war in höchstem Maße theoretisch. Und doch bestimmte sie die Maßnahmen, die getroffen werden mußten.

»Wir ziehen die Samthandschuhe aus«, versicherte ich. »Und dann ziehen wir den Kreis um Shriver, seine Familie und seine Freunde und Feinde enger. Was wir vom ersten Tag an hätten tun sollen.«

»Du mit deiner Lieblingstheorie ...«

Ich bog in die 42nd Street ein und ließ meinen Flitzer etwas langsamer dahinrollen. Über den Kinos und Sexbuden flammten die Lichter auf.

Nein, eine Theorie hatte ich nicht. Im wissenschaftlichen Sinn stellt eine Theorie die zusammenfassende Darstellung gesicherter Erkenntnisse dar. Und vom Vorhandensein solcher Erkenntnisse konnte wirklich keine Rede sein. Wir wußten ja nicht einmal mit absoluter Sicherheit, ob Debbie Shriver wirklich entführt worden war. Das war zum Beispiel eine Theorie – oder sagen wir besser Hypothese –, der Phil anhing.

Er hielt Debbie Shriver für eine versponnene Zicke, eine reiche Möchtegern-Anarchistin, die an den Stäben ihres goldenen Käfigs sägte, indem sie sich aus Langeweile mit allen möglichen schrägen Vögeln einließ. Vielleicht auch mit armen Teufeln, denen sie helfen wollte, indem sie eine Umverteilung des väterlichen Vermögens in die Wege leitete – auf ihre Weise.

Ob Phil recht hatte oder nicht – wir mußten so handeln, als ob eine echte Entführung vorlag. Ohne meine Vermutung bisher erhärten zu können, tippte ich eher auf eine Verbindung der Täter in Shrivers Umgebung. Das Stillhalteabkommen und Shrivers kategorische Forderung, alle Nachforschungen bis zur Freilassung seiner Tochter zurückzustellen, behinderten uns sehr. Denn sollte es wirklich einen Kontakt der Kidnapper in Shrivers Umgebung oder sogar in seiner Familie geben, wären unsere Aktivitäten den Gangstern nicht verborgen geblieben. Doch jetzt, nach der Übergabe des Lösegeldes, war die Zeit der Katzenpfoten vorbei.

Heute vor 13 Tagen hatte es Debbie Shriver erwischt. Es gab keine Zeugen, die ihre Entführung beobachtet hatten. Ein Umstand, der Phils Vermutung, sie sei einfach aus freien Stücken untergetaucht und spiele ihrem Vater eine grandiose Schau vor, zu stützen schien.

Ich dagegen war der Ansicht, daß Debbie, hätte sie ihre eigene Entführung inszeniert, für Zeugen gesorgt hätte.

Vermutlich war sie in der Nähe ihrer Wohnung in Greenwich Village überrascht und in einen Wagen gezerrt oder gedrängt worden.

Zusammen mit Bruce Jaeger, ihrem letzten engeren Freund, hatten wir versucht, ihre Gewohnheiten zu rekonstruieren.

Wenn Debbie Shriver abends ausging, um Freunde oder Partys zu besuchen, ließ sie sich entweder von Freunden oder vom Limousine Service Black Arrow abholen.

Absolut regelmäßig war seit vier Monaten ihr Weg zu ihrem Büro, seit sie als Volontärin in der Marketing-Abteilung eines Großverlages im Rockefeller Center arbeitete.

Morgens um 9.15 Uhr verließ sie ihre Wohnung an der Macdougal Street und ging zu Fuß das kurze Stück durch die Minetta Lane zum Sheridan Square. In der großen Subway Station bestieg sie einen der Expreßzüge, die unmittelbar zum Rockefeller Center fuhren. Von der Station tief unter dem Center kam sie mit dem Aufzug direkt in ihre Büroetage.

Vermutlich hatten die Entführer ihr auf der kurzen und schmalen Minetta Lane aufgelauert. Aber wie schon gesagt, es gab keine Zeugen. Und so wußten wir nicht einmal, ob sie an jenem Tag morgens oder schon abends zuvor in die Gewalt der Gangster gefallen war. Denn es gab keinen, der sie am Vorabend gesehen oder gar gesprochen hätte. Eine Verabredung hatte sie nach unseren bisher zurückhaltenden Ermittlungen nicht getroffen.

Nach Phils Ansicht hatte sie sehr wohl eine Verabredung – mit ihren angeblichen Entführern. Phil glaubte, daß sich Debbie die ganze Zeit irgendwo in den Bergen im Norden versteckt hielt und sich amüsierte.

Ich bog rechts in den Broadway ein und beschleunigte wieder, nachdem ich ein paar lahmarschige Touristen vorbeigelassen hatte.

»He!« sagte Phil. »Ich hatte gehofft, wir würden uns erst etwas stärken, bevor wir uns in den Kampf mit Eddy Shriver stürzen!«

»Du kannst dir bei Shrivers Köchin eine Stärkung bestellen«, sagte ich. »Ich für mein Teil möchte ganz gern feststellen, was Debbies letzter Freier macht.«

»Bruce Jaeger, der Creative Direktor?«

»Genau der«, bestätigte ich.

In der öden Halle war es jetzt fast vollends dunkel geworden. Die Stimme des Nachrichtensprechers schwebte körperlos im Raum.

». . . hat ein FBI-Sprecher vor wenigen Minuten offiziell bestätigt, was bisher nur gerüchteweise bekannt war. Das Lösegeld für die seit nunmehr knapp zwei Wochen entführte Debbie Shriver ist am Nachmittag von FBI-Agenten an die Abgesandten der Kidnapper übergeben worden. In einer ersten Stellungnahme aus der Umgebung der Familie Shriver wurde der dringende Appell an die Entführer wiederholt, die junge Frau jetzt unverzüglich freizulassen. Von seiten der Familie Shriver würden alle Bedingungen genauestens erfüllt werden, auch nach Rückkehr Debbie Shrivers. Wie unser Reporter vor Ort erfuhr, standen vier G-men mit den beiden Taschen, in denen sich die geforderten zehn Millionen Dollar Lösegeld befanden, in der Fußgängerebene des Bus Terminal, als an mehreren Stellen zugleich Brandsätze explodierten, die ein Chaos auslösten. Die Täter machten sich das Durcheinander zunutze und brachten die Taschen mit dem Geld an sich. Wir schalten jetzt um zu Ralph McCoo, der mit seinem Mikrofon ...«

Kevin schaltete das Radio aus. Debbie sah das Streichholz aufzischen, mit dem er sich eine Zigarette anzündete. Sie sah auf die Uhr. Es war zwölf Minuten nach sieben.

Sie hätte gehen können. Sie wußte, daß Kevin sein Angebot ernst gemeint hatte. Aber sie hatte sich nicht dazu durchringen können, ihr Gefängnis einfach zu verlassen. Nicht nach dem, was in dem Verschlag auf dem Haufen kratzender Decken geschehen war. Und nicht nach dem, was inzwischen in ihr vorgegangen war. Vielleicht später.

Ja, später würde sie gehen. Sie hatte keine Angst mehr. Kevin würde sie nicht töten.

»Wenn ihr richtige Gangster wärt«, sagte sie in die Stille hinein, »würden die anderen nicht wiederkommen.«

»Sie kommen«, sagte er ruhig. »Sie lassen sich Zeit. Wir haben das so vereinbart. Erst wenn sie sich ganz sicher fühlen ...«

»Ich habe Durst«, sagte sie.

»In der Kühltasche ist Bier.«

»Ich mag kein Bier. Mein Mund ist so trocken von dem Gras. Habt ihr Saft oder Milch?«

»Ich glaube nicht. Aber das Wasser in den Kanistern ist frisch.« Er rührte sich nicht, um ihr etwas zu bringen.

Ihr Arme und Beine waren schwer. Der Stoff machte einen fix und fertig. Schwerfällig kroch sie über den Boden. Sie fand einen Becher, den sie mit Wasser füllte. Das Wasser war warm, aber sie trank es gierig.

»Warum bist du so ruhig? Du hast doch gewonnen. Ich dachte immer, Gangster freuen sich, wenn ihnen ein Coup gelungen ist!«

»Vielleicht tanzen wir und bespritzen uns mit Champagner, wenn das Geld hier ist«, sagte er.

»Also doch Bedenken?«

»Nein ...« Er summte vor sich hin. Eine Melodie, die ihr vertraut schien, die irgendwo in ihrem Kopf ein Echo fand. »Was wirst du tun, wenn es vorbei ist?« fragte er unvermittelt.

Darüber hatte sie während der ganzen Zeit überhaupt nicht nachgedacht. An ihren Schreibtisch im Verlag zurückkehren? Was sonst? Eine einmal angefangene Sache mußte man doch zu Ende führen. Oder?

Bisher hatte sie nichts zu Ende geführt. Die Kommilitonen, die ihr vertraut und Hoffnungen in sie gesetzt hatten, hatte sie im Stich gelassen. Als sie das erkannte, war es zu spät gewesen, zurückzukehren und den Kampf wieder aufzunehmen. Ihre Ziele waren ihr plötzlich so verschwommen vorgekommen. Nur noch ein Haufen Parolen, leere Phrasen von Gleichheit und einem Leben, in dem alles anders sein sollte. Sie hätten Waffen haben müssen ...

Sie hörte seine Stimme, aber erst als er seine Frage wiederholte, drang sie in ihr Hirn.

»Wofür hast du gekämpft, damals, auf der Anarcho-Szene?«

»Wir waren keine Anarchisten. Wir wollten den Leuten nur helfen, ihr Leben zu ändern.«

Sie konnte ihn nicht deutlich sehen. Aber sie wußte, daß er jetzt wieder den Kopf in den Nacken gelegt hatte und sein lautloses Lachen lachte.

»Was hast du denn gebracht?« fragte sie laut. »Oder warst du immer Gangster?«

»Du konntest auf deinen elitären Zirkeln revolutionäre Reden schwingen, und die Medien haben dich sogar noch zitiert, weil du Shriver heißt. Die Bullen hätten dich nie mit Knüppeln zusammengeschlagen.«

Er hatte recht. Sie wußte es, und Tränen stiegen in ihre Augen. Zweimal war sie in gewalttätige Auseinandersetzungen auf dem Campus verwickelt gewesen. Einmal wurde sogar geschossen. Zwei Freundinnen und ein Freund wurden neben ihr von Campus-Cops zusammengeschlagen. Ihr hatte man kein Haar gekrümmt.

»Hast du denn mehr als Reden geschwungen?« fragte sie.

»Ich landete schon für Reden im Straflager.«

»Das müssen aber schlimme Sachen gewesen sein!«

»Wir wollten, daß Privilegien und Ungleichheiten verschwinden. Das Problem ist aber nicht die Neuverteilung des Einkommens oder die Angleichung der Löhne. Wir müssen uns von der Herrschaft des Geldes befreien, das Geld ganz und gar abschaffen ...«

»Fidel Castro«, sagte sie verächtlich.

»Die Gedanken von Marx sind noch älter. Und haben deshalb nichts von ihrer Gültigkeit verloren.« Er schwieg und drückte die Zigarette aus. Dann sagte er: »Du hast die Narben gesehen. Ich habe vier Jahre in der Hölle zugebracht, weil ich Reden geschwungen habe. Ich habe gesehen, was das Geld im Westen anrichtet. Wie es die Menschen verändert. Und wie es sie aus ihren Wohnungen und ihren kleinen Besitzungen vertreibt. Und wie

Männer mit Gewehren und Hunden die Interessen des Geldes schützen. Vier Jahre Straflager ...«

»Was hast du vorher gemacht? Ich meine, bevor du protestiert hast?«

»Ich habe Geologie studiert. Ich wollte aber nie als Geologe arbeiten. Ich wollte nur wissen und beurteilen können, wo ich meine Farm aufbauen kann, ohne eines Tages vom Geld vertrieben zu werden, nur weil man auf meinem Boden plötzlich Uran oder Zinn oder Kupfer vermutet.«

»Hat das etwas mit meinem Vater zu tun?« fragte sie.

»Oh, ja«, antwortete er. »Die Shriver Mining Company ist sehr aktiv im Westen. Von New Mexico bis Nebraska ...«

»Darum haßt du meinen Vater? Mein Gott, er kennt doch nicht einmal die Namen aller seiner Gesellschaften!«

»Als ich aus dem Straflager zurückkehrte, gab es unsere Farm nicht mehr«, fuhr er mit plötzlich monotoner Stimme fort. »Bulldozer hatten schon die Erde aufgerissen. Das Haus, in dem ich geboren wurde, war verschwunden, als ob es nie existiert hätte. Meine Mutter lag im Pflegeheim. Man hat ihr die Farm abgeschwindelt für das Recht, in dem verdammten Pflegeheim zu sterben. Dabei war sie noch gesund und kräftig. Sie hätte noch für sich selber sorgen können. Sie hatte es schließlich getan, bis man ihr die Farm wegnahm.«

Seine Stimme war schwächer geworden. Die Erregung schnürte ihm die Kehle zu. Sie kroch zu ihm und preßte sich an ihn. Steif saß er da. Sie spürte sein Herz, das laut gegen die Rippen schlug.

»Ich stahl Geld, um damit nach Boston zu fliegen. Ich wollte deinen Vater töten. Er ist verantwortlich. Die Lakaien rauben und stehlen doch nur, weil dein Vater es von ihnen erwartet. Er hat sie in der Hand. Er zahlt ihnen hohe Gehälter und Erfolgsprämien, wenn sie noch mehr Erz aus den Boden kratzen. Und er droht ihnen, die Gehälter nicht mehr zu zahlen, wenn sie nicht tun, was er von ihnen erwartet. Sie reißen sich ein Bein aus ...«

»Was ist geschehen?« fragte Debbie.

»Ich fuhr nach Santa Fe. Vom Flughafen aus rief ich das Pflegeheim an. Ich wollte meine Mutter noch einmal sprechen. Ich würde sie wahrscheinlich nie wieder sehen oder sprechen, wenn ...« Er schluckte. »Sie war tot. Man sagte es mir am Telefon. Einfach so. ›Ihre Mutter ist tot. Sie hat zu viele Tabletten genommen. Aber sie bekommt ein christliches Begräbnis ...‹« Seine Stimme versagte erneut.

Sie streichelte seine Hand, die sich um ihren Oberarm krallte. Seine Haut war eiskalt und gefühllos.

»Also Selbstmord?«

»Selbstmord oder Mord, was spielt das für eine Rolle?« stieß er hervor.

»Die zehn Millionen Dollar tun ihm nicht weh. Er wird nur noch mehr Berge und Hügel und Wiesen durchwühlen, und am Ende hat er noch mehr als vorher.«

»Soweit lasse ich es nicht kommen«, versprach Kevin.

»Ist etwas mit Debbie?« fragte Bruce Jaeger, als er uns die Tür öffnete. Er hatte sich einen hellgelben Bademantel übergeworfen. Sein dünnes Haar war noch naß. »Kommen Sie doch rein! Entschuldigen Sie die Unordnung! Ich habe nicht mit Besuch gerechnet, und ich wollte noch weg.«

Bruce Jaeger war ziemlich groß und schwer. Seine weichlichen Züge waren vermutlich eine Folge des reichlichen Whiskykonsums.

Er bewohnte ein hübsches Apartment an der East 29th Street, obwohl er sich von seinem Einkommen auch eine teurere Bleibe an der Upper Eastside hätte leisten können.

»Ist etwas mit Debbie?« wiederholte er seine Frage. »Ich hab's im Fernsehen mitbekommen. Das Lösegeld ist bezahlt worden, nicht wahr?«

»Ja, das Lösegeld ist übergeben worden, aber wir haben noch nichts von Miss Shriver gehört«, sagte ich. »Und von Ihnen haben wir auch lange nichts mehr gehört, Mr. Jaeger.«

Jaeger begab sich in den Schutz seiner gutbestückten Hausbar. »Für Sie auch etwas? Ein kleiner Drink mit viel Wasser und wenig Whisky, obwohl es schade wäre?«

»Danke, nein, nichts«, antwortete ich für Phil mit. Phil machte sich unauffällig über die Erdnüsse her, nachdem wir uns gesetzt hatten.

Jaeger kam mit seinem Glas herüber. »Ich habe alles mitgeteilt, was ich weiß«, behauptete er. »Mein Gott, wir kennen uns doch erst ein paar Monate. Wir haben uns auf einer Party ihres Verlages kennengelernt. Dann habe ich sie eingeladen, als meine Agentur eine Fete machte ...«

»Und dann haben Sie sich hin und wieder nach Feierabend in einer Singles Bar an der Madison getroffen«, fiel Phil ein.

»Ja, und sie ist mit zu mir gekommen, und ich bin zu ihr gegangen. Das habe ich doch alles erzählt!«

»Inzwischen sind zehn Tage vergangen. Wenn Sie mal nicht Händchen gehalten oder Bourbon on the rocks geschlabbert haben, haben Sie sich doch auch über dieses und jenes unterhalten. Wir brauchen Namen, Mr. Jaeger, Namen!«

»Mein Gott, ich kann Ihnen die Einladungsliste meiner Agentur geben, wenn Ihnen daran was liegt.« Jaeger lachte.

»Die haben wir schon«, sagte ich.

Jager lachte nicht mehr. »Ich kenne keine Kidnapper«,

sagte er abweisend. »Ich habe Ihnen gleich bei unseren ersten Gesprächen geraten, in Debbies Vergangenheit zu suchen. Sie hat eine Menge komische Typen gekannt. Da sind welche bei, die sind zu allem fähig.«

Wir hatten in unserem Computer ein Sonderprogramm laufen, in das sämtliche Namen eingegeben wurden, die uns in diesem Fall begegneten. Es gab keine Ausnahme. Alle Familienmitglieder der Shrivers, soweit wir sie erfassen konnten, Angestellte und Freunde. Ehemalige Freunde und Kommilitonen von Debbie. Die Namen ihrer Putzfrau und ihrer Nachbarn. Irgendwann würde der Computer vielleicht Alarm schlagen. Zum Beispiel dann, wenn er herausfand, daß zwei Leute zur selben Zeit am selben Ort gewesen waren. Oder sich kannten oder sonstwie gemeinsame Interessen hatten.

Natürlich hatten wir uns bereits mit besonderer Aufmerksamkeit Debbies bewegter studentischer Vergangenheit gewidmet. Sie hatte zwei Jahre lang in Harvard studiert und sich dort mehr durch Agitation als durch wissenschaftliche Interessen hervorgetan. Über viele ihrer Freunde von damals gab es ausführliche Dossiers bei der Polizei, den Gerichten und Staatsschutzorganen. Aufgrund des Stillhalteabkommens, das wir mit Edward C. Shriver getroffen hatten, kamen wir mit der Überprüfung dieser Figuren jedoch nur langsam voran.

»Die Täter«, begann ich von neuem, »müssen mit Miss Shrivers Gewohnheiten vertraut gewesen sein. Zumindest müssen sie informiert gewesen sein. Deshalb suchen wir immer noch nach Namen aus der jüngeren Zeit, verstehen Sie?«

»Sicher verstehe ich Sie. Aber jetzt verstehen Sie mich, bitte! Debbie und ich sind befreundet. Waren wäre vielleicht besser ausgedrückt. Wir hatten was miteinander. Ja, es war nicht sensationell. Schön, deshalb ist man sich nicht spinnefeind, wenn's nicht weitergeht. Ich spiele nicht den zurückgewiesenen Liebhaber. Das habe ich gar nicht nötig. Ich habe mir sowieso keine Illusionen gemacht. Ein Mädchen wie Debbie kann jeden Mann haben. Ich bin nichts als ein satter Bürger. Munter nur auf Parties, witzig nur, wenn ich einen schmierigen Witz erzähle. Ich begreif's bis heute nicht, wie sie in mein Bett gekommen ist.«

Wir hätten tatsächlich besser irgendwo einen Hamburger essen sollen, statt hier unsere Zeit zu vertrödeln, dachte ich.

»Debbies Familie kennen Sie nicht?« fragte Phil.

»Nein, auf deren Einladungsliste wäre ich wohl nie gekommen, obwohl ich es in unserer Agentur bald zum Vizepräsidenten gebracht haben werde.« Jaeger grinste etwas schief. »Nur die Stiefmutter habe ich mal kennengelernt«, sagte er dann, und das Grinsen wurde eine Nummer intensiver.

Ich merkte auf. »Mrs. Shriver?«

»Doris Shriver, Mr. Shrivers dritte Frau. Etwas für Kenner, wenn ich mir die Bemerkung erlauben darf.«

»Sie haben uns verschwiegen, daß Sie Mrs. Shriver kennen«, warf Phil dem Mann vor.

»Nicht verschwiegen, Mr. Decker, ich hatte es vergessen. Sie hat mir nicht einmal die Hand gegeben. Vermutlich hat sie gedacht, ich sei Debbies Chauffeur oder Kofferträger. Debbie hatte mich eines Tages mittags in der Agentur angerufen. Es hatte geregnet, und kein Taxi war zu kriegen, aber ich kann immer einen Wagen der Firma benutzen. Sie hat mich gebeten, mit ihr zum Airlines Terminal zu fahren und jemand abzuholen. Mann, sie hatte mir nicht gesagt, daß es ihre Stiefmutter war, und ich wäre nie drauf gekommen, daß sie es gewesen wäre. So eine Supermaus ...«

Ich hatte zweimal mit der dritten Mrs. Shriver gesprochen. Und ich mußte Jaegers knapper Schilderung zustimmen. Mrs. Doris Shriver war mit ihren 24 Jahren nur zwei Jahre älter als Debbie. Allerdings hätte ich nicht gedacht, daß Doris und Debbie auf so vertrautem Fuß standen, daß sie einander besuchten. Oder daß Debbie die Frau ihres Vaters irgendwo abholte.

Natürlich hatten wir in aller Heimlichkeit auch Doris Shrivers Lebenslauf von allen Seiten bis zurück in den Babykorb durchleuchtet, ohne auf eine faule Stelle gestoßen zu sein. Doris Shriver stammte wie ihr Mann aus einer alten Neuengland-Familie. Sie studierte Kunstgeschichte, zuletzt am exklusiven High Bridge College in New York, bis Edward C. Shriver die junge und verwöhnte Studentin vom Studieren abbrachte.

»Sie haben sie dann zum Olympic Tower gebracht?« fragte ich.

Im Olympic Tower an der Fifth Avenue unterhielt Shriver seinen privaten New Yorker Stützpunkt. Im Wallstreet District befand sich die Finanzverwaltung seiner Holding, während die Konzernspitze in Boston residierte.

»Olympic Tower? Nein, ich habe die beiden Hübschen in ein Hotel am Central Park South kutschiert. Es war das Navarro, glaube ich.«

»Glauben Sie?«

»Na ja, da liegen die Hotels und Apartmenthotels ja Tür an Tür.«

»Schön. Ist Debbie mit hineingegangen?«

»Nein. Das heißt, doch! Aber sie ist nach ein paar Minuten wieder herausgekommen. Ich habe gewartet und sie zum Rockefeller Center zurückgebracht.«

»Hat sie Ihnen eine Erklärung abgegeben?«

Jaeger runzelte die Stirn. »Nicht direkt. Sie sagte nur etwas, das sich für mich zusammenhanglos anhörte. ›Eigentlich habe ich Ma jetzt in der Hand.‹ Sie hat gelacht dabei.«

»Wissen Sie noch, wann das war?« fragte ich.

Jaeger verdrehte die Augen. Dann stand er auf und ging in den Raum nebenan. Er kehrte mit einem in Leder gebundenen Terminplan zurück.

»Ich weiß, daß ich am Nachmittag noch einen Termin mit einem Kunden hatte, mit Mr. Martin von General Tire. Warten Sie, ich hatte Verabredungen mit Mr. Martin am 25. Juni und am 9. Juni. So lange ist es nicht her, glaube ich. Es muß der 25. gewesen sein. Wenn Sie wollen, sehe ich morgen früh die Fahrtenbücher durch.«

»Tun Sie das bitte! Und rufen Sie uns gleich an«, sagte ich.

Als wir wieder in meinem Wagen saßen, schaltete Phil sofort den Bordfunk ein. Er wartete, bis sich die Zentrale meldete. Dann sagte er: »Ruf bitte das städtische Wetteramt an und frag, welche Art Wetter wir am 9. und am 25. Juni um die Mittagszeit in unserer schönen Stadt hatten. Du erreichst uns während der nächsten zwanzig Minuten in Jerrys heißem Ofen.« Phil hängte das Mikro zurück. Nach einer Weile, als ich den Renner schon in Richtung Midtown lenkte, meinte er: »Ma spielt also mit dem Feuer, sieh an!«

»Ich wäre da nicht so voreilig.«

»Du glaubst immer nur an das Gute im Menschen«, spottete Phil.

»Vielleicht hatte sie eine Verabredung mit ihrem Astrologen.«

»Oder ihrem Gynäkologen«, flachste Phil.

»Warum nicht?«

»In einem Hotel? Mann, o Mann!«

»Sie traut vielleicht ihren Bostoner Spezialisten nicht – je nachdem, was sie von ihm will. Eine Abtreibung, zum Beispiel, wenn sie nicht die Absicht hat, den Eingriff mit dem ahnungslosen Erzeuger abzusprechen. So etwas gibt es.«

»Na ja, aber der Liebhaber ist doch immer noch die einfachste Lösung des Rätsels, oder?«

»Sicher«, stimmte ich zu, weil ich ein friedfertiger Mensch bin. »Du kannst ihr ja mal auf den Zahn fühlen. Diskret, rate ich dir.«

Das Funkgerät knackte. Phil nahm das Mikro. »Ja, ich höre.«

»Am 9. Juni hatten wir trockenes, für die Jahreszeit zu kühles Wetter ohne Niederschläge. Am 25. Juni hat es morgens gegen zehn Uhr zu regnen begonnen. Die Niederschlagsmengen . . .«

»Das reicht«, unterbrach Phil den Vortrag des Kollegen. »Du kannst uns noch einen kleinen Gefallen tun. Besorg uns die Gästeliste des Hotel Navarro für die Zeit um den 25. Juni!«

»Und vom Barbizon Plaza und Hampshire House«, sagte ich. Das waren die benachbarten Hotels.

Phil wiederholte die Namen.

»Okay, wird erledigt«, bestätigte die Zentrale. »Was schreibe ich auf die Anforderung?«

»Das ist eine gute Frage«, sagte Phil. »Schreib irgendwas! Nur nicht Fall Debbie Shriver.«

»Na, dann will ich mal schauen. Ah, hier habe ich eine Fahndung, ist erst heute morgen eingetroffen. Florida sucht einen Trickbetrüber namens J. Purcell.«

»Na also! Den Jungen suchen wir doch«, sagte Phil. »Mit Hochdruck, Kollege!«

»Verstanden!«

Im ersten Moment wußte sie nicht, wo sie war. Sie hatte geschlafen. Wirklich? Oder hatte sie nur geträumt? Der alte Kombi, der in der engen Minetta Lane stand und die Fahrbahn versperrte. Die Türen, die plötzlich aufflogen, und die Hände, die nach ihr griffen und sie in den Wagen zerrten. Zwei Mädchen hatten sich auf sie geworfen und sie auf den Boden gepreßt, während der Wagen ohne sonderliche Hast abgefahren war.

Hatte sie das geträumt? Hatte sie auch den harten Körper nur geträumt, der von ihr Besitz ergriffen hatte?

Ihr Mund war immer noch trocken. Sie hatte also wieder geraucht. Unter ihr bewegte sich etwas. Harte, warme Muskeln.

»Kevin?« fragte sie unsicher.

»Pst!« flüsterte er und schob sie behutsam zur Seite. Sie spürte, wie er aufstand. Dann sah sie seinen Schatten durch den Raum gleiten.

Sie hatte geschlafen.

Aber jetzt war sie hellwach, und das Herz schlug ihr im Hals. Sie dachte an Polizei. Und FBI. Jeden Augenblick würden die Scheiben unter einer Megaphonstimme zu klirren beginnen. Dann würde die Tür aufgesprengt werden, und Blendgranaten würden detonieren. Und dann würde ein Kommando vermummter Männer in dicken, schußfesten Westen hereinstürmen.

Sie schloß die Augen. Ihr Blut rauschte. Wie sollte sie sich verhalten? Irgendwo Deckung suchen? Vor einigen Jahren hatte sie einmal zu Hause in Boston einen Lehrfilm der Polizei gesehen, der eigens für Leute wie sie und ihren Vater hergestellt war und ihnen von Experten einer Sondereinheit zu Hause vorgeführt worden war. *Wie verhalte ich mich bei Überfällen und Geiselnahmen?* oder so ähnlich lautete das Thema der Veranstaltung. Ihr Vater hatte danach einige Zeit sogar eine dünne Nylonweste getragen, die Schutz vor Kugeln bieten sollte.

Die Reichen hatten Angst. Es hatte ihr eine wilde Freude bereitet, als sie feststellte, daß auch ihr Vater Angst hatte.

Ein Schlüssel kratzte. Dann scharrte die Eisentür. Debbie starrte in die dunkle Ecke. Drei, vier Schatten kamen heran. Sie hörte flüsternde Stimmen. Dann war Kevin neben ihr. Er drückte kurz ihre Schulter.

»Sie sind da«, sagte er leise. »Du kannst hierbleiben.«

Er hantierte am Gas. Dann leuchtete die Gaslampe auf und vertrieb die Schatten. Debbie blickte auf die drei Gestalten, die sie umgaben.

Becky, angetan mit einem Kleid, das ihr wie ein Zweimann-Zelt am unförmigen Körper hing. Neben ihr Mick, gedrungen, dicklich, unsicher, jetzt aber freudig erregt. Und noch ein Mädchen.

»Das ist Maureen«, sagte Kevin.

Maureen hatte strähniges rotes Haar und einen hageren, knochigen Körper. Unter dem dünnen Kleid schien sie völlig flach zu sein.

Debbie mußte an ihre Freundin Sophie Jeynes denken. Sophie war überaus stolz auf ihren knabenhaften Körper. Selbst unter den Brustwarzen konnte man noch die Rippen erkennen. Vor Jahren hatte Debbie Sophie einmal in den Semesterferien in ihr Sommerhaus auf Nantucket mitgenommen. Ihr Vater war dagewesen. Er hatte Sophie immerzu angestarrt. Später hatte er zu Debbie gesagt: »Mit so einer im Bett käme ich mir vor wie ein warmer Bruder.« Er hatte über Debbies bestürztes Gesicht gelacht.

Mick trug einen unförmigen Seesack. Er zerrte den Verschluß auf. Gebündelte Geldscheine quollen heraus. Mick kippte den Sack um und schüttelte den Inhalt auf den Boden.

Hunderter türmten sich zu einem Haufen. Kevin hob ein Bündel auf. Die anderen schob er achtlos mit dem Fuß zusammen.

»Das sind mindestens Hunderttausend«, sagte Mick. »Das andere haben wir alles im Wagen versteckt. Es war 'ne Heidenarbeit! Bob hat uns geholfen. Bob war großartig ...«

»Wo habt ihr die Taschen gelassen?« fragte Kevin.

»Bob hat sie mitgenommen. Wir wußten nicht, wo wir sie hintun sollten. Die Müllbehälter in der Umgebung des Parkhauses werden vielleicht durchsucht.« Micks Blick fiel auf Debbie. Er runzelte die Stirn.

»Debbie ist in Ordnung«, sagte Kevin. »Bestimmt.«

»Du hättest warten sollen, bis wir zurück sind«, sagte Mick.

»Womit?« fragte Kevin. Er grinste Debbie an.

»Es ist in Ordnung, wenn Kevin es sagt«, meinte Becky milde.

»Bob wünscht uns viel Glück«, sagte Mick. »Kevin, es war eine Riesensuperschau! Du hättest dabeisein sollen! Die Taschen kamen runtergezischt. Mann, es war ein Spaziergang da unten!«

Kevin lächelte, als er Debbie ansah. Ihr Herz zog sich schmerzhaft zusammen.

»Sie warten auf dich«, sagte er.

Sie zog die Beine an. Sie fürchtete sich plötzlich vor dem, was sie draußen, außerhalb dieser alten Mauern erwartete. Schön, sie konnte sich in ärztliche Behandlung begeben und damit zunächst allen Fragen aus dem Weg gehen. Aber was käme dann? Ihr Vater. Polizei. FBI. Presse. Und dann wieder das Büro. Und ihre Wohnung im Village, die bis vor zwei Wochen der Inbegriff des individuellen Lebens für sie bedeutet hatte. Oder sogar noch bis vor vier Stunden.

»Laß mich noch hierbleiben!« bat sie mit kleiner Stimme, die sich in der weiten Halle verlor.

Maureen sah sie aus grün schimmernden Augen ausdruckslos an. Dann wandte sie sich schnell ab.

Kevin zog die Schultern hoch. »Bis morgen früh«, sagte er knapp.

Edward C. Shriver war ein gutaussehender Mann. Bei aller Arbeit hatte er nie seinen Körper vernachlässigt. Seit seine Tochter entführt worden war, gehörte er zu den bekanntesten Männern des Landes, und sein Lebenslauf war jedem Amerikaner geläufig.

Shriver war 49 Jahre alt und zum dritten Mal verheiratet. Seine erste Frau war ihm davongelaufen. Die zweite hatte er nach nur zweijähriger Ehe, nachdem sie ihm einen Sohn geschenkt hatte, davongejagt. Einige Jahre lang hatte er das Leben eines Mannes geführt, bei dem Frauen nur eine unbedeutende Rolle spielten. Dabei hatte er immer Frauen um sich gehabt. Schöne und intelligente Frauen. An eine neue Heirat schien er nie gedacht zu haben.

Seine zweite Frau hatte es in einem Interview einem Reporter anvertraut.

»Er wollte nie wieder heiraten, weil er eine krankhafte Angst davor hat, betrogen zu werden! Er würde es nicht ertragen ...«

Es konnte stimmen. Und doch hatte er es noch einmal gewagt, nachdem er Doris Sutherland begegnet war. Doris, die Kunststudentin, verliebte sich in den drahtigen, reifen Mann mit den grauen Schläfen. Weil sie ihren Vater vermißte, vermuteten die Zeitungen. Ihr Vater war ein Typ wie Shriver gewesen. Im Privatleben ein feinsinniger und doch sportlich-draufgängerischer Mann. Er war bei einer Segelregatta vor Cape Cod verunglückt. Sein Leichnam konnte nie geborgen werden.

Shriver war schlank und etwas über mittelgroß. Ruhelos schritt er im Raum auf und ab. Wäre der Teppich von weniger guter Qualität gewesen, hätte er inzwischen einen Trampelpfad aufweisen müssen.

»Es ist erst acht Uhr zwanzig« sagte John D. High, Chef des New Yorker FBI. Der Chef hatte es für angebracht gehalten, mit herauszukommen. Nicht weil Shriver ein bedeutender Bürger und Steuerzahler war, etwas gleicher als die anderen, sondern weil er hoffte, aufgrund seiner Autorität Shriver veranlassen zu können, das Stillhalteabkommen aufzuheben.

Im Augenblick war es für einen Vorstoß noch zu früh. Das wußte niemand besser als John D. High, an dem ein Diplomat verlorengegangen war.

Im Raum brannten nur wenige Lampen, die abgeschiedene Inseln aus Licht bildeten.

Auf einer dieser Inseln saß ein junger Mann, ein Schnösel in meinen Augen, der gelangweilt in Illustrierten blätterte. Shrivers 17jähriger Sohn Gerald war das Produkt seiner Umgebung. Sein Vater hatte sich wenig um ihn gekümmert und die Erziehung den Profis überlassen, die dem Jungen Reiten, Segeln und Tennis und vermutlich eine ausreichende Schulbildung vermittelt hatten. Um die Formung seines Charakters schienen sie sich weniger gekümmert zu haben.

Ich hielt den Jungen für einen Schleimer, der mit seiner Umwelt auf stetem Kriegsfuß stand. Gegen seine Halbschwester Debbie hegte er eine unverhohlene Abneigung, über die er sogar nach Debbies Entführung mit Reportern gesprochen hatte. Daß sie gekidnappt worden sei, habe sie sich selber zuzuschreiben. Er sei dagegen, daß sein Vater auch nur einen Penny für sie rausrücke. Schließlich habe sie ja oft genug erklärt, was sie vom Kapitalismus halte.

Jetzt ließ Gerald die Zeitschrift, in der er zuletzt geblättert hatte, achtlos auf den Boden gleiten. Sein Vater warf ihm einen mißbilligenden Blick zu, sagte aber nichts.

Phil, der neben mir im Schatten saß, schnaubte entrüstet. »Ich würde ihm eins in die Fresse geben«, sagte er unterdrückt. »Warum ist das Früchtchen nicht in Boston geblieben! Er ist doch nicht mitgekommen, um das hübsche Schwesterlein in die Arme zu schließen!«

Das glaubte ich allerdings auch nicht. Gerald warf einen blasierten Blick in die Runde. Dann schlug er die Beine übereinander und trommelte mit den Fingerspitzen auf die Armlehnen.

Unter einer hohen Stehlampe hatte die Köchin ein Buffet aufgebaut. Noch hatte niemand etwas angerührt, nicht einmal Phil, dessen knurrender Magen in der lastenden Stille hin und wieder deutlich zu hören war.

Aber das Telefon blieb stumm.

Natürlich kamen Anrufe. Nach der Nachricht, daß Shriver das Lösegeld bezahlt habe, riefen pausenlos Freunde und Feinde und Reporter an. Alle diese Anrufe wurden in einem anderen Raum der großen Wohnung von Shrivers Privatsekretär und von unseren Kollegen Nick Viola und Chris Fenwick entgegengenommen, registriert und beantwortet. Nur Debbies Anruf würden sie sofort durchstellen – oder einen Anruf der Kidnapper, falls die sich noch einmal melden sollten.

John D. High räuspert sich, ohne damit die Aufmerksamkeit Shrivers auf sich zu ziehen. Deshalb stand er auf und trat Shriver in den Weg. Er nahm einfach dessen Arm und zog ihn zu dem Tisch, auf dem kaltes Fleisch, Krabben und feines Gemüse verlockend arrangiert waren.

»Ich möchte nicht allein essen«, sagte der FBI-Chef ruhig. Sein verwittertes Gesicht drückte Mitleid aus.

Zuerst schien es, als wolle Shriver die Hand unwillig abschütteln. Doch dann ließ er sich mitziehen.

»Wenn Sie mir eine Tasse Tee eingießen«, sagte John D. High, »versorge ich Sie mit etwas von diesem Fleisch. Es sieht ja hervorragend aus.«

Shriver füllte eine Tasse mit Tee aus der Glaskanne. Er nahm den Teller, den Mr. High ihm gab, sah angewidert auf das, was darauf lag, und stellte den Teller mit einer harten Bewegung wieder ab.

»Dieses Warten!« sagte er laut. »Dieses Warten ertrage ich nicht. Wie spät ist es?«

»Acht Uhr dreißig«, antwortete der FBI-Chef.

»Ich verlange weiterhin strikte Zurückhaltung«, sagte Shriver scharf. »Ich kenne alle Argumente in- und auswendig. Und ich lasse mir nicht einreden, daß Debbies Leben weniger gefährdet ist, wenn Ermittlungen stattfinden und die Gangster sich in die Enge getrieben fühlen!«

Ich beobachtete Shriver aus dem Schatten meines Sitzplatzes heraus. Die Adern an seinem Hals schwollen an. Die Augen, sonst von einem klaren Eisblau, nahmen eine verschwommene Farbe an. Phil beugte sich zu mir herüber.

»Warum regt er sich derart auf?« fragte mein Freund leise. »Er ist doch ein Mann der Tat! Ich verstehe seine Reaktion einfach nicht.«

»Er hat Angst, Phil.«

Shriver sagte: »Ich könnte es nicht ertragen, wenn sie sterben müßte, weil ich etwas falsch gemacht habe.«

»Was falsch oder richtig war, wissen wir immer erst im nachhinein, Mr. Shriver. Es gibt keine allgemeingültigen und erprobten Verfahren. Die Sorge um die Sicherheit und das Leben des Opfers steht immer im Vordergrund.«

Shriver atmete auf. Er drehte sich um, nahm ein Stück Fleisch vom Teller und stopfte es sich in den Mund. Gedankenverloren kaute er darauf herum.

»Ich halte das nicht mehr aus«, flüsterte Phil.

»Hol dir doch was!« sagte ich.

Phil schüttelte den Kopf. Er hatte Hemmungen, mein Freund!

»Was werden Sie tun, wenn Debbie frei ist?« fragte Shriver.

»Wir werden so bald und so ausführlich wie möglich mit ihr sprechen«, antwortete der Chef. »Zugleich werden wir die Bandaufnahmen mit der Stimme des Täters, der den telefonischen Kontakt zu Ihnen und uns gehalten hat, veröffentlichen.«

»Sie haben mir erklärt, die Stimme sei über einen Verzerrer gekommen.«

»Das ist richtig. Mehr Erfolg versprechen wir uns deshalb auch von der Stimmanalyse. Außerdem erkennt jemand einen Sprecher manchmal an dessen Ausdrucksweise.«

Unsere Nachrichtentechniker hatten die Bänder wieder und wieder abgehört. Sie waren zu dem Urteil gekommen, daß der Sprecher ein frequenzmodulierendes Mikrofon benutzte, das er sich vermutlich sogar selber zusammengebastelt hatte. Für einen einigermaßen begabten Elektronikbastler ist so etwas kein Problem, weil es die Zubehörteile in jedem Elektronikladen gibt.

Shriver nickte unbewußt.

Der Chef fuhr fort: »Und dann werden wir die laufenden Maßnahmen ausweiten.«

Shrivers Blick wurde starr. »Welche laufenden Maßnahmen?«

»Bei Bekanntwerden eines Falles von Menschenraub werden automatisch eine Reihe von Maßnahmen eingeleitet. Von einigen wissen Sie – die Telefonüberwachung Ihrer Wohnung hier und in Boston. Wir überprüfen die einschlägig Vorbestraften, und wir setzen die Möglichkeiten der elektronischen Datenverarbeitung ein. Die Art der Verbrechensausführung, Stimmanalysen, das Suchen nach möglichen Zeugen ...«

»Ich mußte dem Täter Zugeständnisse machen.«

»Wir sind mit keiner Maßnahme an die Öffentlichkeit getreten, Mr. Shriver. Aber kein Mensch, nicht einmal die Kidnapper, werden glauben, daß wir so lange den Kopf in den Sand stecken! Seit heute nachmittag laufen weitere Ermittlungen mit Hochdruck. Das sind die Analyse der Brandsätze, die im Bus Terminal versteckt wurden, und die Suche nach Zeugen, die vielleicht einen der Täter gesehen haben, als sie die Dinger versteckten. Die Brandsätze sind wenige Minuten vor der Übergabe des Lösegeldes erst versteckt worden. Wahrscheinlich, als sich unsere Leute mit dem Lösegeld bereits dort aufgehalten haben. Der Weg, den die Täter mit dem Lösegeld zurückgelegt haben, wird genau verfolgt. Jetzt, Mr. Shriver. Solange die Spuren noch nicht verwischt sind und das Erinnerungsvermögen der Zeugen noch frisch ist.«

»Wenn Debbie etwas zustößt ...«

»Wir übernehmen die Verantwortung für unseren Teil. Mr. Shriver«, fuhr der Chef dann in verändertem Tonfall fort. »Sie werden sich jetzt einen Termin setzen müssen, ab wann Sie das Stillhalteabkommen als beendet ansehen. Wir für unsere Seite können längeres Warten nicht mehr verantworten. Nach Mitternacht treten wir an die Öffentlichkeit, auch wenn bis dahin kein Lebenszeichen von Ihrer Tochter vorliegt.«

»Das lasse ich nicht zu!« Shriver fuhr herum, als es leise an die Tür zur Halle klopfte.

Die Tür wurde gleich darauf geöffnet, und Mrs. Shriver betrat den Raum, der sich in eine Bühne zu verwandeln schien.

Die Atmosphäre lud sich mit der prickelnden Ausstrahlung dieser Frau förmlich auf. Ich hatte nicht gewußt, daß in Neuengland solche Frauen aufwachsen, bis ich Mrs. Shriver vor knapp zwei Wochen zum ersten Mal begegnete. Auch mich hatten die leuchtenden blauen Augen sofort in ihren Bann gezogen.

»Störe ich?« fragte sie mit einer Stimme, die in meinem Hinterkopf Schwingungen erzeugte.

Shriver eilte auf sie zu und nahm ihre Hand. »Bitte, Darling, wie kannst du fragen.«

Phil und ich waren aufgestanden und nickten grüßend.

Shriver lächelte. Ich weiß nicht, ob er bemerkte, daß

sich seine Frau zum Ausgehen zurechtgemacht hatte. Vielleicht übersah er es, denn ihren Nerz hatte sie immerhin draußen gelassen.

Er übersah auch den verstohlenen Blick seines Sohnes, mit dem der seine junge Stiefmutter von unten herauf musterte. Als sie hereingekommen war, hatten sich seine Wangen mit roten Flecken bedeckt, und seine Augen waren klein geworden. Jetzt glitzerten sie hinter schmalen Lidern.

»Immer noch nichts?« fragte Mrs. Shriver.

»Nein, nichts«, antwortete er.

»Ich wüßte, was ich zu tun hätte«, sagte sie. Sie legte ihre lange schmale Hand auf seine Brust. »Ich würde den Herren vom FBI freie Hand lassen. Und zwar völlig. Ich würde keine Belohnungen aussetzen oder dergleichen ...«

»Bitte, Darling ...« Shriver zog finster die Brauen zusammen.

»Entschuldige, ich will mich ja nicht einmischen. Aber vergiß nicht – Debbie ist meine Freundin.«

»Ich weiß, ich weiß. Möchtest du dich nicht setzen?«

»Ed, ich habe Angèle versprochen, heute abend eine Stunde zu ihr zu kommen. Sie kapselt sich sonst zu sehr ab. Seit Jeff sie verlassen hat, geht sie nicht mehr unter die Leute. Ich esse bei ihr. Ich rufe zwischendurch mal an. Hier kann ich dir ja doch nicht helfen.« Sie warf einen Blick in die Runde, der den FBI-Chef, Phil und mich einschloß, den jungen Gerald aber bewußt ausließ.

Gerald sprang auf und lief hinaus. Keiner achtete auf ihn. Shrivers Lippen waren blaß geworden. Bevor er etwas sagen konnte, drückte Doris ihm einen Kuß auf den Mundwinkel.

»Terrence fährt mich hin und holt mich nachher wieder ab. Mach dir keine Gedanken. Ich denke an dich. Und an Debbie.«

Ich stieß Phil an. »Wirf dich ran!« sagte ich zu ihm.

»Ich würde ja gern, ich hab' nur keinen Aufhänger«, flüsterte er mir zu.

Ich schob ihn zur Tür. »Was braucht so ein smarter, gutaussehender Bursche wie du einen Aufhänger!« sagte ich leise. »Nur ein Tip – laß dich nicht unterbuttern! Hart bleiben! Das mag sie.« Ich grinste, als ich Phils unsicheren Blick bemerkte.

Denn Mrs. Shriver schwebte zur Tür. Auf unendlich langen Beinen. Augen wie Leuchtfeuer huschten über Phil und mich.

»Schwimm, Baby!« sagte ich und trat zur Seite.

Phil hielt der Lady galant die Tür auf. »Nach Ihnen, Ma'am«, sagte er. »Ich fahre nach unten. Wohin fahren Sie?«

Sie sah ihn aus ihren großen Augen verwundert an. Dann zuckte ein Lächeln um die großartigen Lippen, und sie schüttelte amüsiert den Kopf.

Phil unterdrückte im letzten Moment ein Zungenschnalzen. Nur sein Magen knurrte leise.

Debbie Shriver goß zwei Becher Wasser in sich hinein und schnappte nach Luft. Becky und Maureen saßen mit steifaufgerichteten Oberkörpern und übereinandergeschlagenen Beinen da. Ihre Blicke gingen ins Leere. Abwechselnd sogen sie an einem Joint. Debbie hatte den Kopf geschüttelt, als Becky ihr den Joint angeboten hatte. Sie hatte noch von vorhin genug.

Das Geld lag wie ein Haufen Abfall in der Mitte. Mick war der einzige, der hin und wieder ein paar Bündel Hunderter in die Hand nahm, sie in die Luft warf und glucksende Geräusche ausstieß. Jetzt lag er auf seiner Luftmatratze hinter Becky. Seine rechte Hand strich zärtlich über Beckys kugeligen Bauch.

Kevin holte sich noch einen Becher Kaffee und setzte sich neben Debbie.

»Ihr seid ja 'ne schweigsame Kommune«, sagte sie nach einiger Zeit, als Kevin nichts sagte.

»Das ist die Erschöpfung nach dem Kampf. Du hättest uns die letzte Zeit quasseln hören sollen ...«

Debbie deutete auf den Verschlag. »Was meinst du, was ich getan habe? Gib mir einen Schluck Kaffee!«

Sie nahm den Becher, blies hinein und trank.

»Was werdet ihr tun?« fragte sie.

»Das hast du schon mal gefragt.«

»Du hast nicht geantwortet. Jedenfalls nicht richtig.«

»Wir gehen in den Westen. Es gibt schöne Plätze in der Wüste.«

»Also nicht kämpfen?«

»Ich weiß es nicht.«

»Zehn Millionen Dollar lassen einen manches mit anderen Augen sehen, wie?« Sie hielt den Atem an. Sie hatte ihn nicht verletzen wollen. »Entschuldige«, sagte sie dann.

»Wahrscheinlich hast du recht«, gab er zu. »Aber das Geld ist für mich nicht real, verstehst du? Es bedeutet mir nur etwas, weil ich es deinem Vater abgenommen habe. Aber du hast es gesagt – es macht ihm nichts aus, es trifft ihn nicht. Zehn Millionen sind ein Klacks für ihn. Das macht es so unbefriedigend.«

»Du hättest mich töten sollen. Das hätte ihn getroffen. Eigentlich ist es schon komisch, daß er so an mir hängt. Dabei haben wir uns seit Jahren nichts mehr zu sagen.«

»Vielleicht hat er deine Mutter geliebt.«

»Ja, das hat er. Wenn ich nicht zurückkäme, es würde ihn treffen.« Sie versuchte, sein Gesicht zu erkennen. Es gelang ihr nicht, weil die Lampe heruntergedreht war. »Ich könnte mit euch gehen«, sagte sie leichthin.

Er bewegte sich unruhig.

Dann trank er Kaffee, wobei er laut schlürfte.

»Warum sagst du nichts?« fragte sie.

»Weil du Unsinn redest. Deshalb.« Seine Augen waren ärgerlich zusammengekniffen. Die Narben auf seiner Stirn schimmerten hell. Die gebrochene Nase warf einen flächigen Schatten über die eine Wange.

»Wieso hältst du das für Unsinn? Das ist gemein, weil es nicht fair ist!«

»Du warst eine Salon-Anarchistin ...«

»Ich war keine Anarchistin!«

»... davon kannst du mal deinen Enkelkindern erzählen. Aber laß die Erwachsenen damit in Ruhe!« Er zündete sich eine Zigarette an und atmete den Rauch tief ein. »Das Leben ist nicht fair. Das Leben ist gemein. Du wirst es noch merken.«

»Laß mich mit euch gehen!«

»Du bist verrückt. Spätestens am übernächsten Flughafen willst du aussteigen und zurückfliegen.«

»Es sei denn, ich tue etwas, wonach ich nicht zurückkehren kann.«

»Da müßtest du schon einen Bullen umlegen«, höhnte Kevin. »Wenn's weniger wäre, würden sie dir nicht mal 'ne Geldstrafe verpassen.«

»Habt ihr Waffen?« fragte sie.

»Nein.«

»Ihr macht eine Entführung und habt nicht mal Waffen?«

»Für eine Entführung braucht man keine«, sagte er abweisend.

»Waffen kann ich besorgen. Jede Menge. Ich kenne die einschlägigen Adressen.«

»Ich kehre nicht mehr in mein altes Leben zurück«, fügte Debbie scheinbar zusammenhanglos hinzu.

»Was willst du machen?«

»Ich könnte bei euch bleiben.«

Er sah sie lange an. »Ich glaube fast, du meinst es ernst.« Er schüttelte den Kopf. »Du bist verrückt. Total verrückt. Ich weiß nicht, warum ich dich nicht einfach vor die Tür setze.«

»Weil ich dich in der Hand habe?«

Er griff ihr zwischen die Beine. Sie zuckte nicht einmal zusammen.

»Damit?« fragte er brutal und ließ die Hand dort.

Sie schob die Hand nicht weg. Ihre Nasenflügel blähten sich.

»Damit und mit dem Geld, und weil ich soviel von euch weiß«, antwortete sie.

»Wenn wir dich behalten, müßten wir aber das Geld zurückgeben«, sagte er.

»Dann tu's!« sagte sie und nahm seine Hand von ihrem Schoß.

»Ich werde dich nirgendwo mit hinnehmen«, sagte Doris Shriver, ohne Gerald auch nur eines Blickes zu würdigen. Sie ließ sich vom Butler in den Mantel helfen. Es war kein Nerz, nur irgendein federleichter Sommerpelz, für den vermutlich eine ganze Population seltener Tierchen ihr Fell hatte lassen müssen.

Gerald Shrivers hübsches glattes Gesicht nahm einen trotzigen Ausdruck an. »Dad sieht es gern, wenn du dich um mich kümmerst. Hier ist es entsetzlich langweilig.«

»Du hättest eben in Boston bleiben sollen, Darling«, sagte Doris Shriver in jenem unnachahmlichen Neuengland-Ton, der mehr als alle käuflichen Statussymbole Herkunft, Macht und Einfluß verrät.

Gerald ballte die Fäuste. Phil sah, daß der Junge vor Erregung kaum atmen konnte. Doris streifte die Handschuhe über ihre Finger. Der Butler hielt ihr die Tür zur Vorhalle auf. Phil folgte ihr einfach.

»Warum laufen Sie mir nach, Mister ...«

»Decker, Mrs. Shriver. Phil Decker. Ich möchte Sie gern fahren.«

»Sind Sie um meine Sicherheit besorgt?« Sie lächelte. »Schauen Sie Terrence an! Edwards Leute sind handverlesen. Für jede Position den besten Mann.«

Terrence Puhlman erwartete seine Schutzbefohlene am Fahrstuhl. Er war ein ruhig und bedächtig wirkender Mann von Mitte Dreißig mit schütterem Haar. Bevor er von Edward C. Shriver engagiert und zu Doris Shrivers persönlichem Schutz bestimmt worden war, hatte er als Detective Sergeant bei der Boston Metropolitan Police gearbeitet – in der Abteilung für Personenschutz. Er war gewissermaßen ein staatlich geprüfter Leibwächter. Wie alle Angestellten aus Shrivers unmittelbarer Umgebung hatten wir auch ihn unauffällig von unseren Kollegen in Boston überprüfen lassen.

Terrence Puhlmans Ruf und Lebenslauf waren untadelig. Die Bostoner Polizei hatte er freiwillig, wenn auch nicht ohne Ärger verlassen.

Ein Industrieller, der bedroht worden war und deshalb Anspruch auf zeitweiligen Personenschutz hatte, hatte in Puhlman und seinen Kollegen billige Hampelmänner gesehen, die er herumkommandieren und sogar für die Reinigung seines Swimmingpools einsetzen konnte.

Puhlman hatte seine Leute daraufhin zurückgerufen. Als der Industrielle sich beschwerte und Puhlman offiziell gerügt wurde, hatte der sonst als besonnen geltende Mann Dienstmarke und Revolver abgegeben.

Die Fahrstuhlkabine stand offen. Puhlman, im tadellosen grauen Anzug, nickte Phil kurz zu. Doris betrat die Kabine. Sie musterte ihr Gesicht im goldgetönten Spiegel. Dort begegnete sie Phils Augen.

»Ich möchte mich gern mit Ihnen unterhalten«, sagte Phil.

Puhlman betrat den Fahrstuhl. Die Tür glitt zu, und ein kaum merklicher Ruck ging durch die Kabine.

»Ich habe einige Male mit Ihnen und Ihrem Kollegen Cotton gesprochen. Auch mit Ihrem Kollegen in Boston, gleich nachdem Debbie ... verschwand. Mir ist nichts aufgefallen. Außerdem war ich zu der Zeit überwiegend in Boston.«

Überwiegend ist gut, dachte Phil.

»Was versprechen Sie sich von einer Unterhaltung?« erkundigte sich Doris.

»Wir wissen inzwischen mehr, Mrs. Shriver«, sagte Phil. »Deshalb können wir jetzt wieder andere Fragen stellen.«

Im Spiegel sah Phil, wie Puhlman die Frau ausdruckslos ansah.

»Ich fürchte, ich kann Ihnen nicht folgen, Mister ... Decker«, sagte Doris. »Außerdem kann ich mich jetzt unmöglich auf eine Unterhaltung mit einem Polizisten konzentrieren. Weiß mein Mann, daß Sie mit mir sprechen wollen?«

»Nein, Mrs. Shriver.«

Der Fahrstuhl stoppte. Phil und Puhlman nahmen die elegante Frau in ihre Mitte. Die bewaffneten Wächter in der Lobby hielten sich dezent abseits. Phil war bewußt, daß ihr Weg von mißtrauischen Augen verfolgt und von elektronischen Kameras aufgenommen und gespeichert wurde. Die Sicherheitseinrichtungen des Olympic Tower galten als vorbildlich. Sie wären nicht aus dem Hause gekommen, wenn Puhlman ihre Ankunft nicht zuvor über eine eigens für diesen Zweck installierte Leitung angekündigt hätte.

Glastüren wurden durch Fernsteuerung für sie geöffnet. In der äußeren Lobby wartete ein Mann in der Uniform des Hauses.

»Der Wagen ist da, Mr. Puhlman«, sagte er.

»Danke, Sid«, sagte Puhlman.

Phil ging mit hinaus. In der Haltebucht stand ein zitronengelber Mercedes. Puhlman hielt die hintere Tür für Mrs. Shriver auf. Die Frau stieg ein.

»Danke, Terrence, ich mache die Tür selbst zu.« Sie sah Phil an.

»Ein andermal vielleicht«, sagte sie. »Obwohl ich wirklich nicht weiß, was ich Ihnen mitteilen könnte.« Sie wollte die Tür zuziehen.

Phil packte die Tür. Wie festgeschweißt lag sie in seiner Faust.

»Vielleicht unterhalten wir uns dann darüber, was Sie an regnerischen Tagen allein in New York machen, Mrs. Shriver.«

Er drückte die Tür in den Rahmen. Das kurze, erschreckte Zucken der Augen war ihm nicht entgangen, obwohl sie sich sofort wieder in der Gewalt hatte.

Phil sah dem davonfahrenden Mercedes nach, bis die Glut seiner Rückleuchten verblaßte.

Als er sich umdrehte, um ins Haus zurückzukehren, stand Gerald Shriver hinter ihm.

»Ich weiß, wo sie jetzt hinfährt«, sagte er gehässig.

»Zu ihrer Freundin«, sagte Phil. Er ging zum Eingang zurück.

Gerald verstellte ihm den Weg.

»Sie hat einen Liebhaber!«

»Lassen Sie das lieber nicht Ihren Vater hören«, sagte Phil. Er wollte den jungen Burschen zur Seite schieben.

»Es stimmt! Sie machen es heimlich. Er benutzt sogar einen falschen Namen.«

Was bist du nur für ein gehässiges Miststück, dachte Phil. Doch als Detektiv war er nicht berechtigt, einen Hinweis nur deshalb nicht zu beachten, weil er aus einer unsympathischen Quelle stammte und wahrscheinlich nur deshalb gegeben wurde, um der aufregenden jungen Stiefmutter eins auszuwischen. Trotzdem brachte Phil es nicht fertig, den Jungen zum Weitersprechen zu ermuntern. So starrte er ihn nur an und bemühte sich, seine Abscheu nicht deutlicher zu zeigen.

»Terrence steckt natürlich mit ihr unter einer Decke«, sagte Gerald. »Er war ein Bulle. Und Bullen sind alle korrupt.«

Phil lächelte kalt. »Ich bin auch ein Bulle. Wenn du nicht so ein dummer Schnösel wärst, würde ich dir eins über dein böses Maul geben. Von mir aus kannst du dich jetzt über mich beschweren.« Phil ging mit energischen Schritten auf den Eingang des Olympic Tower zu.

»Warten Sie doch! Ich wette, daß sie nicht bei Angèle ist! Sie ist bei diesem Kerl! Ich wette!«

»Ich wüßte nicht, was Sie einzusetzen hätten.«

»Vielleicht mehr, als Sie denken. Vielleicht hat der Kerl Debbie entführt. Und mit den zehn Millionen hauen er und Doris ab!«

»Sie haben zuviel Phantasie. Wir leben nicht in Dallas.«

»Es ist nicht weit«, sagte Gerald beharrlich. »Nur ein paar Blocks. 116 Central Park, Apartment 18-B.«

Phil blieb stehen. Central Park South. Vier Wochen vor Debbies Entführung war Doris von Boston herübergekommen, um ein Haus am Central Park zu betreten. Das Hotel Navarro, wenn Bruce Jaeger sich nicht täuschte.

»Wer soll dort wohnen?« fragte Phil.

»Der Kerl, das sag' ich doch. Apartment 18-B.«

Phil betrat den außen liegenden Teil des Eingangs und legte seinen Ausweis auf die Sichtplatte. Ein optisches System übertrug das Bild des Ausweises in den Kontrollraum. Über eine ausgeklügelte Schleusenanlage, die das Eindringen Unbefugter ausschloß, durfte er die Halle betreten. Obwohl Gerald Shriver den Sicherheitsleuten des Olympic Tower bekannt war, mußte er seine codierte Karte, die ihn als Angehörigen eines Mieters auswies, in den Schlitz des Kontrollautomaten stecken.

In der Halle rief Phil von einem Haustelefon aus das Apartment der Shrivers an und ließ sich Chris Fenwick geben. Gerald drückte sich unmittelbar hinter ihm herum.

»Ich wäre Ihnen verbunden, wenn Sie etwas umhergingen«, sagte er grob. Gerald grinste und verzog sich. Dann meldete sich Chris. »Gibt's was Neues?« erkundigte sich Phil.

»Absolut nichts, Phil.«

»Chris, die Sache ist etwas delikat. Die Dame des Hauses hat eine Verabredung mit einer gewissen Angèle. Wenn die Verabredung telefonisch vereinbart wurde, müßtet ihr sie doch abgehört haben.«

»Haben wir auch«, bestätigte Chris prompt. »Die Dame heißt Angèle Wallace. Der Küchenklatsch will wissen, daß besagte Angèle die beste Freundin der jungen Hausfrau aus unbeschwerten Studententagen ist.«

»Wann wurde die Verabredung getroffen?«

»Der Anruf kam um acht. Von Mrs. Wallace. Wir sind allerdings diskreterweise aus der Leitung gegangen.«

»Weiß der Küchenklatsch auch, wo die Dame wohnt?«

»Das wußte der Küchenklatsch nicht, aber weil unser Computer den Namen noch nicht kannte, habe ich im Telefonbuch nachgesehen. Die Dame wohnt 116 Central Park South. Möchtest du auch ihre Telefonnummer wissen?«

»Chris, du bist ein Schatz«, sagte Phil. »Wenn Jerry nach mir fragt, sag ihm, ich bleibe in Reichweite!«

»Ist der Junior bei dir?«

»Ist er. Leider.«

»Paß schön auf ihn auf!«

Phil legte auf. Er sollte sich erleichtert fühlen, weil die

Tugend der schönen Mrs. Shriver anscheinend keine Flecken aufwies. Andererseits ließ sich ein gewisses Unbehagen nicht ignorieren. Phil kannte dieses Gefühl. Es würde ihm keine Ruhe lassen, bis er Gewißheit hatte.

»Sie ist nicht bei Angèle!« hechelte Gerald hinter ihm.

Phil fuhr herum. Er unterdrückte eine scharfe Bemerkung. Er ging zum Pult, wo er sich ein Telefonbuch von Manhatten geben ließ. Er schlug die Seiten mit den Hotels auf.

Hotel Navarro, 112 Central Park South.

Mrs. Wallace wohnte in 116. Bruce Jaeger hatte Mrs. Shriver ins Navarro gehen sehen. Na und? Vielleicht hatte Mrs. Shriver dort ein Zimmer genommen, um ihrer Freundin nahe zu sein, aber nicht zu nahe.

Aber warum war sie nicht von ihrem Leibwächter begleitet worden? Hatte sie sich vielleicht in der Bar mit jemandem getroffen? Mit Mrs. Wallace? Unsinn, die wohnte nur ein paar Schritte weiter.

Blieb nur der Liebhaber.

Der große Unbekannte.

»Es sind nur ein paar Blocks!« drängte Gerald. »Wenn ich danebenliege, machen Dad und Doris Hackfleisch aus mir und verfüttern es an die Fische.«

Was sie längst hätten tun sollen, dachte Phil.

»Kommen Sie, wir fahren mal rüber«, sagte er.

Angèle Wallace umarmte die Freundin und hauchte ihr einen Kuß auf die Wange. Sie lachte.

»Er wartet schon ungeduldig. Ich hätte ja nicht gedacht, daß du kommst, nach dem, was bei euch los ist.«

»Ich kann auch nicht lange bleiben. Es ist unmöglich.« Sie zog den Mantel aus und ordnete ihr volles Haar.

Angèle sah ihr amüsiert zu. Sie war eine damenhafte

Frau, nur wenig älter als Doris. Angèle hatte wie Doris ihr Studium der Kunstgeschichte abgebrochen, um Jeff Wallace, einen bekannten Fernsehjournalisten, zu heiraten. Jeff hatte mit seinem alten, bewegten Leben nicht brechen wollen, mit dem Leben, das anfangs so verführerisch auf Angèle gewirkt hatte. Sie hatten sich nach nur elf Monaten wieder getrennt. Angèle litt keineswegs an gebrochenem Herzen, wie Doris ihrem Mann weiszumachen versuchte.

»Wo ist dein famoser Leibwächter?« fragte Angèle. »Ich hätte nicht übel Lust, ihn zu verführen.«

»Untersteh dich! Terrence weiß, wer ihm sein Gehalt zahlt!«

»Du bist so nervös, Schatz. Beruhige dich. Wenn du Unterstützung brauchst, du weißt ja, wo du mich findest.« Lächelnd zog sich Angèle zurück.

Doris öffnete die Tür zu dem kleinen, völlig abgeschlossenen Apartment, in dem das Hausmädchen der Wallaces gewohnt hatte, als Jeff noch mit in der Wohnung lebte. Ihr Herz klopfte, als Bob sie in die Arme nahm.

»Meine Liebe, ich habe so lange auf dich gewartet ...«

Sie preßte sich an ihn und küßte ihn gierig, und sie spürte, wie sie das Feuer in ihm entfachte. Schwer atmend löste sie sich aus seinen Armen.

»Gib mir eine Zigarette! Schnell!«

Bob lächelte, als er zwei Stäbchen anzündete. Bob war dreiunddreißig Jahre alt, sah aber eher älter aus. Er war der Typ des geheimnisumwitterten Abenteurers, wie es ihn wohl nur noch in Romanen oder Filmen gab. Ein Mann, der in Jeans oder im Smoking eine gleichermaßen gute Figur machte. Ein Mann mit erlesenen Manieren und gewählter Ausdrucksweise, der aber auch wie ein Hafenarbeiter fluchen konnte. Sein Körper war schlank und von makelloser Schönheit, die Muskeln unter der glatten Haut hart wie Reifengummi.

»Ich bin hoffnungslos eitel«, hatte er ihr auf eine Frage erklärt. »Da, wo ich mich rumgetrieben habe, muß man als erster schlagen können, wenn man sein Gesicht und seine Zähne behalten will.«

Er hatte ein schmales, ausdrucksvolles Gesicht mit gerader Nase und weißen Zähnen.

Doris wußte nicht, wer er war. Er hatte Geld. Ein Hochstapler also? Nein, das konnte sie sich nicht vorstellen. Ein Gauner vielleicht? Einer mit Charme und Witz? Es spielte keine Rolle. Denn vor allem anderen war er ein Mann, der auf eine Frau einzugehen verstand und der so unendlich zärtlich sein konnte, daß es für sie wie eine Offenbarung gewesen war, als sie sich ihm zum ersten Mal hingab.

»Ich hätte nicht kommen dürfen«, stieß sie hervor. »Nicht heute.«

»Ich mußte dich sehen«, sagte er.

Er stand vor ihr, ohne sie zu berühren. Er trug ein weißes Hemd, das vorn offenstand und die gebräunte Brust sehen ließ. Sie wollte seine Haut berühren. Sie wollte von ihm berührt werden. Jeder Nerv ihres Körpers verlangte nach ihm.

»Nur eine Stunde«, bat er. »Ich muß weg ...«

Sie spürte, wie ihre Beine weich wurden. Er nahm ihr die Zigarette ab und zog sie an sich.

»Wann?«

»Morgen. Es geht nicht anders.«

Sie fragte ihn nicht, warum. Sie spürte, daß er sie anlügen würde.

»Bleib hier!« flüsterte er in ihr Ohr. »Wenigstens eine Stunde.«

»Es ist unmöglich ... Es sind FBI-Leute bei Edward. Einer hat sich so seltsam verhalten ...«

»Es weiß doch niemand von uns.«

»Nein, niemand. Vielleicht Debbie. Sie ahnt vielleicht

etwas. Aber dieser G-man ... Er hat mich gefragt, was ich an regnerischen Tagen allein in New York mache ...«

Bobs Wangenmuskeln traten scharf unter der glatten Haut hervor. »Wie meinte er das?«

»Ich weiß es doch nicht ... Ich dachte an den Tag Ende Juni, weißt du noch? Als ich Debbie mitgebracht hatte.«

Sie hatte ihm von Debbie erzählt, weil sie sich gut mit der Tochter ihres Mannes verstand, obwohl ihr Debbies politische Ansichten nicht behagten.

Bob hatte Debbie einmal sehen wollen. Unauffällig und von weitem. Deshalb hatte sich Doris von Debbie ins Navarro begleiten lassen. Bob hatte an der Bar gesessen. Debbie schien ihn kaum bemerkt zu haben, was Doris wiederum verletzt hatte. Ein Mädchen, das einen Mann wie Bob nicht wenigstens ansah, mußte entweder frigide oder lesbisch sein.

»Dieser Freund von ihr, der uns gefahren hat ... Ich hatte gedacht, sie besorgt uns ein Taxi. Aber es war keins zu bekommen, da hat sie diesen Freund springen lassen.«

Bob lachte unbesorgt. »Mach dir keine Gedanken!«

Sie machte sich doch Gedanken. Sie benutzten immer Angèles Wohnung, weil Angèle, ihre älteste und intimste Freundin, ihr das perfekte Alibi gab und sie hier tatsächlich auch telefonisch zu erreichen war.

Nur das eine Mal, als Angèle ihre Mutter in Baton Rouge besucht hatte, hatten sie sich im Hotel Navarro getroffen. Da hatte sie heimlich nach New York fliegen müssen, sich davonstehlen müssen. Kurz danach allerdings hatte sich Bob ebenfalls eine Wohnung in diesem Haus genommen, damit sie nie mehr auf Hotels angewiesen sein mußten, wie er erklärt hatte.

»Polizei und FBI werden jetzt loslegen und alle Möglichkeiten ausschöpfen. Sie werden herausfinden, daß ich heimlich in New York war! Mach du dir keine Sorgen«, sagte sie schnell, als sie spürte, wie sein Körper sich versteifte. »Ich weiß schon, was ich sage ... Ich wollte einmal für mich sein. Einmal ohne Leibwächter. Wie früher. Edward wird mir glauben. Und was die anderen denken, ist mir egal. Ich werde niemandem etwas von dir erzählen, ich schwöre es! Und Angèle ist ebenfalls standhaft. Ich weiß es. Schließlich hast du ja nichts mit Debbies Entführung zu tun.«

»Nein«, sagte er, und er lächelte, was sie jedoch nicht sehen konnte, weil er sein Gesicht in ihr Haar preßte.

Eine Stunde, dachte sie. Weil es das letzte Mal wäre. Sie hatte Terrence aufgetragen, sie um zehn Uhr abzuholen.

Sie wartete darauf, daß Bob sie auf den Boden zog. Sie hatten sich immer auf dem Boden geliebt, weil sie viel Platz brauchten.

»Vergiß nicht, mir die Schlüssel zurückzugeben«, sagte er.

Die Stimmung verflog jäh. »Natürlich nicht.« Sie löste sich von ihm. Ihre Handtasche hatte sie einfach zu Boden fallen lassen wie immer. Sie hob sie auf und öffnete die Klappe.

Er sah ihr zu, und als ihre Bewegungen hastiger wurden und ihre Stirn sich krauste, nahm er die Tasche an sich und kippte ihren Inhalt kurzerhand auf den Boden.

»Wo ist der Schlüssel?« fragte er heiser.

»Ich weiß es nicht, ich ...«

»Dein Mann?«

»Nein, ausgeschlossen ... Gerald! Das kann nur Gerald gewesen sein. Dieses Ungeheuer! Er spioniert mir nach.«

Er räumte die Tasche wieder ein. »Verzeih, meine Liebe«, sagte er beherrscht. »Verzeih mir! Wir sehen uns wieder ...«

Es sollte ein Versprechen sein, aber es war eine Lüge. Sie nahm ihre Tasche. Sie küßte ihn. Ihre Lippen waren noch heiß, und sie spürte die Kälte seiner Haut.

»Ich schicke Angèle die Schlüssel«, sagte sie. »Leb

wohl!« Sie ging, ohne sich umzusehen. Angèle saß im Salon.

»Doris, du siehst furchtbar aus.«

»Ich fühle mich auch so. Gib mir einen Drink!«

Als sie an dem Cognac nippte, hörte sie die Wohnungstür zuschlagen. Sie schloß kurz die Augen.

»Es wird vorbeigehen«, sagte Angèle mitleidig.

Gerald Shriver steuerte zielsicher den Eingang an. Phil folgte ihm wohl oder übel.

Hinter der geschlossenen Doppelglastür brannte Licht. In der Halle standen Grünpflanzen, die gereicht hätten, eine Friedhofsgärtnerei damit zu eröffnen. Von einem Doorman war nichts zu sehen. Außen gab es nur ein Haustelefon und eine Klingel mit einem Sprechgitter darunter. Phil hätte es vorgezogen, ein Mieterverzeichnis vorzufinden.

Denn wohl fühlte er sich nicht. Okay, er wollte den Doorman oder den Hausverwalter fragen, welche Apartmentnummer Mrs. Wallace bewohnte. Wenn es die Nummer 18-B war, von der Gerald faselte, würde er umkehren und den Lümmel mitnehmen, notfalls am Kragen.

Phil wollte klingeln, aber Gerald klapperte mit Schlüsseln. Er grinste boshaft, als er einen in das Schloß der Haustür schob.

Phil packte sein Handgelenk. »Stopp!« sagte er. »Woher haben Sie die Schlüssel?«

»Die schöne Doris ist manchmal sehr leichtsinnig.«

Phil hielt Geralds Handgelenk eisern fest. Die Lippen des Jungen wurden weiß. »Sind das die Schlüssel zum Apartment von Mrs. Wallace?«

»Wo denken Sie hin! Die Schlüssel gehören zur Wohnung von diesem Kerl!«

Phil ließ das Handgelenk los. »Dann schließen Sie auf!

Aber nur diese Tür. Anschließend werden Sie den Schlüssel zurückgeben.«

Gerald schloß die Haustür auf, und sie betraten die Halle.

»Waren Sie schon mal hier?« erkundigte sich Phil.

»Nein ...«

An der linken Seite der Lobby entdeckte Phil, von üppig wucherndem Grün halb verborgen, eine kleine Kabine mit einem Fenster darin. Hinter dem Fenster flimmerte ein Fernsehbild. Phil ging auf die Pförtnerkabine zu und klopfte. Hinter der Scheibe entstand eine Bewegung. Dann trat ein Mann mittleren Alters durch die Tür an der Seite. Er trug einen grauen Anzug. Am Revers steckte ein Ausweis mit seinem Lichtbild. Er lächelte freundlich-fragend.

»Guten Abend. Kann ich Ihnen helfen? Sie gehören zum Haus?« Er blickte auf die Schlüssel, die Gerald an einem Finger kreisen ließ.

Phil wies seinen FBI-Ausweis vor. »Welche Apartmentnummer hat Mrs. Wallace?« fragte er.

»14-F«, lautete die prompte Antwort.

»Wissen Sie, ob Mrs. Wallace Besuch hat?«

»Ja, eine Dame. Sie kam kurz vor neun. Ich habe sie hereingelassen, nachdem Mrs. Wallace mich dazu aufgefordert hat.«

Phil warf Gerald Shriver einen vernichtenden Blick zu und nahm ihm die Schlüssel aus der Hand. Sie trugen eingravierte Nummernkombinationen, aber weder Namen oder gar Anschriften. Kein New Yorker hängt sein Adressenschildchen an die Schlüssel zu seiner Wohnung.

»Können Sie feststellen, zu welcher Wohnung dieses Schlüsselpaar gehört?« fragte Phil dann.

Der Portier, der Goodale hieß, ging in seinen Dienstraum zurück. Dort verglich er die eingravierte Nummer mit den entsprechenden Zahlen in der Kartei. Er drehte sich um und sah Phil an. Gerald nahm die Schlüssel schnell wieder an sich.

»Der Wohnungsschlüssel gehört zu 18-B. Das ist ein Apartment, das nur möbliert vermietet wird.« Goodale zog die Karteikarte aus dem Kasten. An der Karte hing eine vorgedruckte Hausmitteilung. »Ich sehe gerade, 18-B ist wieder frei, obwohl die Miete bis zum 30. September bezahlt ist. Strom und Telefon sollen morgen früh abgestellt werden.« Phil nahm die Karte in die Hand. Seine Neugier war erwacht. Heute nachmittag hatten zehn Millionen Dollar Lösegeld ihren Besitzer gewechselt. Heute und morgen wurde ein Apartment frei, obwohl die Miete noch für sechs Wochen bezahlt war. Ein Apartment zudem, das in irgendeiner Beziehung zu einem Mitglied der Familie Shriver stand.

Der Name des Mieters lautete Barry, Brian Robert. Eingezogen war dieser Mr. Barry am 1. Juli.

Einige Tage vorher, am 25. Juni, hatte sich Mrs. Shriver von Debbie ins Hotel Navarro begleiten lassen – ein paar Türen weiter.

Die Vermutung, daß die schöne Mrs. Shriver einen Liebhaber hatte, verdichtete sich nunmehr zur Gewißheit. Ob der Liebhaber allerdings etwas mit Debbies Entführung zu tun hatte, mußte bewiesen werden. Zu dem Zweck müßte Mr. Barry durchleuchtet werden. Um ihn durchleuchten zu können, müßte man mehr über ihn wissen als den Namen auf der Karteikarte. Die Durchschrift des Mietvertrages enthielt wahrscheinlich aufschlußreiche Einzelheiten. Referenzen, Paß- oder Kontonummern, den Abdruck einer Kreditkarte.

Das Büro der Hausverwaltung öffnete erst morgen vormittag um zehn Uhr.

Bis dahin konnte sich ein Verdächtiger in Luft aufgelöst haben.

»Rufen Sie bitte in 18-B an!« forderte Phil den Portier auf.

Mr. Goodale legte eine Hand auf den Hörer des Haustelefons und sah Phil fragend an. »Was soll ich sagen, wenn sich jemand meldet?«

»Fragen Sie, wann das Apartment für die Reinigung frei wird!«

Goodale wählte. Dann hielt er den Hörer so, daß auch Phil das monotone Schrillen des Rufzeichens hören konnte.

»Es meldet sich niemand, Sir. Vielleicht hat Mr. Barry das Apartment bereits verlassen.«

»Ich möchte einen Blick in 18-B werfen«, sagte Phil entschieden. »Würden Sie mich bitte begleiten?«

Das Apartment war zwar gekündigt. Aber da die Miete noch für einen längeren Zeitraum bezahlt war, befand es sich weiterhin unter der Verfügungsgewalt des Inhabers, auch wenn der telefonisch nicht zu erreichen war. Phil brauchte also einen Zeugen, wenn er die Wohnung betreten wollte.

Das Recht, sie zu betreten, hatte er, weil eine Verbindung zwischen dem Mieter und dem Entführungsfall Debbie Shriver nicht auszuschließen war. Unter normalen Umständen hätte Phil eine gerichtliche Anordnung beantragt. Doch Debbie war verschwunden. Ihr Leben stand also auf dem Spiel. Deshalb war sofortiges Handeln erforderlich.

»Ich darf meinen Posten unter keinen Umständen verlassen«, sagte Goodale bestimmt. »Tut mir leid.«

Phil hätte einen Cop von der Straße holen oder einen Kollegen vom FBI anfordern können. Doch er hatte das Gefühl, als ob ihm die Zeit unter den Nägeln brannte.

»Ich gehe mit«, bot Gerald Shriver an.

»Das kommt überhaupt nicht in Frage!« sagte Phil grob. »Geben Sie mir den Schlüssel, machen Sie schon!«

Er nahm die Schlüssel an sich. Zu Goodale gewandt, sagte er: »Wenn ich in zehn Minuten nicht zurück bin oder mich über das Haustelefon gemeldet habe, rufen Sie im Olympic Tower an und verlangen, Special Agent Jerry Cotton zu sprechen. Die Telefonnummer sagt Ihnen dieser junge Herr.«

Phil wandte sich ab und ging zum Fahrstuhl.

Drei Minuten später stand er vor der Tür zu 18-B. Vorsichtshalber klingelte und klopfte er einige Male, bevor er den Schlüssel ins Schloß steckte. Immerhin war es möglich, daß jener Brian Robert Barry deshalb nicht ans Telefon gegangen war, weil er sich gerade mit Mrs. Shriver beschäftigte.

Als keine Reaktion erfolgte, drehte er den Schlüssel herum und stieß die Tür auf.

Er ließ sie herumschwingen, bis sie gegen die Wand schlug.

Gedämpftes Flurlicht warf ein helles Rechteck auf gelben Teppichboden. Phil erkannte den Umriß eines Sessels mit hoher Lehne. Das Viereck des Fensters schimmerte undeutlich durch die zugezogenen Vorhänge.

Warum hatte sich der Mieter noch die Mühe gemacht, das Fenster zuzuziehen, wenn er ausgezogen war? Warum hatte er es überhaupt zugezogen, da das Fenster doch auf den Central Park hinausging, ein Vorzug, den er teuer bezahlen mußte?

Phil trat über die Schwelle. Links und rechts vom Rahmen herrschte Finsternis. Irgendwo funkelte rot wie ein krankes Auge das Bereitschaftszeichen eines Fernsehapparates.

Phil tastete mit einer Hand an der Wand entlang auf der Suche nach dem Lichtschalter. Das rote Licht zog seinen Blick magisch an.

Bis der Strahl unterbrochen wurde. Ganz kurz nur, als ob eine Mücke hindurchgeflogen wäre.

Phils Hirn schaltete um von Logik auf Instinkt. Er duckte sich. Etwas fauchte über seinen Kopf hinweg. Der Luftsog riß seine Haare in die Höhe. Im selben Moment krachte es auch schon. Knirschend grub sich der schwere Messinglöffel eines Golfschlägers in den Türrahmen.

Phil warf sich nach links. Von dorther war der Schlag gekommen. Hätte er getroffen, hätte er mit Sicherheit Phils Schädeldecke zertrümmert.

In einem dunklen Raum ist der Revolver eine untaugliche Waffe. Phil verhakte deshalb beide Hände ineinander und schwang sie wie eine Keule herum.

Es war ein unerbittlicher, genau abgezirkelter Schlag. Phil spürte die Erschütterung bis in die Schultern, als seine Fäuste gegen die Rippen des Unbekannten krachten und ihm die Luft aus den Lungen trieben.

Der hat genug, war Phils erster Gedanke, als er hörte, wie sein Gegner auf die Knie fiel und würgende Laute ausstieß. Aber dann griffen Hände wie Klauen nach Phils Beinen und rissen ihm die Füße unter dem Körper weg.

Phil landete auf dem weichen Teppichboden. Sofort wälzte er sich herum. Sein Gegner hatte zwar noch mit den Nachwirkungen des Keulenschlages zu kämpfen, aber er wehrte sich mit der Verbissenheit eines Mannes, der alles zu verlieren hatte.

Keuchend und nach Luft schnappend warf sich der Fremde auf Phil. Harte Arme umschlangen Phils Nacken. Schon knirschten seine Wirbel.

Phil bäumte sich auf. Mit einer einzigen Anspannung aller Muskeln schleuderte er den Mann gegen den Türrahmen.

Phil riß der erschlaffenden Gestalt die Arme auf den Rücken. Dann drehte er den Mann herum.

Die Kante des Türrahmens hatte einen tiefen Abdruck in dem Gesicht hinterlassen, der von der Stirn bis zur linken Mundseite reichte.

»Bitte, nicht mein Gesicht ... O Gott, mein Gesicht ...«, wimmerte der blutende Mund.

Phil schaltete das Licht an. Mit einem Fußtritt schloß er die Etagentür. Dann stieß er seinen Gefangenen in einen Sessel. »Sie werden uns eine Menge zu erzählen haben, Mr. Barry«, sagte Phil.

Allerdings – ganz sicher war er seiner Sache jetzt doch nicht mehr.

Ich preßte den Hörer an mein Ohr. Phils erster Satz war wie ein Geschoß mitten in mein Hirn gedrungen.

»Jerry, ich glaube, ich habe einen von der Bande.«

Ich hielt den Atem an, während ich Phils kurzem Bericht lauschte. Chris Fenwick und Nick Viola beobachteten mein Gesicht und suchten nach einer Antwort auf die einzige Frage, die sie und jeden von uns im Moment interessierte – lebte Debbie Shriver?

Es war jetzt elf Minuten vor zehn. Bis zu diesem Augenblick war immer noch kein Lebenszeichen von der Vermißten eingegangen.

»Ich komme rüber, so schnell ich kann«, sagte ich. »Die Festnahme darf auf keinen Fall bekanntwerden, bevor wir mehr wissen.«

»An mir soll's nicht liegen, Jerry«, bestätigte Phil. »Aber ich traue dem Bengel unten in der Halle nicht. Außerdem kann Mrs. Shriver jeden Moment herunterkommen und ihn sehen. Was dann? Und noch etwas – Barry verlangt einen Arzt. Und er will mit seinem Anwalt telefonieren – in Taunton, Massachussets«, schloß Phil vielsagend.

»Hast du plötzlich Bedenken?« fragte ich.

»Nein, Jerry, nicht wirklich. Aber einiges stört mich.«

»Wir werden alles klären. Ruf die Zentrale an! Sie sollen einen Arzt schicken. Sonst bleibt Barry abgeschottet.

Und wenn die Welt untergeht!« entschied ich. Ich knallte den Hörer auf die Gabe. »Phil meint, er habe ein Mitglied der Bande geschnappt, zumindest einen Mitwisser«, sagte ich zu Chris und Nick, um ihre Wißbegier zu befriedigen. »Die Nachricht ist aber top secret!«

Ich bat John D. High, meinen Chef, einen Augenblick in die Halle herauszukommen. Er versuchte immer noch, Edward C. Shrivers Einwilligung zu erhalten, die Verfolgung aufzunehmen.

»Ist etwas geschehen?« fragte er.

»Phil glaubt, einen Mann gefaßt zu haben, der etwas mit der Entführung zu tun haben könnte«, antwortete ich. »Einen Mann, der sich Brian Robert Barry nennt.«

Der Chef runzelte die Stirn. »Barry ... Der Name ist recht häufig.«

»Wie meinen Sie das, Sir?« fragte ich beunruhigt.

»Ach, es handelt sich zweifellos um eine zufällige Namensgleichheit. Die Barry-Dynastie hat ein schwarzes Schaf, das ebenfalls Brian Robert heißt.«

»Hat die Dynastie etwa ihren Sitz in Taunton, Massachusetts?«

»Ja, Jerry. Hoffentlich hat Phil nicht danebengegriffen. Das gäbe Ärger.«

Allerdings, dachte ich. Aber Ärger hatte ich ja schließlich kommen sehen.

Weil Phil mit meinem Jaguar zum Central Park South gefahren war, ließ ich mich vom Fahrer des FBI-Chefs die paar Blocks nach Norden chauffieren. Als ich vor dem Haus Nummer 116 aus dem Wagen stieg, bemerkte ich als erstes den zitronengelben Mercedes und Terrence Puhlman, der Mühe hatte, seine Überraschung zu verbergen.

»Sie hier?« fragte er, als ich neben ihm stehenblieb.

»Ja, Terry.«

»Mrs. Shriver wird es nicht gern sehen, wenn Sie und Agent Decker hinter ihr herspionieren.«

»Das kann ich mir lebhaft vorstellen. Seit wann und wie oft fahren Sie Mrs. Shriver zu diesem Haus?«

»Tut mir leid, Jerry ...«

»Schon gut. Wir sprechen uns vielleicht noch.«

Ich trat in den Eingang und klopfte. Goodale, der Portier, öffnete, nachdem er durch die Scheibe hindurch lange genug meinen Ausweis gemustert hatte. Gerald Shriver lungerte in der Halle herum. Seine Miene verriet, daß er sich keineswegs mehr so siegessicher fühlte wie vor einer knappen Stunde, als er Phil hierhergelotst hatte.

»Ich möchte zurückfahren«, sagte er.

»Kommt nicht in Frage, Gerald«, sagte ich. »Sie haben hier etwas eingefädelt ...«

Wir sahen uns um, als die Fahrstuhltüren scharrten. Mrs. Doris Shriver erstarrte förmlich bei meinem und Geralds Anblick. Sie fing sich allerdings sehr schnell.

»Oh, Gerald«, sagte sie näselnd auf beste Neuengland-Manier. »Ich hatte angenommen, du seist aus der Zeit der pubertären Träume heraus.«

Gerald ballte die Fäuste. »Du hast meinen Vater eingewickelt wie eine ...« Er verstummte unter dem eisigen Blick seiner jungen Stiefmutter. Dann stieß er hervor: »Vater wird alles erfahren!«

»Was?«

Ich schaltete mich ein. »Ich glaube, hier ist nicht der richtige Ort, um eine familiäre Auseinandersetzung auszutragen.«

Goodale zog sich diskret in seine Kabine zurück und schloß die Tür.

»Dieser Ort ist so gut oder so schlecht wie jeder andere, Mr. Cotton«, sagte Doris Shriver beherrscht. »Dieses kleine Ungeheuer leidet vermutlich an einem zu stark unterdrückten Ödipuskomplex. Der junge Mann gehört in psychiatrische Behandlung. Meiner Ansicht nach sogar in eine geschlossene Abteilung.«

»So hast du dir das gedacht! Du Hure! Vater wird dich jetzt davonjagen, wie er meine Mutter davongejagt hat!«

»Vermutlich, Gerald. Ich fahre jetzt nach Hause. Beeil dich, damit du vor mir dort bist!«

»Ich muß Sie bitten, mich zu begleiten. Sie können sich natürlich weigern, Mrs. Shriver, aber vielleicht sind wir in der Lage, sofort die eine oder andere Frage zu klären.«

»Ich verstehe Sie nicht.« Mrs. Shriver sah mich an. Erstaunt und gefaßt. Ich begann zu ahnen, daß sie und ihr Liebhaber eine harte Nuß für uns bedeuteten.

Steckte sie vielleicht hinter der Entführung?

Ich hielt den Atem an bei dieser aberwitzigen Vorstellung. Doris Shriver, geborene Sutherland, stammte aus einer reichen Familie. Zweifellos verfügte sie über eigenes Geld.

»Ich wäre Ihnen dankbar, Mr. Cotton, wenn wir das Unvermeidliche bald hinter uns bringen könnten.«

»Ich komme mit!« sagte Gerald.

»Sie bleiben hier!« Ich öffnete die Außentür. »Terry! Können Sie bitte mal kommen?«

Terrence Puhlman kam. »Ja, Jerry?«

»Passen Sie auf den Junior auf. Nicht, daß er uns abhanden kommt.«

Puhlman grinste flüchtig. »Keine Sorge. Das wäre zu peinlich für die G-men und den Bodyguard.«

Ich fuhr mit einer kühlen und gefaßten Mrs. Shriver in den 18. Stock hinauf. Phil öffnete mir, nachdem ich mich ihm zu erkennen gegeben hatte.

»Bitte, Mrs. Shriver«, sagte ich und überließ ihr den Vortritt.

Brian Robert Barry, genannt Bob, lag halb auf einem zweisitzigen Sofa. Er hatte den Kopf auf die Lehne gelegt.

Phil hatte als Maßnahme der ersten Hilfe saubere Tücher über sein Gesicht gelegt.

Barry nahm die Tücher jetzt ab und wandte den Kopf. Doris Shriver zog scharf die Luft ein. Vermutlich erschreckte sie der Anblick der geschwollenen Nase und der geplatzten Lippe.

In Barrys Augen zuckten Flammen, die jedoch sofort wieder erloschen.

»Wer ist das? Mit einem weiblichen Doc habe ich nicht gerechnet!«

»Kennen Sie diesen Mann, Mrs. Shriver?«

»Wie bitte? Wo denken Sie hin?«

»Mrs. Shriver!?« Barry richtete sich vollends auf. Er war ein Schauspieler. »Haben wir uns nicht beim Frühlingsfest des Gouverneurs gesehen? Wann war das noch? Im Mai?«

»Im April«, antwortete Doris Shriver, das Stichwort aufgreifend.

»Ich war dort. Aber weiß nicht, ob ich mich an Sie erinnere. Tut mir leid, Mister ...«

»Brian Robert Barry. Man nennt mich Bob.« Er versuchte zu lächeln, was mit den geschwollenen Lippen schwierig war. Er deutete auf sein verunstaltetes Gesicht. »Ich sehe für gewöhnlich besser aus. Entschuldigen Sie den Zwischenfall, meine Liebe ...«, näselte er dann blasiert. »Vielleicht sehen wir uns unter erfreulicheren Umständen wieder. Ich habe vor, nach mancherlei Irrungen und Wirrungen in den Schoß meiner Familie nach Taunton heimzukehren.«

»Dann wünsche ich Ihnen viel Glück, Bob«, sagte Doris Shriver. Sprach's, drehte sich um und ging ab.

Der Vertrauensarzt des FBI traf kurz darauf ein. Wir ließen ihn mit dem Patienten allein.

»Ich glaube, ich stehe jetzt ganz schön im Regen«, sagte Phil. Wir standen in der kleinen Küche des Apartments. »Ohne Durchsuchungsbefehl können wir die Bude und Barrys Gepäck nicht auseinandernehmen. Es ist zum Heulen. Verdammt, Jerry, die Sache stinkt!«

Phil wußte inzwischen natürlich auch, was das für ein Vogel war, den er da gefangen hatte.

»Er wollte verschwinden. Hast du das Gepäck gesehen?« fragte Phil hitzig.

»Er hat der Hausverwaltung ja mitgeteilt, daß er auszuziehen gedachte«, gab ich zurück.

»Er hat sich entweder hier oder unten in 14-F bei Mrs. Wallace mit Doris Shriver getroffen.«

»Was nicht strafbar ist«, bemerkte ich, obwohl ich meinem Freund so etwas nicht zu sagen brauchte. »Was macht dich so sicher?« frage ich ihn dann.

»Wir glauben doch beide nicht an Zufälle ... Warum hat er das Telefon nicht abgenommen, als ich von der Halle aus anrief? Und warum hätte er mich mit dem verdammten Golfschläger beinahe umgebracht?«

»Als du anriefst, war er noch in Mrs. Wallaces Wohnung beschäftigt«, vermutete ich. »Hat mit der schönen Doris Mund-zu-Mund-Beatmung geübt. Als du dann hier oben aufkreuztest und den Schlüssel ins Schloß stecktest, war er vielleicht gerade zurückgekommen. Hast du laut genug gesagt, wer du bist?«

»Es hat sich ja nichts gerührt!«

»Er hat also an einen Einbrecher geglaubt und von seinem Recht der Notwehr Gebrauch gemacht.«

»Wer bist du eigentlich? Mein Freund und Kollege? Oder mein Ankläger?«

»Ich habe mich nur für einen Augenblick in die Rolle von Barrys Verteidiger versetzt. Mehr nicht.«

Ich hatte mich ein wenig in der Küche umgesehen und die Klappe des Müllschluckers entdeckt. Ich öffnete die Klappe und betrachtete sie und den Rahmen und die Schräge, über die der Müll in den Hauptschacht rutschte, sehr genau.

»He, Phil!« sagte ich dann und deutete auf einen dünnen Streifen graubraunen Gewebes, der sich an der Ecke der Klappe verfangen hatte.

»Ein Stück Stoff? Jetzt müßte man eine Lupe bei sich haben wie weiland Sherlock Holmes.«

»Für mich sieht das aus wie ein Rest von einem gummierten oder ähnlichen Gewebe.« Ich bückte mich und öffnete den Schrank unter der Spüle. Dort standen und lagen wie in jedem ordentlichen Haushalt die Reinigungsgeräte.

Ich nahm den Handbesen heraus und klopfte ihn auf der Arbeitsplatte aus.

Einige Fäden des gleichen Gewebes fielen heraus.

»Mensch, Jerry», sagte Phil atemlos, »er kann doch nicht so dämlich sein und das Geld hier oben haben!«

»Wenn er sich hier sicher fühlte, haben er und seine Komplicen es vielleicht hier umgepackt. Und er hat die Taschen zerschnitten und die Reste in den Müllschlucker gestopft. Hol dir ein paar Leute, die den Sammelbehälter durchsuchen. Wenn sie Teile der Tasche finden, bist du der King. «

»Oder ein Ex-G-man.«

»Möglich ist alles. Beeil dich, Freund! Ach, und noch etwas. Quetsch den Portier aus! Goodale und seinen Kollegen von der Nachmittagsschicht. Wenn Barry Besuch hatte, haben die vielleicht jemanden gesehen.«

»Wenn Barry seine Komplizen mitgebracht hat, dann zwischen fünf und sechs. Um die Zeit herrscht in der Halle das größte Kommen und Gehen«, meint Phil skeptisch.

»Es ist deine Marke, die auf dem Spiel steht«, sagte ich leichthin. »Aber mach dir keine Sorgen! Ich stehe zu dir.«

Der FBI-Arzt steckte seinen Kopf zur Tür herein. »Er wird Sie wegen vorsätzlicher Körperverletzung, vorsätzlichen Hausfriedensbruchs und einiger anderer Delikte verklagen«, sagte er. »Ich komme nicht umhin, die Art der Verletzungen zu attestieren.«

»Natürlich nicht, Doc«, sagte Phil.

»Er wollte mich dazu überreden, einen Anwalt in Taunton, Massachussetts, anzurufen. Angeblich wird er von Ihnen illegal festgehalten. Ich werde den Anwalt natürlich nicht anrufen, denn ich nehme an, daß Sie Ihre Vorschriften genausogut kennen und beachten wie ich meine.«

»Danke, Doc.«

Ich ging in den Wohnraum zurück. Mit einem Blick streifte ich das Gepäck, das an der Schlafzimmertür stand und aus zwei mittelgroßen Flugkoffern bestand. Um die ganze Beute aufzunehmen, waren sie zu klein, viel zu klein. Aber für je eine Million in Hundertern hätten sie allemal gelangt.

Ich setzte mich Barry gegenüber. Sein Gesicht war mit Salbe eingeschmiert und mit Pflaster verklebt. Seine Augen funkelten mich an.

»Sie sind Cotton, wie? Ich habe gehört, wie Ihr Kollege mit Ihnen telefoniert hat. Er hat jetzt schon Manschetten. Wollen Sie sich etwa auch an seinen ungesetzlichen Handlungen beteiligen?«

»Wir bewegen uns im Augenblick auf etwas unsicherem Boden, Mr. Barry«, gab ich zu. »Ich weiß, daß Sie eine Unterredung mit uns ablehnen können . . .«

»Was ich auch tue!«

»Lassen Sie mich bitte ausreden! Ich appeliere an Ihr Gewissen und an Ihr Gefühl Ihren Mitmenschen gegenüber . . .«

»Ah! Was kommt jetzt? Cotton, bestimmt wissen Sie schon, daß ich als das schwarze Schaf meiner Familie gelte. Warum wohl? Weil ich all die Schweinereien dieser nur auf Profit orientierten Hyänen mitmache? Weil ich ihnen helfe, mit ihren Chemiefabriken diesen Planeten unbewohnbar zu machen? Oder weshalb wohl? Wenn ich mit den Wölfen heulte, wäre ich der brave Sonnyboy, die beste Partie im Lande!«

»Ein armer Schlucker scheinen Sie nicht gerade zu sein«, stellte ich fest.

»Gott sei Dank nicht, nein. Ich habe eigenes Geld. Von meiner Mutter. Sie hat ein paar Ölquellen geerbt und Bankaktien ... Wenn Sie im Archiv von Fortune oder der Financial Times nachschlagen, werden Sie feststellen, daß es stimmt.«

»Mr. Barry, wir haben einigen Grund zur Annahme, daß Sie – ob wissentlich oder nicht, können wir im Moment unmöglich beurteilen – einer Entführung Vorschub geleistet haben. «

»Vorschub geleistet? Gott, wie zurückhaltend! Ich soll also ein bißchen entführt haben. Warum hätte ich so etwas Idiotisches tun sollen?«

»Das Motiv steht im Moment nicht zur Debatte. Unser Interesse richtet sich noch ausschließlich auf das Opfer. Mr. Barry, Debbie Shriver befindet sich seit fast genau zwei Wochen in den Händen ihrer Entführer. Heute nachmittag wurde das Lösegeld übergeben. Ohne Bedingungen. Nur auf vage Zusagen der Täter hin, weil Mr. Shriver darauf bestanden hat, alle Forderungen zu erfüllen und alle Ermittlungen zurückzustellen.«

»Woran Sie sich wohl nicht halten – sonst würden Sie nicht hier sitzen.«

Ich überging den Einwand. »Mr. Barry – warum wird Debbie Shriver nicht freigelassen?«

Von Barrys Gesicht war unter den Pflastern kaum

etwas zu erkennen. Und die Augen verrieten nicht, warum sie sich zusammenzogen. Vor Schmerz? Oder aus Unsicherheit?

»Mr. Barry! Geben Sie uns einen Hinweis! Ihre Hilfe würde das Gericht beeindrucken ...«

»Dann bekomme ich statt lebenslänglich nur dreißig Jahre? Mr. Cotton, ich fürchte, Sie haben mir nichts zu bieten. Entweder verschwinden Sie jetzt, oder Sie erklären mich für festgenommen. Dann habe ich das Recht, meinen Anwalt hinzuziehen.«

Phil kam aus der Küche. Er hielt einen durchsichtigen Plastikbeutel in der Hand, in dem sich Fasern und sogar einige etwas größere Stoffteile befanden. Phils Augen funkelten siegessicher.

»Es lag eine ganze Menge in den Ritzen unter den Schränken«, sagte er.

»Die Putzfrauen sind Schlampen«, sagte Barry ungerührt.

»Ich rufe jetzt die Zentrale an. Sie soll ein paar Leute für die Durchsuchung der Müllcontainer schicken.«

Ich sah Barry an. »Dafür brauchen wir keinen Durchsuchungsbeschluß.«

»Machen Sie doch, was Sie wollen, Cotton! Aber damit Sie mich verstehen, und damit Sie nicht Ihre Zeit verschwenden, für die ich als Steuerzahler mit aufkomme: Wenn Ich etwas mit der Entführung zu tun hätte – hätte, Cotton! –, würde ich es unter gar keinen wie auch immer gearteten Umständen zugeben. Weil ich unter gar keinen Umständen in ein Gefängnis gehen werde. Sie können mir nichts beweisen, Cotton. Die paar lächerlichen Kunstfaserreste an der Klappe des Müllschluckers, Mann! In meinem Fall fehlt das Motiv. Welchen Grund sollte ich haben, jemanden zu entführen und Geld zu erpressen?« Das war allerdings der Haken, und nicht einmal der einzige.

Aber ich war jetzt auch ganz sicher, daß Barry mit drinsteckte. Wie tief, hätte ich nicht sagen können. Ziemlich tief, schätzte ich, wenn sich das Lösegeld auch nur vorübergehend in seiner Wohnung befunden hatte.

Mein Blick wanderte zu den Koffern zurück.

»Wir werden es herausfinden«, sagte ich ruhig.

»Kommt jetzt die Rechtsbelehrung? Und dann die Handschellen?«

»Sie könnten Ihre Lage etwas erleichtern, wenn Sie mich einen Blick in Ihre Koffer werfen lassen«, sagte ich.

»Und wenn nicht?«

»Dann nehme ich Sie vorläufig fest und beantrage einen Haftbefehl.«

»Den werden Sie nicht bekommen.«

»Möglich. Aber ich werde Sie zunächst einmal für zwölf Stunden einliefern. Mit Ihrem Reisegepäck. Um späteren Mißverständnissen vorzubeugen, wird Ihre gesamte Habe bei der Einlieferung genau registriert. Verstehen Sie, was ich meine? Auch der Inhalt der Koffer, Mr. Barry.«

»Heißt das, Sie lassen mich auf freiem Fuß?«

»Wenn Sie sich entschließen könnten, Ihre Reisepläne aufzuschieben – ja. Aber wenn Sie Anstalten machen, die Stadt zu verlassen, beantrage ich einen Haftbefehl.«

»Eigentlich hat es mir hier ganz gut gefallen«, sagte Barry. »Und die Miete ist ja noch bezahlt.«

»Ich mache Sie darauf aufmerksam, daß ich Sie unter Beobachtung stellen werde.«

»Welch ein Aufwand!« spottete Barry. »Wie lange?«

»Bis Debbie Shriver wieder auftaucht«, antwortete ich. »Was ist jetzt mit den Koffern?«

»Bringen Sie meine Wäsche nicht durcheinander«, sagte Barry gelangweilt.

Die Koffer enthielten tatsächlich nur persönliches Gepäck.

Gegen Mitternacht verließen Phil und ich das Apartmenthaus am Central Park mit der unerschütterlichen Gewißheit, in Bob Barry einen der Entführer Debbie Shrivers entdeckt zu haben, aber auch mit dem bitteren Bewußtsein, daß wir nicht viel gegen den Mann ausrichten konnten.

Unsere Kollegen hatten in dem Müllsammelbehälter im Tiefkeller des Hauses die Reste von zerschnittenen Reisetaschen gefunden. Die Entführer hatten Edward Shriver beauftragt, die Taschen, in denen das Geld für die Übergabe bereitgehalten werden sollte, in einem bestimmten Kaufhaus an der 34th Street in Manhattan zu kaufen. Wir hatten, um später Taschen für Vergleichszwecke zur Verfügung zu haben, ebenfalls zwei Stück gekauft.

Zweifellos würde die Laboruntersuchung bestätigen, daß die im Apartment 18-B und im Müll des Haues 116 Central Park South gefundenen Reste mit unseren Mustern identisch waren. Wenn der Laborbericht vorlag, würden Phil und ich beim Bundesanwalt einen Haftbefehl gegen Barry beantragen. Vielleicht würde der Bundesanwalt den Haftbefehl sogar ausstellen, um ihn gleich darauf gegen eine Kaution wieder auszusetzen.

Die Reste der Taschen reichten eben allein nicht aus, um Barry eine Beteiligung an der Tat nachzuweisen.

Aber mehr hatten wir noch nicht.

Ich hatte Mrs. Angèle Wallace einen späten Besuch abgestattet. Mrs. Wallace war eine eigenwillige, reizvolle Person, die bedingungslos zu ihrer Freundin Doris Shriver stand. Nach Mrs. Wallaces Aussage hatten die beiden Champagner genippt, einen kleinen Imbiß zu sich genommen und geplaudert. Ein Mr. Barry war ihr total unbekannt.

Phil hatte mit Goodale und dessen Kollegen, der bis sechs Uhr Dienst in der Lobby gemacht hatte, gesprochen. Keiner von ihnen hatte einen oder mehrere Besucher für Barry hereingelassen, und keinem von ihnen war ein Besuch aufgefallen, den Barry hereingebracht hätte.

Unten auf der Straße zündeten wir uns Zigaretten an. Es war kühl geworden für die Jahreszeit, aber die frische Luft tat uns gut. Ich weiß nicht mehr, wie viele Stunden wir in den vergangenen zwei Wochen geschlafen hatten. Viele konnten es nicht gewesen sein. Und so, wie es aussah, würden wir unser Defizit in der nächsten Zeit nicht aufholen können. Von Debbie Shriver gab es immer noch kein Lebenszeichen. In diesen Minuten lief die große Fahndung nach den Unbekannten an. Pressemitteilungen mit Anrufen an die Bevölkerung wurden an die Medien gegeben. Morgen früh würden wir in Hinweisen ertrinken, das stand jetzt schon fest. Fast alle würden wertlos sein. Aber die eine, die einzige Spur, die uns vielleicht weiterbringen würde, konnte dabeisein. Deshalb mußten wir jedem Hinweis nachgehen.

Ich entdeckte einen unseren Wagen auf der anderen Straßenseite an der Parkmauer, und wir gingen hinüber. In dem Wagen saßen unsere Kollegen George Baker und Donald Jackson. Don klinkte die hinteren Türen für uns auf.

John D. High, der inzwischen ins District Office zurückgekehrt war, hatte drei Teams pro Schicht für Bob Barrys Beschattung genehmigt. George und Don sollten den offenen Teil der Observierung übernehmen. Sie sollten Barry zeigen, daß sie da waren und ihn von den beiden anderen Mannschaften ablenken. Falls Barry auf den Gedanken kommen sollte, seine Beschatter abzuschütteln, würde er sie im Nacken haben. So funktionierte unser altes bewährtes Muster.

Im Augenblick überboten wir uns gegenseitig mit Beteuerungen, wie zuversichtlich wir waren.

»Wir werden den Schweinehund schon an die Wand nageln«, versicherte George.

»Klar«, sagte ich überzeugt. Mein Blick fiel auf den erleuchteten Eingang des Hotels Navarro schräg gegenüber. »Gib mir mal das Mikro, Don!« sagte ich. Ich ließ mich mit der Einsatzleitung verbinden. Joe Brandenburg war der Einsatzleiter der Nachtschicht.

»Joe«, sagte ich, »ich hatte die Zentrale gebeten, Gästelisten des Navarro und zweier anderer Hotels zu besorgen. Sind die Listen schon eingetroffen?«

»Sie liegen vor mir, Jerry. Ich habe sie kopieren lassen und die Kopien ins Archiv gegeben. Ich schätze, Neville verfüttert die Namen schon an die Schwarze Lola.«

Schwarze Lola ist der Kosename für unseren Computer.

»Sieh mal nach, ob du den Namen Barry findest! Fang mit dem Navarro an!«

»Augenblick! Barry. Dich interessiert der 25. Juni? Warte, ja, da ist er. Brian Robert. Er hat bis zum 30. dort gewohnt. Das Apartment hat 90 Dollar pro Tag gekostet. Bezahlt hat er mit Kreditkarte. Hilft dir das weiter?«

»Es bestätigt nur etwas, was ich schon wußte. Trotzdem danke. Und Neville soll das Programm durchziehen. Joe, wo stecken die Kameraden, die dem Fluchtweg nachgehen?«

»Die Kanalratten? Augenblick. Zuletzt hatte ich eine Meldung vor einer Stunde. Da steckten sie in der Gegend um den Westside Airlines Terminal.«

»Stell bitte fest, wo sie genau sind, Joe. Ich rufe dich gleich wieder an.« Ich gab das Mikrofon zurück. »Wo stecken die anderen?« fragte ich George Baker und Don Jackson.

»Team zwei steht an der Ecke Sixth Avenue. Team drei wartet in der 58th Street«, antwortete Don.

Ich schickte mich an auszusteigen.

»Seht euch jeden an, der das Haus betritt oder verläßt!« forderte Phil die Kollegen auf. »Jeden! Auch das Mütterchen mit dem Hund. Und notiert jede Bewegung!«

»Machen wir«, bestätigte George Baker gelassen.

»Okay, Jungs«, sagte ich abschließend. »Laßt euch nicht abhängen!«

Wir überquerten die Straße und gingen auf unseren Jaguar zu.

»Könntest du jetzt schlafen?« fragte Phil.

»Ich glaube nicht«, antwortete ich. »Deshalb fahren wir mal zur Westside rüber und schauen, was die Jungs in den Kabelschächten treiben.«

Mit einem warmen Lächeln auf den vollen Lippen öffnete Angèle Wallace die Tür. Doch als sie Bob Barrys verpflastertes Gesicht sah, erstarrte das Lächeln.

»Bob! Was ist geschehen? Oh, kommen Sie doch rein, kommen Sie!«

Brian Robert Barry schlüpfte an ihr vorbei, und Angèle schloß die Tür schnell wieder. Nach Bobs Anruf vor wenigen Minuten hatte sie sich rasch wieder angezogen. Sie trug jetzt einen bunten Folklorerock und eine weiße Bluse, deren obere Knöpfe offenstanden. Sie wußte; daß sie großartig aussah.

»Es hat Sie doch niemand gesehen?« erkundigte sie sich. »Es war schon jemand vom FBI hier.«

»Was haben Sie gesagt?«

Angèle lachte kehlig. »Als Postillon d'amour obliegt mir auch die Aufgabe, die Liebenden zu schützen. Aber was stehen wir hier herum! Kommen Sie! Gehen wir in den Salon!«

Barry zögerte. »Ich kann nicht lange bleiben, Angèle. Ich möchte Sie nicht in Schwierigkeiten bringen. Aber ich brauche Ihre Hilfe.«

Angèle nahm seine Hand und zog ihn in den Salon. Sie füllte zwei Gläser mit Eis und goß Whisky darüber. Ein Glas gab sie Barry.

»Welcher Art könnten die Schwierigkeiten sein, die mich erwarten?«

»Ich kann es nicht sagen. Ich glaube nicht, daß Sie etwas Verbotenes tun, wenn Sie mir helfen ...«

»Warum brauchen Sie Hilfe? Man verdächtigt Sie, die Hand bei Debbie Shrivers Entführung im Spiel zu haben. Ein Verdacht, der wohl absurd sein dürfte, oder?«

Barry lächelte, obwohl seine geplatzte Lippe höllisch schmerzte. »Völlig abwegig, Angèle«, sagte er. »Ich befinde mich ja auch auf freiem Fuß. Aber da ist eine Sache ... wenn die G-men die herausfinden, werden sie mich holen. Aber ich gehe nicht ins Gefängnis. Nicht einmal in Untersuchungshaft. Nicht für nichts! Verstehen Sie, was ich meine?«

»Ich bin mir nicht sicher, Bob«, antwortete Angèle verwirrt.

»Ich habe eine wilde Zeit hinter mir, Angèle.«

»Ich habe erst von dem FBI-Beamten erfahren, wer Sie sind. Sie sind Brian Barry, ein Sohn der Taunton-Barrys.«

»Ja. Ich habe nicht nur gegen meine Familie polemisiert. An der Westküste habe ich aktiv gegen Umweltzerstörung gekämpft. Die Gegenseite war nicht immer zimperlich. Aber wir auch nicht, weiß Gott.« Bob Barry fletschte die geschwollenen Lippen. »Ich muß aus dem Haus, und ich habe eine Idee.«

Angèle lächelte verständnisvoll. »Aber Bob, wenn ich Ihnen helfen kann ... gern!«

G-man Donald Jackson nahm das Brett mit dem darauf festgeklemmten Formblatt OS-10 von der Ablage, als drüben das Licht im Eingang von 116 aufflammte. Die

Tür wurde geöffnet, und ein schlanker Mann trat heraus. Er ging bis zur Bordsteinkante und blickte nach links und nach rechts. Als sich ein gelbes Taxi näherte, setzte er eine Trillerpfeife an die Lippen und stieß einen schrillen Pfiff aus. Das Taxi fuhr an den Straßenrand.

»Das ist Goodale, der Portier«, sagte George Baker.

»Bist du sicher?«

»Nee. Schreib die Nummer vom Taxi auf!« George setzte ein Fernglas an die Augen. »Die Registriernummer lautet CBN 6326.«

»Hab' ich«, bestätigte Don. Auch er sah jetzt zur anderen Straßenseite hinüber. Goodale hatte sich in den Hauseingang zurückgezogen. Das Taxi stand so, daß von ihm nur der Kopf zu sehen war. Offensichtlich wartete er auf den Hausbewohner, dem er das Taxi besorgt hatte.

Goodale drehte sich um und hielt einer Dame die Tür auf. Die Lady trug einen breitrandigen Sommerhut und ein dunkles Kleid. Den Mantel hatte sie sich locker über eine Schulter gehängt. Goodale lief neben ihr her und öffnete ihr die hintere Tür des Taxis. Er verneigte sich, als er das Trinkgeld im Empfang nahm. Die Lady setzte sich etwas umständlich in den Wagen. Goodale schlug die Tür zu. Dann brauste das Taxi davon.

»Eine Dame ist abgefahren«, notierte Don Jackson. »Uhrzeit: null Uhr 27.« Er gähnte verhalten, als er einen Blick zum 18. Stock hinaufwarf. Hinter dem Fenster, das er dem Apartment 18-B zuordnete, brannte noch Licht. »Er schläft noch nicht, der Bastard«, stellte Don fest.

»Das macht das schlechte Gewissen«, vermutete George.

Hand über Hand zog ich mich durch den engen Schacht nach oben. Von den Füßen der anderen, die vor mir herkletterten, rieselte Staub auf meinen Kopf.

Die Kabel in ihren eisernen Gestellen strahlten Wärme ab. Am Tag, wenn die Belastung und damit die Erwärmung der stromführenden Leitungen ihren Höhepunkt erreichte, mußte die Hitze in den engen und schlecht gelüfteten Schächten und Kanälen fast unerträglich sein, wie Cecil Gozzola, ein Ingenieur von ConEdison, uns eben erklärt hatte.

Gozzola war unmittelbar vor mir. Er kannte sich in dem unterirdischen Labyrinth besser aus als manch ein Alteingesessener in den Gassen seiner Heimatstadt.

Phil war hinter mir. Oben bei dem summenden und vibrierenden Hochspannungstransformator wurden wir von den Experten des FBI bereits erwartet.

Ich quetschte mich in den schmalen Gang neben den ebenfalls eine dumpfe Wärme ausstrahlenden Transformator und machte meinem Freund Phil Platz, der oben aus dem Schacht kletterte und sich den Staub aus dem Anzug klopfte.

Bob Carmichael, Spezialist für kriminaltechnische Untersuchungen, richtete den Reflektor der Quarzlampe auf den Boden. Sam Steinberg, unser Kollege vom Erkennungsdienst, deutete auf die schwach aufleuchtenden Umrisse mehrerer Fußabdrücke, die sich auf dem rauhen Zement abzeichneten.

»Was hier im ultravioletten Licht sichtbar wird, ist der Staub aus dem Gang unten im Kabelkanal«, erklärte Steinberg. »Mindestens zwei Personen sind durch diesen Schacht heraufgekommen. Sie haben sich hier mit den unförmigen Taschen durchgezwängt.« Steinberg deutete auf die grünlackierte Flanke des Transformatorengehäuses, wo deutlich frische Schleifspuren in der Schicht aus Öl und Staub erkennbar waren.

Ich atmete flach. Es war unseren Kollegen gelungen, den Weg, den die Gangster mit dem Lösegeld zurückgelegt hatten, über neun Häuserblocks weit unterirdisch zu verfolgen. Der Transformator stand in einem eigens für ihn abgemauerten Raum im Untergeschoß einer Hochgarage an der Eighth Avenue, in der Nähe mehrerer großer Hotels und Theater. Bis zum Columbus Circle, von dem auch der Central Park South abging, waren es von hier aus nur drei Blocks.

»Von uns war seit vier Wochen niemand mehr an diesem Trafo«, sagte der Mann vom Elektrizitätswerk.

»Die Spuren bleiben selbst in trockener Umgebung nur wenige Stunden, höchstens ein bis zwei Tage, unter UV-Licht nachweisbar«, erklärte Sam Steinberg. »Danach geht der Staub mit seiner Umgebung eine Verbindung ein und hebt sich nicht mehr ab.«

»Gute Arbeit«, lobte ich. »Sie sorgen dafür, daß alles fotografiert wird und daß Boden- und Schmutzspuren von dem Trafo genommen werden.«

»Klar«, versicherte Sam Steinberg. »Von der Schmiere muß einiges an den Resten der Taschen nachzuweisen sein, die Sie sicherstellen ließen.«

»Wenn das der Fall ist«, sagte Phil, »ist Mr. Barry dran.« Cecil Gozzola öffnete die Tür des Trafohauses mit seinem Spezialschlüssel. Hier waren keine Spuren zu verwischen. Es stand mittlerweile fest, daß sich die Gangster irgendwie in den Besitz eines solchen Schlüssels gebracht haben mußten. Gozzola hatte uns erklärt, daß der Schlüssel zu den Türen und Klappen aller Kabel- und Verteileranlagen paßte. Der Schlüssel war nicht einmal kompliziert geformt. Es handelte sich um einen Steckschlüssel für die dreieckigen Zapfen in den Schlössern. Es gab Hunderte dieser Schlüssel. Jeder Elektriker, Elektro- oder Kabelmonteur von ConEdison besaß einen solchen Schlüssel. Außerdem waren mehrere ständig im Besitz von Angehörigen fremder Firmen, die von ConEdison mit Montage- oder Reinigungsarbeiten betraut waren.

Bob Carmichael trat als erster in das Parkhaus hinaus.

Mit der Quarzlampe leuchtete er den Boden vor der Transformatorenstation ab. Wir warteten geduldig, bis er sich aufrichtete und den Kopf schüttelte.

»Es hat hier keinen Zweck«, meinte er. »Es gibt zu viele Spuren von Reifen und Öl und von allen möglichen Erd- und Staubarten, die ständig hier hereingeschleppt werden. Kommt raus!«

Die Parketage war gut ausgeleuchtet, und mehr als die Hälfte der abgegrenzten Parkboxen war belegt. Jede Box war mit einer Nummer versehen. Einige, die Dauermietern gehörten, waren durch Namensschilder gekennzeichnet.

Die Plätze in unmittelbarer Nähe der Hochspannungsanlage waren jedoch frei. Eine ganze Reihe davor war für die Gäste des Ramada Inn Hotel reserviert.

»Sie müssen hier irgendwo gestanden haben«, raunte Phil mir zu.

»Bestimmt.« Ich kannte dieses Parkhaus bisher nur vom Vorbeifahren. Ich wußte jedoch, daß es sehr groß war und über Zu- und Abfahrten nicht nur zur Eighth Avenue, sondern auch zur 49th und 50th Street verfügte. Ein erleuchteter Pfeil wies zudem darauf hin, daß es einen Gang gab, der das Parkhaus direkt mit der Subway Station an der 50th Street verband. »Wir brauchen Verstärkung«, sagte ich dann. »Und zwar schnell.«

»Glaubst du, daß die Bande noch einen Wagen hier stehen hat?« fragte Phil.

Ich grinste. »Man kann es nie wissen.« Ich deutete auf ein großes plumpes Wohnmobil auf dem Chassis eines Pickup. »Vielleicht haben sie sich hier sogar häuslich niedergelassen!«

»Das glaubst du doch wohl selber nicht!«

»Nein«, seufzte ich. »Dann hätten sie bestimmt die Vorhänge zugezogen. Aber wir sollten versuchen, so viele Leute wie möglich zu befragen, die gestern nachmittag ein Fahrzeug hier abgestellt haben oder davongefahren sind. Vielleicht finden wir unseren Zeugen. Was meinst du?«

»In Frage kommt die Zeit zwischen fünf und sechs«, rechnete Phil. »Angestellte, die Feierabend haben, fahren um die Zeit weg …«

»Sie kommen morgens zwischen halb acht und zehn an«, sagte ich.

In Phil erwachte neuer Tatendurst. »Ich lasse den Manager antanzen. Dann machen wir den Laden dicht!«

»Brav!« sagte ich grinsend.

»Und sicherheitshalber lasse ich die Kennzeichen aller Wagen notieren, die jetzt hier drinstehen.«

»Du wirst dir einen Schreibkrampf holen«, warnte ich. »Aber der Gedanke hat etwas für sich.«

Weil sich Phil um den Job im Parkhaus riß, fuhr ich ins Office zurück. Es war halb zwei durch, als ich den Wagen unten in der Garage abschloß und nach oben fuhr. Vielleicht konnte ich ein oder zwei Stündchen Schlaf erhaschen.

Zuerst schaute ich ins Archiv.

Der alte Neville und Elliot Frazer, einer unserer Mathematiker, hockten vorm Terminal der Schwarzen Lola. Neville sah mich aus unglaublich klaren Augen an. Nur das Gesicht wies Spuren der Erschöpfung auf.

»Neville!« sagte ich wütend. »Was machst du um diese Zeit noch hier? Du hast seit acht Stunden Feierabend!«

»Seit neun«, korrigierte mich Elliot Frazer.

»Bin ich jemals nach Hause gefahren, wenn ein Fall in seine heiße Phase trat?«

»Davon sind wir noch weit entfernt«, sagte ich.

»Ich spür's in meinen alten Knochen. Das sind Instinkte, die euch Jungen unbekannt sind. Hier!«

Er schleuderte mir zwei Fernschreiben zu. Das eine war sehr lang und kam aus New Mexico, das andere stammte aus dem Zentralarchiv des FBI in Washington.

»Hol dir einen Becher Kaffee, und führe dir die beiden Schreiben zu Gemüte! Dann reden wir darüber, wenn du willst, Jerry.«

Ich begnügte mich mit einer Zigarette und einem Platz unter einer hellen Lampe.

Das Telex aus Washington gab den Kurzinhalt einer Akte wieder, die den Namen Brian Robert Barry trug. Aus dem Text ging hervor, daß Barry schon vor Jahren das Interesse des FBI auf sich gezogen hatte. Barry unterstützte Bürgerinitiativen, was selbstverständlich nicht strafbar war, solange sich diese Initiativen auf dem Boden des Gesetzes entwickelten.

Barry hatte jedoch auch Kontakte zu Personen und Gruppen unterhalten, die ihre Bereitschaft, gesellschaftliche Veränderungen auch unter Anwendung von Gewalt herbeizuführen, in ihre Satzungen geschrieben hatten. Er wurde verdächtigt, an einigen Anschlägen gegen Kernkraftwerke und im Bau befindliche Staudämme beteiligt gewesen zu sein.

Vor fünf Jahren schließlich konnte ihm nachgewiesen werden, daß er eine Gruppe anarchistischer Gewalttäter mit Geld und Sprengstoff versorgt hatte. Die Gruppe griff ein Raketenübungsgelände der Army in New Mexico an und zerstörte mehrere Abschußrampen. Barry wurde wegen Beihilfe zum Mord und aktiver Teilnahme an einem gegen die Bürger der Vereinigten Staaten gerichteten Akt zu acht bis neunzehn Jahren Haft verurteilt. Nach knapp fünf Jahren wurde er, vermutlich auf Betreiben seiner Familie, vorzeitig und unter scharfen Bewährungsauflagen aus der Haft entlassen.

»Ein munterer Knabe, was, Jerry?« fragte Neville, als ich das Schreiben weglegte und mir das andere vornahm.

»Kann man wohl sagen«, antwortete ich nachdenklich. Vielleicht konnte ich Barrys Scheu, mit uns zusammenzuarbeiten, jetzt verstehen. »Ein Motiv für eine Beteiligung an einer Entführung sehe ich deshalb aber noch nicht«, gab ich zu bedenken.

»Lies erst den anderen Schrieb!« forderte Neville mich auf. »Ich arbeite hier an etwas ...«

Das zweite Telex stammte vom Direktor des New Mexico State Prison in Farmington. Der Direktor antwortete auf eine entsprechende Anfrage Nevilles und berichtete über Barrys Verhalten während der Haft und über seine Kontakte zu Mitgefangenen.

Ein Mann mit kalter Intelligenz, die er rücksichtslos einsetzt. Querulant. Übersteigertes Rechtsempfinden. Bestrebt, sich für die Belange seiner Mitgefangenen einzusetzen, ohne dort auf Interesse zu stoßen. War eher unbeliebt. Konnte sich jedoch stets durchsetzen, auch bei physischen Auseinandersetzungen durch rücksichtslosen Gebrauch seiner Kraft und Intelligenz. Ewiger Unruhestifter, beharrte auf Einhaltung von Vorschriften ... Befreundet nur mit einem Einzelgänger ähnlichen Zuschnitts, Name Kevin Rambo, zuletzt verurteilt wegen versuchten Totschlags ...

Es folgte eine Reihe von Daten, aus denen hervorging, daß Kevin Rambo drei Wochen vor Barry aus der Haft entlassen worden war.

»Okay, Neville«, sagte ich, »ich hab's gelesen.«

Neville schwang sich auf seinem Drehstuhl herum. »Was sagst du nun?«

Barry macht sich an die schöne Doris Shriver heran. Unterdessen entführt sein Freund Kevin Rambo Debbie. Es war etwas dünn.

»Du solltest den Sheriff von Black Lake anrufen«, schlug Neville vor. »Ich habe dazu leider keine Befugnis.« Er schnalzte bedauernd mit der Zunge.

»Black Lake? Himmel, wo liegt das?«

»Sangre de Christo Mountains, New Mexico. Klingt gut, wie? Ich habe einen Freund im Archiv der State Police von New Mexico«, fuhr Neville dann fort. Ich mußte lächeln. Wo hatte Neville keine Freunde! »Ich habe mit ihm ein wenig geplaudert. Mein Freund hat Zugang zu gewissen Daten. Staatliche Wirtschaftsförderung, Konjunkturprogramme, Landentwicklungspläne und so. Keine geheimen Daten!« rief Neville beschwichtigend, als er mein skeptisches Gesicht sah. »Alles ganz offene Sachen, stehen in allen Zeitungen! Im Black Lake County gibt es einen Ort namens Guadalupita ...« Ich nahm das Fernschreiben aus New Mexico wieder zur Hand. Richtig, dort stand es: Rambo, Kevin, entlassen an Heimatanschrift Guadalupita, Black Lake County, New Mexico.

»Den Ort Guadalupita, New Mexico, gibt es nicht mehr, Jerry«, sagte der alte Neville. »Alles Land wurde von der Shriver Mining Company aufgekauft, weil der Boden zinkhaltig ist. Die Bewohner sind umgesiedelt oder ausgezahlt worden. Es soll aber auch Härtefälle gegeben haben. Ich denke, daß bald ein Funkfoto von diesem Rambo eintrifft, Jerry. Und da auch er nur unter bestimmten Bewährungsauflagen entlassen wurde, kann es sein, daß sich sein Weg zumindest einige Zeit verfolgen läßt. Das ist es!«

»Bei Nacht eine schwierige Aufgabe«, sagte ich.

»Bei der du mich nur störst!« murrte Neville unwillig. Er drehte sich wieder um. »Aber du kannst von meinem Apparat aus telefonieren.«

Eine ganze Zeit saß ich da, ohne mich zu rühren. Wenn Geld kein Motiv für Brian Robert Barry darstellte, ein Verbrechen zu begehen, dann vielleicht Freundschaft?

Schließlich zog ich das Telefon zu mir heran, um das Gespräch mit dem Sheriff des Black Lake County anzumelden.

Der Sheriff schlief noch nicht. Ich erwischte ihn nach einigem Hin und Her im Hinterzimmer einer Bar, in der es offenbar hoch herging.

»Kevin Rambo? Und ob ich den kenne! Wer sind Sie eigentlich?«

»FBI New York, mein Name ist Jerry Cotton.«

»Mann, bei Ihnen muß es ja mitten in der Nacht sein ... Was ist mit Kevin? Hat er wieder was ausgefressen?«

»Das wissen wir noch nicht«, antwortete ich zurückhaltend. »Haben Sie ihn nach seiner Entlassung aus dem Gefängnis gesehen?«

»Und ob! Er hat ganz schön Theater gemacht, weil seine Mutter die Farm verkauft hat!« Über dreitausend Meilen hinweg konnte ich das verächtliche Schnauben hören. »Eine Klitsche war das! Eine verkommene Bretterbude auf einem Haufen roten Sand. Kevin war der Ansicht, die Bergwerksgesellschaft hätte seiner Mutter die Klitsche abgeschwindelt. Davon konnte natürlich keine Rede sein. Sie war nur zu schwach gewesen, um sich weiter selbst zu versorgen. Deshalb hat sie verkauft. Und die Company hat ihr dafür einen Platz auf Lebenszeit im Pflegeheim gekauft.«

»Und was ist mir ihr? Lebt sie noch?«

»Nun, nein, Mr. Cotton.«

»Wann ist sie gestorben? Und woran?«

»Sie hat sich das Leben genommen. Zwei Tage, nachdem ihr Sohn aus dem Straflager gekommen ist. Sie hat alle Tabletten in sich hineingestopft, die sie erwischen konnte. Tja, eine tragische Sache. Aber schuld ist Kevin, wenn überhaupt jemand schuld an irgend etwas ist. Kevin hat ziemliche Töne gespuckt. Er werde es denen schon heimzahlen! Dann ist er verschwunden. Wir haben seitdem nichts mehr von ihm gehört.«

»Er wurde wegen versuchten Totschlags verurteilt. Fand die Tat in Ihrem Bezirk statt?«

»Nein, Gott sei Dank nicht! Kevin war damals ein ziemlich übler Bursche. Er hat den Highway zwischen Santa Fe und El Paso unsicher gemacht. Lastwagendiebstähle, Einschmuggeln von Illegalen aus Mexiko, das war sein Busineß. Rauhe Sachen.«

Ich bedankte mich und legte auf. Zu Neville sagte ich: »Neville, du bist ein Schatz!«

Neville lächelte geschmeichelt. »Danke für die Blumen, Jerry. Das Funkbild dieses Kevin Rambo wird gerade durchgegeben. Wenn du warten willst ...«

»Ich lasse es abholen. Ich brauche sowieso ein paar Dutzend Kopien.« Ich ging in die Einsatzzentrale hinüber. Joe Brandenburg nahm die Füße vom Pult.

»Hi, Jerry, es sieht schlecht aus, wie?«

Ich hob die Schultern und setzte mich auf den freien Drehstuhl.

»Warum lassen die Kerle das Girl nicht laufen?«

»Ich werde sie fragen, wenn ich sie habe«, sagte ich. »Gib mir mal ein Gespräch mit George Baker!«

Joe reichte mir den Hörer des Funktelefons. »Du kannst sprechen«, sagte er.

»George? Was macht euer Baby?«

»Keine Ahnung. Lesen vielleicht oder fernsehen.«

»Wie kommst du darauf?«

»Na, in seiner Bude brennt Licht.«

Ich sah auf die Uhr. Es ging auf halb drei zu.

»George, wenn er euch durch die Lappen geht, reiße ich euch das Fell in Streifen ab!«

»Mann, Jerry! Seit du weg bist, sind nur ein paar alte Tanten runtergekommen, um ihre Hunde auszuführen. Ein älterer Herr hat eine Runde um den Block gedreht und ist wieder ins Haus gegangen. Eine Limousine hat ein Ehepaar gebracht, und eine Dame ist mit einem Taxi weggefahren. Mann, Jerry, der hat doch keinen Grund abzuhauen!«

»Und ob er den hat! Wenn er sich bei der kleinsten Ungesetzlichkeit erwischen läßt, hat er noch fünfzehn Jahre in einem Straflager in New Mexico abzusitzen!«

»Oh, verdammt! Sollen wir nachsehen?«

»Ich bitte darum!«

Ich legte den Hörer auf meine Schulter und wartete. George würde einige Zeit brauchen, um den guten Goodale zu überreden, in 18-B anzurufen oder ihm gar einen Schlüssel zu überlassen.

Ich öffnete die Augen erst wieder, als die Tür zum Einsatzraum aufging und der Chef hereinkam. Sein Gesicht war zerknittert wie immer. Doch die Augen verrieten keine Spur von Müdigkeit. Wie allen meinen Kollegen bedeutete es auch mir ein unlösbares Rätsel, wann John D. High schlief.

»Bleiben Sie sitzen«, sagte er. Er setzte sich und legte einen dicken Umschlag auf das Pult. »Neville hat mir die Fotos von Kevin Rambo mitgegeben.«

Ich fischte eins aus dem Umschlag und betrachtete das unregelmäßige, von einem wilden Leben geprägte Gesicht. Ein interessantes Gesicht, stellte ich fest. Ich fühlte mich unbehaglich, ohne zu wissen, warum.

Eine Minute später meldete sich ein sehr, sehr kleinlauter George Baker. »Jerry, ich verstehe es nicht ...«

»Er ist weg«, sagte ich. »Na, großartig ...« Ich glaube, ich bin blaß geworden.

»Es kann nicht sein, Jerry! Kein Mann, auf den die Beschreibung paßt, hat das Haus verlassen. Und einen zweiten Ausgang gibt es nicht ...«

»Dann hat er sich eben verkleidet!« schrie ich. Oh, verdammt, dachte ich, ich hatte kein bißchen Fleisch mehr auf den Nerven. Jeden Augenblick konnte jemand anrufen und die Entdeckung einer weiblichen Leiche melden ... »Geht eure verdammten Aufzeichnungen durch!« sagte ich etwas ruhiger.

Ich hörte Gebrabbel am anderen Ende. Dann übernahm Don Jackson das Gespräch.

»Jerry, hör zu – er muß sich als Frau verkleidet haben. Es ist die einzige Möglichkeit. Um null Uhr zwanzig ist sie in ein Taxi gestiegen, das Goodale gerufen hat.«

»Sie oder er?« fragte ich bissig.

»Wir haben die Nummer des Taxis, Jerry.«

»Ihr seid für einen Observierungsjob wie geschaffen«, sagte ich. »Kümmert euch um das Taxi, verdammt noch mal!«

Ich wußte, ich war ungerecht. Eine Panne kann jedem passieren. Und Barry hatte ein verdammt gutes Motiv, um sich abzusetzen.

»Großfahndung«, entschied der Chef. »Der alte New Mexico-Haftbefehl gilt wieder, weil er gegen die Bewährungsauflagen verstoßen hat.«

Ich deutete auf den Packen Fotos. »Und was ist mit Rambo? Offene Fahndung?«

Der Chef runzelte die Stirn. »Noch ist nichts bewiesen. Noch kann es sich um eine Aneinanderreihung von Zufällen handeln. Warten wir seine Strafakte und den Bericht des Bewährungshelfers ab.«

»Du hast es gehört, Joe. Gib die Fotos von Barry an die Presse! Ich will den Strolch haben. Ich will ihn haben!«

Von Kevin Rambo steckte ich mir ein paar Bilder ein. Die anderen wurden an die Kollegen im Haus und an die Reviere überall in der Stadt verteilt.

Als Debbie aufwachte und in die Höhe fuhr, vermißte sie einen Moment die Handfesseln, die ihr während der letzten zwei Wochen den Schlaf zur Qual gemacht hatten.

Jetzt wußte sie auch, was sie geweckt hatte. Kevin war von ihrer Seite verschwunden. Wie selbstverständlich war er mit ihr in den Verschlag gegangen und hatte sich zu ihr gelegt, und sie hatte sich an ihn geklammert. Zum ersten Mal seit zwei Wochen hatte sie friedlich und tief geschlafen. Bis jetzt.

Sie erkannte Kevins Umriß in der Tür des Verschlags. Durch die Scheiben des ehemaligen Fabriksaals fiel genügend Licht von draußen herein, um sein wirres Haar und das Spiel seiner Muskeln erkennen zu lassen. Seine gespannte, lauernde Haltung machte Debbie angst.

Sie schüttelte die Angst ab, als sie die Decken von sich warf und neben ihn trat. Ihre nackten Füße erzeugten keinen Laut auf dem Boden. Trotzdem wußte er, daß sie da war.

»Pst!« flüsterte er.

Die anderen schliefen in der Mitte. Die Mädchen waren high. Mick schnarchte rhythmisch. Alles hörte sich friedlich an.

Debbie zuckte zusammen, als Kevin ihren Arm nahm und sie nah zu sich heranzog.

Sie spürte, wie er ihr eine Batterielampe in die Hand drückte.

»Wenn ich ›jetzt!‹ rufe, knips die Lampe an und leuchte in meine Richtung«, sagte er.

Sie nickte. Er ließ ihre Hand los. Mit einer katzenhaften Bewegung, deren Lautlosigkeit und Wildheit sie erschreckte und gleichzeitig faszinierte, glitt er zum Deckenhaufen. Er bückte sich kurz, und als er sich wieder aufrichtete, sah sie eine lange Messerklinge im schwachen Licht blitzen.

Kevin glitt zur Tür. Sie hörte nicht, wie er den Riegel zurückzog. Sie wußte, daß das Schloß, der Riegel und die Scharniere sorgfältig geölt waren.

Aber dann krachte die Tür gegen die Wand. Debbie hörte einen erschreckten Ausruf, einen Schrei, der unter einer harten Hand erstickte, und dann rief Kevin: »Jetzt!«

Debbie schaltete die Lampe an. Der grellweiße Lichtkegel schoß quer durch den Raum und riß zwei Gestalten aus der Dunkelheit.

Die eine war Kevin. Kevin hielt eine andere Gestalt vor sich. Er stemmte ihr ein Knie in den Rücken und zog ihr mit der anderen Hand, die gleichzeitig den Mund zuhielt, den Kopf nach hinten. Die Kehle der fremden Gestalt lag frei und bloß der scharfen Klinge des blitzenden Messers ausgeliefert.

Die Gestalt bewegte sich nicht.

»Kevin!« rief sie. »Kevin! Es ist eine Frau!«

Kevin lachte hohl. Er nahm die Hand vom Mund und packte den Kragen des Kleides hinten am Nacken. Mit einem Ruck fetzte er das Kleid herunter.

Fast nackt stand Bob Barry im Licht der Lampe. Der Hut, der sein männlich kurzes Haar verdeckt hatte, war schon heruntergefallen, als Kevin die Tür aufgerissen und ihn an sich gezogen hatte.

Die geschwollenen, vom Pflaster halb versteckten Lippen formten Worte.

»Kevin ... ich bin's doch ... Bob ...«

Kevin stieß fauchend die Luft aus. Langsam nahm er das Messer von Bob Barrys Kehle. Die Lampe in Debbies Hand tanzte. Sie mußte die andere zu Hilfe nehmen, um die Lampe ruhig zu halten.

»Warum kommst du her?« fragte Kevin barsch. »Und wie siehst du aus?«

Bob wischte über sein Gesicht. Mick war wach geworden.

»Bob!« rief er. »Es ist Bob!«

Die Mädchen wachten nicht auf. Mick zündete die Gaslampe an, und mildes Licht erhellte den vorderen Teil des Saals mit den Luftmatratzen und den Kochutensilien. Die Schatten im hinteren Teil des Raumes wirkten um so beängstigender.

Bob Barry setzte sich auf eine Kiste und zog eine Decke

über die Schultern. Den Geldhaufen am Boden streifte er nur mit einem Blick. Debbie schien er überhaupt nicht wahrzunehmen. Sie knipste die Lampe aus. Kevin stand breitbeinig vor ihm. Aggressiv blickte er auf ihn hinab, während er die Fäuste in die Seiten stemmte. »Wir hatten etwas vereinbart«, sagte Kevin. »Was hat der Aufzug zu bedeuten? Und wer hat dir das Gesicht verbeult?«

»Gib mir eine Zigarette!« sagte Barry näselnd. »Und dann bemüh dich bitte um einen verbindlicheren Ton!«

Der Neuengland-Boy! schoß es durch Debbies Kopf. Gespannt beobachtete sie Kevin. Sie konnte die Spannung zwischen den beiden Männern förmlich mit Händen greifen.

Ganz langsam bewegte Kevin eine Hand und schnippte mit den Fingern. Mick wühlte zwischen den Decken herum, bis er eine angebrochene Packung fand. Er hielt sie Barry hin und gab ihm auch Feuer.

»Du solltest nicht mehr herkommen!« sagte Kevin heiser. »Wir hatten es so vereinbart!«

»Ich habe dir geholfen, Kevin. Nicht nur, weil ich dir etwas schuldete. Aus Freundschaft. Oder nenn es Anhänglichkeit!«

»Wie oder was auch immer! Weshalb bist du hier?«

»Aus dem einzig denkbaren Grund, Kevin.«

»Die Polypen?«

Barry nickte düster. »Weiß der Teufel, wie sie drauf gekommen sind, daß sie und ich . . .« Er blickte auf, und seine Augen waren unglaublich kalt. »Warum habt ihr die Kleine nicht laufenlassen?«

Kevin blickte in Debbies Richtung, und Barry folgte dem Blick.

»Sie will nicht nach Haus«, erklärte er lässig. »Sie will bei uns bleiben. Und, Bob, ich weiß nicht, wieso – ich bin fast entschlossen, sie mitzunehmen.«

Barry musterte den großen, athletischen Mann, der

immer noch hoch aufgerichtet wie eine Bronzestatue über ihm stand.

»Kevin, Kevin, was ist nur in dich gefahren? Findest du nicht genug Mösen unter all den Hippies und Groupies und anderen Ausgeflippten, die an den Straßen rumhängen?«

»Vielleicht hat's mich gepackt, wer weiß? Unterhalte dich mal mit ihr! Sie ist wie du. Sie ist entschlossen, gegen das Kapital zu kämpfen.«

»Danke. Ich lege in der nächsten Zeit keinen Wert auf solche Gespräche.«

»Was hast du vor, Bob?«

»Die Frage habe ich nicht erwartet, Kevin. Nicht von dir. Ich habe gedacht, du bietest mir an mitzukommen, du bittest geradezu darum. Das habe ich erwartet. Ich werde nämlich nicht nach Farmington zurückgehen ins Straflager.«

Kevin verzog keine Miene.

»Es wird eng werden.«

»Ich werde mich einschränken.« Barry lächelte mit den geschwollenen Lippen. »Und macht euch keine Gedanken – ich werde euch nicht auf der Tasche liegen. Ich werde nach wie vor an mein Geld herankommen, weil ich Vorkehrungen getroffen habe.«

»In der Hinsicht machen wir uns keine Gedanken«, erklärte Kevin leichthin. »Wir werden das Lösegeld nämlich zurückgeben.«

»Ich wußte gar nicht, daß du auch so ein Spinner bist wie ich«, sagte Bob Barry. Er zündete sich eine neue Zigarette an.

»Debbie ruft ihren Vater an und sagt ihm, daß sie freiwillig mit uns geht. Ihr Vater sorgt dafür, daß wir außer Verfolgung gesetzt werden, wenn wir das Geld zurückgeben.«

Barry schüttelte ungläubig den Kopf. »Ihr seid Traumtänzer! Sie werden die Jagd um keinen Preis abblasen! Sie werden euch hetzen, bis euch die Füße abfallen!«

»Uns«, sagte Kevin ruhig.

»Ja, uns. Und hast du Farmington vergessen, Kevin? Willst du nach Farmington zurück? Oder in irgendein anderes verdammtes Straflager oder Gefängnis?«

»Nein«, antwortete Kevin.

»Was haben wir damals immer gesagt? Uns geschworen?«

»Lieber tot ...«

Debbie fröstelte, als Kevin diese beiden Wörter aussprach.

»Sie kennen jetzt meinen Namen«, fuhr Barry in verändertem Tonfall fort. »Sie werden nicht lange brauchen, um auf deinen zu stoßen ...«

Kevin starrte eine Zeitlang düster vor sich hin. Dann sagte er: »Wir müssen aus dieser verdammten Stadt raus, bevor sie sie abriegeln und keiner von uns sein Gesicht mehr zeigen kann.«

»Das meine ich auch. Und es dürfte jetzt wohl auch an der Zeit sein, Waffen zu besorgen. Hast du hier einen Kontakt?«

»Nicht in New York. Aber ich weiß, wo ich nur zuzulangen brauche.«

»Nimm, was du kriegen kannst! Es ist ein weiter Weg bis Mexiko.« Er bemerkte Kevins harten Blick. »Entschuldige«, sagte er. »Du bist der Boß.«

»Ich reiße mich nicht darum ... Aber nun genug. Mick, komm her!«

Mick Donovan, der dickliche Junge, den Kevin zusammen mit den beiden Mädchen vor einem halben Jahr irgendwo in Colorado getroffen hatte, sah Kevin aus gläubigen Augen an.

»Du und Becky, ihr verlaßt das Haus um acht Uhr und fahrt zum Wagen. Okay?« Kevin wandte sich an Bob

Barry. »Um acht sind die Subways und Straßen gerammelt voll«, erklärte er.

»Du machst es schon richtig«, sagte Barry gelangweilt.

»Ich weiß nicht, wie lange ich brauchen werde«, sagte Kevin dann.

»Aber wenn ich komme, muß es vielleicht schnell gehen. Ihr wartet im Wagen, bis ich komme!«

Mick nickte eifrig. »Klar, Kevin.«

Kevin nahm einen Packen Hunderter von dem Haufen und schlug damit auf seine Knie. »Ich bringe dir was zum Anziehen mit. So, wie du rumläufst, machst du die Greifer von der Sitte wild.« Er grinste kurz.

Barry rieb über eins der Pflaster in seinem Gesicht. »Ich dachte, ihr wolltet das Geld zurückgeben.«

»Dies ist nur eine Anleihe. Debbie und ich, wir holen die Dollars aus den Tempeln des Mammon. Du wirst es sehen.«

Bob Barry sah den anderen verwundert an. »Ich hätte es nie gedacht, Kevin. Aus dir wird doch noch ein richtiger Revolutionär!«

Mit einer ruckartigen Bewegung, die seinen Unwillen verriet, richtete sich Kevin auf. »Wir kommen dann hierher und holen euch.«

Bob Barrys Blick wanderte zu Debbie hinüber, die immer noch neben der Tür zu ihrem Verschlag stand. »Laß dir Zeit«, sagte er ausdruckslos.

Kevin ging an Debbie vorbei, um sein Hemd und seine Jacke zu holen. Debbie folgte ihm. Im Verschlag war es dunkel. Nur seine Haut schimmerte, und das Weiße in seinen Augen schien zu leuchten.

»Wer ist das?« fragte sie.

»Bob ... Du verdankst ihm, daß du hier bist.« Seine Zähne blitzten kurz auf.

»Ich verstehe nicht ...«

»Bob ist ein Junge aus der besten Gesellschaft«, sagte

Kevin. »Ich habe dir erzählt, daß ich deinen Vater töten wollte. Nach dem Tod meiner Mutter erst recht ... Bob hatte die bessere Idee. Er hat sich an die Frau deines Vaters herangemacht ...«

Debbie fiel es wie Schuppen von den Augen. Doris' Besuche bei ihrer Freundin Angèle! Wenn Puhlman seinen freien Tag hatte, kam Doris von Boston rübergejettet, wie an jenem Regentag im Juni.

»Sag bloß, ihr wolltet sie ... «

Sie konnte es nicht sehen, aber sie wußte, daß Kevin auf seine lautlose Art lachte. »Yeah, es war Bobs Idee. Aber ich bin immer noch nicht dahintergekommen, warum wir dich geschnappt haben. Das heißt, nicht richtig. Ich vermute, Bob hat sich in deine Stiefmutter verknallt. Er würde es nie zugeben. Sie würde zu gut bewacht, während du in Manhattan rumliefst wie jedes normale Bürogirl ...«

Nicht ganz, dachte Debbie. Die Angst war schon dagewesen. Ihr Vater hatte auch ihr einen Leibwächter bezahlen wollen. Sie hatte das Ansinnen entrüstet zurückgewiesen.

Debbie zog ihre Schuhe an. Kevin wollte an ihr vorbei.

»Nimm mich mit!« sagte sie.

Kevin blieb stehen. Sein Gesicht wirkte hart im milden Schein der Gaslampe, das durch die offene Tür fiel. Er sah sie an. »Heute morgen werden die Zeitungen mit Bildern von dir voll sein«, sagte er.

»Ich will nicht mit ihm allein bleiben! Ich nehme Beckys langen Poncho, und wenn ich das Haar offen trage, erkennt mich niemand!« Sie berührte seinen Arm. »Ich muß doch meinen Vater anrufen ... Und dann zeige ich es ihm. Kevin, nimm mich mit!«

»Es kann gefährlich werden.«

»Das macht mir nichts aus. Ich will es auch dir zeigen, Kevin. Ich habe immer auf deine Seite gehört, immer. Ich habe es gewußt, aber ich hatte bisher nicht den Mut ... Ich habe mich gehaßt dafür. Jetzt bin ich soweit. Ich verdanke es dir.«

»Du machst einen schweren Fehler, Debbie«, sagte Kevin düster.

»Ich bin endlich erwachsen!«

Das Telefon auf meinem Schreibtisch schnarrte und riß mich aus einem bleiernen Halbschlaf. Ich schnappte den Hörer. »Cotton!«

»Jerry, hier ist Chris ...«

Chris? Wer ist Chris? Ah, Chris Fenwick. Er hielt die Stellung in Shrivers Wohnung im Olympic Tower.

»Ja, Chris?« Jetzt war ich voll da.

»Jerry, sie hat angerufen. Vor einer Minute.«

Mechanisch sah ich auf die Uhr. Es war fünf Uhr zwanzig. Jenseits der Fenster zog ein lichtgrauer Morgen herauf.

Gott sei Dank, dachte ich. Sie lebte also. Aber die nächsten Worte meines Kollegen versetzten mir einen Tiefschlag.

»Jerry, sie hat ihrem Vater erklärt, daß sie nicht zurückkehrt. Sie werde das Geld zurückzahlen. Sie meine es ernst. Man solle nicht mehr nach ihr suchen, es habe keinen Zweck. Shriver tobt. Er ist überzeugt, Debbie habe unter Zwang gestanden. Er führt den Anruf darauf zurück, daß wir die Zurückhaltung aufgegeben haben.«

»Welchen Eindruck hattest du, Chris?«

»Ich bin mir nicht sicher. Sie hörte sich sehr überzeugend an, dabei irgendwie entrückt.«

»Unter Einfluß von Drogen?«

»Das habe ich mich auch gleich gefragt, Jerry, aber ich weiß es nicht. Ich schicke das Band runter. Dann kannst du dir selber ein Urteil bilden. Mr. Shriver verlangt, daß die Fahndung sofort unterbrochen wird. Ich habe ihn an den Chef verwiesen. Wenn du noch einen Moment dranbleibst, Jerry, kann ich dir sagen, ob uns die Fangschaltung etwas einbringt.«

»Okay, ich bleibe dran. Kannst du offen sprechen?«

»Ja.«

»Was macht Mrs. Shriver?«

»Jeder Zoll die untadlige Lady«, antwortete Chris. »Weißt du, er will ihr glauben. Seinen Sohn hätte er um ein Haar rausgeschmissen.«

Ich knirschte mit den Zähnen. Solange Edward C. Shriver zu seiner jungen Frau hielt, würde sie nicht damit herausrücken, was sie über ihren Liebhaber wußte.

»Hallo, Jerry, hier kommt die Rückmeldung der Telefontechniker. Der Anruf kam aus einer Öffentlichen an der Broome Street, Nähe Bowery.«

Ich schrieb mir die Nummer der Kabine und die genaue Lage auf. »Ich kümmere mich darum«, sagte ich dann zu Chris.

Debbie Shriver, eine junge, eigenwillige Frau, die seit zwei Wochen mit ihren Kidnappern zusammenlebte. Was war in der Zeit mit ihr geschehen? Ihre rebellische Vergangenheit schien sie doch überwunden zu haben! Sie hatte einen Job angenommen. Sie volontierte in der Werbeabteilung eines angesehenen Verlages. Sie schien ernsthaft bestrebt gewesen zu sein, ihren Weg zu machen.

Hatte sie freiwillig die Fronten gewechselt? Oder stand sie unter Zwang? Unter physischem oder psychischem Zwang?

Ich verschob die Spekulationen auf später. Die Jagd ging weiter, daran gab es nichts zu rütteln. Broome Street. Ich rief das 5. Polizeirevier in der Elisabeth Street an und ließ mich mit dem Leiter der Kriminalabteilung verbinden.

Debbie Shriver lief in der Downtown herum, dort, wo

Manhattan am unübersichtlichsten war. Bowery, Little Italy, Chinatown. Ausgerechnet …

»Detective Captain Austin …«

»Ronald Austin?«

»Genau. Jerry Cotton? Hi, wie geht's?«

»Debbie Shriver hält sich in Ihrem Revier auf, Ron.« Ich beschrieb ihm die Lage der Telefonzelle an der Broome Street. »Es ist fünf Minuten her, nicht länger. Haben Sie die Fotos von Kevin Rambo bekommen?«

»Eins hängt schon unten am Brett. Bei der Einweisung für die Frühschicht wollte ich den Männern ein paar warme Worte dazu sagen.«

»Machen Sie Ihre Leute schon auf ihn aufmerksam!«

»Jerry, ich kann Ihnen nicht viel versprechen. Wir hatten in der Nacht eine Großrazzia in der Mulberry Street …«

»Scheuchen Sie sie noch einmal raus! Sagen Sie ihnen, um was es geht!«

»Ich versuche mein Bestes, Jerry. Sie hören von mir.«

Als ich auflegte, meldete sich Joe Brandenburg über die Haussprechanlage. »Jerry, hier kommt gerade die Strafakte Kevin Rambo über den Ticker. Willst du runterkommen?«

Ich fuhr in die Einsatzzentrale hinunter. Der Fernschreiber ratterte noch.

»Hast du den Bewährungshelfer schon erreicht?« fragte ich Joe.

»Das Büro des Bewährungshelfers in Santa Fe öffnet erst um neun Uhr Ortszeit. Vorher ist da nichts zu machen.«

Die Telexmaschine verstummte, und ich riß das Blatt heraus.

Ich weiß nicht, was ich erwartet hatte. Vielleicht hatte ich dem Bericht des Sheriffs aus dem Black Lake County nicht getraut, als der das Bild eines Ganoven zeichnete.

Vielleicht war ich davon ausgegangen, daß der Sheriff mehr die Interessen der Shriver Mining Company im Auge hatte als die Interessen einer alten Frau, die an ihrem Stückchen Land festhielt und auf ihren Sohn wartete.

Selbst bei wohlwollender Betrachtung konnte man Kevin Rambo nur einen Verbrecher nennen. Der versuchte Totschlag, für den er vier Jahre von einer insgesamt siebenjährigen Strafe abgesessen hatte, sah mir verdammt nach einem versuchten Mord aus, den ein ehrgeiziger junger Anwalt auf versuchten Totschlag heruntergedrückt hatte.

Kevin Rambo war ein Mann, der die Schwelle zur Gewalt schnell zu überschreiten bereit war. Mit einem Partner von der kalten Intelligenz eines Brian Robert Barry mußte er sich unschlagbar fühlen.

Daß er die glücklich eingefahrenen zehn Millionen Dollar Lösegeld freiwillig wieder herausrücken wollte, hielt ich für einen Witz. Für einen schlechten.

Seit Albert Pinlac das Waffengeschäft an der Grand Street von seinem Schwiegervater übernommen hatte, war der Umsatz mit Schußwaffen ständig gesunken. Pinlac hatte den Laden im Lauf der Zeit in ein gutgehendes Sportartikelgeschäft umgewandelt.

Die Waffenabteilung nahm jetzt nur noch einen kleinen Raum ein. Er betrieb sie immer noch, obwohl sie Verluste brachte. Als Erinnerung an alte Zeiten gewissermaßen, und weil die Cops und Detectives des 5. Reviers immer noch ihre Revolver bei ihm kauften. Früher hatten sie sich sogar bei ihm mit Munition eingedeckt. Doch die wurde jetzt vom Police Headquarters in großen Mengen gekauft und an die Reviere weitergegeben.

In den 18 Jahren, die er den Laden nun führte, war er

sechsmal überfallen worden. Jedesmal waren die Cops dagewesen, bevor die Gangster mit ihrer Beute abziehen konnten. Was die Ganoven meistens übersahen, war die Ladenpassage, die unmittelbar vom Revier in der Elizabeth Street zur Grand Street führte und neben seinem Laden herauskam. Er brauchte nur einen der an verschiedenen Stellen im Laden angebrachten Alarmknöpfe zu drücken, um die Cops in Bewegung zu setzen.

Der letzte Überfall lag nun schon drei Jahre zurück. Damals hatte sich Pinlac von den Cops überreden lassen, zu seinem Schutz und zur besseren Beweissicherung eine automatische Kameraüberwachungsanlage zu installieren, die mit der Alarmanlage gekoppelt war und jede Bewegung im Laden auf Videofilm speicherte. Bisher hatte die Anlage ihren Daseinszweck noch nicht beweisen müssen.

Albert Pinlac wohnte in Brooklyn. Er hatte es sich angewöhnt, morgens sehr früh nach Manhattan zu fahren, wenn die Straßen noch ruhig waren. Dann konnte er ungestört die Bestände in den Regalen erneuern und die notwendigen schriftlichen Arbeiten erledigen, bevor seine Angestellten eintrafen.

Kurz vor sechs an diesem Morgen schloß er das schwere Rollgitter auf und wartete, während der Elektromotor es ratternd in die Höhe zog. Er steckte den Schlüssel ins Schloß der schmalen Nebentür und drehte ihn herum. Aus den Augenwinkeln sah er eine dieser heruntergekommenen Gestalten heranwanken. Ein verdreckter Poncho und strähnige Haare, das waren die untrüglichen Markenzeichen für die Herumtreiberinnen, die immer auf der Jagd nach ein paar Dollars für den nächsten Schuß waren.

Pinlac sah sich hastig um. Kein Mensch war zu sehen. Nur abgestellte Autos, Müllsäcke und Bauschutt vor dem Nebenhaus.

Das Mädchen blieb vor ihm stehen. Zögernd hob sie den Kopf. Das Haar verdeckte das Gesicht. Aber Pinlac sah, daß es leidlich hübsch zu sein schien. Schade, daß unter dem Umhang nichts vom Körper zu sehen war.

»Kannst du zehn Dollar brauchen?« fragte Pinlac.

Hin und wieder klappte es, dann kam eins von den Dingern mit rein. Meistens war es ein ernüchterndes Erlebnis für ihn, weil die Mädchen so schrecklich abwesend und gleichgültig waren.

»Zwanzig!« sagte das Mädchen.

Pinlac sah sich noch einmal um. »Gut«, sagte er. »Komm rein, schnell!«

Das Mädchen schlüpfte an ihm vorbei, wobei sie seinen Arm streifte. Erregung durchzuckte ihn. Er wollte die Tür wieder in den Rahmen drücken, als sie hart in sein Kreuz krachte.

Kevin Rambo, der sich zwischen zwei abgestellten Autos versteckt hatte, sprang ihn von hinten an und setzte ihm die Messerklinge an die Kehle.

»Wenn du vernünftig bist, passiert dir nichts!« zischte Kevin an Pinlacs Ohr. Er drehte den älteren Mann wie eine Puppe herum und schob ihn auf die andere Tür zu, die in den hinteren Teil des Ladens führte. Debbie stand neben der Tür. Sie hatte ihr Haar zurückgestrichen, und Pinlac sah jetzt das blasse, angespannte Gesicht mit den rauchgrauen Augen. Ihr Ausdruck erschreckte ihn, weil er Haß darin zu lesen glaubte.

Und dann erkannte er das Gesicht. Jedermann kannte es. Die Morgenausgabe der News brachte ihr Bild groß auf der Titelseite. Die Zeitung lag in seinem Wagen ...

»Sie sind ...«

»Schnauze!« sagte Debbie Shriver.

Kevin stieß ihn mit dem Gesicht gegen die Tür. »Aufschließen! Und keine falsche Bewegung, Mann ...«

»Nein, machen Sie sich keine Sorgen! Ich bin versichert ...« Er schielte zu Debbie, während er den Schlüssel ins Schloß steckte und ihn herumdrehte.

Im Laden schaltete er die Lichter an. Die Waffenabteilung lag in einem getrennten Raum. Der Durchgang war mit einem Gitter versehen. Pinlac bemühte sich, nicht zu der Kamera oben in dem Regal hinaufzusehen. Zwischen den Sporttaschen war sie kaum zu erkennen.

Klirrend fuhr das Gitter zur Seite. Die verschiedenen 38er Revolver lagen in Vitrinen hinter Panzerglas, während die wenigen Jagd- und Sportgewehre, die Pinlac noch führte, in einem verschlossenen Stahlschrank hinter dem Tresen standen.

Pinlac öffnete den Schrank. Kevin blieb die ganze Zeit hautnah hinter ihm, und immer spürte er den Druck der Schneide an seiner Kehle. Er wagte kaum zu schlucken.

Kevin zerrte Pinlac zur Seite. Debbie holte ein großkalibriges Remington-Schrotgewehr aus dem Schrank. Sie kannte diese Waffe, weil ihr Vater, wenn er sich auf seinem Grundstück auf Nantucket aufhielt, damit herumballerte.

Er hatte ihr schon als Kind beigebracht, mit der Shotgun umzugehen.

Die Munition stand offen im Regal. Debbie riß eine Packung auf und stopfte fünf 12er Patronen ins Magazin, dann lud sie die Waffe durch und richtete den Lauf auf Pinlac.

»Bitte, Miss ...« Pinlacs Stimme klang brüchig. »Ich habe eine Frau und drei Kinder ...

»Sie sind ein Schleimer!«

Kevin trat zur Seite. »Öffnen Sie die Vitrine!« befahl er barsch.

Pinlac mußte sich bücken, um den kleinen Sicherheitsschlüssel ins Schloß schieben zu können. Mit dem rechten Fuß suchte er nach der Wölbung unter dem Teppich, wo einer der Alarmknöpfe angebracht war. Kevin sprang in den Hauptladen. Als er gleich darauf zurückkehrte, hielt er einen ledernen Golfbeutel in der Hand, der tief genug war, um auch die Shotgun aufnehmen zu können. Kevin raffte einige Pakete Munition für die Shotgun und mehrere Päckchen 38er-Patronen an sich.

Der Händler klappte die Vitrine hoch und richtete sich auf. Debbie ließ ihn nicht aus den Augen. Sie bemerkte, wie er sein rechtes Bein steif nach hinten reckte und sein Gewicht auf den Absatz verlagerte. Er sah sie an. Seine Augen zuckten triumphierend, aber sein Absatz verfehlte die richtige Stelle. Er spürte es sofort, weil sie höher hätte liegen müssen und er ins Leere trat. Unwillkürlich blickte er nach unten.

Debbie folgte seinem Blick, und sie bemerkte die Wölbung im selben Moment, als Pinlac den Fuß auf den Buckel unter dem Teppich senkte. Sie riß den Abzug durch. Es war eine unbewußte Reaktion.

Der Rückstoß brach ihr fast den Finger, und der dumpfe Knall preßte ihren Schädel zusammen. Durch den Pulverdampf sah sie das Blut auf Pinlacs Brust. Die Wucht der Bleikugeln hatte ihn gegen den Schrank geschleudert. Jetzt sackte er zu Boden. Er fiel genau auf den Alarmknopf. Debbie stand starr. In ihren Ohren rauschte das Blut.

Kevin warf drei oder vier Revolver in die Golftasche. Dann packte er Debbies Arm und zerrte sie aus dem Laden. Im Laufen nahm er ihr die Shotgun ab. Zuerst wollte er sie wegwerfen. Doch dann schob er sie zu den anderen Waffen in den Lederbeutel. Sie überquerten die Bowery und verschwanden über die Treppe zur Subway Station, bevor die ersten Cops aus der Passage stürmten.

Stumm starrten Edward C. Shriver, Ronald Austin und ich auf den toten Albert Pinlac hinab.

Als Detective Captain Austin im FBI District anrief, um von dem Überfall auf den Waffenhändler zu berichten, hatte der Chef mich gerade zu sich gerufen. Bei ihm saß Edward C. Shriver – übernächtigt, mutlos, aber immer noch zornig.

Ein Taxifahrer, berichtete Austin, habe die beiden mutmaßlichen Täter davonrennen sehen. Ein Mädchen oder eine junge Frau sei dabeigewesen. Shriver bat darum, mitkommen zu dürfen. Niemand brachte es über sich, ihm den Wunsch abzuschlagen.

Ein junger Mann aus Austins Division trat an ihn heran. »Captain, wir können das Band jetzt vorführen«, sagte er.

Wir folgten ihm in Albert Pinlacs mit Katalogen und Lieferscheinen vollgestopftes Büro. Auf dem Schreibtisch standen ein transportabler Videorecorder und ein Fernsehgerät. Der junge Mann drückte die Taste mit der Bezeichnung PLAY herab. Gebannt blickten wir auf den Bildschirm.

Ich hatte dem Taxifahrer das Foto von Kevin Rambo gezeigt. Der Fahrer hatte die davonrennenden Gestalten nur aus der Ferne gesehen. Er war nicht in der Lage anzugeben, ob der fliehende Mann dem Gesicht auf dem Foto ähnelte oder nicht.

Ein Bild erschien auf dem Bildschirm. Es wackelte ein, zwei Sekunden. Dann stand es. Klar und deutlich sahen wir zwei Gestalten, einen Mann und eine Frau, beide mitten in der Bewegung erstarrt wie eingefroren.

Der Mann war Kevin Rambo. Er stand neben der offenen Vitrine und hielt einen kurznasigen Revolver am Lauf.

Er hatte nicht geschossen.

Geschossen hatte die Frau. Sie wandte ihr Gesicht der

Kamera zu. Sie hielt das noch rauchende Gewehr in den Händen und sah auf den am Boden liegenden Pinlac hinab, dessen Füße krampfhaft zuckten.

Die Frau war Debbie Shriver. Es gab nicht den geringsten Zweifel. Rambo erwachte als erster aus seiner Erstarrung. Er schleuderte den Revolver, den er in der Hand hielt, in einen Beutel, warf zwei andere hinterher und griff dann nach Debbies Arm. Gewaltsam zerrte er sie aus dem Blickwinkel der Kamera.

Shriver hatte die Augen geschlossen. Schwankend stand er da. Mein Gott, dachte ich, wie kann einer so aussehen und noch am Leben sein!

»Bitte, Mr. Shriver, setzen Sie sich doch!« sagte ich.

Er schüttelte den Kopf. »Sie kann es nicht aus freien Stücken getan haben!« Er riß die Augen auf. Sie waren trübe wie beschlagenes Glas. »Warum tun Sie nichts? Warum stehen Sie hier herum?«

»Wir brauchen Gewißheit«, antwortete ich ruhig.

Ich rief die Einsatzzentrale an. John D. High stand neben Joe Brandenburg, der auf seinen Feierabend pfiff. Während der vergangenen Stunden waren alle Informationen über ihn gelaufen. Er war an seinem Platz nicht unersetzlich. Aber es war gut, einen Mann dort zu wissen, der wie wir mitten im Fall steckte.

Ich gab einen knappen Bericht und legte wieder auf.

»Was wird jetzt geschehen?« fragte Shriver.

»Sämtliche Straßen, die aus Manhattan hinausführen, werden gesperrt«, antwortete ich. »Die Fotos der Tatverdächtigen werden ab sofort in kurzen Abständen im Fernsehen gezeigt. Die Mittags- und Abendausgaben der Zeitungen werden ihre Fotos bringen ...«

»Sie kennen also die Täter ...«.

Welche Täter? Pinlacs Mörder? Das war seine Tochter Debbie. Aber ich wußte, daß er nicht den Mord an Pinlac meinte.

»Die Haupttäter, ja«, sagte ich. »Sie heißen Kevin Rambo und Brian Robert Barry. Sie kommen nicht mehr aus der Stadt.«

Shriver schien in sich zusammenzusinken.

»Barry ... meine Frau und Barry ...« Er ächzte. »Sie ... inwieweit ist sie verwickelt?« Diese Frage kostete den Mann unmenschliche Kraft.

»Ich kann es Ihnen nicht sagen.«

»Warum lügen Sie? Sie brauchen mich nicht anzulügen.«

»Ich rede nicht gern über Vermutungen, Mr. Shriver«, sagte ich. »Aber ich mache eine Ausnahme – ich glaube, daß die Bande zuerst Ihre Frau entführen wollte.«

»O Gott. Doris?«

»Ja. Aber weil Ihre Frau zu gut bewacht wurde, ist man auf Ihre Tochter verfallen.«

Damit konnte er jetzt etwas anfangen oder es auch lassen. Ich hatte anderes zu tun, als einem betrogenen Ehemann Entschuldigungsgründe für die Seitensprünge seiner Frau zu liefern.

»Sie entschuldigen mich jetzt, bitte ...«

»Warten Sie noch! Was werden Sie jetzt tun? Wegen Debbie, meine ich. Sie ist doch entführt worden ... Sie handelt unter Zwang!«

Nach dem, was ich eben auf dem Schirm gesehen hatte, schied diese Möglichkeit aus.

»Ihre Tochter, Mr. Shriver, hat einen Menschen getötet. Sie und Rambo haben Waffen geraubt. Sie wären dieses Risiko nicht eingegangen, wenn sie nicht bereit wären, diese Waffen auch zu benutzen.«

Ich hätte Barry festnehmen sollen, dachte ich. Auf Teufel komm raus hätte ich ihn festnehmen sollen. Phil hatte schon den richtigen Riecher gehabt.

Aber was dann? Wie wären wir an Rambo herangekommen? Rambo hätte nur in seinem Schlupfwinkel zu bleiben brauchen. Mit Debbie Shriver und zehn Millionen Dollar.

Der Waffenraub bewies, daß sie bereit waren, ihren Fluchtweg notfalls freizuschießen.

»Es tut mir leid, Mr. Shriver«, sagte ich und ging.

Sie versteckten sich in einem Nonstop-Kino am Times Square, weil es zu früh war, um ins Parkhaus zu gehen. Der Eingang zum Kino hatte gleich an der Treppe gelegen, die zur Seventh Avenue hinaufführte. Auf der Leinwand lief ein Kung-Fu-Film. Die Schreie der Kämpfer klangen schrill. Ihre Bewegungen wirkten hektisch und unnatürlich. In dem schlecht gelüfteten Saal roch es nach Schweiß und Bier und kaltem Rauch. Irgendwo schnarchte jemand.

»Ich habe es getan!« flüsterte Debbie. »Du hast es gesehen, Kevin – ich habe es getan!«

»Ja, Baby, du hast es getan.« Kevin nahm ihre Hand. Die Finger waren eiskalt. Er rieb sie. Debbie ließ es geschehen, aber die Haut füllte sich nicht mit Blut.

Kevin griff in den Beutel. Im Schutz der Dunkelheit lud er die Trommeln der gestohlenen Revolver. Einen kurznasigen Colt schob er in seinen Hosenbund und zog das Hemd darüber.

Nach etwa einer Stunde, mitten in einem neuen Film, standen sie auf und gingen hinaus.

Die Szene draußen schien sich schlagartig verwandelt zu haben. Menschen quollen aus den Subwayschächten und ergossen sich wie Lava über die 42nd Street und die Seventh Avenue. Niemand hatte einen Blick für seinen Nächsten.

Der Zeitungsstand am Abgang hatte inzwischen geöffnet. Debbie zuckte zusammen, als sie ihr Gesicht auf den Titelseiten erkannte. Ihr offenes Gesicht mit dem nett frisierten Haar schien nur noch wenig Ähnlichkeit mir ihren jetzt eher kantigen Zügen aufzuweisen.

Kevin zog sie zur Subway hinunter. Sie benutzten den unterirdischen Verbindungsgang zur Eighth Avenue und stiegen dort in einen Zug, der uptown fuhr. An der 50th Street stiegen sie wieder aus. Debbie hielt den Kopf gesenkt, als sie Kevin durch den langen, hell erleuchteten Gang folgte, der den Zugang zu mehreren Hotels und Theatern bildete. Am Ende flimmerte ein Pfeil mit der beleuchteten Aufschrift Zu *den Parketagen.*

Auf der Treppe hasteten Männer mit Aktentaschen an ihnen vorbei. Als Kevin die Eisentür öffnete, schlugen ihnen Abgaswolken entgegen. Brummend schoben sich die Fahrzeugkolonnen an ihnen vorbei.

Kevin zog Debbie an der äußeren Wand entlang auf das große plumpe Wohnmobil zu. Witternd wie ein Tier nahm er seine Umgebung in sich auf. Dann zwängte er sich hinter dem Aufbau her und klopfte kurz und hart gegen die Verkleidung.

Die hintere Tür wurde von innen aufgestoßen. Kevin schob Debbie hinein. Dann folgte er ihr und schloß die Tür. Er wollte zufrieden aufatmen, als er Micks blasses, von einem dünnen Schweißfilm überzogenes Gesicht sah.

»Kevin, die Polypen sind überall! Sie haben das Haus abgeriegelt!«

Kevin kniete auf dem Boden und spähte über die Kante des Türfensters. »Wir haben keine gesehen!« sagte er scharf.

»Sie stehen an den Ein- und Ausfahrten und halten jeden an, der rein oder raus will.« Er atmete laut. »Kevin, was sollen wir tun?«

»Durchsuchen sie die Wagen?«

»Ich glaube nicht.«

Kevin sah sich um. Becky saß auf der gepolsterten

Bank hinter dem heruntergeklappten Tisch. Debbie setzte sich neben sie.

Mit den Augen tastete Kevin die Wandverkleidung ab. Zwischen den Paneelen und der Plastikaußenhaut steckten zehn Millionen Dollar. Mick und die Mädchen hatten saubere Arbeit geleistet. An den Nahtstellen und Schrauben waren keine Spuren zu erkennen.

Das Wohnmobil gehörte Mick. Er hatte geschuftet, um sich einen Traum zu verwirklichen. Als Kevin ihn an einer öden Straße in Colorado traf, ihn und die beiden Mädchen, war er am Ende gewesen. Becky hatte ihn um ein paar Dollars für Benzin angebettelt. Kevin Rambo hatte von den dreien Besitz ergriffen. Und vom Wohnmobil.

»Kevin! Sag doch was! Kommen wir hier raus?« hechelte Mick.

»Wenn du die Nerven behältst«, sagte Kevin.

Er zog seinen Revolver und legte ihn griffbereit neben sein rechtes Knie. Dann holte er das Schrotgewehr aus der Golftasche, ersetzte die abgeschossene Patrone durch eine neue und lud die Waffe durch.

Er setzte sich in den engen Gang zwischen der Sitzecke und den Schränken, in denen der Kühlschrank, die Spüle und die Gasflaschen verstaut waren, und verkeilte die Beine. Das Schrotgewehr lag auf seinen Oberschenkeln. Der Lauf mit der daumendicken Mündung wies genau auf die hintere Tür.

»Becky, setz dich vorn neben Mick!« befahl er. »Und dann los, ihr beiden! Debbie, komm runter und zieh den Kopf ein!« Debbie glitt neben ihn. Becky turnte über sie hinweg und zwängte sich zwischen den Sitzen nach vorn in die Fahrerkabine.

Mick wischte sich den Schweiß aus dem Gesicht.

»Ich schaffe es, Kevin«, sagte er.

»Na sicher, Mick. Wir sind ja da.« Kevin tätschelte Debbies Schenkel. Dann drückte er ihr den Revolver in die Hand.

»Kannst du auch damit umgehen, Baby?« fragte er.

»Du solltest mich nicht Baby nennen!« sagte sie aufbrausend.

»Okay, okay.«

»Natürlich kann ich mit einem 38er umgehen«, sagte sie und schob die Hand mit der Waffe unter den Poncho.

Er sah sie an. Würde sie noch einmal auf einen Menschen schießen? Er glaubte es nicht.

Er sollte sich irren.

Ich bog von der Eighth Avenue in die 49th Street ein. An der Einfahrt zum Parkhaus stauten sich die Fahrzeuge. Ein Streifenwagen des Reviers Midtown North stand auf dem Gehweg. Die Cops hielten hier wie auch an den anderen Zufahrten die Fahrer an, während die Befragung von FBI-Agenten vorgenommen wurde.

Phil leitete die Aktion an der Ausfahrt 49th Street. Ich setzte meinen Jaguar ebenfalls auf den Gehweg und ging das kurze Stück zurück. George Baker und Don Jackson waren vor wenigen Minuten zu Phils Unterstützung hinzugekommen. Ich hatte mit George schon kurz über Funk gesprochen. Ich wußte, daß er und Don Barrys Spur verloren hatten, kannte jedoch keine Einzelheiten. Ich winkte Phil zu, der an der Ausfahrspur gerade mit einer Frau in einem kleinen Honda sprach, und trat neben George. George Baker ärgerte sich mit einem sturen Burschen herum, der unbedingt Zoff machen wollte.

»Warum wollen Sie wissen, ob ich gestern nachmittag auch im Parkhaus gewesen bin? Und auf welchem Deck? Ich parke fast jeden Tag hier, weil es sonst keine Möglichkeiten gibt und die Polypen einem ja sofort die Kiste abschleppen. Das sind Wegelagerermethoden! Und jetzt quatschen Sie mich an. Wollen Sie mir was anhängen?« George war übermüdet. Und er reagierte deshalb gereizt.

»Ich kann Sie auch aussteigen lassen, Sir. Dann klären wir an Ort und Stelle, wo Sie gestern gestanden haben! Wir suchen nur Fahrer, die gestern im hinteren Teil des Erdgeschosses geparkt haben. Zwischen vier und sechs Uhr. Wenn Sie um die Zeit zu Ihrem Wagen zurückgegangen sind, Sir, hätten wir gern gewußt, ob Sie irgend etwas Ungewöhnliches beobachtet haben. Mehr nicht. Also, wie ist es jetzt?«

Hinter uns hupte jemand. Ich drehte mich um und bedachte den Fahrer mit einem vernichtenden Blick.

»Ich habe gestern weiter oben gestanden«, sagte der Mann.

»Okay, das war's«, sagte George erschöpft. Zu mir gewandt, sagte er: »Das ist schon der dritte Kaffer innerhalb von ein paar Minuten. Wenn mir noch einer blöd kommt, haue ich ihm eine rein!«

»Die Zentrale schickt ein paar Leute, die euch ablösen. Ihr seid jetzt lange genug auf den Beinen. Was war mit Barry?«

»Wir haben den Taxifahrer finden können. In Brooklyn! Er konnte sich erinnern, die Frau – den Fahrgast! – am Grand Central, Westeingang, abgesetzt zu haben. Da war natürlich nichts mehr zu machen. Wir sind dann zum Central Park South zurückgefahren und haben uns Freund Goodale vorgenommen. Er behauptet, es sei eindeutig eine Frauenstimme gewesen, die ihn über Haustelefon gebeten habe, ein Taxi zu rufen. Er habe die Stimme nicht gekannt oder erkannt. Dann sei eine Frau – na ja – aus dem Fahrstuhl gekommen und an ihm vorbeigezischt. Er hat die Frau für die Anruferin gehalten. Aufgefallen ist ihm nichts weiter an ihr.«

»Die Anruferin war Mrs. Wallace«, sagte ich grimmig. »Darauf verwette ich meinen nächsten Gehaltsscheck.«

»Es tut mir leid, Jerry, aber wir konnten nicht damit rechnen, daß ein Bursche wie Barry die Fliege macht. Solche Leute rücken doch mit ihren Anwälten an und bieten Kaution an, wenn es zum Äußersten kommt.«

Das hatte ich auch angenommen. »Schon gut, George. Fahrt nach Haus, wenn die Ablösung eintrifft, und schlaft ein paar Stunden! Ihr werdet vielleicht später noch gebraucht.«

Ich ging zu Phil hinüber. Vorn am Kassenhaus standen zwei Cops. Wie die anderen Special Agents hatte ich mir meine FBI-Marke an die Brusttasche gesteckt, und die Cops grüßten förmlich.

Ich wartete, bis Phil mit dem jungen Chinesen fertig war, der mit einer großen schwarzen Limousine aus dem Parkhaus wollte. Höflich beantworte er Phils Fragen. Ja, er sei gestern nachmittag gegen sechs Uhr auf der betreffenden Seite gewesen. Er habe dort einen Wagen für seine Firma abgestellt. Nein, ihm sei nichts aufgefallen. Am Trafohaus? Das habe er noch nie bemerkt.

Phil ließ den Mann fahren. Er grinste mich an. Seine Augen waren düster umschattet. »Du hattest mich wohl vergessen, eh?«

»Nicht ganz. Gleich wirst du abgelöst, dann fahre ich dich nach Haus.«

»Hier tut sich doch nichts«, meinte er und winkte das braunweiße Wohnmobil heran.

»Ganz ruhig jetzt!« sagte Kevin, als Mick ruckartig anzog und sofort wieder auf die Bremse trat, so daß Debbie gegen ihn flog.

Kevin schwitzte jetzt auch leicht. In seiner Position am Boden kam er sich plötzlich verletzlich vor. Nur gut, daß die Seitenfenster im Aufbau so hoch angebracht waren. Auch von vorn konnte so einfach keiner reinschauen, weil die wuchtige Vorderpartie des Wagens ein nahes Herankommen verhinderte.

Kritisch würde es nur werden, wenn jemand von hinten hereinsah.

Das Fenster lag im oberen Drittel der Tür. Kevin hatte die Gardine nicht vorgezogen, um den Cops draußen ja keinen Grund zur Beanstandung zu geben. Der Durchblick nach hinten hinaus mußte während der Fahrt freibleiben.

Er hob das linke Bein etwas an. Der Lauf des Remington stand wie ein Kanonenrohr gegen die Tür gerichtet. Die Bleikugeln würden das dünne Material wie Papier durchschlagen. Er ließ seine Zähne aufblitzen.

»Keine Angst, Debbie«, hauchte er.

»Ich habe keine Angst«, gab sie ebenso leise zurück. »Ich habe mich entschieden.«

Mick kurbelte die Scheibe an seiner Seite herunter. »Hallo, was gibt es denn?« fragte er. Seine Stimme klang leicht belegt.

»Guten Morgen, Sir, Ma'am«, sagte Phil zu dem Mann am Steuer des Wohnmobils, und mechanisch begann er, seinen Spruch abzuspulen. »Sie haben gestern im Erdgeschoß gestanden ...«

Ich betrachtete das Pärchen auf den Vordersitzen. Der Mann war sehr jung. Er hatte eine ungesunde Gesichtsfarbe und schwitzte. Die Frau sah gleichmütig, fast teilnahmslos vor sich hin. Sie hatte das lange dunkelblonde Haar im Nacken zu einem Knoten zusammengebunden, wodurch ihr ovales Gesicht einen madonnenhaften Ausdruck hatte.

»Haben Sie in Ihrem Wagen übernachtet?« erkundigte sich Phil.

»Nein, nein, wir ... wir haben Freunde besucht.«

»Können Sie mir sagen, wann Sie den Wagen im Parkhaus abgestellt haben?«

Ich trat etwas zurück, um einen Blick auf das Kennzeichenschild zu werfen. Der Wagen war in Indiana zugelassen. Abziehbilder aus Montana, Wyoming und Colorado klebten hinter der Frontscheibe.

Ich ging an der rechten Seite entlang nach hinten. An der Ecke sah ich mich um.

Die Augen der jungen Frau begegneten mir im Rückspiegel. Sie schienen sich plötzlich mit Leben erfüllt zu haben. Sie wichen meinem Blick nicht aus. Einen Moment lang hielten sie mich gefangen, bis es mir gelang, mich loszureißen.

Ich wollte einen Blick durch das Fenster in der hinteren Tür ins Innere des Fahrzeugs werfen. Ich spielte seit längerem mit dem Gedanken, mir einen Camper zu mieten. Mein Traum war eine Reise nach Vermont, wo Einsamkeit, Berge, Flüsse und Seen lockten. Und reine Luft. Jerry Cotton allein, angetan mit Gummistiefeln und bewaffnet mit einer Forellenangel ...

Ich hob mich auf die Zehenspitzen, und ich reckte schon den Hals, als eine der vorderen Türen aufgeklinkt wurde.

Sofort dachte ich an die junge Frau mit dem Madonnengesicht. Ich trat einen Schritt zur Seite.

Sie war ausgestiegen und sah in meine Richtung. Das ovale Gesicht war mit Sommersprossen gesprenkelt, die Lippen waren blaß und spröde. Sie trug ein weites Hängekleid, das nicht verbergen konnte, daß sie hochschwanger war.

»Ich bezahle schon das Parkticket«, sagte sie laut, knallte die Tür zu und ging zum Kassenraum. Den Cops schenkte sie keinen Blick.

Der Motor des Wohnmobils heulte auf. Der Gang kratzte. Dann zog der Wagen ruckend vor. Ich sah ihm nach. Jetzt hatte ich doch keinen Blick hineingeworfen, dachte ich bedauernd. Die Frau hatte mich abgelenkt.

Ich konnte nicht ahnen, daß sie mir das Leben gerettet hatte.

Es war eng in dem Wohnmobil, das für zwei Erwachsene und höchstens zwei Kinder eingerichtet und jetzt mit sechs Personen besetzt war. Im stockenden Nachmittagsverkehr kämpfte sich Mick über verstopfte Straßen durch Manhattan nach Norden.

»Die Schnellstraßen, Brücken und Tunnels werden alle überwacht«, hatte Bob Barry gewarnt, als der Wagen endlich am Versteck in der Downtown vorgefahren war. »Da stecken wir in der Falle, wenn sie die dichtmachen!«

Auch Kevin war der Ansicht, daß es am besten sei, mit dem Strom zu schwimmen und durch Harlem hindurch nach Norden zu entkommen. Über Landstraßen konnten sie gemächlich am Hudson entlangfahren. Vielleicht konnten sie Tappan Zee Bridge benutzen, um nach Westen zu gelangen. Besser wäre es jedoch, bis Rhinebeck weiterzufahren, wo die Landstraßenbrücke über den Hudson und direkt in die Catskill Mountains führte. In dem großen Naturpark gab es gut ausgestattete Wohnwagenparks, in denen sie zwischen den anderen Touristen untertauchen, verschwinden konnten. Es war August. Was war da unauffälliger als ein Camper! Unterwegs konnten sie noch ein größeres Zelt kaufen, damit sie für ein paar Tage Bewegungsfreiheit hatten.

Mick und Becky saßen weiterhin vorn. Mick Donovan war als Eigentümer des Wohnmobils eingetragen. Er und Becky waren zwar nicht verheiratet. Aber eine schwangere Frau vorn machte sich zweifellos ganz gut, falls sie angehalten würden. Am Morgen wäre es im Parkhaus zweifellos zur Katastrophe gekommen, wenn Becky nicht ausgestiegen und den G-man im letzten Moment abgelenkt hätte. Kevin Rambo hatte seine Haare bereits über der Fensterkante gesehen, und sein Zeigefinger hatte sich schon gekrümmt . . .

Debbie hatte es vorgezogen, nach oben in die Koje zu kriechen. Auf der Sitzbank war es für Kevin, Bob und Maureen reichlich eng.

Als Mick wieder einmal an einer Ampel halten mußte, sah Kevin hinten hinaus. Er konnte die Rückseite eines Zeitungsstandes erkennen. Neben der Bude stapelten sie die noch verschnürten Pakete der Abendausgaben.

»He, Mick!« sagte er. »Halt am nächsten Zeitungsstand an! Becky, nimm von jeder Zeitung eine! Hast du noch Kleingeld?«

»Ich hab' noch was«, sagte Becky.

Mick bog in die Fort Washington Avenue ein. Hinter der Ecke fand er eine Lücke, die groß genug für das Wohnmobil war. Becky stieg aus. Augenblicke später kehrte sie mit einem Arm voller Zeitungen zurück. Sie warf alle nach hinten. Während Mick wieder anfuhr, machten sich Kevin und Bob über die Abendausgaben her.

Debbie reckte einen Arm aus der Koje. »Ich möchte auch eine«, sagte sie.

Bob reichte ihr schweigend eine hinauf.

Betroffenes Schweigen breitete sich aus.

»Sie wissen alles«, sagte Kevin flach. »Alles . . .«

Die Zeitungen brachten sein Bild und seinen kompletten Lebenslauf. Er preßte die Zähne aufeinander, bis die Wangenmuskeln schmerzten. Er hob den Kopf und begegnete Debbies Augen, die ihn von oben herab stumm anstarrten.

»Du hast mich belogen!« sagte sie. »Alles war Lüge! Was hast du mir erzählt?«

Kevin bemerkte, wie Bob ihn von der Seite ansah. Er

wußte, daß wieder dieses ekelhafte spöttische Lächeln auf den schmalen Lippen lag, das mehr als alles andere Bobs Überlegenheit dokumentierte.

»Das verstehst du nicht«, sagte Kevin barsch. »Sei jetzt still!«

»Laß sie doch weiterreden!« meinte Bob Barry amüsiert.

»Du hast mir erzählt, du seist für Reden im Straflager gelandet! Du hättest Geologie studiert, um gegen die Bergwerksgesellschaften kämpfen zu können! Du bist ein Gangster, ein ganz gemeiner mieser Gangster!«

Kevin sprang auf. Seine Hand fuhr nach oben. Mit dem Rücken traf sie Debbies Mund. Die Unterlippe platzte sofort auf. Blut tropfte herunter.

Bob berührte Kevins Arm. »Laß sie!« sagte er in neutralem Ton.

»Halte du dich raus!« fauchte Kevin. »Ich lasse mir von einer reichen Ziege nicht vorwerfen, daß ich lüge!«

»Ist dir rauben, schlagen und stehlen lieber?« fragte Debbie undeutlich. »Du hast einfach seinen Lebenslauf zu deinem gemacht! Du hast nicht damit gerechnet, daß Bob wieder zu dir stoßen könnte! Gib es zu, gib es zu!«

»Das mit meiner Mutter stimmt«, sagte Kevin. »Dein Vater hat ihr die Farm gestohlen. Es war eine Klitsche. Sie gab nichts her. Aber sie gehörte meiner Mutter. Sie hing dran. Er durfte sie ihr nicht wegnehmen!«

Der Wagen fuhr durch ein Schlagloch. Kevin wurde gegen den Spülschrank geworfen. Er setzte sich wieder und starrte stumm vor sich hin.

»Laß sie aussteigen, wenn sie will!« sagte Bob.

Kevin schwieg.

»Ich kann nicht einfach aussteigen«, sagte Debbie. »Das weißt du. Lies doch, was in der Zeitung steht! Sie wissen, daß ich den Mann im Waffengeschäft erschossen habe! Ich habe ihn getötet! Getötet!«

»Dein Vater haut dich raus. Verlaß dich drauf! Die Anwälte können es auf psychischen Zwang drehen ...«

»Nein ...« Debbie kroch tiefer in die Koje. Kevin und Bob konnten sie weinen hören.

Bob sagte: »Kevin, laß Mick und sein Mädchen allein weiterfahren! Sie sind nur mitgelaufen ... Wir beide schlagen uns durch. Kanada ... Ich habe dort eine Wertpapierdepot ...«

Kevin schüttelte den Kopf. »Sie wissen nichts von diesem Camper! Er ist unsere einzige Chance. In ein, zwei Wochen können wir uns was überlegen.« Er zündete sich eine Zigarette an. Dann deutete er nach oben. »Im Notfall haben wir sie immer noch als Rückversicherung.«

»Du kannst mit ihr nicht mehr rechnen, Kevin«, warnte Bob.

»Weil ich ihr was vorgemacht habe?« Kevin lachte wild. »Die Weiber wollen doch betrogen und belogen werden! Bin ich deshalb ein anderer Mann? Sie hat mich doch gesehen! Sie ist doch auf mich abgefahren!«

Kevin schlug sich vor die Brust.

»Auf mich und nicht auf einen Kerl, den sie nur vom Erzählen kennt!«

»Ein Mann lebt nur durch seine eigene Geschichte und nicht durch die Geschichten anderer.«

»Vielleicht fährt sie dann auf dich ab!« sagte Kevin wild.

»Jetzt wirst du auch noch geschmacklos«, entgegnete Bob Barry.

Heiser und beharrlich drängte sich das Schrillen der Telefonglocke in mein Bewußtsein. Es war dunkel um mich herum. Welcher Idiot rief denn da mitten in der Nacht an?

Ich wälzte mich herum. Das Telefon geriet mir unter

die Finger. Ich nahm den Hörer ab, grunzte »Moment!« und knipste das Licht an.

Ungläubig starrte ich auf die Zeiger der Uhr. Sie standen auf 11 Uhr 20.

»Was haben wir? Tag oder Nacht?«

»Abend«, ertönte die Antwort aus dem Hörer. Ich erkannte die Stimme meines Kollegen Steve Dillaggio. »Ich habe Joe abgelöst.«

»Hat er dir nicht gesagt, daß ich um sechs Uhr geweckt werden wollte?«

»Der Chef hat angeordnet, euch schlafen zu lassen. Es war nichts los, absolut nichts.«

Ich setzte mich steil auf. »Aber jetzt? Ist etwas geschehen?«

»Kein Lebenszeichen von Debbie Shriver, wenn du das meinst. Aber der Bericht vom Büro des Bewährungshelfers aus Santa Fe ist eben über den Fernschreiber gekommen.«

»Wie, jetzt schon?« bemerkte ich bissig.

»Der zuständige Bewährungshelfer ist in Urlaub. Im Büro mußte man erst die Akte raussuchen . . .«

»Die hatten sie vermutlich verschlampt.«

»Kann gut sein. Man hat auch versäumt, den FBI zu informieren, denn im Sinne der Bestimmungen ist Rambo ein grenzüberschreitender Verbrecher. Ich gebe dir eine Kurzfassung.«

Kurze Pause. Dann fuhr Steve fort: »Rambo hat sich zuletzt kurz nach der Beerdigung seiner Mutter beim Bewährungshelfer gemeldet. Der Bewährungshelfer hatte einen Job für ihn an der Hand, aber Rambo hat sich nicht mehr blicken lassen. Nach zwei Wochen wurde daher der New Mexico-Haftbefehl wieder in Kraft gesetzt. Etwa vier Monate später wurden Rambos Fingerspuren nach einem Raubüberfall im Kassenraum einer Tankstelle an der Interstate 70 in Kansas unmittelbar hinter der Grenze nach Colorado gefunden. Bei dem Überfall wurde der Tankwart verletzt. Geraubt wurden etwa zweihundert Dollar. Nach den nicht sehr zuverlässigen Aussagen des Tankwarts sollen die Täter in einem Camper geflohen sein. Er glaubt, auch Frauen ...«

»Moment, Moment!« unterbrach ich meinen Kollegen. »Was verstehst du unter einem Camper?«

»Na, was schon? So ein Ding mit Wohnwagen drauf. Camper, Wohnmobil, Mobilhome ...«

»Gibt es eine Beschreibung des Fahrzeugs?«

»Doch nicht im Bericht des Bewährungshelfers! Dafür müßte ich den Polizeibericht anfordern.«

»Steve, tu das, ja? Wenn es geht, sofort!«

»Natürlich. Aber dürfte ich wissen ...«

»Später, Steve. Wir kommen ins Office.«

Ich rief Phil an, der schon von allein wach geworden war und die unerwartete Ruhepause genutzt hatte, um sich ein Abendessen zuzubereiten.

»Ich hole dich zwanzig Minuten ab«, sagte ich nur und knallte den Hörer wieder auf die Gabel. Ich wollte wenigstens duschen und mir den Bart abkratzen.

»Ihr seid verrückt«, sagte Steve Dillaggio, als wir eine Stunde später in die Einsatzzentrale kamen und ich ihm von meiner Vermutung erzählte.

»Was ist daran verrückt?« ereiferte sich Phil, der meine Theorie energisch verteidigte. »Sie kamen mit dem ganzen Zaster aus dem Schacht und wollten die schweren Taschen weder mit sich schleppen noch in aller Öffentlichkeit umpacken. Sie hatten den Camper als rollenden Tresor dort abgestellt. Sie wußten ja auch nicht, ob sie nicht doch entgegen allen Beteuerungen verfolgt wurden oder ob das Geld nicht mit irgendwelchen Mitteln behandelt war. Da haben sie die Kiste einfach einen Tag lang dort stehenlassen. Die verräterischen Taschen hat Barry mitgenommen. Vermutlich hat er sie in einen anderen Behälter gestopft. Vielleicht in einen Plastikbeutel oder Plastiksack. Er hat sich nicht getraut, sie in irgendeinen Müllcontainer an der Straße zu werfen. Es war idiotisch, aber er hat sich in dem gediegenen Haus, in dem er wohnte, einfach sicher gefühlt.«

»Ihr seid verrückt«, wiederholte Steve kopfschüttelnd, »aber zum Teufel, es kann was dran sein!«

Phil hatte die Kennzeichen aller Fahrzeuge notiert, die gestern im Parkhaus gestanden hatten. Ich hatte gesehen, daß das Kennzeichen aus Indiana stammte. So konnten wir es fast auf Anhieb auf Phils Liste herausfinden. Steve gab die Nummer an das zentrale Kraftfahrzeugregister des Bundesstaates Indiana.

Die Antwort erfolgte fast postwendend, da die Kraftfahrzeugregister nahezu aller Bundesstaaten rund um die Uhr besetzt sind. Auf sich warten ließ nur der Polizeibericht zu dem Tankstellenüberfall aus Kansas. Möglicherweise war das Archiv des Countys, in dem das Verbrechen stattgefunden hatte, nachts verschlossen und nicht zugänglich.

Steve riß das Telex aus der Maschine. »Der Fahrzeughalter heißt Michael T. Donovan, geboren 28.3.1961 in Seymour, Indiana. Dort ist das Fahrzeug auch angemeldet und zugelassen.«

Ich sah Phil an. »Das Alter kann stimmen, was meinst du?«

»Der Knabe war sehr jung«, bestätigte Phil.

»Der Junge ist in Seymour geboren, und sein Wagen ist dort zugelassen. Also wohnt seine Familie dort, was meint ihr?«

Steve Dillaggio deutete auf ein freies Telefon. »Ruf die Fernauskunft an, Jerry! Ich mache noch mal Dampf in Kansas.«

In Seymour, Indiana, waren vier Personen eingetragen, die Donovan hießen. Henrietta, Kendrick, Malcolm und

Theodore. Ich dachte an das T im Namen des Michael T. Donovan und probierte es zuerst mit jenem Theodore Donovan.

»Wie spät ist es in Indiana?« erkundigte ich mich, während ich wählte.

»Eine Stunde früher, also gerade Mitternacht«, meinte Steve. »Sei höflich! Dann bekommst du keine Beschwerde.«

Ein unwirsche Männerstimme meldete sich.

»Hier ist die Verkehrsbehörde New York«, sagte ich, um den Mann am anderen Ende nicht allzusehr zu erschrecken. »Entschuldigen Sie die Störung, Sir, aber wir hätten gern Mr. Michael T. Donovan gesprochen . . .«

»Der bin ich nicht, und der wohnt auch nicht hier . . .«

»Können Sie mir vielleicht sagen . . .«

Es klickte. Der Mann hatte aufgelegt. Ich begann jetzt in alphabetischer Reihenfolge. Der erste Name war Henrietta Donovan.

»O Gott! Mick! Ist meinem Sohn etwas zugestoßen? Verkehrsbehörde? Was ist das denn für eine Behörde?« jammerte die Frau.

Ich hatte also ins Schwarze getroffen.

»Beruhigen Sie sich, Mrs. Donovan«, sagte ich. »Es ist nichts geschehen.« Noch nicht, dachte ich, jedenfalls war Mick nichts zugestoßen. »Es ist nur so«, fuhr ich fort, eine etwas abenteuerliche Geschichte anzuspinnen, »wir haben hier eine Suchmeldung. Da suchen Eltern ihre Tochter, die angeblich mit Ihrem Sohn unterwegs sein soll. Das Mädchen ist minderjährig.«

»O Gott! Meinen Sie etwa Becky Kimbrough?«

»Ich darf am Telefon keine Namen nennen, Mrs. Donovan. Können Sie mir sagen, wo sich Ihr Sohn aufhält oder wann er sich zuletzt gemeldet hat?«

»Er ist schon lange weg, Sir . . . fast ein Jahr! Aber er schreibt mir jeden Monat eine Postkarte. Jeden Monat!

Ich habe seine Postkarten alle hier am Telefon liegen. Warten Sie ...«

»Würden Sie mir bitte die Daten und Aufgabeorte der letzten sechs Monate vorlesen? Das würde uns weiterhelfen, Mrs. Donovan.« Die Frau war arglos. Ich kam mir vor wie ein Schuft. Ich hätte ihr reinen Wein einschenken müssen, daß sie nicht verpflichtet war, gegen ihren Sohn auszusagen oder Dinge preiszugeben, die ihn belasten konnten. Aber uns ging es um Debbie Shriver. Und auch um das schwangere Mädchen. Zuerst ging es um das Leben mehrerer junger Leute, wie verpfuscht es auch sein mochte.

»Sechs Monate? Oh, da kam eine Karte aus Cameron, Arizona. Da war der Junge am Grand Canyon. Ich kenne diese Becky nicht, aber sie hat einen Gruß auf die Karte geschrieben. Ah ja, und dann hat da noch ein Mädchen unterschrieben ... Marion ... nein, Maureen ...«

Meine Nackenhaare stellten sich auf. Noch ein Mädchen? Nun, sie konnte sich inzwischen längst wieder abgesetzt haben. Man wußte es nicht.

Die nächsten zwei Monate schien sich Mick mit seinem Camper in Colorado aufgehalten zu haben, und dann ging es geradewegs nach Osten.

Hays, Kansas – die Karte war wenige Tage nach dem Überfall auf die Tankstelle an der Interstate 70 abgestempelt worden. Und Hays lag ebenfalls an diesem Highway. Karte Nummer fünf kam aus Pittsburgh, und die letzte aus New York City, Postbezirk 12, der einen Teil von Greenwich Village, aber auch Teile der Bowery einschließt und bis zur Chinatown reicht.

Dort also hatten sie sich mit ihrer Geisel versteckt, dachte ich. Zweifellos war das Versteck jetzt verlassen. Wir würden es finden, irgendwann.

Geschrieben hatte Mick Donovan kaum mehr als nichtssagende Grüße. Die letzte Karte, die aus New York, war erst vor zwei Tagen bei seiner Mutter eingetroffen. Mick schrieb, er werde wieder mit seinen Freunden nach Westen fahren, um dort irgendwo zu bleiben. Für immer.

Mick Donovan hatte weder Brian Robert Barry noch Kevin Rambo mit einem Wort erwähnt, aber er schrieb immer von seinen Freunden. Seine Route verriet, daß er mit Rambo zusammengetroffen war, zusammengetroffen sein mußte.

»Er scheint es zu sein«, gab Steve zu, als ich mein Gespräch mit Mrs. Donovan beendet hatte. Er trat an die Kartenwand und zog die große Karte der Oststaaten heraus. Ich schaltete die Lampe an, deren Licht alle Einzelheiten deutlich hervortreten ließ. »Die Brücken und Tunnels, vor allem in westlicher Richtung, sind bis zum Nachmittag scharf kontrolliert worden«, sagte Steve dann.

»Sie werden Schleichwege benutzt haben«, meinte Phil.

»Dann kommen nur die Straßen nach Norden in Frage«, sagte eine Stimme hinter uns.

Wir sahen uns um. John D. High war unbemerkt eingetreten. Er hatte sich umgezogen. War er zu Hause gewesen?

»Würden Sie mich bitte genau ins Bild setzen?« sagte er.

Ich übernahm diese Aufgabe. Als ich schloß, fragte der Chef: »Glauben Sie, daß die ganze Bande und Debbie Shriver in dem Wagen gesessen haben, als er das Parkhaus verließ?«

Das war eine interessante Frage, von deren Antwort, die nur eine Vermutung sein konnte, unsere weiteren Maßnahmen abhängen würden. Das Campmobil war kurz nach neun Uhr am Morgen aus dem Parkhaus gefahren, also vor etwa 16 Stunden. Wenn die Mannschaft komplett gewesen war, konnte die Bande sofort abgefahren sein, nach Norden oder Westen oder wohin auch immer.

»Wahrscheinlich haben Rambo oder Kevin – oder wer als Boß fungiert – die beiden jungen Leute vorgeschickt, um den Wagen zu holen«, vermutete Phil.

»In dem möglicherweise zehn Millionen Dollar versteckt waren?« höhnte Steve. »Ich kann mir nicht vorstellen, daß ein Kerl wie Rambo oder überhaupt jemand andere einer solchen Versuchung aussetzt.«

»Wie auch immer«, sagte ich. »Ich kann mir nicht vorstellen, daß sie zu viert oder fünft, vielleicht sogar zu sechst, durch die Stadt gewandert sind. Das Risiko, entdeckt zu werden, wäre sehr groß gewesen. Debbies Foto ist in allen Zeitungen. Barry wurde zu der Zeit bereits gesucht.«

»Sie sind also zuerst zu ihrem Versteck zurückgefahren, um die anderen zu holen«, stellte der Chef fest.

»Es liegt hier unten. Eastside, East Village, Bowery«, sagte ich. »Es dauert einige Zeit, von der Höhe der 50th Street hier herunterzufahren. Und wieder nach Norden. Vielleicht haben sie sogar die Rush-hour abgewartet und sind erst nachmittags gestartet.«

»Gut, Jerry. Wir schlagen also einen Kreis um New York City. Wahrscheinlich fahren sie nicht während der Nacht, weil da die Gefahr einer zufälligen Polizeikontrolle zu groß ist. Sie werden also auf einem Camping- oder Caravanplatz stehen. Deshalb halte ich einen Radius von zehn Stunden für einen vertretbaren Mittelwert. Morgen früh ab acht Uhr schicken wir einen G-man oder Detective – einen, meine Herren – zu jedem Platz innerhalb des Kreises, mit Schwerpunkt im Norden. Einen Mann zu jedem Platz, nicht mehr. Wir haben es nicht nötig, mehr Aufwand zu treiben und die Gangster kopfscheu zu machen. Sie sind schwer bewaffnet. Und ich betrachte Debbie Shriver nach wie vor als Geisel.«

Es war jetzt also nur noch eine Frage der Zeit, bis sich die Gangster in unserem Netz fingen. Sie konnten nicht wissen, daß wir ihr Fluchtfahrzeug kannten, das so auffällig war wie ein Luftschiff am Himmel. Ein Tag, höchstens drei Tage, schätzte ich, dann würden wir wissen, wo sie steckten.

Ich sollte mich irren. Der Anruf unseres Kollegen Harry Olsen vom Field Office Albany kam schon drei Stunden nach Beginn der Aktion, um elf Uhr.

»Ich habe sie, Jerry«, sagte Harry. »Sie stehen auf einem Caravanplatz am Fuß des Mount Tremper in den Catskills. Schöne Gegend, Kollege. Ein Bach, ein See, Berge und Wälder.«

»Haben sie jemand gesehen? Oder den Standplatz des Fahrzeugs?«

»Ich habe mich lieber gleich wieder zurückgezogen. Mit einem Personenwagen fällt man da oben auf. Am besten ist ein Station Car mit Zelt oder ein Wohnmobil. Sie haben sich übrigens für drei Tage eingetragen. Ihre Parzelle liegt am Seeufer. Trotz der Ferienzeit ist der Platz nur zur Hälfte belegt. Seit der Dollar wieder was wert ist, fahren die Leute lieber nach Kanada weiter.«

»Wo sind sie jetzt, Harry?«

»In der Ranger Station Ashokan. Die liegt nur sechs Meilen von dem Caravanplatz entfernt. Die Zufahrt zum Platz zweigt drei Meilen von hier ab.«

»Harry, wie lange würden Sie brauchen, um zwei Wohnmobile zu besorgen und sie zu der Ranger Station zu schaffen?«

»Normale Camper? Ohne Stahlplatten oder sonstige Kinkerlitzchen?«

»Genau. Nicht zu groß, damit sie wendig sind.«

»Bis heute nachmittag, schätze ich.«

»Okay, Harry. Die Ausrüstung bringen wir mit. Wie ist das Gelände beschaffen?«

»Zum See hin abfallend. Die Parzellen sind durch Hecken gegeneinander abgegrenzt. Aber wie der Platz der Gesuchten aussieht, kann ich natürlich nicht sagen. Ich könnte versuchen, die Lage von hier aus genau aufzuklären. Fotos, Lagepläne ...«

»Nichts dergleichen, Harry, auf keinen Fall! Besorgen Sie die Camper, und rufen Sie uns hier an! In der Zwischenzeit lassen Sie weitere vier Mann kommen, nicht mehr. Können Sie die Zufahrt zum Platz überwachen lassen?«

»Das ist kein Problem. An der Abzweigung liegt ein Motel mit Tankstelle und einem kleinen Laden. Dort kann ich einen Mann hinsetzen.«

»Okay, Harry. Besorgen Sie Walkie-talkies! Für Ihre Leute und für uns, damit wir auf derselben Frequenz arbeiten können. Sonst brauchen wir nichts.«

Vier Stunden später waren wir in der Luft, und zwar mit einem Hubschrauber der Küstenwache. Wir, das waren June Clark, unsere FBI-Kollegin, Phil Decker und ich.

Wir hatten insgesamt 300 Pfund Ausrüstung bei uns, darunter schwere Waffen, schußfeste Westen, Blendgranaten, Abhörmikrofone und Tränengaspatronen.

Aber auch Gummistiefel, Kanadierjacken und Angelzeug gehörten zu unserer Ausstaffierung. Sie sollten uns als Urlauber ausweisen.

Natürlich landeten wir nicht in der Nähe der Ranger Station, sondern auf einem Sportflugplatz bei Woodstock. Harry Olsen holte uns in einem Station Car ab und brachte uns nach Ashekan.

Nachmittags um vier Uhr saß ich in »meinem« Wohnmobil, doch unter anderen Umständen, als ich sie mir vorgestellt hatte.

Nach den Regenfällen der letzten Wochen in diesem Teil des Staates New York glänzten die Wiesen in frischem Grün, und die Hänge der Berge schimmerten tiefdunkel, fast blau. Die Sonne stand an einem blankgefegten Himmel. Am Steuer des Volkswagen Vanagon überkam mich Urlaubsstimmung. Ganz kurz nur, denn als das rechte Vorderrad in ein tiefes, wassergefülltes Schlagloch rutschte, erwachte ich jäh aus meinem Traum.

Ich hatte mich für den Volkswagen-Camper entschieden, weil ich allein fahren wollte. Phil und June fuhren vor mir her in einem Chevrolet Van Conversion mit getönten Panoramafenstern. Wir wollten als zusammengehörig auftreten, was die Kommunikation für uns untereinander vereinfachte.

Harry Olsen und vier G-men aus Albany standen in einem unauffälligen Laster vorn an der Landstraße bereit. Nach Einbruch der Dunkelheit sollten die Männer schußfeste Unterwäsche anziehen und sich dem Caravanplatz nähern. Wir würden die Lage peilen und über den genauen Zeitpunkt und die Art des Zugreifens entscheiden.

Das Empfangsgebäude kam in Sicht. Es war im Blockhausstil errichtet und in Form eines Hufeisens angelegt, dessen offene Seite dem Platz zugewandt war. Fahnen verschiedener Nationen flatterten über dem an den Seiten tief herabgezogenen Dach.

Mit Schwung steuerte Phil seinen Wagen unter dem Tor hindurch und schwenkte dann ins Innere des Hufeisens. Ich folgte ihm unmittelbar an der Stoßstange. Kies knirschte unter unseren Rädern.

Ich ließ meinen Blick umherschweifen, noch bevor ich anhielt. Das Gelände fiel ziemlich steil ab. Eine schmale, kiesbestreute Abfahrt wand sich zwischen den Terrassen her, auf denen die Parzellen, geschützt durch halbhohe Hecken, lagen. Tief unten schillerte, dunkelviolett wie ein

Pfauenauge, der See. Im linken Flügel des Blockhauses war eine Cafeteria untergebracht. Die Fenster waren zur Seite geschoben. Sonne flutete in den Raum. Mein Blick wanderte über die Gesichter der vorn Sitzenden, und mein Herz machte einen Sprung.

An einem der Tische vorn, die Gesichter der Sonne zugewandt, saßen die schwangere Frau mit dem Madonnengesicht und der dickliche junge Mann, dessen Namen wir inzwischen auch kannten – Mick Donovan.

Phil stand schon mit dem Bug unmittelbar vor dem Fenster zum Office. Wenn er ausstieg, mußten die beiden ihn sehen. Und erkennen!

Ich riß das Walkie-talkie an mich, das glücklicherweise griffbereit auf dem Beifahrersitz lag, und drückte die Sprechtaste.

»Phil!« sagte ich scharf. »Bleib im Wagen!«

»Okay«, kam die Antwort. »Ich habe sie auch gesehen ...«

Ich drehte meinen Wagen und setzte mich dann rückwärts neben Phils Wagen, zwischen ihn und das Gangsterpärchen. Unsere Fahrerseiten lagen jetzt einander zugewandt auf gleicher Höhe. Wir kurbelten die Scheiben herab.

»June, steig du aus und mach die Anmeldung!« sagte ich.

June nickte und stieg aus. Sie trug Jeans und einen locker über Taille und Hüfte fallenden Pullover, der ihren 38er verdeckte. Sie verschwand im Office.

»Wir könnten uns die beiden greifen«, meinte Phil und peilte an mir vorbei.

Er meinte es nicht ernst, das wußte ich. Deshalb ging ich auf seinen Vorschlag gar nicht erst ein. Wir konnten nicht zugreifen und zwei von der Bande herausgreifen, bevor wir uns genau mit unserer Umgebung vertraut gemacht hatten. In einer Stunde würde die Sonne hinter dem Bergrücken im Westen versinken. Dann kam unsere Zeit.

Phil stieß einen scharfen Zischlaut aus. Dann hielt er mir seine Zigarettenpackung hin. Ich verdrehte den Kopf ein wenig. Im Rückspiegel sah ich einen großen Mann aus dem Laden neben dem Office treten. Er trug eine prall gefüllte Papiertüte, aus der Brot und Bierdosen hervorsahen. Der Mann war Kevin Rambo.

Ich verfolgte seine Schritte im Rückspiegel, bis er voll in mein Blickfeld geriet. Sein Gang verriet Kraft und Entschlossenheit. Er trug eine Jeansjacke, die vorn offen war, aber ich konnte nicht erkennen, ob er bewaffnet war.

Phil gab mir Feuer. Wir fläzten uns in die Sitze. Jeder von uns hielt die rechte Hand frei. Jeder fixierte den Gangster, der jetzt am Tisch der beiden jungen Leute stehenblieb.

Das Mädchen lächelte milde. Mick Donovan stand auf.

Er nahm den Check, ging zur Kasse, bezahlte und kehrte zurück. Zu dritt gingen sie davon.

Das Mädchen trug flache Schuhe. Trotz ihres enormen Leibesumfangs wirkte ihr Gang leicht und anmutig. Ich verfolgte sie mit den Blicken, bis sie hinter einer Hecke verschwanden.

June kehrte zurück. Sie hielt eine Plakette und ein Blatt Papier in den Händen. Auf der Plakette war die Nummer unserer Parzelle eingeritzt.

»Ich habe einen großen Platz in der Reihe unmittelbar über dem Ufer genommen«, sagte sie, nachdem sie wieder eingestiegen war. »Drin hing ein großer Lageplan. Dies hier ist ein kleiner.«

Sie reichte mir den Plan herüber. »Ich habe die Nummer 34-H genommen«, sagte sie. »Die Parzelle ist groß genug für unsere beiden Fahrzeuge.«

»Sie traut mir nicht«, flachste Phil.

Niemand ging auf den Scherz ein. Ich suchte die Parzelle, die die Gangster innehatten. Von Harry Olsen wußte ich die Nummer. 35-N.

»Ich wollte es nicht zu auffällig machen«, sagte June, »und zu lange auf dem Plan rumsuchen.«

»Es sieht gut aus«, sagte ich. »Wir dürften nah genug dran sein. Los dann, auf in den Kampf!«

Phil und June fuhren wieder vor. Langsam rollten wir über den knirschenden Kies abwärts.

Mehrere Hütten mit sanitären Anlagen waren über das Gelände verteilt. Die braunen Dächer schauten als Wegweiser über den sie umgebenden Hecken hervor.

Der Schatten des Mount Tremper kroch bereits über den See, und ein kühler Wind strich herauf, als wir unsere Wohnmobile auf die uns zugewiesene Parzelle rangierten. Da Phils Campmobil nur mit einer Hecktür ausgestattet war, ich mit dem Volkswagen Vanagon jedoch über eine Seitentür verfügte, stellte ich mich parallel zum Weg auf, mit der Tür nach innen, womit ich Phils und Junes Conversion gegen Blicke vom Weg her abschirmte. Die übrige Deckung besorgte die dichte Hecke.

Wir stellten die Motoren ab. Ich stieg durch den Gang zwischen den Vordersitzen nach hinten und stellte das Hubdach auf, so daß ich in dem Wagen aufrecht stehen konnte. Ich legte mir meinen Handscheinwerfer, die Shotgun und den Feldstecher zurecht, verdeckte aber alles mit einer Decke. Dann zog ich die Schiebetür auf.

June sprang eben aus dem Conversion. Sie schüttelte ihr Haar auf. »Ich sehe mir mal die Anlagen für kleine Mädchen an«, sagte sie munter. »Selbst wenn unsere Kunden Dusche und Toilette an Bord haben sollten, werden sie es wahrscheinlich doch vorziehen, die Platzanlage zu benutzen, weil es da drin im Wagen fürchterlich eng sein wird.«

»Laß dich nicht anmachen, Baby!« sagte ich.

»Nenn mich nicht Baby!« fauchte June. »Ihr beide könnt inzwischen Kaffee kochen, da kommt ihr nicht auf dumme Gedanken.«

Kaffee! Entgeistert sah ich ihr nach. Phil steckte seinen Kopf zur Tür heraus.

»Warum nicht? Ich habe alles an Bord. Wir sollten nichts überstürzen.«

Damit hatte er wiederum recht.

June entdeckte den Durchlaß in der Hecke, wo ein steiler Fußpfad zum Seeufer hinunterführte. Blaue Schatten bedeckten die Hänge auf der anderen Seite des Sees.

Kurz entschlossen schlüpfte June durch die Hecke. Sie vermutete, daß links neben ihr die Parzelle der Gangster lag. Ohne sich jedoch umzusehen, ging sie zum Wasser hinunter.

Das Wasser lag wie flüssiges Blei vor ihr. Sie bückte sich und tauchte eine Hand hinein. Das Wasser war eiskalt und durchsichtig, wenn man nah dran war.

Sie zuckte unmerklich zusammen, als sie ein Spiegelbild auf der Oberfläche sah. Sie richtete sich auf und fuhr herum.

»Schleichen Sie immer so durch die Gegend?« fragte sie scharf. Sie hatte sich Brian Robert Barrys Gesicht genau genug eingeprägt, um es sofort zu erkennen.

Barry lächelte.

»Entschuldigen Sie«, sagte er. »Ich wollte Sie nicht erschrecken.« Er stand zwei Schritte vor ihr. Seine Hände hingen locker herab. Er trug eine helle Windjacke und weite Leinenhosen.

Und einen Revolver? Vermutlich. June zwang sich zu einem versöhnlichen Lächeln.

»Schon gut«, meinte sie. Sie blickte an Barry vorbei nach oben. Dort stand der Camper der Gangster. Außerdem stand ein großes Steilwandzelt mit heruntergelassenen Seitenflächen auf dem Platz.

»Dort hausen wir«, sagte Barry. »Eine kleine Großfamilie. Und wo stehen Sie?«

»Ein Stück darüber. Tja, ich will mal wieder. Meine Leute warten mit dem Kaffee auf mich.«

»Ihre Leute?«

»Mein Bruder und mein Freund«, antwortete June. Sie sah mit der gebührenden weiblichen Bewunderung in Barrys faszinierend schönes Gesicht, das nur noch geringfügige Spuren von Phils Angriff aufwies, Spuren, die dieses Gesicht allenfalls interessanter machten.

»Ich begleite Sie«, bot Barry an.

June hob die Schultern. »Wenn Sie es nicht lassen können ...« Ihr Herz begann hart zu schlagen. Wenn sie Barry mitbrächte ... Zu dritt sollte es kein Problem sein, ihn zu überwältigen. »Bestimmt haben wir eine Tasse Kaffee für Sie«, sagte sie im Plauderton.

Barry hielt sich neben ihr, als sie an der Parzelle mit dem braunweißen Wohnmobil und dem Zelt vorbeigingen.

Plötzlich wurde die Zeltöffnung zur Seite gerissen, und Kevin Rambo erschien.

»Verdammt, Bob, wo bleibst du?« Er zuckte zurück, als er June bemerkte, blieb dann aber stehen.

»Ich habe eine reizende Bekanntschaft gemacht«, sagte Barry. Er sah June lächelnd an. »Kommen Sie doch mit zu uns! Auf einen Sprung nur.«

June schüttelte den Kopf. »Ein andermal gern. Ich muß zurück.«

Sie ging einfach weiter, während ihr Herz raste und die Haut zwischen ihren Schulterblättern prickelte.

»Wer war das?« fragte Kevin barsch.

Barry starrte den anderen an. »Kevin, ich habe es dir schon einmal gesagt – ich liebe diesen Ton nicht!«

»Wir sind hier nicht auf 'ner Cocktailparty! Es geht um unser verdammtes Leben! Also, wer war das?«

»Eine Nachbarin. Sie hat mich zum Kaffee eingeladen. Reizende Person, nicht wahr?«

»Haben wir nicht genug Mösen an Bord?« fragte Kevin ätzend.

Barry drehte sich ruckartig um und stieg hinten in den Camper.

Kevin quetschte sich hinter ihm hinein und zog die Tür zu.

»Ich traue dem Braten nicht! Da läuft dir eine Frau über den Weg und lädt dich gleich zum Kaffee ein?«

»Ich bin eben ein Erfolgsmensch.« Bob lächelte. »Ich habe sie praktisch genötigt. Mann, Kevin, du bist zu mißtrauisch. Ich finde es ja gut, daß du vorsichtig bist, und wie du siehst, bin ich hier und nicht da oben bei ihr und ihrem Bruder.«

»Bruder?« Kevin runzelte die Stirn.

»Und ihrem Freund«, sagte Kevin.

»Es gefällt mir nicht, verdammt, die ganze Sache gefällt mir nicht. Morgen fahren wir weiter.«

»Von mir aus.«

Debbie lag immer noch oben in der Koje. Becky und Maureen saßen auf der Bank. Der Tisch war jetzt hochgeklappt.

»Ich möchte duschen«, sagte Becky plötzlich. »Ich habe mich seit Tagen darauf gefreut. Geht jemand mit?«

Niemand antwortete.

»Dann gehe ich eben allein«, sagte Becky und machte Anstalten, hinter dem Tisch hervorzukommen.

»Du kannst hier duschen!« sagte Kevin. Er deutete auf die Tür zu der winzigen Duschkabine.

»Erstens passe ich da nicht mehr rein, und zweitens ist das Wasser uralt. Ich glaube, wir haben zuletzt in Pittsburgh neues Wasser getankt.«

»Warte, bis es dunkel ist«, sagte Kevin. »Aber du gehst nicht allein! In deinem Zustand kann immer was passieren, und dann haben wir einen Haufen neugieriges Volk am Hals.« Er sah Maureen an. »Deine gesprächige Art geht mir langsam auf den Geist!«

»Laß sie in Ruhe!« bat Mick unterwürfig. »Sie ist nun mal so.«

Maureen nickte. »Ich gehe mit«, sagte sie.

»In einer Stunde ist es dunkel«, meinte Kevin. »Bleibt nicht zu lange!«

»Wo hast du so lange gesteckt?« fragte Phil vorwurfsvoll, als June zurückkehrte.

Ich kletterte hinter ihr her in den geräumigeren Conversion.

»Ich habe mit Barry gesprochen«, sagte June leise.

Ich hielt den Atem an.

»Er war sehr charmant, wirklich. Und zurückhaltend. Und Kevin Rambo habe ich ebenfalls gesehen. Es gibt einen Fußweg, der an ihrer Parzelle vorbei zum See hinunterführt. Sie haben noch ein großes Zelt neben dem Wagen stehen.«

Damit hatten wir nicht gerechnet. Ich überlegte, inwieweit diese neue Erkenntnis unsere Möglichkeiten beeinflußte. Wir rechneten damit, es mit fünf Personen zu tun zu haben, Debbie Shriver mitgezählt.

»Die Männer werden wahrscheinlich im Zelt schlafen«, vermutete Phil.

»Das ist nicht gesagt«, meinte June. »Wenn es außer Donovan und der Schwangeren noch ein Paar gibt, wird das Paar vielleicht das Zelt nehmen.«

Wir tranken unseren Kaffee. Ich sah auf den Weg hinaus, während die Schatten tiefer wurden.

»Wir müssen jetzt gleich das Licht einschalten«, sagte Phil.

»Ich gehe dann rüber und beobachte die Umgebung von meinem Wagen aus«, sagte ich. »Denkt dran, daß ihr euch gleich die Westen anzieht!«

Wir hatten uns dünne, moderne Nylonwesten mitgebracht, die zwar nicht den gleichen Schutz wie die unförmigen dicken Westen boten, die bei offenen Einsätzen angelegt wurden. Dafür hatten die Leichtwesten den Vorteil, daß sie unter dem Hemd getragen werden konnten.

Ich ging zu meinem Volkswagen Vanagon, stieg ein und schloß die Tür. Ich legte die dünne Weste an, schnallte den Revolver wieder fest und zog eine schwarze Lederjacke darüber. Auch meine Hose war dunkelfarbig.

Mit dem Feldstecher legte ich mich auf das ausgezogene Bett und stützte die Arme auf. So konnte ich durch das Heckfenster in die Richtung blicken, in der die Gangster lagen. Ich konnte auch den Weg zu den sanitären Anlagen überblicken. Das Walkie-talkie lag griffbereit neben mir.

Lichter schimmerten hier und da zwischen den Büschen hervor. An den Wegen standen versteckt angebrachte Lampen, die die zahlreichen Stufen beleuchteten. Ich setzte das Glas an die Augen und tastete mein Blickfeld ab.

Ein Mann führte seinen Hund spazieren. Er kam nah an meinen Volkswagen heran, und ich zog den Kopf ein, bis er vorbei war.

Ich machte mich auf eine harte Geduldsprobe gefaßt. Wir hatten keinen festen Plan gefaßt, nur verschiedene Möglichkeiten erwogen, von denen uns keine optimal erschien. Wir wollten bis nach Mitternacht warten, wenn sich vorher nichts tat, und dann von außen ein Abhörmikrofon am Camper der Gangster anbringen, um herauszufinden, wie viele Personen sich tatsächlich in dem Fahrzeug aufhielten. Und welche Rolle Debbie in der Gruppe einnahm.

Zuschlagen wollten wir eventuell unmittelbar vor Tagesanbruch. Bis dahin sollte Harry Olsen mit seiner Eingreifreserve nachrücken.

Ich stellte das Glas scharf ein, als ich zwei Schatten auf dem Weg bemerkte. Ich erkannte das schwangere Mädchen und ein weiteres Girl. Es war sehr groß, sehr dünn und schlampig gekleidet.

Das Girl war nicht Debbie.

Also hatten wir es sogar mit sechs Gegnern zu tun.

Die Schwangere trug einen Waschbeutel, die andere Handtücher. Ich peilte den Durchlaß in der Hecke an. Insgeheim erwartete ich, daß Barry oder Rambo den Mädchen als Geleitschutz folgen würden. Doch es rührte sich nichts.

Ich zog das Handfunkgerät zu mir heran.

»Phil, zwei Mädchen sind duschen gegangen. Die Schwangere und noch eine. Es handelt sich nicht um unsere Zielperson!«

»Verstehe«, antwortete Phil. »Sind sie allein?«

Ich sah unverwandt durch mein Glas.

»Ja, absolut.«

»Holen wir sie uns!« meinte Phil.

Ich zögerte noch. June nahm Phils Walkie-talkie.

»Jerry! Das eine Mädchen ist schwanger! Wenn wir sie gefahrlos aus dem Weg hätten . . .«

»Okay, okay! Man wird doch wohl einen Moment nachdenken dürfen! Hol sie dir, aber ohne Geschrei! Phil geht mit.«

»Okay.«

»Bringt sie sofort nach oben! Ich sage Harry Bescheid,

er soll einen Wagen schicken. Vergeßt die Handschellen nicht!«

»Sind wir Anfänger?« rief June.

Phil übernahm das Gerät wieder. »Du bleibst im Wagen?«

Ich hätte es vorgezogen, zuerst eine Wanze am Camper der Gangster anzubringen. Aber ich mußte hierbleiben, um die Aktion meiner Kollegen zu sichern.

»Okay«, sagte ich.

Phil blieb draußen im Schutz eines Gebüschs zurück, während June den Gang mit den Duschkabinen betrat. Wasser rauschte. Aber June suchte vergeblich das Besetztzeichen an den Türen. Dann begriff sie die Vorsicht der Mädchen. Sie hatten ihre Kabinen nicht verschlossen. Für den Fall, daß der Schwangeren unwohl wurde, konnte die andere schneller zu ihr.

June bückte sich. Sie sah die Füße der beiden in nebeneinanderliegenden Kabinen. Sie beschloß zu warten, bis die beiden fertig waren, und sie sich dann zugleich zu schnappen.

June schlüpfte in eine freie Kabine. Die Tür ließ sie angelehnt. Das Handtuch, das sie zur Tarnung mitgebracht hatte, warf sie sich über die Schulter.

Der Wasserstrom riß ab.

»Wie weit bist du, Maureen?« fragte Becky.

»Gleich fertig. Ich trockne mich nur schnell ab. Und du?«

»Ich fühle mich prächtig. Du, das Kleine strampelt.« Becky lachte glücklich. »Meine Haare trockne ich im Wagen.«

June nahm ein Paar Handschellen vom Gürtel. Ihr FBI-Ausweis steckte sichtbar am Gürtel, damit sie die Hand frei hatte. Jetzt fehlten nur ein paar Frauen, die duschen wollten! Sie hoffte, daß es Phil gelingen möge, sie zurückzuhalten.

Eine Kabinentür wurde geöffnet. June wartete sprungbereit.

»Kann ich reinkommen, Becky?« fragte Maureen.

»Natürlich.«

Maureen klinkte die Tür zu Beckys Duschkabine auf.

June glitt vor. Maureen wandte ihr den schmalen Rücken zu. Sie sah Beckys Kopf über Maureens Schulter, sie sah den Mund, der sich zu einem Schrei öffnete, und stieß Maureen mit der Schulter in den Rücken. Maureen flog gegen die Wand, und ihre nackten Füße rutschten auf dem nassen, glitschigen Boden aus. Becky schrie auf. June preßte ihr eine Hand auf den Mund und drängte sie in die Ecke.

»Ruhig!« sagte sie scharf. »Ich bin vom FBI! Sie haben keine Chance!«

Maureen war halb zu Boden gerutscht. Sie trat nach Junes Beinen. June schlug eine Manschette der Handfessel um Beckys Arm.

»Seien Sie ganz ruhig! Denken Sie an Ihr Baby! Es ist alles in Ordnung!«

Maureen kroch auf allein vieren aus der Kabine und holte tief Luft, um die anderen mit einem Schrei zu warnen.

June ließ Becky einen Moment los. Sie bückte sich, zerrte Maureens Kopf an den Haaren in die Höhe und versetzte ihr einen genau dosierten K.o.-Schlag. Maureen sackte zusammen.

»Du kannst jetzt reinkommen, Phil!« rief June halblaut.

»Da stimmt doch was nicht!« sagte Kevin Rambo gepreßt. Längst hatte er das Licht eingeschaltet. Barry stand an der hinteren Tür und blickte scharf hinaus.

»Kannst du nichts erkennen?«

»Nichts.«

»Diese Frau ... ich habe es ja sofort gewußt ...«

»Behalt jetzt die Nerven!« sagte Barry ruhig.

»Wir sollten verschwinden! Bob, laß uns einfach abfahren!«

»Überleg doch! Wenn sie die beiden Girls geschnappt haben, dann kennen sie auch unseren Wagen!«

Kevin Rambo keuchte. »Ich lasse doch das ganze Geld nicht zurück!«

»Wenn du nicht im Knast verschimmeln willst, mußt du dich an den Gedanken gewöhnen.«

»Sieh mal nach«, sagte Kevin gepreßt. »Vielleicht ist Becky nur schlecht geworden!«

»Wenn du meinst«, sagte Bob. Er drehte sich um. Er konnte seinen Kameraden nur als undeutlichen Umriß wahrnehmen. Mick hatte sich in eine Ecke verkrochen. Debbie lag oben in ihrer Koje.

Bob Barry lachte innerlich. Er trug seine Papiere und sein Bargeld in einer Ledertasche am Gürtel. Er war frei. Er konnte sich davonmachen. Er brauchte nur einen unverdächtigen Wagen.

Kevin wäre wahrscheinlich erleichtert, wenn er einfach verschwände.

Barry nahm den Revolver von der Ablage und schob ihn in seinen Hosenbund. Er klinkte die Tür auf. »Bis dann«, sagte er, ohne sich umzudrehen. Er stieg aus und verschwand in der Nacht. Die Tür ließ er geöffnet.

Kevin unterdrückte einen Fluch. Er glitt nach vorn und blieb in der Tür stehen. Witternd neigte er den Kopf.

»Kevin«, sagte Mick mit kleiner Stimme. »Was ist mit Becky?«

»Vielleicht hat sie sich davongemacht, die kleine Hure.«

»Becky nicht, Kevin, bestimmt nicht.«

Kevin setzte einen Fuß hinaus. Ein verstohlenes Rascheln oben in der Koje ließ ihn innehalten.

»Debbie?« fragte er unsicher.

»Was hast du vor?« fragte Debbie.

Kevin antwortete nicht.

»Du läßt deine Freunde im Stich, Kevin. Du lügst und betrügst.«

»Was ist in dich gefahren? He, was?«

»Ich habe dich durchschaut. Draußen ist die Polizei. Du hast jetzt Angst, aber du willst das Geld nicht aufgeben. Zurückgeben wolltest du es doch. Laß es doch im Stich!«

»Okay, Baby«, sagte er heiser. »Ich verschwinde. Du brauchst hier nur zu warten, bis die Polypen dich holen und in einen goldenen Käfig sperren ...«

»Geh nicht!« sagte Debbie.

Die helle Stimme aus dem Dunkeln jagte einen Schauer über Kevins Haut. Er lachte.

»Mach's gut, Baby!«

Er sprang hinaus.

Die Kugel aus Debbies Revolver traf ihn im Rücken und zerschmetterte sein Rückgrat. »Du solltest mich doch nicht Baby nennen!« sagte Debbie.

Der Schuß ließ mich herumfahren. Ich glitt von der Liegefläche und nahm eine Blendgranate in die Hand. Wer hatte geschossen? Und auf wen?

Phil hatte sich über Funk gemeldet und die Verhaftung der beiden jungen Frauen bestätigt. Er und June brachten sie gerade nach oben, wo ihnen Harry Olsen entgegenkam.

Ich hatte den Durchlaß in der Hecke keinen Moment aus den Augen gelassen. Ich war sicher, daß dort keiner hindurchgekommen war.

Hatten die Zurückgebliebenen bereits Verdacht geschöpft? Komm, Phil, komm, dachte ich. Vielleicht war es doch voreilig gewesen, die Mädchen festzunehmen.

Nein, nein. Es war richtig gewesen. Zwei junge Frauen im Kugelhagel ... Ausgeschlossen. Das Wissen um ihre Gegenwart hätte uns nahezu wehrlos gemacht.

Ich mußte raus! Ich mußte näher an den Wagen der Gangster heran!

Ich öffnete die Schiebetür.

Ich sah die Gestalt, doch im selben Augenblick schoß eine Faust auf mich zu. Ich hatte keine Zeit auszuweichen. Ich schaffte es gerade, den Kopf um ein, zwei Zoll zur Seite zu nehmen. Die Faust schrammte an meiner Schläfe vorbei, schleuderte meinen Kopf in den Nacken und warf mich zurück in den Wagen. Ich krachte mit dem Rücken gegen den Spülschrank. Die Blendgranate entglitt meiner Hand, die sofort zum Smith & Wesson zuckte.

»Tun Sie's nicht!« sagte eine gepflegte Stimme.

Ich erkannte sie sofort wieder. Sie gehörte Brian Barry, den seine Freunde Bob nannten.

Es war jedoch weniger die Stimme, die mich gehorchen ließ, als vielmehr das metallische Klicken, mit dem ein Revolverhammer einrastete. Gleichzeitig blitzte eine Taschenlampe auf.

Ich schloß die Augen, um mich nicht blenden zu lassen. Barry sprang in den Wagen. Er rammte mir den Revolverlauf unter die kurzen Rippen, zerrte meinen Smith & Wesson aus dem Schulterholster und schloß die Tür.

»Wir kommen herum, Mr. Cotton«, sagte er ausdruckslos. »Unser Weg setzt sich von jetzt an gemeinsam fort.« Er stieß mir den Lauf noch tiefer in die Seite. »Sie fahren. Und keine Tricks.« Er knipste die Lampe aus.

Ich rührte mich nicht.

»Sie haben keine Chance, Barry. Das Gelände ist umstellt . . .«

»Ich möchte nicht diskutieren, Mr. Cotton. Ich möchte es einfach versuchen. Ich habe es Ihnen doch gesagt – ich gehe nicht ins Gefängnis zurück. Nie. Wenn es ums Ganze geht, sind Sie ebenfalls verloren.«

Ich versuchte, die Blendgranate wiederzufinden. Wo war das verdammte Ding hingerollt? Ich richtete mich ein wenig auf. Dabei konnte ich mit der Hand einen größeren Bereich auf dem Boden absuchen. Die Shotgun, die Packung mit den Tränengaspatronen, alles war da. Nur nicht die Blendgranate.

Ich kam auf die Knie und beugte mich nach vorn.

Da fühlte ich den runden Metallzylinder. Er war gegen die Konsole des rechten Sitzes gerollt. Ich hob das Teufelsding auf und zwängte mich zwischen den Vordersitzen her auf den Fahrersitz.

Barry folgte mir. Ich legte die Granate zwischen meine Beine. Konnte ich es riskieren, das Ding in der Enge dieses kleinen Fahrzeugs zu zünden?

»Starten Sie!«

Ich drehte den Zündschlüssel herum. Die Maschine sprang sofort an. Ich legte den Vorwärtsgang ein und gab behutsam Gas.

»Standlicht an!« befahl Barry.

Das schwache Licht der Armaturenbeleuchtung fiel über meine Hände. Ich fuhr los und lenkte das Fahrzeug die Steigung hinaus. Das Walkie-talkie, das immer noch hinten auf dem Bett lag, begann zu quarren . . .

»Das ist mein Kollege. Wenn er keine Antwort erhält, schöpft er Verdacht.«

»Fahren Sie weiter! Ich sage es Ihnen zum letzten Mal – ich will nicht diskutieren.«

»Wie Sie wollen.«

Im ersten Gang brummte ich den Weg hinauf. Als ich

um eine Biegung bog, gingen mir Phil und June entgegen. Ich nahm das Gas weg und zog die Handbremse an. Weil Barry auf die beiden starrte, die stehengeblieben waren, gelang es mir, die Blendgranate in die Hand zu nehmen. Ich zog den Ring heraus, der die Reaktionsflüssigkeit freisetzte. Das leise Zischen im Inneren des Zylinders war kaum zu hören.

»Fahren Sie weiter! Los!« befahl Barry.

Ich beugte mich vor, als ob ich die Handbremse lösen wollte. Dabei ließ ich die Granate in die Ablage fallen.

Ich gab Gas und ließ die Kupplung kommen, ohne die Handbremse zu lösen. Schwerfällig, weil es bergauf ging, ruckte der Wagen vorwärts.

»Was ist denn los?« schrie Barry.

»Es ist die Handbremse. Sie hat sich festgefressen!«

Unwillkürlich blickte er nach unten.

Ich preßte fest die Lider zusammen.

Die Blendgranate platzte mit einem dumpfen Knall. Das grelle Licht durchdrang selbst die geschlossenen Lider. Die Helligkeit dieses jäh aufleuchtenden grellweißen Blitzes wirkt selbst auf größere Entfernungen noch demoralisierend.

Aus dieser unmittelbaren Nähe mußte die Wirkung geradezu fürchterlich sein.

Magnesium sprühte aus dem Zylinder und spritzte auf Barrys und meine Hosen. Barry stieß einen kurzen, erschreckten Laut aus, die Hand mit dem Revolver zuckte von meinen Rippen weg.

Ich warf mich sofort zur Seite und gegen ihn. Obwohl ich die Augen geschlossen hielt, hatte ich das Empfinden, mich im Zentrum der Sonne zu befinden. Barrys Finger krümmte sich um den Abzug des Revolvers. Die Kugel durchschlug die Vorderwand des Wagens. Ich stemmte Barrys Arm in die Höhe und rammte ihn mit meinem ganzen Körpergewicht gegen die Tür auf seiner Seite.

Barry war geistesgegenwärtig genug, sie aufzuklinken. Sie sprang auf, und zusammen kippten wir hinaus.

Im selben Moment erlosch das Licht der Granate, und pechschwarze Finsternis hüllte uns ein. Selbst ich konnte sekundenlang nichts sehen. Normalerweise hätte ich eine Schutzbrille tragen und sie jetzt abreißen müssen.

Ich fiel auf Barry. Er stieß mich von sich. Er hatte harte, aber geschmeidige Muskeln. Er schoß eine Faust ab, die danebenging.

Ich erwischte seinen rechten Arm, packte das Handgelenk und wälzte mich auf den Arm.

Er schrie gellend auf. Als ich spürte, daß er den Revolver losließ, gab ich die Hand frei.

Ein Schlag erwischte mich am Hals. Ich sah rote Kreise, aber ich schlug blind zurück und zog die Füße an. Auch Barry richtete sich auf. Ich konnte ihn endlich erkennen. Er stand geduckt da, die Hände schützend vor das Gesicht gehoben, die geblendeten Augen weit aufgerissen. Er konnte nichts sehen, absolut nichts.

Er hörte meinen Schritt auf dem Kies und schlug zu.

Sein Ohr funktionierte nicht so gut wie ein Radargerät. Ich konnte den Schlag abblocken. Phil rannte auf uns zu. Das Knirschen seiner Schritte brachte Barrys Ortungssinn vollends durcheinander.

Ich stieß ihn zurück. Er schlug wild nach mir, und ich verpaßte ihm eine Doublette, die ihn mit dem Rücken gegen den Camper nagelte. Weil er sich noch immer freikämpfen wollte, nahm ich genau Maß und knallte ihm einen auf den Punkt. Er sackte zusammen.

Phil zerrte ihn zur Seite. »Mann, ich dachte, dein Wagen sei explodiert!«

Ich riß die Seitentür wieder auf und holte die Batterielampe heraus. June war neben mir.

»Was ist mit Debbie!« fragte sie.

»Ich weiß es nicht. Komm mit!«

Wir liefen das kurze Stück den Weg hinunter und zwängten uns dann durch die Hecke oberhalb der Stelle, wo der Gangsterwagen stand. Der Wagen war unbeleuchtet. Vorsichtig gingen wir um ihn herum.

Vorn brannte eine Lampe am Weg. Ihr Licht fiel über den reglos hinter dem Camper liegenden Kevin Rambo. Die Tür stand offen. Ich hielt June an der Schulter fest.

»Vorsicht!« hauchte ich in ihr Ohr. »Wenn du in den Türausschnitt gerätst, können sie dich sehen.«

Debbie Shriver und Mick Donovan waren noch übrig.

»Debbie!« rief June leise.

»Becky!« schrie eine männliche Stimme. »Becky, Becky!«

Mick Donovan sprang aus dem Wagen und sah sich unsicher um. Ich sprang ihn von der Seite an, riß ihn zu Boden und legte ihm Handfesseln an. Er wehrte sich nicht.

»Debbie . . . sie will sich umbringen«, stammelte Mick.

Ich kroch zu June zurück. Mick Donovan blieb erschöpft neben dem Wagen hocken.

»Debbie«, sagte June. »Warum antworten Sie nicht?«

»Wer ist dort?« tönte es zurück.

»Ich heiße June Clark. Ich bin Special Agent, Debbie. Kommen Sie jetzt heraus! Es ist alles vorbei.«

»Ich komme nicht raus. Und wenn einer reinkommt, erschieße ich mich.«

Ich kroch ein Stück vom Wagen weg und hockte mich dann so hin, daß ich mit der Lampe in den Wagen hineinleuchten konnte. Mir war bewußt, daß ich jetzt schon ein Ziel für Debbie darstellte, falls sie es darauf anlegte, auf jeden zu schießen, der Anstalten machte, sie herauszuholen. »Sehen Sie, Debbie, Sie kommen hier ohne unsere Hilfe nicht weg. Ihr Vater wird zu Ihnen halten.«

Ich streckte den linken Arm von mir und schaltete die Lampe an.

Der Lichtstrahl erfaßte Debbies Oberkörper. Blitzschnell steckte sie den Revolverlauf in ihren Mund.

»Ich würde es nicht tun, Debbie«, sagte ich. »Ihr Vater und Ihre Mutter werden Sie identifizieren müssen . . .«

»Meine Mutter? Wieso meine Mutter?« fragte sie undeutlich, weil es sich mit einem Revolverlauf im Mund schlecht sprechen ließ.

»Das ist üblich. Wir werden sie holen müssen.«

Sie blinzelte starr ins Licht. Dann nahm sie den Lauf aus dem Mund und richtete ihn auf mich. Oder auf die Lampe. Oder irgendwo dazwischen. So genau konnte ich das nicht sehen.

»Ich werde die Lampe nicht wegnehmen, und ich werde auch nicht in Deckung gehen, Debbie. Ich glaube, es ist genug Blut geflossen. Was meinen Sie?«

Die Hand mit der Waffe begann zu zittern. Ganz leicht zuerst, dann immer heftiger. Endlich konnte der Arm das Gewicht nicht mehr tragen.

Die Hand fiel herab, und Debbie Shriver kippte nach vorn.

»June«, sagte ich. »Hol sie raus!«

Am Morgen traf ein gepanzerter Geldtransporter aus New York ein. Phil und ich überwachten die Umladung. Wir hatten in unseren Campmobilen geschlafen. June war mit Debbie nach Manhattan zurückgefahren. Becky Kimbrough war in ein Krankenhaus eingeliefert worden, weil die Gefahr einer Frühgeburt bestand. Mick Donovan, Maureen McLellan und Brian Robert Barry waren vorläufig ins County-Gefängnis eingeliefert worden. Sie würden in den nächsten Tagen nach Manhattan verfrachtet werden.

Nur Kevin Rambo würde in den Catskills bleiben. Sechs Fuß unter dem grünen Rasen.

In New York würde es bald einen Sensationsprozeß geben. Ein Prozeß gegen zwei Menschen, die aus angesehenen Familien stammten. Ich beneidete die beiden nicht um die Zeit, die vor ihnen lag.

Barry würde wegen Menschenraubs eine lebenslange Haftstrafe erhalten. Eine andere Möglichkeit war nicht denkbar.

Und Debbie Shriver? Sie hatte zwei Menschen getötet. Selbst wenn ihr im Fall Kevin Rambo ein außergesetzlicher Notstand und verminderte Zurechnungsfähigkeit zugebilligt werden würden, blieb immer noch der Mord an Albert Pinlac.

Vielleicht würde Edward C. Shriver Gutachter auftreiben, die seiner Tochter irgendwelche seelische Ausnahmezustände oder psychischen Zwang bescheinigten. Ich hätte nicht sagen können, welches Urteil gerecht gewesen wäre und ob es überhaupt ein gerechtes Urteil geben konnte.

Für Debbie oder sonst jemand in diesem Prozeß.

ENDE

Die den Tod verkaufen

Schmächtige, braungesichtige Männer zerrten die letzten Kisten aus dem Bauch des plumpen Frachtflugzeugs und reichten sie weiter an andere Männer auf der Ladefläche des offenen Lastwagens. Eine Kiste rutschte den Männern aus den Händen. Sie schlug hart auf.

Wigg sah, daß der dicke Aufseher zusammenzuckte.

»Keine Angst, Jo! Ohne Zünder explodiert das Zeug nicht einmal, wenn du mit einem Hammer draufschlägst.«

»Ich verstehe nichts von Sprengstoff«, antwortete der Dicke und zog den Kopf tiefer zwischen den aufgestellten Kragen des pelzgefütterten Anoraks.

Randolph Master, Wiggs Partner und Copilot, beugte sich aus der Ladeluke.

»Die Mühle ist leer, Dannis!« rief er.

Wigg wandte sich an den Dicken. »Wir sind fertig. Gib mir die Quittung!«

Der Aufseher reichte ihm die Hälfte einer durchgerissenen Fünf-Dollar-Note. Wigg barg sie sorgfältig in der Brusttasche seiner abgewetzten, ölfleckigen Lederjacke, die er bei allen Flügen trug.

»Warum nehmt ihr nicht Landeswährung?« fragte er.

»Wer will schon das Scheißgeld? Es verliert seinen Wert schneller, als es sich ausgeben läßt. Ich bin sicher, auch ihr laßt euch die Flüge in Dollar bezahlen.«

Der Dicke sprach breiten Bronx-Slang, und Wigg, der einige Jahre in New York gearbeitet hatte, fragte sich, auf welche Weise der Mann in die Anden verschlagen worden war.

Randolph Master kam vom Flugzeug her auf sie zu. Er fröstelte im eisigen Wind, der unablässig über das Hochplateau strich.

»Alles okay! Wir können starten.«

»Ich wünschte, ich könnte mitfliegen«, seufzte der Dicke. »Non-stop nach New York!«

»Sorry, so viele Meilen schafft unsere Kiste nicht ohne ein paar Ruhepausen. Warum bleibst du hier, wenn New York dich anzieht?«

»Weil der Boß mich hergeschickt hat. Ich hatte eine spanische Mutter und verstehe die Indios zu kommandieren. Glaubt mir, Leute! Am Tage seiner Rückkehr wird José Slay das größte Faß aufmachen, das jemals in Cat's Nightclub geöffnet wurde.«

»Cat's Nightclub? Eine gute Adresse?«

»Die beste nördlich des Harlem River.«

Die Indios, die das Flugzeug entladen hatten, näherten sich als kleine, dichtgedrängte Gruppe, eine Herde scheuer Tiere. Umgehängte Decken schützten sie notdürftig gegen die Kälte.

Ein Anführer nahm den verbeulten Hut ab. Er flüsterte spanische Worte.

Der feiste José Slay antwortete in barschen Sätzen, nahm ein Bündel Banknoten aus der Tasche und reichte sie dem Mann.

Schwacher Protest wurde aus der Gruppe laut.

»Nada mas!« schrie Slay.

»Ihnen gebt ihr keine Dollars?« fragte Dannis Wigg.

»Dollars? Wozu? Ihre Bohnen können sie sich auch mit einheimischem Papier kaufen.«

»Wenn ihr Geld nichts taugt, warum macht ihr Geschäfte mit ihnen?«

José Slay lachte. »Weil sie eine Ware besitzen, die sich in den Staaten mit irrem Gewinn verkaufen läßt, und sie haben so viel davon, daß sie selbst darauf herumkauen.« Er wies auf die Indios.

»Sie alle kauen Koka-Blätter! Ihre Vorfahren haben schon vor tausend Jahren Koka-Sträucher angepflanzt und die Blätter gekaut. Das Zeug hielt sie auf den Füßen, wenn sie ohne genügend Nahrung schuften mußten, für ihre eigenen Fürsten, für die Spanier, heute für die Großgrundbesitzer. Natürlich bringt es sie früh um. Kaum einer wird älter als vierzig.«

Er schrie den Indios Befehle zu. Sie trotteten zum Lastwagen und kletterten auf die Ladefläche.

»Könnt ihr beim nächsten Flug eine Flasche Bourbon mitbringen?« fragte Slay die Piloten. »Ich habe Angst vor dem Indio-Schnaps.«

»Ich werde mich danach umsehen, aber es werden enorme Preise verlangt.«

»Fünfzig Dollar ist mir ein echter Bourbon wert.«

Wigg und Randolph Master gingen zur Maschine.

»Laßt euch nicht von einem Jäger erwischen!« schrie Slay den Piloten nach.

Der Start auf der schmalen Piste war schwierig. Wigg mußte die Maschine steil hochziehen und sie unmittelbar danach in eine Rechtskurve legen, um von den aufragenden Felswänden freizukommen. Fliegerische Probleme machten weder Wigg noch Randolph Master nervös. Sie waren schon auf ausgeweiteten Dschungelpfaden und gewalzten Stränden gelandet, nicht selten unter Beschuß der anderen Seite. Selbstverständlich hatten sie ihre Maschinen von solchen Behelfspisten auch wieder in die Luft gebracht.

Zehn Minuten nach dem Start keuchte die alte DC 3 über die Berggipfel westwärts. Wigg und Master machten sich keine Sorgen, weil sie die Grenzen dreier Staaten überflogen. In diesem Gebiet existierte keine Radarkontrolle, und Jagdflugzeuge schienen nur bei den Paraden der Generäle eingesetzt zu werden, um eindrucksvoll über die Köpfe der Pressevertreter hinwegzurauschen. Wigg und Master waren noch nie einer Maschine begegnet.

Sie wußten, daß sie Waffen und Munition flogen. Sie waren sich darüber klar, daß sie erschossen würden, wenn sie in die Hände der anderen Seite fielen.

Wer war die andere Seite? Die Regierung? Oder die Rebellen? Und wenn es die Rebellen waren, welche Gruppe unter ihnen war es?

Wigg und Master waren skrupellos genug, sich darüber keine Gedanken zu machen. Ihre Geschäftspartner waren US-Amerikaner, und sie zahlten in Dollars. Sie verfügten über Einfluß und Beziehungen in allen Staaten. Sie beseitigten Schwierigkeiten, wenn Schwierigkeiten auftauchten.

Die Piloten fragten nicht danach, welche verbrecherischen Methoden ihre Partner bei der Ausräumung von Schwierigkeiten anwendeten. Sie flogen die Fracht zum vereinbarten Risikopreis, zahlbar in schönen, grünen Dollars. Natürlich verletzten sie die Gesetze der Länder, in denen sie starteten und landeten. Da es sich nicht um Gesetze der Vereinigten Staaten handelte, verschwendeten sie keinen Gedanken daran.

Allerdings legten sie großen Wert darauf, ihre Westen für die USA weiß zu halten. Denn ihr Ziel – der Lohn für ihre Verbrechen – sollte ein Bungalow in Kalifornien und eine kleine Fluggesellschaft sein, ausgerüstet mit Hubschraubern und Propellermaschinen für Besichtigungs- und Touristenflüge. Aus diesem Grund übernahmen sie nie Frachten aus oder in die Vereinigten Staaten.

Nach Einbruch der Dunkelheit landeten sie zwischen Verladekränen und Eisenbahngleisen auf einer gut beleuchteten Betonpiste. Sobald die Maschine ausgerollt war und stand, erloschen die Lampen der Landebahnbefeuerung.

Dannis Wigg und Randolph Master turnten aus der Maschine. Sie gingen auf die große Baracke aus Fertigbauteilen am Rande der Piste zu. Die Fenster waren erleuchtet. In der Baracke wartete ein Mann, den die Piloten unter dem Namen Lad Deegan kannten.

»Hallo«, begrüßte Deegan sie in seiner kalten, finsteren

Art, die Wigg und Master selbst dann zu spüren glaubten, wenn er ihnen die Anflugdaten für die Landung nannte. »Keine Probleme?«

»Absolut keine Probleme«, antwortete Wigg. »Oh, Slay wünscht sich Bourbon zum Aufwärmen. Kannst du drei oder vier Flaschen vor dem nächsten Flug besorgen?«

»Okay, er wird einen Monat warten müssen. Der Nachschub schwimmt noch auf See.«

Er streckte die Hand aus. Wigg gab ihm die Hälfte der Fünf-Dollar-Note. Deegan öffnete eine Stahlkassette, entnahm einem Umschlag die andere Hälfte und legte die Rißstellen gegeneinander.

»In Ordnung!«

Wigg stand so nah, daß er einen Blick in die Kassette werfen konnte.

Er sah zehn oder 15 grüne Dollarscheine, Einer, Fünfer, Zehner und Zwanziger. Aber von jedem Schein nur eine Hälfte.

Lad Deegan klappte den Deckel der Kassette zu, drehte den Schlüssel und zog ihn ab. Aus einer Schublade nahm er Bündel abgezählten Geldes und schob sie den Fliegern hin.

»Ich weiß noch nicht, wann der nächste Flug durchgeführt werden kann. Ihr werdet angerufen. Verlaßt nicht die Stadt!«

Während Wigg und Master ihren Anteil in den Taschen verstauten, klebte Lad Deegan die beiden Hälften der Dollarnote mit einem durchsichtigen Klebestreifen zusammen.

Die Piloten verließen die Baracke und kehrten zu ihrer Maschine zurück.

Wigg glaubte, beim Anflug eingeschränkte Funktionsfähigkeit der Steuerhydraulik gespürt zu haben, und wenn es einen Fehler gab, wollte er ihn sofort finden, weil die Beschaffung von Ersatzteilen Probleme aufwarf, die nicht immer durch Improvisation überbrückt werden konnten.

Eine halbe Stunde hielten sie sich im Cockpit auf und suchten den Fehler. Gegen Mitternacht wurde die Landebahnbefeuerung eingeschaltet.

Wigg stülpte sich den Kopfhörer über und schaltete das Funkgerät ein. Auf der üblichen Frequenz hörte er Deegans Gespräch mit dem Piloten der anfliegenden Maschine.

». . . komm runter, Ray!«

»Ja, ich sehe die Piste. Wie geht der Wind?« antwortete der Pilot.

»Wind Null!«

Dannis Wigg nahm den Hörer ab.

»Ray Cross kommt«, sagte er.

Ray Cross gehörte wie sie zur Zunft der Luftkutscher, die gegen gute Bezahlung jede Fracht in jeden Winkel dieser Erde brachten. Cross war ein schweigsamer Engländer. Er flog eine zweimotorige Beechcraft-Maschine, die er auf Kosten der Ladekapazität durch Zusatztanks für Langstreckenflüge umgebaut hatte. Wigg und Master waren zweimal mit Cross an der Bar des Hotels gestrandet, wobei sich Cross innerhalb einer Stunde betrunken hatte, ohne mehr als ein paar belanglose Worte mit ihnen zu wechseln.

Die Beechcraft landete.

Das leichte Flugzeug brauchte zum Ausrollen nur die halbe Länge der Landebahn und kam vor der Baracke zum Stehen.

Wigg sah, wie Ray Cross aus der Maschine kletterte. Der Engländer war ein langer, rothaariger Mann mit schlechter Haltung. Lad Deegan kam ihm aus der Baracke entgegen. Sie schüttelten sich die Hände und gingen in die Baracke zurück.

»Ich frage mich, welche Ware Cross fliegt«, sagte Wigg.

»Die Zusatztanks nehmen seiner Nußschale mindestens 50 Prozent des Ladegewichts.«

»Wahrscheinlich fliegt er die besseren und teuren Sachen. Zum Beispiel Elektronik.«

Motorengeräusch veranlaßte die Piloten, aus dem Cockpitfenster zu blicken.

Ein großer amerikanischer Wagen fuhr langsam über die Rollbahn. Nur ein Scheinwerfer brannte. Als das Fahrzeug in das Licht aus der Baracke geriet, erkannte Dannis Wigg einen verbeulten, von Schmutz überzogenen alten Cadillac, vermutlich 60er Modell.

Drei Männer in der üblichen Kleidung der Indios stiegen aus. Wigg fiel auf, daß der Mann, der den Cadillac gefahren hatte, für einen Indio ungewöhnlich groß war.

Deegan und Cross traten an den Wagen. Die Männer begrüßten sich nicht. Deegan reichte dem großen Indio etwas, das wie ein Geldschein aussah. Wigg hatte das sichere Gefühl, daß es sich um die zerrissene und geflickte Fünf-Dollar-Note handelte, deren eine Hälfte er aus den Bergen mitgebracht hatte.

Der Kofferraum des Cadillac wurde geöffnet. Die Indios trugen kleine, prall gefüllte Leinensäcke zur Beechcraft. Cross nahm die Säcke an und verstaute sie in der Maschine.

»Was verladen sie?« fragte Wigg. »Rauschgift?«

»Heroin gibt es hier nicht.«

»Randolph, an einer Rauschgiftschiebung will ich nicht beteiligt sein.«

»Wir fliegen kein Rauschgift«, antwortete Master und betonte das Wort »wir«.

Die Verladung dauerte kaum zehn Minuten. Die Indios klappten die Kofferraumhaube zu, warfen sich in den Wagen, wendeten und verschwanden in der Dunkelheit. Auch die Rückleuchten brannten nicht.

Der Tankwagen rollte an die Beechcraft. Indios, die

Deegan bei Verladearbeiten beschäftigte, tankten die Maschine unter Cross' Überwachung auf.

In der DC 3 sagte Randolph Master: »Machen wir endlich Schluß! Bei Tageslicht finden wir den Fehler leichter.«

Sie löschten die Cockpit-Beleuchtung und kletterten aus der Maschine.

Das Auftanken der Beechcraft war beendet. Cross hob grüßend die Hand, und Deegan rief ihnen zu: »Warum noch nicht im Bett oder an der Bar?«

»Wir suchen nach einem Fehler«, antwortete Wigg. »Wir haben ihn noch nicht gefunden.«

Zehn Minuten später, als sie auf der schlechten Küstenstraße nach Malengua fuhren, zog ein Flugzeug über sie hinweg.

»Cross ist schon wieder unterwegs«, sagte Wigg.

Master gab keine Antwort. Er schlief.

In der Nacht fuhr Dannis Wigg aus unruhigem Schlaf auf.

Er sah über sich das braune Gesicht des Mädchens Assunta, umrahmt vom wirren, tiefschwarzen Haar.

»Was ist los?« stammelte er.

»Du hast geschrien, Dannis«, sagte sie in ihrem langsamen, kehligen Englisch. »Im Schlaf geschrien.«

Sein Kopf schmerzte. Sie hatten zuviel Tequila-Schnaps getrunken. Immer bekam er von dem Zeug Kopfschmerzen. Manche sagten, Tequila enthielte . . .

Er erinnerte sich, von Rauschgift geträumt zu haben.

Er, Wigg, hatte am Steuer eines Flugzeugs die Straßen einer Stadt sehr niedrig überflogen. Wie in Vietnam hatte er die Sprühdüsen eingeschaltet, um das Entlaubungsmittel abzulassen. Aber es gab keine Bäume in den Straßen, und aus den Düsen waren weiße, dünne Kristalle, harmlos aussehend wie Schnee, auf die Stadt niedergerieselt.

Menschen hatten die Kristalle aufgefangen. Sie waren aus ihren Autos gestiegen, um dem seltsamen Schnee nachzujagen, und die Kristalle waren auf ihrer Haut, ihren Lippen geschmolzen. Dann hatte ein hektischer Taumel alle Leute erfaßt. Sie hatten sich zu tanzenden Gruppen zusammengefunden, sich die Kleider vom Leib gerissen. Alle Bewegungen, alle Gesten waren zu verzweifelten krampfartigen Zuckungen entartet. Die Gesichter hatten in Wiggs Traum die Züge gespenstischer Masken angenommen oder waren zu vertrockneten Mumien geschrumpft, aus deren offenen Mündern gelbe Zahnreihen bleckten.

Wigg hatte versucht, die Geschwindigkeit zu erhöhen und die Maschine hochzuziehen, aber nichts war ihm gelungen. Ausgestreckte Arme und Hände hatten sich zu einem Spinnennetz verwoben, in das sich sein Flugzeug zu verfangen drohte. In diesem Augenblick hatte er geschrien ...

Assunta schob sich an ihn heran und streichelte ihn.

»Armer Dannis«, flüsterte sie. »Warum Angst?«

Wigg fühlte ihre Haut, die warme Glätte ihres Körpers. Sie war nackt unter der leichten Decke, wie sie am Tage unter dem einfachen Kattunkleid nackt war. Sie war für ihn da, gefügig seinen Wünschen, willig und voll Verlangen. Vielleicht liebte sie ihn sogar.

Er warf sich herum, suchte ihre Lippen und atmete den Geruch ihrer Haut.

Vor den Gespenstern des Traumes floh er in die Arme des Mädchens.

Ich erinnere mich gut an Mike Manor.

Unsere erste und einzige Begegnung ereignete sich an einem milden Frühlingstag im April. John D. High machte uns bekannt.

»Das ist Mike Manor von der IR-Sektion«, sagte er. »Ich möchte, daß Sie ihm helfen, einen Dealer zu fangen.«

Manor war ein großer, braunhaariger Bursche von knapp dreißig Jahren. Er hatte einen breiten, geraden Rücken und lange Holzfällerarme mit mächtigen Händen. Sein Gesicht hatte jungenhafte Züge. Trotzdem waren seine Augen ernst.

»Einen bestimmten Dealer?« fragte ich.

»Nein«, antwortete er. »Irgendeiner genügt. Ich will sein Warenangebot sehen.«

Die Dealerjagd in den Straßen New Yorks ist im Grunde Aufgabe der City Police.

Viele Jahre lang gaben sich die Cops redlich Mühe, Dealer und Pusher von den Straßenecken wegzufangen. Sie füllten die Gerichtssäle und Gefängnisse mit Kleinhändlern, von denen die meisten selbst süchtig waren, ohne mehr zu erreichen, als einen beschleunigten Personalwechsel auf der untersten Ebene des schmutzigsten Geschäftes der Welt.

Inzwischen ist die tägliche Jagd längst eingestellt worden. Von Zeit zu Zeit wird eine Razzia veranstaltet, mehr der Optik wegen als in Hoffnung auf einen durchgreifenden Erfolg.

Der ernsthafte Kampf gegen die Rauschgiftpest wird lautlos und im Untergrund von speziellen Organisationen geführt. In erster Linie von den Agenten der Rauschgift-Squad, den Männern des Narcotic Committees und auch vom FBI, weil die Gangster, die im Giftgeschäft Millionengewinne schaufeln, sich nicht an die Grenzen der Bundesstaaten halten. Manor war Agent beim Narcotic Committees. Die Buchstaben I und R in der Abteilungsbezeichnung standen für International Researches (Internationale Nachforschungen).

Wir packten Mike in einen verbeulten, ungewaschenen Wagen, der bewußt nur unter der Motorhaube gepflegt wurde, um mit ihm in Gebiete vordringen zu können, in denen ein sauberes Auto Steinwürfe provoziert. Phil übernahm das Steuer, und ich fragte Mike ein bißchen aus.

»Schon lange bei Narcotics?«

»Fünf Jahre.« Er sprach leise und mit zurückhaltender Freundlichkeit.

»Hatten Sie schon einen Auslandseinsatz?«

»Bis vor zwei Wochen arbeitete ich in Südamerika.«

»Welches Land?«

»Ich begann in Mexiko und geriet immer weiter nach Süden.«

»Arbeiten Sie mit den örtlichen Behörden zusammen?«

Er legte die Hände gegeneinander. Sie waren tatsächlich ungewöhnlich groß.

»Die Regierungen bewilligen den Einsatz ausländischer Narcotic-Agenten. Trotzdem finden wir nicht überall Freunde.«

Phil steuerte die Amsterdam Avenue hoch. Ich weiß nicht, wie viele Straßenecken, Plätze und Treffpunkte in New York existieren, an denen Rauschgift so gehandelt wird wie auf einem Markt. Zwei oder drei Dutzend sind es mindestens. Von Zeit zu Zeit wechseln sie ihre Standorte, wenn die Polizei zu oft aufgetaucht ist oder wenn es irgendeinen Ärger gegeben hat, der das Geschäft stört: Schlägereien mit Süchtigen, die nicht zahlen konnten, oder Überfälle von Straßengangs, die sich die teure Ware mit Gewalt verschaffen wollen.

Seit Wochen gab es jeden Vormittag einen großen Markt im Bereich Amsterdam Avenue und der 106. bis 110. Straße. Ein günstiger Standort, denn Harlem mit seinem großen Reservoir an Süchtigen ist nicht weit, und die Studenten der Columbia Universität bevölkern den Bezirk.

Als wir die 106. passiert hatten, drosselte Phil das Tempo. Die Dealer standen in kleinen Gruppen zusammen, oder sie gingen gemächlich auf und ab. Viele waren auf den ersten Blick nicht von den Käufern zu unterscheiden. Die Verwahrlosung, die Rauschgift verursacht, macht alle zu grauen, schmutzigen Gestalten. Nur selten tänzelte ein Farbiger in bunten, auffälligen Kleidern an den Hauswänden entlang, den Transistor am Ohr. Ein Zuhälter, der Rauschgift als Lockmittel an süchtige Mädchen verschenkt, um sie dann für sich arbeiten zu lassen.

Phil bog in die 107. Straße ein. Langsam ließ er den verbeulten Wagen an einigen Puertoricanern vorbeirollen. Ein Mädchen mit braunem, verfilztem Haar und weißem Gesicht streckte die Hand nach uns aus. Zwei Farbige sahen uns mißtrauisch an.

Plötzlich sagte Manor: »Den Weißen an dem blauen Auto! Er verkauft gerade . . .«

Der Mann, den er meinte, stand dicht am Straßenrand und hatte sich vorgebeugt, um mit den Insassen eines blauen Rabbit zu sprechen. Er richtete sich auf und schob Geld in die Brusttasche seiner schwarzen Lederjacke.

Phil gab Gas. Das Heulen des Motors genügte, die Dealer aufzuscheuchen. Sie flitzten nach allen Seiten davon.

Der Mann in der schwarzen Lederjacke warf den Kopf hoch. Er trug einen schütteren, fahlblonden Bart: Instinktiv witterte er, daß er gemeint war. Mit langen Sätzen floh er.

Phil umkurvte den blauen Rabbit, zog unseren Wagen herum, stellte ihn quer und stieg auf die Bremse. Genau in der Sekunde gab der Fahrer des Rabbit in der Hoffnung Gas, noch davonzukommen. Blech knallte auf

Blech. Glaskrümel regneten auf uns ein, und die verklemmte Hupe des Rabbit begann laut zu heulen.

Von alldem wurde Mike Manor überhaupt nicht beeindruckt. Schneller als Phil oder ich stieß er die Tür auf der freien Seite auf und rannte dem flüchtenden Dealer nach. Er holte ihn ein, und ich glaube, daß er ihn mit einem Schlag zwischen die Schultern stoppte, denn der Mann stürzte aus vollem Lauf auf das Pflaster, rutschte zwei, drei Yards auf dem Bauch, überschlug sich und blieb auf dem Rücken liegen. Manor warf sich auf ihn, als wolle er ihn mit dem Gewicht seines Körpers erdrücken.

Die Tür auf meiner Seite war durch den Zusammenstoß blockiert. Phil sprang aus dem Wagen. Ich rutschte am Steuerrad vorbei und folgte ihm.

Wir kümmerten uns um die Leute im Rabbit. Hinter dem Steuer saß wie versteinert ein ungefähr 20jähriger Mann. Auf dem Rücksitz heulten zwei Mädchen, die noch jünger waren. Wir holten sie raus und ließen sie die Arme hochnehmen. Phil tastete den Mann ab. Bewaffnet war er nicht.

Ich ging zu Manor. Er kniete jetzt hinter dem Dealer und hielt dessen Hände an den Gelenken fest.

»Er wirft sonst seine Ware weg«, sagte er. »Legen Sie ihm Handschellen an!«

Der Dealer war kein junger Mann. Ich schätzte ihn auf vierzig Jahre. Er hatte ein faltiges, mageres Gesicht. Sein Haar war so schütter wie sein Bart. Seine Kleidung verriet, daß er Geld zu machen verstand. Unter der Lederjacke trug er ein Seidenhemd. Am Handgelenk eine Uhr, deren Gehäuse mit Brillanten besetzt war. Ringe schmückten seine Finger. An einer Kette baumelte ein goldener Anhänger, ein Talisman mit obszönen Motiven. Ich fügte dem mannigfachen Schmuck ein Paar Handschellen aus silbern schimmerndem Edelstahl zu. Sobald die Hände des Dealers fixiert waren, räumte Manor die

Taschen des Mannes aus. Er fand eine dicke Rolle Dollarnoten, die er mir ebenso zuwarf wie eine Brieftasche aus Krokodilleder, in der der Führerschein des Dealers steckte, ausgestellt auf den Namen Walt Sawka.

Unterdessen holte Manor eine erstaunliche Anzahl briefmarkengroßer, zusammengefalteter Papierchips aus der Kleidung unseres Gefangenen. Er schien jedes denkbare Versteck zu kennen. Als er das Innenfutter der Lederjacke aufriß, fielen ihm noch ein Dutzend Portionen in die Hand.

»Gar nicht so klein, der Fisch«, sagte er.

Nicht die Dealer, aber die Süchtigen tauchten aus den Türnischen, Hausfluren, von den Hinterhöfen, in die sie geflüchtet waren, wieder auf. Zögernd zuerst, dann immer hemmungsloser drängten sie heran.

Manor verstaute die Rauschgiftbriefchen in seinen Jackentaschen.

»Wäre gut, wenn die Cops kämen.« Er packte den Dealer an den Schultern und stellte ihn so mühelos auf die Füße, als hätte der Mann kein Gewicht.

Unter den Süchtigen erkannte ich das verwahrloste Mädchen, das uns zugewinkt hatte. Aus der vordersten Reihe schob sie sich, den Blick starr auf uns gerichtet, mit seltsam ruckartigen Bewegungen näher.

»Sie kommen immer zurück, wenn ein Dealer verhaftet worden ist«, sagte Manor mit einem Blick auf die Gruppe. »Sie hoffen, die Chips zu finden, die von den Dealern weggeworfen werden, wenn sie nicht mehr flüchten können.«

Das Mädchen streckte beide Hände aus. »He, Mann! Gib mir einen Chip! Bitte . . .« Sie zog die Silben zu einem nervensägenden Singsang lang. »Ihr habt soviel davon! Schenkt mir einen . . .«

Manors sonst so ruhiges, beinah steinernes Gesicht verzerrte sich.

»Rufen Sie die Cops!« knurrte er mich an. »Wenn wir noch lange hier herumstehen, werden die Freaks über uns herfallen und versuchen, uns die Ware mit Gewalt wegzunehmen. Ich habe keine Lust, mich mit Kranken prügeln zu müssen.«

Ein halbes Dutzend Typen, Frauen und Männer, fielen in den Singsang des Mädchens ein: »Schenkt uns! Gebt uns . . .!« Irgendwer schrie eine erste Drohung: »Raus mit dem Stoff oder . . .«

Zum Glück durchschnitt die Sirene eines Streifenwagens das Geheul. Als die Cops ausstiegen, zogen sich die Süchtigen zurück. Wir übergaben den Beamten die Kunden des Dealers aus dem Rabbit. Walt Sawka nahmen wir ins FBI-Hauptquartier mit.

Von außen war es ein gewöhnlicher Aktenkoffer. Innen war er mit Schaumgummi ausgepolstert und enthielt Chemikalien, Glasröhrchen und Reagenzien.

»Genügt Ihnen nicht eine Spur auf der Zungenspitze, um das Zeug als Heroin zu erkennen?« fragte Phil.

»Natürlich«, antwortete Manor, »aber ich nehme an, daß Sawka nicht nur mit Heroin handelt.«

Der Dealer starrte stumpf vor sich hin. Wir hatten eine kurze Vernehmung durchgeführt und ihn von einem Arzt untersuchen lassen. Der Arzt hatte keine Injektionsspuren gefunden. Sawka schien nicht süchtig zu sein, sondern zu jenen kalten Händlertypen zu gehören, die ins Rauschgiftgeschäft einsteigen, um möglichst schnell viele Dollars zu machen. Manor sortierte die Papierchips. Ich sah, daß für die Herstellung der Rauschgiftbriefchen Papier von verschiedener Farbe verwendet worden war, blaues, weißes, rotes. Die weißen Chips waren in der Überzahl. Blaue Briefchen gab es ungefähr zehn und von den roten nur vier.

Von jeder Farbe faltete Manor einen Chip auseinander. Sie alle enthielten eine winzige Spur staubfreier, weißer Kristalle. Unterschiede waren nicht zu erkennen.

Selbstverständlich hätten wir das Rauschgift im Labor untersuchen lassen können, aber Manor schien alles selber machen zu wollen. Er hantierte geschickt mit den Glasröhrchen, tropfte Reagenzien zu den in Wasser gelösten Kristallen und tauchte schmale Streifen Testpapier in die Flüssigkeit. Unterschiedliche Verfärbungen zeichneten sich auf dem Papier ab. Die ganze Untersuchung dauerte kaum zehn Minuten.

»Gebt mir 'ne Zigarette!« verlangte Sawka. Wir beachteten ihn nicht. Wir sahen Mike Manor zu.

Er zeigte uns die Teststreifen. »Wie ich erwartet habe. Sie vergrößern das Angebot.«

»Was heißt das?«

»Das Syndikat handelt wie das Management einer ...« Er suchte nach dem passenden Vergleich.

»... einer Waschmittelfabrik. Sie sagen sich: Von unserem Standardwaschmittel verkaufen wir eine große Menge Pakete. Aber wir müssen den Markt ausweiten und dem Verkauf neue Impulse geben. Okay, Leute, laßt uns noch ein Mittel für Seidenwäsche auf den Markt werfen. Und weil wir einmal dabei sind, drücken wir auch noch ein Superwaschmittel rein, mit dem die dicksten Flecken rausgehen!«

Er sprach in einem gelassenen Tonfall und atmete heftig. Mit dem Zeigefinger seiner großen Holzfällerhand wies er auf einen weißen Chip. »Das Standardwaschmittel! Heroin! Absatz durch Hunderttausende von Süchtigen garantiert!«

Mit zwei Fingern ergriff er ein blaues Briefchen.

»Für Seidenwäsche! Kokain! Oder Charly! Oder Schnee! Oder einfach ›K‹.«

»Und in den roten Chips?« fragte Phil.

»Der große Fleckenentferner! Speedballs! Eine Mischung aus Kokain und Heroin. Aber wer einmal so weit ist, der ...«

Er brach ab und legte den blauen Chip sehr vorsichtig auf den Tisch zurück.

»Tut mir leid, daß ich heftig wurde«, sagte er.

Eine Minute lang hing Schweigen zwischen uns. In dieses Schweigen hinein plärrte Sawka, der Dealer: »Gebt mit endlich eine Zigarette, ihr verdammten Bullen!«

Manors Hände ballten sich. Ich fürchtete schon, er werde die Beherrschung verlieren. Aber er sagte ruhig: »Können Sie den Mann bitte rausbringen lassen?«

Ich rief einen Kollegen, der Walt Sawka abführte.

Mike Manor entspannte sich. Er wurde sachlich.

»Für mich war wichtig festzustellen, daß Kokain und Heroin über dieselbe Organisation verkauft werden. Narcotics weiß, daß große Mengen Kokain aus Südamerika in die Staaten gebracht werden. Das Zeug ist die Droge der reichen Leute. Für den allgemeinen Markt war es bisher zu teuer. Manche Leute glauben, es wäre nicht so teuflisch wie Heroin. Es stimmt, daß man nicht so schnell vor die Hunde geht, wenn man Schnee schnupft, statt sich Heroin zu spritzen. Auch die Wirkung ist unterschiedlich. Kokain putscht auf und versetzt die Schnupfer in den Wahn, sie seien die Größten und könnten alles. Ein Kokser wird, solange er unter dem Einfluß des Giftes steht, zum aktivsten, aggressivsten, hitzigsten Burschen weit und breit, und manche Leute mögen diesen Zustand. Natürlich fallen sie nach ein paar Stunden um so gründlicher zusammen. Wie ein Ballon, aus dem die Luft entwichen ist. Aber es ist leicht, sich wieder aufzupumpen. Eine neue Dosis, um eine Spur größer als die vorige, genügt.«

Er unterbrach sich. »Ich erzähle Ihnen Dinge, die Sie längst wissen.«

Er nahm die Reagenzröhren, ging zum Waschbecken und begann sie auszuspülen.

»Die Preise für Kokain sind zusammengebrochen«, sagte er. »Irgendwer bringt Schnee zu Ramschpreisen in die Staaten. Statt nur auf den Society Partys in Hollywood taucht das Gift in den Händen der Straßendealer auf. Und damit ist es wirklich gefährlich geworden.«

Er kam zurück, legte die Glasröhren in den Koffer und verkorkte die Reagenzflaschen.

»Wer mit Rauschgift anfängt, schreckt vor der Spritze vielleicht zurück. Ein paar Stäubchen weißes Pulver zu schnupfen, ist viel einfacher. Dazu braucht ein junger Mensch kaum Hemmungen zu überwinden. Für eine gewisse Zeit bleibt er, wenn er Kokain nimmt, leistungsfähig, kann arbeiten, studieren oder sich als Rocker mit den Jungen der feindlichen Gang herumprügeln. Irgendwann und wahrscheinlich bald steigt er um auf Heroin. Dafür sorgen die Dealer. Dann läuft die Geschichte weiter wie tausendmal gehabt bis zum bitteren Ende.«

Er verschloß den Koffer.

»Darum ist es wichtig, daß wir die Kokainquelle verstopfen. Ich hoffe, Sie können dem Narcotic Committee dabei helfen.«

»Sie haben nicht über die roten Chips gesprochen«, sagte Phil.

»Eine Mischung aus Kokain und Heroin. Sie nennen es Speedball. Wer es spritzt, wird zum Ball, der von einer übermächtigen Gewalt von einer Mauer gegen die andere und zurück geschleudert wird. Von einem Extrem ins andere! Darum nennen sie die Mischung so! Kokain macht aggressiv und tatenlustig, es putscht auf. Heroin enthemmt, verwischt Realität und Halluzination und bläst jeden Skrupel weg. Wem diese Mischung im Blut kreist, wessen Gehirn von beiden Giften überschwemmt wurde, der verwandelt sich zu einem Wesen, unberechenbar wie ein Wahnsinniger, gefährlich wie ein gereiztes Raubtier. Er kommt von dieser Sucht nie wieder los ...«

Wieder brach er ab, als seien ihm die eigenen Worte unangenehm.

»Bitte, rufen Sie das Büro Ihres Chefs an! Wir haben eine Unterredung vor meinem Abflug vereinbart.«

Phil rief Mr. Highs Sekretariat an. Helen, Mr. Highs Sekretärin, sagte, Mike Manor könne den Chef sofort sprechen. Phil gab die Antwort weiter.

»Danke für Ihre Unterstützung!« Mike drückte auf altmodische Weise Phil und mir mit seiner mächtigen Pranke gründlich die Hand.

»Hören Sie, Mike!« sagte ich. »Falls Sie keine andere Adresse in New York kennen, nehmen wir Sie nach dem Gespräch mit zum Abendessen.«

»Sehr freundlich und vielen Dank für die Einladung, aber ich glaube, ich kann noch eine Maschine nach Washington erwischen. Ich hoffe, Narcotics schickt mich schon morgen weiter nach Südamerika. Die Spur darf nicht kalt werden.«

»He, Sie steigen hart ein!« Phil schüttelte den Kopf.

Manor blieb an der Tür stehen. »Schon möglich«, sagte er. »Meine Schwester war 19, als sie an gepanschtem Heroin starb, und die zwei Jahre, die sie vorher an der Nadel hing, machten meine Mutter zu einer unglücklichen, alten Frau und meinen Vater zu einem gebrochenen Mann. Das ist der Grund!« Er nickte uns zu. Sekunden später schloß sich hinter ihm die Tür.

Als wir Walt Sawka zum vierten Mal verhörten, zeigte er Wirkung. Er begann zu jammern.

»Wenn ich rede, bin ich ein toter Mann«, sagte er weinerlich. »Wollt ihr, daß ich umgebracht werde? Was habe ich schon verbrochen? Okay, ihr habt mich mit ein paar Gramm Koks und Heroin erwischt. Ihr wißt genau, daß ihr in zwei Stunden einige hundert Dealer einsammeln könnt, die nicht weniger Ware bei sich tragen als ich. Warum trampelt ihr auf mir herum?«

Das vierte Verhör Sawkas fand in Gegenwart des Staatsanwaltes, General Attorney Frederic Whitman, statt. Whitman, der politischen Ehrgeiz hatte und Senator werden wollte, hoffte, sich durch die Bekämpfung der Rauschgiftkriminalität einen Namen zu machen. Immer wieder mischte er sich in das Verhör ein. Auch jetzt ließ er sich nicht bremsen.

»Sawka, ich kann Sie zum Kronzeugen machen«, platzte er heraus: »Für einen Kronzeugen kann ich Straffreiheit beantragen.«

»Und dann?« Der Dealer wischte sich den Schweiß von der Stirn. »Am Tag nach dem Urteil schickt ihr mich mit 'nem Tritt in den Hintern auf die Straße, und ich werde umgelegt, bevor ich die nächste Kreuzung erreicht habe.«

»Der FBI verschafft Ihnen eine neue Identität und sorgt dafür, daß Sie unerkannt untertauchen können.«

Phil und ich wechselten einen Blick. Wir waren einer Meinung. Staatsanwalt Whitman gab seine Versprechen zu schnell und zu bedingungslos. Er hatte nicht viel Erfahrung in der Bekämpfung der Syndikate und gab sich der Illusion hin, ein von der Straße weggefangener Dealer könnte die brandheiße Spur liefern.

»Nennen Sie uns den Namen Ihres Lieferanten!« drängte er.

»Geben Sie mir wirklich eine Chance als Kronzeuge?« vergewisserte sich Sawka.

»Sie können sich auf mein Wort verlassen!«

»Bis jetzt bin ich noch bei jedem Deal mit Bullen reingefallen«, jammerte Sawka. »Okay, ich versuch's noch einmal. Wir nennen ihn Babyface, weil er ein fetter Mann mit einem runden glatten Gesicht ist, ohne Bart und mit einer Fistelstimme.«

»Wo treffen Sie ihn?«

»Ich rufe ihn an. Er nennt die Treffpunkte.«

»Sie haben also seine Telefonnummer?«

»Es ist der Anschluß eines Nightclubs. Cat's Nightclub. Manchmal erreiche ich ihn sofort. An anderen Tagen muß ich drei- oder viermal anrufen, bis er endlich an den Apparat kommt.«

Phil fragte: »Cat's Nightclub in der Jerome Avenue, Bronx?«

Walt Sawka nickte, und Phil erklärte dem Staatsanwalt: »Cat's Nightclub ist ein Unternehmen der Calerghi-Familie.«

Die Mitteilung elektrisierte Frederic Whitman. Er beugte sich vor und fragte eindringlich: »Kamen Sie jemals mit einem Mitglied der Calerghi-Familie in Berührung? Überlegen Sie gut, bevor Sie antworten! Nein, antworten Sie jetzt nicht! Ich werde dafür sorgen, daß Ihnen Fotos der wichtigsten Männer des Calerghi-Clans vorgelegt werden. Ich bin sicher, daß Sie den einen oder anderen kennen.« Er wandte sich an uns. »Wir sollten das Verhör für heute beenden!«

Offensichtlich beabsichtigte der General Attorney, sich die Chance nicht entgehen zu lassen, Walt Sawka als Zeugen gegen die Calerghis aufzubauen.

»Lassen Sie mich noch einige Fragen stellen«, sagte ich und ging um den Schreibtisch herum zu Sawka.

»Seit wann verkaufst du außer Heroin auch Kokain?«

»Seit sechs oder sieben Monaten.«

»Wer liefert den Schnee?«

»Babyface!«

»Schlug er dir vor, außer Heroin auch Kokain zu verkaufen?«

»Ja, er sagte: Ich habe eine neue Ware für dich. Er

nannte die Preise und behauptete, es sei ein besonders guter Stoff für Beginner.«

»Gab er dir Starthilfen?«

Sawka zögerte vor der Antwort. »Starthilfen« nennen die Dealer Rauschgift, das sehr billig verkauft oder auch verschenkt wird, um einen Menschen süchtig zu machen.

Der Staatsanwalt mischte sich ein.

»Halten Sie mich nicht für unhöflich, G-man, aber Ihre Fragen erscheinen mir zweitrangig!«

Er klopfte Sawka auf die Schulter und sprach ihn mit dem Vornamen an: »Walt, ich verspreche Ihnen Fairneß, und ich erwarte von Ihnen Fairneß. Wenn Sie mir helfen, die Calerghis zur Strecke zu bringen, vergessen wir Ihre Ausrutscher und verschaffen Ihnen einen neuen Start.«

»Er nennt berufsmäßiges Dealing einen kleinen Ausrutscher«, zischte Phil wütend. »Was sagst du dazu?«

Walt Sawka wurde abgeführt, und Mr. Whitman rieb sich die Hände: »Mit diesem Zeugen werde ich Gianni Calerghi einheizen, daß ihm Hören und Sehen vergeht.«

»Glauben Sie ernsthaft, Sie könnten mit einem Straßendealer die Calerghis gefährden?«

»Er trug eine Menge Heroin bei sich. Er war kein kleiner Händler.«

»Heroin, Kokain und Speedballs im Wert von zwölfhundert Dollar. Die Summe, für die ein Calerghi auch nur aus dem Sessel aufsteht, dürfte bei mindestens hunderttausend Dollar liegen.«

»Es ist mir gleichgültig, wie hoch Sie Verbrecher einschätzen, G-man«, bellte Whitman. »Ich werde Gianni Calerghi vor Gericht bringen, wenn ich ihm den Verkauf eines einzigen Chips nachweisen kann.«

»Durch Sawkas Zeugenaussage? Attorney, Sawka ist niemals auch nur auf eine Meile Abstand an einen Calerghi herangekommen.«

»Überlassen Sie Zeugenaussagen den Zeugen!«

»Wollen Sie Sawkas Gedächtnis nachhelfen?«

Whitman wurde eisig. »Die Staatsanwaltschaft betrachtet Walt Sawka als einen wichtigen Zeugen. Führen Sie bitte keine Vernehmungen ohne meine Zustimmung durch! Finden Sie Babyface, und nehmen Sie ihn fest! Ich werde einen Haftbefehl beantragen!«

Das Verhör fand am Morgen statt. Nachmittags um zwei Uhr erschien ein Rechtsanwalt in unserem Büro und legte einen Gerichtsbeschluß auf den Schreibtisch.

Für Walt Sawka waren fünfzigtausend Dollar Kaution bezahlt worden, und das Gericht ordnete die vorläufige Freilassung an.

Herauszufinden, wer sich hinter dem Namen Babyface verbarg, war einfach. Der zentrale Archivcomputer in Washington reagierte positiv auf die Einspeicherung des Namens. Auf dem Terminalbildschirm erschienen die Angaben:

»Hugh Welfare Nelson, Spitzname Babyface, 17. 12. 45 geboren in New York. Vorstrafen wegen Betruges, Falschspiels, Hehlerei. Zuletzt entlassen am 5. 5. 75 aus State Zuchthaus Albuquerque. Nelson ist als Berufsverbrecher eingestuft. Fotos und Details können abgerufen werden unter . . .«

Staatsanwalt Whitman rief an.

Er hatte Einspruch gegen Walt Sawkas Freilassung eingelegt.

»Das Gericht lehnte den Einspruch ab«, sagte er kleinlaut. »Kann der FBI Sawkas Schutz übernehmen?«

»Nur wenn er es wünscht.«

»Sprechen Sie mit ihm!« sagte Whitman und hängte noch ein »bitte« an.

Wir fanden Walt Sawka im Entlassungsraum des Gefängnisses. Er grinste uns an.

»Tut mir leid, daß wir uns trennen müssen. Ich hatte mich an euch beinahe gewöhnt.«

»Wer hat die Kaution für dich gezahlt?«

»Darlehen einer Bank. Ich bin kreditwürdig.«

»Dir würde niemand auch nur einen Cent leihen. Wer dich rausholt, der verfolgt damit eigene Interessen. Ich hoffe, du hast darüber nachgedacht.«

Sawka starrte mich einige Sekunden lang an. Dann drehte er sich mit einem Ruck zu dem Gefängnisbeamten um und schrie: »Wann laßt ihr mich endlich raus? Ihr habt kein Recht, mich auch nur eine Minute länger festzuhalten. Ich will raus!«

Der Beamte schob ihm einige Papiere zu. »Unterschreiben!«

Sawka kritzelte seinen Namen.

»Der Staatsanwalt betrachtet dich als einen Zeugen, den er nicht verlieren will. Er bietet dir an, dich an einem sicheren Platz unterzubringen und ...«

»Sag ihm, er kann mich ...!« kläffte Sawka.

Der Gefängnisbeamte leierte den vorgeschriebenen Spruch: »Sie haben sich zur Verfügung der Behörden zu halten. Sie dürfen Ihren Wohnort nicht verlassen und sind verpflichtet, sich täglich bis 12 Uhr mittags auf dem Revier der City Police, Amsterdam Avenue 1600, zu melden. Wenn Sie gegen eine der Auflagen verstoßen, können Sie wieder in Haft genommen werden, ohne daß die geleistete Kautionszahlung erstattet wird. Durch Ihre Unterschrift haben Sie diese Voraussetzung Ihrer bedingten Entlassung anerkannt und ...«

Fünf Minuten später sahen wir von einem Fenster aus, wie Walt Sawka in einen Wagen stieg, der vor dem Gefängnis auf ihn gewartet hatte.

Die Neonreklame über dem Eingang wechselte von Weiß zu Rot und zurück, und bei jedem Wechsel veränderte sich eine Kleinigkeit im Schriftzug. Bei Weiß Cat's Nightclub, bei Rot Cats' Nightclub, dazu einmal der abgekürzte Namen eines Mädchens und in der anderen Version ein Wortspiel, das auf eine Menge hübscher Katzen im Club hinwies.

Schon die Mädchen in den Garderoben trugen knappe Korsagen aus imitiertem Tigerfell. Im Club gab es eine große Auswahl an Leoparden- und Pantherkatzen, alle auf zwei Beinen, alle weiblich und alle ausgesucht attraktiv.

Phil und ich parkten an der Bar. Der Club war gut besucht. Aus den Kühlern ragten die Hälse von Champagnerflaschen. Männer, die offensichtlich nicht von der Sozialfürsorge lebten, versuchten sich als Dompteure an den Katzengirls.

Der Keeper, ein großer Farbiger, dessen bemalter nackter Oberkörper ihn zum afrikanischen Medizinmann machen sollte, fragte nach unseren Wünschen in jenem Slang, der nördlich des Central Parks gesprochen wird.

»Wer ist Cat?« fragte ich.

»Die Chefin!«

»Wir wollen sie sprechen.«

»Wen soll ich melden?« Er sog die Luft ein, als nähme er Witterung. »Bullen?«

»Wir sagen es ihr selbst.«

Er nahm einen Telefonhörer und sagte ein paar Worte, die im Rock der Combo untergingen.

»Sie kommt«, erklärte er.

Zwei Minuten später trat eine Frau zu uns. »Ich bin Cat«, sagte sie. Als einzige trug sie ein Abendkleid, ein schwarzschillerndes, hautenges, bis an den Hals geschlossenes Modell, das nur ihre Schultern und Arme freigab und jede Kurve ihres Körpers nachmodellierte.

Zweifellos war sie eine Schönheit. Eine Schönheit *von* der gefährlichen Sorte.

Ein großer, grellroter Mund, schrägstehende grünliche Augen, eine schmale Nase mit geblähten Flügeln, dichtes, tiefschwarzes Haar.

»Ihr Familienname, Cat?«

»Genügt Ihnen Cat nicht?«

»Nein. Falls wir einen Haftbefehl ausstellen müssen, genügt es nicht.«

Ihre schönen Lippen krümmten sich zu einem verächtlichen Lächeln. »Soll ich vor Angst in Ohnmacht fallen? Wenn Sie mit Cat nicht zufrieden sind, können Sie mich Miss Ranczik anreden, falls das Ihrer amerikanischen Zunge nicht zu schwerfällt. Meine Eltern stammen aus Osteuropa.«

»Bleiben wir bei Cat!« schlug ich vor.

Phil zeigte ihr ein Foto, das Washington uns über einen Telekopierer vermittelt hatte. »Kennen Sie den Mann?«

»Ja«, antwortete sie ohne Zögern. »Er kommt oft in den Club.«

»Wie oft?«

»An drei oder vier Abenden in der Woche. Er sitzt herum, sieht sich unser Strip-Programm an und verläßt den Club zu unterschiedlichen Zeiten, mal früh, mal erst gegen Morgen.«

»Betrinkt er sich?«

»Es gab nie Ärger mit ihm.«

»Tanzt er mit einem Mädchen?«

»Ich kann mich nicht erinnern, ihn je auf einer Tanzfläche gesehen zu haben. Er ist fett wie ein Faß, und er hat eine Kastratenstimme. Was den Umgang mit Mädchen angeht, so halte ich ihn für ziemlich verbogen. Sie verstehen?«

»Telefoniert er oft?«

Ihre grünen Augen flammten auf.

»G-man, ich kümmere mich nicht um die Telefonzelle. Fragen Sie die Garderobenmädchen!«

»Das werden wir! Sie sind nicht die Besitzerin des Clubs?«

»Nein, ich bin nur Angestellte.«

»Wem gehört der Club?«

»Mr. Calerghi!« Sie streckte den Arm aus. »Wollen Sie mit ihm sprechen? Er sitzt an Tisch vier. Ich werde ihn holen.«

Sie drehte sich um und ging mit schnellen Schritten zu dem Tisch. Übrigens, so hoch ihr Kleid auf der Vorderseite geschlossen war, auf der Rückseite fing es erst in Bikinihöhe an, und bei jedem Schritt schlug der Rock auseinander.

Sie beugte sich zu dem Mann am Tisch 4 und küßte ihn auf den Kinnwinkel. Ohne sich umzudrehen, legte der Mann einen Arm um sie und ließ die Hand langsam über den nackten Rücken gleiten, eine Geste, mit der er wie selbstverständlich von der Frau Besitz ergriff. Er hörte zu, nickte und stand auf. Ohne Cat loszulassen, ging er auf uns zu.

Gianni Calerghi war groß, breitschultrig, sah sportlich aus, schleppte aber einige Pfund Übergewicht auf den Hüften mit. Sein Vater hatte noch darauf bestanden, Giovanni genannt zu werden, und das Englisch des alten Calerghi hatte nie den harten Sizilianerakzent verloren. Inzwischen saß der Senior, gelähmt von einem Schlaganfall, auf dem Altenteil.

Gianni hatte sich weitgehend von den alten Traditionen der Cosa-Nostra-Familien gelöst. Weder trug er die schwarzen feierlichen Anzüge der vorigen Generation, noch beschränkte er sich darauf, nur mit Männern sizilianischer Abkunft zu arbeiten. Er lenkte die Organisation mit den Methoden eines modernen Managers, liebte Luxus, ließ sich mit Showgrößen und Politikern fotografieren und hatte sich in einige vornehme Clubs eingekauft. Dennoch war er ein habgieriger, brutaler Gangsterboß geblieben, der einen großen Bereich des New Yorker Rauschgifthandels kontrollierte, von anderen Geschäftszweigen wie Prostitution, Glücksspiel und Erpressung ganz zu schweigen.

Er lächelte uns an und streckte uns die Hand hin. Sein Gesicht war gut geschnitten. Ein massives Kinn, eine große, gebogene Nase, starke Lippen und dunkle Augen. Irgendeine hübsche sizilianische Großmutter hatte ihm lange, mädchenhafte Wimpern vererbt, unter denen er den Drillbohrerblick seiner Pupillen sehr gut verbergen konnte. Gianni Calerghi trug eine saloppe Clubjacke, ein weißes offenes Hemd mit einem Seidenschal und eine tiefrote Nelke im Knopfloch.

»Darf ich Ihre Ausweise sehen?« fragte er höflich.

Beim Anblick der ID-Cards zog er die Augenbrauen hoch.

»Spitzenbesuch, Cat«, sagte er. »Der FBI beehrt uns! Schärf den Mädchen ein, sie sollen sich beim Strip in den gesetzlich vorgeschriebenen Grenzen halten.« Er lachte laut. »Nehmen Sie meinen kleinen Scherz nicht übel! Wen suchen Sie?«

»Einen Rauschgiftverteiler!« Phil hielt ihm das Bild vors Gesicht. »Hugh Welfare Nelson, genannt Babyface.«

Calerghi wandte sich an das Mädchen. »Kennst du ihn, Cat?«

»Er kommt oft in den Club.«

»Weißt du, wo die G-men ihn finden können?«

»Nein.«

»Kennt eins der Mädchen ihn näher?«

Cat Ranczik antwortete nicht.

»Ah, ich verstehe.« Calerghi lächelte. »Cat möchte nicht, daß eines der Mädchen der Prostitution beschuldigt wird.«

»Uns interessiert nur, wo wir Hugh Nelson finden können.«

»Du hörst es, Cat! Die G-men werden sich für die näheren Umstände nicht interessieren. Welches Mädchen?«

»Mae Drow.«

»Hol sie her!« befahl er, faßte aber nach Cats Arm und hielt sie fest. »Warte eine Sekunde! Wenn Sie einverstanden sind, lassen Sie Cat das Mädchen nach der Adresse dieses Mannes fragen. Sie wird schneller eine Antwort erhalten als Sie, selbst wenn sie alle Ihre Vernehmungskünste spielen lassen würden.«

Ich wurde das ungute Gefühl nicht los, daß sich Gianni Calerghi über uns lustig machte. Trotzdem sagte ich: »Einverstanden.«

Cat Ranczik holte ein schlankes, dunkelblondes Mädchen von der Tanzfläche, sprach zwei Minuten auf die Blonde ein und kehrte zu uns zurück.

»Sie war einmal mit ihm in einer Wohnung in einem Apartmenthaus West 94. Straße. Sie erinnert sich nicht an die Nummer des Blocks. Im selben Haus befindet sich ein großer Quick Service von Donnells. Sie hat am anderen Morgen dort gefrühstückt.«

»Genügt das?« fragte Calerghi.

»Ich denke, ja.«

»Also werde ich nicht mehr gebraucht.«

Er nahm den Kopf des Mädchens zwischen beide Hände und küßte ausführlich und lange ihren Mund. Er tat es so gründlich, daß sie unsere Gegenwart vergaß und ihren Körper gegen den des Mannes preßte. Als er sie endlich losließ, stand sie eindeutig in Flammen.

»Bis später, Darling!« sagte er, nickte uns zu und ging.

Kein Zweifel! Gianni Calerghi nahm uns auf den Arm.

Ich steuerte den Jaguar durch die 94. Straße West. Zwei Stunden nach Mitternacht war die Straße menschenleer, und alle Geschäfte waren geschlossen.

»Der Quick Service«, sagte Phil und wies auf einen Wohnblock der rechten Straßenseite.

Hinter den Schaufenstern des Schnellrestaurants brannten einige Neonröhren. Durch die Glastür sahen wir zwei Frauen, die mit Reinigungsmaschinen den Boden scheuerten. Wir machten uns bemerkbar, aber sie weigerten sich zu öffnen. Sie holten einen Mann, der notdürftig, bekleidet und verschlafen an die Tür schlurfte und sich vom Anblick der FBI-Ausweise überzeugen ließ. Zögernd öffnete er den Eingang.

»Wir suchen einen gewissen Hugh Welfare Nelson.«

»Ich muß im Mieterverzeichnis nachsehen.«

Er führte uns durch die Küche des Restaurants und durch lange Gänge in sein Hausmeisterbüro. Aus einem Schrank holte er einen Karteikasten und suchte eine Karte heraus.

»Nelson bewohnt Apartment G 19«, sagte er. »Schon seit drei Jahren!«

»Zeigen Sie uns den Weg! Haben Sie einen Hauptschlüssel? Okay, nehmen sie ihn mit!«

Das Haus war weitläufig und verwinkelt, vor zehn Jahren renoviert und schon wieder renovierungsbedürftig.

G 19 war das Eckapartment in der 7. der vorletzten Etage. Auf Klingeln und Klopfen reagierte niemand. Der Hausmeister bückte sich und spähte durch das Schlüsselloch.

»Es brennt Licht«, meldete er.

»Öffnen Sie!«

Er benutzte den Hauptschlüssel. Wir betraten einen schmalen Flur, an dessen Ende eine Tür halb offenstand.

»Nelson!« rief ich. Niemand antwortete. Phil ging voraus und drückte die Tür bis zum Anschlag auf. Ich habe manchmal erlebt, daß man bei einem bestimmten Anblick, einer Entdeckung keine Überraschung empfindet. Ohne sich dessen bewußt zu sein, hat man das Ereignis, dem man sich gegenübersieht, instinktiv erwartet.

Als Phil die Tür aufstieß, erlebte ich einen solchen Augenblick.

Ich sah einen feisten, halbnackten Mann, bekleidet nur mit einer Pyjamahose. In zusammengesunkener Haltung hockte er auf einer Couch. Seine fette Brust und der gewölbte Bauch waren von angetrocknetem Blut bedeckt.

Zwischen der Couch und einem niedrigen Tisch lag Walt Sawka.

Beide waren tot.

Erschossen.

Um acht Uhr morgens beendeten die Beamten des Homicide Department die Routineuntersuchung des Doppelmordes. Die Ergebnisse waren mager.

Für Hugh Welfare Nelson hatten die Mörder eine Maschinenpistole benutzt. Sawka war von einer Kugel aus einem schweren Revolver getötet worden.

Der Arzt stellte fest, daß Walt Sawka etwa zwei Stunden vor Nelson umgebracht worden war. Offenbar hatten die Mörder auf die Entscheidung einer übergeordneten Instanz gewartet, bevor sie auch Nelson töteten.

Großverteiler wie Babyface spielen im Rauschgifthandel eine wichtige Rolle. Die großen Bosse eines Syndikats töten einen Großverteiler ungern, denn mit ihm verlieren sie die Verbindung zu vierzig oder fünfzig Straßendealern, und es sind die Größe und Dichte des Verteilernetzes, die über den Umfang des Geschäftes entscheiden. Rauschgiftverkauf unterliegt kaum anderen Gesetzen wie der Vertrieb eines Markenartikels.

Wir fanden kein Rauschgift in Nelsons Wohnung. Verteiler und Zwischenhändler lagern ihre Ware nie in ihren Wohnungen. Sie benutzen Banktresore oder Schließfächer.

Die Befragung der Bewohner des Apartmenthauses brachte kein Ergebnis. Zwar hatten einige Leute gegen neun Uhr die Schüsse gehört. Aber als danach alles still blieb, nahmen sie an, es handele sich um Fehlzündungen oder das Zuschlagen von Türen. New Yorker sind schnell mit Entschuldigungen zur Hand, wenn sie sich um ihre Nachbarn nicht kümmern. »Mind your own business«, lautet der Wahlspruch der Bewohner dieser Stadt.

Um neun Uhr fuhren wir zum Hauptquartier. Wir fühlten uns müde und verbraucht. Wir passierten die Kreuzung Tenth Avenue und 48. Straße. Hier blüht der Rauschgiftmarkt der Lower West Side. Der Jaguar rollte vorbei an den Dealer-Gestalten, den Wracks der Süchtigen, den elenden jungen Mädchen, die bereit sind, sich für ein Nichts für Heroinstaub zu verkaufen.

»Calerghis Kunden«, sagte Phil.

Als er uns zu Nelsons Adresse verhalf, wußte er, daß wir zwei Leichen vorfinden würden. Ja, ich knirschte mit den Zähnen. Wenn Sie es ganz genau wissen wollen: ich kochte vor Wut. Calerghi hatte zwei Menschen umbringen lassen und benutzte die Morde dazu, uns zu verhöhnen. An der Kreuzung wechselte ich die Richtung.

»Wohin?« fragte Phil.

»Zu Calerghi«, sagte ich. »Ich will ihm die Kriegserklärung überreichen.«

Wenn Sie auf Staten Island wohnen, dann leben Sie auf einer Insel der Glückseligkeit. Das Wasser aus der Leitung ist trinkbar. Die Luft, die sie atmen, enthält keinen Staub, keine Chemikalien. Überall wachsen Bäume, der

Rasen gedeiht, und New Yorks hinreißende Skyline, die phantastische Silhouette seiner Wolkenkratzer, erhalten Sie als Gratiszugabe. Sie brauchen nur vor Ihre Villa zu treten.

Klar, daß Gianni Calerghi eine Villa – und was für eine Villa – auf Staten Island bewohnte.

Eine breite Betonstraße führte durch den Park zum weißen Haus. Kein Gorilla, sondern ein hübsches Hausmädchen, dunkelhäutig und hinreißend gewachsen, öffnete die Tür. Ihr Gesichtsausdruck zeigte deutlich, daß ihr unser Anblick mißfiel. Wir waren stoppelbärtig, ungewaschen und steckten in verknautschten Anzügen.

»Mr. Gianni Calerghi?« wiederholte sie. »Sind Sie angemeldet?«

»FBI!«

Auch die drei Buchstaben erschütterten sie nicht.

»Ich werde fragen«, sagte sie und schrammte uns die Tür vor der Nase zu.

Fünf Minuten später kehrte sie zurück.

»Sie sollen warten. Mr. Calerghi ist noch im Swimmingpool.« Sie führte uns durch eine Halle aus weißem und schwarzem Marmor in einen Raum, der mit schweren Ledersesseln und dunklen antiken Möbeln eingerichtet war. An den Wänden hingen alte Waffen, wie Vorderladerpistolen mit Elfenbeingriff, silberbeschlagene Steinschloßflinten und zwei Arkebusen.

Eine Viertelstunde ließ Calerghi uns schmoren. Als er kam, trug er einen weißen Bademantel. Sein schwarzes, mit wenigen grauen Fäden durchmischtes Haar war noch naß.

»Verzeihen Sie, daß ich mich nicht anzog. Ich wollte Sie nicht länger warten lassen.« Er trocknete das Haar mit einem Handtuch, in das die Anfangsbuchstaben seines Namens eingewebt waren. »Stimmte die Adresse nicht?«

»Sie wissen, daß die Adresse richtig war. Sie wissen

auch, daß wir zwei tote Männer in der Wohnung fanden: Hugh Welfare Nelson und Walt Sawka.«

Er lächelte. »Halten Sie mich für einen Hellseher? Den zweiten Namen höre ich zum ersten Mal. Sagten Sie Sawka? Wer ist das?«

»Der Mann, für den Sie fünfzigtausend Dollar Kaution hinterlegten.«

»Wirklich? Sahen Sie meine Unterschrift auf dem Scheck?«

»Calerghi, Sie sind der Boß des größten Rauschgiftsyndikats der Ostküste.«

Er warf das Handtuch auf einen Sessel, setzte sich hinter den Schreibtisch und nahm eine langläufige Pistole in die Hand. Die Waffe war ein Prachtexemplar aus dem 18. Jahrhundert. Ein Rankenmuster aus eingelegtem Elfenbein verzierte den Griff. In den Lauf waren die Wappenembleme irgendeines englischen Lords eingeätzt. Calerghi drehte die Pistole zwischen den Fingern, spannte den Hahn, visierte auf die Deckenlampe und drückte ab. Der Hahn schlug mit scharfem Klicken auf.

»Diese Behauptung ohne Beweise kann Sie Ihren Job kosten, G-man«, antwortete er gelassen.

»Wäre ich kein G-man, durch Gesetze und Vorschriften gebunden, würde ich Sie wahrscheinlich schneller zur Strecke bringen, Calerghi.«

Die Flügel der Doppeltür wurden aufgestoßen. Eine rauhe Greisenstimme krächzte: »Buon giorno, figliuolo mio!« (Guten Morgen, mein Söhnchen.)

Geschoben von einem großen, dunkelhaarigen Mann, rollte Giovanni Calerghi senior ins Zimmer. Ich beobachtete, daß der Sohn für einen Augenblick unwillig das Gesicht verzog, bevor er in Englisch antwortete: »Morning, Dad!«

Der alte Calerghi sah wie ein großer, zerzauster Geier aus. Ein weißer Haarkranz umstand den kahlen Schädel.

Die gekrümmte Nase sprang weit vor. Der Mund war eine lippenlose, vom Schlaganfall schiefgezogene Kerbe. Die schwarzen, runden Augen hatten einen starren Vogelblick, und der Hals ragte faltig aus dem zu weiten Kragen. Giovanni Calerghi trug einen schwarzen Anzug. Eine karierte Decke bedeckte Knie und Beine. Auf der Decke ruhten die starkfingrigen Hände mit ihren verdickten Knöcheln wie schwere Klauen.

Der Vogelblick fixierte uns. »Chi sono questi uomini?« (Wer sind die Männer?)

»Schnüffler«, antwortete Calerghi. »G-men!«

Die Mundkerbe öffnete und schloß sich, als müßte sie die Antwort zerkauen.

»Cosa vogliono?« (Was wollen Sie?)

»Ach, zum Teufel, Dad, kümmere dich nicht darum!« Calerghi legte die Pistole auf den Schreibtisch.

Der Alte riß die Augen auf. Er schlug mit den Armen, als wolle er aus seinem Rollstuhl auffliegen.

»Rispondimi in altro modo! Sono io il padrone di questa casa!« (Antworte mir auf andere Weise! Ich bin der Herr dieses Hauses.)

Der Sohn überhörte das Kreischen. Er wandte sich an uns.

»Ich glaube, zwischen uns wurde alles gesagt. Wenn der FBI mich verhören will, schickt mir eine Einladung! Vielleicht werde ich kommen, oder meine Rechtsanwälte werden Einspruch erheben. Das hängt davon ab, was ich an dem Tag vorhabe.«

Er warf uns raus. In manchen Filmen verabschieden sich rausgeworfene Helden mit einem schnellen Kinnhaken an den Kopf des Rauswerfers. Damit verändern sie zwar nicht die Lage, aber es verschönt ihren Abgang.

Phil und ich haben längst gelernt, auf solche Schlußpunkte zu verzichten.

Wir verließen den Arbeitsraum. Als wir die Halle halb

durchquert hatten, krächzte es hinter uns: »Aspettate!« (Wartet!)

Der große Bodyguard schob den alten Calerghi heran. Wir blieben stehen.

»Sagen Sie mir, warum Sie mit meinem Sohn sprechen wollten?« Giovanni Calerghi sprach korrektes, wenn auch akzentreiches Englisch. »Was wollen Sie ihm anhängen? Können Sie ihm etwas nachweisen?«

»Wir glauben, daß Ihr Sohn die Ermordung zweier Männer veranlaßt hat. Er hat Ihren Platz in der Organisation übernommen, kontrolliert das Rauschgiftgeschäft der Calerghi-Familie und alle anderen gesetzwidrigen Unternehmen, von denen die meisten Sie gegründet haben, Mr. Calerghi. Wenn wir Ihren Sohn eines Tages vor Gericht bringen werden, tragen nicht zuletzt Sie die Schuld daran.«

Er wischte meine Worte mit fuchtelnden Bewegungen seiner Hände weg.

»Gianni hat Sie vielleicht nicht richtig behandelt, G-man! Es hat keinen Zweck, sich Feinde zu machen. Wenn Sie glauben, meine Familie und besonders Gianni verursachten Ihnen Schwierigkeiten, kommen Sie mit Ihren Sorgen zu mir! Ich werde alles einrenken und in Ordnung bringen. Sie verstehen?«

»Wir sind nicht bestechlich, Mr. Calerghi!«

Wieder bewegte er den lippenlosen Mund, als müsse er die Worte zerkauen, um sie zu verstehen. In den starren Augen glomm ein böser Funke auf.

»Ma penso, che siete mortali«, krächzte er. (Aber ich glaube, daß ihr sterblich seid.)

Auf einen Wink der Klauenhand schwenkte der Bodyguard den Rollstuhl herum und schob den alten Mann zurück in die Tiefe der Halle.

Als Dannis Wigg die Treppe hinunterkam, sah er den jungen Amerikaner mit einem Whiskyglas in der Hand an der Hotelbar stehen, obwohl es erst zehn Uhr morgens war.

»He, Mike, gibst du deiner Leber eine Morgendusche?«

»Aus Langeweile, Dannis! Aus purer Langeweile!«

Der Mann war vor einer Woche in Malengua und im Hotel ›Conte Cortez‹ aufgetaucht. Am ersten Abend hatte er zwölf Knebelrunden verloren und war, betrunken bis zur Bewußtlosigkeit, vom Hocker gekippt. Dannis und sein Copilot Master hatten seine Taschen durchsucht. Seitdem wußten sie, daß der Neue Mike Melroy hieß. Ein zerknitterter Entlassungsschein hatte sie informiert, daß Melroy vor zehn Monaten aus einem texanischen Gefängnis entlassen worden war. Ein Dutzend Dollarpäckchen im Gesamtwert von zwölftausend Dollar deutete darauf hin, daß er vor seinem Auftauchen in Malengua ein Ding gedreht hatte.

In jener Nacht hatte Wigg verhindert, daß die Mädchen, der Barkeeper und die Halunken, die immer in der Bar herumlungerten, den bewußtlosen Melroy ausraubten. Ohne Melroys Zustimmung hatte er ein Päckchen Dollarscheine geopfert, um ein großes Besäufnis zu veranstalten und die Mädchen glücklich zu machen. Den Rest hatte er bis zum anderen Morgen verwahrt und dem Jungen zurückgegeben.

»Wenn du dich besaufen willst, bring vorher dein Geld an einen sicheren Platz!« Mit diesen Worten hatte er die Geldbündel auf Melroys Bettdecke geworfen.

Mike hatte erst das Geld, dann ihn aus verquollenen Augen angestarrt, bevor er ein leises Danke gemurmelt hatte.

»Woher stammt der Zaster? Bruch? Banküberfall?«

»Erbschaft«, hatte der andere geantwortet und dazu eindeutig gegrinst.

Seitdem hatte Wigg jeden Tag einige Stunden mit Melroy verbracht, entweder am Strand beim Angeln oder abends in der Hotelbar beim Pokern, Knobeln und den Verführungsversuchen der Mädchen. Obwohl Melroy kein Glas stehen ließ, hatte er sich nie wieder betrunken.

Für Wigg und Master war Melroys Anwesenheit eine willkommene Abwechslung. Wenn es nichts zu fliegen gab, gab es auch nichts zu tun, außer den alten Vogel auf Glanz zu bringen. Zwar hielten sie die Maschine technisch in Ordnung, aber ihr Äußeres ließ sie gleichgültig. Wigg nährte den Aberglauben vieler Piloten, an einem alten Flugzeug dürfe nicht herumgescheuert werden.

Seit gestern lag ein Schiff an der Pier der Werft. Deegan hatte die Indios zusammengerufen. Noch am Abend war mit der Entladung begonnen worden. Wigg wollte zur Werft, um Lad Deegan zu fragen, wann der erste Flug fällig sei.

»Kann ich mitkommen?« rief Melroy und folgte dem Piloten auf die Straße.

Das Hotel ›Conte Cortez‹ lag an Malenguas Hauptstraße, die am kleinen Fischereihafen begann und nach einer halben Meile in die Küstenpiste mündete. Wie immer hing der Geruch von Fisch zwischen den Häusern.

»Warum gehst du nicht angeln?« fragte Wigg.

Der Wagen stand vor dem Hotel. Zwei Indios hatten sich in den Straßenstaub gekauert und benutzten das Fahrzeug als Schattenspender. Als Wigg und Melroy an den Wagen traten, standen sie wortlos auf und gingen langsam weg.

»Wohin fährst du?«

»Zu meinem Arbeitgeber«, antwortete der Pilot.

»Kann ich mitfahren?«

»Besser nicht!«

»Gibt es keinen Job für mich?«

Wigg lachte. »Du kannst unmöglich dein Geld verbraucht haben. Außerdem hast du drei Tage hintereinander beim Poker gewonnen. Warum willst du einen Job?«

»Weil ich mich langweile!« Er suchte Wiggs Blick. »Auch krumme Sachen mache ich mit!«

»Glaubst du, wir machen krumme Sachen?«

»Was sonst?« antwortete Melroy mit großer Offenheit. »Ihr fliegt weder Milchpulver noch Babynahrung. Die Zeiten sind längst vorbei, in denen auf der Werft ein Schiff gebaut wurde. Wahrscheinlich wurde nie auch nur ein Dampfer dort draußen zusammengenietet.«

Er lehnte sich gegen den Wagen und blinzelte in die Sonne. »Ich habe mich umgehört, Dannis. Dort draußen sollte ein Industriekomplex entstehen. Irgend etwas mit Fischverwertung. Vom Bau der Fangboote bis zum Versand der fertigen Konservendosen alles auf einem Gelände. Frischfisch sollte mit Flugzeugen in die Städte geliefert werden. Eine Piste wurde angelegt. Als die Kredite erschöpft waren und eine Menge Leute sich die Finger an dem Projekt vergoldet hatten, wurde die ganze Sache fallengelassen. Drei Jahre lang rosteten die Verladeanlagen vor sich hin. Die Gebäude verfielen zu Ruinen, Gras wuchs auf der Piste, auf der jetzt kein Vogel startet und landet. Seit ungefähr einem halben Jahr blüht neues Leben aus den Ruinen. Die Leute erzählen sich, eine amerikanische Firma habe alles gekauft und sei dabei, die Anlagen zu vollenden. Schiffe und Flugzeuge brächten die Maschinen, und es gäbe sogar schon elektrisches Licht.«

»Bist du ein Schnüffler?«

Melroy brach in Gelächter aus. »Sieh mich nicht so finster an, Dannis! Als ich auf dich stieß, habe ich mich natürlich gefragt, aus welchem Grunde ein Mann deines Schlages in Malengua herumlungert, in einem erbärmlichen Hafennest, in dem es außer Sardinen und vier, fünf hübschen und willigen Mädchen nichts zu holen gibt. Ich sagte mir, daß jemand, der es hier aushält, seine Standfestigkeit mit einer Menge Dollar belohnt sehen will. Eine alte Lebensregel lautet: Viel Geld gibt es nur für krumme Sachen. Ehrliche Arbeit wird mit wenigen Cents entlohnt.«

Er kratzte in seinen Bartstoppeln. »Auch ich möchte verdienen. Du weißt, welche Summe ich aus den Staaten mitgebracht habe. Davon kann ich noch einige Monate leben. Aber es ist nicht Geld genug, um irgendwo einen neuen Start zu versuchen.«

Er legte Wigg eine Hand auf die Schulter. »Laß mich einsteigen, Dannis!«

Der Pilot schüttelte den Kopf. »Keine Chance, Mike! Die Leute, für die ich arbeite, wollen keine neuen Gesichter sehen.«

Er schob Melroy zur Seite, stieg in den Wagen und startete den Motor. Bevor er anfuhr, beugte er sich aus dem Fenster. »Noch eins, Mike! Neugier kann hier gefährlich sein. Ich glaube, es ist an der Zeit, daß du dich an die nächste Kreuzung stellst und den Daumen hochhältst, bis dich jemand mitnimmt.«

Er trat den Gashebel durch. Die Räder wirbelten Staub und Steine auf. Im Rückspiegel sah Wigg, wie Melroy sich die Augen wischte und ausspuckte. Er grinste zufrieden.

Er fuhr die schlechte Küstenstraße in Richtung Norden. Da die Bucht die Form einer Mondsichel hatte, waren die Umrisse der Werftanlagen von der Straße zu sehen, obwohl sechs Meilen zwischen dem Hafen und dem Fabrikgelände lagen.

Das Schiff am Kai der Werft war ein hochbordiger Trampdampfer. Wigg schätzte seine Kapazität auf 5 000 Tonnen. Der Name am Heck war kaum noch zu sehen. Wigg entzifferte ihn als Santa Catalina. Trotz des spanischen Namens bestand die Besatzung aus Asiaten, meist dunkelhäutigen Indern.

Die Ausnahme bildete der rotbärtige Weiße, der die Entladearbeiten überwachte.

Außer einem Kran und zwei Flaschenzügen existierten keine Transportmittel auf dem Gebiet der Werft. Ein Dutzend Indios übernahm die Kisten auf dem Kai und schaffte sie mit Tragegurten und Muskelkraft in die einzige regendichte Halle.

Dannis Wigg inspizierte kurz die DC 3, bevor er Lad Deegan aufsuchte.

Er fand Deegan in der Funkbaracke.

»Hallo, Lad! Ich hoffe, du hast bald ein paar Kisten für uns zu fliegen.«

»Mehr als du erwartest. Ich bin gerade dabei, die Zahl der notwendigen Flüge auszurechnen. Sieht so aus, als müßte euer lahmer Vogel noch mindestens fünfzehn Flüge durchstehen.«

»Schafft er leicht! Mach dir keine Sorgen!«

»Viel Zeit zum Schlafen wird euch nicht bleiben. Ich möchte, daß ihr alle Flüge innerhalb von zwanzig Tagen hinter euch bringt.«

»Nur sechsundreißig Stunden für Hin- und Rückflug, für Be- und Entladen? Unmöglich, Lad!«

»Das Wort höre ich nicht gern, Dannis. Ich zahle zehn Prozent Zuschlag.«

»Zehn Prozent helfen uns wenig, wenn wir die Maschine vor Übermüdung in den Wald setzen.«

Deegan zog eine Schublade auf, griff hinein und warf vier Medikamentenpackungen auf den Tisch. »Im Notfall hilft euch das Zeug über die Runden.«

Wigg las die Aufschrift. Die Packungen enthielten Aufputschmedikamente, sogenannte Weckamine, hergestellt in einer hygienischen, rationalisierten Pharmafabrik in Minnesota.

Wigg hatte solche ›Pep-ups‹ bei langen Flügen nicht selten geschluckt.

Er steckte die Schachteln ein. »Danke, Lad! Traust du dem einheimischen Zeug nicht? Ich hörte, auch Koks hält wach!«

Deegan antwortete nicht, und in Wigg kroch das Gefühl hoch, daß es besser gewesen wäre, das Kokain nicht zu erwähnen.

»Warum müssen wir die Ladung so kurzfristig in die Berge bringen?« fragte er rasch, damit Deegan die Erwähnung des Kokains vergaß.

»Weil wir die Stellung aufgeben müssen. Ich habe bestimmte Warnsignale erhalten. Was würdest du sagen, wenn plötzlich ein halbes Dutzend Lastwagen mit Soldaten auftauchte, einen Wagen quer auf die Rollbahn stellte und uns alle in ihre stinkenden Gefängnislöcher steckte, he?«

»Bring mich nicht mit Horrorgeschichten um den Schlaf, Lad!«

»Je schneller wir die Ladung in die Berge fliegen, desto früher können wir abspringen.«

Er beugte sich über die Berechnung.

»Fünfzehn, höchstens sechzehn Flüge«, stellte er fest. »Beim letzten Rückflug werdet ihr José Slay und den Doc mitbringen.«

»Wer ist Doc?«

»Ein Chemiker«, antwortete Deegan knapp. »Übrigens, Dannis, erhaltet ihr euer Geld nach dem letzten Flug.«

Wigg fuhr auf. »Fünfzehn Flüge ohne Bezahlung? Bis jetzt haben Randolph und ich unser Geld nach jeder Landung erhalten! Warum willst du das Verfahren ändern?«

»Weil ich keine Dollars habe. Meine Kasse ist leer.«

»Denkst du, wir riskieren unser Genick ohne Bezahlung?«

»Beruhige dich, Dannis! Seit gestern schwimmt eine

hübsche Yacht von Acapulco aus südwärts. Die Jungens an Bord haben den Auftrag, mich, José und den Doc abzuholen. Sie bringen genügend Dollar mit, um euch und alle die Leute zu bezahlen, die sich bis jetzt die Hände vor die Augen gehalten haben.«

Wigg schüttelte den Kopf.

»Der Vorschlag gefällt mir nicht, Lad. Ich werde mit Randolph sprechen, und ich glaube, er wird mit mir der Meinung sein, daß wir nur fliegen, wenn wir nach jeder Landung sofort bezahlt werden.«

Deegan sah den Piloten an. Er hatte helle, fast farblose Augen.

»Ihr werdet zu meinen Bedingungen fliegen«, sagte er trocken. Ohne Wiggs Antwort abzuwarten, stand er auf und holte aus einem Schrank ein großes Lederetui. Er legte es auf den Tisch. »Wenn wir morgen deine Maschine mit modernen Schießwerkzeugen vollgepackt haben, wirst du außerdem zwei Superwaffen mitnehmen.«

Er öffnete das Etui. Gebettet in weiße Seide, lagen zwei langläufige Pistolen mit silberbeschlagenen Griffen vor Wiggs Blicken.

»Was soll ich damit?«

»Bestimmt nicht schießen!« Deegan strich über den Griff. »Das sind Sammlerwaffen. Mindestens zweihundert Jahre alt. Ein Geschenk von Geschäftspartner zu Geschäftspartner! Der Mann, der das moderne Zeug verteilt, scheint alte Waffen zu sammeln.«

Auf der Innenseite des Etuideckels war ein schmales Messingschild angebracht. Dannis Wigg las den Namen: Irvin Hatchington – Gunmaker – New York.

Deegan schloß das Etui und übergab es dem Piloten. »Nimm es an dich! Paß gut auf! Der Boß schrieb mir eine eigenhändige Notiz, ich solle dafür sorgen, daß die alten Knallröhren nicht beschädigt würden. Sie scheinen wertvoller zu sein als funktionierende Maschinenpistolen.« Wigg klemmte das Etui unter den Arm, ging zum Wagen und fuhr nach Malengua. Er suchte seinen Copiloten im Hotel, legte, als er ihn nicht fand, das Etui in einen Koffer und fuhr weiter zum Hafen.

Master kam erst am Nachmittag mit dem kleinen Motorboot zurück, das sie von einem Indiofischer geliehen hatten. Er hatte einen mittelgroßen Merlin gefangen und wollte sich von Wigg mit seiner Beute fotografieren lassen.

Wigg zählte von seinem Gespräch mit Deegan.

»Fünfzehn Flüge und zehn Prozent«, sagte Master. »Das bedeutet rund hunderttausend Dollar.«

»Wir sehen keinen Cent davon vor dem letzten Flug!«

»Na und?« fragte Master. »Mich beunruhigen die dreißigtausend Dollar, die wir mit uns herumschleppen, schon genug. Jedesmal, wenn ich ein Mädchen in meinem Zimmer habe, wache ich nachts auf, weil ich fürchte, sie klaut mir mein Geld.«

Masters Gelassenheit beruhigte Dannis Wigg. Er dachte, daß es keinen Grund zum Argwohn gäbe. Bis jetzt hatte sich Deegan korrekt verhalten. Warum sollte er seine Haltung ändern? Hunderttausend Doller für fünfzehn Flüge waren nebensächliche Unkosten bei einem Millionengeschäft. Außerdem konnte kein Beteiligter es sich leisten, einen Partner übers Ohr zu hauen, denn die heiße Ware, die gehandelt wurde, ließ sich erst in den Staaten in sechs oder siebenstellige Dollarbeträge verwandeln.

Sie beide, Master und er, hatten die Möglichkeiten, jeden hochgehen zu lassen, ohne selber mehr zu riskieren als den Entzug der Piloten-Lizenzen. Sie allein verstießen nicht gegen US-Gesetze. Sie schaukelten geschlossene Kisten durch die Luft von einem Ort zum anderen. Niemand konnte von ihnen verlangen, sich für den Inhalt der Kisten zu interessieren oder sich darum zu kümmern, gegen welche Ware die Ladung ihrer Maschine eingetauscht wurde.

Wigg gewann seine Sicherheit zurück. Er brachte Master dazu, den Merlin an eine Gruppe Indiofrauen zu verschenken und mit ihm zur Werft zu fahren.

Sie überprüften die DC 3 und sprachen mit Deegan, der den Start für den späten Nachmittag des nächsten Tages festsetzte. Denn er wollte nicht, daß die Maschine startete, solange der Trampdampfer am Kai lag.

Die Piloten kamen am späten Nachmittag ins Hotel zurück. Wigg schickte das Mädchen Assunta in Melroys Zimmer, um ihm zu sagen, er solle zum Essen und zur anschließenden Pokerpartie herunterkommen.

Assunta kehrte nach einigen Minuten zurück. »Nicht im Zimmer!«

Während des ganzen Abends tauchte Mike Melroy nicht auf. Erst am Mittag des nächsten Tages, als Wigg und Master in ihren Wagen stiegen, um zur Werft zu fahren, sahen sie ihn. Er saß auf den Stufen eines Hauses, in dem sich eine düstere und schmutzige Indiokneipe befand. Links und rechts neben ihm saßen betrunkene Indios.

Melroy hob die Hand und winkte den Fliegern zu, aber er stand nicht auf.

Vielleicht war auch er betrunken.

Zwei Wochen lang fingen Phil und ich bis zu fünf Dealer pro Tag von den Straßenecken weg. Wir holten sie aus Discotheken, kassierten sie beim Kassieren und brachten in diesen zwei Wochen Rauschgift im Wert von kaum dreitausend Dollar zusammen. Was uns das scheußliche Gefühl vermittelte, wir versuchten, den Ozean tropfenweise trockenzulegen.

Nur zwei Händler von den gut drei Dutzend unserer Ernte waren nicht rauschgiftsüchtig. Bei allen anderen liefen Verhaftung und Vernehmung nach dem unvermeidlichen, von der Sucht diktierten Schema ab. Drei, vier Stunden nach der Festnahme erlitten die Dealer einen Anfall, reagierten auf Fragen nur noch mit Flehen um einen Schuß, verfielen in Krämpfe und mußten den Ärzten übergeben werden.

Da rauschgiftsüchtige Dealer als unzuverlässig gelten, werden sie von ihren Vorlieferanten nur unter besonderen Vorsichtsmaßnahmen mit Ware versorgt. Nie erfahren sie Namen, Adressen oder auch nur Telefonnummern. Kein Wunder, daß die Verhafteten uns bestenfalls vage Beschreibungen liefern konnten, bevor der Suchtkrampf sie vom Stuhl warf.

Die beiden Händler, die nicht drogenabhängig waren, brachten uns nicht weiter. Sie arbeiteten nicht für ein Syndikat, sondern hatten sich kleine Portionen Heroin im Hafen verschafft, wo geringe Mengen von Seeleuten eingeschmuggelt werden.

Wir sortierten unsere kärgliche Beute. Außer 23 Heroinchips fielen uns zwölf Kokainbriefchen in die Hände, alle aus dem gleichen hellblauen Papier gefaltet wie die Portionen, die Mike Manor bei Sawka gefunden hatte. Rotgepackte Speedballs entdeckten wir nur drei, je einen bei drei Dealern und alle zum eigenen Verbrauch bestimmt.

Das Resultat unserer Arbeit faßte Phil in einem Satz zusammen. »Davon spürt Gianni Calerghi so wenig, als wenn wir zwei Wochen lang Strafmandate unter die Scheibenwischer von Parksündern geklemmt hätten.«

Am nächsten Montag ließ John D. High uns kommen und sagte lakonisch: »Kümmern Sie sich um Irvin Hatchington!«

In dem kleinen holzgerahmten Schaufenster lag eine Doppellaufflinte, Baujahr 1835. Verschnörkelte Goldbuchstaben nannten den Firmennamen: Irvin Hatchington. Darunter das Wort: Gunmaker.

Als ich die Tür öffnete, schepperte eine melodische Klingel. Im Laden war niemand. Ich sah mich um.

In verglasten Schränken standen Waffen und Gewehre aus mindestens zwei Jahrhunderten. An den Wänden hingen antike Pistolen, die mich an die Dekorationswaffen in Gianni Calerghis Villa erinnerten.

Ein Vorhang schlug zur Seite. Nein, kein bärtiger Gunmaker betrat den Laden, sondern ein hochgewachsenes, blondes Mädchen, appetitlich verpackt.

»Sir?«

»Ich möchte Irvin Hatchington sprechen!«

»Sind Sie angemeldet?«

»Nein, aber ...«

»Mr. Hatchington kann nur angemeldete Besucher empfangen.«

Ich ließ sie einen Blick auf die ID-Card werfen.

Sie wurde unsicher. »Bitte, warten Sie! Ich werde versuchen, Mr. Hatchington zu erreichen.«

Sie verschwand hinter dem Vorhang. Nach wenigen Minuten kam sie zurück.

»Mr. Hatchington erwartet Sie, Sir!«

Sie führte mich durch einen breiten Korridor. Die Szene änderte sich völlig. Ich hatte eine Werkstatt oder eine kleine Fabrikhalle erwartet. Aber ich gelangte in ein großes, verglastes Büro, in dem ein halbes Dutzend Mädchen und vier junge Männer an Schreibmaschinen und Rechengeräten arbeiteten. Wir durchquerten das Büro. An der Stirnwand vor einer offenen, ledergepolsterten Tür erwartete mich ein schlanker Mann von ungefähr vierzig Jahren. Er reichte mir die Hand.

»Ich bin Irvin Hatchington.«

»Gunmaker?« fragte ich.

Er lachte. »Ich kann eine Waffe kaum abschießen. Viel weniger könnte ich eine große oder kleine Waffe herstellen. Mein Großvater war das letzte Mitglied der Familie, das noch eigenhändig Gewehrläufe polierte.«

Sein Büro war mit dunklen Möbeln aus kostbarem Holz eingerichtet. An der Wand hinter dem Schreibtisch hingen die gemalten Porträts von fünf würdevollen älteren Männern.

Hatchington bot mir einen tiefen Ledersessel an. »Was wollen Sie trinken?«

Ich lehnte ab. Hatchington bediente sich an einem Barschrank. Das Glas in der Hand, blieb er am Fenster stehen.

»Die Hatchingtons beschäftigen sich in der sechsten Generation mit Waffen«, sagte er. »Urahne John Hatchington wanderte aus Schottland ein. Er bewirtschaftete eine kleine Farm auf Staten Island. In Schottland hatte er Zwangsarbeit in einer Gewehrfabrik der Königlichen Armee verrichten müssen. In der neuen Freiheit nutzte er seine Kenntnisse und baute hochwertige Gewehre und feinste Revolver für Männer, denen die primitiv gefertigten Fabrikwaffen nicht gut genug waren. In den fünfziger Jahren des vergangenen Jahrhunderts war ein Hatchington-Revolver eine wertvolle Waffe.«

Offensichtlich machte es ihm Freude, über seine Familie zu sprechen. Ich ließ ihn reden und sah ihn mir an. Er trug das blonde, etwas angegraute Haar kurzgeschnitten. Die hellen Augen in dem kantigen Gesicht kniff er gewohnheitsmäßig zusammen. Seine Haut war gebräunt, und er bewegte sich leicht und mühelos wie ein Mensch, der viel Sport treibt.

»Später konnten die handwerklich arbeitenden Gunmaker mit dem Ausstoß der großen Fabriken nicht konkurrieren. Mein Großvater fertigte zwar noch teure Jagdgewehre an, aber mein Vater verlegte sich auf den Handel mit Waffen.«

Er wies mit einer Handbewegung zum Fenster. »Das Geschäft betreibe auch ich.« Durch das Fenster überblickte ich einen großen, betonierten Hof, Lagerhäuser und Verladeanlagen. Das Gelände grenzte an die Küste.

»Wie Sie sehen, besitzen wir einen eigenen Verladekai, allerdings nur für Schiffe bis fünftausend Registertonnen«, erklärte Hatchington. »Warum kommen Sie, G-man?« fragte er unvermittelt.

»Ihr Name fiel, als eine Gangstergruppe über die Beschaffung von Waffen für einen großen Coup sprach. Wir erhielten einen Tip.«

»Ich verkaufe nicht an Gangster.«

»Oh, nein. Ich glaube, die Jungens dachten mehr an die gewaltsame Selbstbedienung.«

»Die Lagerhallen sind ausgezeichnet gesichert. Wollen Sie sich überzeugen?«

»Wäre vielleicht gut.«

»Ich begleite Sie, und ich werde Ihnen alles zeigen. Wir haben keine Geheimnisse. Unser größter Geschäftspartner ist die Army.«

Auf dem Weg erklärte er mir, daß sein Unternehmen sowohl neue, für den allgemeinen Verkauf freigegebene Waffen bei den Fabriken wie auch Überschuß- und Ausmusterungsbestände der Army kaufe.

»Und an wen verkaufen Sie?«

»An jeden, an den wir verkaufen dürfen. Die Regierung entscheidet, ob eine Lieferung den Interessen der USA dient oder nicht. Für jeden Armeerevolver, den wir exportieren wollen, brauchen wir eine Genehmigung, von den besseren Sachen ganz zu schweigen.«

Er führte mich zu den Hallen.

Massive Rolltore waren der einzige Zugang. Die Gebäude hatten keine Fenster.

Neben dem Rolltor stand ein Telefon in einer Nische. Hatchington hob den Hörer ab und nannte ein Stichwort so leise, daß ich es nicht verstand.

Das Rolltor glitt nach oben. Ein Wächter, bewaffnet mit einem Revolver, legte die Hand an den Mützenschirm.

»Guten Tag, Sir!«

»Bei Nacht verlassen wir uns auf Elektronik«, sagte Hatchington.

Außer dem Wächter und dem schwarzen Arbeiter, der einen Stapler fuhr, hielt sich niemand in der Halle auf. Es roch nach Öl. Waffen waren nicht zu sehen, nur verpackte und beschriftete Kisten in unterschiedlichen Größen.

»Wir haben hier Waffen bis zu mittelschweren Granatwerfern«, erklärte Hatchington. »Größere Ausrüstung verkaufen wir ab Standort.«

»Und die Munition?«

»Munition lagern wir vorschriftsmäßig in Erdbunkern.«

Wir verließen die Halle. Hinter uns senkte sich das Rolltor. »Ich möchte Ihnen unseren Kai zeigen.«

Das Gelände war größer, als ich erwartet hatte. Hinter den Hallen verlief parallel zum Kai eine betonierte Rollbahn, lang genug für Start und Landung kleiner Flugzeuge.

»Ich ließ sie anlegen, als ich versuchte, einen Handel mit englischen Kuriermaschinen aufzuziehen. Sie wurde einige Male bei Demonstrationsflügen benutzt, aber das Geschäft entwickelte sich nicht, und ich gab die Sache auf.«

Hatchington umfaßte mit einer weiten Armbewegung seinen Besitz. »Sie dürfen nicht glauben, Waffenhandel sei ein einfaches und gewinnträchtiges Geschäft. Natürlich brennt es in unserer Welt immer an irgendeiner Ecke. Völker bekriegen sich. Regierungen unterdrücken Minderheiten. Rebellen bekämpfen Diktaturen. Ihnen allen ist die Ware, die ich anbiete, hochwillkommen. Leider verfügen die meisten Möchtegern-Abnehmer nicht über das notwendige Geld, denn ich akzeptiere nur Dollars und gewähre nie Kredit auf einen künftigen Sieg.«

»Soll ich Sie bedauern, Mr. Hatchington? Ich hoffe, Ihr Handel mit antiken Waffen wirft wenigstens ein paar Dollars ab, damit Sie Frau und Kinder vor dem Hungern bewahren können.«

»Darum brauche ich mir keine Sorgen zu machen. Ich habe keine Familie. Das Sammeln von antiken Waffen ist ein Hobby, das ich zu einem bescheidenen Nebengeschäft ausgebaut habe. Genau betrachtet, haben mich Ihre Beamtenkollegen aus dem Pentagon, dem Außenministerium und den zwei Dutzend Ämtern, die mich ständig mit Kontrollen und Fragebögen verfolgen, dazu gebracht. Meine alten verrosteten Pistolen, die Vorderlader und die Steinschloßflinten darf ich ohne Rückfrage und ohne Genehmigung an jedermann verkaufen.«

»Gehört Gianni Calerghi zu Ihren Kunden?«

»O ja, ich beschaffte ihm einige besonders wertvolle Stücke, als er seine Villa ausbaute. Er wünschte sich Waffen aus italienischen Werkstätten. Ich glaube, er ist sizilianischer Herkunft.«

»Sehen Sie sich öfter? Auch er wohnt auf Staten Island.«

»Wir sind beide Mitglieder des Richmond Country Clubs. Zwei- oder dreimal haben wir eine Runde Golf gegeneinander gespielt. Natürlich sehen wir uns auch bei den großen Club-Meetings.«

Während des Gespräches hatten wir das Bürogebäude erreicht. Das Mädchen, das mich empfangen hatte, erwartete ihren Chef.

»Sir, ein Mann möchte Sie sprechen. Er wollte ...«

Hatchington wurde nicht laut, aber er sagte schneidend: »Susan, wenn Sie es nicht verstehen, mir die Leute vom Halse zu halten, werden Sie sich nach einem anderen Job umsehen müssen.«

Das Mädchen lief rot an.

»Ich habe versucht, ihn abzuweisen. Er sagte, Sie würden ihn bestimmt empfangen, und gab mir diesen Zettel.«

Hatchington riß ihr das Papier aus den Händen und warf einen flüchtigen Blick darauf. Für einen Augenblick verlor er die Beherrschung und knüllte den Zettel zusammen.

»Begleiten Sie Mr. Cotton, Susan! Oder haben Sie noch Fragen?«

Ich verneinte, und das Mädchen führte mich durch den Flur und den Waffenladen.

Vor einem Gewehrschrank stand ein untersetzter Mann mit einem länglichen Paket unter dem linken Arm. Er schoß auf das Mädchen zu und kläffte: »Was sagt er? Wird er mit mir sprechen?«

Er hatte ein gelbliches, aufgedunsenes Gesicht. Ein zerfranster schwarzer Schnauzbart verdeckte die Oberlippe.

»Bitte, warten Sie!« antwortete Susan hilflos.

Ich verließ den Laden. Phil saß am Steuer des Jaguars. Ich stieg ein. Er wollte starten.

»Warte einige Minuten!«

»Warum?«

»Hatchington bekam Besuch.«

»Ein dicklicher Mann mit einem schwarzen Schnauzbart?« fragte Phil. »Ich sah ihn, als er in den Laden ging. Er stieg aus dem blauen Fairmont. Eine blonde Frau wartet am Steuer.«

Der Ford Fairmont, von dem Phil sprach, stand 30, 40 Yards straßenaufwärts. Ich konnte den hellen Kopf der Frau durch das Rückfenster sehen.

»Ist Hatchington für uns interessant?« fragte Phil.

»Er handelt mit Waffen. Kein Rauschgift! Aber er kennt Gianni Calerghi.«

»Siehst du Zusammenhänge?«

»Irgendwer sieht Zusammenhänge. Sonst hätte Mr. High uns nicht auf ihn angesetzt. Außerdem hat Hatchington einige kostbare antike Waffen an Calerghi verkauft.«

»Solange er ihm keine Maschinenpistolen liefert, scheint mir nichts daran ungesetzlich zu sein.«

Es dauerte zehn Minuten, bis Mr. Schnauzbart aus dem Laden kam, die Straße überquerte und in den blauen Fairmont einstieg. Drei Minuten verstrichen. Wir sahen, daß der Mann unter heftigem Gestikulieren auf die Frau einsprach, bevor sie startete und anfuhr.

Wir hängten uns an. Sie steuerte den Fairmont zu den Fähren. Auf der Fähre stand der Jaguar zwei Reihen hinter ihrem Fahrzeug, aber in Battery hielten wir den Anschluß.

Sie fuhren zur Lower East Side und stoppten vor einem alten, düsteren Haus. Die Erdgeschoßfenster waren vergittert. Auf der heruntergelassenen Stahlrollade des Eingangs stand ein Firmenname in verwaschenen weißen Buchstaben: *Nicaos Avdat – Import – Export – New York – Beirut – Athen.*

Der Mann stieg aus. Während die Frau wieder anfuhr, machte er sich am Schloß der Rollade zu schaffen, drückte sie nach oben und öffnete die Ladentür, hinter der er dann verschwand. Kein Zweifel, daß wir es mit Mr. Nicaos Avdat zu tun hatten, und ich fragte mich, ob seine Filialen in Beirut und Athen in ebenso fragwürdigen Stadtvierteln untergebracht waren, wie es die Lower East Side nun einmal ist. Da wir wußten, wo wir Hatchingtons seltsamen Besucher finden konnten, falls wir ihn brauchten, fuhren wir weiter zum Hauptquartier.

Wir erstatteten Mr. High Bericht. Der Chef hörte zu,

ohne uns zu unterbrechen. Nach dem letzten Satz schwieg er eine Minute.

Er zog einen Aktenordner aus einem Fach und legte ihn auf den Schreibtisch.

»Es geht um Waffen, die in Südamerika, und zwar an der Pazifikküste, aufgetaucht sind. Auf den ersten Blick erscheint es unsinnig, solche Waffen in New York zu verladen. Los Angeles oder San Francisco wären ein besserer Ausgangspunkt. Hatchington hat seine Geschäfte ausschließlich mit Abnehmern im vorderen Orient und in Westafrika abgewickelt. Legale, genehmigte Waffenverkäufe.«

»Warum gerät er in Verdacht, illegal nach Südamerika geliefert zu haben?«

»Weil sein Name dort festgestellt wurde.« Mr. High sah erst Phil, dann mich an: »Nicht auf einer Kiste mit Sprengstoff, sondern nur auf der Innenseite einer Lederkassette mit zwei antiken Pistolen.«

»Genügt das, Sir?«

»Natürlich nicht. Aber die Kassette war nur die winzige Beiladung zu einer Schiffsfracht Waffenkisten, die in Malengua gelöscht wurde.«

»Malengua? Wo ist das?«

»Ein erbärmlicher Hafen an der Pazifikküste, und doch vielleicht der größte Umschlagplatz in Südamerika für Kokain.«

Nach der Landung vom achten Flug stürzte Randolph Master aus der offenen Rumpfluke und brach sich das rechte Bein. Stöhnend und ächzend lag er zwischen den stummen Indios.

Wigg und Lad Deegan rannten herbei. Als Wigg neben dem Freund niederkniete und das Bein abtastete, brüllte Master auf.

»Oh, Hölle!« fluchte Wigg. »Es ist gebrochen!«

Er zerschnitt Masters Hose. Mit Deegans Hilfe schiente er das Bein. Die Indios trugen Master in die Baracke.

»Er braucht einen Arzt!« verlangte Wigg.

»In Malengua gibt es keinen Arzt!«

»Ich werde Randolph in den Wagen legen und solange nordwärts fahren, bis ich einen Arzt finde.«

»Du wirst fliegen«, antwortete Deegan.

»Ich denke nicht daran.« Wigg begann zu brüllen. »Glaubst du, ich lasse Randolph verrecken?«

»Davon spricht niemand. Wir bringen ihn ins Hotel. Ich besorge einen Arzt. Wenn du vom nächsten Flug zurückkommst, wirst du Randolph mit gerichtetem und eingegipstem Bein vorfinden.«

»Ich kann nicht allein fliegen.«

»Nimm einen Indio mit!«

»Das kann nicht dein Ernst sein, Lad! Ich brauche einen Copiloten, nicht einen Indio, mit dem ich mich nicht einmal verständigen kann.«

Deegan verfiel in finsteres Brüten. »Es muß einen Ausweg geben! Es geht um sechshundert Pfund Ware, die sie uns nur ausliefern, wenn sie alles erhalten, was der Frachter gebracht hat.«

»Flieg du mit!«

»Ich verstehe nichts vom Fliegen!«

»Du verstehst mein Englisch und kannst meine Kommandos ausführen!«

»Wenn ich mitfliege, werde ich bei der Rückkehr das Lager ausgeräumt vorfinden!«

»Ich friere«, stöhnte Master. »Bringt mich in ein Bett und holt einen Arzt, der sich um mein verdammtes Bein kümmert!«

»Nimm zwei Indios und bring ihn ins Hotel«, entschied Deegan. »Gib den Nutten ein paar Dollars, damit sie sich um ihn kümmern! Ich werde dafür sorgen, daß die Maschine beladen wird. Komm sofort zurück und überwach das Auftanken!«

»Noch einmal, Lad! Ich werde nicht allein fliegen.«

Deegan trat dicht an den Piloten heran. »Vergiß nicht, daß ihr eine Menge Dollar aufs Spiel setzt. Ich zahle keinen Cent aus, wenn die Waffen nicht vollständig in die Berge geflogen werden.«

Wigg antwortete nicht. Mit Hilfe der Indios brachte er Master in den Wagen und fuhr nach Malengua. Sie erreichten das Hotel im ersten Morgenlicht. Wie immer saßen Menschen auf den Treppenstufen und sahen dem Fahrzeug neugierig nach. Die Hunde flüchteten mit eingekniffenen Schwänzen.

Die Hoteltür war verschlossen. Wigg donnerte mit der Faust gegen das Holz. »Macht auf!« brüllte er. »verdammt, beeilt euch!«

Ein Fensterladen wurde aufgestoßen. Das Mädchen Assunta zeigte sein verschlafenes Gesicht, umrahmt von wirrem Haar. »He, Dannis, warum soviel Krach?« rief sie träge und gähnte.

»Randolph ist verletzt! Zum Teufel, beeilt euch!«

Die Indios, die Master aus dem Wagen heben wollten, benahmen sich ungeschickt. Master schrie vor Schmerzen. Wigg sprang die schmutzigen Treppenstufen hinunter.

»Vorsicht, ihr Idioten!«

Plötzlich stand Mike Melroy neben ihm, bekleidet nur mit karierten Shorts und Sandalen.

»Laß mich helfen!«

Sie trugen Master ins Haus und auf sein Zimmer. Die Mädchen kamen, jede in einem anderen Stadium flüchtiger Bekleidung. Wigg schickte sie nach Kaffee und Whisky, nach frischer Wäsche und warmem Wasser.

Master fluchte über sein Bein, stöhnte vor Schmerzen und leerte das erste Glas Whisky auf einen Zug. Melroy half ihm aus den Kleidern. Auch Wigg kippte ein Glas Whisky hinunter und jagte die Mädchen aus dem Zimmer. »Später könnt ihr euren Pflegetrieb an ihm austoben!«

Er zog einen Stuhl ans Bett.

»Hör zu, Randy!« sagte er. »Deegan hat versprochen, einen Arzt zu besorgen. Er will nicht, daß wir mit Hin- und Hertransport Zeit verlieren. Für den Rest der Ladung brauchen wir noch sieben Flüge. Also können wir in elf Tagen fertig werden und kassieren. Glaubst du, daß du elf Tage durchhältst?«

»Ich halte durch«, antwortete Master, »aber du kannst unsere Mühle nicht allein fliegen. Wie willst du bei der Landung die Trimmung bedienen? Das Steuer loslassen? Und die Fahrgestellhydraulik funktioniert auch nur, wenn ...«

»Weiß ich!« schrie Wigg.

Mike Melroy füllte ihre Gläser nach und bediente sich selbst. »Seht mich an!« sagte er. »Mike, der Retter! Gegen ein bescheidenes Honorar übernehme ich Randolphs Platz.«

»Kannst du fliegen?«

Melroys Bart hatte inzwischen die Länge von einem halben Zoll erreicht. Er strich ihn mit beiden Händen glatt.

»Fliegen? Wie man's nimmt! Ich war erstklassig im Loslassen von Luftballons bei Waldparties.«

»Erstick an deinen Witzen!« schrie Wigg.

Melroy nahm einen Schluck Whisky. »Später«, sagte er ruhig, »versuchte die Army, mich zum Hubschrauberpiloten auszubilden. Leider konnte ich nie die Prüfung ablegen.«

»Warum nicht?«

»Weil ich einen Sergeant durch ein geschlossenes Fenster warf. Übrigens, Randolph, brach er sich wie du ein

Bein, aber ich glaube, es war das linke. Danach wollte die Army mich keinen Tag länger behalten.«

Master warf sein leeres Glas an die Wand. »Eine DC 3 ist kein Hubschrauber . . .«

»Deegan will mir einen Indio mitgeben«, sagte Wigg.

Melroy lachte. »Und eine DC 3 ist kein Maultier! Immer noch besser einen verkrachten Hubschrauberlehrling als einen perfekten Maultiertreiber als Copiloten in der Maschine.«

»Er hat recht!« rief Wigg.

»Gib mir ein neues Glas!« verlangte Master. »Wieviel?«

»Teilen wir durch drei«, schlug Melroy vor.

»Ein Drittel?« Master hielt die Hand mit der Flasche fest. »Lieber krieche ich in die Maschine und lasse mir nach dem letzten Flug das Bein amputieren.«

»Wir geben dir einen Anteil an unserer Bezahlung für die Flüge, die du mitfliegst«, erklärte Wigg. »Fünfzehntausend Dollar!«

»Einverstanden«, antwortete Melroy. »Den Rest hole ich mir von euch beim Pokern.« Er wandte sich an Wigg. »Wird euer Boß einverstanden sein?«

»Ihm bleibt keine Wahl. Ich kann nicht allein fliegen.«

Zwei Stunden später fuhren Wigg und Melroy zur alten Werft. Lad Deegan kam aus der Baracke.

»Wer ist der Mann?«

»Ersatz für Randolph!«

»Wo hast du den Kerl aufgegabelt?«

Melroy streichelte seinen Bart. »Ich verstehe, daß Sie mißtrauisch sind. Soll ich Ihnen meinen Lebenslauf erzählen? Es wäre Zeitverschwendung, denn sie wüßten nicht, wann ich lüge und wann ich die Wahrheit sage. Dannis gibt mir fünfzehn Tausender. Bei soviel Geld frage ich nicht, was ich dafür machen muß.«

Er breitete die Arme aus und zuckte mit den Schultern. »Ich dränge mich nicht auf. Wenn Sie einen anderen

Mann fürs Mitfliegen gefunden haben, gehe ich nach Malengua zurück.«

Wigg sagte: »Er hat bei der Army Hubschrauber geflogen.«

»Er ist dein Partner«, antwortete Deegan. »Du hast ihn ausgesucht. Wann können wir tanken?«

»Wann kommt der Arzt?«

»Ein Indio holt ihn. Er wird noch vor Einbruch der Dunkelheit zurück sein.«

Ungefähr sechs Stunden später im letzten Tageslicht brachte Dannis Wigg die vollbeladene Maschine in die Luft.

Auf dem Copiloten-Platz saß Mike Melroy, und während er Wiggs Kommandos befolgte, Hebel bewegte, Knöpfe drückte und Instrumente ablas, färbte der rinnende Schweiß seinen Bart dunkel.

Ich betrat den düsteren Laden in der Stankon Street, Lower East Side. Es roch nach Gewürzen und nach ranzigem Öl. Der Laden war leer bis auf einen Schreibtisch, über den eine Papierflut niedergegangen sein mußte, denn Briefe, Umschläge und aufgerissene Pakete bedeckten den Tisch fußhoch. Hinter dem Papierwall hockte gelbgesichtig und schnauzbärtig Nicaos Avdat. Seitdem wir ihn bei seinem Besuch in Hatchingtons Firma beobachtet hatten, waren drei Tage vergangen. Wir wußten mehr über Mr. Avdat als bei der zufälligen ersten Begegnung.

Obwohl er amerikanischer Bürger war, schien er sich im Nahen Osten zu Hause zu fühlen. Er betrieb Ex- und Importgeschäfte zwischen arabischen Ländern und den USA. Es handelte sich nicht um Öl, sondern um die hochwertigen Erzeugnisse unserer großartigen Zivilisation, die Mr. Avdat in die Wüste zu verkaufen versuchte: Eisschränke, Fernsehapparate, benzinsaufende Großautos, die sich bei uns niemand mehr leisten konnte, Klimaanlagen und anderes.

Gelegentlich probierte er es auch mit gefährlicher Ware. Die US-Botschaft in einem strengen mohammedanischen Land hatte einen bösen Protest an das Außenministerium weiterleiten müssen, weil Nicaos Avdat versucht hatte, einen Container mit zwei Tonnen Pornoheften durch die Kontrolle zu bringen.

In Gegenrichtung holte Avdat nur Nebensächlichkeiten ins Land: Silberschmuck aus dem Jemen, Artikel aus Ziegenleder, etwas Gewürze. Die Rauschgiftfahndung hatte seine Importe mehrmals untersucht, ohne fündig zu werden.

»Wer sind Sie?« kläffte er mich an.

»FBI.« Ich zeigte ihm die ID-Card.

Mit einem Ruck sprang er auf. »Wollen Sie etwas trinken, G-man? O nein, ich weiß, FBI-Agenten trinken nie im Dienst. Kann ich ihnen eine Zigarre anbieten? Sie kommen aus Bulgarien. Wußten Sie, daß die Bulgaren besseren Tabak anbauen als die Cubaner? Der Henker mag wissen, warum es mir nicht gelingt, bulgarische Zigaretten auf dem amerikanischen Markt durchzusetzen.«

Die Worte sprudelten über seine Lippen mit einer Schnelligkeit, die die Sätze nur halbverständlich machten.

»Welche Beziehungen haben Sie zu Irvin Hatchington?« fragte ich.

Er strich über den Schnauzbart.

»Warum fragen Sie danach?«

Ich lächelte. Er begriff, daß er Fragen beantworten mußte, statt sie zu stellen.

»Manchmal vermittle ich ein Geschäft«, antwortete er. »Im Nahen Osten besteht ein großes Interesse an Waffen.

Ich verfüge über viele Verbindungen zu wichtigen Leuten. Ich bin befreundet mit Ministern, Prinzen und Königen. Ich stehe auf dem besten Fuß mit ...«

Er verstieg sich zu einer Ruhmesrede auf sich selbst, und ich ließ ihn sich austoben.

»Okay, Sie arbeiten als Agent für Hatchington«, sagte ich in einer Atempause. »Haben Sie illegale Geschäfte vermittelt?«

Er breitete weit die Arme aus. »Kein Verstoß gegen US-Gesetze!« beteuerte er.

Im Hintergrund des Raumes wurde eine Tür geöffnet. Die blonde Frau, die den Fairmont gefahren hatte, kam herein. Ihr helles Haar brachte einen Schimmer Licht in den halbdunklen Laden.

Ich wußte, daß sie Grace Willow hieß. Sie war 20 Jahre jünger als Avdat. Vor zwei Jahren hatte sie noch in einem Nachtclub gearbeitet. Als sie Avdat kennenlernte, richtete er ihr eine Boutique am unteren Broadway ein. Dort verkaufte sie Silberschmuck und exotische Kleider, die Avdat importierte. Sie war gut gewachsen, ziemlich hübsch und recht intelligent.

»Ein G-man, Grace!« rief Avdat und zeigte auf mich. »Er will mich über Hatchington ausfragen.«

Sie kam zu mir und gab mir die Hand. »Verdächtigt der FBI Hatchington?«

»Zwecklos, ihn zu fragen, Grace! Er sagt nichts.« Nicaos Avdat lachte.

»Wenn Sie Hatchington das Handwerk legen wollen, finden Sie mich auf Ihrer Seite, G-man!« sagte sie.

Avdat verging das Lachen. »Halt den Mund!« rief er.

Ich suchte ihren Blick. »Packen Sie aus, Miss Willow!«

»Ich hasse Leute, die ihre Versprechungen nicht halten«, zischte sie. »Irvin Hatchington versprach Nic eine dicke Provision für ein großes Geschäft. Später behauptete er, das Geschäft sei geplatzt.«

Der Mann stürzte sich auf sie, packte sie an den Armen und schüttelte sie. »Bist du verrückt geworden? Der Kerl ist ein Schnüffler!«

Sie ließ sich nicht einschüchtern. »Waffenaufträge im Wert von fünfzig Millionen Dollar! Hatchington war entzückt und lud uns zum Abendessen in seine Villa ein. Vier Monate später behauptete er, Nics Kunden hätten den Auftrag gelöscht.«

Ich wandte mich an Avdat. »Wurde der Auftrag widerrufen oder nicht?«

»Ja«, sagte er kurz und knapp ohne den üblichen Wortschwall.

Seine Freundin warf den Kopf herum und öffnete den Mund.

»Ja, sie löschten den Auftrag!« schrie Avdat. »Sie gaben es nicht zu, aber sie wollten das Zeug nicht mehr haben. Im Osten sagt niemand ein glattes Ja oder ein glattes Nein. Alle reden um die Sache herum. Ich hing mit achtzigtausend Dollar Schmiergeldern fest, und ich finde es verdammt anständig von Irvin, daß er mir die Hälfte erstattete.«

»Sie scheinen anderer Meinung zu sein, Miss Willow?« fragte ich.

Ihr Gesichtsausdruck hatte sich verändert. Sie wich meinem Blick aus. »Vielleicht bin ich ungerecht, aber ich kann nicht vergessen, daß Nic fünf Millionen verdienen sollte.«

Er tätschelte ihre Schulter. »Darling, ich garantiere dir, daß du eine reiche Frau wirst.«

Ich spürte, daß zwischen beiden ein Einverständnis bestand, das sich nicht durchbrechen ließ.

»Sie haben einen Gegenstand zu Hatchington mitgenommen.«

»Sind wir beobachtet worden?«

»Was haben Sie ihm gebracht?«

»Eine alte Beduinenflinte! Ein schönes Stück! Er sammelt Waffen. Das ist sein Hobby. Mir gelingt es oft, schöne Stücke aus dem Osten und Europa mitzubringen. Wie ich sagte, verfüge ich über erstklassige Beziehungen und ...«

Ich schnitt seinen Wortschwall mit einer energischen Handbewegung ab.

»Kaufte Hatchington die Waffe?«

»Als er sie sah, floß er über vor Entzücken und ...«

»Wieviel zahlte er?«

Die Frage warf ihn aus der Bahn. Er stotterte herum und rettete sich in die Behauptung, sie seien sich über den Preis noch nicht einig geworden.

»Ich kann Hatchington selbst fragen. Tut mir leid, sie gestört zu haben.«

An der Tür wandte ich mich um.

"Haben Sie jemals für Hatchington Waffen nach Südamerika vermittelt?«

»In Südamerika kenne ich mich nicht aus. Ich bin Spezialist für den Osten und Europa.«

»Danke, Mr. Avdat! Auf Wiedersehen, Miss Willow.«

Ich verließ den Laden, stieg in den Jaguar und fuhr zum Hauptquartier.

Eine gute Stunde später meldete sich Phil über Sprechfunk. »Irvin Hatchington und Nicaos Avdat haben sich in einer Cafeteria am Washington Square getroffen.«

Vom ersten Flug mit Mike Melroy an Bord kam die DC 3 gegen Mittag und am hellen Tag zurück. Da Deegan die Flüge im Sechsunddreißig-Stunden-Rhythmus abgewickelt haben wollte, mußten sie sich darauf beschränken, die kritischsten Strecken in der Dunkelheit abzufliegen.

Die Landung fiel hart aus. Beim Aufsetzen schepperte

das alte Flugzeug in allen Nieten. Erschreckt warf Mike den Kopf herum und sah Wigg an. Der Pilot war voll damit beschäftigt, die Maschine zum Stehen zu bringen. Als er es geschafft hatte, knurrte er: »Deine Seitentrimmung war Scheiße!«

Mit steifen Gliedern stiegen sie aus den Pilotensitzen und öffneten die Luke.

Deegan und einige Indios versammelten sich um das Flugzeug. Deegans Gesicht wirkte nicht so finster wie gewöhnlich.

Er winkte mit der Hand. »Bin verdammt froh, daß du es ohne Randolph geschafft hast.«

Wigg legte die Hand auf Mikes Schulter. »Er war nicht schlecht!«

Die Indios setzten eine Leiter an die Luke.

»Schön vorsichtig, Jungens!« rief Deegan. »Kommt ganz langsam runter! Noch einen Beinbruch können wir uns nicht leisten.«

»War der Arzt bei Randolph?« fragte Wigg.

»Du wirst ihn mit dem schönsten Gipsbein finden, das du dir nur wünschen kannst.«

»Ich fahre nach Malengua. Kommst du mit, Mike?«

»Selbstverständlich.«

Deegan bot Zigaretten an. »Es gibt noch eine gute Nachricht. Die Jacht braucht nur neun oder zehn Tage. Sie wird vor dem letzten Flug ankommen. Wir können dann abrechnen und verschwinden.«

»Wie heißt sie?« fragte Melroy.

»Wer?«

»Die Jacht!«

Deegans Gesicht verfinsterte sich. »Zum Teufel, wen interessiert das?«

Wigg strebte zum Auto. »Du wirst fahren, Mike! Ich habe für den Augenblick genug davon, ein Steuer auch nur anzufassen.«

»Ich erwarte euch in spätestens vier Stunden.« Deegan tippte auf das Glas seiner Armbanduhr. »Eine Stunde dauert das Auftanken.«

»Die Indios haben das Tanken längst gelernt.«

»Ich will nicht riskieren, daß sie ohne Aufsicht die Maschine in Flammen setzen. Wenn ihr nicht später als fünf Uhr startet, könnt ihr die Grenze in der Dunkelheit überfliegen und im Morgengrauen landen.«

Ohne zu antworten, ließ sich Wigg auf den Beifahrersitz fallen. Melroy stieg ein und startete den Wagen.

»Wenn ich wenigstens schlafen könnte«, stöhnte Wigg. »Die Aufputschpillen wirken noch immer.«

»Du hast zuviel davon genommen.«

»Sollte ich dich die Mühle fliegen lassen?« kreischte der Pilot. »Mit Randolph im Cockpit konnte ich es wagen zu schlafen, wenn der Vogel geradeaus kroch. Du verdammter Idiot würdest die Kiste innerhalb von Minuten zu Bruch fliegen. Du bist zu dämlich, einen Höhenmesser abzulesen. Jeder Handgriff kommt bei dir mit einer Verzögerung, als hättest du die Gicht in den Gliedern, aber du hast sie im Gehirn. Mann, wenn die Army dich je allein in einen Hubschrauber gesetzt hätte, wärst du ...«

Melroy ließ den Wutanfall, den seine Bemerkung, in Wiggs strapaziertem und überreiztem Nervensystem ausgelöst hatte, wortlos über sich ergehen. Noch vor den ersten Häusern von Malengua sackte Wigg in sich zusammen und schlief ein.

Es war schwierig, ihn aufzuwecken. An Melroys Arm taumelte er die Treppe hoch und in Masters Zimmer.

Master lag nicht allein im Bett. Neben ihm kicherte Pasqualina, deren schräge Augen auf einen japanischen Walfänger als Vater hinwiesen.

»Hallo, Freunde!« rief Master und streckte die Hand nach dem Glas auf dem Nachttisch aus. »Ich habe die alte Mühle reinkommen hören, und das asthmatische Röhren ihres Motors war das schönste Geräusch dieses Jahres, schön wie das Gluckern von Whisky in ein Glas. Wie ist's gelaufen? Glatter Flug?«

»Dein Bein?« lallte Wigg.

Master schlug mit Schwung die Decke zurück, und er legte dabei auch den größten Teil von Pasqualina bloß. Sie kreischte und versuchte, die Decke zu fassen.

Das gebrochene Bein war bis zum Knie eingegipst.

»Weiß nicht, ob er es richtig hingekriegt hat. Wenn ich ihn richtig verstanden habe, ist er ein Spezialist für Maultiere.« Er schwenkte das Glas. »Trinkt einen Schluck mit!«

»Ich kann nicht«, stöhnte Wigg. »Ich muß schlafen!«

Er stand auf und taumelte aus dem Zimmer.

»So kenne ich ihn nicht«, sagte Master besorgt. »Ist er krank?«

»Er mußte eine Menge Pep-up-Tabletten schlucken.«

Melroy füllte die Gläser. »Ich bin kein vollwertiger Ersatz für dich, Randolph.«

Er klopfte der zappelnden Pasqualina auf die nackte Rückseite. »Hol mir ein Steak aus der Küche! Sei ein braves Mädchen!«

Pasqualina huschte aus dem Bett und überbrückte die fünf Schritte zum Stuhl, auf dem ihre Kleider lagen, im Schutz des Kopfkissens.

Melroy und Master tranken.

»Hast du mit José Slay gesprochen?«

»Der Dicke? Er war beunruhigt, daß du nicht mitkamst. Als er außerdem erfuhr, wie wenig ich vom Fliegen weiß, wurde er blaß. Er dachte an den Flug, mit dem er nach Malengua zurückkommen soll.«

Melroy drehte das Glas zwischen den Fingern. »Randolph, wem bringen wir die Waffen?« fragte er. »Rebellen? Guerrilleros? Wer dirigiert den Handel?«

»Bei der ersten Landung habe ich ihn gesehen. Er kam ans Flugzeug und ließ eine Kiste öffnen. Die Indios nennen ihn Señor Juan. Ein grauhaariger Mann mit einer Adlernase. Sein Englisch ist beinahe akzentfrei.«

»Ein Guerrillero-Chef?«

»Keine Ahnung! Wie Castro sieht er nicht aus. Wahrscheinlich verdient er Millionen mit dem Weiterverkauf.«

»Es ist ein Tauschgeschäft, nicht wahr?«

»Frag mich nicht danach, Mike! Ich will es selber nicht zu genau wissen. Wir bekommen unsere Flüge in Dollars bezahlt, und mich interessiert nicht, gegen welche Ware unsere Auftraggeber die Waffenlieferungen verrechnen.«

»Gegen Kokain!« sagte Melroy lakonisch.

»Wigg und ich haben nie Kokain geflogen. Ich weiß, daß das Zeug dort oben wächst. Die Indios sammeln die Blätter. Vielleicht legen sie auch Plantagen an. Señor Juan kauft ihnen den Rohstoff für ein paar Lappen ihres schlechten Geldes ab, steckt ein paar Dollars für einen Chemiker und einige Geräte ins Geschäft und erhält ein weißes Pulver, das sich in New York, Los Angeles, San Francisco, überall in den Staaten, sogar überall in der Welt verkaufen läßt.« Master lachte. Er war betrunken und hatte die Selbstkontrolle verloren.

»Läßt sich überall verkaufen«, wiederholte er schwerzüngig. »Du kannst alles damit bezahlen! Wie mit Gold! Drinks, Mädchen, Flugzeuge, Reisen ...«

»... Waffen«, ergänzte Melroy. »Genau betrachtet, Randolph, verkaufen diese Männer den Tod. Sie verkaufen ihn als weißes Pulver, und sie verkaufen ihn als Waffen und Munition. In Wahrheit ist der Tod ihre Ware – ein stiller Tod aus der Rauschgiftspritze und der laute Tod im Mündungsfeuer einer Waffe.«

Master leerte sein Glas. »Wir verkaufen nichts«, sagte er. »Wir fliegen nur.«

Mike Melroy stand auf. »Randolph, ich werde Pasqualina abfangen und das Steak auf meinem Zimmer essen. Paß auf dein Bein auf!«

Drei Tage lang überwachten wir Hatchington. Phil und ich beteiligten uns nur gelegentlich an der Beschattung. Da Hatchington mich kannte, mußten wir vorsichtig sein.

Er unternahm keinen Versuch, seine Beschatter abzuschütteln. Abgesehen von zwei Fahrten nach Manhattan, dem Besuch seiner Bank und eines Börsenmaklers, pendelte er zwischen seiner Wohnung und dem Richmond Country Club, auf dessen Golffeld unsere Kollegen ihm nicht folgen konnten. Zu einer neuen Begegnung mit Nicaos Avdat kam es nicht.

An einem Donnerstagnachmittag saßen Phil und ich, unserem Chef gegenüber, als sich Helen, Mr. Highs Sekretärin, über die Sprechanlage meldete.

»Anruf für Jerry, Sir!«

Mr. High schaltete die Multisprechanlage ein, die es ermöglicht, daß jeder im Raum das Telefonat mithören kann.

Ich meldete mich: »Cotton!«

Wir hörten Ächzen, heftiges Atmen, polternde Geräusche. Ein Mann stöhnte: »Hilfe! Schnell!« Und eine andere Männerstimme zischte einige Worte in einer fremden Sprache. Dann gab es ein scharfes Knacken. Die Leitung war tot.

»Stimme erkannt, Jerry?« fragte High.

»Nicht mit Sicherheit, Sir! Vielleicht Avdat!«

»Sehen Sie nach!« rief High und riß einen Telefonhörer aus der Gabel. »Streifendienst City Police!«

Phil und ich rasten los. Der Jaguar stand im kleinen Innenhof des Federal Building. Ich startete. Phil schaltete Rotlicht und Sirene ein.

Die Entfernung zur Stankon Street und der Lower East Side betrug kaum zwei Meilen, aber in New Yorks Straßen tobte der Verkehr der Rush-hour. Nicht einmal Rotlicht und Sirene verschafften uns freie Bahn.

Die Stankon Street ist eine schmale Gasse. Ein Streifenwagen blockierte die Fahrbahn zur Hälfte. Die Cops, die dazugehörten, hämmerten gegen die geschlossene Rollade von Avdats Laden.

»Die Zentrale schickte uns«, erklärte der ältere Polizist. »Aus dem Laden soll um Hilfe telefoniert worden sein.«

Aus den Fenstern der oberen Etagen sahen Hausbewohner neugierig zu. Ein alter Mann rief: »Falls ihr in den Laden wollt, versucht es über den Hintereingang! Die erste Tür rechts auf der Hofseite.«

Ein Gitter sicherte die Tür, aber es war zur Seite geschoben. Auf einen Fußtritt des Polizisten flog die Tür auf. Wir gelangten in einen vollgestapelten Lagerraum. Kisten und Säcke, Ballen und Pakete ließen nur einen schmalen Gang frei, an dessen Ende Licht aus einer Türöffnung fiel.

Ich schob den Cop zur Seite und ging voraus. Das Zimmer hinter dem Lager schien Nicaos Avdat als Schlaf- und Wohnzimmer gedient zu haben. Ich sah eine Couch, zwei Ledersessel, eine fahrbare Bar mit Flaschen und Gläsern.

Avdat lag auf dem Teppich zwischen Couch und Bar. Die Haare seines dicken Schnauzbartes zitterten im Luftzug, aber er war tot. Denn seine Augen starrten blicklos gegen die Decke, und die Schlinge, mit der er erdrosselt worden war, schnitt tief in sein Fleisch.

Ich drehte mich um.

»Alarmiert das Homicide Department!« rief ich den Cops zu. »Aus dem Weg!«

Sie reagierten zu langsam. Ich schob sie unsanft zur Seite. Phil war schon unterwegs. Vor dem Jaguar holte ich ihn ein.

»Die Frau!«

Er nickte, riß den Schlag auf und sprang in den Wagen.

Ich stürzte mich hinters Steuer und startete. Phil drückte auf die Schalter für Rotlicht und Sirene und nahm den Hörer der Sprechfunkanlage aus der Halterung.

»FBI an Streifenzentrale City Police. Akute Lebensgefahr für Grace Willow. Adresse: Broadway 492. Boutique Oriental Beauty. Wenn Sie einen Wagen in der Nähe haben, schicken Sie ihn sofort hin!«

Es war unwahrscheinlich, daß ein Streifenwagen der City Police die Boutique von Avdats Freundin schneller erreichen würde als wir. Nur einige Straßenzüge trennen den Broadway und die Lower East Side. Allerdings sind es Straßen, auf denen zu dieser Stunde eine tausendgliedrige Schlange aus Blech von Ampel zu Ampel kroch.

Wir kämpften uns durch. Zweimal mußte ich den Jaguar über Bürgersteige jagen, um vorwärtszukommen. Passanten sprangen fluchend zur Seite. Wir erreichten den Broadway zwei Blocks südlich der Boutique. Ich drängte den Jaguar in den Verkehrsstrom. Um uns kreischten die Bremsen. Ich überholte einen kriechenden Lastwagen und scherte vor seiner Stoßstange ein.

»Rechts!« schrie Phil.

Eine Kette von Ladengeschäften reihte sich in diesem Teil des Broadways aneinander. Neonreklame folgte auf Neonreklame.

Unter dem rot und weiß leuchtenden Schriftzug »Oriental Beauty« stand ein Wagen auf dem Bürgersteig. Zwei Männer trugen eine Frau zu dem Fahrzeug, dessen hintere Tür offenstand. Die Frau hatte blondes Haar. Sie war bewußtlos oder tot, und die Männer schleiften sie zum Wagen, ohne sich um die Passanten zu kümmern. Sie handelten mit kaltblütiger Brutalität von Profigangstern, die einkalkulieren, daß sich niemand einzumischen wagt, daß Augenzeugen fluchten, um nicht aussagen zu müssen.

Als sie die Sirene hörten und das Rotlicht sahen,

erkannten sie, daß die Rechnung diesmal nicht aufging. Sie schleuderten ihr Opfer in den Wagen und warfen die Tür zu. Der Größere sprang auf den Beifahrersitz. Der andere schnellte herum und flüchtete. Der Motor des Autos heulte auf, und der Wagen setzte sich mit einem Ruck in Bewegung. Ein dritter Gangster hatte hinter dem Steuer gewartet.

»Laß mich raus!« schrie Phil. Ich trat auf die Bremse.

Phil sprang aus dem Jaguar, schmetterte die Tür ins Schloß und raste vor den Kühlern heranschießender Autos in langen Sätzen über die Fahrbahn.

Ich stieg aufs Gas und wechselte den Gang.

Mit einem Dutzend Yards Vorsprung und mit steigender Geschwindigkeit fegte der Gangsterwagen über den Bürgersteig. Entsetzt schreiend, versuchten sich Fußgänger zu retten, preßten sich gegen die Hauswände und flüchteten in Türnischen.

Eine Schaufensterscheibe zerklirrte. Ein Zeitungsstand wurde weggerissen, und der Mann, der ihn betreut hatte, wurde gegen die Mauer geschleudert.

Es war klar, daß die Gangster die Querstraße erreichen wollten. Ich konnte es nicht verhindern. An der Kreuzung, fünfzig Yards voraus, standen die Ampeln auf Rot. Schon verlangsamten die auflaufenden Fahrzeuge im Rückstau ihr Tempo.

Ich ließ den Jaguar nach links wegdriften auf die Gegenfahrbahn.

Das Heulen der Sirene hielt die Kreuzung frei. Mit einer harten Steuerdrehung zog ich meinen Schlitten vor der Front der gestoppten Wagen herum und ließ ihn in die Querstraße hineinschießen. Die Gangster erreichten die Fahrbahn mit ein paar Längen Vorsprung. Sie fuhren einen massigen silberfarbenen Toronado, kein Auto, mit dem sie mich abhängen konnten.

Sie erkannten es und handelten schnell.

Grell leuchteten die Bremslichter auf, als der Fahrer das schwere Fahrzeug abbremste. Die Reifen kreischten und radierten schwarze Streifen auf den Asphalt. Der Toronado stellte sich quer und rammte einen abgestellten Lieferwagen. Seine Türen flogen auf. Zwei Männer sprangen aus dem Fahrzeug, das noch nicht ganz zum Stehen gekommen war.

Ich gab Vollgas! Wie ein Geschoß zischte der Jaguar an dem Toronado vorbei.

Mündungsfeuer blitzte. Nur für wenige Zehntelsekunden bot ich ein Ziel. Fünfzig Yards straßenaufwärts bremste ich meinen Wagen hart runter, stieß die Tür auf, sprang raus und rannte zurück und ... klar, daß ich jetzt den 38er zog!

Sie waren clever. Sie trennten sich und flüchteten in verschiedene Richtungen. Der Gangster, dem ich folgte, hatte einen blauen Hut mit einem hellen Band auf.

Es war noch nicht dunkel, und es waren viele Leute unterwegs. Das war meine größte Sorge. Wenn es zu einer Schießerei kam, bestand Lebensgefahr für Unbeteiligte. Wenn er auf den Gedanken verfiel, eine Geisel zu nehmen, hatte er die freie Auswahl. Ich hielt mich zurück, versuchte nicht, ihn einzuholen, und rief ihn nicht an. Ich gab ihm die Chance, sich müde zu laufen. Ein ausgepumpter Mann kapituliert früher.

Wir rannten durch die Menge der Fußgänger, Leute auf dem Weg vom Büro oder zum Einkauf. Er rempelte Menschen an, und ich rempelte Menschen an. Dann verlor er seinen Hut mit dem hellen Band. Er drehte sich um. Ich sah, daß er ein dunkles Südländergesicht hatte. Er überquerte die Fahrbahn, für die das Fußgängersignal auf Grün stand. Als er und wenig später ich die andere Straßenseite erreichten, brach der Passantenstrom plötzlich ab, und niemand befand sich als Deckung zwischen ihm und mir.

»Bleib stehen!« rief ich. »FBI!«

Er schoß, und da er im Weiterlaufen feuerte, verirrte sich seine Kugel ins Weltall.

Ich zielte auf seine Beine. Ich traf ihn. Wie sich später herausstellte, war es ein Streifschuß, der ihn erschreckte, aber nicht stoppte. Plötzlich schlug er einen Haken und warf sich in den Eingang eines Ladens.

Ich gab jede Vorsicht auf, denn in dem Laden konnte er eine Menge Unheil anrichten.

Eine Frauenstimme schrie. Irgendein Gegenstand klirrte auf den Boden. Zwei Sekunden nach dem Gangster stürmte ich in den Laden.

Es war ein kleines Geschäft für Kleider und Jeans. Sie hatten vier oder fünf Ständer mit ihrer Ware in der Raummitte aufgestellt. Ein schreiendes Mädchen preßte sich an die Wand. Ein anderes hatte sich auf die Erde geworfen. Der Gangster stand am Ende des schmalen Raumes und zielte auf mich.

Wir feuerten gleichzeitig. Hinter mir zersprang ein Spiegel. Meine Kugel riß den Mann von den Füßen. Er fiel zur Seite um. Bevor er zum zweitenmal schießen konnte, war ich bei ihm.

Er hielt den Revolver noch in der Hand. Ich kickte ihm die Waffe aus den Fingern und setzte ihm die Mündung ans Kinn.

»Lieg still!« Er glotzte mich an. Sein Atem hechelte. Für einen Mann roch er nach zuviel Parfüm. Er mochte 30 Jahre alt sein, und er war zu dick für sein Alter.

Ich räumte seine Taschen aus. Eine dicke Rolle Dollarnoten. Zwei Schnelladestreifen für seine Kanone, einen grobkalibrigen Revolver ausländischer Produktion. Brieftasche aus Krokodilleder. Sein Führerschein lautete auf den Namen Jack Belloni.

Das Mädchen schrie immer noch. »Hören Sie auf! Es ist vorbei. Wo ist Ihr Telefon?«

Sie klappte den Mund zu und streckte den Arm aus. Sie brachte kein Wort über die Lippen.

Es erwies sich als unnötig, die Polizei zu alarmieren, denn ein Cop stürmte mit vorgehaltenem Revolver in den Laden. Wir verständigten uns, daß wir zum selben Verein gehörten. Er legte Belloni Handschellen an und kümmerte sich um die Schußwunde.

Um den Toronado hatte sich ein dichter Kreis Neugieriger gesammelt.

Ich mußte Gewalt anwenden, um die Gaffer auseinanderzutreiben.

Grace Willow lag zwischen Vorder- und Rücksitzen. Kopf, Oberkörper und ein Arm ruhten auf dem Polster. Das blonde Haar war nach vorn gefallen und verdeckte ihr Gesicht, und das war gut so. Sie hatten sie aus wenigen Zoll Abstand erschossen.

Als ich sie berührte, spürte ich noch einen Hauch Wärme. Ich wartete, bis sich ein Streifenwagen herangekämpft hatte. Die Besatzung hielt die Neugierigen auf Abstand.

Auf dem Broadway war der Verkehr zusammengebrochen. Polizeibeamte bildeten eine Kette, um die Menschen zurückzudrängen. Schon flackerten die Blitzlichter schneller Reporter.

Ich fand Phil in einem Kreis von City-Polizisten und Detectives. Am Rande der Fahrbahn lag ein Mann.

Cops hatten den Wagen, von dem er erfaßt worden war, angehoben und zurückgeschoben. Dem Mann war nicht mehr zu helfen. Die Räder hatten den Brustkorb eingedrückt.

»Er versuchte, eine Geisel zu nehmen«, sagte Phil. »Ich mußte schießen. Er fiel vor den Wagen.«

Der Besitzer des Autos hockte auf dem Pflaster. Ein Cop redete beruhigend auf ihn ein.

»Grace Willow?« fragte Phil.

»Tot! Im Wagen erschossen! Es waren drei! Einen habe ich gefaßt. Er heißt Jack Belloni.«

Phil machte eine Kopfbewegung zu dem Toten.

»Calerghi, Fabro Calerghi.«

»Der dreizehnte Flug!« schrie Wigg. »Muß ja schiefgehen! Heute fallen wir runter!«

Die DC 3 taumelte durch einen schweren Regensturm. Das Land unter ihnen war in violette Dunkelheit getaucht.

»Das Peilsignal?«

»Ist drin«, antwortete Mike Melroy.

»Wir brechen uns das Genick! Diesmal gibt es den großen Krach!«

Windböen rüttelten die altersschwache Maschine, als solle sie vom Himmel geschüttelt werden.

Steuerbord zeichneten sich die Umrisse eines schroffen Berggipfels ab, dessen Spitze die Flughöhe der DC 3 weit überragte.

»Der Pico Manhattan!« rief Melroy. »Wir sind auf dem richtigen Kurs.« Sie hatten den Bergen, an denen sie sich beim Anflug orientierten, eigene, selbsterfundene Bezeichnungen gegeben.

»Ich fahr aus?«

»Ja, in Teufels Namen! Hat doch alles keinen Zweck. Wenn wir mit drei Grad Schräglage reinkommen, schmettert uns der Sturm gegen die Felsen.«

Die Aufputschtabletten verursachten bei Wigg einen tiefen Pessimismus, obwohl sie gleichzeitig seine Nerven im höchsten Spannungszustand hielten.

»He, ich sehe Lichter!« rief Melroy.

»Lichter? Dann haben wir uns verflogen.«

»Unsinn, Dannis! Sie haben die Lastwagen aufgefahren und die Scheinwerfer eingeschaltet.«

Wigg ließ sich überzeugen. Er brachte die Maschine in Landeposition. Sie hatten Glück, denn der Sturm flaute ab. Der Himmel hellte sich leicht auf, und der Wolkenbruch verminderte sich zu gewöhnlichem, dichtem Regen.

Melroy hatte die Lichter richtig gedeutet. Am Aufsetzpunkt, am Ende und links und rechts der primitiven Landebahn stand je ein Lastwagen mit aufgeblendeten Scheinwerfern.

Trotz seines Pessimismus und entgegen der düsteren Voraussagen brachte Wigg die DC 3 in einer Bilderbuchlandung runter. Der dicke José Slay, eingehüllt in den pelzgefütterten Parka, kam ihnen an der Spitze der Indios entgegen.

»Hallo, Dannis! He, Mike! Oh, Hölle, werden wir in drei Tagen, wenn ich mitfliegen muß, solches Wetter haben?« schrie er gegen das Rauschen des Regens an.

Der erste Lastwagen wurde an das Flugzeug herangefahren. Die Indios stiegen, triefend vor Nässe, in den Laderaum. Überall bildeten sich Pfützen.

Während die ersten Kisten verstaut wurden, rollte ein hochrädriger Geländewagen mit aufgeblendeten Scheinwerfern heran. Ein großer Mann in einem Wettermantel, den Kopf von einer Kapuze geschützt, saß hinter dem Steuer. Er kurbelte das Fenster nach unten.

»Hallo, Dannis!« rief er. »Steigen Sie ein, und erholen Sie sich im Trockenen, während die Indios die Maschine ausräumen. Bringen Sie Ihren Partner mit!«

»Okay, wir kommen!«

Er stieß Mike an. »Das ist Señor Juan!«

Sie sprangen aus der Maschine und enterten den Geländewagen.

»Buenas tardes, señores!« Juan schüttelte ihnen die Hand. »Ich bin froh, daß Sie glücklich gelandet sind. Dieses Mal habe ich mir wirklich Sorgen um Sie gemacht.«

Ein bohrender Blick aus schwarzen Knopfaugen traf Melroy. »Sie sind für Randolph eingesprungen? Welches Glück, daß Sie zur Hand waren.«

Er wendete das Fahrzeug und gab Gas. Zwei Indios mußten sich vor dem heranschießenden Wagen in den Dreck werfen, um nicht erfaßt zu werden.

Vom Ende der Landepiste senkte sich die schlecht geschotterte und schmale Straße in zwei Kurven von der Hochebene in einen Taleinschnitt. Aus den Schleiern des Regens tauchten graue, nahezu fensterlose Betonbauten zusammen mit verrostenden Wellblechbaracken auf. Aus einem windschiefen Schornstein quoll Rauch.

Señor Juan stoppte den Wagen dicht vor dem Eingang zum größten Gebäude. Er schlug auf die Hupe. Eine kleine, dicke Indiofrau öffnete von innen die schmale Stahltür.

Im Vergleich zur kalten Nässe herrschte in dem Bau angenehme Wärme. Señor Juan warf den nassen Wettermantel und die Kapuze ab. Erst jetzt sah Melroy das Gesicht des Mannes, ein scharfes Geierprofil, ein hartes Kinn, vorspringende Wangenknochen und schmale dunkle Augen.

Unter einem Hagel spanischer Befehle eilte die Indiofrau voraus. Juan führte die Amerikaner in einen mittelgroßen Raum, der mit einigen Sesseln und bunten Wollteppichen leidlich bewohnbar eingerichtet war, obwohl die Wände aus nacktem, grauem Beton bestanden.

»Setzen Sie sich! Trinken Sie einen wärmenden Schluck!«

Er füllte Gläser. »In einer halben Stunde wird das Essen bereit sein.«

Er hob sein Glas und stieß auf altmodische Weise mit Wigg und Melroy an. »Auf Ihre Landung! Ich möchte Ihnen noch einmal sagen, wie glücklich ich darüber bin.

Das Geschäft ist so glatt gelaufen, daß es höllisch schade gewesen wäre, wenn es beim vorletzten Flug ein Unglück gegeben hätte.«

»Wir können uns noch immer den Hals brechen«, antwortete Wigg und trank den scharfen Schnaps wie Wasser. Melroy fragte sich, wann die höllische Mischung aus Tabletten und Alkohol Wiggs Nerven zerfetzen würde. »Zwei Flüge stehen noch aus!«

»Señor Deegan ließ mich wissen, daß er vielleicht einen Flug einsparen könnte. Ich wäre glücklich über jeden Tag, den wir früher diese Gegend verlassen. Kein TV, kein Nightclub, keine Frauen. Die Weiber der Indios zählen selbstverständlich nicht. Ihre Landsleute, Señor Slay und der Doc, sind auch nicht gerade amüsante Gesellschafter. Beide betrinken sich jeden Abend so schnell wie möglich.«

Er füllte die Gläser nach.

»Wem gehören diese Bauten?« fragte Melroy. »Ihnen?«

Wieder traf ihn der bohrende Blick aus schwarzen, irgendwie lichtlosen Pupillen.

»Unser Freund ist neugierig«, sagte Juan gedehnt. »Diese Gebäude sind Regierungseigentum. Sie wurden als Befestigungen errichtet. Wir befinden uns hier in einem Grenzgebiet.«

»Sie können Regierungsgebäude für Ihren Handel benutzen?«

»Ich kann! Ich kenne die richtigen Leute.«

Melroy lachte. »Sie benutzen eine regierungseigene Festung, um Rebellen gegen die Regierung mit Waffen zu versorgen.«

»Wer sagt Ihnen, daß der Inhalt eurer Kisten in die Hände von Rebellen gerät?«

»Mein Verstand. Die Regierung könnte auf komplizierte Schmuggelflüge verzichten und die Waffen offiziell ins Land bringen.«

»Junger Freund, die Verhältnisse in unserem Staat sind zu kompliziert für Ihren schlichten amerikanischen Verstand. Offiziell einführen kann man nur Waffen, die man offiziell gekauft hat. Für offiziell genehmigte Käufe benötigt man Dollars. Dollars sind sehr knapp. Außerdem wird bei uns häufig geputscht. Die Mitglieder einer Junta können nicht damit rechnen, bis zu ihrer Pensionierung im Amt zu bleiben. Sie müssen für ihr Alter vorsorgen. Ein Dollarkonto in den Staaten ist immer noch die sicherste Altersvorsorge. Um das Konto ausreichend polstern zu können, müssen sie möglichst lange an der Macht bleiben. Und um lange an der Macht zu bleiben, brauchen sie Waffen, die sie nur gegen Dollars kaufen können.«

Wigg fiel das Glas aus der Hand. Sein Kopf sackte auf die Brust. Seine Atemzüge wurden zu röchelndem Schnarchen.

Señor Juan stand auf, legte den Kopf des Piloten nach hinten und hob ein Augenlid.

»Es ist nichts. Nur Erschöpfung! Er schläft.«

Mit der Flasche in der Hand kam er zu Melroy.

»Nehmen Sie noch ein Glas?«

Melroy ließ sich einschenken.

»Sie scheinen widerstandsfähiger zu sein als Dannis.«

»Ich fliege die Maschine nicht. Für mich fallen während des Fluges Ruhepausen an.«

Übergangslos nahm Juan das unterbrochene Thema wieder auf.

»Da man Waffen nur gegen Dollars kaufen kann, geraten die Leute, die eine Junta gebildet haben, in Schwierigkeiten. Sie möchten die Dollars lieber auf ihren privaten Konten sehen! Als Altersversorgung, wie ich sagte. Andererseits brauchen sie Waffen. Also müssen Sie sich nach anderen Zahlungsmitteln umsehen. Leider haben die Länder dieser Region wenig Begehrenswertes zu bieten. Die einzige Ware, für die wir einige Dollars bekommen können, wächst in diesen Bergen.«

»Kokain!«

»Kokasträucher! Die Indios müssen viele tausend Pfund Blätter sammeln, damit Ihr Doc daraus ein paar Gramm Kokain destillieren kann. Wenn ich dafür gewerkschaftlich organisierte Arbeiter bezahlen müßte, könnte sich selbst Rockefeller keine Prise leisten.«

Die Indiofrau trug ein Tablett in den Raum und begann den Tisch zu decken.

»Inzwischen habe ich ihnen beigebracht, daß man den Kokastrauch als Plantagenpflanze anbauen kann. Das vereinfacht die Ernte. Kokasträucher sind sehr genügsam. In dieser Höhe wachsen sie ausgezeichnet und haben einen hohen Wirkstoffgehalt.«

Er drehte sein Glas zwischen den Fingern.

»Ich glaube, mein Organisationstalent hat dazu beigetragen, daß die Preise für Kokain auf dem amerikanischen Markt sinken. Niedrige Preise ermöglichen eine Ausweitung des Umsatzes. Wenn sich die Abnehmer erst einmal an den Schnee gewöhnt haben, können wir die Preise wieder in die Höhe ziehen.«

»Wenn das Geschäft so gut funktioniert, warum brechen Sie es dann ab?« fragte Melroy.

»Aus zwei Gründen! Ihr Stützpunkt in Malengua ist nicht mehr sicher genug. Wir müßten viel Geld aufbieten, um laufende Ermittlungen zu stoppen. Auf der anderen Seite geht hier oben die Erntezeit zu Ende. Es lohnt nicht, Malengua mit einer großen Summe zu sichern, da wir ungefähr vier Monate lang keine Flüge durchführen können. Also brechen wir ab und werden uns zur neuen Ernte nach einem neuen Stützpunkt umsehen.«

Er stand auf. »Ist Ihre Neugier gestillt, Mike? Dann sollten wir essen.«

Melroy wollte Wigg wecken. Señor Juan hielt seinen

Arm fest. »Lassen Sie ihn doch schlafen! Essen kann er später.«

Sie gingen zum Tisch, setzten sich. Melroy nahm Reis und Fleisch. »Wieviel Pfund Kokain haben sie in dieser Kampagne produziert?« fragte er, während er das Essen in sich hineinschaufelte.

»Die genaue Menge könnte ihnen nur der Doc sagen. Er ist pedantisch und führt Buch. Leider dürfte er für eine Auskunft schon zu betrunken sein. Auf jeden Fall bezahlen wir die gelieferte Ware der letzten vierzehn oder fünfzehn Flüge mit sechshundert Pfund reinem Kokain.«

Er beugte sich vor und suchte Melrovs Blick. »Ich vermute, Sie kennen den Gegenwert von sechshundert Pfund Kokain?«

»Irgendeine Größenordnung, die ich mir nicht vorstellen kann«, antwortete Melroy und riß die Lasche von einer Bierdose. »Millionen, vermute ich. Viele Millionen vielleicht! Meine letzte Aktion brachte mir sechzehntausend Dollar ein. Das ist mein Niveau, Mr. Juan!«

Als sie das Flugzeug für den Rückflug durchcheckten, hatte der Sturm die Wolken vom Himmel gejagt. Ein voller Mond tauchte das Land in bleiches Licht. Die Silhouetten der Berge zeichneten sich messerscharf ab.

Slay stand im Scheinwerferlicht eines Lasters und winkte ihnen zu. Juan hatte sie zum Flugzeug gebracht, war aber umgekehrt, ohne den Start abzuwarten.

Wiggs Laune hatte sich gebessert. »Spätestens in einer Woche werde ich am Strand von Santa Monica mit einer langbeinigen Blondine liegen. Vielleicht stopf ich mir am Abend die Taschen voll und fliege nach Las Vegas. Kommst du mit in die Staaten?«

»Hör zu, Dannis! Ich komme erst einmal mit nach Malengua! Das ist unser nächstes Ziel.«

Der Start bereitete keine Schwierigkeiten. Schwerfällig, aber zuverlässig hob die DC 3 ab. Wigg steuerte sie an den Felsen vorbei. Als sie über freiem Gelände waren, fragte er Melroy: »Willst du sie mal fliegen?«

Er überließ Mike das Steuer und lobte ihn, weil er das Flugzeug gut auf Kurs hielt. Malengua erreichten sie am frühen Morgen. Bei der Landung sahen beide, daß eine große, weiße Yacht am Kai der Werft lag.

»Unsere Dollars sind angekommen!« rief Wigg.

Er setzte die Maschine auf und ließ sie ausrollen. Die Indios brachten die Leiter.

Deegan erwartete sie vor der Baracke. Er war nicht allein. Neben ihm standen zwei Männer. Sie trugen Freizeitkleidung, weiße Hosen, Segelschuhe und offene Hemden. Ihre Gesichter waren tiefgebräunt.

»Tony Brack und Steve Laxton«, sagte Deegan.

Brack war ein schmalgesichtigter Blonder, dessen Haar die Sonne nahezu weiß gebleicht hatte. Laxton war größer, starkknochig, mit einer frühen Glatze.

»Freut mich, euch zu sehen!« sagte Wigg. »Ich hoffe, ihr habt genügend Scheine mitgebracht.«

Die Neuen verzogen keine Miene.

»Abrechnung nach dem letzten Flug!« Deegan streckte die Hand aus, und Wigg zog die Hälfte einer Zehn-Dollar-Note aus einer Tasche seiner abgewetzten Lederjacke. Er gab Deegan den zerrissenen Geldschein.

»Warum willst du die dreizehn Flüge nicht jetzt abrechnen?« fragte er wütend.

»Weil ich keine Zeit verlieren will. Wir machen die Maschine in zwei Stunden startklar. Ihr bringt die letzte Lieferung in die Berge und kommt mit Slay und dem Doc zurück. Wir rechnen ab, schütteln uns gegenseitig die Hände und ...«

»Ich will sofort Geld sehen«, beharrte Wigg, »oder du kannst deine letzten Kisten in die Berge tragen.«

Für einen Augenblick hatte Melroy den Eindruck, als wolle Deegan den Piloten schlagen. Dann zischte er böse: »Kommt!«

Mit großen Schritten ging er voraus in die Baracke. Er zerrte eine Stahlkassette aus dem Schreibtisch, öffnete sie und warf Dollarbündel auf die Tischplatte.

»Zwanzigtausend als Anzahlung!«

Wigg stopfte das Geld in seine Jacke.

»Und ich?« fragte Melroy.

»Du bist Wiggs Partner! Halt dich an ihn!«

Der Anblick des Geldes hatte den Piloten beruhigt.

»Alles in Ordnung! Ich fahre auf einen Sprung nach Malengua. Laß unterdessen die Maschine beladen!«

Die neuen Männer warteten gelangweilt vor der Baracke.

»Ich sah euren Kahn beim Anflug«, sprach Melroy sie an. »Darf ich nachher an Bord kommen? Ich interessiere mich für private Jachten und würde mir gern ein Boot kaufen, falls ich hier genügend Dollars machen kann.«

Er erhielt so wenig eine Antwort wie Wigg. Der blonde Brack sah den größeren Laxton an. Laxton rieb sich die Stirnglatze. Er zuckte mit den Schultern. Wie auf ein geheimes Signal drehten sich beide um und schlenderten davon.

Wigg, der schon hinter dem Steuer saß, schlug auf die Hupe.

Während der Fahrt klopfte er zufrieden auf die prallen Taschen. »Der Anblick von Geld macht mich glücklich«, trompetete er, »und ich weiß, daß ich mein Genick nicht vergeblich riskiere.«

»Er gab dir zwanzig Riesen«, sagte Melroy. »Das ist kaum ein Fünftel der Summe, die du für alle Flüge zu bekommen hast.«

»Abrechnung am Schluß!« Wigg wiederholte Deegans Worte, als seien es die eigenen.

»Welche Bedeutung hat der zerrissene Geldschein?« Mike beobachtete den anderen aus den Augenwinkeln.

»Eine Art Quittung. Ich erhalte sie von Slay und gebe sie an Deegan weiter. Er klebt beide Hälften zusammen. Vielleicht erhält ihn zum Schluß Ray Cross!«

Mike horchte auf. »Wer ist Ray Cross?«

»Ein Engländer! Flieger wie wir!« Wigg blickte seinen Partner feindselig an. »Flieger wie Randolph und ich, nicht wie du. Hör auf, Fragen zu stellen, Mike! Deine verdammte Neugier stinkt mir ...«

»Tut mir leid, Dannis! Ich weiß gern, mit wem ich umgehe. Du und Randolph seid zu vertrauensselig. Wer mit Gangstern umgeht, muß immer auf der Hut sein, oder er wird reingelegt.«

Sie erreichten das Hotel.

Wigg stürmte in Masters Zimmer und streute die Dollarbündel auf sein Bett. »Hallo, Randolph!« rief er. »Die Jacht ist eingetroffen und mit ihr unser Geld. Deegan hat zwanzig Pakete als Anzahlung herausgegeben.«

Master starrte mißmutig auf die Notenbündel. Auf seinen Wangen zeichneten sich rote Flecken ab. Seine Augen glänzten fiebrig.

»Geht's dir nicht gut?« fragte Melroy.

»Hab' Schmerzen!« knurrte Master. »Anscheinend verstand der Maultierdoktor nicht genug von Menschenknochen. Wenn ich 'nen Brand kriege, verliere ich das Bein. Ihr müßt mich zu einem Arzt bringen, der mich richtig behandelt.«

»Mach dir keine Sorgen ...« Wigg füllte ein Glas mit Whisky und bot es dem Freund an.

Master schüttelte den Kopf. »Schnaps macht die Schmerzen nur schlimmer!«

»Randy, wir brauchen nur noch einen Flug, um die letzten Kisten raufzubringen. In dreißig Stunden packen wir dich in die Maschine und fliegen nach Lima. Die Botschaft unterhält ein kleines Krankenhaus für US-Bürger. Docs, die in Havard oder Princetown ausgebildet wurden, werden sich mit deinem Bein beschäftigen, als wäre es das Bein von Jane Fonda.«

Master grinste gequält. »Pack das Geld zusammen! Wenn die Mädchen es zu sehen bekommen, vergessen sie mein Gipsbein und wollen . . .«

Die Dollarbündel wurden von Wigg in einen großen Metallkoffer gepackt. Den Koffer verbarg er hinter einem Schrank, den er zu diesem Zweck abrückte.

»Es ist schon eine Menge drin, Randolph«, sagte er. »Bist du sicher, daß du trotz des Beins auf unser Vermögen aufpassen kannst?«

Master griff unter sein Kopfkissen und brachte eine schwere Pistole zum Vorschein. »Ich kann jeden Interessenten auf Abstand halten«, antwortete er.

»Noch dreißig Stunden!« wiederholte Wigg.

Gegen Mittag startete die DC 3 zum vierzehnten und letzten Flug. Sobald Wigg die Maschine in die Luft und auf Kurs gebracht hatte, schluckte er ein halbes Dutzend Tabletten.

Unsere dritte Begegnung mit Gianni Calerghi fand auf dem Golfplatz des Richmond Country Clubs statt. Calerghi erhielt Unterricht von einem der berühmtesten Golflehrer der Staaten. Wir trafen ihn am Abschlag zum fünften Grün.

»Sie kosten mich viel Geld, G-men«, sagte er und wies auf den Golfprofi. »Fred Stuart berechnet dreihundert Dollar für eine Stunde Unterricht.«

»Unsere Fragen betreffen einen Verwandten.«

Der Golflehrer entfernte sich diskret außer Hörweite.

»Wen?«

»Fabro Calerghi.«

»Sie nennen ihn einen Verwandten?« Calerghi lachte. »Er trägt zufällig unseren Namen. In Sizilien heißen ganze Dorfbevölkerungen Calerghi oder ähnlich.«

»Ihr Vater bezahlte für Fabro die Reisekosten von Sizilien in die USA. Er sorgte für seine Einbürgerung, schickte ihn auf die Schule und beschaffte ihm eine Anstellung zur Tarnung. In Wahrheit ließ er ihn zum Killer des Calerghi-Clans ausbilden. Gestern wurde er nach einem Mord gestellt, angeschossen und kam um.«

»Wenn mein Vater davon erfährt, wird er vermutlich auch die Kosten der Beerdigung übernehmen«, antwortete Calerghi zynisch. »Er fühlt sich für jeden Menschen verantwortlich, der Calerghi heißt. Alte sizilianische Patriarchen haben in dieser Beziehung einen besonderen Ehrenkodex.«

Er holte mit dem Golfschläger probeweise aus und zielte nach dem Ball. »Mich geht das alles nichts an.«

»Einen zweiten Killer konnten wir verhaften«, sagte Phil. »Er heißt zwar nicht Calerghi, aber ich nehme an, daß Sie den Namen Jack Belloni kennen.«

»Warum glauben Sie, daß ich Killer losgeschickt haben soll? Gibt es Beziehungen zwischen den Opfern und mir? Wer ist getötet worden?«

»Ein gewisser Nicaos Avdat und seine Freundin Grace Willow.«

»Namen, die ich nie gehört habe. Wollen Sie mich endlich den Ball schlagen lassen, oder wollen Sie mich festnehmen?«

Phil und ich wechselten einen Blick. Ich schüttelte kaum merklich den Kopf. Calerghi nach seiner Verbindung zu Irvin Hatchington zu fragen, wäre falsch gewesen. Wir sahen Calerghis Abschlag aus einiger Entfernung. Der Ball beschrieb eine flache Kurve und driftete nach rechts weg – ein miserabler Treibschlag. Hatten unsere Fragen Mr. Calerghi nervös gemacht?

Irvin Hatchington nahmen wir härter ran. Begleitet von einem Lieutenant des Homicide Department und zwei Cops kamen wir in seine Firma.

»Wir brauchen Sie zur Identifizierung zweier Toter, Mr. Hatchington.«

Er bewahrte Haltung und zeigte keine Überraschung. Auf der langen Fahrt über die Verrazano Bridge und durch Brooklyn zum Leichenschauhaus sprach er kaum ein Wort.

Gemeinsam betraten wir das düstere Gebäude. Ein Fahrstuhl brachte uns in den Keller. Es roch nach Desinfektionsmitteln. Unsere Schritte hallten von den gefliesten Wänden. Hatchington hüstelte nervös.

Wir ließen das Fach öffnen, in dem Nicaos Avdat lag.

»Ja, ich kenne den Mann«, sagte Hatchington. »Er heißt Avdat. Ich kaufte gelegentlich antike Waffen von ihm.«

»Wann hatten sie den letzten Kontakt zu ihm?«

»Vor vier oder fünf Tagen.«

»Kam er in Ihre Firma?«

Hatchington war klug genug, nicht zu lügen. »Wir trafen uns in einer Cafeteria.«

»Warum kam er nicht zu Ihnen?«

Hatchington drehte sich um und wandte dem Toten den Rücken. »Avdat war ein lästiger Geschäftspartner. Er konnte orientalische Verkaufsmethoden nie verleugnen. Er versuchte, einem seine Ware aufzudrängen. Vor der Begegnung in der Cafeteria hatte er mir bei drei Besuchen windige Geschäfte vorgeschlagen. Ich wollte ihn in meiner Firma nicht mehr sehen. Der Umgang mit Typen wie Avdat kann den Ruf eines Unternehmens ruinieren.«

»Windige Geschäfte?« wiederholte Phil. »Geschäfte mit antiken Waffen?«

Hatchington nickte. »In Europa und im Orient werden antike Waffen neu produziert. Avdat wollte mich zu einem Handel mit Fälschungen überreden.«

»Hat er nicht auch als Agent für moderne Waffen gearbeitet?«

»Er versuchte es. Er stammte aus dem Nahen Osten, wo Waffen immer begehrt sind. Vor ungefähr zehn Jahren vermittelte er einige kleine Lieferungen und erhielt von uns ein paar tausend Dollar Provision.«

»Avdat behauptete, für Sie Waffengeschäfte im Wert von fünfzig Millionen Dollar vermittelt zu haben.«

»Das stimmt nicht, G-man. Er kam eines Tages mit einem Phantasiegeschäft in dieser Größenordnung zu mir. Ich wiederhole: ein Phantasiegeschäft. Als ich die Einzelheiten prüfte, löste sich die ganze Sache auf.«

»Trotzdem zahlten sie Avdat vierzigtausend Dollar als Ersatz für seine Spesen.«

»Er bettelte mich um ein Darlehen in dieser Höhe an. Ich gab schließlich nach. Er versprach, die Summe durch die Beschaffung antiker Waffen zurückzuzahlen. Es blieb beim Versprechen. Im Waffenhandel werden nicht selten Gelder in Zukunftsaussichten investiert, die später abgeschrieben werden müssen.« Hatchington zuckte mit den Schultern. »Man erfüllt zum Beispiel die Wünsche eines Politikers, der Aussicht hat, Verteidigungsminister zu werden. Aber ein Putsch fegt ihn weg, bevor er den ersten Auftrag unterschreiben kann.«

»Versuchte Avdat, Sie zu erpressen?«

»Nein!« antwortete der Waffenhändler hart. »Kann ich jetzt gehen?«

»Bitte, sagen Sie mir, ob Sie den zweiten Toten kennen! Es ist eine Frau.«

Ich ließ das Fach öffnen. Hatchington mußte einen Blick auf Grace Willow werfen.

»Oh, Himmel!« stöhnte er und schlug die Hände vors Gesicht. »Ich kenne die Frau nicht.«

»Avdats Freundin. Sie wurde ermordet, weil sie seine Geheimnisse kannte.«

»Sie haben kein Recht, mich länger in diesem Keller festzuhalten. Ich will gehen.«

»Keine Einwände, Mr. Hatchington. Noch sind Sie ein freier Mann.«

Er hastete zum Aufzug. Phil schüttelte den Kopf.

»Sie verkaufen den Tod, aber sie wollen ihn nicht sehen.«

Wir fuhren zum Hauptquartier und berichteten unserem Chef.

Ich zog Bilanz. »Die Ermordung Avdats und seiner Freundin geben uns keine Möglichkeit, Calerghi oder Hatchington vor Gericht zu bringen. Hatchington verfügt über ein makelloses Alibi. Eine direkte Beziehung zu den Killern ist ihm nicht nachzuweisen. Der Gangster Belloni, den wir festnehmen konnten, wird schweigen. Profi-Killer aus einer Cosa-Nostra-Familie belasten nie ihren Boß, weil sie damit rechnen, von ihm mit Tricks und viel Geld vor einer Verurteilung bewahrt zu werden.«

»Waffen und Rauschgift«, sagte High nachdenklich. »Die gefährlichste Allianz, gegen die wir jemals kämpften, und die Entscheidung über Sieg oder Niederlage fällt nicht in New York.«

»Sieh dir die Nacht an!« rief Wigg. »Beim dreizehnten Flug durchquerten wir die Hölle. Heute fliegen wir durch den Himmel des Paradieses.«

Wigg hatte eine euphorische Phase, die ebenso von den Tabletten verursacht wurde wie seine zeitweiligen Depressionen.

Melroy hörte das gleichmäßige Peilsignal, das der fahrbare Sender auf Señor Juans Bergstation ausstrahlte. Auch ohne dieses Hilfsmittel hätten sie in dieser Nacht das Rollfeld nicht verfehlt. Der Mond überschüttete das Gelände unter ihnen mit weißem Licht, in dem sich alle

Konturen scharf abzeichneten. Die Scheinwerfer der aufgefahrenen Lastwagen strahlten wie Kometenschweife.

Bei der Landung sang Wigg laut, und er sang noch, als sie aus der Maschine kletterten.

Slay und ein magerer Mann in einem Wolfsfellmantel kamen ihnen entgegen. Wigg begrüßte den dicken Slay und den Mageren im Pelz mit Umarmungen und Schulterklopfen.

»Bist du betrunken?« fragte Slay besorgt. »Ich steige nicht in ein Flugzeug mit einem besoffenen Piloten am Steuer.«

»Du verwechselst mich mit dem Doc!« Wigg lachte. »He, Doc, du stehst in einer Wolke von Alkoholdampf! Wieviel hast du getrunken?«

Der Magere zog den Kopf tief in den Schutz des aufgestellten Mantelkragens. »Ist so verdammt kalt hier oben«, murmelte er. »Ohne inneren Brennstoff werde ich nicht warm.«

Er hatte recht. Die klare Luft war von eisiger Kälte.

Mike Melroy ging näher an den Mann heran, den sie Doc nannten. Trotz seiner Magerkeit hatte er das aufgedunsene Gesicht des Gewohnheitstrinkers. Vor den kurzsichtigen Augen trug er eine schwarze Hornbrille mit starken Gläsern.

Slay rief den Indios Befehle in Spanisch zu. Sie enterten das Flugzeug und begannen, die Kisten auf die Lastwagen umzuladen.

Die Ladung des letzten Fluges bestand aus großen und sehr schweren Kisten. Die Indios mußten mit Rollen und Hebebäumen arbeiten. Das Umladen dauerte länger als gewöhnlich.

Slay ließ eine Flasche kreisen. Melroy tat so, als nehme er einen Schluck und gab die Flasche an den Doc weiter, der sich ausführlich damit beschäftigte.

»Sind Sie froh über das Ende Ihres Jobs?«

Ein erstaunter Blick traf ihn.

»Warum soll ich mich darüber freuen?« Der Doc hatte eine dünne, gebrochene Stimme. »Die Arbeit war leicht, und es gab genug zu trinken.« Als habe das Wort ihn auf ein Versäumnis aufmerksam gemacht, setzte er schnell die Flasche an die Lippen und tat einen langen, saugenden Zug.

»War es nicht langweilig?«

Der Doc wischte mit dem Handrücken über den Mund.

»Ja, Sie haben recht«, antwortete er. »Es war langweilig, immer die gleiche Sorte Indioschnaps trinken zu müssen. Manchmal besorgte mir Señor Juan brasilianischen Kognak.«

»Wieviel Kokain haben Sie produziert?«

Er grub in den Innentaschen seines Fellmantels, brachte ein dickes Notizbuch zum Vorschein, klemmte die Flasche unter den Arm und blätterte in dem Buch.

»Zweitausendvierundvierzig amerikanische Pfund und dreizehn Unzen«, sagte er. »Ich erzielte einen hohen Reinheitsgrad. Wissen Sie, junger Freund, daß ich als Chemiker fast so gut bin wie als Säufer?« Er lachte meckernd und ließ das Notizbuch in den Tiefen des Mantels verschwinden.

Slay kam zu ihnen und nahm dem Doc die Flasche ab.

Melroy fragte nach dem geheimnisvollen Señor Juan.

»Er wird kommen«, antwortete Slay. »Für heute hat er mir weder den Quittungsdollar noch das Geld für die Bezahlung der Indios gegeben.«

Während die größere Gruppe der Indios die Maschine entlud, besorgten drei Männer unter Wiggs Aufsicht die Nachfüllung der Tanks. Sie pumpten Treibstoff aus Fässern in die Flügeltanks. Wigg erinnerte sich, daß sie den Treibstoff beim ersten Flug in die Berge transportiert hatten. Während des Flugs hatte Master ständig über einen alten Film gesprochen, in dem Nitroglyzerin von drei verzweifelten Männern in primitiven Lastwagen transportiert wurde, und natürlich waren die Lastwagen und ihre Fahrer in die Luft geflogen.

»Wenn es uns heute erwischt«, hatte Master gesagt, »werden wir einen prächtigen Feuerball am Himmel abgeben. Vielleicht hält uns dann irgendwer für ein Ufo.«

Es hatte sie nicht erwischt, weder mit Treibstoff noch mit Munition an Bord. Sie hatten alles überstanden. Nur noch ein Leerflug lag vor ihnen.

Die Scheinwerfer des Geländewagens wischten über die Rollbahn. Señor Juan stoppte das Fahrzeug vor der DC 3, stieg aus und begrüßte die Männer mit südamerikanischer Feierlichkeit.

»Ich hoffe, wir werden uns in einigen Monaten wiedersehen«, sagte er. »Sie waren zuverlässige Partner. Übermitteln Sie Ihrem Freund meine besten Genesungswünsche!«

Er gab Slay die Hälfte einer durchgerissenen Zehn-Dollar-Note. Slay steckte den halben Geldschein in die Tasche. »Ich werde ihn Deegan abliefern.«

Die Indios wuchteten die letzten Kisten auf einen Lastwagen.

»Fertig«, sagte Señor Juan. »Die Stunde des Abschieds, Señores.« Er schüttelte jedem die Hand.

Wigg rief im Stil einer Stewardeß: »Letzter Aufruf für Flug Null-Null-Null nach Malengua! Die Passagiere werden gebeten, sich unverzüglich an Bord der Maschine zu begeben.«

»Versprich mir, daß du vorsichtig fliegen wirst!« jammerte Slay.

»Seien Sie unbesorgt, Sir! Sie fliegen mit einer erprobten Crew.«

»Scheiße!« sagte Slay und kletterte über die Ladefläche des Lasters in das Flugzeug.

Den Doc mußten sie hineinheben.

Melroy berührte Wiggs Schulter. »Keine Rückladung?«

»Rückladung? Wovon sprichst du?«

Zehn Minuten später rollte die DC 3 zum Start an den Aufsetzpunkt. Durch die offene Cockpittür rief Wigg in den Laderaum: »Haltet euch fest! Sitze und Gurte können wir nicht bieten.«

Mike Melroy sah durch das Seitenfenster. Die Scheinwerfer des Geländewagens beleuchteten die Piste. Die Gestalt Señor Juans zeichnete sich gegen das weiße Licht ab.

Wigg warf die Motoren an und fuhr sie zur obersten Tourenzahl hoch.

»Bremsen weg!« rief er. Melroy betätigte einen Schalter. Das alte Flugzeug begann loszurollen. Es rumpelte, schepperte und ächzte in allen Verbindungen.

Wigg pfiff laut. Im richtigen Augenblick zog er die Steuersäule an. Die DC 3 hob ab und legte sich gehorsam in die Rechtskurve, die für die Vermeidung der nahen Felswände notwendig war. Dann flog sie, einem schwerfälligen Insekt ähnlich, geradeaus.

»Alles klar!« brüllte Wigg in den Laderaum.

Melroy löste die altersschwachen Sicherungsgurte, stand auf, schloß die Verbindungstür zwischen Cockpit und Laderaum und verriegelte sie.

»Laß sie ruhig reinkommen!« protestierte Wigg. »Mich stören sie nicht beim Fliegen!«

Melroy kam zu ihm, nahm ihm den Kopfhörer ab und sah ihm in die Augen.

»Dannis, wo sind die sechshundert Pfund Kokain?«

»Wovon sprichst du?«

»Von sechshundert Pfund Rauschgift, mit dem die vierzehn Flugzeugladungen Waffen bezahlt werden. Warum fliegen wir den Stoff nicht nach Malengua?«

Wiggs Blick veränderte sich. Seine gute Laune verdampfte. »Hast du etwa damit gerechnet?« fragte er lauernd.

»Ja.«

»Wenn das Kokain an Bord gebracht worden wäre, was hättest du dann gemacht?«

»Kurswechsel!« antwortete Mike Melroy.

»Kurswechsel? Wohin?«

»Auf jeden Fall nicht zurück nach Malengua.«

»Und wenn ich mich geweigert hätte?«

»Dann hätte ich das Kokain Sack für Sack aus dem Flugzeug gestreut«, sagte Melroy mit wilder Entschlossenheit.

Für die Dauer einer endlosen Minute hing Schweigen zwischen den Männern. Dann sagte Wigg langsam: »Okay, ich bin reingefallen. Statt eines geldgierigen Gauners habe ich mir einen Rauschgiftbekämpfer an Bord geholt. Stimmt meine Annahme?«

»Ja.«

»Ich fliege kein Rauschgift. Ich hatte nie auch nur ein Gramm an Bord.«

»Hör zu, Dannis! Es kommt nicht darauf an, ob du Rauschgift persönlich von irgendwo nach irgendwohin geflogen hast. Du hast mitgemacht bei einem großangelegten Transfer von Waffen und Rauschgift. Wo sind diese verdammten sechshundert Pfund Kokain? Wie werden sie transportiert? Wer bringt sie in die USA?«

Wigg griff nach den Zigaretten. Mike gab ihm Feuer.

»Melroy ist nicht dein richtiger Name, oder?«

»Nein, aber Mike stimmt.«

»Wie heißt du wirklich?«

»Manor, Mike Manor!«

»Für wen arbeitest du? FBI?«

»Dannis, du stellst eine Menge überflüssiger Fragen. Unser Flug dauert noch Stunden. Du wirst meine Fragen beantworten müssen.«

»Ein amerikanischer Schnüffler hat nicht das Recht, in diesem Land ...«

»Ich arbeite für das Narcotic Committee. Das Committee ist eine internationale Organisation, deren Agenten von zahlreichen Regierungen die Erlaubnis erhielten, den Rauschgifthandel ohne Rücksicht auf Grenzen zu bekämpfen.«

»Glaubst du, Deegan oder Slay ließen sich von dir verhaften? Sie würden dich umlegen.«

»Sie werden uns alle umlegen. Begreifst du nicht, daß du und Master nur Schachfiguren in einem Millionen-Dollar-Deal seid? Erwartest du, daß sie dich und deine alte DC 3 in die Staaten zurückkehren lassen?«

»Warum nicht?« Wigg begann zu schreien. »Ich weiß nichts von Rauschgift. Ich habe mich und meine Maschine für Frachtflüge chartern lassen. Dafür habe ich eine Lizenz. Ich habe gegen kein US-Gesetz verstoßen.«

»Es hat keinen Zweck zu schreien, Dannis. Du hast mir erzählt, daß du in Kalifornien eine kleine private Fluggesellschaft gründen willst. Daraus wird nichts, wenn du nicht mit mir zusammenarbeitest. Sobald du den Fuß auf US-amerikanischen Boden setzt, werden sich FBI-Beamte um dich kümmern.«

»Du hast deinen Auftraggebern meinen Namen genannt?«

»Ja, das habe ich, Dannis. Eine Vorsichtsmaßnahme für den Fall, daß du Deegan entkommen würdest.«

»Verdammter, unfairer Bastard!« heulte Wigg.

»Unfair? Wie viele Menschen können mit sechshundert Pfund Kokain zu Tode ruiniert werden? Wie viele Menschen werden durch die Waffen umkommen, die du geflogen hast? Sprich nicht von Fairneß, Dannis!«

Er packte Wigg an den Aufschlägen der alten Lederjacke. »Dir bleibt eine Chance! Hilf mir, die sechshundert

Pfund Kokain zu finden und das verdammte Zeug zu vernichten!«

»Weiß nicht, wie ich dir helfen könnte. Sie bringen das Kokain auf einem anderen Weg nach Malengua, nicht mit einem Flugzeug. Ich glaube, daß erst in Malengua das Rauschgift von Ray Cross übernommen wird. Cross fliegt eine leichte Beechcraft. Er taucht in großen Abständen in Malengua auf und bleibt nie lange. Nur zwei- oder dreimal hatte er Zeit, sich an der Hotelbar zu betrinken. Beim letzten Mal startete er zwei Stunden nach der Landung.«

Vom Laderaum wurde gegen die Tür gehämmert.

»Laßt mich zu euch!« rief Slay.

Mike ging zur Tür und öffnete sie einen Spalt.

Slay steckte den Kopf durch die Öffnung. »Geht alles glatt?« fragte er besorgt.

Mike stieß ihn grob zurück. »Bleib draußen! Für dich ist in der Kanzel kein Platz!«

»Jo, du kannst ...«, rief Wigg, aber Manor knallte die Tür vor Slays Nase zu und verriegelte sie. Er kam zu Wigg zurück.

»Willst du ihm sagen, daß ich Narcotic Agent bin? Soll er mich umlegen? Er trägt eine dicke Kanone unter der Achsel.«

»Umlegen könnte ich dich selber«, antwortete Wigg finster und wies mit einer Kopfbewegung auf den Revolver, der griffbereit in einer Wandhalterung hing.

Die aufgehende Sonne tauchte den Himmel in helles Rot.

»Sag mir alles über Ray Cross!« verlangte Manor. »Beschreib mir sein Aussehen und das Aussehen seines Flugzeugs! Welche Kennzeichnung? Welche Lackierung? Alles!«

Widerwillig und zögernd antwortete Wigg, von Mike mit immer neuen Fragen bedrängt.

»Sahst du, wie Rauschgift verladen wurde?«

»Nur einmal. Aber ich weiß nicht, ob Rauschgift in den Säcken war. Indios trugen dreißig oder vierzig Säcke in Cross' Maschine.«

»Woher kamen die Säcke? Wer brachte sie?«

»Sie luden sie aus einem verdreckten, uralten Cadillac in die Beechcraft um. Dem Fahrer gab Deegan einen Geldschein, den er aus zwei Hälften zusammengeklebt hatte.«

»Beschreib mir den Fahrer!«

»Kann ich nicht. Ich sah sein Gesicht nicht. Er trug Indiokleidung, war aber zu groß für einen Indio.«

»Ich verstehe«, sagte Manor nachdenklich. »Die Ware wird nur ausgeliefert, wenn Señor Juans Statthalter in Malengua beide Hälften eines zerrissenen Geldscheins als Beweis für die Waffenlieferung sieht.«

Er schwieg lange. Sein Schweigen zerrte an Wiggs Nerven.

»Was soll nach der Landung geschehen? Willst du mit einer Kanone in der Hand Deegan zwingen, dich zum Kokain zu bringen?«

»Wann werden wir Malengua erreichen?«

»Noch bei Tageslicht!«

»Verzögere den Flug, Dannis! Lande bei Dämmerung oder noch besser nach Einbruch der Dunkelheit.«

Wigg warf einen Blick auf die Tankanzeige. »Nicht genügend Sprit. Spätestens um vier Uhr nachmittags brauchen wir festen Boden unter den Rädern.«

Wieder versank Manor in langes Schweigen, bis der Pilot entnervt schrie: »Warum sagst du nichts?«

Manor nahm zwei Zigaretten, zündete sie an und gab eine an Wigg weiter. »Ich weiß nicht, was nach der Landung geschehen wird, Dannis«, sagte er. »Auf jeden Fall glaube ich nicht, daß Lad Deegan dir dein Geld geben wird. Die Abrechnung wird anders ausfallen, als du erwartest. Laß uns vorsichtig sein!«

Wigg drückte die DC 3 um einige hundert Fuß nach unten, denn das Gelände unter ihnen wurde flacher. Bei Tageslicht flogen sie ihre illegale Route in geringer Höhe über dem Boden.

»Du kennst die Hütten der Indiofischer an der Straße zur Werft?« fragte Mike. Wigg nickte.

»Ich habe in einer Hütte einen Wagen versteckt, einen grünen Honda. Im Kofferraum liegt ein Sprechfunkgerät. Auf der eingestellten Frequenz meldet sich die Hochseejacht Estella. Angeblich kreuzt sie mit millionenschweren Sportfischern an Bord vor der Küste auf der Jagd nach Schwertfischen. Die Jacht wurde vom Narcotic Committee gechartert. Die Sportfischer an Bord sind Agenten. Im Notfall werden sie uns aufnehmen, wenn es uns gelingt, die Dreimeilen-Zone zu überwinden. Die Committee-Vereinbarungen erlauben ihnen nicht, an Land zu kommen.«

»Drei Meilen?« wiederholte Wigg bitter. »Die längste Strecke, die ich je geschwommen habe, waren zehn Bahnen in einem garantiert haifreien Swimmingpool.«

Kurz nach drei Uhr empfing Mike im Kopfhörer das erste schwache Rufsignal Lad Deegans.

»Kranich! Kranich! Kommen! Kommen!«

Er stieß Wigg an und wies auf den Kopfhörer. Wigg setzte den Hörer auf.

»Er macht sich Sorgen«, sagte Wigg. »Wir sind überfällig.«

»Du hast den Kurs geändert?«

»Solltest du eigentlich gemerkt haben! Seit einer halben Stunde fliegen wir über der Küste. Ich habe einen Bogen nach Süden geschlagen.«

Er setzte den Zeigefinger auf die Tankanzeige.

»Vor vier Uhr nachmittags müssen wir landen.«

Manor griff zum Mikrophon, drückte einen Schalter und stellte die Frequenz ein. »Laß uns Lad eine beruhigende Botschaft schicken.« Deutlich und akzentuiert sprach er ins Mikrofon: »Kranich! Kranich! Okay-Meldung! Keine Probleme!«

Er schaltete auf Empfang. Nach wenigen Sekunden hörte er Deegans Bestätigung. »Verstanden! Sehr erleichtert!«

Deegan brach den Kontakt ab, weil er zufällige Mithörer fürchtete. Nur im unmittelbaren Landeanflug gab er die notwendigen technischen Daten über Wind und Sicht.

»'ne Zigarette!« sagte Wigg.

In kaum tausend Fuß Höhe kroch die DC 3 nordwärts. Die Küste unter ihnen war nahezu unbewohnt. Weit draußen auf dem Meer entdeckte Mike kleine Gruppen von Fischerbooten.

Er sah Wigg an. Das Gesicht des Piloten war vom Streß der Flüge, dem Mangel an Schlaf und der Überdosis an Tabletten gezeichnet. Die Augen lagen tief in den Höhlen. Die Wangen waren eingesunken wie bei einem Sterbenden. Von den zitternden Lippen des Mundes zogen sich Speichelfäden übers Kinn. Mike empfand Mitleid mit dem Mann, der dem Ende seiner Hoffnungen entgegenflog.

»Dannis«, sagte er halblaut, »falls ich mich irre, falls Deegan dich auszahlt, werde ich dich nicht hindern hinzugehen, wo du hingehen willst.«

Wigg löste den Blick nicht von den Instrumenten. »Okay, okay«, antwortete er obenhin. »Bring das Fahrgestell raus!«

Zwanzig Minuten später befahl er: »Sag ihnen, daß wir kommen!«

Manor nahm das Mikrofon, rief das Kennzeichen und sagte: »Kranich landet in zehn Minuten!«

Deegan antwortete umgehend: »Gute Sicht! Kein Wind!«

Jenseits der verriegelten Tür im Flugzeugrumpf rief Jose Slay: »Hört ihr mich? Ich will endlich wissen, wann wir landen!« Er hämmerte mit den Fäusten gegen die Türfüllung.

Vier- oder fünfmal während des Fluges hatte sich Slay bemerkbar gemacht. Wigg und Manor hatten nicht darauf reagiert. Jetzt explodierte Wigg in einem Wutanfall. Er überbrüllte das Motorengeräusch, belegte Slay mit einer Flut von Beschimpfungen und drohte, die Maschine auf den Kopf zu stellen und ins Meer stürzen zu lassen.

So abrupt, wie er losgebrüllt hatte, brach er ab.

In knapp 300 Fuß Höhe donnerte die DC 3 über die Häuser von Malengua, flog parallel zur Küstenstraße, schwenkte in einer leichten Linkskurve, die dem Küstenbogen der Bucht folgte, auf die Bauten und Kräne der Werft ein, senkte sich tiefer und schien immer schneller zu werden, je näher sie der Erde kam.

»Drosseln!« befahl Wigg.

Genau und automatisch führte Mike die längst gelernten Handgriffe aus.

Er sah die weiße Jacht am Kai der Werft, sah rechts die vier Häuser und den Wellblechschuppen, in dem der Wagen stand. Ein Gewirr von Fragen bedrängte ihn. Ungelöste Fragen! Was würde geschehen? Wie sollten sie sich verhalten? Wo und wann hatte Deegan ihr Ende geplant? Würde er sie freundlich angrinsen, sie in die Baracke führen, ihnen das Geld auszahlen und sie dann umlegen lassen? Würde es geschehen, sobald sie das Flugzeug verließen? Welches Schicksal hatte Deegan dem Doc und Slay zugedacht?

»Achtung!« rief Wigg. »Landung!«

So sanft berührten die abgeschliffenen Reifen des alten Flugzeugs den schlechten Beton der Piste, daß die

Stoßdämpfer kaum durchschlugen. Das Brausen des Luftwiderstandes übertönte das Motorengeräusch. Klappen und Bremsen nahmen die Fahrt weg. Immer langsamer holperte die Maschine, einem Läufer jenseits des Zieles ähnlich. Dann erlosch endgültig der Druck der Geschwindigkeit. Die DC 3 stand.

Das Ende der Rollbahn war zu einem Wenderondell erweitert. Zu Manors Erstaunen befahl Wigg: »Bremsen frei!«

Er gehorchte. Wigg zog das Flugzeug auf dem Rondell herum und brachte es in Startposition.

Deegan stand bei der Baracke, links und rechts neben sich Tony Brack und Steve Laxton, die schweigsamen Typen von der Jacht. Sie steckten heute nicht in nachlässiger Freizeitkleidung, sondern trugen dunkle Anzüge, als hätten sie sich zu einem feierlichen Anlaß versammelt.

Für eine halbe Minute saßen Wigg und Manor stumm nebeneinander in den Pilotensitzen. Die Propeller der Motoren kreisten im Leerlauf. Wigg traf keine Anstalten, sie stillzusetzen.

»Und jetzt?« sagte er tonlos. Er richtete die Frage mehr an sich selber als an Mike.

Mike beugte sich vor und schaltete die Motoren ab. Er löste den Sitzgurt und stand auf. Wigg folgte seinem Beispiel. Slay donnerte mit den Fäusten gegen die Tür. »Worauf wartet ihr? Ich will raus!«

»Keine Indios!« sagte Wigg. »Heute sind keine Indios auf der Werft.«

»Es gibt nichts mehr zu verladen!«

Wigg beugte sich vor, nahm den Revolver aus der Halterung und schob ihn in den Hosenbund. Er schloß die abgetragene Lederjacke und knöpfte sie zu.

Mike entriegelte die Cockpittür, stieß sie auf und stand Slay gegenüber.

»Endlich«, sagte der Dicke. Er starrte die Männer böse an. »Ich würde verdammt gern erfahren, warum ihr mich während des ganzen Fluges nicht bei euch haben wolltet.«

Der Doc war nur ein konturenloses Etwas unter dem großen Fellmantel. Das einzige Lebenszeichen war ein röchelndes Schnarchen.

Slay ging zu dem Fellbündel und bearbeitete es mit Fußtritten.

»Wach endlich auf, Doc!«

Mit Mühe schälten sich Hände und ein kahler Kopf aus dem grauen Pelz. Die dicke Brille fehlte. Auf der Suche nach ihr fuhren die Hände des Doc fuchtelnd über den Boden.

Wigg löste die Hebelverschlüsse der Luke und öffnete sie.

Deegan und die anderen hatten sich nicht von der Stelle gerührt.

Langsam hob Deegan die Hand und machte eine Winkbewegung.

»Hallo, Dannis!«

Von einer Sekunde auf die andere wurde Manor klar, daß sie nicht aussteigen durften, daß sie in der Sekunde verloren waren, in der sie das Flugzeug verließen.

»Sag ihm, er soll herkommen!« zischte er Wigg zu. »Allein!«

Wigg begriff. »Komm zu uns in die Maschine, Lad!« rief er. »Komm allein!«

Deegans Hand sank herab. »Was soll der Unsinn?«

Wigg brauchte keinen weiteren Anstoß. Wie Manor empfand er das alte Flugzeug als ein Schutzgehäuse, das er nicht verlassen durfte.

»Bring das Geld mit! Ich will, daß wir in der Maschine abrechnen.«

»Du bist verrückt!«

»Ich bin nur vorsichtig!«

Hinter ihnen sagte die gequetschte Stimme des dicken Slay: »Raus aus der Kiste, oder ihr kriegt's von mir!«

Mike schnellte herum. Nur zwei Schritte hinter ihnen stand Slay und hielt einen massigen Revolver in der Hand.

Aus dem Stand schnellte sich Manor gegen den Gangster. Er schlug die Hand mit der Waffe nach oben und rammte den Ellbogen in die speckgepolsterten Rippen. Ein Fußtritt traf Slays Standbein. Schwer wie ein Mehlsack schlug der Dicke auf.

Draußen schrie Deegan: »Knallt sie ab!«

Brack und Laxton zogen schwere Pistolen aus den Jacken. Vier, fünf Schüsse peitschten. Kugeln durchschlugen die Außenhaut der Maschine.

»Ihr Bastarde!« brüllte Wigg, riß den Revolver aus dem Gürtel und erwiderte das Feuer.

Mike wälzte sich mit Slay über den schmutzigen Boden. Der Gangster umklammerte seine Waffe. Manor kämpfte, um den Lauf von sich wegzuhalten. Plötzlich ließ er los, setzte alles auf eine Karte und donnerte dem Dicken zwei harte Haken ans Kinn.

In Slays Schädel gingen die Lichter aus. Er streckte sich. Seine Finger sprangen auf. Der Revolver schlitterte über den Boden.

Manor faßte die Waffe und schrie Wigg zu: »Bring die Kiste in die Luft, bevor es zu spät ist!«

Wigg verstand und rannte ins Cockpit. Manor versuchte, die Luke zu schließen. Sobald er in der Öffnung auftauchte, krachten Schüsse. Er nahm den Kopf weg und riskierte nichts. Die DC 3 war kein Jet. Eine offene Luke bedeutete keine Katastrophe beim Start.

Die Motoren brüllten auf. Wigg fuhr sie übergangslos zur Vollast hoch. Mit einem Ruck setzte sich das Flugzeug in Bewegung.

Die Garbe einer Maschinenpistole sägte durch die Maschine. Die Kugeln zerfetzten das Blech.

Mike klammerte sich an zwei Spanten. In der Lukenöffnung sah er die Mauer des großen Lagerschuppens und die Baracke vorbeihuschen. Trotzdem hatte die Maschine noch lange nicht die Abhebegeschwindigkeit erreicht.

Mit gewaltigem Knall platzte ein Reifen. Das Flugzeug brach nach rechts aus. Mike wurde gegen die Wand geworfen. Der schwere, reglose Körper Jose Slays schlitterte durch die Maschine, schoß durch die offene Luke und verschwand aus Mikes Blickfeld. Der Doc wurde zum willenlosen Fellknäuel, das durch den Rumpf rollte, als spiele ein unsichtbarer Riese mit ihm.

Der rechte Flügel der DC 3 rasierte ein Krangestänge weg, bevor er selbst wegbrach. Ein Motor löste sich, donnerte auf den Beton und pflügte zwei am Pistenrand abgestellte Autos zu Schrott. Benzin sprudelte aus den Flügeltanks. Dann brach das Fahrgestell weg. Für die Dauer eines Herzschlages hatte Manor das Gefühl, er befände sich in einer Fahrstuhlkabine, die im freien Fall dem Schachtende entgegenstürzt.

In einer Orgie zerknitternden Blechs, knickender Spanten und zerspringender Bullfenster schlug der Rumpf auf. Auch der linke Flügel brach weg. Eine brüchige Mauer, gerammt vom zweiten Motor, stürzte ein, und in der nächsten Sekunde sprang brausend das Feuer auf.

Ein Flammenmantel hüllte die Trümmer ein. Noch brannte nicht die Maschine selbst, sondern nur der Treibstoffsee, den sie auf der kurzen Amokfahrt verloren hatte.

Manor, der keinen Augenblick seinen Halt verloren hatte, stürzte zum Cockpit.

»Dannis!«

Wigg taumelte durch die schmale, zum Trapez verschobene Öffnung. Er blutete aus einer Platzwunde an der Stirn.

»Raus!« schrie Manor. »Schnell raus!«

Über Trümmer kämpften sie sich zur offenen Luke. Manor fiel der Doc ein. Im aufquellenden schwarzen Rauch sah er den grauen Wolffellmantel unter einer herabgefallenen Deckenverkleidung.

»Doc!« Er stemmte die Aluminiumplatte hoch.

Die kurzsichtigen Augen des Doc starrten ihn leer an. In der Stirn klaffte ein breiter Spalt. Der Mann war tot.

Wigg sprang aus der Luke, und Manor folgte ihm. Schwarzer Rauch, gelbe Flammen, verknäultes Blech, gesplissene Spanten! Sie kämpften sich durch ein Trümmerlabyrinth, in dem sie wie in einem Drahtverhau hängenzubleiben drohten.

Sie hatten Glück. Der Wind trieb schwarzen Qualm und die Flammen über die Werft. Wigg stürzte und blieb keuchend liegen. Manor zog ihn auf die Füße.

»Weiter!« schrie er. »Sie legen uns um, wenn wir ihnen in die Hände fallen.«

Er wußte nicht, was mit Deegan und den beiden Gangstern geschehen war. Die Flugzeugtrümmer und der Brand versperrten den Ausgang der Werft. Aber er und Wigg befanden sich jenseits der Barriere. Sie mußten den Vorsprung nutzen.

Bis zu der Wellblechhütte, in der er den Wagen versteckt hatte, trieb er Wigg und sich vorwärts.

Die Bewohner der Hütten, zwei Männer, einige Frauen und Kinder, starrten stumm auf den Brand. Manor riß die Tür des Wellblechschuppens auf. Beim Anblick des kleinen grünen Autos stieß er einen Freudenschrei aus.

»Wir schaffen es, Dannis! Ich wette, sie kriegen ihre Autos nicht flott.«

Eine wuchtige, wummernde Explosion erschütterte die Luft. Über der Werft stieg ein Feuerball hoch. Mauerstücke und Stahlträger wurden hochgeschleudert. Die Indiofrauen kreischten. Ihre Kinder bargen die Gesichter in den Röcken der Mütter.

»Der Tankwagen!« schrie Wigg. »Der Tankwagen ist explodiert.«

Manor stieß ihn ins Auto und warf sich hinters Steuer. Gehorsam sprang der Motor an. Er holperte über den schlechten Verbindungsweg zur Straße. Manor drehte das Steuerrad und fuhr mit hoher Geschwindigkeit nach Malengua, während hinter ihnen schwarze Rauchsäulen sich höher und höher in den Himmel schraubten.

»Hör zu, Dannis!« sagte er.

Wigg starrte geradeaus. Sein Unterkiefer hing herab.

Manor stieß ihn an. »Nimm dich zusammen, Mann! Wir sind noch nicht durch. Ich fahr dich zum Hafen von Malengua. Wir müssen einen Fischer finden, der dich rausbringt. Sobald du an Bord bist, werde ich Verbindung mit der Estella aufnehmen.«

Wigg fuhr hoch. »Randolph!« rief er. »Wir können Randolph nicht zurücklassen.«

»Selbstverständlich nicht!«

In Malengua standen die Indios und blickten über die Bucht zu den Rauchwolken.

Manor bremste den Honda vor dem Hotel ab. Sie stiegen aus und liefen die Stufen zum Eingang hoch.

Sie trafen weder ein Mädchen noch einen der Indios, die im Hotel arbeiteten. Unter ihren Schritten knirschte die Holztreppe, die zu den Zimmern führte.

Wigg stieß die Tür auf.

»Randolph, wir müssen diese verdammte Stadt verlassen, weil . . .«

Masters gegipstes Bein hing aus dem Bett. Der nackte Fuß war unförmig angeschwollen.

»Randy . . .!« stammelte Wigg. »Oh, Gott, Randy . . .!«

Manor ging an das Bett. Die Decke war blutbefleckt.

Auf Masters nackter Brust zeichneten sich die Einschußlöcher wie große Brandflecke ab. Das Blut war getrocknet. Sie mußten ihn vor Stunden umgebracht haben.

Wigg brach zusammen. Er fiel auf den Boden und vergrub das Gesicht in den Armen. Schluchzen schüttelte ihn.

»Ich bring die Schweine um!« keuchte er zwischen Wut und Verzweiflung.

»Steh auf, oder sie bringen dich um!« sagte Manor. Er zog Wigg auf die Füße, trieb ihn aus dem Hotel und zurück in den Honda.

»Unser Geld!« stöhnte Dannis. »Wo ist das Geld?«

»Vergiß es! Sie haben es. Alles, was du noch retten kannst, ist die eigene Haut! Reiß dich zusammen und fahr den Wagen!«

Er holte ein großes Walkie-Talkie aus dem Kofferraum. Während Wigg den Honda zum winzigen Fischerhafen von Malengua fuhr, rief Mike die Estella. Er sprach einige Codesätze und erhielt die Bestätigung.

Ein halbes Dutzend Fischerboote lag am Kai. Mike sprach mit einem jungen Mann. Der Indio nickte und warf den Motor an.

»Er weiß Bescheid«, sagte Mike und führte Wigg zum Boot.

Willenlos ließ Wigg alles über sich ergehen.

Als das Boot abgelegt hatte, fuhr Mike im Honda ins Stadtzentrum. Er stellte den Wagen in einen Innenhof und betrat eine Indiowohnung.

Der Mann, dem die Wohnung gehört, nickte ihm zu und schickte seine Frau und die Kinder weg.

Mike blieb in der Nähe des schmalen Fensters. Er wartete darauf, daß die Dunkelheit hereinbrach.

Noch bei Tageslicht kamen Brack und Laxton in die Stadt. Er sah sie in einem klapprigen, verbeulten Lieferwagen, wie einige Indiobauern sie benutzten. Sie mußten einem Mann den Wagen weggenommen haben. Mike schloß daraus, daß alle Fahrzeuge auf der Werft durch den Brand vernichtet waren.

Sie strichen durch die Straßen wie Wölfe. Ihre Waffen zeigten sie offen. Sie hielten Indios an und versuchten, ihnen Fragen zu stellen. Die Indios verstanden sie nicht.

Endlich wurde es dunkel.

Mike verließ sein Versteck. In der klaren Nacht zeichnete sich die Rauchwolke über der Werft ab. Sie war nicht mehr so mächtig und kompakt. Kein Feuerschein färbte sie. Die Flammen schienen erloschen.

Manor fuhr die Hälfte des Weges. Dann steuerte er den Honda zwischen struppige Sträucher und schlich sich am Rande der Asphaltstraße vorwärts.

Ein Wagen überholte ihn, an dessen Front nur ein Scheinwerfer brannte.

Mike duckte sich. Er erkannte die Umrisse eines großen amerikanischen Straßenkreuzers.

Brandgeruch lag in der Luft. Manor hatte die unmittelbare Nähe der Werft erreicht. Er hörte Stimmen und sah das Licht starker Handlampen.

Stunden verstrichen. Mike fror. Zeitweise fiel er gegen seinen Willen in Schlaf.

Um Mitternacht hörte er das Geräusch von Flugzeugmotoren. Eine leichte Maschine strich über das Werftgelände und bog ab in Richtung zum Meer.

Plötzlich erhellten Scheinwerfer die Straße. Autoscheinwerfer.

Sie hatten sich drei Fahrzeuge beschafft und sie so aufgefahren, daß die Scheinwerfer die Straße von zwei Seiten erhellten. Auch der einäugige Cadillac beteiligte sich an der Beleuchtung.

Das Flugzeug näherte sich zum zweiten Mal. Am Geräusch erkannte Manor, daß die Maschine sehr niedrig flog. Zweifellos wollte der Pilot versuchen, auf dem beleuchteten Straßenstück zu landen.

Mike hoffte, die Landung würde schiefgehen. Aber die Beechcraft kam glatt runter, setzte auf, rumpelte über ein paar Unebenheiten und stand.

Sie rannten alle auf das Flugzeug zu. Mike erkannte im Scheinwerferlicht Deegan, Brack, Laxton und den Piloten Ray Cross, einen großen, rothaarigen Mann in schlechter Haltung, wie Wigg ihn beschrieben hatte.

Der Cadillac fuhr an die Beechcraft heran. Tief lag der Wagen auf den Achsen.

Der Kofferraum wurde geöffnet. Zwei Indios trugen weiße Leinensäcke in das Flugzeug. Auf Deegans Befehl beteiligten sich Brack und Laxton am Verladen.

Nach einer Stunde hatten sie die Maschine beladen. Die Beechcraft konnte nicht aufgetankt werden. Mike fragte sich, für wie viele Flugmeilen der Treibstoff in den Tanks ausreichte.

Wie bei der Landung hoffte er, daß der Start nicht gelingen würde. Wieder wurde er enttäuscht. Cross startete von der schmalen und schlechten Straße mühelos, als hebe er von einer breiten, gepflegten Rollbahn ab. Mit einer Ladung von sechshundert Pfund Rauschgift im Wert von mindestens fünfzig Millionen Dollar an Bord verschwand die Beechcraft am nächtlichen Himmel.

Mike Manor empfand Trauer und das Gefühl von Vergeblichkeit. Sechshundert Pfund Kokain waren unterwegs nach New York. Sechshundert Pfund, aus denen Millionen Chips hergestellt werden konnten! Sechshundert Pfund – die Ursache für tausend neue Opfer, für zehntausend Verbrechen, für Überfälle, Prostitution und Mord! Und er, Mike, hatte nichts verhindern können.

So wenig, wie er das Schicksal seiner Schwester hatte verhindern können.

Am Morgen wagte er sich auf das Gelände der Werft.

Die Trümmer der DC 3 strömten noch Hitze aus.

In der Baracke war das große Funkgerät von Axthieben zertrümmert worden.

Die weiße Hochseejacht, mit der Brack und Laxton gekommen waren, lag nicht mehr am Kai.

Über dem Stadtplan von New York, der die Stirnwand im Chefbüro einnahm, hing eine Landkarte von Süd-, Mittel- und Nordamerika.

Mr. High wies auf einen Punkt an der Pazifikküste. »Der Ort ist nicht eingezeichnet«, sagte er, »aber er liegt ungefähr hier. Mit Kokain an Bord startete eine Beechcraft Super King. Die Maschine ist auf den Bahamas registriert. Eigentümer und Pilot sind identisch. Ein britischer Staatsangehöriger mit Namen Ray Cross. Es steht fest, daß die Lieferung für New York bestimmt ist.«

Er lehnte sich gegen seinen Schreibtisch.

»Das Narcotic Committee konnte einen Agenten einschleusen. Sie kennen ihn: Mike Manor. Als Copilot flog er einige Waffentransporte in der Erwartung mit, das Kokain bei einem Flug vernichten zu können. Seine Erwartung wurde enttäuscht. Die Gangster transportierten das Rauschgift auf einem anderen Weg als die Waffen. Nach dem letzten Flug versuchten die Gangster, sich aller Mitwisser zu entledigen. Sie ermordeten einen Piloten. Ein zweiter Pilot und Mike Manor konnten entkommen. Manor beobachtete die Verladung und den Abflug der Beechcraft mit dem Kokain an Bord. Die Gangster gaben den Stützpunkt auf und gingen an Bord einer Hochseejacht. Bis auf weiteres wird kein Kokain aus diesem Winkel der Welt geschmuggelt werden, aber sechshundert Pfund sind noch unterwegs, genügend Rauschgift für einige Millionen Chips.«

Er löste sich vom Schreibtisch und ging zur Karte »Die Beechcraft startete vor gut zwei Tagen. Sie ist mit Zusatztanks ausgerüstet. Trotzdem kann sie die Strecke nicht ohne Auftanken bewältigen. Wo und in welchen Ländern die Stützpunkte liegen, wissen wir nicht. Ob das Rauschgift umgeladen wird, bevor es die Grenze passiert, ist unbekannt. Aber es gibt keinen Zweifel daran, daß die Lieferung für New York bestimmt ist.«

»Für die Calerghi-Organisation, Sir?« fragte Phil.

Mr. High nickte. »Ein Dreiecksgeschäft. Waffen, Kokain und Dollars. Die Waffen lieferte Irvin Hatchington. Anscheinend wurden genehmigte, angeblich für den Nahen Osten bestimmte Exporte nach Südamerika umgeleitet. In dieser Verschiebung liegt das Motiv für die Ermordung Nicaos Avdats und seiner Freundin. Avdat hatte das Nahost-Geschäft vermittelt, erhielt aber keine Provision, weil die Waffen nie im Nahen Osten ankamen. Als er erfuhr, daß der FBI gegen Hatchington ermittelte, witterte er den richtigen Sachverhalt und versuchte, Hatchington zu erpressen. Hatchington bediente sich der Killer seines Geschäftspartners, die ihm die lästigen Mitwisser vom Halse schafften.«

Mr. High machte eine Handbewegung, die Resignation ausdrückte.

»Das alles läßt sich nicht beweisen. Hatchington und Calerghi können wir das Handwerk nur legen, wenn wir das Kokain abfangen.«

Er nahm schmale Aktenordner vom Schreibtisch und reichte sie uns. »Drei Männer, die für Hatchington und Calerghi in Malengua arbeiteten. Ihre Namen lauten Lad Deegan, Tony Brack und Steve Laxton. Ich weiß nicht, ob sie von Calerghi oder von Hatchington bezahlt wurden oder von beiden gemeinsam. Ihre Namen deuten darauf hin, daß sie nicht zur Familie der Calerghis gehören. In den Akten werden Sie lesen, daß Deegan während des

Vietnamkrieges für eine Geheimorganisation gearbeitet hat. Er wurde gefeuert, weil er sich am Goldschmuggel bereicherte. Brack und Laxton waren Mitglieder der Granbay-Gang. Sie gelten als gewalttätig. Alle drei verließen Malengua mit einer Jacht, wie ich schon sagte. Ich vermute, daß sie den nächsten größeren Hafen anlaufen und auf dem schnellsten Weg nach New York kommen werden.«

»Warum, Sir?« wollte ich wissen.

»Weil es in New York sehr viel Geld zu verteilen gibt, Jerry. Den Gegenwert von sechshundert Pfund Kokain. Mindestens fünfzig Millionen Dollar.«

Er legte die Hände auf den Rücken und sah Phil und mich an.

»Haben Sie jemals erlebt, daß sich Gangster über die Verteilung einer so großen Summe friedlich geeinigt hätten?«

Die USA sind ein offenes Land. Kein Stacheldraht, keine elektronischen Zäune sperren unsere Landesgrenzen gegen Mexiko und Kanada. Mag sein, daß unsere militärischen Radareinrichtungen den Anflug feindlicher Raketen und Bomber rechtzeitig registrieren – laßt es uns hoffen! Alles andere hat eine gute Chance, unbemerkt zu bleiben, denn einige tausend Meilen Grenze und ungefähr ebenso viele Meilen Küste lassen sich nicht lückenlos überwachen.

Jede Nacht schleichen Trupps illegaler Einwanderer über die mexikanisch-amerikanische Grenze. Stündlich legen Schiffe in den Häfen an, die außer der offiziellen, deklarierten Ladung ein bißchen Schmuggelgut an Bord haben – oder auch ein bißchen mehr.

Zwar werden die großen internationalen Flughäfen kontrolliert, aber es gibt über zehntausend private Flugplätze im Land, bei denen bestenfalls der County Sheriff ab und zu vorbeikommt, um nach dem Rechten zu sehen.

Wer soll die hunderttausend Trucks überprüfen, die über unsere Highways donnern? Und von den vielen Millionen Personenautos wollen wir gar nicht reden. Vergessen Sie nicht, daß für den Transport von sechshundert Pfund Kokain ein leidlich großer Kofferraum genügt!

Sie begreifen, daß uns nur ein Zufall hätte helfen können, die Lieferung vor New York abzufangen. Die Aussicht war minimal. Aber wir waren entschlossen, den ›Schnee‹ hier in New York zu finden, bevor er sich in Millionen Kristalle, verpackt in briefmarkengroße Etuis, aufgelöst hatte.

Die großen Drahtzieher zeigten keine Unruhe.

Irvin Hatchington saß weiter in seinem Büro und versuchte, den Tod zu verkaufen. Gianni Calerghi nahm jeden Tag eine Golfstunde und schien nichts anderes im Sinn zu haben, als sein Handicap zu verbessern.

Zwei Tage nach Mr. Highs Informationen wurden wir von der Security-Abteilung des Kennedy Airport angerufen.

»Ich entdecke zwei interessante Namen auf der Passagierliste von Flug 607 der PanAm«, sagte der Beamte. »An Bord der Maschine befinden sich Antony Brack und Steve Laxton. Beide Namen stehen auf der FBI-Wunschliste mit einer Menge Ausrufzeichen dahinter.«

»Woher kommt die Maschine?«

»Aus Lima! Letzte Zwischenlandung hatte sie in Caracas. Wenn Sie sich beeilen, können Sie die Ankunft miterleben. Die Landung ist für vier Uhr nachmittags vorgesehen.«

Wir rasten nach Queens. Die Passagiere von Flug 607 wurden durch Gate 24 ausgeschleust. Die Maschine hatte erhebliche Verspätung. Wir konnten uns den Beobachtungsplatz aussuchen.

Kurz nach fünf Uhr erschienen die ersten Ankömmlinge vor den Schranken der Zollkontrolle. Die meisten waren Touristen, die in Venezuela oder auf den Inseln Urlaub gemacht hatten. Sie benahmen sich laut und versuchten, Curacao-Schnaps und Kaffee durch den Zoll zu schmuggeln. Ein Dutzend Techniker von den Bohrfeldern in Maracaibo erhielten eine bevorzugte Abfertigung.

»Da sind sie«, sagte Phil.

Wir kannten nur die Fotos, und die Männer hatten wenig Ähnlichkeit mit den alten Aufnahmen. Beide waren braungebrannt. Bracks blondes Haar hatte die Sonne weiß gebleicht. Laxton trug ein buntes Hawaiihemd. Auf den ersten Blick unterschieden sie sich in nichts von Touristen.

Ihr Gepäck bestand aus zwei großen Reisetaschen, die sie öffnen mußten. Sie wurden gründlich durchsucht. Dann trugen sie ihre Taschen an einem Beamten vorbei, der einen auf Rauschgift dressierten Schäferhund an der Leine hielt. Der Hund schnüffelte an Bracks und Laxtons Gepäck uninteressiert herum, und der Beamte gab die Sperre frei.

Zehn Minuten später beobachteten wir, wie sie an einen Wagen, einen roten Mercury, herantraten. Eine junge Frau, schwarzhaarig und mittelgroß, hüpfte aus dem Wagen, warf sich dem blonden Brack in die Arme und vereinte ihre und seine Lippen in einem leidenschaftlichen Begrüßungskuß. Steve Laxton sah grinsend zu und massierte seine gebräunte Glatze.

Brack löste sich aus der Umarmung. Er sprach auf die Frau ein. Sie nickte, setzte sich hinter das Steuer des Mercury, winkte noch einmal und fuhr an. Brack und Laxton wandten sich den Taxiständen zu.

Wir hatten zwei unauffällige Fahrzeuge aus dem FBI-Park mitgebracht, die in der Nähe standen. Phil übernahm die Männer. Ich spurtete zu einem Pinto und versuchte, Anschluß an den roten Mercury zu halten.

Es war nicht schwierig. Der Mercury stand in der Nähe eines Ausgangs für Angestellte des Flughafens. Ich fuhr an dem Auto vorbei. Die schwarzhaarige Frau saß hinter dem Steuer und rauchte.

Über Sprechfunk rief ich die Zentrale, nannte die Kennzeichen des Wagens und bat, den Namen des Besitzers festzustellen. Nach zehn Minuten erhielt ich die Auskunft. Der Mercury gehörte Nancy Toon, Besitzerin eines Beauty-Saloons in der W. 38. Straße, in gefährlicher Nähe der berüchtigten W. 42.

Eine volle Stunde wartete Mrs. Toon hinter dem Steuer und rauchte eine Unzahl Zigaretten. Um sechs Uhr endete eine Schicht. Eine Gruppe Flughafenarbeiter drängten durch den Ausgang. Ihre Taschen wurden kontrolliert. Es war eine oberflächliche Kontrolle.

Ein junger Neger trat an den Mercury heran, reichte Nancy Toon eine Plastiktüte und nahm ein schmales Päckchen in Empfang. Nancy Toon knipste die Kippe ihrer letzten Zigarette aus dem Fenster und fuhr an.

Durch den Queens Midtown Tunnel steuerte sie den Mercury nach Midtown Manhattan und in die West 38. Straße. Sie stoppte ihn vor einem alten Haus. Die Fenster des Erdgeschosses und der zweiten Etage bestanden aus Milchglas mit der Aufschrift: *Nancy's Beauty Saloon.* In kleinerer Schrift darunter: *Alle Behandlungen durch Girls.*

Nancy Toon stieg aus, nahm den Plastikbeutel und ging ins Haus.

Ich wunderte mich nicht, daß Phils Wagen einige Blocks straßenaufwärts stand. Er pfiff ein Signal aus einer Toreinfahrt. Minuten später trafen wir uns.

»Deine Leute sind auch in Nancy's Saloon?«

»Sie ließen sich auf dem kürzesten Weg herbringen. Auf wen wartete Nancy am Flughafen?«

»Auf einen Arbeiter der Flughafengesellschaft. Er übergab ihr die Plastiktüte, die sie mit ins Haus nahm. Ich bin überzeugt, daß der Mann in der Transportabteilung arbeitet.«

»Ich verstehe«, sagte Phil lächelnd. »Er brachte ein Gepäckstück beiseite und schleuste den Inhalt durch die Personalkontrolle, die ohnedies nichts taugt.«

»Nur einen kleinen Teil des Inhalts, Phil. Die Plastiktüte war nicht schwer. Nancy Toon hatte nicht die geringste Mühe, sie zu tragen.«

»Rauschgift?« fragte Phil.

»Was sonst?« fragte ich zurück.

»Wenn wir Rauschgift bei Brack und Laxton finden, können wir sie festnehmen.«

»Richtig, aber wir suchen sechshundert Pfund und nicht den Inhalt einer Plastiktüte.«

Hinter den Milchglasfenstern wurde das Licht eingeschaltet. Ein Taxi fuhr vor, aus dem fünf Mädchen quollen. Zwei Weiße, zwei Vietnamesinnen und eine Farbige. Schnatternd verschwanden sie im Haus.

»Die Besatzung«, sagte Phil. »Jerry, hast du daran gedacht, daß Brack und Laxton vielleicht nichts anderes im Sinn haben, als die Rückkehr nach New York zu feiern? Das könnte für uns eine lange und sehr ereignislose Nacht werden.«

»Überwacht werden müssen sie! Ruf das Hauptquartier an und bestell eine Ablösung für Mitternacht!«

Phils Vermutung über eine Fete traf nicht zu, denn eine halbe Stunde nach der Ankunft der Mädchen kamen Brack und Laxton aus dem Haus. Sie hatten sich umgezogen. Jetzt trugen sie Straßenanzüge und dunkle Hüte. Sie stiegen in den Mercury und fuhren an uns vorbei.

Inzwischen war es dunkel geworden. Die Straßenlaternen brannten, und die Lichtreklamen flackerten. Durch Manhattans Häuserschluchten quälte sich eine zehntausendgliedrige Fahrzeugschlange. Für Phil und mich war es einfach, nicht aufzufallen, aber schwierig, den Kontakt nicht zu verlieren.

Brack und Laxton fuhren nach Norden. Ihr Ziel war eine Cafeteria am Rande des Lincoln Center. Laxton blieb am Steuer des Wagens. Der blonde Brack betrat die Cafeteria.

Ich folgte Brack. Die Cafeteria war überfüllt von Leuten, die in den Theatern des Lincoln Center arbeiteten. Überschlanke Ballettmädchen kauten an ihrem Abendsandwich. Orchestermitglieder hielten ihre Instrumentenkästen in den Armen, während sie Kaffee schlürften. Ein paar Kritiker redeten laut und abfällig über alles und jeden.

Tony Brack saß an einem winzigen Tisch zusammen mit einer Frau und einem Mann.

Die Frau hatte ein kantiges, faltenreiches Gesicht und war übermäßig geschminkt. Sie trug viel Schmuck. Vor ihr stand eine schwarze Krokodilhandtasche auf dem Tisch, die sie mit beiden Händen umklammerte.

Der Mann war jünger. Er hatte sich das Haar zu kleinen, krausen Löckchen brennen lassen. Seine Muskulatur drohte den Anzug zu sprengen. Wahrscheinlich betrieb er Bodybuilding. Sein seltsam verschobenes Gesicht zeigte einen lauernden und gemeinen Ausdruck.

Ich eroberte mir einen dürftigen Standplatz an der Theke inmitten eines Pulks von Tänzerinnen, schrie dem Mädchen hinter der Theke im allgemeinen Lärm meine Bestellung zu und versuchte, Bracks Tisch nicht aus den Augen zu verlieren. Die vielen Leute in der Cafeteria verdeckten mir immer wieder den Blick.

Nach einigen Minuten stand die Frau auf, nahm ihre Handtasche und schlenderte zum Waschraum für Ladys.

Sie war dicker, als ihr mageres Gesicht vermuten ließ.

Auf stämmigen Beinen und mit rücksichtslosen

Schwüngen ihrer breiten Hüften verschaffte sie sich Bahn.

Brack und Mr. Krauskopf starrten sich stumm an.

Brack trank Whisky, der andere einen Shake.

Es dauerte eine Viertelstunde, bis die Frau zurückkam.

Sie pflügte sich den Weg zu ihrem Tisch. Ihre Gesten und ihre Art, sich zu bewegen, schienen noch aggressiver als vorher. Sie nickte Brack zu.

Er stand auf, grinste und sagte ein paar Worte. Die Frau antwortete so laut, daß ich die Worte verstand: »Verdammter, mißtrauischer Bastard!«

Sie öffnete die Handtasche und ließ Brack hineinblicken. Als er hineingreifen wollte, klappte sie die Tasche sehr schnell zu und spuckte den Blonden an. Ja, genau das tat sie. Brack lachte nur, zog ein Taschentuch aus der Brusttasche und tupfte sein Gesicht ab. Er warf einige Dollarscheine auf den Tisch. Das merkwürdige Trio verließ, angeführt von der Frau, die Cafeteria.

Der rote Mercury stand auf der anderen Straßenseite.

Als ich die Cafeteria verließ, hatten sie die Fahrbahn schon überquert. Unser Wagen parkte vierzig oder fünfzig Yards hinter dem Mercury.

Phil kam mir entgegen.

»Sie verkaufen Rauschgift! Übernimm den Fahrer!«

Zu dritt standen sie auf der Fahrerseite am Mercury: die Frau, Brack und der muskulöse Krauskopf. Laxton hatte seinen Platz am Steuer nicht verlassen. Die Frau wandte der Fahrbahn die breite Kehrseite zu. Brack teilte seine Aufmerksamkeit zwischen dem, was am Wagen geschah, und den Passanten.

Phil und ich gingen nebeneinander auf den Wagen zu. Zwei Schritte vor dem Heck sprang ich vom Bürgersteig und zog den 38er.

»FBI! Keine Bewegung! Hände hoch!«

Phil riß die Beifahrertür auf, sprang in den Wagen und

setzte Laxton die Mündung ans Ohr. Laxton erstarrte, und für Phil war die Sache erledigt.

Bei mir ging es nicht so glatt ab. Brack fuhr herum. Seine Hand tauchte in den Jackenausschnitt. Ich wollte nicht schießen, und ich war so nahe herangekommen, daß ich Brack mit einem hochgerissenen Haken stoppen konnte. Es war ein Volltreffer, der ihn augenblicklich fällte. Sein Kopf rumste gegen das Karosserieblech. Er rutschte nach unten weg.

Auge und Auge stand ich der Frau gegenüber. Sie hielt die große Handtasche offen in den Händen. In der Sekunde unseres Auftauchens hatte sie irgend etwas hineingesteckt oder herausgenommen und die Tasche noch nicht wieder geschlossen.

»Hände hoch, Madam!« rief ich. »Gilt auch für Sie!«

Ebensogut hätte ich eine Tigerin auffordern können, die Krallen einzuziehen. Die Lady kreischte: »Rocky, kill ihn!«

Sie wartete nicht, ob Krauskopf Rocky ihrer Aufforderung folgte, sondern versuchte es gleich selber. Sie zielte mit gespreizten Fingern nach meinen Augen. Sie trat um sich, schwang wild die Handtasche, aus der hundert Dinge regneten, schrie wie eine Furie, warf sich gegen mich und fletschte die Zähne.

Es fiel mir verdammt schwer, sie auf Distanz zu halten. Natürlich hätte ich sie ausknocken können, aber ich hatte Hemmungen, sie zu schlagen. Ich brüllte sie an, sie solle Vernunft annehmen, aber sie benahm sich wie eine Verrückte.

Rocky sah für sich eine Chance und versuchte, von der Seite an mich heranzukommen. Er hielt einen kurzen Totschläger in der Hand. Zwei Hiebe konnte ich mit Mühe vermeiden. Einmal krachte der Totschläger auf den Wagen und schmetterte eine tiefe Delle ins Blech.

Die Besatzung eines Streifenwagens rettete mich. Ohne

Rotlicht und Sirene schoß der Wagen heran. Zwei baumlange Cops sprangen heraus, packten die Arme der Frau und rissen sie zurück. Ich bekam Luft, sah, daß Rocky sein Heil in der Flucht suchte, spurtete ihm nach und holte ihn nach drei Sätzen ein.

Im Laufen dreht er sich um und probierte es noch einmal mit dem Totschläger. Ich wich aus, sperrte ihm den Weg und schlug zweimal links in seinen prächtig gewölbten Brustkorb.

Der Prachtbursche ging so schnell zu Boden, als habe ihn eine Dampframme getroffen, aber er war nicht bewußtlos. Er spreizte Arme und Beine und schrie: »Ich ergebe mich! Nicht schlagen!«

Ich tastete ihn nach Waffen ab. Er trug einen kurzläufigen Revolver in einem Gürtelholster, und es war verdammt klug von ihm gewesen, die Kanone nicht anzurühren. Das ersparte ihm eine Anklage wegen Mordversuches an einem FBI-Agenten.

Ein zweiter Streifenwagen rauschte heran. Die Cops halfen ihren Kollegen, die tobende Lady in den ersten Wagen zu schleifen. Erst im Inneren des Wagens verstummten ihre gekreischten Flüche.

Ein Sergeant half uns, Laxton, Rocky und Tony Brack, der den Knockout langsam überwand, Handschellen anzulegen.

»Ich wundere mich, daß sich der FBI für Callgirl-Ringe interessiert«, sagt der Sergeant, nahm die Mütze ab und wischte den Schweiß von der Stirn. »Sally wird Ihnen die Hölle heiß machen, G-man. Sie hat eine Menge einflußreicher Freunde.« Er grinste. »Oder sollte ich besser Kunden sagen?«

»Leitet sie einen Callgirl-Ring?«

»Wußten Sie das nicht?«

»Wir verfolgten Rauschgifthändler. Sie brachten uns zu der Lady.«

»Ich kenne Sally, weil ich früher in dem Revier arbeitete, in dem sie eine große Wohnung besitzt. Sie veranstaltete wüste Partys. Die Nachbarn riefen oft bei uns an und beschwerten sich über den Krach.«

»Wie lautet ihr vollständiger Name?«

»Sally Crain! So hieß sie, als ich zuletzt mit ihr zu tun bekam, aber möglicherweise hat sie inzwischen wieder einmal geheiratet. Das macht sie von Zeit zu Zeit.«

Ich faßte den Krauskopf am Jackenärmel und zog ihn nach vorn. »Kennen Sie auch ihn?«

»Rocky Fresby, Sallys Söhnchen! Nicht von ihrem Fleisch und Blut natürlich. Mehr 'ne Art menschliches Schoßhündchen. Immer zur Hand, wenn sie das Bedürfnis spürt, gestreichelt zu werden oder auch ein bißchen mehr. Und gut zu gebrauchen, wenn ein Mädchen eingeschüchtert werden muß. Diesen Job liebt er!«

Ein dritter und vierter Streifenwagen erschienen auf dem Schauplatz. Die Beamten stellten Scheinwerfer auf und sammelten die Beweisstücke von der Straße. Das meiste stammte aus der großen Handtasche von Sally Crain.

Nach wenigen Minuten kam ein Polizist und hielt mir ein flaches, briefgroßes Päckchen hin, das sorgfältig in Plastik eingewickelt war. »Ich glaube, so etwas suchen Sie, Sir?«

Größere Portionen Rauschgift werden immer gründlich verpackt. Um die Ware prüfen zu können, wird ein winziges Loch in die Packung gebohrt und mit einem Klebestreifen geschlossen. Wenn man eine Probe nehmen will, zieht man den Klebestreifen ab, schüttelt ein paar Kristalle aus dem Umschlag und verschließt die Öffnung wieder. Klebestreifen auf einer Packung gelten bei den Bekämpfern des Rauschgifthandels als sicheres Indiz für einen heißen Inhalt.

Ich wog das Päckchen in der Hand. Sein Gewicht

betrug nicht mehr als fünf oder sechs Unzen. Ich zog den Klebestreifen ab, tippte mit dem Finger auf die Öffnung und berührte die Zunge. Sofort spürte ich Kühle und dann ein taubes Gefühl. Das ist für Kokain typisch.

»Hier ist der Gegenwert!« sagte Phil und zeigte mir ein starkes Bündel Hundert-Dollar-Noten. »Das fand sich in der Tasche von Steve Laxton. Du siehst, das Geschäft war schon abgewickelt.«

Fünf oder sechs Unzen!

Ich war überzeugt, daß die Plastiktüte viel mehr Rauschgift enthalten hatte.

Wir erhielten einen Durchsuchungsbefehl und nahmen ein Dutzend City-Cops mit.

Ich störe nicht gern Leute bei ihrem Vergnügen, aber es ließ sich nicht vermeiden, daß wir einige Personen in den Kabinen aufscheuchten, in denen sie ihre Schönheit behandeln ließen. Niemand von uns wunderte sich, daß wir bei Nancy Toons Kundschaft nur auf Männer stießen und daß Nancys Mädchen so gut wie nichts als die Arbeitskleidung trugen. Ich sagte schon, daß die 38. und die 42. Straße West ungefähr den gleichen Zuschnitt haben.

Nancy Toon war entgeistert, daß die Geschäfte ihres prächtigen Tony Brack mit einer schnellen Pleite geendet hatten. Sie begann zu heulen. Gegen die Durchsuchung protestierte sie kaum.

Ein Detektiv der City Police fand das Kokain zwischen Parfümflaschen, Schminken und Frottiertüchern in einem schmalen Schrank.

Wir wogen es auf einer Küchenwaage. Es waren genau ein Pfund und sieben Unzen.

Sally Crain konnten wir nicht vernehmen. Ein Arzt hatte ihr eine Beruhigungsspritze geben müssen. Ich glaube, Phil und ich waren ziemlich erleichtert, uns nicht mit der tobsüchtigen Sally herumplagen zu müssen.

Wir kauften uns ihren Freund Rocky Fresby.

Rocky machte sich klein. Am liebsten hätte er die ganze, mühsam antrainierte Luft aus seinem Körperbau abgelassen, um noch kleiner und harmloser zu erscheinen.

»Ich bin von Sally abhängig«, jammerte er. »Ich verfüge über keinen Cent und muß machen, was sie sagt. Ich ging mit, wußte aber nicht, was sie kaufte. Ich schwöre, daß ich nichts von einem Rauschgiftdeal ahnte.«

20 Minuten später gab er zu, daß Sally selber Rauschgift nahm, ausschließlich Kokain, und daß sie Partys veranstaltete, bei denen die Gäste Kokain schnupften.

»Sie wissen ja, welche Wirkung das Zeug ausübt«, sagte Fresby, »und Mädchen waren immer dabei.«

Es stellte sich heraus, daß zwischen Nancys Beauty Saloon und Sallys Callgirl-Ring alte Geschäftsbeziehungen bestanden. Mädchen und Kunden wurden ausgetauscht. Brack und Laxton wußten also, daß sie für ihre Ware einen sicheren Abnehmer außerhalb eines Syndikats finden würden.

Wir hatten beide in getrennten Zellen untergebracht. Phil nahm sich Laxton vor. Ich ging zu Brack.

»Der Richter hat einen Haftbefehl wegen Rauschgifthandels ausgestellt«, sagte ich. »Du sitzt also für eine lange Zeit hier fest. Wir haben den Rest der Ware bei deiner Freundin gefunden. Zwei Pfund Kokain sind eine Menge, für die ein Richter euch mindestens zehn Jahre gibt.«

»Wer hat uns verpfiffen?« fragte er giftig.

Ich schwieg und hielt ihm das Zigarettenpäckchen hin. Er nahm eine Zigarette und ließ sich Feuer geben. Nach zwei hastigen Zügen stieß er hervor: »Ich kann euch 'nen heißen Tip geben!«

»Laß hören!«

»Ich rede nur, wenn ihr vergeßt, daß wir ein paar schnelle Dollars mit heißer Ware machen wollten.«

»Ein paar Dollars? Die Menge Schnee in eurem Besitz ist auf dem Markt mindestens zweihundert Riesen wert.«

»G-man, die zwanzig oder dreißig Unzen sind nur ein bißchen Staub in Vergleich zu der Ware, von der ich weiß.«

»Okay, Tony, ich werde dir sagen, wieviel wir von der Ware wissen. Vor fünf Tagen hast du in einem trostlosen Hafennest an der Pazifikküste bei der Beladung eines zweimotorigen Flugzeugs geholfen. Ihr packtet die Maschine mit ungefähr sechshundert Pfund Kokain voll. Einer von euch, du oder Laxton, brachte eine Packung in der eigenen Tasche unter. Danach verließt ihr den Hafen mit der Yacht, mit der ihr gekommen wart. Soweit wissen wir also Bescheid. Was geschah dann?«

Er schluckte den Rauch und blies ihn durch die Nase. »Kein Wort von mir ohne Zusage, daß ich rauskomme!«

»Ich habe vergessen zu erwähnen, daß in Malengua ein Mord verübt wurde. Ein wehrloser Mann mit einem gebrochenen Bein wurde in seinem Bett erschossen.« Ich stieß den Zeigefinger gegen ihn vor. »Hast du den Mann getötet?«

Er fuhr auf. »Ich laß mir keinen Mord anhängen!«

»Wer hat ihn getötet? Laxton?«

»Deegan!« schrie er. »Deegan hat es ihm eigenhändig besorgt. Er fuhr zum Hotel, und als er zurückkam, sagte er: ›Einen können wir vergessen!‹« Er zerdrückte die Zigarette. »Deegan hat uns alles eingebrockt.«

Ich warf ihm das Zigarettenpaket zu.

»Hat er euch für den Job angeheuert?«

»Ja, vor ungefähr fünf Monaten. Abram Chosky brachte uns mit ihm zusammen. Chosky vermittelt Jobs und Ware. Er sagte zu Steve und mir: ›Ein Mann sucht zuverlässige Leute für eine Sache in Südamerika. Die Leute müssen mit einer großen Yacht umgehen können.‹ Steve hat zwei Jahre lang auf einer Yacht gearbeitet, und ich habe vor Jahren eine Gastrolle bei der Navy gegeben. Am anderen Tag trafen wir Deegan. Er erklärte uns, wir hätten in New York auf seinen Abruf zu warten. An einem Termin, den er uns noch nennen würde, sollten wir nach Acapulco fliegen, einen seetüchtigen Kabinenkreuzer übernehmen und Malengua ansteuern. Er gab jedem tausend Dollar Anzahlung. Dann hörten wir lange nichts von ihm. Aber eines Tages wurden wir angerufen.«

»Von Deegan?«

»Ich glaube nicht, daß es Deegan war. Aber der Anrufer wußte Bescheid. Er sagte uns, bei welchem Büro unsere Flugkarten lägen. Er nannte den Namen des Bootes und gab uns Verhaltensmaßregeln. Wir befolgten die Anweisungen. Einen Tag später gingen wir im Jachthafen von Acapulco an Bord des Bootes und schipperten südwärts.«

Er schüttelte nachdenklich den Kopf. »Es gab nicht die geringsten Schwierigkeiten. Die Fahrt war der reinste Ferientrip. Zwei Tage früher als geplant kamen wir in Malengua an, und Deegan nahm uns in Empfang.«

»Und welche Arbeit wartete in Malengua auf euch?«

Er bewegte unbehaglich die Schultern. »Ich denke, er wollte sich mit uns zwei handfeste Bodyguards zulegen. Er war allein. Vielleicht fürchtete er Schwierigkeiten.«

»Überspringen wir die Schwierigkeiten!« Es war besser, nicht über Bracks Beteiligung an dem Angriff auf die DC 3 zu sprechen. Er hätte sich selber belasten müssen und natürlich geschwiegen oder gelogen.

»Was geschah nach dem Abflug der Maschine mit dem Kokain an Bord?«

»Deegan, Steve und ich fuhren mit der Yacht nach Arica. Das ist ein größerer Hafen nördlich von Malengua.

Wir brauchten ungefähr dreißig Stunden. In Arica wechselten wir in einen Wagen, der für uns bereitstand. Wir fuhren nach Lima. Eine Nacht lang blieben wir im Gran Picchu Hotel. Dann trennten wir uns. Deegan ließ sich zum Flughafen bringen. Ich weiß nicht, welches Ziel er hatte. Steve und ich blieben in Lima ...«

Er begann zu stottern.

»Ich weiß, warum ihr in Lima bliebt. Nancy Toon brauchte Zeit für die Organisierung der Methode, mit der ihr das Kokain durch die Kontrolle in New York bringen konntet. Wahrscheinlich habt ihr eine Menge Geld für Telefongespräche zwischen Lima und New York ausgegeben.«

Auch ein Gangster kann unglücklich aussehen. Bracks Träume waren geplatzt. Er und Laxton waren, bei Licht betrachtet, Typen, die die Unterwelt Zehn-Dollar-Leute nennt. Ganoven, die sich für eine geringe Summe kaufen lassen. Ein Leinensack, gefüllt mit reinem Kokain, mußte für sie soviel bedeutet haben wie ein Beutel voll Diamanten.

Brack zündete sich eine neue Zigarette, die vierte in ununterbrochener Reihenfolge, an. »Habt ihr Deegan schon gefaßt?«

»Nein, Tony. Ich bin sicher, daß du und Laxton mit ihm verabredet seid.«

»Woher willst du das wissen, G-man?«

»Wir haben bei deiner Freundin eine Haussuchung durchgeführt. In allen euren Taschen fanden wir zwar zwanzigtausend Dollar in sauber gebündelten Päckchen, aber die hattet ihr gerade eingenommen. Eure übrige Barschaft betrug ganze vierhundertzwanzig Dollar. Ich glaube nicht, daß ihr für so wenig Geld gearbeitet habt. Deegan ist euch noch euren Lohn schuldig. Er versprach, euch in New York auszuzahlen, oder?«

Brack nickte. »Als wir uns trennten, sagte er, es gäbe

für uns noch viel Arbeit in New York. Er würde uns anrufen.«

»Wann?«

»Am Sonnabend.«

»Also übermorgen. Unter welchem Anschluß?«

»Nancy's Saloon.«

Hatten wir zu früh zugegriffen? Ich begann mir Sorgen zu machen. Würden wir die große Lieferung verlieren, weil wir auf den Griff nach der kleinen Menge nicht verzichtet hatten?

»Kennst du den Namen Irvin Hatchington?«

Er schüttelte den Kopf. »Nie gehört.«

»Gianni Calerghi?«

Brack sah mich an. »Die Calerghis kennt jeder.«

»Hat Deegan jemals einen der beiden Namen genannt?«

»Nein.«

Der Richmond Country Club verfügte über die beste Golfanlage auf Staten Island. Gianni Calerghi traf seinen Trainer im Geräteraum.

»Verschieben wir die Lektion auf morgen!« schlug er vor. »Irvin Hatchington hat mich zu einer Runde herausgefordert.«

»Ich hoffe, Sie können ihn schlagen, Mr. Calerghi. In den letzten Wochen hat er nicht sehr intensiv trainiert.«

Zehn Minuten später trafen sich Calerghi und Hatchington am Abschlag zum ersten Grün. Sie schickten die Caddys mit einem Trinkgeld weg.

Hatchington schlug seinen Ball.

»Sieht gut aus!« lobte Calerghi, legte seinen Ball auf den Abschlag und schwang den Schläger.

Kritisch verfolgten sie die Flugball.

»Etwas rechts!« stellte Hatchington fest.

Sie folgten ihren Bällen. »Läuft alles glatt?« fragte Calerghi.

»Es gab Schwierigkeiten im Süden. Du wirst deinen Chemiker nicht wiedersehen, Gianni.«

»Warum nicht?«

»Er ist tot. Anscheinend war er zu betrunken, um ein brennendes Flugzeug rechtzeitig zu verlassen.«

»Und warum brannte das Flugzeug?«

Sie erreichten die Stelle, auf der Hatchingtons Ball lag. Er wählte einen Schläger.

»Ich halte es für Zeitverschwendung, über Einzelheiten zu sprechen.«

Der Schlag brachte den Ball bis auf eine Armlänge ans Loch. Auch Calerghis zweiter Schlag brachte dessen Ball dicht ans Loch. Hatchington betrat das Grün und puttete sicher ein.

»Und die Ware?« fragte Calerghi.

»Die Ware trifft morgen in New York ein.«

»Und das Geld?« fragte Hatchington.

Calerghi zog den Puttschläger aus dem Behälter. Er visierte sorgfältig und tippte den Ball sanft an. Der Ball rollte um zwei Zoll am Loch vorbei.

»Oh, verdammt!«

Er brauchte einen vierten Schlag, um den Ball ins Loch zu bringen.

Nebeneinander gingen die Männer zum zweiten Abschlag.

»Das Geld!« wiederholte Hatchington.

»Bis jetzt haben wir für fünfzehn Millionen Dollar Geschäfte abgewickelt. Sobald wir die neue Lieferung übernommen, gewogen und geprüft haben, bekommst du dein Geld.«

»Wieviel?«

Calerghi ließ sich mit der Antwort Zeit. Er wählte einen Schläger, zielte sorgfältig, schwang weit aus und schlug den Ball. Nach weitem Flug in idealer Bahn fiel der Ball aufs Grün nur einige Handspannen vom Loch.

»Den Drive mußt du erst einmal nachschlagen, Irvin.« Hatchington suchte seinen Blick. »Wieviel, Gianni?«

»Schlag deinen Ball, und wir reden auf dem Weg zum Grün über Geld!«

Zähneknirschend gehorchte der Waffenhändler. Calerghi schüttelte den Kopf. »Mehr Konzentration!«

Sie folgten den Bällen.

»Sechshundert Pfund Schnee, sagst du? Bis jetzt habe ich hunderttausend Dollar für ein Pfund bezahlt. Für die Übernahme der sechshundert Pfund wirst du mir einen kleinen Rabatt einräumen müssen.«

»Ich denke nicht daran!«

»Warum so barsch, Irvin? Der Markt nimmt eine so große Menge nicht auf, oder die Preise brechen zusammen. Ich muß einen Teil zurückhalten. Abgesehen vom Zinsverlust für das gebundene Kapital habe ich das Risiko zu tragen. Falls ich die Ware an die Schnüffler verlöre, wäre ich um dreißig oder vierzig Millionen Dollar ärmer. Ich biete achzigtausend Dollar pro Pfund.«

Hatchington fuchtelte mit dem Schläger. »Ich laß mich nicht reinlegen!«

Calerghi wich lachend zwei Schritte vor dem Schläger zurück. »Willst du mir den Schädel einschlagen? Warum streiten wir? Wenn du auf dem alten Preis bestehst, werden wir das Geschäft wie bisher abwickeln. Du lieferst Partien zu zwanzig oder dreißig Pfund. Ich zahle nach Gewicht zwei oder drei Millionen Dollar.«

Er nahm die Position am Ball ein und plazierte einen wohldosierten genauen Schlag. Der Ball rollte ins Loch.

»Go on, Irvin!«

»Du hast versprochen, die Lieferung auf einmal zu übernehmen«.

»Okay, aber nicht zum alten Preis! Verdammt, alter

Junge, jeder Hot-Dog-Verkäufer gibt dir 'nen Nachlaß, wenn du seinen Wagen leerkaufst. Und jetzt schlag endlich dieses Grün!«

Hatchington verlor einen Schlag beim Einlochen.

Nach der Hälfte des Kurses einigten sie sich auf fünfundfünzig Millionen Dollar und Übernahme des Rauschgiftes durch die Calerghi-Organisation.

»Willst du Bargeld?« fragte Calerghi. »Junge, das bedeutet zwei oder drei Seesäcke voll Dollarnoten. Ich verfüge über ein paar Konten im alten Europa. Wir könnten eine Übertragung vornehmen.«

»Ich will das Geld bar!« beharrte Hatchington.

»Du bist ein verdammter Dickschädel! Glaubst du, für mich wäre es einfach, diese Menge als Bargeld aufzutreiben? Mein Geld arbeitet, läuft um oder ist in Aktien angelegt. Wenn ich so viele Millionen rausziehe, gerät mein ganzer Laden durcheinander.«

»Hör auf zu jammern!« schrie Hatchington wütend.

»Ich weiß, daß du das Zehnfache an dem Stoff verdienen wirst.«

Erst am letzten, dem 18. Loch, einigten sie sich über die Form der Übergabe.

»Du und ich allein«, sagte der Waffenhändler. »Kein Dritter! Weder auf deiner noch auf meiner Seite! Kannst du die Summe bis Dienstag flüssig machen?«

Calerghi behielt die Haltung spöttischer Überlegenheit bei. »Ich werde mich bemühen. Im schlimmsten Fall muß ich alle meine Freunde anpumpen.«

Hatchington lächelte nicht. »Wir fahren zusammen zur North Continental Bank. Ich bringe das Geld in ein gemietetes Tresorfach.«

»Die Bankclerks werden sich verdammt wundern, was du runterschleppst.«

»Sie werden mir helfen«, antwortete der andere kalt. »Ich habe den Tresor schon vor zwei Jahren gemietet. Die

Bankangestellten wissen, daß ich wertvolle Antiquitäten darin verwahre. Sie haben mir einen besonders großen Safe eingeräumt, weil Waffen häufig sperrig sind.«

»Du hast das Geld. Wann bekomme ich die Ware?«

»Von der Bank fahren wir zum Lagerplatz. Du kannst so viele Leute mitbringen, wie du für nötig hältst.«

Die Männer sahen sich an.

Calerghi lächelte. »Okay, einverstanden«, sagte er, bückte sich und nahm seinen Ball aus dem Loch.

In den Akten war der Name mit Allan Leonard Deegan angegeben. Das Foto zeigte einen finster blickenden, großen Mann mit knochigem Gesicht.

Nach seiner Laufbahn, wie die Akten sie nachzeichneten, war er nicht eigentlich ein Gangster, sondern jemand aus dem Grenzbereich zwischen Geheimdienst und Verbrechen. Er hatte eine Ausbildung des CIA absolviert. Er war in Europa und in Asien eingesetzt worden. Noch vor dem Ende des Krieges in Vietnam hatte ihn die CIA-Direktion wegen aktiver Beteiligung am Goldschmuggel gefeuert.

Was er seitdem getrieben hatte, blieb unklar. Die Unterlagen verzeichneten zwei kurzfristige Jobs in der Privatindustrie. 16 Monate hatte er in Südamerika verbracht, und ich las die Vermutung, daß er beim Aufbau des Geheimdienstes in einer Bananenrepublik mitgeholfen hatte.

In der Nacht von Freitag auf Samstag führten wir einen seltsamen Umzug durch: aus dem FBI-Hauptquartier in Nancy's Beauty Saloon.

Vor diesem Umzug hatte in Mr. Highs Büro eine stundenlange Besprechung stattgefunden, an der die wichtigsten Männer des Hauptquartiers teilgenommen hatten.

Durch Bracks Geständnis wußten wir, daß Deegan

nach New York kommen und sich melden würde. Wir wußten, daß es am Sonnabend geschehen sollte. Brack rechnete mit einem Anruf.

Die Runde in Mr. Highs Office diskutierte die Frage, wie Deegan sich verhalten würde, wenn er Verdacht schöpfte, wenn er zum Beispiel nicht telefonierte, sondern in die 38. Straße West käme und feststellte, daß der Beauty Saloon seine Tätigkeit eingestellt hatte.

Steve Dillaggio plädierte dafür, daß wir den Betrieb wieder aufnehmen sollten, selbstverständlich nur zum Schein. Er sagte, es würden sich bestimmt Freiwillige bei der weiblichen Polizei finden lassen, die um der Sache willen bereit seien, die Rolle der Massagemädchen zu spielen, ohne im Falle von Kundenbesuchen direkt aktiv werden zu müssen.

Mr. High lehnte den Vorschlag ab.

»Die Razzia hat stattgefunden und läßt sich nicht rückgängig machen. Wenn Lad Deegan vorsichtig ist, den Saloon überprüft, bevor er kommt, oder anruft, wird er auf jeden Fall von der Razzia erfahren. Wir sollten daher die Moral von weiblichen Polizeiangehörigen nicht unnötig strapazieren. Ich hoffe, daß Deegan übertriebene Vorsicht nicht für notwendig hält. Er weiß nicht, daß Brack und Laxton Kokain stahlen. Also kann er auch nicht ahnen, daß sie beim Verkauf erwischt worden sind. Wir werden Brack und Laxton in dem Saloon auf den Anruf warten lassen.« Er dachte einige Sekunden lang nach. »Vielleicht sollten wir doch dafür sorgen, daß Deegan bei seinem Anruf zunächst eine Frauenstimme hört.«

Wir bezogen also am Sonnabend um ein Uhr früh die Wohnung in der 38. Straße West: Tony Brack und Steve Laxton mit Handschellen um die Gelenke, Phil und ich und eine junge, attraktive Kollegin vom Kriminaldienst der City Police. Sie hieß Ann O'Lear und hatte prächtige rote Haare, wie es sich für eine echte, wenn auch in Amerika geborene Irin gehört.

Die Techniker bastelten an der Telefonanlage. Sie bauten einen Lautsprecher und ein automatisches Tonband an und sorgten für eine Fangschaltung, mit deren Hilfe die Herkunft des Anrufs festgestellt werden kann, vorausgesetzt, die Verbindung bleibt lange genug bestehen.

Kollegin O'Lear bezog Nancy Toons Zimmer, das sie gründlich lüftete, weil es intensiv nach Parfüm roch. Wir hatten ein Tonband von Nancys Verhör mitgebracht. Sie spielte es ab, um sich den Tonfall und die Sprechweise einzuprägen.

Auf den ersten Anruf brauchten wir nicht lange zu warten. Kaum hatten die Techniker das Haus verlassen, schrillte die Telefonklingel. Sergeant O'Lear nahm ab und hauchte ein schwüles »Hallo« in die Muschel.

Ein rauher Baß fragte: »He, Nancy! Was ist los bei euch, Baby? Seit Stunden meldet sich niemand. Hör zu, Mädchen! Ich habe drei Provinzler aus Kansas aufgerissen. Sie nehmen an irgendeinem Kongreß teil und tragen jede Menge Kies in den Taschen. Sie haben sich eine Stripshow angesehen. Jetzt wollen sie nicht nur sehen, sondern anfassen. Ich habe sie auf deine Mädchen angespitzt. Sie haben schon eine Menge getrunken. Wenn sie bei dir weitermachen und du ihnen ein paar Tropfen ins Whiskyglas mixt, fallen sie um, und du kannst sie ausräumen. Sie schleppen mindestens zweitausend Dollar mit sich herum. Bei einem sah ich ein dickes Bündel, und ich verwette meinen Kopf, daß die anderen nicht schlechter bestückt sind. Versprich mir ein Drittel, Nancy-Darling!«

»Nichts zu machen ...«, antwortete Ann O'Lear forsch.

Der Baß röhrte auf.

»Baby, die Jungens sind bares Geld. Wer mit einem von ihnen in einem Zimmer ist, ist mit einem offenen Geldschrank allein. Sie gehen nicht zur Polizei, wenn sie am Morgen ihre Taschen leer finden. Sie haben zuviel Angst, daß Mammy daheim von ihren Abenteuerchen erfährt. Ich beschwör dich, Nancy, nimm die Chance wahr und gib mir meinen Anteil!«

»Wir sind ausgebucht.« Sergeant O'Lear traf den Tonfall ausgezeichnet. »Alle Mädchen sind vergeben!«

»Nein, nein«, jammerte der Anrufer. »Nimm dir wenigstens einen meiner Kansas-Leute selber vor, Nancy! Ich weiß doch, wie gut du bist.«

Obwohl im Grunde genommen nicht von ihr die Rede war, schoß unserer Kollegin das Blut ins Gesicht.

»Bei mir nicht!« zischte sie wütend.

Sie warf den Hörer in die Gabel und blies eine Haarsträhne aus der Stirn. »Dieser Job scheint anstrengender zu sein, als ich annahm«, seufzte sie.

Wir ließen sie allein und gingen zu Brack und Laxton.

Wir hatten sie in einem fensterlosen Raum untergebracht, in dem zwei Massagebänke, Polstersessel und ein Fernsehapparat mit einem Videorecorder standen.

»Wir warten auf Deegans Anruf«, sagte ich. »Wenn dieser Anruf erfolgt, werdet ihr so mit ihm sprechen, als säßen wir nicht neben euch. Ich weiß, daß ihr ihn warnen könnt. In diesem Fall würde die Anklage gegen euch erheblich erweitert werden müssen. Deegan hat nach euren eigenen Angaben einen Mord begangen. Eine Warnung wäre Begünstigung eines Mörders und könnte euch dreißig Jahre einbringen.«

Sie antworteten nicht sofort. Erst nach langem Schweigen sagte Brack: »Wenn er mich verlangt, werde ich ihn nicht warnen, aber für Laxton könnt ihr mich nicht verantwortlich machen.«

Der glatzköpfige Laxton fuhr auf.

»Was willst du damit sagen? Denkst du, ich verbrenn mir wegen Deegan die Finger? Ich pfeife auf ihn! Nicht einmal das Geld, das er versprach, hat er uns gegeben. Hätte er uns ausgezahlt, wären wir niemals auf den Gedanken verfallen, Koks zu verkaufen.«

Draußen schrillte das Telefon, und Phil ging in Ann O'Lears Zimmer, wo Telefon, Lautsprecher und Tonband standen. Sie hatte den Hörer am Ohr und winkte Phil heftig zu, er möge das Zimmer verlassen und nicht mithören, was sie sich anhören mußte.

Abgesehen von gelegentlichen Anrufen verbrachten wir eine ruhige Nacht. Am Vormittag blieb das Telefon stumm. Sergeant O'Lear kochte Kaffee für uns alle, Brack und Laxton eingeschlossen. Bis gegen zwei Uhr mittags geschah nichts. Ein Beauty Saloon dieser Sorte erwacht erst gegen Abend zum Leben.

Wenige Minuten nach zwei Uhr schlug die Telefonklingel zum ersten Mal wieder an. Ann O'Lear nahm ab und hauchte ihr gekonntes, schwüles »Hallo«.

Eine trockene Männerstimme sagte: »Ich will Tony Brack sprechen!«

»Wer sind Sie?« fragte Miss O'Lear, wie es geplant war. Der Mann antwortete: »Tony erwartet meinen Anruf!«

Ich holte Brack. Vor der Tür zog ich ihn dicht an mich heran. »Es ist soweit, Tony. Jetzt hängt es ganz von dir ab, ob du mit einem blauen Auge aus der Sache rauskommst oder in einem Gefängnis alt wirst.«

Ich schob ihn ins Zimmer und nickte Ann O'Lear zu. Sie gab ihm den Hörer.

»Hallo«, flüsterte Brack.

»Bist du das, Tony? fragte der Anrufer.

Brack mußte husten um die Stimme freizubekommen. »He, Lad! Bist du in New York?«

Der Anrufer beantwortete die Frage nicht. »Alles in Ordnung?« fragte er zurück.

»Ja, bei uns ist alles okay«, sagte Brack und sah mich mit einem Blick voller Trauer an.

»Paß auf! Um sieben Uhr abends fahrt ihr nach Staten Island. Nehmt die Fähre und benutzt keinen eigenen Wagen, sondern ein Taxi. Laßt euch zum Great Kills Harbor fahren! Hübscher Name, oder? Am Kai G liegt auf Platz 46 ein Außenborder. Das Boot heißt Wavesrider. Die Tanks sind gefüllt. Den Zündschlüssel findest du im Werkzeugkasten. Hast du alles aufgeschrieben?«

»Ja«, antwortete Tony Brack.

»Notier sorgfältig, was ich jetzt sage. Ihr fahrt mit dem Boot zwei Meilen nordwärts! Haltet dreihundert Yards Abstand von der Küste! Nach zwei Meilen passiert ihr eine große Leuchtreklame für ein Hummerrestaurant, dessen Terrassen unmittelbar an der Küste liegen. Außer der Reklame werdet ihr die Tischbeleuchtung sehen. Nach dem Restaurant steuert ihr noch sechshundert Yards die Küste aufwärts! Stoppt das Boot und haltet es auf dem Fleck! Setzt doppelte Positionslampen und wartet! Soweit alles begriffen?«

»Ich habe alles aufgeschrieben, Lad!«

»Es kann sein, daß ihr lange warten müßt. Verliert nicht die Geduld, auch wenn das Warten Stunden dauern sollte! Ich schätze, daß ihr die richtige Stelle vor neun Uhr abends erreicht. Bis ich mich melde, kann es Mitternacht oder noch darüber werden.«

»Wir warten auf jeden Fall!« versicherte Brack, der sich in die Rolle gefunden hatte und die Handschellen an seinen Gelenken vergessen zu haben schien.

»Sobald ihr eine rote Signalrakete aufsteigen seht, werft den Motor an und kommt an Land! Die letzten hundert Yards werdet ihr durch Lichtsignale geführt, damit ihr den Anlegesteg findet. Das wäre alles, Tony. Macht keine Fehler!«

»Verlaß dich auf uns, Lad!«

Einige Sekunden lang blieb die Leitung stumm. Brack sah mich ratlos an und wußte nicht, wie er sich verhalten sollte. Ich wußte es auch nicht. Ich hatte höllische Angst, daß wir dabei waren, einen schweren Fehler zu machen.

Der Mann am anderen Ende der Leitung räusperte sich. »Du stellst keine Fragen, Tony?«

Brack geriet ins Stottern. »Fragen? Wonach?«

»Nach Geld! Bevor wir uns in Acapulco trennten, habt ihr mich bedrängt und bedroht und wolltet jeden Cent eures Honorars ausbezahlt haben. Bist du an Geld nicht mehr interessiert? Hat dein Pferd beim Rennen gewonnen?«

»Nein, nein, Lad. Unser Geld wollen wir haben! Selbstverständlich! Du wirst mit uns abrechnen! Wir sehen dich in der kommenden Nacht, wie du gesagt hast, und wir erwarten, daß du unsere Dollars mitbringst.«

Brack machte zu viele Worte, um das Versäumnis auszugleichen. Mitten in einem Satz unterbrach Deegan: »Bis bald, Tony!«

Ein scharfes Knacken verriet, daß er aufgelegt hatte. Das Tonband blieb stehen. Ich eilte aus dem Zimmer in den Nebenraum, wo Phil saß, Kopfhörer über den Ohren, ein Walkie-Talkie in der Hand.

Er nickte mir zu.

»Fangschaltung hat funktioniert. Er telefonierte von einem öffentlichen Apparat in der Central Station. Unsere Leute sind unterwegs. Hoffentlich kommen sie nicht zu spät.«

Zehn Minuten später stand fest: Sie waren zu spät gekommen. Sie fanden die Telefonzelle von einer jungen Farbigen besetzt, die ihren Freund zu einem Sonntagsausflug überreden wollte und nicht begriff, warum sie von drei Männern aus der Zelle gezogen wurde.

Staten Island oder Richmond, der westliche Insel-Stadtteil New Yorks, im Gegensatz zu Manhattan noch immer ein wolkenkratzerfreies idyllisches Wohngebiet mit ausgedehnten Grünanlagen, wird an Wochenenden von Besucherströmen aus den Ballungsbezirken überschwemmt. Die Fähre, die Phil und ich benutzten, war überfüllt von feingemachten Leuten, die in den Hummer- und Fischrestaurants längst des Seaside Boulevards essen und anschließend auf den riesigen Freiluftflächen von Clove Lakes Park oder Winow Brook die laue Nacht durchtanzen wollten.

Phil und ich richteten uns nach Deegans Anweisungen, als wären wir Brack und Laxton. Wir verzichteten auf einen Wagen. Wir benutzten die Fähre. Wir ließen uns von einem Taxi zum Great-Kills-Hafen bringen.

Ich schätze, daß an der Küste und in den Kanälen von Staaten Island mehr Boote liegen, als es Einwohner auf der Insel gibt. Einige hundert Jacht-, Boot- und Ruderclubs unterhalten eigene Häfen und Anlegeplätze. Kaum weniger Firmen verleihen Boote. Händler bieten alles an, was schwimmfähig ist, vom Ruderkahn bis zur Luxuskreuzfahrtjacht. Die Bezirksverwaltung von Richmond stellt den Bürgern öffentliche Kais zur Verfügung wie andere Verwaltungen Autoparkplätze. Gegen eine Gebühr kann jedermann sein Boot an einem freien Liegeplatz solcher Kais vertäuen.

Kai G war eine öffentliche Anlegestelle für Boote. Als wir nach Platz 46 suchten, herrschte starker Betrieb. Mit Einbruch der Dunkelheit waren die Boote in Massen hereingekommen, und Anlegestellen waren so begehrt wie Parkplätze in Manhattan. Wir bahnten uns den Weg durch Gruppen junger Mädchen in Bikinis und ihrer Freunde, die den sonnigen Tag draußen in der Lower Bay verbracht hatten.

Auf Platz 46 lag ein großes, hellblaues Boot mit offenem Steuerstand. Der Außenbordmotor wurde über ein Steuer im Vorschiff und durch Drahtzüge bewegt. Diese Technik verleiht einem Boot große Beweglichkeit.

Phil und ich wußten, daß wir nichts dagegen tun konnten, wenn Deegan beobachtete, wer an Bord des ›Wavesrider‹ ging. Wir konnten nur hoffen, daß er anderweitig beschäftigt war.

Phil übernahm das Steuer. Ich löste das Tau und sprang an Bord. Aus einem schmalen Boot rief uns ein junges Mädchen an: »Wird Ihr Platz frei, Sir?«

»Ja, Sie können ihn haben.«

Sie klatschte in die Hände. »Fein, Sir, und vielen Dank!«

Phil steuerte den ›Wavesrider‹ langsam durch die Pulks der zahllosen Boote ins freie Wasser, wo er eine größere Geschwindigkeit aufnahm.

Es dauerte eine gute halbe Stunde, bis wir das Kap umschifft hatten und längs der Oakwood Beach nordwärts fahren konnten. Als Ausflug für eine laue Sommernacht kann ich Ihnen die Fahrt wärmstens empfehlen.

Ihr Boot gleitet an den Lichtern von Staten Island vorbei. Vor sich sehen Sie die Beleuchtung der Verrazano Bridge wie eine Himmelsbrücke. Jeder Autoscheinwerfer wird zum Kometenschweif. Im Westen funkeln hunderttausend Fenster des dichtbesiedelten Brooklyn, und die Lichter verraten nicht, daß viele von ihnen in den schlimmsten Slumstraßen New Yorks brennen.

Solange Sie sich in der Lower Bay aufhalten, ist Manhattan nur ein gewaltiger Lichtschein am Himmel. Erst wenn sie unter der Verrazano-Brücke durchfahren und in die Upper New York Bay vordringen, erblicken sie die lichtglühenden Wolkenkratzer wie geometrisch geordnete Milchstraßengebäude, jedes ein Sternenschloß für Geschöpfe aus einer anderen Dimension.

Ich stellte mich neben Phil, behielt den Meilenzähler

im Auge und meldete, als wir zwei Meilen gefahren waren.

»Stimmt«, sagte Phil. »Wir passieren die Lichtreklame!«

Die Lichtreklame stellte einen großen roten Hummer dar, geformt aus Leuchtstoffröhren. Darunter die Worte: *Finest Seafood.*

Ich hob das Fernglas ans Auge und konnte die Menschen an den Tischen sehen. Ein paar Töne Musik wehten bis zu uns herüber.

Nach dem Restaurant folgte ein nicht bebauter Küstenstrich. Dann zeichneten sich gegen den Himmel Gebäudeumrisse und die Stahlfiligrane von Verladekränen ab.

Ich pfiff leise durch die Zähne.

»Was Besonderes?« fragte Phil.

»Wir hätten auf eine Karte blicken sollen, Phil. Wenn mich nicht alles täuscht, liegen wir vor dem Verladekai von Irvin Hatchingtons Firma.«

»Soll ich stoppen?«

»Gib noch zweihundert Yards zu.«

Ich konnte keine Bewegung auf dem Gelände der Hatchington-Firma registrieren. Hatte Hatchington nicht erwähnt, daß er sich während der Nacht auf die elektronische Überwachung verließe? Das galt sicher auch fürs Wochenende.

Phil stoppte den Motor. Ich setzte ein zweites Positionslicht. Gespannt blickten wir zum Land. Irgendwie erwarteten wir eine Antwort, aber nichts geschah.

Die Strömung versetzte das Boot. Phil ließ den Motor anspringen, um den ›Wavesrider‹ auf seinem Platz zu halten.

Zäh verstrichen die Stunden. Wir sprachen wenig miteinander.

Irgendwann sagte Phil trocken:

»Falls er uns beobachtet hat, Jerry, werden wir auf diesem Boot verhungern, bevor an Land das geringste geschieht.«

Zwanzig Minuten nach Mitternacht flammte auf dem Hatchington-Gelände eine Kette starker Lampen auf. Die Lichter erhellten einige hundert Yards Uferstreifen von den Verladekränen bis zur Geländebegrenzung.

Wir hoben die Ferngläser an die Augen. Noch immer war niemand zwischen den Lagerhäusern und dem Bürogebäude zu sehen.

Das satte Brummen von Flugzeugmotoren erfüllte den Himmel mit zunehmender Stärke. Die Maschine flog niedrig. Ich suchte mit dem Glas nach ihr und bekam sie ins Blickfeld, als sie im Tiefflug über das Hummerrestaurant hinwegzog.

»Sie landet!« rief Phil.

Das Motorengeräusch änderte sich. Es wechselte die Tonlage, als der Pilot beim Einschweben das Gas wegnahm. Das Flugzeug kam herunter. Für uns sah es aus, als bliebe es an den Verladekränen hängen, aber die Piste begann hinter den Kränen.

Die Maschine setzte auf, schoß über den beleuchteten Teil der Piste auf die Begrenzung zu, verlor schnell an Tempo und kam zum Stehen. In derselben Sekunde erloschen die Lampen.

»Zweimotorige Sportmaschine«, sagte Phil. »Roter Rumpf, weiße Flügellackierung. Kann eine Beechcraft King gewesen sein. Was jetzt?«

Die Umrisse des Flugzeugs zeichneten sich gegen die Wand einer Lagerhalle ab. Ich glaubte, Bewegungen am Flugzeug wahrzunehmen.

»Geh näher ran!«

Phil drehte die Nase des ›Wavesrider‹ zum Ufer hin und beschleunigte. Plötzlich fragte er: »Waren das Schüsse?«

»Ich habe nichts gehört.«

Die Nacht war von Geräuschen jeder Art erfüllt, denn es war eine jener Nächte, in der New Yorks Bewohner bis ins Morgengrauen und darüber hinaus auf den Füßen bleiben. Noch immer brausten Autos in dichter Folge über die Verrazano Bridge.

Überall glühten die roten und grünen Positionslampen der Boote. Ihre Motoren röhrten in auf- und abschwellendem Rhythmus, wenn sie näher kamen oder sich entfernten. Wenn Schüsse gefallen waren, ich hatte sie jedenfalls nicht wahrgenommen.

Ein rotes Licht stieg von der Küste in den Himmel, ein greller, glühender Punkt, der sich sekundenlang auf dem Scheitelpunkt hielt und erlosch, als er sich senkte.

»Das Signal!«

Phil gab Gas. Der ›Wavesrider‹ nahm unter dem Druck der Schraube den Bug aus dem Wasser und brauste mit zunehmender Geschwindigkeit auf das Ufer zu.

Ich behielt das Glas vor den Augen. Als ich den Mann sah, hatten wir uns der Küste bis auf hundert Yards genähert. Er stand am Rand des Verladekais.

»Langsamer, Phil!«

Er drosselte den Motor.

Der Mann am Kai machte eine Armbewegung. Das Licht einer Taschenlampe leuchtete auf. Der Mann ließ das Licht kreisen.

Ich legte das Glas aus der Hand und vergewisserte mich, daß der 38er locker im Holster steckte. Es war klar, daß wir einige risikogeladene Sekunden erleben würden. In dem Augenblick, in dem das Boot anlegte, konnten wir Deegan über unsere Identität nicht länger täuschen. Falls er uns mit der Lampe in seiner Hand anleuchtete, konnte dieser Augenblick gefährlich früh eintreten.

Die Kreisbewegung des Lichtes hörte auf. Deegan richtete den Lichtstrahl auf die Stelle des Kais, an der wir anlegen sollten. Der Kai war für die Beladung von Frachtern errichtet. Bei Normalwasser lag er ein Dutzend Fuß höher als der Wasserspiegel. Damit er auch für kleinere Boote nutzbar wurde, hatte er Schrägtreppen aus Steinstufen. Eine solche Treppe leuchtete Deegan an.

Ich zog den Hut tief in die Stirn und stellte mich auf die Sitzbank.

Der Kai wuchs vor uns auf wie eine Felswand. Phil ließ das Boot dicht daran entlang auf die angeleuchtete Treppe gleiten.

Für ein sauberes Anlegemanöver war die Geschwindigkeit viel zu hoch, und Deegan merkte es.

»Langsamer!« rief er.

Fünf, vier, drei Yards bis zur untersten Stufe ... ich sprang! Mit dem Schwung des Sprungs raste ich die Treppe hoch, einfach in das Licht hinein.

Der Aufschrei des Mannes, mehr überrascht als erschreckt! Und im nächsten Sekundenbruchteil der Zusammenprall! Die Lampe erlosch und klatschte ins Wasser. Ich riß einen harten Haken hoch und traf, schlug links zu und traf. Mit beiden Hieben hatte ich den Mann vom Ufer weggetrieben. Ich schlug gezielt nach dem weißen Oval seines Gesichtes und fällte ihn.

Ich beugte mich über ihn und spürte, daß er sich bewegte.

»FBI!« sagte ich laut. Für Sekunden war es, als bliebe ihm der Atem weg.

Ich tastete ihn ab. Er trug einen Gürtelholster, aber das war leer.

Alles war so schnell gegangen, daß Phil noch damit beschäftigt war, das Boot im Rückwärtsgang an die Treppe zu bringen.

Ich trug Handschellen bei mir, legte sie Deegan an und zog ihn auf die Füße.

Am Fuß des Kais erstarb der Bootsmotor. Sekunden danach kam Phil die Treppe raufgeflitzt.

»Alles in Ordnung?«

»Sieht so aus! Ich habe ihn.«

Das Gelände der Hatchington-Firma lag seltsam leer und lautlos vor uns. Die großen Tore der Lagerhäuser waren verschlossen. Im Bürogebäude brannte kein Licht. Ein Rollgitter sicherte die Einfahrt.

War Deegan der einzige Mensch auf dem Gelände? Wo war der Pilot der gelandeten Maschine?

»Bleib bei ihm!« flüsterte ich Phil zu.

Ich ging ans Kopfende des Kais, vorbei an den Verladekränen und auf dem Beton der Piste entlang zu deren Ende, wo das Flugzeug stehen mußte. Einmal blieb ich stehen, weil ich Schritte zu hören glaubte. Ich trug eine Stablampe am Gürtel, wollte sie aber nicht benutzen.

Das Flugzeug zeichnete sich gegen den Himmel ab. Mit ausgebreiteten Flügeln und den Stahlbeinen des Fahrgestells ähnelte es einem großen, abflugbereiten Insekt.

Ein Schuß zerschlug die Stille der Nacht. Die Kugel verfehlte mich so knapp, daß ich sie pfeifen hörte. Ich warf mich hin. Deckung gab es auf der nackten Betonpiste nicht.

»Jerry?« rief Phil.

Bevor ich antworten konnte, knallte es zum zweiten Mal. Eine Handbreit neben mir schlug die Kugel Funken aus dem Beton.

Konnte der Schütze bei Nacht sehen? Ich sprang auf und rannte hakenschlagend zum Flugzeug, der einzigen Deckung in Reichweite. Der dritte Schuß fiel. Von dieser Kugel merkte ich nichts.

»Jerry!« Phils Stimme überschlug sich.

Ich tauchte unter die Maschine und schob mich zwischen das Fahrgestell.

»Bin okay!« brüllte ich.

Vier Schüsse fielen in schneller Folge. Ich sah das Aufblitzen des Mündungsfeuers in der Nähe des Bürogebäudes, viel zu weit für eine Antwort durch den Revolver. Der Schütze benutzte ein Schnellfeuergewehr, und diesmal galten die Kugeln Phil oder Deegan.

Ein Mann schrie auf. Phils 38er bellte, obwohl auch für ihn die Distanz zu groß war.

Dem Schußwechsel folgten Sekunden der Stille. Dann hallte Phils Stimme über das Gelände. »Ich bring Deegan ins Boot. Er wurde angeschossen.«

Der Mann mit dem Schnellfeuergewehr ließ eine ganze Serie los. Ich war überzeugt, daß er eine Armeewaffe benutzte – ein Zwischending zwischen Karabiner und Maschinenpistole, geeignet für Zielfeuer auf große Entfernungen und kurzes Streufeuer, bei dem alle Kugeln des Magazins in drei Sekunden ausgespuckt wurden.

Trotz der Dunkelheit hatte er Deegan getroffen und mich zweimal nur um Haaresbreite verfehlt. Benutzte er ein Zielfernrohr oder gar ein neues technisches Hilfsmittel – Restlichtverstärker oder Nachtsichtgerät?

Ich kroch zur anderen Seite der Maschine, stieß gegen etwas Weiches, fuhr zurück und begriff, daß ich einen menschlichen Körper berührt hatte.

Dicht neben der Maschine lag ein Mann auf dem Rücken, die Arme ausgebreitet. Er trug einen Overall mit vielen Taschen, eine sogenannte Fliegerkombination. Als ich über seine Brust tastete, fühlte ich Blut.

Scheinwerfer wischten über das Gelände. Vor dem Rollgitter an der Einfahrt stoppten drei Wagen. Die Lichtkegel erhellten den freien Platz zwischen den Lagerhäusern bis zum Kai. Ich sah die Schattenrisse von Männern, die am Rollgitter hantierten, und hörte das Knirschen von Stahl auf Stahl. Drei, vier Gestalten wuchteten das Gitter nach oben.

Wieder peitschte der Knall eines Schusses aus dem Schnellfeuergewehr. Ein Scheinwerfer zerplatzte. Der

Mann im Dunkel, der uns abzuschießen versucht hatte, nahm die Leute am Rollgitter unter Feuer.

Ein Mann schrie: »Verdammt! Irgend etwas läuft schief! Perro! Marco! Erledigt den Bastard!«

Aus zwei Maschinenpistolen hämmerten lange Serien. Die Wagen, auch das Auto mit dem zerschossenen Scheinwerfer, rollten durch das offene Tor auf den Platz.

Von den Männern, die wie eine stürmende Truppe eindrangen, war Hilfe nicht zu erwarten. Ich übersah in diesen Sekunden nicht die Zusammenhänge, aber es war klar, daß wir uns einer neuen und kopfstärkeren Gruppe von Feinden gegenübersahen.

Der Mann, der offenbar das Kommando hatte, schrie: »Zum Flugzeug! Los, ihr Idioten! Nur das Flugzeug ist wichtig!«

Ein Dutzend Gedanken schossen mir gleichzeitig durch den Kopf. Ein 38er genügt nicht, drei Wagenladungen Gangster, die mit Maschinenpistolen bewaffnet sind, auf Distanz zu halten.

Ich sprang auf.

Die Einstiegstür der Beechcraft stand offen. Deegan oder wer immer den Piloten getötet hatte, mußte ihn beim Verlassen des Flugzeugs mit Kugeln empfangen haben. Für einen Start stand die Maschine richtig. Im Ausrollen hatte der Pilot sie auf der Wendefläche gedreht. Anscheinend hatte er mit schnellem Entladen und baldigem Start gerechnet.

Ich kletterte ins Cockpit, schloß die Einstiegstür und schwang mich in den Pilotensitz. Mit beiden Händen fuhr ich über das Armaturenbrett.

Wieviel Zeit blieb mir noch? Was konnte ich tun, wenn ich den Startschlüssel nicht fand?

Wäre es besser gewesen, die Tanks zu zerschießen, die Maschine und ihre Ladung in Flammen aufgehen zu lassen?

Meine Finger faßten den Schlüssel. Ich drehte ihn. Die Instrumentenbeleuchtung schaltete sich ein. Zeiger schlugen aus. Rote und grüne Lichter glühten auf.

Ich kann mit Sportmaschinen umgehen, und ich bringe bestimmte Hubschraubertypen leidlich genau rauf und runter, aber ich hatte nie im Cockpit einer Beechcraft gesessen. Zum Glück gibt es auch bei Flugzeugen eine gewisse Standardisierung der Bedienungselemente. Wer es gelernt hat, findet sich in einem fremden Cockpit nicht schlechter zurecht als ein Autofahrer hinter dem Steuer eines Wagens.

Ich drückte den Startknopf für den Steuerbordmotor. Die Schraube begann sich zu drehen. Schneller Druck auf den zweiten Startknopf. Der Backbordmotor sprang an.

Ich schob den Gashebel vor, zu schnell für einen sauberen Start, und löste die Bremse.

Der Gedanke durchzuckte mich, daß die Maschine einen Bodensalto vollführen würde, falls die Räder mit Bremsklötzen blockiert waren. Ich hatte nicht nachgesehen.

Den Schalter für die Bordscheinwerfer fand ich nicht. Ich hatte keine Zeit zu suchen. Ich bewegte den Steuerknüppel und ließ die Beechcraft losrennen.

Sie setzte sich mit einem gefährlichen Schlenker in Bewegung. Ich dachte: Wenn du sie nicht auf der Rollbahn halten kannst, fahr sie besser nach Backbord in den Ozean als nach Steuerbord gegen die Hallenwand. Sechshundert Pfund in Wasser aufgelöstes Kokain machen den Fischen nichts aus, und du hast eine bessere Chance rauszukommen.

Aber noch kämpfte ich darum, die schneller werdende Maschine in der Rollbahnmitte zu halten. Auf der unbeleuchteten Piste sah ich weder Seitenbegrenzung noch Mittelstreifen. Ich faßte einen Lichtmast jenseits des Geländes ins Auge, weil er in der Achse zu stehen schien.

Ein schneller Seitenblick auf den Geschwindigkeitsmesser. Untere Abhebgeschwindigkeit erreicht! Der Zeiger überschritt die Markierung und trat ins grüne Feld.

Untere Geschwindigkeit! Gültig für welches Startgewicht? Welchen Wind?

Zwei Scheinwerfer tauchten auf.

Auto auf der Rollbahn!

Startgewicht? Geschwindigkeit? Alles unwichtig geworden. Wenn sie nicht abhebt, kracht es so oder so!

Ich zog das Ruder an die Brust. Die Autoscheinwerfer wurden so groß wie weiße Sonnen. Dann sackten sie nach unten weg, als würden sie von der Hölle verschluckt.

Ich sah am Neigungsmesser, daß ich dicht davor war, die Beechcraft auf den Schwanz zu stellen, was unweigerlich zur Folge hätte, daß sie wie eine Fahrstuhlkabine nach unten saust. Ich erinnere mich, daß ich das Steuer sanft nach vorne drückte. Die Beechcraft gehorchte, neigte die Nase und legte sich auf den Bauch. Im selben Augenblick sah ich rechts von mir und so Fuß tiefer den roten Leuchtröhren-Hummer der Restaurantreklame.

Noch flog ich so tief, daß ich mit jedem höheren Wohnhaus zusammenstoßen konnte. Ich drosselte die Geschwindigkeit und riskierte eine Kurve aufs Meer hinaus, wo es keine Wolkenkratzer und Laternenmasten gab. Gleichzeitig versuchte ich, die Funkanlage anzuwerfen.

Kopfhörer mit Mikrofon hing in der Halterung. Ich stülpte ihn über, drückte den ersten Frequenzschalter und rief das Codewort für Notlagen ins Mikrofon: »Mayday! Mayday!«

Die Antwort kam prompt und laut. Am Kopfhörer dröhnte eine Männerstimme, als säße der Sprecher neben mir.

»Coastguard Flug-Kontrolle Rockaway! Wer sind Sie? Welche Notlage?«

»FBI Agent Jerry Cotton!« Weil ich ihn so laut hörte, brüllte ich meinerseits. »Alarmieren Sie City Police und FBI-Hauptquartier! Gangsteraktion auf dem Gelände der Firma Irvin Hatchington in Staten Island. Menschen in Lebensgefahr!«

»Wir schicken zwei Hubschrauber hin. Ihre Leute und die Cops wurden alarmiert. Was kann ich für Sie tun, G-man?«

»Holen sie mich runter!« antwortete ich. »Ich sitze in einer fremden Maschine und habe jede Orientierung verloren.«

»Sie sind schon fast unten«, sagte er. »Auf meinem Radar paßt kein Haar mehr zwischen Ihr Flugzeug und den Ozean. Sehen Sie sich vor, oder die nächste Welle schwappt Ihnen ins Cockpit. Falls Sie ein bißchen vom Fliegen verstehen, versuchen Sie, Ihre Maschine einige Fuß höher in die Luft zu bringen! Bleiben Sie auf Ihrem Kurs! Ich räume den Luftraum für Sie!«

Während ich die Beechcraft steigen ließ, hörte ich, wie er Sportflugzeuge, Hubschrauber und nächtliche Touristenrundflieger aus meinem Weg scheuchte. Zum Glück bewegte ich mich weit außerhalb der Einflugschneisen von Kennedy Airport, und die Düsenriesen brauchten meinetwegen nicht belästigt zu werden.

»Okay, jetzt werden wir versuchen, Sie runterzuholen«, erklärte der Controller. »Am besten landen Sie auf dem Floyd Bennett Field. Wir schicken Ihnen eine Maschine entgegen, die Sie lotst.«

Floyd Bennett Field ist ein Militärflugplatz an der Südspitze Brooklyns. Wenige Minuten später sah ich die Positionslampen und die eingeschalteten Scheinwerfer eines leichten Flugzeugs, das sich parallel zu mir bewegte. Der Pilot meldete sich im Kopfhörer.

»He, G-man! Ich bin Frank Drewman von der Coast Guard. Wie fühlen Sie sich?«

»Leidlich, Frank. Aber ich kann nicht behaupten, daß ich mit der Mühle, in der ich sitze, schon Freundschaft geschlossen hätte. Eine Menge Dinge an ihr sind mir nach wie vor geheimnisvoll.«

»Wie ich sehe, halten Sie die Maschine prima ruhig in der Luft! Ich werde mich jetzt vor sie setzen. Folgen Sie mir einfach, und machen Sie alle meine Flugbewegungen nach! Ich habe mir ein besonders großes Schlußlicht angeklebt, damit Sie mich nicht verlieren.«

Er schwenkte ein und flog mit dreihundert Yards Abstand vor mir her. »Sind Sie dran?« fragte er.

»Alles in Ordnung!«

Er meldete sich bei der Flugkontrolle und wandte sich wieder an mich: »Backbord können Sie schon das Leuchtfeuer von Rockaway Point sehen. Sobald wir es überflogen haben, werde ich eindrehen. Dann liegt Bennett Field wie eine Tortenplatte vor uns. Wir werden mit großer Festbeleuchtung empfangen.«

Ich sagte ins Mikrofon: »Coastguard-Kontrolle! Hören Sie mit?«

Die Antwort kam prompt. »Selbstverständlich, G-man!«

»Haben Sie Informationen, was auf dem Hatchington-Gelände läuft?«

»Nein, keine eindeutigen Nachrichten! Zerbrechen Sie sich nicht den Kopf! Kommen Sie erst einmal gesund runter!«

Mein Lotse meldete sich. »Ich schwenke jetzt ein, G-man!«

Sein großes rotes Schlußlicht beschrieb eine sanfte Kurve, die ich mitflog.

»Prächtig, G-man!« lobte er. »Voraus sehen Sie Floyd Bennett Field. Ich drücke meine Maschine zur Landung! Machen Sie es einfach genau wie ich! Haben Sie keine Angst, daß Sie mir ins Heck fahren könnten! Ich werde über dem Aufsetzpunkt durchstarten!«

Ich machte mir wegen der Landung kaum Sorgen. Man lernt ein Flugzeug schnell kennen. Die Beechcraft reagierte präzise auf jeden Steuerdruck.

Frank Drewmans rotes Schlußlicht begann in sanfter Schräge abwärtszusinken. Die Doppelreihe der Landebahnbefeuerung zeichnete sich ab. Zwei starke Scheinwerferstrahlen ragten als Markierungssignale in den Himmel.

Im Kopfhörer meldete sich eine neue Stimme. Sie sagte militärisch knapp: »Bennett Control übernimmt Sie! Anfluglage korrekt. Sinkgeschwindigkeit okay! Geschwindigkeit über Grund okay! Kommen Sie rein!«

Im Licht des Flughafens verwandelte sich die rote Schlußleuchte zu einem einmotorigen weißen Flugzeug, das elegant wie ein Insekt die Rollbahn berührte, sich löste und weiterflog.

Die Lampen der Pistenbegrenzung stürzten mir entgegen. Nur im Augenblick einer Landung wird uns die Geschwindigkeit eines Flugzeuges bewußt.

Die Räder setzten auf. Hart schlugen die Stoßdämpfer durch. Die Beechcraft rüttelte. So elegant, wie ich es mir vorgestellt hatte, gelang die Landung nicht. Aber ich war unten, nahm das Gas weg und bremste die Maschine ab.

Ich fuhr an aufgefahrenen Feuerwehrwagen und zwei Ambulanzen vorbei. Der Flughafen hatte sich auf jeden Notfall vorbereitet. Als die Maschine stand, löste sich ein offener Jeep vom Rand der Rollbahn und raste heran.

Ich kletterte aus der Beechcraft. Der Flughafenkommandant, ein Oberst der Air Force, sprang aus dem Jeep, legte die Hand an die Mütze und sagte ernst: »Darf ich Ihren Ausweis sehen, G-man?«

Ich befand mich auf militärischem Gebiet mit strengen Bräuchen. Nach dem Blick auf die ID-Card wurde der Oberst milder. »Kommen Sie in mein Office, G-man!«

»Sekunde, Colonel! Ich habe mich noch nicht um die

Fracht der Maschine gekümmert! Wollen Sie mir helfen? Ich lege Wert auf einen Zeugen!«

Er folgte mir in die Beechcraft.

Der Passagierraum war ohne Sitze. Die Fracht bestand aus einigen Dutzend Kisten. Alle trugen die aufgemalte Bezeichnung: »Regierungseigentum! Auf Anordnung des Verteidungsministers für den Verkauf freigegeben.«

Ich hob eine Kiste vom Stapel, stellte sie zurecht und zertrat den Deckel.

»Ich weiß nicht, ob Sie zu dieser Handlungsweise berechtigt sind«, sagte der Oberst tadelnd.

Ich holte einen weißen Leinensack aus der Kiste, löste den Drahtverschluß und griff hinein. Meine Finger fühlten kristallinisches Pulver. Ich berührte die Fingerkuppe mit der Zungenspitze und spürte das charakteristische taube Gefühl.

»Was ist das?« fragte der Oberst.

»Kokain«, sagte ich. »Sechshundert Pfund Kokain!«

Den Weg zurück nach Staten Island machte ich in einem Streifenwagen der City-Police. Gegen drei Uhr morgens sah ich die Piste wieder, von der ich gestartet war.

Der Körper des Piloten lag unter einem Zelttuch, noch immer angeleuchtet von einem Standscheinwerfer des Homicide Department. Beamte suchten mit Metallsonden das Gelände nach Kugeln und Hülsen ab. Sie hatten schon ein knappes Dutzend gefunden.

Ich wußte, daß ich Phil gesund antreffen würde. Die Nachricht hatte ich über Sprechfunk erhalten.

Trotzdem machte Phil einen niedergeschlagenen Eindruck. »Was ist los, Alter?«

»Deegan«, antwortete er. »Ich habe Deegan nicht in Sicherheit bringen können.«

»War er verletzt?«

»Ja, aber vermutlich nicht schwer. Als ich ihn die Treppe runterzog, um ihn ins Boot zu bringen, riß er sich los und sprang ins Wasser.«

Er wies aufs Meer, wo Scheinwerfer die Wasserfläche abtasteten.

»Sie suchen nach ihm. Ich glaube nicht, daß er davonkam. Seine Hände waren gefesselt.«

»Wir haben das Kokain« sagte ich.

»Deegan wäre ein Zeuge gegen Gianni Calerghi gewesen.«

»War er nicht Hatchingtons Mann?«

»Ja, aber ich denke, daß er auch Hatchingtons Verräter war.«

Ich teilte Phils Meinung. Wir rekonstruierten den Tatablauf. Als die Maschine landete, befanden sich Irvin Hatchington und Lad Deegan auf dem Gelände. Deegan erschoß den Piloten und gab dem Boot, auf dem er Brack und Laxton vermutete, das Zeichen, an Land zu kommen. Wahrscheinlich sollten die beiden ihm helfen, die Leiche des Piloten zu beseitigen. Vielleicht auch plante er, Brack und Laxton ebenso als Mitwisser zu beseitigen wie alle anderen.

Aber nicht Gangster kamen an Land, sondern Phil und ich. Wir überwältigten Deegan. Irvin Hatchington erkannte, daß alles zu scheitern drohte, und griff zum Schnellfeuergewehr. Die Cops hatten das Gewehr gefunden: eine moderne Armywaffe mit Nachtsichtausrüstung.

Noch während des Feuergefechtes zwischen Hatchington und uns kamen die anderen.

Leute, die Hatchington nicht erwartet hatte.

Leute, die von keiner elektronischen Sicherheitsanlage aufgehalten wurden. Darauf gründete sich unsere Annahme, daß Deegan auf der anderen Seite mitgespielt und die Anlage abgeschaltet hatte.

Wer waren die Leute? Wer kommandierte sie?

Klar, daß sich diese Fragen praktisch von selbst beantworteten. Wie hatte Mr. High gesagt?

»Noch nie haben sich Gangster über die Verteilung von fünfzig Millionen Dollar friedlich geeinigt.«

Calerghi war gekommen, sich das Kokain preiswert zu holen, so gut wie für nichts. Was kosten schon einige Kugeln?

So sehr die Antwort auf der Hand lag, so wenig gab es einen Beweis.

Als die ersten Streifenwagen auf dem Hatchington Gelände eingetroffen waren, hatten sie nur den toten Piloten gefunden. Alle Calerghi-Männer waren verschwunden.

Verschwunden war auch Irvin Hatchington.

Mit oder ohne Zeugen – er war auf jeden Fall ein erledigter Mann.

Im Morgengrauen fanden die Boote der Coast Guard mit Hilfe eines Schleppnetzes Lad Deegans Leiche.

Auch der tote Pilot war inzwischen identifiziert. Er war jener Engländer Ray Cross, der vor fast einer Woche mit dem Kokain an Bord in Malengua gestartet war. Den Weg, den er und das Flugzeug genommen hatte, kannten wir nicht. Offensichtlich war die Maschine umfrisiert und das Kokain umgepackt worden.

Phil und ich blickten auf den nassen und schlaffen Körper, den die Beamten der Coast Guard an Land trugen.

»Eine Sorge weniger für Gianni Calerghi«, sagte Phil. »Mit Deegan als Zeugen hätten wir ihn vor Gericht bringen können. Die Tradition der Calerghis bleibt ungebrochen. Unseren Vorgängern ist es nie gelungen, den alten Calerghi zu fassen, und wir scheitern an Gianni.«

»Wenn uns Hatchington in die Hände fällt, haben wir

einen Zeugen gegen die Calerghi-Organisation. Einen guten Zeugen! Er haßt Calerghi, von dem er ruiniert wurde.«

»Wer weiß, ob er noch lebt. Vielleicht haben Calerghis Killer ihn noch in der Nacht erwischt.«

»Wir sollten nichts unversucht lassen, Phil!«

Auf dem kürzesten Weg fuhren wir ins Hauptquartier, erstatteten Mr. High Bericht und veranlaßten eine öffentliche Fahndung nach Irvin Hatchington.

Schon während der lokalen Frühnachrichten flimmerte Hatchingtons Bild über die Mattscheiben der Fernsehgeräte.

»Das FBI-Hauptquartier sucht Irvin Hatchington, Weißer, 43 Jahre. Obwohl Hatchington in schwere Verbrechen verwickelt ist, richtet der FBI an ihn eine eindringliche Warnung. Irvin Hatchington, Ihr Leben ist in größter Gefahr! Vertrauen Sie nicht auf Angebote Ihrer Partner! Sie werden versuchen, Sie als Zeugen zu beseitigen. Obwohl Sie wegen Ihrer Beteiligung am Handel mit Rauschgift ein Gerichtsverfahren zu erwarten haben, rät der FBI Ihnen, sich den Behörden zu stellen! Man wird Sie fair behandeln. Wenn Ihre Expartner Sie finden, werden Sie umgebracht!«

Die Durchsage endete mit der Angabe von Telefonnummern, bei denen Hatchington oder jeder, der etwas über seinen Aufenthalt wußte, anrufen konnte.

Gegen zehn Uhr fuhren Phil und ich, rasiert, geduscht, aber nicht ausgeschlafen, die breite Betonstraße durch die parkartige Gartenanlage zur Calerghi-Villa hinauf.

Wie beim ersten Besuch öffnete das hübsche, dunkelhaarige Hausmädchen, betrachtete uns mißfällig und fragte von oben herab, was wir wünschten.

»Gianni Calerghi.«

Sie hatte ein gutes Gedächtnis und erinnerte sich an uns. »Angeblich sind Sie FBI-Beamte, nicht wahr? Okay, ich werde Mr. Calerghi fragen, ob er sich von Ihnen belästigen lassen will.«

Sie schrammte die Tür zu und ließ uns volle zehn Minuten warten. Als sie öffnete, sagte sie: »Warten Sie in der Halle!«

Die Halle war groß genug, um darin Tennis zu spielen.

Der Fußboden bestand aus großen Marmorplatten, vermutlich aus der Heimat der Calerghis. An den Wänden hingen teure Bilder. Eine große, geschwungene Treppe führte zur zweiten Etage. Durch die großen Glastüren der Rückfront blickte man auf die Terrasse und den Swimmingpool.

Auf lautlosen Gummireifen, geschoben von seinem großen, plumpen Leibwächter, rollte der alte Calerghi von der Terrasse in die Halle, wie immer bekleidet mit dem feierlich-schwarzen Anzug.

Bei unserem Anblick hob er die Klauenhand, gab dem Bodyguard die Richtung an und ließ sich zu uns schieben.

»Che volete?« krächzte er und wechselte ins Englische. »Warum kommen Sie wieder? Welchen Grund gibt es, daß Sie meinem Gianni nachstellen?«

»Die Frage haben wir Ihnen schon einmal beantwortet, Mr. Calerghi. Ihr Sohn dirigiert das Rauschgiftsyndikat, das Sie begründeten. Gestern nacht versuchten seine Leute, sechshundert Pfund Kokain zu rauben. Dabei wurden zwei Menschen ermordet.« Der starre Vogelblick fixierte uns. »Sechshundert Pfund Kokain?« wiederholte er. »Viel Stoff! Ein Vermögen an Dollars! Wer hat die Ware?«

Mit keiner Silbe erwähnte er die Toten. So alt er war, die Vorstellung einer so großen Menge Rauschgift faszinierte ihn.

»Wir«, antwortete ich.

Er verzog die Mundkerbe. Wollte er lächeln?

»Ah, ich verstehe. Sie wollen mit Gianni über die Ware reden. Ein gutes Gespräch nutzt beiden Seiten. Was macht die Polizei mit Kokain? Sie kann nichts damit anfangen. Sie muß es vernichten, und niemandem ist damit gedient. Es ist, als ob man Dollarscheine in ein Feuer wirft. Ich freue mich, wenn es bei der Polizei Männer gibt, die anders denken.«

Er stieß den Geierkopf vor. »Ist es reine Ware? Wieviel Prozent?«

Die Stimme des jungen Calerghi hallte von der Treppe. »Dad, ich will nicht, daß du mit den Schnüfflern sprichst!«

Gianni kam in großen Sprüngen die Treppe herunter.

Der Alte antwortete erregt in italienischen Sätzen, und sein Sohn wechselte in die Sprache, die er selber nicht mehr perfekt beherrschte. Schließlich schrie er den Leibwächter an: »Bring ihn raus!«

Giovanni Calerghi wurde aus der Halle gerollt. Gianni wartete, bis sich die Tür hinter ihm geschlossen hatte.

Er ordnete das seidene Halstuch, das er im Ausschnitt seines Sporthemdes trug.

»Ihre Besuche regen meinen Vater auf«, sagte er. »Er fühlt sich in alte Zeiten versetzt, in denen es noch keinen FBI gab. Damals klingelten die Polizisten zu Weihnachten an seiner Tür und nahmen mit der Mütze in der Hand ihren Umschlag entgegen. Dad begreift nicht, daß sich die Verhältnisse geändert haben. Besser, Sie fordern mich beim nächsten Mal auf, in Ihr Büro zu kommen.«

Das farbige Hausmädchen brachte eine karierte Tweedjacke und hielt sie Calerghi hin, damit er hineinschlüpfen konnte.

»Danke, Betty!«

Sie reagierte mit einem verliebten Lächeln.

»Ich bin auf dem Golfplatz verabredet«, sagte Calerghi. »Machen Sie es kurz!«

»Verabredet mit Irvin Hatchington?«

Er lachte. »Selbstverständlich nicht. Ich habe die Morgennachrichten gehört. Der gute, alte Irvin scheint sich auf eine böse Sache eingelassen zu haben.«

»Von der Sie nichts wissen, oder?«

Er zog die Lippen von den makellosen, starken Zähnen.

»Schießen Sie los, G-man! Fragen Sie mich, wo ich die vergangene Nacht verbracht habe! Ich werde die Antwort nicht schuldig bleiben.«

»Wo waren Sie nach Mitternacht?«

»Sie kennen das Mädchen! Cat Ranczik, die Chefin von Cat's Nightclub. In gewisser Weise ist sie zwar meine Angestellte, aber ich versichere Ihnen, daß ich keinen Zwang ausübte. Sie verbrachte die Nacht freiwillig mit mir.«

»Sie haben sechshundert Pfund Kokain verloren.«

Er zeigte ein spöttisches Lächeln. »Ich? Man kann nur verlieren, was man bezahlt hat.«

»Ja, Sie haben versucht, Hatchington reinzulegen, sich das Kokain mit Gewalt und ohne Bezahlung zu holen. Sie sind gescheitert, trotz Deegans Hilfe. Wir haben für fünfzig Millionen Dollar Kokain beschlagnahmt.«

»Herzlichen Glückwunsch! Bei den fünfzig Millionen ist nicht ein einziger Dollar von mir dabei.«

»Sie besitzen keine Ware«, sagte Phil. »Sie können den Markt nicht versorgen.«

»Knappheit treibt die Preise«, antwortete Calerghi.

»Natürlich macht ein Händler, der sechshundert Pfund Kokain zu einem niedrigen Preis auf den Markt werfen kann, ein größeres Geschäft als jemand, der nur einige hundert Unzen zu einem exotischen Kurs verkaufen muß. Gewinne springen allemal dabei heraus.«

Er blickte demonstrativ auf seine Armbanduhr. »Meine Golflektion beginnt in zwanzig Minuten.«

»Fürchten Sie nicht, daß Hatchington gegen Sie aussagen wird?« fragte ich.

»Ich weiß, daß Sie glauben, zwischen Hatchington und mir bestünden finstere Geschäftsbeziehungen. Natürlich ist kein Wort daran wahr. Aber nehmen wir die Hirngespinste des FBI einmal für zwei Minuten ernst! Also, der ehrsame Irvin Hatchington hat seine Waffen gegen Kokain ins südliche Amerika verkauft. Er wollte das Kokain in New York an ein vertriebsstarkes Syndikat liefern. Zwei tüchtige FBI-Beamte kamen dazwischen. Mr. Hatchington verlor sein Kokain, seinen guten Ruf, seine ehrsame Firma als Gunmaker und Waffenhändler und befindet sich auf der Flucht. Ich bin überzeugt, er besitzt Konten im Ausland und wird versuchen, die Staaten zu verlassen, ohne vom FBI geschnappt zu werden.«

»Sie vergessen, daß Hatchingtons Partner versuchten, seine Ware mit Gewalt und ohne Bezahlung zu kassieren. Der FBI war nur schneller. Für Hatchington steht eine Rechnung mit seinem betrügerischen und mörderischen Partner offen.«

»Nehmen wir an, ich wäre der Partner, wie Sie vermuten, G-man! Vielleicht würde ich mich fürchten, wenn Hatchington einen italienischen Namen trüge, wenn er zu einer Cosa-Familie gehörte oder gar der Padrone einer Familie wäre. Das alles ist er nicht, sondern ein einsamer Mann, der keine Chance hat.«

»Anders und deutlicher ausgedrückt: Sie erwarten, daß Ihre Killer ihn finden.«

Er zuckte mit den Schultern. »Ich kann Sie nicht hindern, mich für den großen Boß der New Yorker Unterwelt zu halten. Ich kann nur darauf pfeifen. Sorry, G-men, jetzt habe ich wirklich keine Zeit mehr für Sie. Mein Golflehrer wartet.«

Er verließ mit uns das Haus. Sein Wagen, ein goldfarbener Cadillac, stand neben dem Jaguar. Im Einsteigen winkte er uns zu. Noch vor uns fuhr er an und ließ den Cadillac die sanften Kurven der privaten Straße durch den Park hinunterrollen.

Eine weiße Mauer begrenzte das Calerghi-Grundstück. Das breite Tor, eine kunstvolle Schmiedearbeit, mit Goldbronze lackiert, ließ sich durch ein Ultraschallsignal öffnen.

Wir folgten Calerghis Cadillac in zwanzig Schritt Abstand. Ich sah, wie er den Arm aus dem Seitenfenster streckte und mit dem Signalgeber den Motor des Tores auslöste.

Lautlos glitten die Gitterflügel nach links und rechts auseinander und gaben die Ausfahrt auf die Straße frei.

Blühende Oleandersträucher säumten die Fahrbahn.

In dem Augenblick, als Calerghi anfuhr, schlug zwischen den Oleanderbüschen eine weiße Stichflamme hoch.

Ein kurzes, wildes Fauchen zerschnitt die Luft. Etwas, das ein großer Stein zu sein schien, schlug mit ungeheuerer Vehemenz in den Cadillac ein.

Zwanzig Schritte vor uns zerlegte eine gewaltige Explosion das Fahrzeug in seine Bestandteile, riß das Dach weg, blies die Türen hundert Yards weit in die Bäume, wuchtete den Motor hoch, schmetterte ihn auf die Fahrbahn und schleuderte die Räder durch die Luft.

Hatten Phil und ich eine Schrecksekunde?

Ich erinnere mich, daß es noch Trümmer regnete, als ich aus dem Jaguar sprang.

In einer Stichflamme explodierte die Tankfüllung des Cadillac. Die langen gelbroten Flammen schlugen nach mir wie die Tatzen eines Geistertieres.

Ich wich nach links aus, durchbrach Sträucher und Büsche und erreichte das Tor.

Auf der anderen Seite der Fahrbahn stand vor dem blühenden Oleander ein Mann, in beiden Händen das graugrün lackierte Rohr einer Panzerrakete. Das Rohrende war schwarz verbrannt von der explodierenden Treibladung der Rakete.

Ich sprang Irvin Hatchington an und riß ihm das Rohr aus der Hand.

Er leistete keinen Widerstand. Seine Augen blickten ins Leere.

»Jetzt hat er's gekriegt«, murmelte er. Und er wiederholte den Satz wieder und wieder.

Ich faßte seinen Arm und zog ihn über die Fahrbahn. Phil kam mir am Tor entgegen.

»Calerghi?«

Phil antwortete nicht. Der Anblick der Wagentrümmer machte jede Antwort überflüssig. Die Rakete hatte nicht nur den Cadillac zerfetzt, sondern auch den Mann.

»Sieh nur!« sagte Phil und faßte meinen Arm.

Ich blickte auf.

Vom Haus lösten sich die Gestalten des Leibwächters und des alten Calerghi in seinem Rollstuhl.

»Presto! Presto!« schrie der Alte. »Ch'e successo?«

Es war wie die Szene aus einem alten, skurrilen Film. Im Laufschritt schob der Bodyguard den Rollstuhl die Betonstraße abwärts, und der Rollstuhl drohte schneller zu werden als der Mann, der ihn schob. Es war eine Szene, die die Lachmuskeln hätte reizen können.

Aber der Aufschrei des alten Calerghi beim Anblick des zertrümmerten Cadillac ließ uns das Blut in den Adern gefrieren.

Wir sahen Mike Manor wieder, als er zu den Prozessen gegen den Piloten Dannis Wigg und gegen Irvin Hatchington nach New York kam.

Nach seinen Aussagen vor Gericht trafen wir uns am Abend bei Mario.

»Ich bin froh, daß Sie in New York erreicht haben, was mir in Malengua nicht gelang«, antwortete er.

»Wir waren nur Vollstrecker, Mike«, antwortete ich. »Ohne Sie würden sechshundert Pfund Kokain mehr auf dem Rauschgiftmarkt angeboten.«

Er drehte sein Glas zwischen den Fingern.

»Das Kokain wächst immer noch in den Bergen. Die Indios sind arm. Sie werden Koka anbauen und sammeln, solange ihnen ein paar Cruzeiros dafür geboten werden. Sie sind Opfer, nicht Schuldige.«

Er trank aus. »Morgen fliege ich nach Rio. Es gibt Informationen über eine neue Rauschgiftstraße aus den Bergen in die großen Städte Lateinamerikas und von dort in Richtung Norden. Vielleicht hören wir wieder voneinander.«

ENDE

Die Cockpit-Piratin

»Jetzt brauche ich einen Drink«, flüsterte sie. Ihre Stimme klang undeutlich, weil sie die Lippen in seine Halsgrube preßte. Seine Haut war feucht.

Er hob den Kopf. Sein breites, knochiges Gesicht hatte sich gerötet. Sie lächelte, als seine hellen Augen über ihr Gesicht tasteten, und mechanisch streichelte sie seinen Rücken.

»Du warst 'ne Wucht, Baby«, sagte er bewundernd.

Ihr Lächeln vertiefte sich. »Und du erst«, hauchte sie. »Ich hätte es nicht gedacht, wirklich nicht ...«

Das stimmte sogar. Er war ein Mann wie ein Stier. Beinahe wäre es ihm wirklich gelungen, sie zu erregen.

»Ich bin zwar nicht mehr der Jüngste«, gab er zu, »aber ich achte schon darauf, daß ich nicht aus der Übung komme.« Er schnalzte mit der Zunge, als er kurz ihre nackte Brust berührte. Doch dann wälzte er sich herum und stellte seine Füße auf den Boden. Als er aufstand, ächzten die Federn des alten Feldbettes wieder erbärmlich. Er reckte die Arme, bis die Gelenke knackten, und blickte auf sie hinunter. »Für den Fall, daß Cobb uns nicht alles weggetrunken hat – was möchtest du?«

»Egal. Was du hast. Oder was du auch möchtest.«

Seine breiten Füße platschten auf dem rissigen Holzfußboden, der bestimmt seit Monaten keinen nassen Lappen mehr gesehen hatte. Er verschwand in der winzigen Teeküche.

Sie hörte die Tür des Kühlschranks quietschen und glitt schnell aus dem Bett. Im Vorbeigehen nahm sie ihr T-Shirt vom Stuhl und streifte es sich über. Sie trat ans Fenster, zog die Lamellen der Jalousie auseinander und spähte nach unten.

Der Anblick der beiden Streifenwagen auf dem Vorplatz erzeugte nur ein feines Kribbeln zwischen ihren Schulterblättern, das jedoch sofort wieder verschwand. Die Wagen schmorten in der Nachmittagssonne. Das

Wappen des Millford County auf der langen Motorhaube war unter der grauen Staubschicht kaum zu erkennen. Nur die Lampenbatterien auf dem Dachbügel glänzten wie blankgeputzt.

»Bier oder Coke?« rief Dick Sprague.

»Bier, wenn du eins mittrinkst«, gab sie zurück. Sie wandte sich vom Fenster ab.

Sprague erschien in der Tür, in jeder Hand eine beschlagene Bierdose.

Er grinste breit.

»Im Dienst trinke ich eigentlich nicht«, sagte er. »Aber heute ist ein besonderer Tag – so heiß.« Er betrachtete ihre Schenkel, die unter dem viel zu kurzen T-Shirt hervorschauten.

Sie klatschte in die Hände. »Hepp«, sagte sie, und er warf ihr die Dose zu. Sie fing sie auf und riß den Verschluß ab. Etwas Schaum quoll aus der Öffnung. Schnell setzte sie die Büchse an und nahm einen langen Zug. Auch Dick Sprague trank, wobei er den Kopf weit in den Nacken legte. Dann stellte er die Dose auf den Tisch und griff nach seiner Hose.

Unter der Hose, die auf einem Stuhl gelegen hatte, kam der breite Ledergürtel mit den Patronenschlaufen und dem offenen Holster zum Vorschein. Der gebogene Griff des schweren Revolvers ragte aus dem Holster. Während er umständlich in seine Hosen stieg, machte sie einen Schritt auf ihn zu. Spielerisch glitten ihre Finger über die geriffelten Griffschalen.

Mit einer unvermutet schnellen und heftigen Bewegung riß er den Waffengürtel an sich. Seine Augen wurden schmal.

»So ein Eisen ist nichts für kleine Mädchen, Baby«, sagte er und schlang den Gürtel um seinen Bauch. Dann zog er das helle Khakihemd an und stopfte es in die Hose. Bevor er es zuknöpfte, gewährte er ihr einen letzten Blick auf die breite Brust mit dem wuchernden grauen Haar, auf das er offensichtlich genauso stolz war wie auf den schimmernden Sheriffstern auf der Klappe der Brusttasche.

»Wo willst du nachher hin?« fragte er, um einen beiläufigen Tonfall bemüht. Als sie die Schultern hob, sagte er schnell: »Ich kenne da ein hübsches Motel nicht weit von der Bay entfernt. Das Wasser dort ist ideal für Wasserski und Surfen. Ich kann mal mit dem Manager reden. Aber hinbringen kann ich dich nicht.« Er grinste abgebrüht. »Meine Frau hat zu viele Freundinnen in diesem verdammten Kaff.«

Sie lachte. »Du bist wenigstens ehrlich.«

»Deshalb habe ich es auch nur zum Sheriff gebracht«, schnaubte er. »Und dann verirrt sich eine tolle Frau hierher und landet in meinem Bett ...«

»Feldbett«, korrigierte sie ihn. Sie wußte, daß er mit seiner Frau und einer abgrundhäßlichen Tochter ein Holzhaus zwischen zwei Prielen bewohnte, in denen er Krebse in breiten Netzen fing, wenn seine sonstigen Obliegenheiten ihm die Zeit dazu ließen. Die Saison war schon so gut wie vorbei. Und weil sich kaum noch Angler oder Jäger bis hier herunter verirrten, hatte Chief Richard ›Dick‹ Sprague wieder reichlich Zeit für seine Krebse und die hübschen Frauen, die hin und wieder seinen Weg kreuzten.

An die drei Kerle, die hinten im Anbau in den engen Zellen saßen, schien er keinen Gedanken zu verschwenden. Am Montag würde der Richter kommen. Der würde schon bestimmen, was mit ihnen zu geschehen habe.

Ein paar Wochen Arbeitslager für den Schwarzen, den sie in der Vorratskammer des Jachtclubs ertappt hatten, nachdem er sich an den Whiskyvorräten vergangen hatte. Der Vertreter aus Norfolk in Virginia drüben, der in angetrunkenem Zustand mit seinem Buggy ein auf den

Strand gezogenes Fischerboot zuschanden gefahren und sich geweigert hatte, eine Kaution zu stellen, würde mit einer Geldstrafe davonkommen.

Womit Austin Smith zu rechnen hatte, stand in den Sternen.

»Was suchst du da, Sheila?« fragte Sprague.

Sie hatte ihre schwere Reisetasche auf das Bett gewuchtet und begonnen, darin herumzuwühlen. Sie hatte längst gefunden, was sie suchte – ein braunes Pillenfläschchen mit der Aufschrift ASPIRIN. Sie hielt das Fläschchen in der hohlen Hand verborgen.

»He, Sheila, was suchst du?«

»Shileah«, sagte sie. »Ich heiße Shileah.« Sie hielt eine Zigarettenschachtel in die Höhe. »Ich habe keine Streichhölzer.«

Dick Sprague lachte dröhnend. Er platschte durch den Raum und riß die Tür zur Treppe auf.

»He, Cobb!« schrie er. »Cobb, du Nichtsnutz! Komm mal her! Und bring dein verdammtes Feuerzeug mit!«

Die Frau, die sich Shileah nannte, öffnete die Pillenflasche und ließ zwei weiße Tabletten in ihre Hand fallen. Rasch verschloß sie die Flasche wieder und schob sie in die Tasche. Sie strich ihr langes Haar zurück, steckte eine Zigarette zwischen die Lippen und glitt zum Tisch hinüber, wo Chief Sprague seine Bierdose abgestellt hatte.

Auf der Treppe polterten schwere Schritte.

»Alles in Ordnung unten, Cobb?« dröhnte der Sheriff.

Shileah zupfte ihr T-shirt ein wenig herab. Sprague gab sich keine Mühe, seinem Deputy den Blick auf seine neueste Eroberung zu verwehren.

»Alles in Ordnung, Chief«, sagte Cobb. Er gab dem Sheriff ein Feuerzeug, ohne den Blick von Shileah zu wenden. Er hatte ein hageres Gesicht und dunkle harte Augen, die sie scharf musterten. »Ihre Frau hat angerufen und gefragt, ob Sie heute abend zum Essen kommen.«

»Und was hast du gesagt?«

»Ich habe gesagt, Sie kommen.«

»Dann muß ich ja wohl«, sagte Sprague. Er drehte sich um und zwinkerte Shileah zu. »Aber wir haben noch Zeit, Baby. Vor neun brauche ich mich nicht sehen zu lassen.« Zu Cobb gewandt, sagte er: »Ruf Larry im Bayside Motel an und laß ein Zimmer für Miss ... « Er wandte sich wieder um und sah Shileah fragend an.

»Ansara«, sagte sie.

»Hast du gehört, Cobb? Laß ein Zimmer für Miss Ansara reservieren.« Er knallte die Tür zu und trat auf Shileah zu.

Sie hatte die Bierdose aufgenommen und streifte das Kondenswasser vom Blech.

»Kommst du noch mal zurück?« fragte sie und senkte die Lider über die grünlich schillernden Augen. Es war zu früh, viel zu früh ...

Er schüttelte den Kopf. »Tut mir leid, Baby, tut mir wirklich leid. Nach dem Essen wollten wir mit ein paar Nachbarn Krebse abkochen. Heute ist Freitag«, fügte er hinzu, als ob der Wochentag alles erklärte.

Dann würde Mrs. Sprague eben warten müssen, dachte Shileah. Sie ließ die beiden Tabletten durch die Öffnung in die Dose fallen. Das Bier schäumte sofort auf und quoll über den Rand.

Sie hielt dem Sheriff die Büchse hin und lächelte dabei.

»Morgen«, sagte Sprague und grinste vielsagend.

Sie lächelte. »Morgen. Sicher, morgen.«

»Sie können sich jetzt von Ihrer Tochter verabschieden, Mr. Blyton«, sagte Jill Trent, um einen kühlen Tonfall bemüht. Sie ließ die heiße Hand des siebenjährigen Mädchens nicht los.

Das waren genau die Fälle, derentwegen sie nicht zum

FBI gegangen war. Sie fühlte sich als das Werkzeug einer ohnmächtigen und zugleich allmächtigen Justiz, die endlich einen Schlußstrich unter einen jahrelangen Streit gezogen hatte, bei dem der schwächste, empfindlichste Teil – das kleine Mädchen an ihrer Seite – schließlich die Zeche bezahlen mußte. Ein ganzes Leben lang.

Hank Blyton starrte sie an, als trüge sie die Verantwortung für den Spruch des Gerichts, der das Sorgerecht für seine Tochter unwiderruflich der Mutter übertragen hatte. Einer Mutter, die in seinen Augen eine Hure und eine Schlampe war.

»Ich werde mich nie mit dem Urteil abfinden!« knurrte Blyton heiser. »Verstehen Sie? Nie!«

Jill spürte genau, wie sich die kleine Hand verkrampfte. Sie warf dem Mann vom Büro des US Marshals, der sie zu Blytons Haus begleitet hatte, einen hilflosen Blick zu. Die Lautsprecherstimme hoch über ihrem Kopf rief die Passagiere für den Flug nach New York zum letzten Mal auf, sich zum Ausgang A zu begeben.

»Bitte, Mr. Blyton«, sagte sie.

Blytons rotgeränderte Augen füllten sich plötzlich mit Tränen. Er fiel auf die Knie und umklammerte seine Tochter. Jill warf einen schnellen Blick auf die Uhr. Wenigstens würde die Maschine pünktlich abfliegen. Die Mutter der kleinen Edith würde sie am La Guardia erwarten, dann wäre sie die Verantwortung für das Mädchen los. Mit etwas Glück konnte sie um fünf Uhr im Office und um sechs bei Vic sein. Mein Gott, es würde eine elende Hetze bedeuten, aber die Hauptsache war, sie konnte mit Vic und dem Team nach Hampton fliegen. Die Jungs konnten jede Art von Ermunterung brauchen. Und sie hatte sich schon so auf das Wochenende mit Vic McGowan gefreut, obwohl sie kaum Zeit füreinander haben würden.

Der US Deputy Marshal kam heran.

»So, Mr. Blyton, das muß jetzt genügen. Tut mir leid, Kommen Sie! Ich fahre Sie nach Hause.«

»Scheren Sie sich zum Teufel!« schrie Blyton, warf sich herum und stürzte davon.

Edith sah ihrem Vater nach, bis er hinter einer Gangbiegung verschwand.

»Komm, Edith, wir fliegen jetzt nach New York. Deine Mam wartet auf dich.«

Brav lief das Mädchen neben Jill durch den Gang. »Miß, warum will meine Mam, daß ich bei ihr in New York lebe?«

»Das weiß ich auch nicht«, antwortete Jill, die mit ihren Nerven am Ende war. Die Fahrt zusammen mit dem völlig verzweifelten Vater zum Flughafen von Providence hatten sie zermürbt. Komisch, dachte sie, daß Fragen von kleinen Kindern Erwachsene oft wie Schläge unter die Gürtellinie trafen. »Sie liebt dich«, sagte sie und hielt diese Lüge für einen guten Einfall. »Deshalb will sie dich bei sich haben, verstehst du?«

»Ja, Miss«, sagte Edith artig.

Chief Sprague leerte die Dose mit einem langen, durstigen Zug. Dann zerquetschte er sie mit seiner Pranke, bevor er sie in die Richtung des Papierkorbs warf. Sie fiel daneben. Shileah setzte sich auf das zerwühlte Feldbett, das üblicherweise dem Deputy vom Nachtdienst als Ruhestätte diente. Und gelegentlich dem Chief als Liebeslager. Das Telefon stand am Boden. Es war natürlich nicht durchgestellt.

Sprague machte einen unsicheren Schritt auf sie zu. Sie sah von unten herauf verstohlen in sein Gesicht. Die Haut schien sich aufzublähen und von innen zu glühen. Sprague faßte mit einer Hand an seinen Hals. Dann taumelte er.

Shileah sprang auf. »Dick, um Gottes willen, Dick, was ist mit dir?«

Seine Beine gaben unter dem schweren Körper nach.

Shileah schob ihre Schulter unter seine Achsel. Er darf nicht hinfallen, dachte sie. Der Lärm würde den Deputy alarmieren.

Der Sheriff schien mehr als ein kleiner Lastwagen zu wiegen. Sie brach fast unter seinem Gewicht zusammen. Sie drehte sich halb um ihre Körperachse und brachte den Sheriff so näher an das Bett heran. Dann konnte sie ihn nicht mehr halten.

Das Gestell krachte in seinen Verschraubungen, als der schwere Mann darauf fiel und dann wie ein verletzter Straßenhund dalag, die vorquellenden Augen auf sie gerichtet. Auf seinen Lippen bildeten sich weiße Schaumbläschen, als er sie bewegte.

»Arzt ... Doc Hagerty ...«

»Ja, ja. Ich sage Cobb Bescheid.« Sie kniete neben dem Bett und zog das Telefon zu sich heran. Mit einer Hand hielt sie die Gabel nieder, als sie mit der anderen den Hörer abnahm. Seine Augen waren ihr gefolgt und hingen jetzt an ihrem Gesicht.

»Mr. Cobb?« sagte sie. »Mr. Cobb, dem Sheriff geht es nicht gut. Holen Sie Doc Hagerty! Ja, Doc Hagerty.«

Sie lächelte Sprague an, dessen Augen sich jetzt mit einem grauen Schleier überzogen.

»Cobb holt den Doc. Mach dir keine Sorgen!« sagte sie. Sie sah auf die Uhr. Es war zehn Minuten nach vier.

Zu früh, viel zu früh ...

Wie lange würde Cobb sie in Frieden lassen? Bis sechs? Vielleicht bis sieben? Cobb war mißtrauisch.

Chief Sprague ächzte. »Du ... du ... Warum?«

Ihre Lippen wurden steif. Spragues rechte Hand bewegte sich wie ein Gegenstand, der nicht zu ihm gehörte. Die Hand schob sich zur Hüfte, aber sie kam nicht an den großen Revolver heran, weil das Holster unter die Taille gerutscht war und Sprague auf ihr lag. Sie stemmte sich gegen seine Hüfte, brachte sie ein Stück hoch und zerrte dann den Revolver aus dem Holster. Spragues Bewegungen waren matt und wurden schwächer.

Shileah legte den Revolver in ihre Reisetasche und drapierte eine Bluse darüber. An Chief Dick Sprague verschwendete sie keinen Blick mehr.

Ihr fiel auf, daß immer noch die Zigarette zwischen ihren Lippen steckte. Das Feuerzeug war dem Chief aus der Hand gefallen, als die Droge seine Muskeln und Nerven zu lähmen begann. Sie hob es auf und zündete die Zigarette an. Aus dem Kühlschrank holte sie jetzt eine Dose Cola. Sie setzte sich auf einen Stuhl, rauchte und trank.

Sie dachte an Austin Smith, der unten in seiner Zelle hockte und noch nicht ahnte, was ihm bevorstand. Smith hatte sich auf dieser Halbinsel verkrochen und versucht, sich irgendwie durchzuschlagen, ohne aufzufallen. Dumm war, daß er sich in eine Schlägerei mit einigen Einheimischen eingelassen hatte. Das war sein Fehler gewesen. Die Menschen hier in der Inselwelt der Chesapeake Bay waren ein eigener Schlag. Die Jets nach Baltimore und Washington, D. C., zogen über ihre Köpfe hinweg, aber sie sprachen und lebten wie ihre Vorfahren vor zweihundert Jahren.

Austin Smith hatte sich vergessen und zwei Männer schwer verletzt, ehe es einem halben Dutzend Fischern, Sheriff Sprague und Deputy Cobb gelang, ihn zu überwältigen und einzusperren. Für die Schlägerei würde er trotz allem nicht viel bekommen. Ein paar Wochen Arbeitslager vielleicht. Aber der Chief hatte, wie es bei Fremden üblich war, die Prints des Fremden nach Washington an den FBI geschickt. Der Richter und der

Chief würden eine böse Überraschung erleben, wenn die Antwort aus Washington eintraf. Gar nicht zu reden von den FBI-Bonzen selbst.

Shileah Ansara lächelte dünn, als sie die Zigarette in die Coladose steckte, wo sie zischend verlöschte. Sie stand auf und trat an das Feldbett. Dick Spragues Atem ging schwer. Speichel blubberte bei jedem kurzen Atemzug auf seinen Lippen. Sie hob ein Lid an, betrachtete die geweitete Pupille und wandte sich ab. Ganz nach Plan, dachte sie und zog sich endlich an.

Eine frische Brise hatte den Dunst vertrieben, der den ganzen Tag wie dicker fetter Smog über Manhattan gelegen hatte. Der East River glitzerte silbrig. Ein gelbes Schiff der Circle Line schnitt einen Schaumstreifen in das Wasser.

Alle Zeichen deuteten auf ein schönes Wochenende hin. Nur würde ich, der G-man Jerry Cotton vom FBI New York, nichts davon haben. Seufzend wandte ich mich vom Fenster ab, als ich eine einschmeichelnde weibliche Stimme hinter mir hörte.

Jill Trent mußte wie eine Katze herangekommen sein. Sie lächelte und hielt ein Tablett mit drei Kaffeebechern in der Hand.

»Hi, Jerry«, sagte sie.

Ich stand auf und holte einen Stuhl für sie.

»Wie war's in Providence, Rhode Island?« erkundigte ich mich.

Jill verzog das Gesicht. »Scheußlich, kann ich nur sagen.«

Sie stellte die Kaffeebecher auf den Schreibtisch. »Wo steckt Phil?«

»Im Einsatzraum, Lagebesprechung.«

»Ich denke, ihr habt Wochenendbereitschaft.«

»Richtig. Bis Sonntagnachmittag. Dann haben wir die Ehre, einen Teil des Empfangskomitees für Jeschko Soulie zu bilden.«

»Ist das nicht der arabische Politiker ...?«

»Genau der.«

»Man kann sich seine Freunde nicht immer aussuchen«, stellte Jill fest. »Er galt doch einmal als Terrorist, oder irre ich mich?«

»Das war einmal. Inzwischen betreibt er die Annäherung an den Westen. Er gilt als gemäßigter Politiker, was ihm die Anhänger der radikalen Opposition vorwerfen. Sie wollen ihn gern aus dem Weg räumen, um ihren im Untergrund tätigen Gesinnungsfreunden ein Zeichen zur Aufmunterung zu geben. Das besagt jedenfalls die Analyse des CIA. Und unsere Lagebeurteilung sieht auch nicht gerade rosig aus. In den Staaten leben einige hundert als radikal und militant geltende Anhänger einer Opposition, die die Abkehr vom Westen betreibt. Der Ausbildungsstand und die Logistik dieser Leute gilt als vorbildlich. Sie sind als Studenten in die Staaten gekommen. Viele von ihnen haben hier an Militärakademien studiert. Als es an die Rückkehr in die Heimat ging, sind sie hier in den Untergrund abgetaucht.«

»Und warum kommt Soulie nach New York?«

»Die UN hat ihn eingeladen. Er soll Gelegenheit erhalten, seine Politik zu erläutern. Vielleicht macht er Eindruck auf einige andere arabische Staaten. Wir organisieren einen ganz kleinen Bahnhof. Er landet auf dem Floyd Bennet Field und genießt bis dorthin den Schutz der Navy. Aber das ist top-secret.«

»Warum erzählst du es dann einer schwatzhaften Frau?« Jill lächelte, als sie an ihrem Kaffee nippte. Sie konnte hinreißend lächeln. Ihre Beine hatte sie übereinandergeschlagen. Sie trug heute – wie meistens – einen Rock. Sie hatte Beine wie eine Revuetänzerin.

»Zigarette?« fragte ich sie.

Sie schüttelte den Kopf. »Jetzt nicht, danke. Ich habe nicht viel Zeit.«

»Zehn Minuten.«

»Na gut«, gab sie nach, nahm ein Stäbchen und ließ sich von mir Feuer geben.

Ich hatte meinen Becher geleert und machte mich jetzt über den dritten her, den sie meinem Freund und Kollegen Phil Decker zugedacht hatte.

»Phil mag keinen kalten Kaffee«, sagte ich lächelnd. Jill erwiderte das Lächeln nicht. »Du siehst mitgenommen aus, wenn ich mir die Bemerkung gestatten darf.«

»Ich fühle mich auch so, Jerry. Gestreßt. Ich wollte euch bitten, ein Auge auf die Blytons zu richten. Ich habe da so ein Gefühl ...« Sie erzählte von Hank Blytons Reaktion, als sie bei ihm aufgekreuzt war, um die kleine Tochter abzuholen. »Es hat ihn schwer getroffen, glaube ich.«

»Und du glaubst, er könnte durchdrehen?«

»Er ist schon durchgedreht, wenn du mich fragst.«

»Befindet er sich in psychiatrischer Behandlung?«

»Ich hatte nur den Auftrag, das Kind zu holen!« sagte Jill aufbrausend.

»Ist ja schon gut, Jill!«

»Ach, entschuldige. Und sei nicht so herablassend! Ich habe das Mädchen geholt und der Mutter übergeben. Ich habe mir die Mühe bereitet und bin am zuständigen Revier vorbeigefahren und habe darauf bestanden, daß ein Vermerk im Schichtbuch eingetragen wird. Das Haus, in dem die Mutter lebt, wird im Rahmen des Sonderstreifendienstes während der nächsten Tage angefahren.«

»Du hast eine Menge getan«, sagte ich.

»Man ist hilflos. Das Urteil ist ein glattes Fehlurteil. Das Kind hätte beim Vater bleiben müssen.«

»Jill ...«

»Es wurde nur deshalb der Mutter zugesprochen, weil

die Verhandlung in New York stattfand. Hank Blyton ist nach Rhode Island gezogen, weil er dort einen guten Job bekommen hat und seine Familie aus New York wegholen wollte. Er wußte nicht, daß seine Frau nie die Absicht hatte, ihm zu folgen. Sie hat ihm was vorgemacht, verstehst du? Und vor Gericht hat sie behauptet, er habe sie verlassen. Aber was rege ich mich auf! Ich bin nicht das Gericht. Manchmal glaube ich, ich sollte mein Jura-Studium wieder aufnehmen und eine Laufbahn am Jugend- oder Familiengericht einschlagen. Na, vielleicht tue ich es eines Tages.« Sie drückte die Zigarette aus und stand auf. »Ich muß mich beeilen, Jerry. Ich fliege mit Vic und den Boys nach Hampton, Virginia. Sie nehmen dort an einem Schwimmwettkampf teil.«

Ich stand ebenfalls auf. »Grüß Vic, unbekannterweise«, sagte ich. Vic McGowan, der Coach einer Schwimmmannschaft der New York University, war Jills Schwarm. »Fliegt ihr Linie?«

»Nein, Charter. Vic hat da was organisiert. Galaxy Air. Haben ein gutes Angebot gemacht, glaube ich.«

»Dann guck dir die Maschine lieber an, bevor du einsteigst«, unkte ich.

»Du kannst mir meinen Trip nicht madig machen, Jerry. Grüß Phil! Ich wünsche euch ein schönes Wochenende.«

»Dito, Süße.«

»Und vergeßt mir die kleine Blyton nicht!«

Jill atmete auf, als der blaue Dodge-Bus vor einem Nebengebäude des Newark Airport hielt und der Fahrer die Schiebetüren öffnete. Laut durcheinander redend, sprangen die jungen Leute heraus. Vic verschaffte sich energisch Platz, um ihr die Hand zu reichen, aber Paul Torrey, ein hünenhafter Athlet mit ausladenden Schultern, kam ihm zuvor. Paul Torrey konnte kaum älter als 21 sein. Sein dunkles Haar war wie bei allen aktiven Mitgliedern des Teams kurz geschnitten. Er hatte tiefliegende Augen, in denen verhaltene Leidenschaft schwelte. Verwirrt ließ sie sich von ihm aus dem Bus helfen, und sie nickte ihm dankend zu.

»Das war nett, Paul, danke.«

Vic zog sie zur Seite, etwas aus dem Getümmel heraus.

»Mein Gepäck!« sagte sie atemlos.

»Die Jungs sind ganz wild darauf«, sagte Vic. »Komm mit! Wir gehen schon zur Abfertigung.«

Das Büro der Galaxy Air bestand aus einem Warteraum mit einfachen Holzbänken und drei winzigen verglasten Bürokäfigen. Im vorderen Raum, der auch vom Warteraum einzusehen war, flimmerte ein Fernsehmonitor mit den Nummern der aufgerufenen Flüge.

Lärmend zog das ganze Team hinter Vic und Hill her.

Vic hielt ihr die Tür geöffnet, und sie betrat den Warteraum. Ihr Blick fiel auf drei junge Männer, die in lässiger Haltung nebeneinander auf einer Bank saßen. Ihre großen Reisetaschen oder Segeltuchsäcke lagen am Boden.

Eine Angestellte in einem knallgelben Kostüm trat aus dem mittleren Büro. »Ich bin Susan Bredeck, und Sie sind sicher Mr. McGowan.« Sie lächelte Vic an.

Alle Mädchen lächeln, wenn sie Vic sehen, dachte Jill Trent erheitert. Vics Äußeres ließ in ihm einen Sonnyboy, sogar einen Playboy, vermuten. Er war groß und schlank. Die breiten Schultern verrieten den ehemaligen Leistungsschwimmer. Sein schmales, scharfgeschnittenes Gesicht mit dem dünnen Mund und der geraden Nase sah ungemein männlich und unverschämt gut aus.

Doch Jill kannte ihn besser. Sie wußte, daß er ein ernsthafter, eher zur Nachdenklichkeit neigender Mann war. Seine Freizeit widmete er dem Schwimmteam der New

York University. Diese Aufgabe verlangte viel Enthusiasmus, denn Schwimmen war in einer Stadt wie New York nicht gerade populär. Entsprechend knapp waren die Trainingsmöglichkeiten, und die bisher nicht gerade üppigen sportlichen Erfolge ließen die Gelder auch nicht reichlicher fließen, die man brauchte, wenn man sich an Wettkämpfen beteiligen wollte. Wettkämpfe wiederum waren für ein Team lebensnotwendig, weil sie Vergleichsmöglichkeiten brachten und Herausforderungen darstellten. Es war ein Teufelskreis.

Glücklicherweise nahm Vic diesen Teil seiner Aufgabe nicht übermäßig ernst. Sein Ehrgeiz, es mit dem Team zu etwas zu bringen, war natürlich vorhanden. Aber er neigte nicht zu Übertreibungen. Trotzdem hätte sie es manchmal lieber gesehen, wenn er ihr etwas mehr von seiner Freizeit gewidmet hätte. Er arbeitete als Assistent in der Bibliothek der Universität, womit er ein paar Dollar verdiente. Der Job war eigentlich ein Halbtagsjob, aber er brachte oft mehr als 14 Stunden am Tag in der Bibliothek zu, weil er dort am ehesten Ruhe und Zeit für seine Dissertation über die Wertungsprinzipien in Ralph Emersons Prosaschriften fand.

»Wie viele Personen sind Sie jetzt?« erkundigte sich Susan Bredeck. »Sie haben zwölf angegeben. Bleibt es dabei?«

»Wir sind dreizehn«, sagte Vic und lächelte Jill an.

Welch ein Glück, dachte sie, daß ich nicht abergläubisch bin.

»Na, wenn das man gutgeht«, unkte Billy Evans prompt.

Das Girl von Galaxy Air lächelte unentwegt. Sie winkte in die Richtung, wo die drei jungen Männer auf der Bank saßen. Sie standen auf und kamen näher. Sie trugen Jeans und Turnschuhe, leichte Hemden und weite Jacken. Wie Uniformen, schoß es Jill durch den Kopf. Einer der drei, ein Junge mit beinahe weiblich anmutenden weichen Gesichtszügen und seidigen Wimpern, schob sich in den Kreis.

»Dieser Gentleman und seine Freunde müssen unbedingt heute noch nach Salesbury, Maryland, aber unglücklicherweise sind alle geeigneten Charterflüge ausgebucht. Weil Ihre Maschine nicht ganz ausgelastet ist, und Salesbury am Weg liegt, wollte ich Ihnen den Vorschlag machen, die Gentlemen mitzunehmen. Die Swearingen Metro verfügt über zwanzig Sitzplätze, die Sie ja alle bezahlen. Die Gentlemen sind bereit, den Preis für einen eigenen Charterflug mit Pilot – fünfhundert Dollar – zu bezahlen, während wir Ihnen für die Zwischenlandung keine Extrakosten außer den Landegebühren in Salesbury in Rechnung stellen.«

Jill sah den jungen Mann mit den seidigen Wimpern an. Er bemerkte ihren Blick und lächelte. Ich habe heute meinen guten Tag, dachte sie amüsiert. Jetzt interessieren sich schon drei Männer für mich, von denen zwei immerhin wesentlich jünger sind.

Vic zögerte.

»Mensch, Coach!« schrie Billy Evans. »Die Bucks können wir brauchen! Dann machen wir am Sonntag einen drauf!«

Einige andere stimmten lebhaft zu. Vic sah Jill an.

»Laß mich raus!« sagte sie. »Ich bin nur euer Gast!« Sie hatte darauf bestanden, ihren Anteil am Flug – siebzig Dollar – in die Kasse des Teams zu zahlen, obwohl Vic argumentiert hatte, der Flugpreis wäre in jedem Fall angefallen, ob sie nun mitflog oder nicht.

Vic richtete seinen Blick auf den Jungen mit den seidigen Wimpern.

»Ich heiße Stone, Herb Stone. Das sind meine Freunde Kip und Shackwood. Wir wären ja mit Linie nach Baltimore oder Washington geflogen, aber es ist fraglich, ob wir dort am Wochenende einen Piloten für den Hüpfer über die Bucht gefunden hätten.«

»Tja«, meinte Vic unschlüssig.

»Mensch, Coach, fünfhundert Dollar!« schrien zwei, drei Jungs gleichzeitig.

»Unsere Eltern erwarten uns«, sagte Herb Stone bescheiden.

»Na schön«, meinte Vic. »Gebt uns dreihundert Dollar und bezahlt die Landegebühr in Salesbury! Das ist nur fair.«

Das Mädchen von Galaxy Air lächelte erleichtert. Wahrscheinlich waren die drei Burschen gute Kunden, die sie nicht gern verloren hätte, obwohl sie nicht nach den typischen Kunden für eine Airline aussahen.

Das Galaxy-Girl drückte auf einen Klingelknopf und deutete dann auf eine Tür, die aufs Vorfeld hinausführte.

»Lassen Sie Ihr Gepäck bitte hier liegen! Es wird sofort abgeholt und in die Maschine geladen. Folgen Sie mir bitte!«

Sie gingen auf das Vorfeld hinaus, wo die flugbereite Maschine wartete. Die Sonne stand schon tief im Westen, aber der Beton gab noch die aufgestaute Hitze des Tages zurück.

Die Luft schmeckte nach Staub und Flugbenzin.

Die Triebwerke der Maschine liefen bereits. Der Pilot stand oben auf der Plattform der Passagiertreppe und sah ihnen entgegen.

»He, was ist denn das für 'ne Klapperkiste?« schrie Billy Evans, als er die Maschine erblickte, die ihn und seine Team-Kameraden die vierhundert Meilen nach Hampton, Virginia, bringen sollte.

»Es ist eine Swearingen Metro«, erklärte das Girl von Galaxy Air. »Captain Jason Rath und sein Copilot werden Sie sicher an Ihr Ziel bringen. Auf Ihren Plätzen finden

Sie je ein Päckchen vor, das einen Imbiß, Getränke und Zigaretten enthält. Ich wünsche Ihnen einen angenehmen Flug.«

»Na dann«, sagte Vic McGowan munter, »gehen wir doch an Bord!«

Hank Blytons Hände hinterließen feuchte Schlieren auf dem glatten Holz des Gewehrschafts. Die Worte des eifrigen Verkäufers drangen kaum in sein Bewußtsein. Er brauchte keine Erläuterungen. Er verstand selber genug von Waffen.

Das Marlin 980 benutzten sie im Patriots Rifle Club. Er kannte die Vorteile dieser zuverlässigen, gut ausgewogenen Waffe, die selbst mit dem montierten Zielfernrohr noch gut an der Schulter lag. Aber für ihn hatte sie jetzt einen entscheidenden Nachteil. Sie war zu lang.

Er sah zu dem Schrank mit den gläsernen Schiebetüren hinüber, in dem die Schnellfeuergewehre standen. Ein ArmaLite mit Klappbügel, Kaliber 22 long. Oder das Colt AR-15 Sporter, eine kommerzielle Version des sagenhaften M16 im Kaliber 223 Remington.

»Zeigen Sie mir das AR-15!« hörte er sich sagen.

»Eine Waffe für Fans, Sir«, sagte der Verkäufer anerkennend, als er das Gewehr aus dem Schrank nahm und es mit einer andächtigen Bewegung dem Kunden hinhielt.

Blyton schob die Finger der linken Hand unter den oben angebrachten Handgriff, auf dem auch das extra kurze Zielfernrohr montiert war. Mit der Rechten umschloß er den Pistolengriff. Die Erregung in seinem Inneren hatte längst einen Höhepunkt erreicht. Immer wieder sah er die kleine Edith an der Hand der FBI-Agentin in der überfüllten Halle des Flughafens stehen. Seine Edith. Man hatte sie ihm weggenommen. Alle waren gegen ihn. Der Richter, Vera, seine Frau, die Agentin aus New York. Und die Jugendbehörde, die sich für seinen Protest nicht interessierte.

Was waren das für Scheißgesetze, die einer verdammten Hure das Sorgerecht für Edith zusprachen?

»Sir?« fragte der Verkäufer.

Blyton sah ihn verwirrt an. Hatte er etwa laut gedacht?

»Sind Sie in Ordnung, Sir?«

»Ja, ja, ich bin in Ordnung. Bestimmt.« Blyton riß die Waffe an seine Schulter und preßte sein Auge an die Gummimanschette des Okulars.

»Dreifache Vergrößerung, Sir, das reicht für die zumeist kürzeren Entfernungen, für die das AR-15 bestimmt ist. Und was ein weiterer Vorteil ist, Sir, die Spezialbeschichtung des Objektivs hellt das Blickfeld um einige Lux auf. Selbst eine weit entfernte Lichtquelle, eine Straßenlaterne zum Beispiel, reicht aus, um ...«

»Ich nehme sie«, sagte Blyton. Er legte das Gewehr auf den Tresen. »Und fünfhundert Schuß Munition.«

»Gern, Sir.« Der Verkäufer zögerte.

»Ist noch was?«

»Oh, nein, Sir. Zahlen Sie bar? Oder mit Kreditkarte?«

Blyton legte eine seiner Kreditkarten auf den Tresen.

»Ich brauche auch einen Ausweis, Sir. Das ist Vorschrift. Die Kreditkarte reicht nicht. Vielleicht der Führerschein!«

Blyton zog die Mitgliedskarte des Patriots Rifle Club aus seiner Brieftasche. »Genügt die?«

»Selbstverständlich, Sir. Als Mitglied des Clubs bekommen Sie sogar einen Rabatt, und zwar ...«

»Ich brauche noch einen Revolver. Einen 38er. Irgendeinen.«

»Ja, Sir, gern, Sir. Ich habe hier einen sehr preiswerten Harrington & Richardson.«

»Ja, ist gut. Und zwei Schachteln Munition.«

»Ja, Sir. Hier, bitte, unterschreiben Sie die Erklärung, daß Sie die Waffen nicht in einen anderen Bundesstaat zu bringen beabsichtigen, ohne sich über die dort geltenden Waffenbestimmungen informiert zu haben. Eine Formalität, Sir.«

Blyton schrieb seinen Namen unter das Formular.

Al Malcolm, einer der Assistenten des FBI-Direktors, betrat den Raum, in dem die elektronische Einheit zur automatischen Identifizierung von Fingerabdrücken untergebracht war. Die offiziellen Dienststunden waren schon vorbei, aber hier, wie auch in den anderen Labors der FBI-Zentrale in Washington arbeiteten die Auswerter und Analysten rund um die Uhr.

Douglas C. Lentz, der diensthabende Agent, ging auf Al Malcolm zu und drückte ihm kurz die Hand.

»Fein, daß Sie so schnell kommen konnten, Al. Kommen Sie mit, ich zeige es Ihnen.« Lentz führte Malcolm vor ein Gerät, das mit zwei nebeneinanderliegenden Bildschirmen bestückt war. Beide zeigten die vergrößerten Kapillarlinien eines Daumenabdrucks. Natürlich hatte der Computer längst die Übereinstimmung der Fingerabdrucksformeln festgestellt, aber eine letzte optische Kontrolle der Experten war immer noch üblich.

Malcolm betrachtete die Linien eine Weile schweigend. Er hatte selbst lange genug als Auswerter gearbeitet, um zu erkennen, daß die hier gezeigten Prints identisch waren. Trotzdem bat er Lentz, die Folien übereinanderzublenden.

»Kein Zweifel«, bestätigte Malcolm. Er nahm die Mappe auf, die neben dem Sichtgerät auf dem Pult lag. »Die Anfrage trägt das Datum von Dienstag«, stellte er fest.

»Die Division hat sie erst gestern erhalten«, verteidigte

sich Lentz, »und weil es sich nicht um eine Dringlichkeitsanfrage handelte, haben wir sie wie eine Routineanfrage behandelt. Da war sie eben erst jetzt dran.«

»Niemand macht Ihnen einen Vorwurf, Doug«, beschwichtigte Malcolm den Auswerter. »Machen Sie sich keine Gedanken! Ich nehme die Mappe mit.«

Al Malcolm eilte in sein Büro. Über eine abgeschirmte Leitung rief er den diensthabendenn Leiter des FBI Field Office an, das im Old Post Office Building untergebracht war.

Dort saßen die aktiven Agenten, die im Gebiet um die Bundeshauptstadt herum den Außendienst versahen.

»Austin Smith sitzt drüben in Millford im Jail«, begann Malcolm ohne Umschweife, als Gene Tillman sich meldete. »Wegen einer Kneipenschlägerei!«

»Großer Gott«, sagte Tillman. »Seit wann?«

»Seit Montag oder Dienstag dieser Woche. Lentz hat die Prints eben erst identifiziert. Immerhin müssen wir dem County Sheriff dankbar sein, daß er die Prints überhaupt zu uns geschickt hat. Smith verfügt offenbar über gut gefälschte Papiere. Er nennt sich Roland Tomlinson, Schriftsteller aus Philadelphia.«

»Haben Sie sich schon mit dem Chief in Verbindung gesetzt? Vielleicht hat er ihn schon wieder auf freien Fuß gesetzt. Gegen ein paar Dollar Kaution.«

»Wenn das der Fall ist, kommen wir jetzt am Freitagabend ohnehin zu spät. Aber ich glaube es nicht. Smith hat zwei Männer aus Millford ziemlich übel zugerichtet, und einer von ihnen hat Anzeige wegen versuchten Mordes erstattet. Und weil Smith alias Tomlinson ein Fremder für die da drüben ist, lassen sie ihn schmoren. Der Richter kommt am Montag.«

»Was sollen wir also tun, Al? Wir müssen New York einschalten.«

»Ich schicke ein Telex nach New York, aber wir dürfen

jetzt keine Zeit verlieren. Holen Sie ihn rüber! Ohne Aufsehen, ohne Vorankündigung.«

»Okay. Ich besorge einen Hubschrauber und schicke drei Mann. Kümmern Sie sich um die Papiere?«

»Ja«, antwortete Al Malcolm.

Austin Smith wurde zwar mit einem Bundeshaftbefehl gesucht. Aber weil er zunächst von einem Bundesstaat, nämlich Maryland, nach Washington, das im Sinne des Gesetzes einen eigenen Bundesstaat darstellt, überführt werden sollte, mußte ein US Attorney eine entsprechende Verfügung ausstellen.

Der Polizeichef des Millford County könnte sich sonst auf seine Befugnisse berufen, die Herausgabe des Mannes verweigern und so einen unsinnigen Instanzenkrieg heraufbeschwören.

»Rufen Sie mich wieder an, Gene, wenn Sie den Hubschrauber bestellt haben und wissen, von wo aus Ihre Männer starten werden. Ich schicke dann einen Kurier mit den Papieren. Wann, glauben Sie, können Ihre Leute startbereit sein?«

»Eine Stunde werden wir schon brauchen, alles in allem«, meinte Tillman.

»Dann können Sie gegen neun Uhr drüben sein, wenn Smith wahrscheinlich gerade mit dem Abendessen fertig ist. Okay, Gene, ich verlasse mich auf Sie.«

Die Jungs waren toll in Stimmung. Marco Cavelli, der kleinste des Teams, stand ganz vorn im Mittelgang und feuerte die anderen zu immer lauterem Gesang an.

Vic MacGowan lächelte Jill an und drückte kurz ihre Hand. »Ich glaube, ich sollte mich mal einschalten. Wie ich sie kenne, sind bald die obszönen Lieder dran.«

Jill lächelte ebenfalls. »Ich bin ein Mädchen aus dem Leben. Ich kann einiges vertragen.«

»Du vielleicht. Aber ich bin in der Beziehung sensibel.« Er hielt ihre Hand fest und wartete noch mit dem Aufstehen.

Die drei jungen Leute, die unerwartet in Newark zu ihnen gestoßen waren, saßen vorn, gleich am Durchgang zum Cockpit. Obwohl sie altersmäßig durchaus zu den anderen paßten, beteiligten sie sich nicht an den Späßen.

Herb Stone, der Junge mit den weichen Zügen und den seidigen Wimpern, wandte sich um. Sein Kopf schien auf der Rücklehne seines Sitzes zu schweben, und seine Augen, hell leuchtend und zwingend, trafen sich mit Jills Blick. Unwillkürlich atmete sie kürzer. Was dachte sich dieser Bengel dabei, sie so unverfroren anzumachen, fragte sie sich. Sie wußte nicht, ob sie sich darüber ärgern oder geschmeichelt fühlen sollte.

»Ein charmanter Kerl«, sagte Vic nah an ihrem Ohr.

Sie riß sich gewaltsam von der hypnotischen Wirkung dieser wasserhellen Augen los und sah Vic an. »Was du gleich denkst!« Er lächelte nur leicht und wollte etwas sagen, als ein Kopfpolster durch den Gang segelte und über seinen Kopf wischte.

»Das geht zu weit!« sagte er und sprang auf. Er ging mit energischen Schritten durch den Mittelgang nach vorn, wo er sich umdrehte und die Arme ausbreitete. »Hört mal zu, Jungs!« sagte er laut gegen das tiefe Brummen der Turboprops. »Hört mal gefälligst zu, ja? Dieses Flugzeug gehört euch nicht! Reißt es also nicht auseinander!«

»He, Coach! Sie haben sich Ihr Girl mitgebracht. Aber womit sollen wir spielen?« schrie einer, und alle anderen lachten – bis auf die drei Burschen vorn.

Paul Torrey lachte ebenfalls, als er sich aus seinem Sitz schraubte und sich in den freien Sessel neben Jill fallen ließ. Ihr fiel auf, daß sein Lachen die tiefliegenden Augen nicht erreichte.

Er beugte sich über sie, und sein Gesicht kam dem ihren sehr nahe.

»Das ist die Delaware Bay dort unten«, sagte er und deutete aus dem winzigen Kabinenfenster.

Unwillkürlich folgte sie seinem Blick, froh, dem unergründlichen Ausdruck seiner Augen zu entgehen. Sie konnte die schimmernde Wasserfläche sehen und die dünnen Linien der Küsten von New Jersey im Osten und Delaware im Westen.

Die Kabinenlautsprecher begannen zu knacken, und dann hörte sie die blecherne, nur schwer verständliche Stimme des Flugkapitäns, der den Passagieren mitteilte, daß er nun zum Landeanflug auf Salesbury ansetzte.

Jill blickte wieder nach vorn.

Die Fasten-seat-belt-Zeichen leuchteten auf, und Vic, dem es gelungen war, die überschäumenden Temperamente etwas zu dämpfen, arbeitete sich durch den schmalen Mittelgang zurück.

Seine Miene verfinsterte sich ganz kurz, als er Paul Torrey neben Jill bemerkte.

Jill sah, daß Herb Stone und einer von den beiden anderen aus seiner Begleitung – sie wußte nicht, ob es Kip oder Shackwood war – aufgestanden waren. Shackwood, nahm sie an. Ja, es mußte Shackwood sein. Er hatte ein breites Gesicht und eine hängende Unterlippe, die kurze braune lückenhafte Zähne freiließ.

Shackwood ging in den kurzen Gang, an dem links und rechts die beiden WC-Kabinen lagen.

Und vorn das Cockpit.

Shackwood sah sich nicht um, als er die Cockpittür öffnete. Blendend helles Sonnenlicht hüllte seine gedrungene Gestalt ganz kurz ein, dann war er verschwunden.

Herb Stone blickte von seinem Platz aus über alle Sitzreihen. Das Gesicht wirkte jetzt nicht mehr so weich. Die

Augen starrten wachsam herüber. Sie suchten immer wieder Jills Blick.

Ganz plötzlich meldete sich ein Gefühl der Unruhe. Unwillkürlich tastete sie an ihrem Rockbund entlang, wo sie normalerweise ihren Smith & Wesson Bodyguard trug, einen Revolver mit verdecktem Hammer – wie er von den weiblichen Special Agents bevorzugt wurde, weil sich der Hammer nicht in der Kleidung verfangen konnte.

Aber ihr Revolver steckte in ihrer Reisetasche, und die befand sich hinten im Gepäckraum.

Paul Torrey griff schnell nach ihrer Hand und hielt sie fest. Sie spürte seinen Unterarm über ihrem Bauch, als er sich näher zu ihr beugte.

»Wollen wir Vic mal eifersüchtig machen, Baby?« fragte er.

Sie schüttelte seine Hand ab, stieß ihn zurück und rückte, so weit es ging, in die Ecke ihres Sitzes. Ihr Herz schlug heftig. Warum?

Vic war neben dem Platz, auf dem Paul saß, stehengeblieben. Er sah auf Paul hinunter, sichtlich um ein leichtes Lächeln und eine überlegene Haltung bemüht.

»Hi, Paul, dann laß mich mal wieder auf meinen Platz!«

Paul sah Vic herausfordernd an. »Wir plaudern gerade so nett miteinander«, sagte er. »Deine Jill und ich. Du hast doch nichts dagegen, Coach?«

Vic wollte keine Szene machen, aber war auch nicht bereit, einen Verlust an Autorität hinzunehmen. Er merkte, daß einige andere Mitglieder des Teams ihn und Paul beobachteten und gespannt waren, wie er sich aus der Affäre zog.

Er hätte nie gedacht, daß Paul Torrey zu dem Wettkampf mitkommen würde. Paul war ein guter Schwimmer, ein sehr guter sogar, aber er nahm nur unregelmäßig an den Trainingsstunden teil. Paul hatte sich gestern bei ihm gemeldet, nachdem Johnny Novak überraschend abgesagt hatte.

Vic wurde einer Aktion enthoben, denn in diesem Moment meldete sich wieder der Kabinenlautsprecher.

»Achtung, hier spricht der Kapitän. Die Landung in Salesbury wurde soeben abgesagt. Über den weiteren Verlauf dieses Fluges kann ich Ihnen ...« Die Stimme wurde unterbrochen und ertönte dann noch einmal. »Bitte, bewahren Sie Ruhe ...«

Es war still geworden in der Kabine, und unwillkürlich wanderten alle Blicke nach vorn.

Auch Kip, der dritte Mann aus dem Trio der fremden Passagiere, hatte sein Gesicht jetzt den anderen zugewandt. Er und Herb Stone hielten plötzlich Waffen in den Händen – häßlich, kurzläufige Bügel-MPi.

Ich überlegte gerade, ob ich das Federal Building verlassen sollte, um irgendwo am Broadway ein ruhiges Dinner einzunehmen oder ob ich der Cafeteria des Hauses den Vorzug geben sollte, als Phil unser gemeinsames Office betrat. Während ich die Stellung im Office gehalten und mich gelangweilt hatte, hatte er einen Trip nach Midtown unternommen, wo er an einer Lagebesprechung der UN-Sicherheitsexperten teilgenommen hatte. Obwohl versucht worden war, Jeschko Soulies Besuch in New York überhaupt nicht bekannt werden zu lassen, gab sich doch keiner der Verantwortlichen der Illusion hin, daß die Reise dieses umstrittenen Politikers seinen Gegnern verborgen geblieben wäre.

»Wie sieht's aus?« erkundigte ich mich.

»Unübersichtlich«, antwortete Phil. »Ich habe da einen Tip bekommen ... Du, ich glaube, ich wäre froh, wenn ich ihn nicht gehört hätte.« Phil setzte sich auf die Stuhlkante. Seine Haltung verriet seine innere Spannung. »Es gibt hier einen Freundeskreis arabischer Freiheitskämpfer. Die Mitglieder unterstützen ihre Gesinnungsgenossen im Nahen Osten. Einmal, indem sie in den Staaten um Sympathie werben, aber zum anderen auch auf höchst praktische Art. Sie besorgen ihnen Geld. Egal, auf welche Weise.«

»Was zu beweisen wäre.«

»Du sagst es. Aber du kennst die Analyse unserer Kollegen in Washington, die besagt, daß drei Viertel aller nicht aufgeklärten Banküberfälle und damit Millionen von Dollars auf das Konto terroristischer und anarchistischer Täter gehen.«

»Kommen wir auf diesen ominösen Freundeskreis zurück«, sagte ich, mein Unbehagen unterdrückend.

»So ominös ist der gar nicht. Dieser Kreis unterhält ein eigenes Haus im Village, und zwar an der 3rd Street, in unmittelbarer Nähe des Student Center an der New York University!« Phil schnaubte. »Die meisten dieser Sympathisanten nennen sich ohnehin Studenten. Also – was ich gehört habe: Dort soll eine etwas makabre Party laufen. Mehr war nicht drin. Der Informant wollte nicht genannt werden.«

»Dann hätte er gleich das Maul halten sollen«, sagte ich unwirsch. »Ohne irgend etwas Handfestes können die uns abfahren lassen wie Ungeziefer.«

Phil grinste vage, als er zwei gelbe Karten aus seiner Jackentasche zog. Eine von ihnen schnippte er über den Tisch.

Gästekarte –
Freundeskreis arabischer Freiheitskämpfer –
Preis 50 Dollar

Ich sah meinen Freund entgeistert an. »Sag bloß, du hast hundert Dollar ausgeklinkt! Die erhältst du doch nie wieder!«

Phil schüttelte den Kopf. »Die Karten hat mir jemand von der Delegation des Landes, aus dem Soulie stammt, zugeschickt.«

»Er will nicht genannt werden, wette ich.«

»Gewonnen! Der Junge will schließlich leben, und er will sicher nicht, daß seiner alten Mutter oder seinem kleinen Bruder zu Hause etwas zustößt.«

»Okay. Und was jetzt?«

»Schauen wir uns die Party doch mal an! Du brauchst keinen Smoking anzuziehen. Geh einfach, wie du bist!« Phil sah auf die Uhr. »Es ist jetzt kurz vor sieben. Gehen wir einen Happen essen, und dann schauen wir uns das Treiben mal an. Okay?«

Ich konnte mich schlecht drücken. Also nickte ich. Bevor wir uns abmeldeten, griff ich noch einmal zum Telefon. Auf einem Zettel hatte ich mir die Adresse jener Mrs. Vera Blyton und ihrer Tochter Edith notiert, deren Schicksal Jill so sehr am Herzen lag. Die beiden wohnten in Queens, der Nähe des Parsons Boulevard, im Bereich des 112. Polizeireviers.

Ich rief das Revier an und ließ mich mit dem Einsatzleiter verbinden. Der Mann hieß Joe Sarracino.

»Ich bin Jerry Cotton vom FBI New York«, sagte ich. »Meine Kollegin, Miss Trent, hat mich gebeten, mich ein wenig um eine Familie Blyton zu kümmern.«

»O ja, Sir, ich weiß Bescheid. Ich habe selber mit Miss Trent gesprochen. Sie hat uns das Schicksal des Mädchens wirklich sehr nachdrücklich ans Herz gelegt.«

»Großartig«, sagte ich.

»Sie brauchen sich keine Sorgen zu machen, Sir. Die Juniper Street, wo die Blytons wohnen, ist eine sehr ruhige Nebenstraße. Nach Einbruch der Dunkelheit werde ich einen zusätzlichen Streifenwagen in den Bezirk schicken.«

»Danke, Joe«, sagte ich. Ich zögerte.

»Ich glaube, mehr können wir nicht tun, Mr. Cotton. Oder glauben Sie?«

»Nein«, bestätigte ich. »Ich rufe später noch mal an. Es ist nur deshalb, weil Miss Trent übers Wochenende nicht in der Stadt ist.« Sie schien sich Sorgen zu machen, wollte ich noch hinzufügen, ließ es aber. Das wußte Joe Sarracino selbst.

»Was ist jetzt los?« fragte Phil ungeduldig, weil ich keine Anstalten machte, meinen Schreibtisch zu verlassen.

»Sag du schon der Zentrale Bescheid! Ich muß noch mal telefonieren.«

Während Phil mit dem Kollegen sprach, ging ich in Jill Trents Office hinüber.

Die Mappe mit der Aufschrift BLYTON lag links auf ihrem Schreibtisch. In der Mappe fand ich ein Formular, auf dem Jill alle wichtigen Angaben zu ihrem Auftrag, der eigentlich nur ein Routinejob gewesen war, zusammengestellt hatte. Hank Blytons Telefonnummer war dabei. Ordentliches Mädchen, dachte ich. Von ihrem Apparat aus wählte ich die Nummer in Providence, Rhode Island.

»Hallo?« Das war eine weibliche Stimme. Ich hörte schwere, rasselnde Atemzüge.

»Mein Name ist Cotton. Ich möchte Mr. Blyton sprechen. «

»Mr. Blyton? Er ist nicht da. Tut mir leid.«

»Wissen Sie, wo er sein könnte?«

»Ich bin Mrs. Fielder. Ich wohne bei Mr. Blyton, weil sich doch jemand um die kleine Edith kümmern mußte . . . «

»Wo ist Mr. Blyton?« fragte ich, bevor Blytons Haushälterin oder Kindermädchen sich in weiteren Betrachtungen über ihre ungewisse Zukunft verlieren konnte.

»Er wollte seine Mutter besuchen. Seine Mutter ...«

»Wissen Sie, wo sie lebt?«

»Nein, tut mir leid. Das weiß ich nicht. In einem Altersheim, glaube ich. Ja, er hat es einmal erwähnt. In einem Heim. Aber wo das ist ... Tut mir leid Mister ...«

Ich bedankte mich und legte auf. Wie hatte Joe Sarracino vom 112. Revier sich ausgedrückt? Ich glaube, mehr können wir nicht tun ...

Hoffentlich hatte er recht.

Shileah Ansara zog die Injektionsnadel aus Sheriff Spragues Armvene, wischte sie oberflächlich an der Decke ab und verstaute die Spritze wieder in dem flachen Etui, in dem sich eine kleine Auswahl verschiedener Ampullen befand. Sie legte das Etui in ihre Reisetasche zurück und zündete sich eine Zigarette an. Unbewegt blickte sie in das breite Gesicht des Mannes auf dem Feldbett.

Vor wenigen Minuten erst hatte sie das Licht angeschaltet. Im harten Licht der nicht abgeschirmten Lampe sah sie, wie sich die eben noch blasse Haut mit Blut füllte. Die flachen, mühsamen Atemzüge wurden kräftiger.

Die Frau lauschte auf die Geräusche im Haus. Es war jetzt kurz nach halb acht, und bis jetzt hatte sich niemand um sie gekümmert. Das konnte sich bald ändern.

Vor zwei Stunden war Cobb, der Deputy, mit einem der beiden Streifenwagen draußen weggefahren, und vor einer halben Stunde ungefähr war er zurückgekehrt. Sie hatte ihn unten mit dem wachhabenden Mann am Funkgerät sprechen gehört. Kurz darauf war ein geschlossener Lieferwagen vorgefahren. Der junge Mann aus dem Waschraum, der auch das Funkgerät bediente, hatte mehrere Isolierbehälter und ein mit einer Folie abgedecktes

Tablett in Empfang genommen, das Abendessen für Cobb, den jungen Mann und die Untersuchungsgefangenen. Nach ihrer Ankunft gestern in Millford hatte sie zuerst den Plan gefaßt, diesen Lieferwagen, der von einem kleinen Restaurant an der Straße zum Kap kam, für ihr Vorhaben zu benutzen. Sie hätte das Überraschungsmoment auf ihrer Seite, zugleich aber vom ersten Augenblick an alle Polizisten gegen sich gehabt. Eine einzige Unwägbarkeit hätte alles zerstören können.

Sie hätte das Risiko jedoch in Kauf genommen, wenn sie gestern abend nicht den Chief in der Snackbar an der Bus-Station kennengelernt hätte. Dick Sprague war sofort voll auf sie abgefahren. Sie hätte beinahe gelächelt, doch das Lächeln erstarrte im Ansatz, als sie die schweren Schritte auf der Treppe hörte. Sie warf die Zigarette auf den Boden, trat sie aus und schlug dem Sheriff mehrmals mit der flachen Hand auf die Wange.

Sprague ächzte, schnaufte und warf den Kopf hin und her. Die Lider öffneten sich einen winzigen Spaltbreit. Die Augen hinter den Schlitzen blickten verschwommen. Er würde noch einige Minuten brauchen, um wieder klarzukommen. Sie wälzte ihn auf die Seite und zog die Decke bis zu den Schultern hoch.

Die Schritte verharrten an der Tür. Einige Sekunden verstrichen. Dann klopfte es. Zaghaft zuerst, dann etwas kräftiger.

Shileah warf einen Blick auf ihre Reisetasche, die mit geöffneten Fächern auf einem Stuhl mitten im Raum stand. Unter der Bluse lag griffbereit der schwere Revolver des Sheriffs.

Sie hoffte, ihn nicht benutzen zu müssen, als sie leise zur Tür ging.

Sie öffnete die Tür. Sie spürte Cobbs harte Blicke, mit denen er sie abtastete. Sie hatte sich angezogen – die engen Hosen und die weite Leinenjacke ließen sie jünger erscheinen, als sie in Wirklichkeit war. Cobbs Augen glitten über sie hinweg. Sie weiteten sich, als er den Rücken des Chief auf dem Feldbett sah.

»Er wollte etwas schlafen, bevor er nach Hause fährt« sagte sie leise. »Ich wecke ihn jetzt.«

»Seine Frau hat schon zweimal angerufen«, sagte Cobb mit gesenkter Stimme. Seine Augen zuckten zwischen ihr und Sprague hin und her.

Das Bettgestell knackte. Die Federn quietschten. Shileah mußte sich zwingen, den Blick weiter auf Cobb gerichtet zu halten und sich nicht nach Sprague umzusehen, der sich bewegte.

»Haben Sie mir ein Zimmer reserviert?« fragte sie.

»Ja, wenn Sie wollen, kann ich Sie hinfahren.«

»Das ist nett. Wir kommen gleich hinunter.« Sie drückte die Tür gegen den Deputy, aber der bewegte sich nicht. Sie blickte über ihre Schulter. »Ich komme, Darling«, sagte sie. Da war wieder dieses Kribbeln zwischen ihren Schulterblättern. Chief Sprague saß aufrecht im Bett und schüttelte den Kopf wie ein Bullterrier. Seine Augen waren immer noch verschwommen, aber sie würden jetzt sehr schnell klarsehen.

»Ich helfe ihm«, sagte sie schnell und wollte die Tür endgültig schließen. Aber Cobbs Füße, die in glänzenden Stiefeln steckten, standen vor der Schwelle wie Betonpfähle.

»Ich glaube, ich kümmere mich mal besser um ihn«, sagte er und schob sie mit einer Bewegung seines Ellbogens zur Seite.

»Bitte. Er hat etwas getrunken. Hängen Sie es nicht an die große Glocke!«

Cobb hörte gar nicht auf sie. Er ging zu Sprague und beugte sich über ihn. Spragues Lippen bewegten sich. Seine Pranke tastete zum leeren Holster. Cobb brachte seine Nase nah an Spragues Mund.

Dann fuhr er herum. Seine Rechte griff zum Holster, in dem sein großer 38er Colt steckte.

Shileah stand mitten im Raum. Ihre rechte Hand hatte sie in die Reisetasche geschoben, wo ihre Finger den Griff des dort versteckten Revolvers umklammerten. Ihre Hand kam hoch. Die Bluse verdeckte die Waffe, ließ nicht einmal ihre Umrisse erkennen. Mit dem Daumen zog sie den Hammer zurück.

»Tun Sie es nicht, Cobb!« Ihre Stimme klang flach und ausdruckslos. Sie wickelte die Bluse fester um die Hand und um die Trommel der Waffe.

Cobbs Hirn registrierte die tödliche Drohung. Seine knochige Hand riß den Revolver heraus. Sein Oberkörper beugte sich vor. Die Waffe beschrieb einen Bogen von unten nach oben. Entsetzlich langsam, zu langsam.

Die Frau drückte ab!

Der schwere Revolver ruckte in ihrer Hand. Die Mündung schnellte zur Decke. Doch sofort zwang die Frau den Lauf wieder herab. Die Bluse löste sich von der Hand und schwebte anmutig zu Boden. Sie hatte den Explosionsknall in ein dumpfes Wummern verwandelt.

Shileah Ansara sah sofort, daß sie einen zweiten Schuß, nicht abzufeuern brauchte. Einen Moment lang stand Cobb noch auf seinen großen Füßen und stierte sie an, ehe seine Augen blicklos nach oben rollten, seine Knie nachgaben und er kraftlos in sich zusammensackte.

Sheriff Sprague sah seinen Deputy vor dem Feldbett zusammenbrechen. Seine Atemzüge drangen stoßweise aus dem weit geöffneten Mund. Seine Augen wanderten zu Shileah, die sich schnell bückte und Cobbs Colt an sich brachte. Mit zwei lautlosen Sprüngen war sie an der Tür zur Treppe.

Unten dudelte ein Radio. Oder ein Fernseher. Der junge Deputy hatte nichts von dem Drama bemerkt, das sich hier oben abgespielt hatte.

»Timmy!« brüllte der Sheriff plötzlich. »Um Gottes willen, Timmy!«

Shileah wirbelte herum. Chief Sprague, der gerade seinen massigen Körper vom Feldbett wälzen wollte, erstarrte mitten in der Bewegung, als er in die Mündung seines eigenen 45ers blickte. In grotesker Haltung lag er auf der Seite. »Sheila, bitte ... das kannst du doch nicht tun ...«

Shileah trat etwas zur Seite, als sie Timmys Schritte auf der Treppe hörte.

»Chief, haben Sie gerufen?« fragte Timmy.

»Sagen Sie ihm, er soll raufkommen«, sagte die Frau kalt.

Chief Sprague schluckte, dann rief er heiser: »Komm rauf, Timmy!«

Timmy betrat das kleine Apartment. Er unterdrückte eine schnelle Bewegung, als er den am Boden liegenden Cobb entdeckte.

Shileah stieß ihm den Revolverlauf in die Seite. Er sah sie an und schluckte. Er hatte rote Haare und große Ohren, ein blasses Gesicht voller Sommersprossen, und seine Khaki-Uniform saß makellos.

Den Revolvergürtel hatte er abgelegt.

»Fesseln Sie ihn!« befahl Shileah.

Timmy schluckte. »Womit?«

Sie deutete auf die Handfesseln an Cobbs Gürtel. »Nimm die Manschetten!«

Timmy zögerte und schluckte laut.

Shileah zielte auf Chief Sprague. »Ich kann das Problem auch auf andere Weise lösen«, sagte sie und zog den Hammer zurück.

Spragues Augen quollen aus den Höhlen. »Um Gottes willen, Timmy, tu, was sie sagt! Tu es, tu es!«

»Ja Chief«, sagte Timmy. »Ja, ja ...«

Hank Blyton zerrte die Sporttasche vom Gepäckband und schob sich durch das Gewühl in der Ankunftshalle des La Guardia Airport. Die Tasche war schwer, sehr schwer sogar, aber er spürte ihr Gewicht kaum. Er bewegte sich, als ob etwas Fremdes seine Muskeln und Sehnen in Bewegung hielt. Vor einer Stunde, beim Check-in in Providence, hatte er die Augen eines Polizisten auf sich gespürt, der ihn und die Tasche gemustert hatte, bis er sie auf die Waage gestellt und die Bordkarte in Empfang genommen hatte. Gepäck, das aufgegeben wurde, wurde bei Inlandflügen so gut wie nie kontrolliert oder durchleuchtet.

Er stellte die Tasche vor dem Schalter eines Autovermieters ab und legte dem Girl seinen Führerschein und eine Kreditkarte seiner Bank vor.

»Ich brauche einen kleinen Stadtwagen«, sagte er. »Haben Sie einen Vega da? Oder einen Rabbit?«

»Ich hätte hier einen Pinto, Sir.«

»Ja, ein Pinto ist gut.«

Er stand reglos da, während das Girl das Formular ausfüllte und die Daten seiner Kreditkarte mit der Stempelmaschine in das Adressenfeld übertrug. Die Umgebung verschwamm vor seinen Augen.

»Sir, ist Ihnen nicht gut? Sir! Hören Sie mich?«

Er zuckte unmerklich zusammen. »Wie bitte? O doch, ich höre sie . . .«

»Geben Sie den Wagen hier zurück? Oder in einem anderen Office?«

Darüber hat er sich keine Gedanken gemacht. Was würde nachher sein? Würde es für ihn jemals wieder ein Nachher geben? Für ihn? Oder für Edith?

»Ich weiß es noch nicht«, sagte er schnell, weil er spürte, daß das Mädchen ihn scharf beobachtete. »Ich habe in der Stadt verschiedenes zu erledigen . . .«

»Ich lasse den Rückgabeort also offen«, erklärte das

Girl. »Hier, unterschreiben Sie bitte! Wenn Sie eine Insassenversicherung oder eine Vollkaskoversicherung wünschen, setzen Sie dort bitte Ihre Initialen ein! Danke, Sir. Mein Kollege wird Sie zu Ihrem Wagen begleiten.«

Ein junger Farbiger ging um den Tresen herum und wollte die Sporttasche aufnehmen. Blyton kam ihm zuvor. »Ich trage die Tasche lieber selbst«, murmelte er.

»Wie Sie wollen, Sir. Hierher, Sir. Ich hole den Fahrstuhl!« Der Neger sah Blyton lächelnd an. »Sportsmann, wie?« sagte er, als sie im Fahrstuhl zum Parkdeck hinunterfuhren.

Blyton nickte. Er trug seine Laufschuhe, die Schirmmütze und eine leichte, fast wie ein Trainingsanzug geschnittene Kombination aus dunklem Jerseystoff. Die lange braune Sporttasche mit den breiten Bügeln und den aufgenähten Plaketten der Clubs, denen er in den vergangenen Jahren angehört hatte, vertieften den Eindruck, den er machte.

»Sportschütze, wie?« hakte der Farbige nach. »So, wir sind da.«

Der Pinto stand auf einem abgetrennten Gelände. Das Parkdeck war nach Norden hin offen. Vom Sund wehte eine laue Brise herüber. Der Himmel zeigte sich jetzt in einem fahlen Grau. Die ersten Sterne schimmerten gegen den hellen Widerschein der großen Stadt an. Gegen die flimmernden und funkelnden Positionslichter der an- und abfliegenden Maschinen wirkten sie unbedeutend.

»Kennen Sie den Pinto, Sir? Ich erkläre Ihnen gern alles.«

»Danke. Meine Frau hat einen Pinto gefahren.«

Wahrscheinlich hat sie ihn noch, dachte er.

»Hier ist der Schlüssel, Sir. Ein Stadtplan liegt auf der Ablage. Wenn Sie eine bestimmte Adresse suchen, Sir, kann ich sie Ihnen vielleicht beschreiben.«

»Vielen Dank, ich kenne mich aus.« Blyton wuchtete

die Tasche auf den Rücksitz. Dann nahm er den Schlüssel, drückte dem Boy zwei Dollarnoten in die Hand und zog die Tür mit Nachdruck ins Schloß. Er startete und fuhr an. Der Wagen ruckte einmal kurz, und beinahe hätte er ihn abgewürgt. Aber als er den Central Park Way erreichte und gleich die Ausfahrt zum Astoria Boulevard ansteuerte, hatte er sich an die Handschaltung gewöhnt.

Edith, dachte er, gleich werden wir uns wiedersehen. Für einen kurzen Moment verschleierten Tränen seinen Blick. Er wischte sie fort und suchte nach vertrauten Merkmalen, die ihn zur Juniper Street führen sollten, wo er fast acht Jahre mit Vera gelebt hatte, wo Edith aufgewachsen und glücklich gewesen war. Mit ihm.

Sie sollte nicht unglücklich werden. Lieber sollte sie tot sein, dachte er in seiner Verblendung. Der Tod brachte Frieden.

»Wir gehen jetzt hinüber«, sagte Shileah. »Sie gehen vor, Timmy! Denken Sie daran – wenn ich Sie nur eine Sekunde lang nicht sehe, bekommt der Chief eine Kugel!«

»Tu, was sie sagt!« murmelte Chief Sprague undeutlich.

Ihm war jetzt schlecht. Als er aufgestanden war, umständlich, weil Timmy ihm die Hände auf dem Rücken zusammengeschlossen hatte, hatte es begonnen. Zuerst im Kopf. Ein dumpfes Dröhnen hatte eingesetzt, das vermutlich eine Nebenwirkung der verabreichten Drogen war.

O mein Gott, dachte er, warum nur, warum?

»Wenn Sie unten sind, öffnen Sie die Tür zum Zellengang!« befahl Shileah. Sie hatte den Schlüsselring vom Gürtel des toten Cobb gelöst und ihn Timmy zugeworfen.

»Wir haben aber keine Zelle mehr frei, Miß«, sagte

Timmy, der es an der Zeit fand, einmal etwas von sich aus zu sagen. Irgend etwas. Zu dumm, daß er seinen Revolvergurt abgelegt hatte! Seine Dienstanweisung besagte, daß er keine Waffe tragen durfte, wenn er hinter der Barriere Dienst machte. Die Gefahr, daß es mit einem eingelieferten Verdächtigen zu einem Handgemenge kam, in dessen Verlauf seine Waffe in die falschen Hände gelangen konnte, war zu groß. Vor einigen Tagen erst hatte ihn der Chief ganz fürchterlich zusammengeschissen, weil er die Kanone nicht sofort abgelegt hatte.

Jetzt marschierte er die enge Treppe hinunter. Hinter ihm tappte der Sheriff. Dann kam die fremde Frau, die ihre Reisetasche geschultert trug. In der rechten Hand lag der 45er des Chief. Daß sie mit der Kanone umgehen konnte, bereit war, sie auch zu benutzen, hatte sie bewiesen. Und wie! Unglaublich! Er schluckte.

Am Fuß der Treppe, an der Tür zum Zellengang, blieb er stehen und sah sich nach Sprague und der Frau um. Der Chief blickte über ihn hinweg. Sein Gesicht sah grün aus. Die Wangen hingen schlaff herab.

»Wir haben aber keine Zelle mehr frei, Miß«, wiederholte Timmy trotzig. Es wurmte ihn, daß die Frau seinen Einwand überhaupt nicht zur Kenntnis genommen hatte.

»Öffnen Sie die Tür!« befahl Shileah. »Gleich wird eine Zelle frei.«

»Tu, was sie sagt!« drängte der Chief.

Die Tür zum Zellentrakt war nur mit einem Riegel gesichert. Timmy zog den Riegel zurück und öffnete die Tür. Fragend sah er die Frau an. Als sie eine entsprechende Handbewegung machte, betrat er den quadratischen Raum vor den drei Zellen, dem Jail des Millford County. Die Frau und der Chief drängten nach. Shileah schob den Sheriff mit dem Gesicht gegen die Wand.

Graues Dämmerlicht fiel durch die länglichen Zellenfenster und verwischte die Konturen. Shileah entdeckte eine Schalterleiste neben der Tür. Sie drückte alle Wippen, und zwei Reihen Leuchtstoffröhren erwachten flackernd zum Leben.

Sie hörte protestierendes Gemurmel und einen undeutlichen Fluch. Ihr Blick wanderte zur mittleren Zelle, wo ein Mann mit katzenhaften Bewegungen von seiner Pritsche glitt und sich der Gittertür näherte. Er war nur etwa mittelgroß. Seine Schultern wirkten nicht übermäßig breit, und sein flaches Gesicht wies keine besonderen Merkmale auf. Die Augen schimmerten grau wie der Himmel jenseits der Gitterstäbe. Sein kurzgeschnittenes Haar war mittelblond. Er stellte sich am Gitter auf, legte den Kopf leicht in den Nacken und betrachtete die Frau, während er leicht auf den Fußballen wippte.

»Schließen Sie die Tür auf!« befahl Shileah.

Timmy klirrte mit den Schlüsseln. Der Mann auf der anderen Seite wartete geduldig, ohne die Augen von Shileah zu lassen.

Als die Gittertür endlich aufschwang, trat er einen Schritt über die Schwelle.

»Gehen Sie rein!« sagte Shileah zu Timmy.

Timmy reagierte nicht sofort.

Der Mann, der Austin Smith hieß, schlug seine schlanken Hände in Timmys Schultern, und mit einer jähen Bewegung von erschreckender Wildheit beförderte er den jungen Deputy in die Zelle, die er selbst drei Tage bewohnt hatte.

Fragend sah er Shileah an. Seine Augen wanderten über Spragues Rücken und zu ihr zurück. Als sie leicht den Kopf schüttelte, knallte er die Gittertür zu, drehte den Schlüssel herum und zog ihn ab.

»Wir nehmen den Streifenwagen«, sagte sie. »Gehen Sie vor!«

Smith spähte erst sichernd in den Wachraum, ehe er ihn mit wenigen schnellen Schritten durchquerte und dann vorsichtig einen Flügel der Pendeltür öffnete, die auf den Vorplatz hinausführte.

Über die breite Hauptstraße von Millford rollte der übliche Freitagabendverkehr. An der Tankstelle drüben hatte sich eine Schlange gebildet. Vor dem General Store hockten ein paar junge Burschen auf den Gemüsekisten und tranken Bier aus Dosen.

Smith schob sich hinaus und ging auf den vorderen Streifenwagen zu. Er öffnete die Tür auf der Fahrerseite und blickte zu Shileah zurück, die den Sheriff vor sich herschob.

»Wozu wollen Sie den Fettsack mitschleppen?« fragte er.

»Das werden Sie schon sehen. Öffnen Sie die hintere Tür. Los, beeilen Sie sich!«

Smith rührte sich nicht. »Was spricht dagegen, wenn ich mich jetzt absetze? Ich allein?«

»Eine Menge«, antwortete Shileah sehr kühl. »Was Sie für uns tun sollen, können Sie notfalls auch mit einer Schußverletzung tun.« Sie zielte auf ihn. »Vor den G-men können Sie dann allerdings nicht mehr davonlaufen. Ein Wunder, daß die noch nicht hier sind. Von der Halbinsel kommen Sie ohne mich nicht runter.«

Er sah sie an, und ein kleines Lächeln kräuselte seine Lippen. »Ich wollte es nur wissen, Lady«, sagte er und öffnete die hintere Tür für den Sheriff.

Wir standen in einem engen Vorraum, übergossen vom grellen Licht der Deckenlampen. Nachdem Phil geklingelt hatte, war zuerst das Licht aufgeflammt. Dann war die rechteckige Klappe hinter dem verschnörkelten Gitter in der massiven Eichenholztür aufgegangen. Das Gesicht hinter dem Ausschnitt war braun und spitz, was an dem gestutzten Bart liegen mochte. Die Augen starrten uns an, bis Phil schweigend die beiden 50-Dollar-Karten vor den Ausschnitt hielt.

Hundert Dollar ...

Die Tür wurde geöffnet, und wir betraten einen etwas geräumigeren, in Rot und Gold gehaltenen Raum, dessen hintere Wand ganz aus Spiegeln bestand.

Der Mann, der uns eingelassen hatte, war groß und schlank. Er trug einen elegant geschnittenen schwarzen Anzug, dazu ein weißes Seidenhemd mit Rüschen und eine schmale Krawatte.

»Willkommen, meine Herren«, sagte er. Lächelnd nahm er die Gästekarte entgegen. Dann deutete er auf eine Tür, die sich kaum von der roten und goldenen Bespannung abhob. Er öffnete sie für uns und ließ uns einige Stufen in die Halle hinaufgehen. Ein undefinierbares Geruchsgemisch hüllte uns ein – Tabak, Räucherstäbchen, vielleicht Haschisch, vermischt mit schwerem Parfüm und erstickendem Puder.

Mehrere hohe weißlackierte Türen mündeten in die Halle. Der Elegante öffnete einen Flügel der großen Mitteltür und überließ uns dann uns selbst oder den Anwesenden.

Ich blickte Phil an, etwas verwundert. Dann sahen wir uns um. Ich weiß nicht, was ich erwartet hatte – vielleicht ein auf orientalisch getrimmtes Gemach mit Gitterornamenten und schriller Musik, mit Lederpolstern und Ziegenfellen und bärtigen Männern, die an den Mundstücken ihrer Wasserpfeifen nuckelten? Oder hatte ich erwartet, Leute mit revolutionärem Touch anzutreffen, denen der Fanatismus wie Funken aus den Augen sprühte?

Der Raum war gerammelt voll. Trotz der dichten Rauchschwaden, die über den Anwesenden wallten, war die nüchterne Einrichtung zu erkennen. Wie eine Fabrikhalle, die man in eine Aufwärmstube für Arbeitslose umgewandelt hatte. An den planlos herumstehenden Tischen und auf den langen Bänken saßen zumeist junge Leute. Viele Farbige waren dabei. Black Muslims und Black Panther, vermutete ich. Sie rauchten und unterhielten sich, wobei sie oft sämtliche Finger und manchmal die ganzen Arme zu Hilfe nahmen. Phil deutete auf eine lange Brettertheke, auf der Tee und Kaffeekannen und Teller mit Sandwiches standen. Wir schoben uns Schulter an Schulter durch das Gewühl. Die Wände waren mit den Fotos junger Männer beklebt. Einige, zumeist auf Zeitungsausschnitten, waren bereits vergilbt.

Plötzlich stand ein schmächtiger junger Mann vor uns. Er hatte ein glattrasiertes ovales Gesicht sanfte dunkelbraune Augen und glänzende schwarze Haare.

»Ich heiße Dano Erez. Kommen Sie! Wir wollen versuchen, einen Platz zu finden, wo wir uns unterhalten können.« Er bahnte uns eine Gasse zum Brettertresen. Dort sah er uns an. »Für unsere amerikanischen Freunde haben wir auch Alkohol. Whisky? Gin? Oder möchten Sie ein Bier? Wir müßten dann allerdings in die Bar gehen.«

»Danke, nein«, sagte Phil bescheiden lächelnd. »Wir nehmen gern eine Tasse Kaffee.«

Dano Erez versorgte uns mit zwei winzigen Tassen, in denen dicker, ölig schillernder Kaffee schwappte. Ich hatte noch nie einen Fünfzig-Dollar-Kaffee getrunken. Den Genuß wollte ich mir ein wenig aufsparen. Ich schnupperte an dem Getränk, wobei ich mich fragte, ob der Unbekannte, der Phil die beiden Gästekarten zugespielt hatte, das Geld bezahlt hatte, und wenn, wofür es verwendet wurde. Um damit Munition für irgendwelche Terroraktionen zu kaufen?

Dano Erez hielt mir sein silbernes Zigarettenetui hin, und ich nahm eine der flache filterlosen Zigaretten. Der süßliche Rauch der Orientzigarette war ungewohnt und biß auf der Zunge.

Ich drehte mich halb herum. Was ich dort sah, ließ mich unwillkürlich den Kopf zwischen die Schultern ziehen. An die Holztäfelung der Wand hatte man das vergrößerte Foto eines Mannes geheftet. Das Gesicht auf dem Foto kannte ich seit heute nachmittag. Es zeigte die Züge von Jeschko Soulie, dem Politiker aus dem Nahen Osten, der morgen in New York erwartet wurde.

Es war jedoch nicht das Foto, das mir Unbehagen verursachte. Mitten in dem scharfgeschnittenen Gesicht des Politikers steckte ein großes Wurfmesser.

Langsam drehte ich mich wieder um, und ich begegnete Dano Erez' sanften braunen Augen. Er hatte meinen Blick und meine Reaktion genau registriert.

»Er ist ein Verräter«, sagte der junge Mann, und dann fügte er schlicht hinzu: »Er wird sterben.«

Als sich Shileah Ansara auf den Beifahrersitz des Streifenwagens warf, saß Austin Smith bereits hinter dem Lenkrad. Der Zündschlüssel steckte. Er drehte ihn herum. Der Motor sprang sofort an.

»Wohin?« fragte er.

»Der Chief wird es uns sagen.« Shileah wandte sich um. »Sie zeigen uns den Weg zur General Venton Air Base!«

Chief Sprague preßte die Lippen zusammen.

»Na los, Lady«, sagte Smith gepreßt. »Überzeugen Sie ihn ...«

Shileah Ansara packte den Revolver am Lauf und schmetterte den Griff auf Spragues Knie. Der Sheriff stöhnte auf.

»Die Main Street ... links, und dann immer nach Norden ... bis zur Brücke ...« Chief Sprague kippte auf die Seite, als Smith den Streifenwagen zurücksetzte und das Lenkrad herumwirbelte. Sprague schlug mit dem Kopf gegen die Armlehne in der Tür und gab endlich den Kampf gegen die Übelkeit auf. Er erbrach sich würgend.

»Langsam, Mr. Smith«, warnte Shileah, als der Mann den Wagen mit durchdrehenden Reifen über der Platz zur Hauptstraße trieb. »Wir haben Zeit.« Noch vierzig Minuten. Es wurde jetzt schnell dunkel. Endlich!

Smith streifte Shileah mit einem Seitenblick, nahm aber das Gas zurück. Der Wagen bog in die Hauptstraße.

»General Venton Air Base – das hört sich verdammt nach Militär an«, sagte er nach einigen Augenblicken.

»Es handelt sich um eine verrottete Betonbahn mitten im Marschland. Die Küstenwache hat den Platz zuletzt vor Jahren benutzt. Stellen Sie jetzt keine weiteren Fragen! Sie werden alles Nötige erfahren, wenn es an der Zeit ist.«

»Ja, Lady«, sagte Smith plötzlich.

»Ich habe die Polizei von Millford County zwar ausgeschaltet«, sagte Shileah, »aber an Ihrer Stelle würde ich trotzdem endlich die Scheinwerfer einschalten.«

Mit einer ärgerlichen Bewegung beugte sich Smith vor und legte einen Schalter um.

Er holte Luft, um etwas zu sagen, aber ein scharfer Zischlaut ließ ihn schweigen.

Shileah kurbelte die Scheibe auf ihrer Seite herunter und neigte lauschend den Kopf, während sie angestrengt zum dunklen Himmel hinaufsah. Nur weit im Westen zeigten die Wolken noch purpurrote Ränder.

»Hören Sie?« hauchte sie flach.

Der leichte Wind zerriß das Schwirren der Hubschrauberrotoren. Doch der Umriß des Helikopters war gegen den Abendhimmel bereits deutlich zu erkennen. In niedriger Höhe schwebte die Maschine über die Bucht.

»Können Sie den Kurs feststellen?«

Austin Smith hatte das Gas zurückgenommen. »In zwei Minuten ist sie genau über uns«, antwortete er.

»Sollte mich nicht wundern, wenn das die G-men wären«, sagte Shileah Ansara.

»Dann müssen wir sehen, daß wir Land gewinnen«, meinte Smith. Er wollte wieder Gas geben.

»Warten Sie!« Shileah blickte der heranschwebenden Maschine entgegen. »Glauben Sie, daß Sie die Maschine fliegen können?«

Smith lachte trocken auf. »Glauben? Lady, was da drüben rankommt, ist ein Bell UH-1N. In Vietnam habe ich ...«

»Ich bin nicht an Ihren Kriegsabenteuern interessiert. Wie viele Personen bekommt man da rein?«

»Lady, danach haben wir selten gefragt. Wir haben Leute in den Quirl gestopft, bis keine mehr reinpaßten. Manchmal zwei Dutzend ...«

»Fahren Sie zurück!« befahl die Frau.

Smith sah sie an. Unter seinem linken Auge zuckte ein Muskel. »Sie sind der Boß«, sagte er schließlich und wendete.

Hank Blyton ließ den Pinto am Straßenrand ausrollen. Er schaltete die Lichter aus und lehnte sich tiefer in die Polster, während er über die Fensterkante zu dem zweistöckigen Holzhaus hinübersah. Im Lauf der Jahre hatte er jedes Brett immer wieder liebevoll gestrichen.

Hinter dem Fenster im Obergeschoß, über dem vorspringenden Eingang, brannte Licht. Das Rollo war herabgezogen. Dort lag das Badezimmer. Ob Vera gerade dabei war, Edith zu baden? Nein, das glaubte er nicht. Vera überließ es der Kleinen, sich zu waschen, damit sie vor dem Fernseher hocken und Wermut trinken oder mit ihren Liebhabern telefonieren konnte. Die Wohnraumfenster gingen nach hinten hinaus. Er brauchte nur über die Garage zu klettern.

Er rutschte noch tiefer in den Sitz, als ein Scheinwerferpaar um die Ecke fingerte. Die Lichter huschten durch den Innenraum des Pinto, wanderten herum und glitten dann langsam vorbei. Blyton wagte einen Blick nach draußen. Er zuckte zusammen, als er den blauweißen Streifenwagen erkannte.

Er würde lieber nicht über das Garagendach klettern. Wenn ihn ein Nachbar sähe und die Polizei alarmierte, würde man ihn für einen Einbrecher halten und ihn vielleicht abknallen. Er mußte nur etwas Geduld haben. Er kannte Veras Gewohnheiten zur Genüge. Irgendwann im Laufe des Abends würden ihr die Zigaretten oder der Wermut ausgehen, und sie würde zum Parsons Boulevard laufen, wo es einige Läden gab, die die ganze Nacht über geöffnet hielten.

Blyton tastete mit der rechten Hand nach der Tasche, die mit offenen Bügeln auf dem Beifahrersitz stand. Er zog das AR-15 hervor. Ohne hinzusehen, schob er ein volles Magazin in den Schacht und ließ eine Patrone ins Schloß gleiten. Er rutschte auf den Beifahrersitz hinüber und legte das Gewehr probeweise an seine Schulter.

Sein Atem ging ruhig und gleichmäßig, und das helle Bild im Zielfernrohr schwankte kein bißchen. Groß und deutlich und hell lag die Tür vor seinem Auge. Er konnte sogar seinen Namen auf dem Schild unter der Klingel erkennen – BLYTON.

Er setzte das Gewehr ab und rutschte wieder hinter das Lenkrad. Er stopfte so viele Patronenschachteln in seine Taschen, wie hineingingen. Der Revolver steckte bereits in seinem Hosenbund.

Das Licht im Badezimmer erlosch. Gleich darauf leuchtete es hellgelb hinter dem schmalen Fenster rechts daneben auf. Das war immer Ediths Kinderzimmer gewesen. In diesem Jahr hatte er das größere Zimmer hinten, das er als Arbeitszimmer benutzt hatte, für sie herrichten wollen. Er war nicht mehr dazu gekommen. Vera hatte begonnen, sich herumzutreiben. Er hätte um ein Haar seinen Job verloren, weil er immer wieder hinter ihr hergelaufen war, um sie aus Kneipen und noch zweifelhafteren Lokalen herauszuholen. Da hatte er den Job in Providence angeboten bekommen. Er hatte ihn angenommen, weil er hoffte, dort einen neuen Start hinlegen zu können. Mit Vera und Edith.

Tränen verschleierten seinen Blick. Er wischte sich über die Augen und blinzelte, und als sich sein Blick klärte, sah er drüben das helle Rechteck der sich öffnenden Tür und den Umriß einer schlanken Gestalt.

Er stieß die Wagentür auf und stieg aus. Er hörte Veras schnelle Schritte auf den Steinplatten des Weges. Ihr helles Haar leuchtete wie Silber. Wie angewurzelt blieb sie stehen, als sie ihn erblickte.

»Hank?« rief sie unsicher. »Hank! Bist du es?«

Er war unfähig, sich zu rühren. Vera! Er hatte sie geliebt. Er hatte geglaubt, sie hassen zu können, hassen zu müssen.

»Vera!« stieß er hervor. »Vera, komm her ...«

»Hau ab!« schrie sie und warf sich herum. Ihre Absätze klackten laut.

Hank Blyton erwachte aus seiner Erstarrung. Er griff hinter sich und riß das Gewehr an sich. Wie von selbst schmiegte sich der Schaft an seine Schulter. Seine Linke packte den mit Kunststoff ummantelten Teil des Laufes.

Im Okular erschien Veras Hinterkopf.

Bevor sie die Tür erreichte, drehte sie sich noch einmal um. Er sah ihre weit aufgerissenen Augen, den zu einen Schrei geöffneten Mund.

Er drückte ab.

»Wir freuen uns über jeden, der sich für unsere Sache interessiert«, erklärte Dano Erez, und vielsagend fügte er hinzu: »Und der sie unterstützt.«

Ich sah mich noch einmal nach dem Bild um. Mir fielen jetzt einige Leute auf, die in Grüppchen beisammenstanden und erregt debattierten. Immer wieder wiesen ausgestreckte Hände auf das Bild des Politikers.

»Er hat unsere Sache verraten«, wiederholte Dano Erez. »Er arbeitet mit imperialistischen Kräften zusammen.« Er hielt mir erneut sein Zigarettenetui hin, doch ich schüttelte den Kopf. »Hier ist es zu laut. Wenn Sie es wünschen, können wir in die Gästebar gehen. Oder in die Bibliothek.«

Unser Betreuer ging wieder voran. Hier und da wechselte er im Vorbeigehen mit einem der Anwesenden ein paar Worte.

Dano Erez öffnete eine andere Tür, und wir betraten einen hohen kühlen Raum, dessen Wände mit Bücherregalen vollgestellt waren. Ein schmales Fenster führte nach hinten auf einen Hof hinaus. Undeutlich erkannte ich fensterlose geschwärzte Ziegelmauern.

Unser Gastgeber bat uns Platz zu nehmen. Wir setzten uns in tiefe, bequeme Ledersessel. Auf dem niedrigen Messingtisch stand ein Tablett mit einer Kaffeekanne und Tassen, mit einer Zigarettendose und einem Feuerzeug in einem Achat. Mir fiel auf, daß wir allein waren.

Als ob man den Raum für uns freigehalten hätte . . .

Dano Erez schenkte uns Kaffee ein. Dann hielt er uns das geöffnete Zigarettenkästchen hin. Ich hatte noch den süßlichen Geschmack der ersten Zigarette im Mund und hätte lieber eine gewohnte Virginia geraucht, aber der junge Mann lächelte freundlich, und weil Phil zugriff, nahm auch ich eine.

»Es sind ägyptische Zigaretten«, erklärte Dano, als er mir Feuer gab.

Vorsichtig zog ich den Rauch in die Lungen. Sofort spürte ich ein leichtes, durchaus angenehmes Schwindelgefühl. Ich sah Dano Erez an. Er senkte den Blick. Etwas hastig, wie mir schien.

Ein eigenartiges Kribbeln kroch an meinem Rückgrat hinauf. Die Alarmglocke in meinem Hirn bimmelte schwach, sehr schwach. Ich führte die Zigarette an die Lippen, aber dieses Mal inhalierte ich den Rauch nicht. Phil saß zu weit weg von mir, als daß ich ihn mit dem Ellbogen hätte anstoßen können. Er grinste selig. Seine Augen glitzerten.

Dano Erez begann von Jeschko Soulie zu erzählen. Seine Stimme klang eintönig, hypnotisierend. Solie war in Algerien geboren. Er hatte in Frankreich studiert und sich schon als junger Mann der palästinensischen Befreiungsfront angeschlossen. Er war dort zu einem der Chefdenker avanciert.

Phil nickte eifrig. Ich ließ die Zigarette in meiner Hand verqualmen. Irgend etwas war nicht in Ordnung. Mir lag eine Frage auf der Zunge, aber ich versuchte, mich auf die Worte des jungen Mannes zu konzentrieren.

»... jetzt kommt er nach New York ...«

Phil nickte eifrig.

»Sonntag oder Montag?«

»Sonntag«, antwortete Phil mechanisch.

Ich richtete mich ein wenig auf. Energisch drückte ich die Zigarette aus. Dieses verdammte Zeug war ja schlimmer als Haschisch.

»Auch wir werden eine Delegation schicken, um ihn zu begrüßen«, sagte Dano Erez. »Schließlich war er einmal unser Freund.«

»Das ist gut«, bestätigte Phil. »Freundschaft ...«

Vor zehn Minuten hatte der Bursche gesagt, Jeschko Soulie werde sterben ...

Ich beugte mich jetzt weit zu Phil hinüber, der eben

wieder seine schon halb aufgerauchte Zigarette zum Mund führen wollte. Ich suchte seinen Blick.

»Wo soll seine Maschine landen?« fragte Erez jetzt. Die Frage kam etwas zu früh und etwas zu direkt. Er hatte gemerkt, daß ich Lunte gerochen hatte.

Phil holte Luft, um zu antworten. Ich packte sein Handgelenk und preßte es fest zusammen. Dann nahm ich ihm die Zigarette ab. Er sah mich an. Seine Augen blickten verschwommen.

»Wir wissen es nicht«, sagte ich.

Phils Augen verengten sich. Ich ließ seinen Arm nicht los.

»Ich glaube, wir sollten uns jetzt verabschieden«, sagte ich.

Dano Erez stand auf. »Sie entschuldigen mich einen Augenblick«, sagte er. Er drehte sich auf dem Absatz um und huschte hinaus.

Ich schüttelte Phil, bis seine Zähne aufeinanderklirrten.

»Reiß dich zusammen!« zischte ich ihn an.

»Was hast du denn?«

»Du hast dich reinlegen lassen ...«

»Wieso? Ich?«

»Kennst du den Kerl, der dir die Karten untergejubelt hat?«

»Nein, ich ...«

Ich sprang auf und lief zur Tür. Ich drehte den kunstvoll verzierten Bronzegriff und war nicht einmal überrascht, als ich feststellte, daß sich die Tür nicht öffnen ließ.

Mit drei, vier Sätzen war ich am Fenster. Die Doppelscheiben bestanden aus Panzerglas. Das Riegelsystem lag im Rahmen und war nur mit einem Spezialschlüssel zu betätigen.

Phil, jäh ernüchtert, stand auf. »Das können die doch nicht machen!« sagte er.

»Was?«

»Uns hier mit Gewalt festhalten.«

»Wart ab, was die noch alles können«, schnappte ich. »Hast du deine sogenannte Gästekarte noch? Nein? Die können uns rankriegen wegen unbefugten Eindringens. Sogar wegen Hausfriedensbruch! Das Harmloseste was uns passieren kann, wäre, daß sie uns von der Funkstreife abholen lassen und ein paar Pressefotografen bestellen!«

»Wir haben bei der Zentrale hinterlassen, wo wir sind . . .«

»In der Zwischenzeit pumpen sie uns mit Wahrheitsdrogen voll.«

Aber es würde ihnen nichts mehr nutzen, dachte ich. Wenn sie jetzt noch irgendwelchen Ramba-Zamba mit uns machen wollten, würden wir eben dafür sorgen, daß Jeschko Soulies Maschine woanders landete. Ich hatte dem Burschen die Tour vermasselt, weil ich keine süßen Orientzigaretten mag, die als einzige geeignet sind, gewisse andere Stoffe, die einen Menschen in eine heitere, friedfertige und geschwätzige Stimmung versetzen können, zu überdecken. Wenn es ihnen gelungen wäre, die gewünschte Information aus uns herauszulocken, ohne daß es uns bewußt geworden wäre, sie preisgegeben zu haben, hätten sie gewonnen. So hatten sie mit Zitronen gehandelt. Ich war gespannt, wie sie sich aus der Affäre ziehen würden. Mit der Funkstreife? Oder mit einer Entschuldigung?

Ich lief an den Bücherregalen entlang. Immer hin und her wie ein Tiger in seinem Käfig. Ich gab den Halunken noch 30 Sekunden. Dann würde ich etwas unternehmen. Die Tür einschlagen. Oder Wände herausreißen. Irgend etwas.

Ich war gerade bei dreißig angelangt, und ich überlegte, ob ich noch zehn oder fünfzehn Sekunden zulegen sollte, als die Tür zur Halle aufsprang. Im Rahmen stand der Elegante mit dem spitzen Van-Dyck-Bart. Er lächelte schleimig.

»Meine Herren, ich bitte vielmals um Entschuldigung ... die Tür ist leider defekt. Ich lasse sie jetzt geöffnet, wenn es Ihnen recht ist. Sie können jederzeit gehen.«

»Wir gehen jetzt«, erklärte ich.

»Ich hoffe, Ihre Mißstimmung legt sich wieder, Sir.«

»Bestimmt. Wenn ich einen Schluck getrunken habe.« Ich gab Phil einen Wink und stürmte an dem Schleimer vorbei. Der Kerl grinste hämisch wie einer, der noch mindestens ein anderes Eisen im Feuer hat.

Ich marschierte durch die Halle.

Dort blieb ich wie angewurzelt stehen. Ein gellender Schrei, schneidend wie eine Messerklinge, drang an mein Ohr. Mein Kopf ruckte zur breiten Freitreppe herum, die zum Obergeschoß hinaufführte und dort an einer Galerie endete. Mehrere geschlossene Türen und ein dunkler Gang mündeten auf die Galerie.

»Bitte, meine Herren, kommen Sie!« drängte der Elegante.

Ich rührte mich nicht.

Der Elegante lächelte angestrengt.

»Diese jungen Leute ... manchmal sind sie außer Rand und Band.«

Oben entstand eine Bewegung. Eine Gestalt taumelte aus dem dunklen Gang heraus. Ihre Arme schlenkerten. Der Kopf lag im Nacken. Bevor dieser Mann das Geländer der Galerie erreichte, tauchten zwei schattenhafte Gestalten aus dem Gang. Lautlos glitten sie heran, warfen sich von hinten auf den Taumelnden und rissen ihn zu Boden.

Der Schrei klang erstickt, war aber nichtsdestoweniger deutlich zu verstehen.

»Hilfe ... Hilfe ...«

Ich sprintete schon zur Treppe, sprang die Stufen hinauf. Der Elegante schrie etwas hinter mir her, aber ich achtete nicht darauf. Ein Hilferuf setzt andere Rechte, etwa das Hausrecht, zeitweise außer Kraft.

Phil drehte sich mit dem Rücken der Treppe zu und versenkte die Rechte unter seinem Jackett. Seine friedfertige Stimmung war verflogen. Endgültig.

»Bleiben Sie, wo Sie sind, Sir!« sagte Phil. Er zog das Etui hervor, klappte es auf und steckte es so in die obere Brusttasche, daß der schimmernde Bundesadler zu sehen war.

Police Officer William Hicks vom 112. Revier, zur Zeit auf Sonderstreife zwischen Parsons Boulevard und Myrtle Avenue, trat hart auf die Bremse. Der Streifenwagen, der ohnehin nur langsam dahingerollt war, stand sofort.

»Hast du das gehört?« fragte Hicks den neben ihm sitzenden Gregg Keefer.

»Was?« fragte Keefer.

»Das war doch ein Schuß! Hinter uns!«

»Mensch, mach keinen Scheiß!«

William Hicks riß den Streifenwagen fast im Stand herum, indem er das Lenkrad ganz einschlug und Vollgas gab.

Auf wimmernden Reifen schlitterte der Streifenwagen in die Juniper Street. Die aufgeblendeten Scheinwerfer erfaßten Hank Blyton, der gekrümmt mitten auf der Fahrbahn stand. Die Augen im fahlen Gesicht glichen toten Tümpeln.

Urplötzlich, als er den Streifenwagen heranschießen sah, rannte er auf das Haus zu.

»Er hat ein Gewehr«, stellte Keefer nüchtern fest. Er schaltete den Suchscheinwerfer ein und schwenkte den Reflektor herum. Der Lichtfinger huschte über den Plattenweg und verharrte auf Vera Blyton, die mit ausgebreiteten Armen neben dem Weg auf dem Gesicht lag. »Da liegt jemand«, sagte Keefer. Er angelte nach dem Hörer des Funktelefons, um eine Meldung abzusetzen.

Er kam nicht mehr dazu. Eine Gewehrsalve sägte kleine Löcher in die Windschutzscheibe. Die beiden Cops duckten sich unwillkürlich, als ihnen die Kugeln um die Ohren pfiffen und feine Glassplitter in ihre Gesichter spritzten. Hicks verriß das Lenkrad. Der Wagen sprang auf den Gehweg und bohrte sich mit der Kühlerpartie in eine Hecke, nachdem er eine Mülltonne unter sich zermalmt hatte. Unter der nächsten Salve zersplitterten die Gläser sämtlicher Scheinwerfer.

»Verdammte Scheiße«, sagte Hicks. »Das ist ein Scharfschütze!« Er wischte über seinen Hals. Er wußte, daß die klebrige Flüssigkeit an seiner Hand Blut war. »Ruf endlich die Zentrale an! Die sollen Verstärkung schicken, bevor der Schweinehund uns abknallt!«

»Können vor Lachen«, gab Keefer zurück, der sich in den Fußraum hatte gleiten lassen. »Der Mistkerl hat die Antenne erwischt!«

Als ich die letzten Stufen hinaufhetzte, richteten sich die beiden Kerle, die den dritten zu Boden gerissen hatten, auf.

Die Burschen sahen übel aus – schmale Gesichter, glänzende Knopfaugen, Lippen straff wie Wolfslefzen. Die Haut des einen war von einem schmutzigen Oliv, die des anderen dunkelbraun und von Pockennarben entstellt.

Beide sprangen über den am Boden Liegenden hinweg auf mich zu mit der unmißverständlichen Absicht, mich postwendend und auf dem kürzesten Weg die Treppe hinunterzubefördern. Die Kerle hatten eine gute Chance, denn ich war noch nicht ganz oben. Zum Glück ließen die Strolche ihre Messer, oder was sie sonst an Waffen trugen, stecken, weil sie sich einfach nicht vorstellen konnten, daß ihnen ein einzelner Gegner gewachsen sein würde.

Ich warf mich vor und prallte mit den Schultern gegen die Beine der Kerle, wodurch ich sie für Augenblicke aus dem Gleichgewicht brachte. Ich krümmte mich sofort zusammen, als ich auf dem Parkettfußboden landete, rollte herum und war wieder auf den Füßen.

Ich sah eine Handkante heranschnellen. Meine Reaktion kam rechtzeitig. Die Handkante zischte an meinem Hals vorbei. Wenn sie mich getroffen hätte, wäre es dasselbe gewesen, als hätte mir jemand einen Rundschlag mit einer Eisenstange verpaßt.

Ich riß meine verschränkten Hände von unten nach oben. Der Kerl, der mir die Handkante hatte verpassen wollen, lief voll in den Uppercut hinein.

Er warf die Arme in die Luft. Sein olivfarbenes Gesicht verzerrte sich, als der Kopf in den Nacken flog und er mit dem Rücken gegen das Geländer krachte. Ich warf mich sofort herum.

Keine Sekunde zu spät. Der Pockennarbige sprang mich an. Ich duckte mich und schob die rechte Schulter vor. Aber im selben Moment erkannte ich, daß ich auf einen Scheinangriff hereingefallen war. Er erwischte mich mit dem rechten Fuß.

Der Spann knallte gegen meine kurzen Rippen und preßte mir die Luft aus den Lungen. Meine erhobenen Arme fielen herab. Ich sah, wie sich der Pockennarbige erneut in die Luft warf, um mir einen weiteren gemeinen Tritt zu verpassen. Ich konnte nicht mehr ganz ausweichen. Der Fuß streifte meine Hüfte und drehte mich um die halbe Körperachse.

Und dann waren die Handkanten da. Ein bretharter Schlag knallte von oben auf meine rechte Schulter. Verbissen feuerte ich eine kurze Linke ab, drehte mich sofort, riß ein Knie hoch und versuchte es mit einer weiteren Linken.

Ich bekam etwas Luft. Aber mein Gegner war ein Guerillakämpfer, vertraut mit allen gemeinen Kniffen.

Mein rechter Arm hing an mir herab wie ein abgestorbener Ast. Ich brachte meine Linke in eine andere Position. Diesmal achtete ich auch auf die Füße des Dunkelhäutigen und ließ mich nicht ausfinten, als er zu einem Tritt ansetzte, aber dann mit den Händen angriff.

Ich schlug den rechten Arm des Angreifers zur Seite und tauchte unter der anderen Hand weg. Dann rammte ich ihm meinen Kopf in den Bauch. Weil ich schwerer war als er, schaffte ich es, ihn mit dem Kreuz gegen das Geländer zu nageln. Und gleich darauf erwischte ich ihn genau am Kinn.

Er warf den rechten Arm in die Luft und suchte nach einem Halt. Vermutlich traute er mir zu, daß ich ihn über das Geländer kippte.

Ich schnappte mir aber nur sein Handgelenk. Mit einer vielfach geübten Bewegung riß ich seinen Arm auf den Rücken und zwang ihn in die Knie. Er wand sich wie eine Katze, als er auf den Knien landete, und dann schlug er mir seine Zähne in den Oberschenkel.

Augenblicklich brach mir der Schweiß aus allen Poren. Ich ließ sein Handgelenk los, bückte mich und krallte die Hände um seinen Hals. Da erst lösten sich seine Zähne.

»Wenn du die Tollwut hast, beiße ich dich wieder!« stieß ich wütend hervor.

Der Kampf hatte mit Sicherheit nicht mehr als eine halbe Minute gedauert, und doch hatte sich die Szene um mich herum schon verändert.

Phil war die Treppe heraufgerannt und hatte mir den einen Burschen vom Hals gehalten, als der Anstalten machte, wieder in den Fight einzugreifen.

Aber wir – Phil und ich, die beiden Guerillakämpfer und der Mann am Boden – waren nicht mehr die einzigen Menschen oben auf der Galerie. Die abgehackt hervorgestoßenen Rufe des Eleganten lockten junge Leute aus allen Räumen. Ich kam mir vor wie auf einem Busbahnhof. Immer noch konnte ich kaum Luft holen vor Schmerzen. Rippen, Schulter und besonders die gebissene Stelle machten mir schwer zu schaffen. Während Phil und ich den beiden Männern, die ich ausgeschaltet hatte, die Manschetten anlegten, wurden wir bereits von anderen Kerlen bedrängt und angerempelt. Der Bursche mit den Pockennarben wehrte sich immer noch, obwohl er halb bewußtlos war. Die anderen Kerle bildeten einen Halbkreis um uns und schrien in irgendeiner arabischen Sprache auf uns ein.

»Wenn das man gutgeht«, zischte Phil in meine Richtung. Er zerrte seinen Gefangenen in die Höhe.

Ich hatte meinen jetzt auch gefesselt. Endlich konnte ich mich um den Mann kümmern, wegen dem ich mich überhaupt auf die tätliche Auseinandersetzung eingelassen hatte. Mit den Augen suchte ich nach der Stelle, wo der Mann eben noch gelegen hatte.

Er war nicht mehr da.

Ich ließ den Pockennarbigen los und warf mich gegen die Körper, die uns umringten. Ich durchbrach den Kreis, indem ich die Kerle einfach umriß. Ich sah den Eleganten, der mit gemessenen Schritten die Treppe heraufkam. Ich wirbelte herum und blickte in den unbeleuchteten Flur.

Ganz am Ende brannte eine kleine Lampe. Gegen ihr Licht sah ich die Umrisse dreier Gestalten. Die beiden äußeren schleppten den mittleren zwischen sich her wie einen Betrunkenen. Seine Füße schleiften über den Boden. Ich rannte hinter dem Trio her.

Der Kerl rechts warf einen Blick über seine Schulter

zurück. Im nächsten Augenblick verschwand das Trio durch eine Tür. Ganz kurz sah ich einen Lichtstreifen. Trotz eines energischen Endspurts langte ich vor einer geschlossenen Tür an.

Ich war fest überzeugt, einen doppelten Hilferuf gehört zu haben. Ich hatte eine hilflose Person gesehen, die möglicherweise mit Gewalt von eigenen Willensäußerungen abgehalten wurde. Wenn ich mich jetzt nicht durchsetzte und zu Ende führte, was ich begonnen hatte, saß ich selber im Schlamassel, gar nicht zu reden von der Person, die man vor mir verbergen wollte.

Kurzentschlossen trat ich kurz unterhalb des Schlosses gegen die Tür. Ich war so in Fahrt, daß die Tür sofort aufsprang.

»FBI!« rief ich laut. Ich hielt mein aufgeklapptes Etui in die Höhe. Blitzschnell sah ich mich um.

Der Raum war nicht sehr groß. Links standen zwei doppelstöckige Betten. Unter dem Fenster befand sich ein Schreibtisch, und ein einfacher Tisch mit zwei Holzstühlen vervollständigte die einfache Einrichtung.

Die beiden Kerle, die den Bewußtlosen abgeschleppt hatten, standen mit ihrem Opfer mitten im Raum und starrten mich an.

Der Mann, der wie ein nasser Sack zwischen ihnen hing, war jung – höchstens 20 Jahre alt. Sein kurzes Borstenhaar war blond. Er trug Turnschuhe, enge Jeans und einen leichten Pullover. Sein Kopf hing kraftlos nach vorn.

Ich kümmerte mich nicht um das Geschrei im Gang. Ich konnte nur hoffen, daß Phil die Situation fest im Griff hatte. Ich trat einen Schritt auf den Bewußtlosen zu, legte eine Hand unter sein Kinn und beugte ihm den Kopf nach hinten.

Die Haut fühlte sich kalt und feucht an. Stoßweise kam der Atem zwischen den zusammengepreßten Lippen hervor. Ich zog ein Augenlid in die Höhe. Das Auge war nach oben gerollt und zeigte das Weiße.

»Legen Sie den Mann auf das Bett, und decken Sie ihn zu!« befahl ich. Die Kerle verstanden mich nicht. Ich deutete auf eins der unteren Betten. Die Männer sahen an mir vorbei.

Ich drehte mich um. In der Tür standen Phil und der Elegante. Er sagte etwas zu den Männern, und sie legten den blonden Jungen hin.

»Der Mann ist krank«, sagte ich. »Rufen Sie eine Ambulanz!«

»Wir haben zufällig zwei Ärzte im Haus«, sagte er.

»Wir haben den begründeten Verdacht, daß dieser Mann gegen seinen Willen in diesem Haus festgehalten wird. Wer ist es?«

Der Elegante bedachte mich mit einem stechenden Blick. »Ein Gast ... wie Sie«, sagte er dann.

»Wie heißt er?«

»Tut mir leid. Ich kenne Ihren Namen auch nicht.«

Er log. Er kannte meinen Namen. Log er auch, was den Jungen betraf? War der vielleicht wirklich als Gast hiergewesen? Die radikalen Araber hatten in der Tat viele Freunde und Gesinnungsgenossen unter der amerikanischen Studentenschaft. Hatte er sich hier vielleicht mit Drogen versorgt?

Er hatte um Hilfe gerufen. Das allein gab den Ausschlag. Und jetzt konnte er nicht über seinen freien Willen verfügen.

Ohne den Eleganten aus den Augen zu lassen, schob ich mich näher an den Schreibtisch heran. Dort hatte ich unter einem Wust von Papieren ein Telefon bemerkt.

Starr erwiderte der Mann meinen Blick. Hinter seiner hohen Stirn arbeitete es – klick, klick.

Er hatte sich zwei G-men ins Haus gelockt. Jetzt hatte er uns auf dem Hals. Wir hatten mehr gesehen, als wir durften. Wir würden nicht einfach gehen und sagen: ›Das war's, schönen Dank für die Einladung! Das mußte er wissen. Er mußte aber auch wissen, daß wir im Dienst waren und unsere Zentrale über unseren Einsatz informiert hatten.

Er steckte in der Zwickmühle. Klick, klick, es nutzte alles nichts.

»Ich werde jetzt meine Dienststelle anrufen«, sagte ich ruhig. »Wenn Sie mich daran hindern wollen, werden Sie es mit unabsehbaren Konsequenzen zu tun haben. Dieses Gebäude hat meines Wissens keinen exterritorialen Status.«

Ich schob den Plunder vom Telefon zur Seite. Ein Stapel grauer Paßformulare rutschte zur Seite. Schnell klappte ich einen auf. Ein Blankopaß. Großartig, dachte ich, da hatten wir ja in ein Wespennest gestochen...

Ich nahm den Telefonhörer ab. Der Elegante senkte plötzlich die Lider über die dunklen Augen.

»Warum so melodramatisch, meine Herren? Niemand will Sie an irgend etwas hindern.« Er zerrte die dünnen Lippen zu einem Lächeln auseinander. »Ich bedaure den unangenehmen Zwischenfall ... Wir werden die verantwortlichen Mitglieder des Freundeskreises zur Rechenschaft ziehen ... Selbstverständlich trage ich als der Leiter dieses Hauses die volle Verantwortung ...«

Na also, dachte ich, und nahm endlich den Hörer ab.

Der Helikopter schwebte über dem freien Platz zwischen County Hall und der Tankstelle. In der County Hall waren nur wenige Fenster erleuchtet; aber die Lichterketten an der Tankstelle warfen bunte Lichtbahnen über den dunklen Platz. Während der Pilot die Kabine herumschwenkte, um sich zu vergewissern, daß das angepeilte Landefeld frei war, blickten die Special Agents Frank

Chambliss, Manuel Lafuente und Nat O'Leary nach draußen. Von der Hauptstraße her fuhr ein schwarzweißer Streifenwagen heran. O'Leary grinste.

»Wetten, daß der Chief uns gleich einen Strafzettel andrehen wird?« fragte er.

»Wegen falschen Parkens.« Lafuente kicherte.

»Der wird sauer sein, wenn er erfährt, was er da für einen Kunden unter seinem Dach beherbergt«, meinte Chambliss. »Und richtig sauer wird er sein, wenn wir ihm den Kunden wegholen, bevor er ihn für seine Karriere benutzen konnte.«

Ein leichter Ruck ging durch die Maschine, als die Kufen den Boden berührten. Das helle Pfeifen der Doppelturbine verwandelte sich in ein dumpfes Brausen. Der Pilot entriegelte die Schiebetür auf der linken Seite der Kabine. Chambliss und Lafuente sprangen zugleich heraus. O'Leary folgte ihnen auf dem Fuß.

Der Streifenwagen stoppte unter den schwirrenden Rotorblättern. Die vorderen Türen sprangen auf. Rechts stieg eine Frau aus. Interessantes Gesicht, registrierte Chambliss automatisch. Dann sah er in das ausdruckslose, nichtssagende Gesicht des Mannes, der langsam über der Fahrertür erschien. Das geschulte Gehirn des FBI-Beamten erkannte es eigentlich sofort. Trotzdem dauerte seine Reaktion eine Kleinigkeit zu lange, weil er auf den Anblick dieses Gesichts hier draußen nicht gefaßt gewesen war.

Austin Smith, der auf der Hitliste des FBI den dritten Platz einnahm, hielt den schweren Colt des toten Deputy in seiner Faust. Shileah Ansara hatte eine Bügel-MPi aus der Tiefe ihrer Reisetasche geholt. Jetzt lud sie die Waffe durch und sprang zwei Schritte nach vorn, wo sie die drei G-men genau im Blickfeld hatte.

Austin Smith hechtete mit einem Satz in die Kabine des Hubschraubers. Der Pilot hatte von dem Überfall noch nichts mitbekommen. Er machte eine Eintragung in sein Flugbuch, als Austin Smith ihm den linken Arm um den Hals legte und ihm den Kopf mit einem Ruck nach hinten bog. Mit dem Knie schlug er gegen den Verschluß des Sicherheitsgurts, dann zerrte er den Piloten aus seinem Sitz, schleifte ihn durch die Kabine und sprang mit ihm auf den Boden.

Die wenigen Passanten und Autofahrer drüben an der Straße konnten nur die Umrisse des Helikopters und die Gestalten erkennen, die jetzt in der County Hall verschwanden. Im Inneren des leeren Wachraums mußten die G-men ihre Revolver ablegen. Dann wurden sie zu dem jungen Timmy Sutton in die Zelle gesperrt.

Sie liefen wieder nach draußen. Smith fiel auf, daß die Frau scharf darauf achtete, immer hinter ihm zu bleiben. Nun, er hatte nicht die Absicht, sich selbständig zu machen – noch nicht. Die Frau war clever, und sie wußte, was sie tat.

Er zerrte den immer noch benommenen Sheriff aus dem Streifenwagen und stieß ihn unsanft vor sich her zum Hubschrauber. Zusammen mit Shileah Ansara beförderte er ihn in die Kabine. Dann sprang er selber an Bord und schloß die Kabinentür. Geschmeidig glitt er in den Pilotensessel. Er überflog die Instrumente, vergewisserte sich, daß der Tank noch mehr als dreiviertel voll war, und erhöhte die Drehzahl der Turbine. Das Kopfhörerpaar mit dem Mikrofonbügel ließ er am Haken hängen. Er sah sich um.

»Okay, Lady?«

Shileah nickte. Sie kniete über dem Sheriff und versuchte, mit kräftigen Wangenschlägen seine Lebensgeister zu wecken.

»Fliegen Sie erst mal nach Norden bis zur Brücke. Er ist gleich wieder fit.«

»Wie Sie meinen, Lady.«

Das Pfeifen der Turbine nahm zu. Dann hob die Hummel ab. In niedriger Höhe strich sie über die Häuser der kleinen Stadt am Ende der Halbinsel und wurde eins mit dem Abendhimmel.

Jill Trent sah angestrengt aus dem kleinen Fenster. Jedesmal, wenn sie den Kopf wandte, begegnete sie entweder den wasserhellen Augen des Luftpiraten, der die Passagiere mit seiner Maschinenpistole in Schach hielt. Oder sie sah in Paul Torreys Gesicht, der immer noch neben ihr saß, weil die Luftpiraten Vic McGowan aufgefordert hatten, sich auf den erstbesten freien Platz zu setzen. Vic hatte sich zähneknirschend gefügt.

Wieder spürte sie Paul Torreys Schulter, als der sich zu ihr hinüberbeugte. Sie machte sich in ihrem Sitz ganz schmal und blickte nicht zur Seite.

Jill wußte, daß sie in niedriger Höhe über Wasser kreisten, vermutlich über der offenen See, um das Radar der Flugkontrolle zu unterlaufen. Aber warum kreisten sie überhaupt? Um abzuwarten, bis es dunkel war? Aber warum? Bisher hatte sie sich vergeblich nach dem Grund dieser Entführung gefragt. Die beiden Kerle vorn hatten sich von den jungen Sportlern kein einziges Wort entlocken lassen, aus dem sie auf ihre Absichten hätte schließen können.

Paul Torrey stieß sie verstohlen an. Sie drehte sich um. Pauls Gesicht schwebte nah vor ihrem. Sie drehte den Kopf ein wenig, begegnete Vics Augen und lächelte.

»Haben Sie denn keine Kanone dabei?« wisperte Paul.

Sie schüttelte unwillig den Kopf.

»Warum haben Sie keinen Revolver bei sich? Ich dachte, G-men seien immer bewaffnet.«

»Seien Sie still!« sagte Jill scharf. Im Moment sah sie keine Möglichkeit, um etwas gegen die Luftpiraten zu unternehmen. Aber je länger die Aktion dauerte, desto besser wurden ihre Chancen. Sie würden jedoch auf Null zusammenschrumpfen, wenn die Kerle zum unrechten Zeitpunkt erfahren, wer sie war.

Sie sah wieder nach draußen. Schwarze Dunkelheit! Sie sah ihr Gesicht verzerrt in der gewölbten Scheibe und schnitt sich selbst eine Grimasse. Man mußte die Maschine doch schon vermissen, oder? Man mußte sie doch schon suchen! Vor 40 Minuten hätten sie in Hampton landen müssen. Eine Delegation der Gastgebermannschaft sollte sie abholen ...

Plötzlich huschten Lichter unter der Maschine her. Helle Flecken und lange Streifen, einzelne Punkte und ineinander verwobene Ketten, die auf bewohnte Ansiedlungen hinwiesen. Jill konnte einzelne Autos erkennen. Sie schloß daraus, daß sie sehr niedrig flogen.

Die Lichtpunkte lösten sich wieder auf und blieben zurück, als die Maschine über die Mitte der dünn besiedelten Halbinsel flog. Ein-, zweimal sackte die Maschine kurz durch. Der Druck auf Jills Ohren zeigte ihr an, daß sie weiter an Höhe verloren. Sie kniff die Lider zusammen, um die Augen gegen das Streulicht der Kabine abzuschirmen.

Und dann hielt sie unwillkürlich den Atem an. Schatten strichen unter ihr hinweg. Fast zum Greifen nah. Einmal blitzte eine Wasserfläche auf. Sie konnten kaum höher als hundert Fuß fliegen. Mein Gott, wenn hier irgendwo eine Eiche stand ... Jill vergewisserte sich, daß sie noch angeschnallt war. Sie machte sich auf das Reißen von Metall gefaßt, wenn eine Tragfläche einen Baumwipfel streifte, auf den Feuerball, wenn das Flugbenzin aus den Leitungen strömte und sich entzündete.

Sie sah nach vorn. Herb Stone stand unbeweglich da. Kip, der andere Luftpirat, leckte sich nervös die Lippen und suchte immer wieder mit einer Hand nach einem

Halt. Jill schluckte, um ihre Ohren freizubekommen. Als sie wieder nach draußen sah, konnte sie vorbeirasende niedrige Baumreihen erkennen.

Und dann setzte die Swearingen Metro hart auf. Der Ruck stauchte ihre Wirbelsäule. Kip verlor den Halt und prallte mit dem Rücken gegen die vordere Kabinenwand. Nur Stone stand eisern da, als habe er den Stoß erwartet und ihn in den Knien abgefangen.

Der Pilot schaltete die Turbinen sofort auf Umkehrschub. Das Flugzeug rüttelte auf der unebenen Bahn. Jill preßte ihr Gesicht gegen die kühle Scheibe.

Als die Maschine um einige Grade herumschwenkte, geriet der Helikopter in ihr Blickfeld. Seine beiden Scheinwerfer unter der spitzen Bugnase warfen zwei grellweiße Lichtstreifen über die rissige Betonbahn, aus deren Spalten Unkraut wucherte.

Die Maschine gelangte zum Stillstand. Stone und Kip hielten die Passagiere mit ihren Waffen in Schach. Die jungen Sportler starrten ihre kaum älteren Entführer feindselig an. Aber bei dem Anblick der Waffen und der entschlossenen Mienen der Luftpiraten zogen sie es vor, sich ruhig und abwartend zu verhalten.

Stones Blick wanderte wieder zu Jill und bohrte sich kurz in ihre Augen. Er sah sich nicht um, als hinter ihm das Cockpit geöffnet wurde und der Copilot herauskam. Shackwood hatte ihn herausgeschickt, damit er die vordere Tür entriegelte und öffnete.

Die ovale Tür schwang zur Seite und gab einen nachtschwarzen Ausschnitt frei. Stone schickte den Copiloten wieder ins Cockpit zurück.

Im Türausschnitt erschien das Gesicht einer Frau. Jill bemerkte die schußbereite Maschinenpistole in ihren sehnigen Händen.

Shileah Ansara schnippte mit den Fingern. Kip bückte sich, reichte ihr seine Hand und zog sie an Bord. Mit leicht gespreizten Beinen stand sie dann da, die Waffe locker im Anschlag.

»Wir steigen in den Helikopter um!« rief sie. Ihre Stimme klang nicht sehr laut, und doch war sie bis in den letzten Winkel der Kabine deutlich zu verstehen.

Scharf beobachtete Jill die beiden jungen Luftpiraten. Stone hob überrascht die Brauen. Also bedeutete das Umsteigen in den Hubschrauber eine Planänderung. Der Umstand, daß Stone keine Anmerkung machte, verriet der FBI-Agentin, daß die Frau der Boß des Unternehmens und ihre Autorität unumstritten war.

Aber wer sollte in den Hubschrauber umsteigen? Nur die Gangster? Was geschah dann mit den anderen? Was hatte das Ganze zu bedeuten?

Die Frau gab Herb Stone ein Zeichen mit dem Kopf. Stone rannte durch den Mittelgang. Eine Reihe hinter Jill blieb er stehen. Jill spürte ein Kribbeln im Nacken. Sie drehte nicht den Kopf. Sie schielte nur nach rechts. Stone stieß Vic McGowan mit dem Lauf seiner MPi gegen die Schulter.

»Sie! Gehen Sie nach vorn!«

Vic? Warum ausgerechnet Vic? Was wollten die Verbrecher von ihm?

Vic warf ihr einen eigenartigen Blick zu. Er versuchte zu lächeln, doch es gelang ihm nicht. Stone stieß ihn noch einmal an, diesmal heftiger.

Jill löste ihren Gurt und sprang auf. Sie spürte Paul Torreys Hand, der sie festhalten wollte. Sie schüttelte die Hand ab.

»Was wollen Sie von ihm? Was wollen Sie von uns?« rief sie nach vorn. Sie versuchte, den Blick der Luftpiratin einzufangen. Es gelang ihr nicht. Stone versetzte ihr einen Stoß mit seiner Waffe in den Rücken.

»Sie sind gleich dran. Setzen Sie sich!« befahl er.

Vic stand langsam auf. Mit schleppenden Schritten

ging er nach vorn. Die Frau trat zur Seite und bedeutete ihm, aus der Kabine zu springen.

»Nein!« schrie Jill. »Tu's nicht! Wir müssen zusammenbleiben!«

Shileah Ansara machte eine halbe Körperdrehung aus der Hüfte heraus. Ihre Maschinenpistole traf Vic im Kreuz und beförderte ihn nach draußen. Er verschwand einfach. Die Dunkelheit sog ihn auf. Jills Herz zog sich zusammen. Irgendwie erwartete sie jetzt, einen Schuß zu hören. Doch nichts geschah.

»Und jetzt Sie!« Stone stieß sie mit dem Lauf seiner MPi an. »Ja, Sie!« Der Stoß war nicht sehr heftig, doch das Metall bohrte sich tief in ihre Schultermuskeln.

Sie und Vic? Es ergab keinen Sinn.

Sie zwängte sich an Paul Torrey vorbei. Stone stand dicht hinter ihr. Sie hätte ihn beinahe mühelos überwältigen können. Mit einer Bilderbuchaktion, wie sie sie im Schlaf beherrschte.

In der Hüfte einknicken, Schulter runter, rechter Ellbogen hoch und die Hand mit der Waffe in die Höhe schlagen. Und dann zwei gezielte Handkantenschläge ...

Aber sie und Stone waren nicht allein. Vom standen die Luftpiratin und Kip, und Shackwood befand sich bei den Piloten völlig außerhalb ihres Einflußbereichs. Und daß draußen im Dunkeln noch andere Banditen warteten, war nicht auszuschließen.

Außerdem durfte sie die elf Schwimmer nicht vergessen. Sie waren völlig unbeteiligt. Nicht auszudenken, wenn die Gangster begännen, das Innere der Maschine mit ihren Maschinenwaffen zu beharken.

Vielleicht konnte sie draußen etwas unternehmen. Draußen standen ihre Chancen besser. Die Piraten wußten nicht, daß sie FBI-Agentin war.

Wußten sie es wirklich nicht?

Sie blieb unwillkürlich stehen, und sofort spürte sie

wieder die Mündung der MPi im Rücken. Wie betäubt ging sie weiter. Es war unmöglich. Sicher, die Jungs wußten, wer sie war. Aber die Gangster doch nicht!

Vor der vordersten Sitzreihe blieb sie stehen und sah die fremde Frau an, die einen Schritt zurückgetreten war. Ihre Augen veränderten die Farbe. Sie schillerten irisierend. Eine schöne Frau, eine fanatische Frau, dachte Jill.

Herb Stone drängte sie zum Ausgang. Sie erkannte Vic, der unten stand, die Arme hängen ließ und zu ihr hinaufsah. Sein Gesicht schien alle Konturen verloren zu haben, was am schwachen Widerschein der Kabinenbeleuchtung liegen mochte, die nicht weit reichte.

Kip schob sich an ihr vorbei und sprang. Sofort drehte er sich um und reckte ihr seine Arme entgegen. Jill sprang. Vic wollte ihr helfen, ihr seine Hände entgegenstrecken, aber er reagierte zu spät.

Jill sah zum Helikopter hinüber, dessen Rotoren sich langsam drehten. Sie hörte einen Aufprall neben sich, und als sie den Kopf wandte, blickte sie in Herb Stones weiches Gesicht. Stone deutete mit seiner MPi zum Helikopter.

»Los, gehen wir!« befahl er.

Er und Kip nahmen Jill und Vic in die Mitte. Sie liefen auf den Hubschrauber zu. Das schwache Pfeifen der Doppelturbine übertönte die scharfe Stimme der Frau, die Befehle und Drohungen ausstieß.

Kip sprang als erster in den Hubschrauber. Er streckte Jill die Hand entgegen. Jill fuhr herum, als sie das harte Prasseln einer MPi-Salve hörte. Die Geschosse zersägten die Funkanlage und das Steuerungssystem der Swearingen Metro. Sie sah zwei Gestalten aus der Maschine springen und quer über das ehemalige Rollfeld auf den Hubschrauber zulaufen. Stone stieß einen ungeduldigen Zischlaut aus, und Kip, der bereits Jills Hand gepackt hielt, zog sie an Bord.

Sie stolperte über eine unförmige Gestalt und tastete sich dann blind am Boden entlang. Ihre Finger berührten ein Gesicht, fühlten weiche, feuchtkalte Haut. Als der Pilot die Innenbeleuchtung einschaltete, sah sie die gefesselten Hände und den Stern auf der Brusttasche des Khaki-Hemdes. SHERIFF – MILLFORD COUNTY.

Jills Überzeugung, daß sie es hier nicht mit einem gewöhnlichen Hijacking zu tun hatte, verdichtete sich zur Gewißheit.

Polternd landete Vic McGowan neben ihr. Jill kroch auf eine der Bänke zu, blieb aber am Boden hocken. Stone kam an Bord. Keuchend erreichten die Luftpiratin und Shackwood den Helikopter.

»Werft ihn raus!« rief die Frau und deutete auf den Sheriff. Stone und Kip rollten den schweren Mann zur Schiebetür und kippten ihn über den Rand. Dann schwang sich Shileah Ansara an Bord, gefolgt von Shackwood. Kip schob die Tür vor den Ausschnitt.

»Ab!« rief die Frau.

Der Pilot in seinem Gurtsitz hatte sich umgedreht. Bevor er das Licht ausschaltete und Gas auf die Turbine gab, sah Jill sein Gesicht.

Auch Jill erkannte es sofort, obwohl es keine besonderen Merkmale aufwies.

Austin Smith . . .

Wir verließen das Haus des Freundeskreises arabischer Freiheitskämpfer durch einen Nebenausgang. Die Vorderseite wurde von einem Dutzend Journalisten und einem Fernsehteam belagert, obwohl niemand wissen konnte, was los war. Wahrscheinlich hatte der geballte Einsatz politischer, diplomatischer und juristischer Prominenz sie angelockt.

Der Manager des Clubs hatte zwei prominente Anwälte, mehrere UN-Delegierte und die Botschafter dreier arabischer Staaten gegen uns aufgeboten. Die beiden Schläger, die den jungen Mann festgehalten und uns angegriffen hatten, redeten sich auf ein Mißverständnis heraus. Ja, wenn wir uns ausgewiesen hätten ... Man hatte uns doch freundlich empfangen ... Man hätte uns mit jeder Auskunft, jeder Hilfe gern gedient ... Wir waren es, die sich eingeschlichen hatten ...

Immerhin war es uns gelungen, den offensichtlich unter dem Einfluß von Drogen stehenden jungen Mann in die Obhut eines New Yorkers Arztes zu geben, der seine sofortige Einweisung in eine Klinik verfügt hatte. Bisher war es uns jedoch nicht möglich gewesen, die Identität des Jungen festzustellen. Irgend jemand mußte ihn mitgebracht haben, aber wer? Das ließ sich nicht mehr feststellen. Und woher er die Drogen oder Betäubungsmittel hatte, konnte sich natürlich niemand erklären.

Von den Resten der Zigaretten, die Phil und mich um ein Haar in redselige Plaudertaschen verwandelt hätten, hatten wir natürlich keine Spur mehr gefunden, und die Tür zur Bibliothek funktionierte wie durch ein Wunder wieder tadellos. Und wo der Bursche namens Dano Erez steckte, unser ›Betreuer‹, wußte natürlich niemand. Und niemand konnte sich erklären, wie die Blanko-Paßformulare eines kleinen arabischen Staates ins Haus gekommen waren.

Wahrscheinlich hatte sie ein nachlässiger Botschaftsangestellter mitgebracht und vergessen ...

Vor diesem Aufgebot an Scheinheiligkeit und Lügen hatten die Kollegen vom 6. Revier, die wir zu Hilfe gerufen hatten, bald den Rückzug angetreten. Und auch wir waren froh, als wir endlich wieder auf der Straße standen.

»Das hätte mir nicht passieren dürfen«, sagte Phil zum

wiederholten Mal. »Mein Gott, da lasse ich mich mit einem billigen Trick in eine Falle locken ...«

»So billig war der Trick gar nicht«, tröstete ich ihn. »Schließlich wäre ich ja auch beinahe reingefallen.«

Phil sah mich von der Seite an, sagte aber nichts. Gut, ja, ich war sauer auf meinen Freund gewesen, zuerst, als ich ihn wie ein Baby an der Zigarette lutschen und selig grinsen sah. Aber wer hatte schon mit so einem Hammer rechnen können?

»Man muß jedem Ding die positive Seite abgewinnen«, fuhr ich dann fort. »Ohne deine seltsamen Gästekarten und unseren Besuch im Club wüßten wir jetzt nicht mit Sicherheit, daß etwas gegen Jeschko Soulie läuft. Und noch etwas erfuhren wir – sie wissen nicht, wo er ankommen wird.«

»Das ist aber eine ganze Menge«, maulte Phil.

»Wir brauchen nur dafür zu sorgen, den Kreis der Geheimnisträger klein zu halten und die Leute zu warnen. Vielleicht weiß der Junge etwas. Wir müssen seine Identität ermitteln. Wir schaffen das schon. Weißt du noch, wo wir meinen Jaguar abgestellt haben?«

Phil wußte es noch. Also hatte sein Denkvermögen keinen bleibenden Schaden erlitten. Ich schloß den Wagen auf und meldete mich sofort bei unserer Zentrale. Die Stimme des Kollegen ließ alle Hoffnungen auf eine ruhige Nacht und einen geruhsamen Bereitschaftsdienst verfliegen.

»Jerry«, sagte er. »Rufen Sie den Einsatzleiter an!«

Es war also etwas los, das so heikel war, daß es nicht über Funk besprochen werden durfte. Ein paar Schritte entfernt, an der Straßenecke, hingen zwei Automaten an einem Pfahl. Ich ging hinüber, steckte meinen Kopf unter die Plastikhaube, warf den Dime ein und wählte die Durchwahlnummer des Einsatzleiters.

»Hallo, Jerry«, sagte George Baker gepreßt. »Macht

euch darauf gefaßt, daß ihr diese Nacht noch nach Washington fliegen müßt ...« George unterbrach sich. Wahrscheinlich schielte er nach dem Fernschreiber, oder er lauschte mit einem Ohr dem Funk der City Police, den ich im Hintergrund hören konnte.

»Braucht uns der Präsident?«

»Washington hat Austin Smith gestellt«, sagte George, ohne auf meinen matten Scherz einzugehen. »Das Fernschreiben kam vor einer halben Stunde ...«

Austin Smith. Ein Name, der Beklemmungen auslöste. Ich spürte wieder den Geschmack der Angst im Mund, als sich blitzlichtartig Erinnerungen in mein Hirn drängten. Erinnerungen an ein Paar nichtssagende Augen in einem flachen Gesicht, an ein gefühlloses Lächeln, bevor die Eisentür in den Rahmen schlug. Ich hörte noch den Nachhall der zuschlagenden Tür, spürte die Dunkelheit und den Schmerz in der Schulter, mit der ich mich gegen das Metall warf, immer wieder.

Todesangst in einem dunklen, verschlossenen Raum.

Erinnerungen an Drähte, die in einen geschlossenen Stahlkasten führten. Alptraumhafte Erinnerungen an das Warten auf die Männer vom Bombenkommando, an das Krachen der aufspringenden Tür. Und dann die verzweifelte Flucht durch endlose Kellergänge und das Bersten der Detonation und die Druckwelle, die mich einholte und wie ein Blatt Papier durch den Gang fegte ...

Austin Smith gehörte zu der großen Zahl der Männer, denen es nicht gelungen war, nach ihrer Rückkehr aus Vietnam, aus einem unmenschlichen Krieg, wieder Tritt zu fassen. Austin Smith, die Kampfmaschine. Gedrillt, zu töten.

Als die USA ihr Engagement in Südostasien abrupt beendeten, war Smith 24 Jahre alt und ein seelischer

Krüppel, nicht vorbereitet auf ein Leben ohne Uniform, unfähig, einem Job nachzugehen oder menschliche Beziehungen anzuknüpfen. Der Betreuung durch die Veterans Administration hatte er sich bald entzogen. Bei einer Schlägerei, einem Akt sinnloser Zerstörungswut, hatte er einen Fernfahrer getötet und einen Kneipenwirt schwer verletzt. Er war eingefangen worden wie ein wildes Tier und zur Beobachtung in die psychiatrische Abteilung des Militärhospitals von San Diego, Kalifornien, eingeliefert worden. Die Ansätze einer gezielten Behandlung kamen zu spät. Er hatte sich schon fast völlig in sich zurückgezogen, und man hätte ihn vermutlich für immer in eine halboffene Heilanstalt für Veteranen eingewiesen, wenn er nicht von einer Gruppe anarchistischer Gewalttäter befreit worden wäre.

Diese Gruppe war in Kalifornien für zahlreiche Terroranschläge und Morde verantwortlich. Den Behörden war es gelungen, die Organisation nahezu auszuschalten. Die Mitglieder des harten Kerns wurden gefaßt und zu hohen Freiheitsstrafen verurteilt. Sie saßen in einem als ausbruchssicher geltenden Gefängnis in der ehemaligen Fort Irvin Military Reservation am Rande der Wüste.

Die versprengten Reste der Terrorbande vereinigten sich, befreiten Austin Smith und benutzten ihn für einen verwegenen Einsatz. Smith kaperte einen voll bewaffneten Kampfhubschrauber aus einem Trainingscamp der Marines und flog einen regelrechten Angriff auf das Gefängnis, in dem die verurteilten Terroristen saßen. Neun der insgesamt zwölf einsitzenden Verbrecher konnten fliehen. Drei Aufseher und vierzehn unbeteiligte Gefangene kamen bei der Aktion im Feuer der Raketen ums Leben.

Von diesem Tag an befand sich Austin Smith wieder im Krieg. Er verdingte sich jeder Gruppe, die seiner zweifelhaften Dienste bedurfte. Dabei schien es ihm vorrangig nicht einmal um Geld zu gehen. Die Tatsache, daß es Menschen gab, die ihn brauchten, schien seinem Leben einen neuen Sinn zu geben. Das Psychogramm der ihn beurteilenden Militärpsychologen fand dafür wohlformulierte Begründungen, die uns bisher jedoch nur beschränkt weitergebracht hatte.

Seit sechs Jahren zog Austin Smith seine blutige Spur quer über den Kontinent. Im Auftrag offenbar ständig wechselnder Gruppen tötete er mittelamerikanische Exilpolitiker, farbige Bürgerrechtler oder deren Gegner, verübte Sprenstoffanschläge auf Gerichtsgebäude und andere öffentliche Einrichtungen.

Vor zwei Jahren hatte er sein Tätigkeitsgebiet an die Ostküste verlagert. Zu seinen Opfern gehörten prominente Mitglieder der Black-Muslim-Bewegung oder UN-Delegierte, die den Untergrundorganisationen ihrer Heimatländer unbequem waren. In Washington entführte er zwei Kinder eines afrikanischen Botschafters, die nach Wochen der Ungewißheit tot auf einem Autofriedhof aufgefunden wurden.

Inzwischen hatte er wieder in New York zugeschlagen. Im Auftrag einer radikalen »Befreiungsfront« hatte er einen Ein-Mann-Krieg gegen die UN-Delegation einer asiatischen Inselrepublik geführt. Wir waren ihm hart auf den Fersen, als er das Botschaftsgebäude dieses Staates mit Sprengstoff pflasterte. Wir waren nah dran gewesen, so verdammt nah ... Ich hatte ihm in die Augen gesehen. Aber er war noch einmal entkommen und hatte mich in der Hölle zurückgelassen ...

Und jetzt hatte Washington ihn gestellt!

»Was heißt das – gestellt?« fragte ich. »Haben sie ihn geschnappt? Oder was?«

»Er sitzt in einem Kaff namens Millford in Untersuchungshaft. Wegen einer Schlägerei, stell dir vor! Der Sheriff und sein Deputy haben ihn festgenommen ...«

»Dann können sie froh sein, daß sie noch leben«, sagte ich. »Aber Millford? Wo, um alles in der Welt, liegt das?«

»Millford County, Maryland. Das liegt auf der Delaware-Halbinsel. Ziemlich im Süden. Washington hat sofort einen Hubschrauber mit drei Mann über die Bucht geschickt. Sie holen ihn nach Washington. Ich habe den Chef zu Hause angerufen. Er ist unterwegs ins Office.«

»Okay, George, wir kommen sofort.«

»Moment, Jerry, warte noch! Vor einer Stunde bekommen wir doch keine Vollzugsmeldung aus Washington Du mußt erst nach Queens rüber. Juniper Street. Warte, ich sage dir die Nummer ...«

»Blyton?« Ich bekam ein hohles Gefühl im Magen.

»Genau. Er läuft Amok. Genaues wissen wir noch nicht. Wir wissen nur, daß er sich mit seiner Tochter im Haus verschanzt hat und auf alles schießt, was sich bewegt. Er hat schon zwei Polizisten verletzt. Im Vorgarten liegt eine Frau. Sie ist allem Anschein nach tot, aber sicher sind die Kollegen nicht, denn Blyton läßt keinen an sie heran.«

»Gibt es überhaupt einen Kontakt zu ihm?«

»Bisher hat er sich nur einmal am Telefon sprechen lassen. Er hat verlangt, mit der Agentin zu sprechen, die seine Tochter von Providence nach New York gebracht hat. Er hat angedroht, seine Tochter und sich zu töten, wenn die Forderung nicht erfüllt wird. Jill ist nicht in der Stadt, und weil sie doch mit dir gesprochen hat ...«

»Es ist gut. Ich kümmere mich um ihn. Vielleicht kannst du in der Zwischenzeit feststellen, was für Waffen er hat oder haben könnte und wo er sie herhat. Setz dich mit den Behörden in Providence in Verbindung ...«

»Nicht nötig, Jerry. Er hat bis vor zwei Jahren in New York gewohnt«, erinnerte mich mein Kollege. »Die Kollegen von der City Police haben beim Waffenlizenzbüro angefragt. Blyton ist dort als Sportschütze registriert. Er konnte alle Waffen kaufen, die er haben wollte.«

Auch das noch, dachte ich.

»Noch etwas, George«, sagte ich dann. »Wir haben da einen jungen Mann aus dem arabischen Club im Village geholt. Er wurde in das St. Vincents Hospital eingeliefert. Er muß bewacht werden, zumindest bis seine Identität feststeht. Zur Zeit kümmern sich noch die Detectives vom 6. Revier um ihn. Ich habe versprochen, daß wir die Bewachung übernehmen.«

»Okay, Jerry, ich sehe zu, was sich machen läßt. Phil soll schon ins Office zurückkehren. Der Chef will sofort nach seiner Ankunft eine Einsatzbesprechung abhalten. Ich nehme an, daß der Bundesanwalt darauf bestehen wird, Smith sofort nach New York zu überführen. Das ist dann der typische Job für den Bereitschaftsdienst, zumal du und Phil zuletzt auf ihn angesetzt gewesen wart. So long. Und viel Glück.«

Hank Blyton drückte seine Tochter an sich. Sie zitterte nicht mehr. Er spürte ihre Liebe und das Vertrauen, das sie ihm entgegenbrachte. Er kämpfte die Tränen nieder. Sie würde freiwillig mit ihm in den Tod gehen, das war sicher. Er würde sie nicht noch einmal verlassen. Das hatte er ihr versprochen.

Eigentlich gab es nichts mehr zu reden. Mit keinem. Auch nicht mit der blonden FBI-Agentin. Mit dem Handrücken strich er über den Revolvergriff, der aus seiner Jackentasche ragte. Es würde ganz schnell gehen und weniger Schmerzen machen als der Stich einer Injektionsnadel.

Er streichelte Ediths Nacken. Ihre Haut war warm. »Schau, die vielen Polizeiwagen«, sagte sie leise.

Er hatte das Fenster im Obergeschoß hochgeschoben, die dünne Gardine aber nicht zurückgezogen. Sie bewegte sich im Wind. Wie ein Brautschleier …

Sie hatten die Straße abgesperrt. Nachdem er zweimal auf Cops geschossen hatte, die sich zu nah an das Haus heranwagten, hatten sie sich hinter ihre Wagen und die niedrige Mauer schräg gegenüber verzogen. Auch die Reporter waren längst da. Ein paarmal hatte er ihre Blitzlichter gesehen, als sie das Polizeiaufgebot fotografierten. Aber die Cops schafften es offenbar, diese aufdringlichen Menschen noch zurückzuhalten.

Die Cops würden es nicht wagen, mit ihren Schutzschilden und den unförmigen schußsicheren Westen zu kommen und gewaltsam ins Haus einzudringen. Er hatte Vera getötet. Sie mußten wissen, daß er es ernst meinte. Sie hatten ihn überreden wollen, einen Psychiater oder einen Priester ins Haus zu lassen, bis er das Telefon ausgehängt hatte. Sie kannten seine Forderung. Er wollte mit der Agentin sprechen. Sie war die einzige gewesen, die Verständnis für ihn gezeigt hatte. Sie hatte Mitleid. Sie hatte ihm zugehört auf der Fahrt zum Flughafen …

Aber sie würde ihm auch nicht mehr helfen können, gestand er sich ein. Niemand würde ihm mehr helfen. Er hatte Vera abgeknallt. Sie war eine falsche, hinterhältige Hexe. Aber die Kerle hinter den hohen Richtertischen würden es nicht hinnehmen, daß er sie getötet hatte. Sie würden ihn von Edith trennen. Für immer.

Worauf wartete er eigentlich noch?

Er schloß einen Moment die Augen. Als er sie wieder öffnete, sah er die Bewegung zwischen den beiden Streifenwagen vorn an der Einfahrt. Der eine, der sich mit der Schnauze in die Hecke gebohrt hatte, warf einen tiefschwarzen Schatten.

Behutsam schob er Edith zur Seite und hob das Gewehr. Edith drängte sich gegen seinen Schenkel.

»Hab keine Angst, mein Liebes ...«

Er preßte sein Auge an das Okular des Zielfernrohrs. Der Lauf lag auf der Kante des Fensterbrettes. Zoll für Zoll tastete er den Schatten zwischen den Streifenwagen ab. Sein Auge blieb auf einer kleinen Unebenheit haften. Ein winziger Lichtschimmer auf einer glänzenden Fläche. Ein Stiefelschaft? Eine Gürtelschnalle?

»Erschrick jetzt nicht, Liebes«, hauchte er. Er krümmte den Zeigefinger.

Der Schuß knallte, die Unebenheit zuckte und verschwand. Hastig bewegte sich ein Schatten davon. Er legte den Arm wieder um Ediths Schultern. Ein Knacken kündete die dann scheppernde Megafonstimme an.

»Blyton! Hören Sie! Das hat keinen Zweck! Wir müssen doch miteinander sprechen!« Die Stimme klirrte vor Zorn.

Er starrte in die Dunkelheit, konnte aber den Standort des Sprechers nicht feststellen.

»Blyton! Haben Sie etwas Geduld! Wir können die FBI-Agentin nicht erreichen, aber ein Special Agent ist bereits unterwegs. Hören Sie, Blyton? Legen Sie den Telefonhörer auf!«

Er reagierte nicht. Edith wandte ihm ihr Gesicht zu.

»Papa, was wollen diese Leute von uns?«

»Sie wollen uns auseinanderbringen. Sie wollen, daß ich dich nie mehr sehen darf.«

»Warum?«

»Sie vertragen es nicht, wie ich dich liebe.«

»Ich will immer bei dir bleiben. Ist Mami wirklich tot?«

»Ja, sie ist tot.«

»Dann kann ich doch immer bei dir bleiben ...«

»Ja, mein Liebes, ja ...«

Er blickte angespannt nach draußen. Scheinwerferlicht blitzte hinter den Hecken und erlosch. Augenblicke später schallte wieder die blecherne Stimme herüber.

»Blyton, hören Sie? Der FBI Agent ist eben angekommen. Er ist informiert. Er wird mit Ihnen sprechen und Ihnen mitteilen, wann die Agentin hier sein kann, mit der Sie zu reden wünschen. Blyton, legen Sie jetzt den Hörer auf! Wir rufen Sie an.«

Blyton bewegte sich nicht. Sein Atem ging laut und schwer. Sie würden keine seiner Forderungen erfüllen. Sie würden ihn hinhalten ... Und sich Tricks ausdenken.

Edith bewegte sich. »Papa, frag ihn, wann Jill kommt. Bitte!«

Zögernd streckte Blyton die Hand aus. Er tastete nach dem Telefon und legte den Hörer auf die Gabel.

Das Gros der Polizeifahrzeuge stand in ausreichender Entfernung von Blytons Haus kurz hinter der Einmündung der Juniper Street in den Parsons Boulevard. Die Kollegen vom 112. Revier hatten einen voll ausgestatteten Einsatzwagen herangeschafft und ihn mit allen wichtigen Nachrichtenleitungen verbunden. Im Schutz des Einsatzwagens standen zwei Ambulanzen und ein Notarztwagen. Im Notarztwagen wurde eben der Cop versorgt, den Blyton in den Fuß geschossen hatte.

»Er ist ein verdammter schießwütiger Bastard!« knurrte Captain Gordon Stanfield vom 112. Revier. In der herabhängenden Hand hielt er das Megaphon, mit dem er eben Blyton angesprochen hatte.

»Noch besetzt«, meldete der Beamte am Schaltpult.

»Was wissen Sie über seine Bewaffnung?« fragte ich.

»38er Remington. Hochrasanzgeschosse«, antwortete der Captain. »Ich bin froh, daß ich die Verantwortung nicht mehr trage, Mr. Cotton. Der Kerl da drüben ist nicht ansprechbar. Was macht man mit einem, der nicht mit sich sprechen läßt, he?«

Ich wußte es auch nicht.

»Wenn Sie mich fragen – Augen zu und Tränengas rüberschießen und hoffen, daß er am Leben hängt.«

»Haben Sie Blendgranaten da?«

»Selbstverständlich ... «

»Haben Sie jemand aufgetrieben, der das Haus der Blytons kennt?«

»Eine Nachbarin. Officer Edwards ist bei ihr und versucht, eine Skizze des Hauses mit möglichst zahlreichen Einzelheiten anzufertigen.«

Das war immerhin etwas. Die Cops hatten also nicht nur geschlafen oder sich in die Füße schießen lassen.

Der Cop am Schaltpult meldete sich.

»Das Telefon ist frei, Sir«, sagte er. Er klappte die Sitzfläche eines eingebauten Stuhls herab und deutete auf den grünen Hörer, der in einer Mulde der Pultplatte lag.

Ich setzte mich, nahm den Hörer, preßte ihn an mein Ohr und wußte nicht, wie ich beginnen sollte.

»Hallo«, sagte ich. »Mein Name ist Jerry Cotton. Ich bin G-man ...«

Mist. Fing man so an? Man fing immer neutral an, wenn man von dem anderen nichts wußte außer dem Namen. Nun gut, ich wußte etwas mehr. Jill hatte sich Sorgen gemacht. Jill hatte eine Situation wie diese vorausgesehen. Mit weiblicher Intuition.

Ich hörte nur schwere Atemzüge.

»Meine Kollegin, Miss Trent, hat mir von Ihnen erzählt ...«

Eine persönliche Brücke schlagen, Anteilnahme zeigen.

»Meine Forderung war klar. Ich wollte sie sprechen. Sie haben meine Forderung nicht erfüllt. Ich werde jetzt handeln ...«

»Einen Augenblick noch, Mr. Blyton!« Oder sollte ich Hank sagen? Ich entschied mich dagegen. Nicht anbiedern! Ich konnte schließlich auch nicht aus meiner Haut. Blyton hatte seine Frau erschossen. Einfach abgeknallt.

Sie lag irgendwo ein Stück weiter vorn. Ich konnte sie nicht sehen, aber Captain Stanfield hatte mir eben gesagt, daß es keinen Zweifel gebe – Mrs. Vera Blyton war tot. »Hören Sie, Mr. Blyton?«

»Ja, ja, ich höre.«

»Verstehen Sie unsere Lage! Miss Trent hatte bereits um vier Uhr nachmittags Dienstschluß. Sie kam aber erst gegen fünf Uhr aus Queens zurück. Sie hat mich kurz informiert, dann ist sie gegangen. Sie hatte nämlich eine Verabredung. Jetzt befindet sie sich auf einer privaten Wochenendreise. Sie ist nicht zu erreichen.«

»Bis eben hat man mir weiszumachen versucht, daß man sie sucht!« sagte Blyton aufgebracht.

»Sie haben sich nicht mehr sprechen lassen, Mr. Blyton. Sonst hätte man Ihnen gesagt, daß man immer noch versucht, sie zu erreichen ...«

»Ich will mit ihr sprechen. Meine Geduld ist jetzt zu Ende. Sie kann mich anrufen. Ich gebe Ihnen eine halbe Stunde.«

»Mr. Blyton ...«

Ich sprach in einen toten Hörer. Blyton hatte die Verbindung unterbrochen.

»Versuchen Sie es noch mal!« sagte ich zu dem Cop.

Er wählte Blytons Nummer. Dann schüttelte er den Kopf. »Er hat ausgehängt.«

»Verbinden Sie mich mit dem FBI! George Baker, Einsatzleitung.« Er behielt den grünen Hörer in der Hand, bis George sich meldete.

»Ja, Jerry?«.

»Du mußt versuchen, Jill zu erreichen. Sie ist in Hampton, Virginia. Vielleicht hat sie auf ihrem Terminblock eine Kontaktadresse oder eine Telefonnummer hinterlassen. Wenn nicht, versuch es über ihren Freund! Er heißt Vic McGowan. Wenn du mit diesem Namen nicht weiterkommst, wende dich an die New Yorker University. Vic McGowan ist der Coach des Universitäts-Schwimmteams. Die Mannschaft ist zu einem offiziellen Wettkampf nach Hampton geflogen. Irgend jemand wird wissen, wo das Team zu erreichen ist.«

»Okay, Jerry.«

»Beeil dich! Schon Neues aus Washington?«

»Keine Spur. Der Chef ist gerade eingetroffen. Ich nehme an, er wird gleich in Washington anrufen. Ich melde mich.«

Ich zündete mir eine Zigarette an und sah durch die offene Tür des Einsatzwagens nach draußen. Cops mit den unförmigen schußsicheren Westen lauerten im Schutz ihrer Streifenwagen. Sie trugen Helme mit gewölbten Plexiglasvisieren und schwere Waffen in den Fäusten.

Ich dachte an das kleine Mädchen drüben in dem dunklen Haus. Ob sie Angst hatte?

Captain Stanfield scharrte mit dem Fuß und schlug mit der Faust in die offene Handfläche. Sein Megafon hatte er abgestellt. »Da kommt Sergeant Edwards«, sagte er plötzlich.

Sergeant Bob Edwards hatte die Beschreibung, die eine Nachbarin vom Haus der Blytons gegeben hatte, in eine akkurat ausgeführte Skizze umgewandelt, aus der die Lage der Räume, Treppen, Fenster und Türen hervorging.

»Ich glaube, daß die Angaben einigermaßen genau sind, Sir«, sagte Edwards. »Die Angaben der Frau über die Stellung der Möbel halte ich dagegen für ziemlich unsicher.«

»Gute Arbeit, Sergeant«, lobte ich. Einer würde in das Haus hinein müssen, das war klar. Nach Lage der Dinge war ich es, der seine Haut hinhalten mußte.

Ich legte mir den Zettel so zurecht, daß ich ihn im Blickfeld hatte und mir die Lage der Räume, Türen und

Treppe genau einprägen konnte. Es wäre kein Problem gewesen, das Haus zu stürmen, auch ohne Verluste unter den Polizeikräften zu riskieren. Blyton war allein. Er konnte Vorder- und Rückseite nicht zugleich überwachen. Er verließ sich auf die Wirkung seiner Drohung, das Kind umzubringen, wenn jemand dem Haus zu nahe käme. Ich war geneigt, seine Drohung wörtlich zu nehmen. Mir mußte noch etwas einfallen.

Vielleicht konnte ich etwas unternehmen, während er mit Jill sprach. Jill mußte ihn hinhalten und ablenken. Das war's vielleicht.

Jill, dachte ich, Jill, melde dich! Er will dich sprechen. Melde dich, bevor er vollends durchdreht!

Großer Gott, es konnte Stunden dauern, bis man Jill in irgendeinem Sportlerheim auftrieb ...

»Sprechen Sie ihn noch einmal an, Captain!« bat ich. »Sagen Sie ihm, er soll den Hörer auflegen!«

»Der Bastard ist stur ...«

»Sagen Sie ihm, wir brechen die Aktion ab!«

Der Police Captain starrte mich an. Sehr lange, sehr skeptisch. »Übernehmen Sie die Verantwortung?«

»Ja.«

Captain Stanfield hob die Flüstertüte an seinen Mund und schaltete den Verstärker ein. Seine Stimme klirrte über die dunklen Vorgärten.

»Blyton! Hören Sie zu! Ihr Gesprächspartner vom FBI hat Ihnen etwas Wichtiges mitzuteilen! Legen Sie den Hörer auf und warten Sie, bis es klingelt. Nehmen Sie dann ab! Wenn Sie dieser Forderung keine Folge leisten, brechen wir die Aktion ab.«

Die Stimme des Captain verhallte. Der Cop am Pult wählte Blytons Nummer. »Besetzt«, meldete er. Er versuchte es weiter. »Besetzt ...«

»Blyton!« rief der Captain. »Das ist unsere letzte Aufforderung!«

»Besetzt . . .«

Hatte ich zu hoch gereizt?

»Sir, das Rufzeichen!« sagte der Cop.

Ich preßte den Hörer an mein Ohr. Richtig, das Rufzeichen schnarrte. Blyton hatte aufgelegt. Warum machte er es so spannend? Dann, plötzlich, kratzte seine Stimme im Hörer. »Hallo?«

»Mr. Blyton, legen Sie nicht gleich wieder auf!« sagte ich schnell.

»Was wollen Sie?«

»Wir kommen mit einer halben Stunde nicht hin. Das ist aussichtslos.«

»Dann eben nicht. Jetzt sind es nur noch 28 Minuten . . .«

»Stop, Mr. Blyton!« sagte ich scharf.

»Was denn?«

Jetzt mußte ich ihn treffen. Er mußte am Telefon bleiben. »Es geht Ihnen ja gar nicht um Ihre Tochter, Blyton!« sagte ich.

»Was wissen Sie schon . . .«

»Sie sind eine Egoist! Sie denken nur an sich selbst. Sie sind wehleidig. Geben Sie es zu, Blyton!«

Ich hörte einen schluchzenden Laut. »Sie kennen mich nicht.«

»Meine Kollegin, Miss Trent, glaubte, das Gericht habe eine Fehlentscheidung getroffen, als es Ihre Tochter der Mutter zusprach.«

»Es war eine Fehlentscheidung!«

»Blyton, durch Ihr Verhalten geben Sie den Richtern recht!«

»Sie sind schuld! Sie haben mich gezwungen . . .«

»Schieben Sie die Schuld immer auf andere? Vielleicht sogar auf Ihre Tochter?«

»Was sagen Sie da . . .«

»Haben Sie Ihre Tochter schon umgebracht, Blyton?«

Wieder hörte ich das krampfhafte Schluchzen. »Wie können Sie so etwas sagen! Natürlich nicht!«

»Ich glaube Ihnen nicht, Blyton!«

»Doch! Doch! Ich habe ihr nichts getan!«

»Dann lassen Sie mich doch mit ihr sprechen!«

»Nein!«

»Sehen Sie! Ich habe recht. Sie haben Ihre Tochter getötet, und jetzt haben Sie das heulende Elend!«

»Warten Sie! Hier!« Ich hörte unbestimmte Geräusche. »Hier, sprechen Sie mit ihr! Fragen Sie sie irgend etwas!«

Ich atmete tief und langsam. »Hallo?« sagte ich dann sanft. »Bist du es, Edith?«

»Ja.«

»Jill hat mir von dir erzählt. Was du für ein nettes Mädchen bist.«

»Warum kommt sie nicht?«

»Sie ist verreist. Vielleicht hat sie dir davon erzählt.«

»Mein Daddy will wieder auflegen.«

»Warte noch! Bitte ihn, daß du noch einen Augenblick mit mir reden darfst.«

Ich hörte die Kleine undeutlich sprechen. Captain Stanfield, Sergeant Edwards und der Cop am Pult sahen mich atemlos an.

»Hallo? Ich soll auflegen.«

»Möchtest du etwas zu trinken? Milch? Oder eine Coke?«

»O ja, gern.«

»Dann sag es deinem Dad! Und sag ihm, er möchte noch einmal mit mir sprechen!«

Wieder wartete ich. Die Verbindung blieb bestehen. Wenn er in die Küche ging, um seiner Tochter etwas zu trinken zu holen, hatte ich vielleicht ein paar Sekunden Zeit. Die Küche lag unten. Aber wie konnte ich feststellen, ob er ging? Oder seine Tochter gehen ließ? Ich legte eine Hand über die Sprechmuschel.

»Ich brauche ein Gewehr mit Restlichtaufheller«, sagte ich zu Captain Stanfield.

»Kein Problem …«

»Hallo?« meldete sich Blyton wieder. »Was wollen Sie noch?« Er keuchte. »Es hat sich nichts geändert. Nichts. Ich werde nur noch mit der Agentin sprechen. Es sind noch zwanzig Minuten … Danach …«

»Eins noch, Blyton! Lassen Sie uns Ihre Frau abholen! Was soll Ihre Tochter denken, wenn ihre Mutter da draußen liegt?«

Blyton atmete schwer. »Von mir aus«, stieß er dann hervor. »Schaffen Sie sie weg!« Danach war die Verbindung tot. Blyton hatte wieder aufgelegt.

Ich wollte auch den Hörer zurücklegen, als der Cop mir ein Zeichen gab. »Ihre Dienststelle, Sir. Sie können sprechen. «

George Baker war am Apparat. »Jerry«, sagte er, »du sollst sofort zurück! Smith ist entkommen.«

Ich fluchte verhalten. »Wie konnte das passieren, zum Teufel?«

»Die Lage ist noch unklar. Fest steht bisher nur, daß er Hilfe von außen hatte. Bei der Befreiungsaktion wurde ein Deputy Sheriff erschossen. Der Chief selbst ist verschwunden. Man nimmt an, daß ihn die Gangster als Geisel mitgenommen haben.«

»Was ist mit unseren Leuten?«

»Die scheinen sich nicht mit Ruhm bekleckert zu haben. Smith und seine Komplizin, ja, Komplizin! haben die drei G-men und den Piloten eingesperrt und sich mit dem Hubschrauber davongemacht. Also, Jerry, mach dich auf die Socken! Sag dem verantwortlichen Einsatzleiter, er soll die Spezialisten von der Geisel-Einheit anfordern. Das hätte er längst tun sollen, wenn du mich fragst. Die Sache geht uns nämlich nichts an, wenn wir es genau nehmen.«

»George, Blyton geht auf nichts ein! Es kommt hier zu einer Katastrophe, wenn er nicht mit Jill sprechen kann!«

»Jerry, vergiß Jill! Wir können sie nicht erreichen. Nichts zu machen. Ich hab' alles versucht. Das Schwimmteam hat seine Beteiligung am Wettbewerb abgesagt. Weiß der Teufel, wo es steckt. Jerry, ich muß Schluß machen.«

Ich hielt den Hörer in der Hand und starrte vor mich hin. Stanfield schob sich an mich heran. »Was ist jetzt, Mr. Cotton?« fragte er.

»Sie können die Frau holen lassen«, sagte ich.

Stanfield gab die entsprechenden Befehle. Ich sah, wie zwei Cops, die beide mit schußfesten Westen ausgestattet waren, eine Blechwanne von den Männern vom Leichenwagen übernahmen.

»Einen Moment noch!« sagte ich. »Sie sollen warten.«

Mir kam eine Idee. Es war eine verzweifelte Chance, das Leben des kleinen Mädchens und ihres Vaters zu retten.

Es war nicht völlig dunkel in der Hubschrauberkabine. Jill konnte genau den Oberkörper des Gangsters im Pilotensessel erkennen. Der Widerschein der grünen Instrumentenbeleuchtung umgab seinen Kopf wie ein Heiligenschein. Mit der ruhigen Gelassenheit des Experten bediente er den Steuerknüppel.

Neben ihm saß Shackwood. Shackwood schien ebenfalls etwas vom Fliegen zu verstehen. Er hatte sich die Kopfhörer übergestülpt. Hin und wieder spannte sich seine Haltung, wenn er einer Durchsage lauschte. Bisher hatte sich seine Haltung jedesmal bald wieder entspannt.

Herrgott noch mal, dachte Jill, inzwischen muß doch längst eine Großfahndung laufen! Oder? Wurde denn weder der Helikopter noch die gecharterte Swearingen Metro vermißt?

In niedriger Höhe strich die Maschine über flaches Land. Der Himmel war klar. Immer wieder fing sich silbernes Sternenlicht in den weiten Flächen des überschwemmten Marschlandes. Der Flug ging nach Norden oder Nordwesten, soviel stand für Jill fest, auch wenn sie so ohne weiteres jetzt nicht in der Lage war, eine genauere Kursbestimmung vorzunehmen.

Bald mußten sie wieder offenes Wasser erreichen. Die Delaware Bay. Je nachdem, an welcher Stelle sie die Bucht überflogen, konnte sie bis zu 30 Meilen breit sein. Und dann? New Jersey? Die Inselwelt des Küstenstreifens mit den unzähligen Buchten, den hohen Dünen, dem unzugänglichen Marschland. Was war der Zweck dieser Entführung? Wohin führte der Flug?

Sie spürte Herb Stones Schenkel an ihrer Hüfte. Sie hatte es aufgegeben, weiter nach links zu rutschen. Vorhin hatte Paul Torrey sie bedrängt, jetzt war es dieser junge Hijacker. Sie spürte seinen Atem an ihrem Hals. Also sah er sie an. Sie blickte starr nach vorn.

Der Hubschrauber war mit drei Sitzbänken bestückt, von denen jede Platz für drei bis vier Personen geboten hätte. Sie saß hinten links. Stone preßte sich gegen sie. Die mittlere Reihe war frei. Vorn links saß die Frau, in der Mitte Kip, und rechts, gleich an der Schiebetür, hockte Vic McGowan. Armer Vic, dachte sie mitleidig. Er war Sportler, er war Athlet, aber er war der Brutalität dieser Verbrecher nicht gewachsen.

Sie waren Profis. Sie töteten, ohne zu zögern. Austin Smith arbeitete seit sechs Jahren für die verschiedenen Terror- und Anarchistengruppen. Mit Sicherheit war die Frau ebenfalls eine Terroristin. Die Frau sprach ein sauberes, praktisch akzentfreies Englisch, wie es in Europa gesprochen wurde.

Die drei Kerle, die das Charterflugzeug in ihre Gewalt gebracht hatten, waren Amerikaner. Junge Männer vom

Rand der Terrorszene. Studenten aus dem Westen, vermutete Jill. Zuerst hatten sie sich bei Demonstrationen auf dem Campus hervorgetan. Und dann waren die richtig harten Terroristen an sie herangetreten. Männer mit verschwommenen Zielen, aber mit überzeugendem Auftreten. Sie hatten sich zum Krieg gegen die Gesellschaft rekrutieren lassen. Ihnen ging nicht auf, daß sie selbst die Gesellschaft waren. Daß sie gegen sich selbst kämpften. Sich selbst zerstörten.

Sie zwang sich, den Kopf zu wenden und den neben ihr sitzenden Herb Stone anzusehen. Sein Gesicht schimmerte hell. Der weiche Mund bildete eine geschwungene Linie. Dieser Junge würde töten, weil es Ideologen gab, die ihm eine Rechtfertigung dafür mundgerecht servierten.

»Was hat das alles zu bedeuten?« fragte sie leise.

»Das wirst du schon früh genug merken, Baby«, gab er zurück.

»Sie wissen es also nicht«, stellte Jill fest. »Wem laufen Sie nach? Der Frau?«

»He, Baby, du hast einen losen Mund. Das haben wir gar nicht gern.« Er verstärkte den Druck seines Schenkels an ihrer Hüfte.

»Dieser Gangsterjargon paßt nicht zu Ihnen«, sagte Jill. »Und wenn Sie sich nicht anständig benehmen, bekommen Sie von mir ein paar an den Hals.«

»Ich an Ihrer Stelle wäre vorsichtig«, warnte Herb Stone mit flacher Stimme. Seine Lippen verwandelten sich in dünne Striche. Immerhin ließ der Druck seines Schenkels ein wenig nach.

Jill konnte die Maschinenpistole des Jungen nicht sehen. Doch sie wußte, daß die Waffe griffbereit rechts neben ihm lag.

Wenn sie landeten, konnte sie versuchen, sich in den Besitz der MPi zu bringen ... Sie durfte Vic nicht gefährden. Vic war so arglos. Sie versuchte, seinen Blick einzufangen, aber er saß apathisch da und blickte nicht in ihre Richtung.

Sie sah wieder nach draußen. Eine durchgehend schwarze Fläche glitt unter der Maschine her – die Bucht. Sie hielt unwillkürlich den Atem an, als ein großer, hell beleuchteter Frachter in ihr Blickfeld geriet. Dann erreichte Austin Smiths Stimme ihr Ohr. Trotz des pfeifenden Triebwerks verstand sie jedes Wort.

»Jetzt suchen sie uns.« Smith hatte von Shackwood die Kopfhörer übernommen, von denen er einen an sein Ohr preßte. Dünn lächelnd sah er die Frau an. »Endlich haben sie gemerkt, daß ihnen drei Männer, der Pilot und diese Hummel fehlen.« Spielerisch bewegte er den Steuerknüppel. Die Kabine legte sich für Augenblicke schräg.

Die Luftpiratin hob ihr Handgelenk mit der Uhr an die Augen. Smith lächelte immer noch.

»Machen Sie sich keine Sorgen, Lady!« Er deutete auf Shackwood. »Wenn Ihr Freund hier recht hat, sind wir in zwanzig Minuten in Sicherheit. So schnell können sie uns nicht identifizieren.«

»Ich mache mir keine Sorgen«, sagte Shilesh Ansara abweisend.

»Recht so, Lady.« Smith grinste und wandte sich wieder nach vorn. »Das Flugzeug wird noch nicht einmal vermißt.«

Jill fragte sich, wie die Piratin es angestellt haben mußte, daß die Chartermaschine nicht gesucht wurde. Wieder dämmerte ihr, daß es um mehr ging als um einen Akt der Luftpiraterie. Diese Sache war von langer Hand vorbereitet. Da brauchte nur jemand bei der Wettkampfleitung in Hampton anzurufen und zu sagen, die Mannschaft der New Yorker University könne nicht am Wettkampf teilnehmen, und niemand machte sich Gedanken. Möglicherweise hatte Shackwood, der die ganze Zeit im Cockpit der Metro geflogen war, den Piloten gezwungen, einen Funkspruch an seine Gesellschaft abzusetzen. Etwa mit dem Inhalt: *Sind in Hampton gelandet – alles in Ordnung – fliegen morgen zurück.*

Die Landebahn im Marschland lag wahrscheinlich abseits aller Durchgangsstraßen. Es konnte Stunden dauern, bis sich jemand zu einem Telefon durchschlagen konnte.

Sie war auf sich allein gestellt.

Sie spürte, daß die Maschine absackte, und wandte den Kopf. Der Helikopter raste über einen dunklen Kanal. Die Kufen mußten fast das Wasser berühren. Der Winddruck der Rotorblätter fetzte feine Schleier aus der Oberfläche, und das Schilf an den Ufern bog sich tief auf die Seiten.

Es konnte nicht mehr weit sein bis zu ihrem Ziel.

Das Ziel ... Was mochte es sein? Ein Schlupfwinkel? Ein Versteck? Ein Schiff? Was?

Herb Stone rieb wieder seinen Schenkel an ihrer Hüfte. Sie sah ihn an, und zwang sich zu lächeln. Er beugte sich zu ihr hinüber und brachte den Mund an ihr Ohr.

»He, vielleicht haben wir nachher Zeit füreinander. Wir beide ...«

»Gib nicht so an!« sagte Jill. »Du bekommst ja doch keinen hoch.«

Das Gesicht verzerrte sich in jäher Wut. Die Augen sprühten Blitze. Der junge Kerl holte tief Luft.

Da schlug sie zu. Erbarmungslos trommelten ihre Handkanten gegen seine kurzen Rippen, trieben ihm die Luft aus den Lungen, und ein trockener Schlag seitlich an den Hals ließ den Burschen nach vorn sacken.

Sie legte einen Arm um seine Hüfte und hielt ihn in sitzender Position. Mit der Hand tastete sie nach der MPi. Hinter Herb Stones Rücken zog sie die Waffe zu sich herüber.

»Da ist es«, sagte Shackwood plötzlich laut. »Da, da ...«

Jill reckte den Kopf. Sie konnte nichts erkennen außer einer schimmernden Wasserfläche und daraus hervorragenden Schilfinseln. Dann zog der Pilot die Maschine in eine weite Rechtsschleife, und die Fliehkraft preßte den bewußtlosen Hijacker gegen sie.

Sie lehnte sich zurück und versuchte, sich zu entspannen.

Hank Blyton visierte den vorderen der beiden Cops an, die, mit der Blechwanne zwischen sich, die schützenden Schatten verließen und auf das Haus zukamen. Das Gesicht unter dem heruntergeklappten Visier konnte er nur verschwommen erkennen. Die dicke blaue Weste schützte Brust und Bauch. Aber die Arme und die Knie waren frei.

Hank Blyton atmete schwer. Was wollten sie mit Vera? Vera war tot. Warum holten sie sie?

Edith zupfte an seiner Hand. Er setzte das Gewehr ab. Sie hatte sich ein Glas Milch aus der Küche geholt. Jetzt wollte sie sich wieder an ihn lehnen und sich auf seinen Schoß setzen. Er umschlang sie und zog sie zu sich hinauf.

Die Cops waren näher herangekommen. Er mußte den Kopf recken, wenn er ihren Weg verfolgen wollte. Da lag Vera.

Die Polizisten gingen an der niedrigen Hecke entlang. Vera hatte sie nicht gestutzt, wie er es immer getan hatte.

Alles hatte sie verkommen lassen, alles! Die Cops stellten die Wanne in der Nähe der Hecke ins Gras und nahmen den Deckel ab. Umständlich knieten sie neben Vera nieder, bewegten ihre Arme und hoben ihren Kopf, als wollten sie Freiübungen mit ihr machen.

»Papa«, sagte Edith. »Papa, möchtest du mal trinken?«

»Was hast du gesagt?«

Edith hielt ihm ihr Glas hin. Er lächelte gerührt, nahm das Glas und trank einen Schluck. Als er wieder nach unten blickte, waren die Cops immer noch mit Vera beschäftigt. Grimmig entschlossen preßte er das Gewehr an die Schulter und suchte nach einem Ziel.

Die Blechwanne war eng. Das Metall fühlte sich kalt an. Ich konnte das beurteilen, denn ich lag in der Wanne.

Ich wollte nicht daran denken, wie viele Menschen, von denen die meisten eines gewaltsamen Todes gestorben waren, schon in dieser Wanne ihre letzte Reise angetreten hatten. Ich mochte nicht daran denken, wie sie ausgesehen haben mochten. Es spielte keine Rolle.

Ich preßte das Gewehr mit dem schweren, unförmigen Restlichtaufheller gegen meinen Körper, damit der vorstehende Batteriebehälter nicht gegen die dünne Metallwandung schlug. Einer der Cops stieß mit dem Fuß gegen den Behälter, und ich hielt unwillkürlich den Atem an. Sie hatten die Wanne so abgesetzt, daß meine Füße zum Haus ausgerichtet waren. Ich lag da, eingezwängt zwischen kaltem Blech, über mir den schwach leuchtenden Himmel mit den rhythmisch zuckenden Positionslichtern einer Verkehrsmaschine. Ich atmete langsam.

»Wir können ihn nicht sehen, Sir«, sagte einer der Cops. Die beiden Männer bemühten sich, mich und die Wanne, so lange sie es konnten, vor den Blicken des Mannes im Haus zu decken, indem sie so taten, als kümmerten sie sich um die tote Frau. Ich atmete langsam. Wenn Blyton auf den Schwindel nicht hereinfiel und sich genauer für den Inhalt der angeblich leeren Wanne interessierte, war ich geliefert.

Ich verfolgte einen spontan gefaßten Plan, der mir jetzt

geradezu aberwitzig erschien. Captain Stanfield und ich hatten nur das absolut Nötige besprochen und den Plan innerhalb von Minuten in die Tat umgesetzt. Ich glaubte nach wie vor, daß Hank Blyton entschlossen war, seine Tochter und sich zu töten.

Sein Ultimatum lief ab. Und ich – ich setzte mich über einen Befehl meines Chefs hinweg, nach dem ich mich jetzt schon längst in unserem Office hätte befinden müssen.

»Jetzt, Sir«, sagte der Sprecher der beiden Cops. Er und sein Kollege beugten sich über die Wanne, hoben sie umständlich ein wenig an, drehten sie und setzten sie wieder ab.

»Jetzt«, bestätigte ich.

Sie kippten die Wanne, und ich rollte, das Gewehr an mich gepreßt, herum. Die Hecke war nur wenige Yards entfernt.

Plötzlich peitschten Schüsse. Ich hörte das ekelhafte Pfeifen, das Jaulen der Geschosse, ihr Prasseln in den Zweigen. Ich kam mir so wehrlos vor wie ein Kaninchen auf freiem Feld, weit entfernt vom rettenden Bau, wenn über ihm der Bussard kreist ...

Ich konnte noch denken und fühlen. Ich spürte keine Schmerzen, als die Salve jäh wieder abriß.

»Beeilt euch!« keifte eine erregte Stimme, die nur Blyton gehören konnte.

Er hatte also Warnschüsse abgefeuert und mich nicht gesehen!

Die Polizisten hoben die tote Frau in die Wanne, legten den Deckel über den Behälter und gingen davon.

Ich wartete zwei Minuten. Dann erst hob ich den Gewehrlauf mit dem Fuß ein wenig an und rollte den Schaft auf meinen Bauch. Ich wollte nicht schießen. Ich wollte nur versuchen, mit Hilfe des Restlichtverstärkers einen Blick durch ein Fenster ins Innere des Hauses zu werfen. Laut Sergeant Edwards und der Nachbarin, mit der er gesprochen hatte, gab es zwei Telefonapparate im Haus. Einer befand sich im Wohnzimmer, das nach hinten hinausging. Der andere stand oben im großen Schlafzimmer. Die beiden Schlafzimmerfenster lagen links neben dem Badezimmer, zwischen dem Garagendach und dem Dach über dem vorspringenden Eingang. Der Rahmen des Fensters ganz links war in die Höhe geschoben. Eine dünne Tüllgardine bewegte sich leicht im Wind.

Behutsam um den Mann, der hinter der wehenden Gardine hockte, nicht durch eine hastige Bewegung aufmerksam zu machen, brachte ich das Okular des Restlichtaufhellers näher an mein Gesicht. Ich hob den Kopf und stützte meinen Oberkörper um ein paar Zoll in die Höhe.

Das Fenster füllte mein Blickfeld. Ich konnte jeden Riß im Lack des Fensterrahmens erkennen, sogar das Muster der dünnen Gardine. Ich hatte gehofft, daß Blytons Gesicht etwas von dem schwachen Streulicht hier draußen einfangen würde. Der Restlichlaufheller brauchte Spuren von Licht, um es über elektronische Signale in ein Bild zu verwandeln. Das Licht, das durch die Maschen der Gardine dringen mochte, reichte nicht mehr aus, um Einzelheiten hervortreten zu lassen.

An einen Schuß war nicht zu denken. Nun, ich hatte auch nicht die Absicht gehabt zu schießen. Ich bin ein Gegner des gezielten Todesschusses, obgleich es Situationen gibt, in denen es keine andere Möglichkeit mehr gibt, um das Leben Unschuldiger zu retten. Hier kam der Todesschuß auf keinen Fall in Frage. Ich konnte nicht den Vater im Beisein seiner Tochter erschießen. Es war unmöglich ...

Dann schepperte Captain Stanfields Stimme herüber: »Blyton! Legen Sie den Telefonhörer auf! Wir haben

Ihnen eine wichtige Mitteilung zu machen! Blyton, hören Sie? Legen Sie auf!«

Ich begann, die Sekunden abzuzählen. Wenn ich bis dreißig kam, ohne noch einmal die Megafonstimme zu hören, hatte Blyton die Aufforderung befolgt. Dann würde Stanfield mit ihm sprechen und versuchen, ihn abzulenken. Ich war genau bei dreißig angelangt, als Stanfields Stimme wieder ertönte. Blyton war also nicht ans Telefon gegangen.

»Blyton! Hören Sie genau zu! Wir wissen jetzt, wo sich die Agentin, die Sie sprechen wollten, aufhält!«

Das was das Stichwort. Ich schob das Gewehr, das viel zu schwer und unförmig war, um mir bei meinem Vorhaben von Nutzen zu sein, unter die Hecke. Dann begann ich mich näher ans Haus heranzuarbeiten, wobei ich hoffte, daß Blytons Sinne auf die Stimme des Captain ausgerichtet waren.

»Blyton, es wird versucht, sie an ein Telefon zu holen und eine Verbindung herzustellen! Aber wir brauchen etwas mehr Zeit! Noch zehn Minuten, Blyton, hören Sie? Noch zehn Minuten! Wenn ich Sie dazu auffordere, Blyton, müssen Sie den Hörer auflegen, weil wir Sie sonst nicht erreichen können ...«

Ein niedrig hängender Zweig strich über meine Brust. Trockene Blätter raschelten. Ich begann zu schwitzen. Die Augen starr auf das halb geöffnete Fenster gerichtet, schob ich mich Zoll um Zoll näher an das Haus heran, während Standfields verstärkte Stimme auf einen Mann einsprach, der keine Reaktion zeigte.

Vielleicht hatte er das Mädchen schon getötet ...

»Blyton! Denken Sie an Ihre Tochter! Wir haben Ihr einige Erfrischungen besorgt! Wenn Sie es wünschen, stellen wir den Karton vor die Haustür! Blyton, geben Sie uns ein Zeichen!«

Die Hecke endete dort, wo eine acht Fuß hohe Mauer

das Grundstück von dem des Nachbarn trennte. An der Mauer standen Mülltonnen und einige leere Flaschenkisten. Nichts, was mir Deckung geboten hätte. Bis zum Haus waren es von hier aus noch ungefähr zwölf Yards, bis zum schützenden toten Winkel vielleicht acht. An sich keine Entfernung, die ich nicht im Spurt hätte überwinden können. Aber wenn Blyton mich sah, würde er seine Tochter töten!

Wir hatten uns etwas ausgedacht. Ich hob eine Hand. Ich wußte, daß ich von zwei Cops durch die Okulare ihrer Nachtsichtgeräte beobachtet wurde. Mein Handsignal wurde verstanden.

»Blyton!« rief Standfield. »Wir schicken jetzt einen Mann mit den Erfrischungen los! Hören Sie, Blyton, dieser Mann ist nicht bewaffnet! Er will nichts anderes, als Ihnen und Ihrer Tochter einige Erfrischungen bringen ...«

Ich wollte nicht in der Haut des Mannes stecken der jetzt aus der Deckung eines Streifenwagens hervortrat. Der Mann, ein Reviercop, würde zwar seine schußsichere Ausrüstung tragen, aber er war natürlich trotzdem verletzbar.

Jetzt mußte der Mann in Blytons Gesichtsfeld treten. Blyton würde ihn durch sein Zielfernrohr beobachten. Er würde über seinen eigenen Vorgarten hinwegblicken. Und über mich ...

Ich wartete noch einige Sekunden.

Als Blyton schoß, sprang ich auf. Geduckt sprang ich an der Mauer entlang und preßte mich dann unter dem Vordach des Eingangs gegen die hölzerne Wand.

»Hören Sie auf zu schießen, Blyton!« schrie Stanfield. Er brauchte seine Wut nicht vorzutäuschen. Wie ich später erfuhr, hatte Blyton zwar an dem Cop vorbeigeschossen, aber ein Querschläger hatte einen anderen Mann an der Hand verletzt.

Die Schüsse waren wieder verstummt. Ich probierte die Tür. Sie war verriegelt. Es wäre auch zu schön gewesen.

Ich peilte den Balkon an, der das Vordach stützte. Wenn ich mich reckte und den Arm ausstreckte, konnte ich die Kante erreichen. Die Konstruktion des Vorbaus machte einen leidlich stabilen Eindruck. Aber wenn ich versuchte, mich auf das Vordach zu schwingen, würde sich der Vorbau doch etwas bewegen. Es würden Geräusche entstehen.

Ich reckte beide Arme und krallte meine Finger um die Latte, die die Kante bildete. Als Stanfield wieder durch sein Megafon sprach, zog ich mich hoch.

»Blyton! Warum denken Sie nicht an Ihre Tochter? Warum lassen Sie nicht zu, daß wir ihr etwas zu essen und zu trinken bringen?«

Knirschend lösten sich die Nägel aus dem Balkon, als ich mich an der Latte in die Höhe zog. Der Vorbau neigte sich um einige Zoll. Irgendwo knackte eine Verbindung. Ich preßte die Kiefer zusammen und setzte meine einmal begonnene Bewegung möglichst gleichmäßig fort. Ich hing jetzt mit dem Kopf nach unten, brachte meine Füße zwischen den durchhängenden Armen hindurch und schob sie über die Kante in die Höhe. Dann zog ich die Arme wieder an.

Die Latte gab weiter nach. Endlich konnte ich meine Beine anwinkeln, auf das Vordach legen und mein Gewicht etwas besser verteilen. Wenn Blyton seinen Kopf nah ans Fenster brachte, mußte er meine Unterschenkel sehen. Aber ich hoffte, daß er seine Nase nicht ausgerechnet an der Fensterkante hatte. Schon aus Angst vor einem gezielten Schuß aus einem Scharfschützengewehr würde er sich so tief wie möglich im Raum aufhalten.

Ich schwang meinen herabbaumelnden Oberkörper hin und her und holte Schwung. Mit einer entschlossenen Bewegung warf ich mich dann vor, während Stanfield pausenlos durch das Megafon sprach. Ich hörte längst nicht mehr auf seine Worte. Ich konzentrierte mich nur noch auf meine unmittelbare Umgebung.

Die dünnen Bretter, mit denen das Vordach gedeckt war, ächzten unter meinem Gewicht. Ich legte mich flach hin und arbeitete mich bis an die Verbindungsstelle mit der Hauswand vor. Das Fenster über mir gehörte zum Bad. Das Rollo war heruntergelassen, der Rahmen geschlossen. Nur im oberen Teil war ein Lüftungsschlitz geöffnet, viel zu schmal, um auch nur eine Hand hindurchzwängen zu können.

Ich schob mich bis an die linke Kante des Vordachs. Wenn ich die Hand ausstreckte, erreichte ich das Außenbrett des rechten geschlossenen Schlafzimmerfensters. Vermutlich war der Riegel von innen eingerastet.

Ich atmete ein paarmal tief durch. Jetzt gab es kein Zurück mehr. Ich war weiter gekommen, als ich zu hoffen gewagt hatte. Blyton und seine Tochter waren nur wenige Yards von mir entfernt. Nah genug, um ihn überrumpeln und vom tödlichen Schuß auf seine Tochter abhalten zu können?

Ich wandte den Kopf, blickte über die Hecke und die Nachbargrundstücke zu den unbeleuchteten Streifenwagen hinüber, die scheinbar verlassen dort standen. Ich ballte die Linke zur Faust und stieß sie zweimal in die Luft. Gegen die verschmutzte, aber immer noch helle Tünche der Hauswand mußte sie sich deutlich abheben. Dann schloß ich die Augen, preßte die Lider fest zusammen und spannte die Muskeln.

Schwach drang das dumpfe Fauchen an meine Ohren, mit dem die Blendgranaten in den Himmel geschossen wurden.

Wahnwitzige Helligkeit durchdrang meine geschlossenen Lider. Licht brannte auf meiner Netzhaut.

Ohne die Augen zu öffnen, stieß ich mich ab. Ich sprang, den Kopf zwischen den Armen geschützt, auf das geschlossene Schlafzimmerfenster zu.

Die Scheibe platzte. Eine Querleiste des Rahmens zersplitterte. In einem Scherbenregen flog ich in den Raum. Noch im Flug rollte ich mich zusammen.

Mit der Hüfte und der linken Schulter prallte ich gegen die Unterkante des Bettes, und krachend landete ich auf dem Boden. Eine Mädchenstimme wimmerte erschreckt. Vor meinen geschlossenen Lidern glühte es immer noch weiß. Ich zwang die Lider ein wenig auseinander. Flüssiges Feuer schien durch den Spalt zu fließen. Obwohl sich das Feuer der Blendgranaten langsam verbrauchte, würde es noch lange auf der Netzhaut nachleuchten. Es schien keine Wände zu geben. Nur Licht, das selbst von dunklen, stumpfen Flächen reflektiert wurde.

Aber da war auch eine Bewegung. Ein Mann, dessen große Gestalt in dem Licht keinen Schatten warf. Er war aufgesprungen und hatte dabei das Mädchen von sich gestoßen. Mit einer Hand wischte er über seine gepeinigten Augen. Mit der anderen riß er das kurzläufige Schnellfeuergewehr herum. Er konnte mich nicht sehen. Die Netzhaut seiner Augen würde Stunden brauchen, ehe sie wieder imstande war, Nuancen zu erkennen. Aber dennoch pfiffen die Kugeln scharf über meinen Kopf hinweg.

Ich warf mich nach vorn, bohrte meinen Kopf in Hank Blytons Magen und trieb den Mann gegen die Wand, wo ich ihn festnagelte und ihm die Waffe aus der Hand schlug. Er sackte zu Boden. Sein ganzer Körper begann zu zucken, und er weinte, während seine kleine Tochter mit ihren Fäusten auf meinen Rücken trommelte, bis die Cops ins Haus drangen und irgend jemand die Kleine in die Arme nahm und sie wegbrachte.

Wasser und Land flossen ohne klare Trennungslinie ineinander. Schwemmland und Wasser, Schilf und Inseln ohne feste Umrisse, so weit das Auge reichte. Langsam quirlte der Helikopter über die dunklen Flächen.

Jill hielt den immer noch bewußtlosen Herb Stone fest gegen sich gepreßt. Die Cockpit-Piratin hatte sich einmal kurz umgedreht, aber offenbar keinen Verdacht geschöpft. Jill nahm an, daß es im hinteren Teil der Kabine zu dunkel war, um mehr als vage Umrisse zu erkennen.

Jill brachte ihr Gesicht nah an die Seitenscheibe. Erdigdunkel glitt der Untergrund unter der Maschine her. Nur hier und da schimmerte es betongrau durch ausgeschwemmte Löcher. Wie bei einem mottenzerfressenen Teppich. Wieder eine aufgegebene Landebahn?

Jill wußte, daß im Zweiten Weltkrieg entlang der amerikanischen Ostküste Landebahnen aus dem Boden gestampft worden waren, um der Gefahr einer damals zeitweise für möglich gehaltenen Invasion besser begegnen zu können. Glücklicherweise mußten die Rollbahnen nie für kriegerische Zwecke benutzt werden. Einige wurden in den vierziger und fünfziger Jahren von der Küstenwache und dem Wetterdienst benutzt, bis die rasante Weiterentwicklung der Hubschrauber den größten Teil der Flugzeugflotten dieser Dienste überflüssig machte. Dutzende der Pisten zwischen den Inseln und Kanälen wurden einfach aufgegeben und gerieten in Vergessenheit. Nur Schmuggler erinnerten sich hier und da einer solchen Bahn. Und wer noch?

Über der Spitze der langgestreckten Insel schwebte der Hubschrauber auf der Stelle, nur wenige Fuß über dem Boden.

Die Kabine schwenkte auf der Stelle herum. Für Augenblicke geriet eine dunkle Masse in Jills Blickfeld. Ein Schuppen! Ein Lichtsignal blitzte und flackerte, bis es aus Jills Blickfeld wanderte. Dann setzte die Maschine auf. Nur ein leichter Ruck ging durch die Kabine.

Die Maschinenpistole lag über Jills Knien. Sie hatte die Waffe entsichert, aber noch nicht durchgeladen, weil das Schnappen des Verschlusses vielleicht trotz der heulenden Turbine zu hören gewesen wäre.

Herb Stone bewegte sich unruhig. Sein linker Arm zuckte, aber seine Sinne waren noch benebelt. Das Pfeifen des Triebwerks erstarb. Vorn zwischen den Pilotensesseln flammte eine abgeschirmte Lampe auf. Shackwood stemmte sich aus seinem Sitz.

Jill sah nach draußen. Der Helikopter war nah am Schuppen gelandet. Undeutlich erkannte sie zwei Gestalten, die sich von der dunklen Masse lösten und auf die Maschine zurannten. Shackwood wollte die Kabinentür aufziehen.

Jill stieß Herb Stone zur Seite. Sie sprang auf, riß die MPi hoch und zog den Schlitten zurück. Das metallische Geräusch des zurückschnellenden Verschlusses erzeugte unterschiedliche Reaktionen.

Shackwood hielt inne und rührte sich nicht mehr. Kip fuhr herum. Als er die Waffe in Jills Hand sah, zog er den Kopf zwischen die Schultern. Vic und die Frau drehten sich nicht um.

Austin Smiths Reflexe waren von erschreckender Wildheit. Mit einer fließenden Bewegung schoß er aus dem Sitz, ohne irgendwo anzuecken oder eins der herunterbaumelnden Kabel zu berühren. In seiner Rechten lag der Revolver. Jill sah den Stahl blitzen. Sie sah das Aufleuchten in den Augen, und sie wußte, daß sie noch nie dem Tod so nah gewesen war.

In diesem Sekundenbruchteil sah sie nur den Mann. Sie sah nicht die Cockpit-Piratin, die sich nicht weniger schnell als Smith nach vorn warf.

Jill riß den Abzug durch. Sie wußte, daß die Salve den

Verbrecher irgendwo in der Mitte des Körpers treffen mußte.

Doch nichts geschah. Das tödliche Instrument in ihren Händen blieb stumm wie ein Ding aus einem Spielzeugladen.

Und sie sah in das große Auge des Mörders, das sie über dem Lauf des Revolvers anstarrte, und sie glaubte schon, das Aufblitzen der Mündungsflamme in dem schwarzen Loch zu erkennen, als Shileah Ansara die Hand in die Höhe schlug.

Der Schuß ließ das Innere der Kabine dröhnen. Beißender Pulverdampf breitete sich aus. Hinten im Kabinendach erschien ein kleines Loch, wo das Blei seinen Weg ins Freie gefunden hatte.

»Lady ...«, keuchte Smith. Seine Lippen wurden steif und blaß.

»Hier wird nur geschossen, wenn ich es ausdrücklich anordne!« zischte die Frau.

»Die Hexe hätte mich zersiebt! Was denken Sie sich eigentlich, Lady?«

»Ich kenne Herbie. Er ist etwas überheblich, und das macht ihn leichtsinnig. Deshalb habe ich mir erlaubt, seine Maschinenpistole zu entladen.«

»Warum, Himmel, warum? Woher konnten Sie wissen ...«

Shileah Ansara lächelte spöttisch. »Ich versuche, alle Möglichkeiten zu berücksichtigen. In diesem Fall wollte ich einen Test vornehmen. Darf ich bekannt machen? Das ist Jill Trent, Special Agent, FBI New York. Willkommen im Team, Miss Trent ...«

Die Lagebesprechung war bereits in vollem Gang, als ich das kleine Sitzungszimmer neben der Einsatzzentrale betrat. An der Wand hing eine große Karte der Halbinsel, die von der Chesapeake Bay, der Delaware Bay und dem Atlantischen Ozean gebildet wurde. An der Spitze eines winzigen Landzipfels im Süden des Staates Maryland, der wie ein Wurmfortsatz in die Chesapeake Bay ragte, steckte eine rote Fahne.

Man mußte schon genau hinschauen, um den Namen des Städtchens und des Countys zu entziffern – Millford, Millford County.

John D. High, Chef des FBI New York, Phil, George Baker und ein weiterer Kollege, dessen Aufgabe es war, während der Besprechung das Telefon zu bedienen und die Verbindung zum Archiv aufrechtzuerhalten, sahen mich an.

»Ich bitte um Entschuldigung«, sagte ich förmlich.

»Da es noch keinen Hinweis auf Austin Smiths Verbleib gibt, haben Sie nicht viel versäumt, Jerry«, sagte der FBI-Chef. »Trotzdem bitte ich darum, Termine in Zukunft zur angesetzten Zeit wahrzunehmen. Ich nehme an, Sie haben die Sache in Queens zu einem Ende gebracht?«

»Ja«, antwortete ich nur und setzte mich an den Tisch.

Niemand der Anwesenden ging auf mein ramponiertes Aussehen ein. Über den Schnittwunden im Gesicht trug ich einige Pflaster, und mein Anzug taugte nur noch für die Mülltonne.

Mein Freund Phil setzte mich kurz über die bisher vorliegenden Erkenntnisse ins Bild.

Demnach war Austin Smith kurz vor dem Eintreffen unserer Washingtoner Kollegen durch die aktive und außerordentlich entschlossene und brutale Mitwirkung einer jungen Frau befreit worden. Die Frau hatte sich an Richard Sprague, den County Sheriff, herangemacht und sich durch ihn Zugang zur County Hall verschafft, in der Smith in Untersuchungshaft saß. Die Frau hatte Gerald Cobb, einen Deputy Sheriff, ermordet und Timmy Sutton, einen anderen Deputy, in eine Zelle gesperrt. Danach trat sie mit Smith und dem möglicherweise verletzten Chief die Flucht in einem Streifenwagen an.

Die Ankunft des Helikopters mit den G-men aus Washington mußte dem Verbrecherpärchen wie ein Geschenk des Himmels vorgekommen sein. Kurzerhand unterbrachen sie die bereits begonnene Flucht, überrumpelten die G-men und den Piloten der Hummel und sperrten sie ein. Dann flogen sie mit dem Hubschrauber auf und davon, wobei sie wiederum den Sheriff mitschleppten.

Warum eigentlich? fragte ich mich. Warum sperrten sie ihn nicht ein wie die anderen? Warum belasteten sie sich mit einem Gesetzeshüter?

Millford war eine ruhige Stadt in einem friedlichen, großflächigen County, wo niemand so schnell die Hilfe oder die Dienste der Polizei benötigt.

So verging mehr als eine Stunde, bevor die Frau des Sheriffs, die ihren Mann zum Abendessen erwartete und keine Antwort erhielt, als sie im Büro anzurufen versuchte, Verdacht schöpfte und einen der dienstfreien Deputys alarmierte. Der hatte dann die eingesperrten Kollegen und den ermordeten Gerald Cobb entdeckt ...

»Der Hubschrauber hatte also einen Vorsprung von etwa einer Stunde, bevor die Fahndung unter Einsatz aller Mittel und Möglichkeiten einsetzte«, sagte Phil dann. Er trat an die Karte und zeigte den Radius der Strecke an, die die Maschine in der Zeit zurückgelegt haben konnte. Der Kreis schloß den Norden des Bundesstaates North Carolina, die Städte Richmond, Washington, Baltimore und Philadelphia ein. Sogar ein großer Teil des südlichen Bundesstaates New Jersey befand sich innerhalb des umrissenen Gebietes.

»Das automatische Erkennungssignal des Hubschraubers wurde bisher weder aufgefangen, noch konnte es angepeilt werden«, fuhr Phil fort. »Das kann mehrere

Gründe haben. Smith kennt den Bell UH-1N aus Vietnam. Er weiß also, wie man das Signal abstellt. Die Maschine kann aber auch längst irgendwo gelandet sein. Vielleicht haben die Gangster sie sogar im Sumpfgebiet an der Küste versenkt.«

»Während der Nacht dürfte man die Maschine also kaum finden«, schaltete sich George Baker ein. »Ich habe vorhin mit dem Koordinator in Washington telefoniert, es ist Gene Tillman. Tillman ist derselben Ansicht. Er hat Frank Chambliss, Manuel Lafuente und Nat O'Leary angewiesen, in Millford zu bleiben und dort zunächst der Spur der Frau nachzugehen. Deputy Timmy Sutton hat ausgesagt, daß sich die Frau schon seit gestern nachmittag in Millford aufhielt.«

Mir gefiel einiges nicht an der Geschichte, aber ich fühlte mich nicht zuständig. Die Fahndung nach Austin Smith war kein Job für einen einzelnen, nicht einmal für ein kleines Team.

Ein Riesennetz mußte ausgeworfen werden. Anders war es kaum zu machen. Und ich bin kein Freund von Großaktionen.

Ich nahm mir einen Plastikbecher und bediente mich. Der Kaffee schmeckte scheußlich. Ich spürte die Blicke der anderen.

»Was ist Ihre Meinung, Jerry?« fragte der Chef.

»Warum haben Smith und die Frau den Sheriff von Millford mitgenommen?« fragte ich.

»Bitte, reden Sie drauflos!« forderte der Chef uns auf.

»Er war am längsten mit der Frau zusammen«, sagte George Baker. »Vielleicht kennt er sie. Vielleicht hat er etwas gesehen oder erfahren, wodurch sie identifiziert werden könnte.«

»Oder er ist dahintergekommen, weshalb die Frau Smith befreit hat«, meinte Phil. »Wir dürfen nicht außer acht lassen, daß Smith kein gewöhnlicher Verbrecher ist.

Er hat sich stets nur von solchen Gruppen einspannen lassen, die so etwas wie einen Kampf gegen eine Regierung oder andere Gruppen führen. Es wäre also möglich, daß Chief Sprague mitbekommen hat, was wirklich läuft. Sei es, weil die Frau unachtsam war, sei es, weil er die richtige Nase hatte.«

»Dann hätten sie ihn umgebracht«, sagte ich entschieden.

»Jedenfalls«, schaltete sich der Chef wieder ein, »müssen wir annehmen, daß er nicht aus Nächstenliebe befreit wurde, sondern weil er wegen seiner Fähigkeiten für eine bestimmte Aktion gebraucht wird.«

Dieser Gedanke drängte sich auf. Smiths Befreier mußten gewußt haben, wo er sich verkrochen hatte und daß er verhaftet worden war.

»Die Befreiungsaktion ist sehr sorgfältig vorbereitet worden«, überlegte ich. »Aber den Helikopter haben Smith und die Frau aus einer Augenblicksentscheidung heraus in ihre Gewalt gebracht.«

»Ja, das dürfte feststehen«, bestätigte George. »Niemand konnte ahnen, daß die Maschine erscheinen würde. Washington hatte Smith anhand der Prints erst knapp drei Stunden zuvor identifiziert.«

»Ursprünglich hatten sie mit dem Streifenwagen fliehen wollen«, stellte ich fest. »Mit dem wären sie aber nicht weit gelangt.«

»Die Halbinsel wäre ihnen zur Falle geworden«, bestätigte Phil.

»Damit müssen diejenigen, die für die Befreiungaktion verantwortlich waren, gerechnet haben ...«

»Weiter, Jerry«, sagte der Chef leise.

»Die Gangster haben auf der Halbinsel also entweder ein sicheres Versteck eingerichtet oder eine Möglichkeit vorbereitet, um schnell zu verschwinden und damit die erste Fahndung zu unterlaufen. Mit einem Schnellboot etwa. Oder einem eigenen Hubschrauber, der an einer abgelegenen Stelle wartete.«

»Worauf wollen Sie hinaus?«

»Sie sind über alle Berge. Aber sie sind auf der Halbinsel umgestiegen. Die Stelle dürfte nicht sehr weit von Millford entfernt sein. Dort müßte der Bell zu finden sein. Nebst anderen Spuren und Hinweisen.«

»Das ist eine Möglichkeit«, stimmte John D. High zu. »George, sprechen Sie mit Tillman! Ich rufe später den Assistenten des Direktors an. Wir müssen eine Liste zusammenstellen, die alle möglichen Zielobjekte terroristischer oder anarchistischer Kreise enthält, und Gegenmaßnahmen vorbereiten.«

Ich dachte unwillkürlich an Jeschko Soulie, dessen Besuch am Sonntag erwartet wurde. Soulie hatte sich die Todfeindschaft radikaler palästinensischer Gruppen zugezogen.

Aber der Gedanke, daß ausgerechnet Smith für ein Attentat auf Soulie vorgesehen sein sollte, erschien mir doch etwas zu weit hergeholt.

Der Chef deutete an, daß die Besprechung beendet war. »Schlafen Sie ein paar Stunden im Bereitschaftsraum!« schlug der Chef vor, als wir uns auf dem Flur trennten. Er steuerte sein Office an. Wie ich ihn kannte, würde er nicht schlafen.

Ich hielt George fest, bevor er wieder in der Einsatzzentrale verschwinden konnte. »Hast du dich um den Jungen aus dem arabischen Club gekümmert?«

»Ich habe Fenwick und Viola zum St. Vincents geschickt. Komm mit rein! Ich rufe sie an.«

George hatte die Durchwahlnummer der Station, auf der unsere Kollegen für die Sicherheit des jungen Mannes sorgten, auf seiner Kladde stehen. Er legte das Gespräch auf den Verstärker. »Chris? George hier. Jerry und Phil stehen neben mir. Wie sieht es aus?«

»Der Zustand des Patienten hat sich verbessert. Aber er ist noch ohne Bewußtsein.«

»Was hat er bekommen? Rauschgift? Wurde ihm gewaltsam eine Droge verabreicht?«

»Die Ärzte haben noch nicht alle Tests gemacht. Die gängigen Rauschmittel schließen sie jedoch aus. Der Junge ist kein Junge, wenn euch das beruhigt. Die Experten streiten sich noch, welchen Stoff er geschnuppert hat. Jedenfalls muß es einer der Psychokampfstoffe sein, mit denen das Militär experimentiert. Auf der Drogenszene gibt es sie praktisch nicht. Sie werden in unvorstellbar kleinen Dosen verabreicht, indem man sie zum Beispiel der Atemluft beimischt. Sie stören das Raum und Zeitempfinden und rufen vorübergehende Lähmungen, Krämpfe und Zittern hervor.«

»Hat er denn nichts bei sich, was uns bei seiner Identifizierung helfen kann?« erkundigte sich George.

»Keine Brieftasche, kein Führerschein, keine Hausschlüssel. Er trägt nur ein silbernes Halskettchen mit einem Anhänger. Darauf sind drei griechische Buchstaben eingraviert, und zwar Theta, Sigma und Omikron. Einer der Ärzte hier kennt die Symbole. Sie gehören zu einer studentischen Verbindung an der New York University.«

»Warum hast du nicht ...«, begann George Baker.

Doch Chris Fenwick unterbrach ihn gleich. »Ich habe versucht, dich zu erreichen, hörte aber, daß du in einer Besprechung beim Chef warst. Ich habe höchstpersönlich ein Polaroidfoto des Jungen gemacht. Nick ist mit dem Foto unterwegs ins Village. Er versucht, einen Korpsbruder der Verbindung Theta Sigma Omikron aufzutreiben. Gut, was?«

»Sehr gut«, knurrte George.

»Nick wird euch sofort informieren, wenn er etwas erreicht. Ich halte die Stellung hier unterdessen allein.

Wenn ihr der Ansicht seid, ich sei allein zu schwach, schickt mir bitte Verstärkung!«

»Du hörst wieder von mir.« George legte auf. »Okay?« fragte er.

»Okay.« Ich wollte mich schon zum Gehen wenden, als mir Jill einfiel. »Was hast du vorhin gesagt? Das Schwimmteam hat den Wettkampf in Hampton abgesagt?«

»Genau.«

»Mensch, George! Laß dir nicht die Würmer aus der Nase ziehen!«

»Was hast du denn, Mann? Meinst du, ich habe mich verkohlen lassen? Paß auf – ich habe das Sporthotel ermittelt, in dem die Mannschaften, die am Wettbewerb teilnehmen, untergebracht sind. Ich habe sogar mit dem Wettkampfleiter persönlich gesprochen, denn die Teilnehmer saßen gerade beim Begrüßungsbankett. Er erzählte mir, daß Vic McGowan angerufen und die Teilnahme seiner Mannschaft annulliert hat, weil die Uni die Bewilligung der Mittel für den Flug im letzten Moment zurückgezogen habe. Was noch, he? Hätte ich vielleicht jemand nach Hampton schicken sollen?«

»Schon gut, George. Wann war das? Der Anruf von McGowan, meine ich.«

»Mann, ich hatte eine Menge um die Ohren. Warte ... Der Mann hat es mir gesagt ... Halb sieben rum, vielleicht später.«

Ich war nicht beruhigt. Eher das Gegenteil war der Fall. Natürlich hatte George Baker auch in Jills Wohnung angerufen. Dort hob niemand ab. Vic McGowan stand ebenfalls im Telefonbuch. Unter seiner Nummer meldete sich ein Mann, mit dem Vic das Apartment teilte. Der Mann erzählte George, daß Vic nach Hampton geflogen sei ...

Während Phil die gleiche Karte, die auch im Besprechungsraum hing, an der Wand befestigte, begann ich zu überlegen, was Jill mir vor ihrer Wochenendreise erzählt hatte. Sie mußte sich beeilen, um Vic zu treffen. Sie hatten eine Chartermaschine gebucht. Galaxy Air! Richtig, daran erinnerte ich mich.

»He, Phil, kennst du eine Charterfluggesellschaft, die Galaxy Air heißt?«

»Ich habe den Namen schon mal gehört. Aber ich könnte nicht sagen, wo der Laden seine Bodenstation hat.«

Ich machte mich über das Telefonbuch von Manhattan her. Das Borough von Manhattan verfügt zwar über keinen eigenen Flugplatz, wenn man von den Piers an der unteren East Side absieht, wo einige Wasserflugzeuge als Lufttaxis zwischen dem Financial District und den Airports verkehren. Aber alle Gesellschaften unterhalten zumindest Ticketbüros in Manhattan.

Galaxy Air, da war es! Nur eine Telefonnummer, keine Adresse. Ich wählte die Nummer und bekam eine ganz nette weibliche Bandstimme zu hören, die mitteilte, daß die Buchungsstelle in Manhattan außerhalb der üblichen Bürostunden nicht besetzt sei. Der verehrte Geschäftsfreund möge es doch unter der und der Nummer am Newark Airport versuchen.

Was ich auch tat. Auch dort schien man nur mit kleiner Belegschaft zu arbeiten. Ich kasperte mit zwei Figuren herum, bis man endlich begriff, was ich wollte, und ich solle doch mit Susan Bredeck sprechen. Miss Bredeck sei gerade in der Kantine. Ich machte es dringend, und der Bursche am Telefon erklärte sich schließlich maulend bereit, sie zu holen. Ich solle in genau zehn Minuten wieder anrufen.

»Jill wird sich freuen, wenn sie erfährt, wie du deine dienstlichen Befugnisse mißbrauchst, um ihr nachzuspionieren«, sagte Phil. »Bist du eifersüchtig? Oder magst du Vic nicht?«

»Halt lieber deinen Mund, bevor ich böse werde! Ich kenne Vic überhaupt nicht. Du?«

»Ich habe ihn einmal gesehen, als er sie abgeholt hat. Von Kennen kann also keine Rede sein. Intellektueller Sportlertyp, finde ich. Sieht verdammt gut aus, der Junge. Glaubst du, er hat sie entführt?« Phil grinste unverhohlen.

Ich ließ mir meinen Ärger nicht anmerken. Die zehn Minuten waren noch nicht um, als ich wieder in Newark anrief. Susan Bredeck war in ihrem Office.

»Ja, Mr. Cotton? FBI, sagten Sie? Was kann ich für die Bundespolizei tun?«

»Ich muß eine Kollegin sprechen. Sie wird in einem anderen Fall gebraucht.« Ich wich Phils hämischen Blikken aus. »Die Kollegin wollte mit einem Schwimmteam der New York University nach Hampton fliegen ...«

»Richtig. Unser Charterflug 482. Ist etwas nicht in Ordnung?«

Die Rückfrage irritierte mich. »Ich hoffe, doch. Ich habe gehört, daß der Flug in letzter Minute abgesagt wurde. Können Sie mir bitte sagen, wann der Flug abgesagt wurde und wer ihn abgesagt hat?«

Das abgrundtiefe Schweigen am anderen Ende dauerte nur wenige Augenblicke. Dann sagte Susan Bredeck: »Flug 482 wurde genau nach Plan abgefertigt ...«

»Was sagen Sie da?« Ich spürte eine kalte Hand, die in meinen Eingeweiden rührte.

»Der Flug wurde nicht abgesagt, Sir. Die Maschine ist planmäßig nach Hampton gestartet und dort zur vorgesehenen Zeit angekommen ...«

Ich schnippte mit den Fingern, um Phil aufmerksam zu machen. »Augenblick, Miss Bredeck«, sagte ich dann. »Phil, ruf unseren Verbindungsmann in Hampton an!

Oder sprich besser gleich mit der zuständigen Flugkontrolle! Los, mach schon! Ich gebe dir gleich die Daten, die du brauchst.« Phil schnappte nach seinem Apparat. »Miss Bredeck, haben Sie die Bestätigung empfangen, daß Ihre Maschine in Hampton gelandet ist?«

»Ja ... «

»Von wem?«

»Von unserem Piloten selbstverständlich. Flugkapitän Jason Rath.«

»Okay, Miss Bredeck, da scheint es eine Unklarheit zu geben.« Ich schrieb alles auf, damit Phil den Flug nachprüfen konnte – Flugnummer, vorgesehene Flugstrecke, Start- und Landezeit. Den Zettel schob ich Phil hin. Phil war noch dabei, die benötigten Telefonnummern rauszusuchen.

Susan Bredeck war jetzt doch beunruhigt. »Sir, ich glaube, ich muß jetzt unseren Flugleiter einschalten.«

»Warten Sie noch einen Augenblick! Sie haben die Maschine und die Passagiere doch abgefertigt?«

»Ja ...«

»Überlegen Sie jetzt bitte genau! Meine Kollegin heißt Trent, Jill Trent. Sie ist groß und schlank, mittelblondes kurzgeschnittenes Haar. Sie trug einen karierten Rock, eine helle Leinenbluse und eine Strickjacke mit breitem Kragen. Haben Sie sie gesehen?«

»Es war ja nur eine Dame bei der Gesellschaft ... Sie gehört zu Mr. McGowan, wenn mich nicht alles täuscht.«

»Weiter, Miss Bredeck – ist Ihnen etwas Besonderes aufgefallen? Überlegen Sie bitte genau! Irgend etwas, was ungewöhnlich war!«

»Nun ja, es war nicht alltäglich ...« Sie verstummte.

»Bitte, Miss Bredeck!«

»Es war Mr. McGowans Entscheidung, die jungen Leute mitzunehmen.«

»Welche jungen Leute?« fragte ich alarmiert.

»Nun, drei junge Männer. Sie mußten unbedingt nach Salesbury, Maryland. Hier in Newark konnten sie keinen Charterflug mehr bekommen, und weil in Flug 482 noch Platz war und Salesbury am Weg lag, habe ich den jungen Leuten vorgeschlagen, Mr. McGowan zu fragen, ob er einverstanden sei, sie mitzunehmen. Die Gentlemen haben Mr. McGowan angeboten, sich mit einer entsprechenden Summe an den Flugkosten zu beteiligen ...«

»Warten Sie bitte!« sagte ich und warf den Hörer hin.

Phil sprach mit einem Flug-Controller. Ich kritzelte Sa*lesbury, Md., Landung?* auf einen Zettel, den ich ihm zuschob. Dann trat ich an die Landkarte, die Phil aufgehängt hatte. New York war natürlich nicht darauf, aber ich zog eine gedachte Linie von dem gedachten Punkt oberhalb der Karte, der New York darstellen sollte, über die Länge der Halbinsel und über Millford nach Hampton, Virginia.

Salesbury lag fast genau auf dieser Linie. Mir rutschte das Herz in die Hose. Was hatte das zu bedeuten? Austin Smith ... Jill Trent ...

Es konnte doch keinen Zusammenhang mit unserer Kollegin geben! Als Jill sich von mir verabschiedete, wußte noch niemand, daß Austin Smith in Millford in U-Haft saß.

Niemand wußte es – außer der Bande, die ihn kurz darauf befreite ...

»Jerry!« sagte Phil. Er hielt die Sprechmuschel seines Hörers zu. »Ich habe hier die Flugkontrolle von Newport, Virginia. Newport erfaßte zentral alle Flüge und Flugbewegungen im Osten des Staates. Flug 482 ist weder in Hampton noch in einer anderen Stadt im Kontrollbereich Newport gelandet. Der Flug wurde zwar angemeldet, aber kurz vor sieben Uhr abends kam ein Telex, angeblich von Galaxy Air. Darin wurde der Flug gestrichen. Salesbury gehört zum Kontrollbereich Baltimore/Washington. Der Controller telefoniert gerade mit seinem Kollegen.« Phil nahm die Hand von der Muschel. »Ja, ich höre!« sagte er laut. Dann bedankte er sich und wandte sich wieder an mich. »Die Maschine ist auch in Salesbury nicht gelandet.«

Ich nahm den Hörer meines Apparates auf. »Miss Bredeck, hören Sie? Ihre Maschine ist weder in Salesbury noch in Hampton gelandet. Im Moment liegt noch kein Grund zur Beunruhigung vor. Es gibt keine Hinweise auf ein Unglück.«

»Aber was ... was ist geschehen? Sie muß inzwischen irgendwo gelandet sein! Die Reichweite der Swearingen beträgt doch nur knapp vierhundert Meilen!«

»Sie wurde möglicherweise zur Landung gezwungen. Miss Bredeck, kennen Sie die drei jungen Männer, die mit McGowan und seinem Team geflogen sind?«

»Nein, Sir. Nur einer von ihnen nannte seinen Namen – Herbert Stone. Die Leute waren aus Salesbury. Sie wurden von ihren Eltern erwartet ...«

Wer glaubt, wird selig, dachte ich.

»Miss Bredeck, wir brauchen Ihre Aussage. Ich glaube nicht, daß ich selbst kommen kann. Ich werde meinen Kollegen einschalten, der für den Newark Airport zuständig ist. Er wird mit Ihnen über die drei Männer sprechen. Wir brauchen eine möglichst genaue Beschreibung. Überlegen Sie inzwischen, ob Ihnen noch etwas einfällt! Alles ist wichtig. Die Art des Gepäcks, ob die Männer telefoniert oder irgendwelche Gegenstände berührt haben ... Wir brauchen jeden Hinweis!«

»Ja, ja, Mr. Cotton. Aber ich muß jetzt den Flugleiter einschalten!«

»Natürlich.« Ich drückte die Gabel nieder, ließ sie sofort wieder los und schlug mein Telefonverzeichnis auf. Der Newark Airport ist der drittgrößte Flughafen im Großraum New York. Er liegt auf der anderen Seite des

Hudson River im Staat New Jersey. Wie auf dem La Guardia und dem John F. Kennedy Airport befindet sich auch auf dem Newark Airport ein Nebenbüro, das ständig mit einem G-man besetzt ist. Ich hatte gerade zu wählen begonnen, als George Baker in unser Office stürmte. George sah sauer aus.

»He, was macht ihr hier eigentlich? Telefoniert ihr dauernd mit euren Freundinnen, oder was? Nick Viola hat die ganze Zeit versucht, euch zu erreichen. Er hat . . .«

Ich hob eine Hand. »Augenblick, George.« Pete Marsh, unser Kollege in Newark, meldete sich gerade. Ich informierte ihn über das Verschwinden der Maschine von Galaxy Air und darüber, daß sich eine Kollegin von uns an Bord befand. Pete Marsh versprach, sich sofort um seinen Teil des Falles zu kümmern.

George war blaß geworden. »Jill ist verschwunden?« fragte er.

»Es sieht so aus. Womit war sie in der letzten Zeit beschäftigt? Außer der Blyton-Sache natürlich.«

»So aus der Hand weiß ich nur von der Scheckbetrügerbande und dem Ehepaar aus Missouri, das wegen gemeinsamen Mordes gesucht wird und sich angeblich nach New York abgesetzt hat.«

»Es hängt irgendwie mit Smith zusammen«, sagte ich.

»Das Flugzeug, das sie für seine Flucht brauchten!« sagte Phil.

Ich starrte meinen Freund an. »Warum aber so eine große Kiste? Und dann von Newark aus? Warum haben sie nicht in Washington oder weiß ich wo, jedenfalls näher dran, ein Flugzeug gechartert oder gekapert?«

»Es ist ein Zufall«, sagte George Baker tonlos. »Es kann nur ein Zufall sein!«

Ich schüttelte den Kopf. »Es hat auch mit Jill zu tun.«

»Aber sie hat doch mit Smith nichts zu schaffen!« rief Phil.

Es gab einen Zusammenhang. Es mußte einen geben! Doch ich konnte ihn nicht packen. »Dann gibt es eben einen dritten Aspekt«, sagte ich entschieden. »Wenn Jill nichts mit Smiths Befreiung zu tun hat, die Entführung der Galaxy-Maschine dennoch vor allem Jill galt, dann muß Jill eben etwas mit dem Ziel zu tun haben, auf das Smith angesetzt werden soll.« Das war's vielleicht. Doch ich fühlte mich beklommen. Jill arbeitete an keinem aufsehenerregenden Fall.

»So eine Maschine kann doch nicht einfach verschwinden!« sagte George Baker unwirsch. »Wenn sie wieder in die Luft geht, wird sie doch von der nächsten Flugkontrolle erfaßt! Wo, zum Teufel, soll sie sein?«

»Smith und die Frau haben den FBI-Helikopter gekapert«, erinnerte ich meinen Kollegen. »Sie brauchen den Jet nicht mehr.«

Phil sprang auf. Er trat an die Karte und wies auf das breite Marsch- und Sumpfgebiet im Osten der Halbinsel. »Wenn die Maschine hier runtergekommen ist und auf einer abgelegenen Landstraße oder einer verlassenen Rollbahn steht, wird sie vor Tagesanbruch kaum gefunden.«

»Dann sollten wir unseren Kollegen da unten mal auf die Sprünge helfen und sie mit der Nase auf die Galaxy-Maschine stoßen«, sagte ich. »Was meinst du, George?«

»Champliss, Lafuente und O'Leary haben in Millford im Office des Sheriffs eine Kommandozentrale eingerichtet. Soll ich sie anrufen, oder willst du das machen?«

»Gib mir die Nummer! Du solltest inzwischen den Chef informieren.«

George verzog das Gesicht. Ich konnte seine Reaktion verstehen. Wir hatten es bisher mit einem ausgebrochenen Schwerverbrecher und einem entführten County Sheriff zu tun. Jetzt kam eine gekaperte Chartermaschine mit 13 vermißten Passagieren hinzu, von denen einer eine Kollegin war. Gar nicht zu reden von den beiden Besatzungsmitgliedern und den drei bisher unbekannten jungen Leuten, deren Rolle noch nicht feststand.

George wollte gerade verschwinden, als mir etwas einfiel. »Moment«, sagte ich. »Was war jetzt mit Nick Viola?«

George starrte mich entgeistert an. Dann schlug er sich mit der flachen Hand vor die Stirn. »Mensch, das hätte ich jetzt glatt vergessen ... Nick hat den Jungen identifiziert. Den Jungen aus dem arabischen Club, weißt du? Er heißt John Novak und wohnt im Studentenheim am West Broadway, Nähe 3rd Street. Nick will wissen, ob er dranbleiben soll. Er gibt aber zu bedenken, daß er die richtigen Fragen nicht kennt. Er ist über Funk erreichbar. Willst du mit ihm reden?«

Das war eine Gewissensfrage. Ich sah auf die Uhr. Es war halb zwölf durch. Dieser John, John Novak paßte nicht in den Club der Freunde arabischer Freiheitskämpfer. Weiß der Teufel, wie er dort hineingeraten sein mochte, und weiß der Teufel, warum man ihn mit einem Psychokampfmittel behandelt hatte! Er hatte vielleicht etwas mitbekommen, was er nicht mitbekommen durfte. Etwas, das nur mit dem Besuch des arabischen Politikers Jeschko Soulie zu tun haben konnte.

»Wenn du willst, fahre ich hin«, bot Phil an.

»Okay«, sagte ich erleichtert. Denn ich wollte um jeden Preis zuerst mit Millford sprechen.

Unbekümmert trieb der Mann am Steuer den offenen Jeep durch tiefe Schlaglöcher und heimtückische Querrinnen. Die Scheinwerfer schnitten eine Schneise aus grellem Licht in die Dunkelheit. Hohes Gras und Weiden säumten die Straße. Hier und da schillerten dunkle Wasserflächen.

Der Jeep gehörte zum Pool des Sheriff's Office von Millford. Am Steuer saß Deputy Martin Brandt, ein maulfauler Geselle.

Wenn er überhaupt den Mund aufmachte, benutzte er einen schauderhaften Slang.

Im Nebensitz versuchte sich Special Agent Lafuente festzuklammern, um nicht hinausgeschleudert zu werden. Angestrengt blickte er nach vorn. Er vermutete, daß Brandt in ihm, dem dunkelhäutigen G-man, eher einen Farbigen sah, zumindest den Chicano. Dabei hatte Lafuente nie den Versuch gemacht, seine lateinamerikanische Herkunft zu verleugnen. Im Gegenteil. Er war stolz auf seine Ahnen, von denen die einen aus Spanien, die anderen aus den Bergen und Wäldern Ecuadors stammen.

Wieder krachte der Wagen in ein Schlagloch, und Lafuente klammerte sich an seinem Sitz fest. Deputy Brandt schnalzte mit der Zunge.

Während Frank Chambliss die Stellung im Office hielt, versuchten die G-men Lafuente und O'Leary mit der verbliebenen Polizeimacht des County, den Deputys Timmy Sutton und Martin Brandt, die unwegsamen Gebiete des flächenmäßig großen County abzusuchen. Wonach, hätte niemand genau sagen können. Nach dem Wagen, mit dem die Cockpit-Piratin möglicherweise gekommen war? Nach einem Versteck, in dem sich ihre Komplizen verborgen gehalten haben mochten?

Oder suchten sie nach der Leiche des Chief?

Vor einer halben Stunde waren zwei Hubschrauber aus Washington eingetroffen. Einer von ihnen war mit modernem Suchgerät wie Infrarotsichtgeräten und elektrischen Kameras ausgerüstet, die auf Wärmestrahlen reagieren.

Vor ein paar Minuten war einer der beiden Hummeln über den Jeep hinweggeknattert und in niedriger Höhe nach Nordosten geschwenkt. Lafuente hatte über Funk mit dem Beobachter gesprochen: Keine besonderen Wahrnehmungen.

Deputy Brandt war es, der seinen ermordeten Kollegen Gerald Cobb entdeckt hatte. Brandt war so aufgebracht gewesen, daß er sich zuerst überhaupt nicht um die Männer im Zellentrakt gekümmert hatte. Bis Brandt Timmy Suttons Stimme hörte und erkannte. Daß sich drei G-men von einer Frau und einem Schläger wie Smith, den Brandt nur unter dem Falschnamen Roland Tomlinson kannte, hatten austricksen und einsperren lassen, dürfte Brandts Bewunderung für die Bundespolizei nicht gerade überschäumen lassen.

Aber was hätten sie machen können? Wer konnte damit rechnen, daß Smith, den sie hinter Gitter wähnten, und eine offenbar zu allem entschlossene Terroristin aus einem Streifenwagen kletterten ... Manuel Lafuente knirschte mit den Zähnen. Bei dem Gedanken an die entwürdigende Szene überlief es ihn immer noch heiß. Er war genauso versessen darauf, es der Cockpit-Piratin heimzuzahlen, wie Brandt.

Plötzlich flog er nach vorn und prallte, bevor er sich abstützen konnte, mit dem Ellbogen gegen die Windschutzscheibe. Brandt stemmte sich mit seinem ganzen Gewicht auf die Bremse.

Von der rechten Seite her torkelten zwei über und über mit schwarzem Schlamm bespritzte Gestalten auf die Straße. Sie schwenkten die Arme. Ihre Gesichter waren dunkel. Erst als einer von ihnen mit der Hand über die Stirn und die Augen wischte, kam helle Haut unter der schwarzen Schicht zum Vorschein.

Brandt fluchte. »Wilderer ... Oder Schwarzbrenner ...« Er tastete nach der Schrotflinte, die in einer Halterung zwischen den Vordersitzen steckte. Schlingernd kam der Jeep zum Stehen. Die beiden Gestalten wankten auf den Wagen zu.

»Lassen Sie das Gewehr!« sagte Lafuente scharf. Er hechtete aus dem Jeep, rannte auf die vordere der beiden Gestalten zu und fing sie auf, bevor sie in den Knien einknickte.

»Ich bin Mike Stromsoe ... aus New York ... Hijacker ...« Der Mann, der sich Stromsoe nannte, keuchte und spuckte schlammiges Zeug neben das Vorderrad des Jeep. Der andere Bursche hielt sich japsend an der Motorhaube fest.

Deputy Brandt war ebenfalls ausgestiegen. Jetzt kam er vorsichtig um den Wagen herum. Er hielt eine Handlampe, mit deren Strahl er den wassergefüllten Graben neben der Straße ableuchtete.

»Beruhigen Sie sich!« sagte Lafuente zu Mike Stromsoe. »Sie sind in Sicherheit. Ich bin G-man.«

Stromsoe verdrehte die Augen. Lafuente schlug ihm gegen die Wangen. Der Mann, eher ein Junge, riß sich zusammen.

»Hijacker ... Unsere Maschine steht dort ... « Stromsoe wies vage nach Osten. »Wir sind elf ... und die beiden Piloten ... und ...«

»Er spinnt«, entschied Brandt. »Ein Flugzeug ...«

»Billy, sag du es ihnen!«

Billy Evans hob den Kopf. »Wir sind seit zwei Stunden unterwegs ... Immer durch Schlamm ... Die anderen sind noch bei der Maschine. Auch der Sheriff ... Er ist verletzt. Die anderen sind mit dem Hubschrauber weg ...«

»Halten Sie ihn!« fuhr Lafuente den Deputy an. Er nahm den Hörer des Funktelefons aus der Halterung und drückte so lange den Rufknopf, bis sich Frank Chambliss meldete.

»Chambliss hier, Frank Chambliss ...« Die Stimme drang voll und dunkel aus dem Telefonhörer an mein Ohr.

»Ich bin Jerry Cotton, FBI New York. Hi, Kollege.«

»Hi, Jerry. Wir sind Leidensgenossen, soviel ich weiß. Vor mir ist Smith Ihnen durch die Lappen gegangen, stimmt's?«

»So kann man es nennen« gab ich zu. Prompt stellte sich das Gefühl der Beklemmung wieder ein. Ich allein mit der Bombe, in einem verschlossenen Raum, die Panik, entstanden aus dem Wissen, nichts mehr tun zu können, nichts mehr ...

»Smith ist Ihr Baby, Jerry. Wir hätten uns nicht einmischen sollen. Dann würden Sie jetzt hier mit einem langen Gesicht sitzen und nicht wissen, was Sie tun sollen.«

»So verteilen sich leidvolle Erfahrungen eben gleichmäßiger«, sagte ich. »Ich rufe an, weil ...«

Chambliss unterbrach mich.

»Es gibt noch keinen Hinweis. Er ist auf und davon. Zur Zeit versuchen wir, die Frau zu identifizieren. Wir haben ein paar Fingerspuren sichergestellt, und eine gute Beschreibung steht auch zur Verfügung. Washington sucht die Fotos in Frage kommender Damen heraus und schickt sie rüber ...«

»Bei euch in der Gegend muß ein Flugzeug stehen«, sagte ich. »Eine Swearingen Metro mit dreizehn Passagieren und zwei Besatzungsmitgliedern an Bord.«

»Jerry, machen Sie uns das Leben nicht noch schwerer ... Was sagen Sie da? Moment, Jerry, entschuldigen Sie, der Funk, es scheint dringend zu sein. Wollen Sie warten?«

»Ja«, knurrte ich.

Ich hörte den Funk im Hintergrund und Chambliss dunkle Stimme, die eine Reihe von Anweisungen gab. Dann war der Kollege wieder am Telefon.

»Jerry, das mit dem Flugzeug – es stimmt.« Chambliss

hatte noch gegen seine Überraschung zu kämpfen. »Lafuente hat zwei junge Männer aufgegriffen. Sie behaupten, Hijacker hätten ihre Chartermaschine gekapert und in den Sumpf gesetzt . . .«

»Nur zwei Männer?« rief ich aufgebracht. »Frank, was ist mit der Maschine? Und den übrigen Passagieren?«

»Jerry, ich habe doch eben erst mit Lafuente gesprochen! Die Jungen sind total erschöpft! Sie haben sich zwei Stunden durch den Sumpf gekämpft! Die Maschine haben wir noch nicht. Ich habe die Hubschrauber angesetzt. Wir müssen jetzt etwas Geduld haben. Eine halbe Stunde vielleicht.«

»Können Sie Lafuente erreichen? Ja? Funken Sie ihn an! An Bord der Maschine befand sich eine Kollegin von uns. Jill Trent. Lafuente soll die Jungs nach ihr fragen.«

»Okay, Jerry, Augenblick!«

Chambliss knallte den Hörer auf den Tisch. Ich hörte ihn am Funk sprechen. Minuten verstrichen. Dann kam mein Washingtoner Kollege wieder an den Apparat.

»So, Jerry, ich habe hier ein paar Fakten. Drei junge Männer, die nicht zur Gruppe gehörten, haben die Maschine in ihre Gewalt gebracht und sind auf der Halbinsel auf einem aufgegebenen ehemaligen Militärflugplatz gelandet. Einer der Kerle wußte ganz genau Bescheid. Über den Platz, seine Lage, auch über die Methodik des Funkverkehrs, damit sie durch die verschiedenen Funkkontrollen schleichen konnte. Okay, sie haben die Maschine also auf den Boden gebracht. Am Rand des Rollfeldes stand ein Hubschrauber – raten Sie mal, welcher. Kaum war die Chartermaschine unten, kam eine Frau an Bord – unser Lockvögelchen. Kein Zweifel auch, daß sie der Boß war. Sie und die drei Kerle sind in den Helikopter umgestiegen. Sie haben die Steuerung und die Funkanlage der Metro mit MPi-Salven zerstört und zwei Passagiere mitgenommen. Bevor sie mit der Hummel abhoben, haben sie den verletzten Chief rausgeworfen ...«

»Frank, ich will wissen, was mit Jill Trent los ist!«

»Sie gehörte zu den beiden Passagieren, die von den Gangstern verschleppt wurden. Der andere ist Vic McGowan, der Coach und Leiter der Gruppe. Es tut mir leid, Jerry, mehr ist nicht drin an Informationen. Sobald ich weiß, wo die Maschine steht, fliege ich rüber. Vielleicht kann der Chief uns weiterhelfen, obwohl ich das, im Vertrauen gesagt, nicht glaube! Er hat sich von der Frau einwickeln lassen wie ein Gockel! Die beiden haben fast den ganzen Tag im Bereitschaftsraum gebumst. Stellen Sie sich das vor! Und dann knallt die Frau den Deputy ab! Eiskalt! Jerry, ich melde mich wieder, okay?«

Ich legte auf und saß einen Augenblick sehr nachdenklich da.

Eine Menge Dinge hätten am besten gleichzeitig erledigt werden müssen. Zuerst rief ich das Archiv an. Will Morgan hatte Dienst.

»Will, ich brauche alle Angaben über einen Mann namens Victor McGowan ...«

Jill Trent krümmte sich ein wenig zusammen. Ihre Hüfte schmerzte, weil sie die gefesselten Beine nicht bewegen konnte. Auf dem Rücken wollte sie nicht liegen. Dann hätte sie nur gegen das dunkle Schuppendach starren können.

Das Stroh unter der groben Decke raschelte. Das Geräusch ließ einen der beiden dunkelhäutigen Männer herüberblicken. Seine Augen waren zu Schlitzen zusammengepreßt. Er und der andere schienen hier zu hausen. Sie waren Araber, vermutete Jill. Mit der Cockpit-Piratin hatten sie in einer Sprache gesprochen, die Jill für arabisch hielt.

Smith, die Frau und die drei jungen Kerle waren draußen, wo sie sich vermutlich noch einmal vergewisserten, daß der Hubschrauber sicher unter dem riesigen Tarnnetz stand.

Was hatte die Bande vor? Jill zermarterte sich den Kopf. Eine Erklärung hatte sie bisher nicht gefunden. Die Frau hatte gewußt, wer sie war. Woher? Wer hatte es ihnen gesagt? Die Kerle hatten die Maschine entführt, um sie, die FBI-Agentin Jill Trent, zu kidnappen. Aber was machten sie jetzt auf diesem abgelegenen, vergessenen Rollfeld? Sie warteten. Aber worauf? Oder auf wen?

Jill verdrehte den Kopf. Ihr Hals war schon steif. Der Schuppen wirkte nur von außen baufällig. Von innen war er sorgsam renoviert und umgebaut worden. Es gab einen Gasofen und elektrisches Licht, das von einem tuckernden, mit Flugbenzin angetriebenen Aggregat erzeugt wurde.

Die hintere Hälfte des Schuppens war bis zu den Dachsparren mit Benzinkanistern vollgestellt. Jill zweifelte nicht daran, daß die Kanister voll waren und ihr Inhalt sogar ausgereicht hätte, die Metro aufzutanken. Bei dem Helikopter hätten die Vorräte für einen Flug um die Welt gereicht.

Ein fernes, tiefes Brummen schwoll langsam an und übertönte das Tuckern des Generators. Jills Herz schlug schneller. Eben hatte sie schon ein Flugzeug gehört. Suchte man sie etwa schon? Die eine Holzwand des Schuppens begann zu vibrieren, als das tieffliegende Flugzeug die Spitze der Halbinsel überflog. Das Geräusch verklang schnell, zu schnell. Die beiden Araber hatten keine Reaktion gezeigt. Also war es für sie nicht alarmierend, daß hier Flugzeuge über den Schuppen strichen.

Die Araber zerrten zwei Kisten aus einer dunklen Ecke. Jill erkannte schwarze Schablonenschrift auf der Seite einer Kiste. Mit den militärisch anmutenden Symbolen konnte sie nichts anfangen, aber die Zeichen für *Gefahr!* und *Explosionsstoffe!* kannte sie natürlich. Die Kisten waren schwer. Einer der Männer hielt ein Brecheisen in der Hand, mit dem er den Deckel der einen Kiste aufhebelte. Jill konnte den Inhalt nicht erkennen, weil sie zu tief lag.

Dort in der Ecke, aus der die Männer die Kisten geholt hatten, lag Vic. Warum hatte man Vic dorthin gebracht? *Was* hatten sie mit ihm vor? Sie mußte wissen, wie es ihm ging.

»Vic!« rief sie laut. »Vic! Hörst du mich? Bist du in Ordnung?«

Der jüngere der beiden Araber schnellte herum und rannte auf sie zu. Sie sah sein hageres Gesicht mit der schmalen Nase und dem verzerrten Mund.

»Vic!« rief sie noch mal. Der Araber warf sich auf sie, preßte sie mit seinem schmächtigen Körper tief ins Stroh und legte ihr eine Hand über den Mund. Jills Mund war noch geöffnet. Ohne zu zögern, grub sie ihre Zähne in den Handballen des Mannes.

Sie hörte den scharfen, erschreckten Atemzug an ihrem Ohr. Dann folgte der unterdrückte Aufschrei. Der Kerl zerrte an seiner Hand, aber sie öffnete ihre Zähne erst, als er ihr, blind und nahezu besinnungslos vor Schmerzen, die andere Hand ins Gesicht schlagen wollte.

»Jill!« rief Vic. »Jill, was machen sie mit uns?«

»Ich weiß es nicht. Sei jetzt still!«

Der Araber stand auf den Füßen. Er schwankte und rieb sich die schmerzende Hand, betrachtete die Abdrücke der Zähne im Handballen, und das haßerfüllte Blitzen seiner Augen ließ Jill Böses ahnen.

Doch der Mann drehte sich um, als die Schuppentür klappte. Zuerst kamen Stone, Shackwood und Kip herein. Dann folgten ihnen Smith und die Frau. Zwischen

Smith und der Frau herrschte eine spürbare Spannung. Während sich die drei jungen Männer, die das Flugzeug entführt hatten, auf eine Bank in der Nähe des Gasofens setzten, wo auf einem Tisch Getränke und Speisen standen, traten Smith und die Frau ins Licht der hellen Lampe in der Mitte des Schuppens.

Smiths Gesichtshaut spannte sich straff über den Schläfen, den Wangen und den Lippen.

»Warum sollte ich das tun?« fragte er mit rauher Stimme.

Die Frau zerrte ihre Reisetasche ans Licht und wuchtete sie auf eine leere Kiste, die als Tisch diente. Sie versenkte eine Hand in der Tasche und holte ein flaches graues Buch heraus.

»Hierfür«, sagte Shileah Ansara. »Das ist ein libanesischer Reisepaß. Mit Visum und Einreisestempel. Sehen Sie sich die Daten an! Sie passen genau zu Ihnen.«

Smith warf das Formular verächtlich auf die Reisetasche. »Ohne Bild ist das Ding wertlos. Und mein Gesicht kennt jeder Grenzbeamte ...«

»Wir bringen Sie aus den Staaten heraus. In New York haben wir einen ausgezeichneten Maskenbildner. Der verwandelt Sie in einen perfekten Levantiner. Dann wird das Foto gemacht, eingeheftet und gestempelt. Alles innerhalb von einer Stunde. Am selben Tag können Sie ausreisen. Mit einem Koffer voller Bargeld. Aber wenn Sie nicht wollen, lassen Sie es! Wir setzen Sie irgendwo ab. Sie können sich den Platz aussuchen. Wir sind nicht nachtragend.«

Smith starrte die Frau an. Er fürchtet, sein männliches Ego könne Schaden nehmen, wenn er sich von einer Frau Befehle geben läßt, dachte Jill. Wenn die Umstände nicht so ernst gewesen wären, hätte sich Jill amüsiert. Aber die offene Sprache zwischen der Cockpit-Piratin und dem Terrorexperten verrieten mit brutaler Deutlichkeit, daß ihr Überleben nach der geplanten Aktion nicht vorgesehen war.

»Aber Sie müssen sich bald entscheiden, Mr. Smith«, sagte die Frau.

»Ich will zuerst die Raketen sehen.«

Die Frau schnippte mit den Fingern, und die beiden Araber zerrten die geöffnete Kiste ans Licht. Austin Smith bückte sich und hob einen der matt schimmernden Flugkörper aus dem Behälter. »FFAR 2,75«, stellte er fest. »Lady, wo haben Sie diese Luftheuler her?«

Die Frau deutete auf die zweite Kiste. »Die Abschußvorrichtung. Was brauchen Sie noch?«

»Jemand, der mir beim Einbau hilft.« Smiths Augen zuckten zu dem Trio am Tisch und huschten zurück. »Mit Studenten habe ich schlechte Erfahrungen. Außer revolutionären Sprüchen haben die nichts drauf.«

Die Frau deutete auf den älteren der beiden Araber. Er war höchstens 27, doch er wirkte älter, was an dem dünnen Haar und der Nickelbrille liegen mochte.

»Selim Boutris hat an der Technischen Hochschule in Beirut und an der Militärakademie in Kairo studiert. Er bekleidet den Rang eines Majors in der Nationalen Befreiungsfront.«

Smith deutete eine spöttisch gemeinte Verbeugung an. »Und warum macht er den Job nicht?« fragte er.

»Er macht ihn ja. Er wird den Hubschrauber fliegen, während Sie die Raketen abfeuern.«

Smith starrte den Araber skeptisch an.

»Ich werde auch dabeisein«, sagte Shileah Ansara.

»Dann kann ja nichts mehr passieren«, meinte Smith.

Die Frau nahm ihre Reisetasche und trat auf Jill zu. Ihre Augen schillerten wie polierte Eisstücke – genauso kalt, genauso tödlich. Jill fröstelte.

»Herb, Kip, kommt her!« rief sie über die Schulter zurück.

Die beiden Jungen eilten zu ihr. In Gegenwart der Frau wirkten sie nicht mehr wie gefährliche Luftpiraten. Die Frau stellte ihre Tasche neben Jills Lager ab, zog die Bügel auseinander und holte ein großes Lederetui heraus. Als sie es öffnete, erkannte Jill mehrere Reihen kleiner Glasampullen und einige Injektionsspritzen. Die Ampullen waren nur mit Symbolen gekennzeichnet.

»Und nun zu Ihnen, Miss Trent«, sagte die Frau. »Sie werden uns helfen, einen Verräter zu richten. Macht ihren Arm frei und haltet sie fest!« sagte sie barsch zu Herb und Kip, während sie eine mit einem grünen Kreuz gekennzeichnete Ampulle aufsägte.

Als das Telefon anschlug, griff ich nach dem Hörer. Die Zentrale hatte es endlich geschafft, Phil in Nicks Wagen zu erreichen. »Verdammt, wo hast du so lange gesteckt?« fauchte ich.

»Wie du dich erinnerst, habe ich eine Ermittlung übernommen«, sagte mein Freund eingeschnappt. »Was ist denn los? Jill? Hast du von ihr gehört? Rede, Mann!«

»Die Maschine ist aufgetaucht«, sagte ich. »Aber Jill nicht.« Ich erzählte meinem Freund, was ich erfahren hatte.

»Jetzt wissen wir immer noch nicht weiter, wie?« sagte Phil. »Wir wissen eine Menge, aber wir können nichts damit anfangen.«

»Ich habe Will Morgan auf Vic Mcgowan angesetzt«, sagte ich.

»Himmel, warum das?«

»Die Gangster wollten Smith mit der Metro von der Halbinsel holen. Sie haben die Maschine nicht zufällig ausgesucht. Sie haben sich für die Metro der Galaxy entschieden, weil sie mit ihr gleichzeitig eine FBI-Agentin erwischten ...«

»Warum?« fragte Phil prompt. »Und wenn – wollten die Täter Jill persönlich? Oder irgendeinen Spezial Agent, männlich oder weiblich?«

Das war die Schlüsselfrage, an der meine Überlegungen bisher endeten wie vor einer dicken Mauer. Deshalb ging ich über Phils Frage hinweg. »Jemand hat die Gangster informiert«, erklärte ich.

»Und du tippst auf McGowan. Bist du unter die Wahrsager gegangen?«

»McGowan ist mit ihnen gegangen!«

»Gegangen? Oder haben sie ihn mitgenommen? Was denn, Jerry! Weißt du es?«

»Seit wann setzt du so viel Gottvertrauen in deine Mitmenschen?« Jetzt war die Reihe, eingeschnappt zu sein, an mir.

»Okay, Jerry, ich habe da was Besseres als den Freund einer Kollegin, der mit Gangstern oder Terroristen kooperiert.«

»So?« fragte ich mißtrauisch.

»Paß auf! Stichwort Johnny Novak. Ich habe mich hier im Studentenwohnheim unter seinen Kommilitonen umgehört. Johnny Novak gehört dem Schwimmteam der Universität an. Seine Freunde waren erstaunt, als sie hörten, daß er nicht mit nach Hampton geflogen war. Stell dir das vor!«

Ich pfiff durch die Zähne. Das war ein Hammer! Plötzlich rastete etwas ein.

Wir hatten die Verbindung zwischen der gekaperten Galaxy-Maschine, dem befreiten Austin Smith und der Nahostszene hergestellt. Und auf dieser Szene hatten wir im Augenblick nur den bevorstehenden Besuch Jesko Soulies ...

Phil sprach weiter. »Ich schätze, Johnny hat seinen arabischen Freunden den Tip gegeben, daß Vic, der Trainer des Schwimmteams, mit einer FBI-Agentin befreundet ist. Dafür haben sie ihn an einer besonders feinen Droge schnüffeln lassen. Zum Dank und zur Belohnung.«

»Jetzt schießt du aber ins Blaue«, sagte ich. »Aktive Sportler gehören nicht zu den typischen Kunden auf der Drogenszene. Du läßt zudem außer Betracht, daß er aus dem Clubhaus fliehen wollte ...«

»Er kann ausgeflippt sein«, verteidigte Phil seine Idee. »Das kommt unter Bekifften öfter vor, wie du sicher weißt. Und in dem Zustand wollten die Leute ihn nicht auf der Straße rumlaufen lassen. Der Grund liegt auf der Hand ...«

»Ich weiß es nicht ... Wir sollten warten, bis Johnny uns selbst erklären kann, warum er nicht mitgeflogen ist.«

»Und was machen wir bis dahin?«

»Ich habe das Gefühl, wir sollten nach Maryland fliegen. Ins Millford County ...«

»Das halte ich für Zeitverschwendung. Was ist, wenn die Bande in der Zwischenzeit ganz woanders zuschlägt?«

»Hast du eine Idee, wo sie zuschlagen könnte?«

»Nein.«

»Ich aber. Wenn ich richtig liege, tut sich vor Sonntagnachmittag nichts. Ich spreche mit dem Chief. Vielleicht kann ich eine Sondermaschine für uns ausklinken. Ich muß dann erst nach Hause, mich umziehen und ein paar Sachen packen. Das solltest du auch tun.«

»Alles klar.«

»Das St. Vincents liegt für dich am Weg. Schau mal rein! Vielleicht geht es Johnny schon besser.«

»Mitten in der Nacht? Du bist ein Schinder! Ende.«

Ich legte auf. Sofort schlug das Telefon wieder an. Will Morgan vom Archiv war dran.

»Jerry, ich habe hier alles über Victor McGowan zusammengetragen, was man in der Nacht nur bekommen kann. In Ihrem Sinne dürfte er ein unbeschriebenes Blatt sein. Geboren in Phoenix. Arizona, Studium der Literaturwissenschaft in Denver und Berkeley. In Berkeley ist er in die Elite der amerikanischen Schwimmer vorgestoßen und hatte schon an den Ausscheidungen für die Olympischen Spiele teilgenommen. Seine Bewerbung hat er noch vor dem Boykott zurückgezogen. Er ist dann nach New York übergesiedelt, weil er hier an seiner Dissertation arbeiten wollte. Es sind keinerlei Hinweise bekannt, die auf eine Verbindung zu terroristischen oder anarchistischen Kreisen schließen lassen.«

»Danke, Will, ich habe nichts anderes erwartet«, sagte ich.

Will schnappte nach Luft. »Und dafür lassen Sie mich über den ganzen Kontinent telefonieren? Um sich irgend etwas bestätigen zu lassen, was Sie schon längst wußten?«

»Was ich hoffte«, berichtigte ich. »Es war trotzdem wichtig, Will. Vielen Dank.«

Im Morgengrauen setzte der Lockheed Jetstar der US Navy auf dem vergessenen Rollfeld mitten im Marschland auf. Dünner Nebel lag über dem Land, der die Landung des Marinefliegers zu einer kleinen Meisterleistung erhob. Vor einer knappen Stunde waren wir auf dem Floyd Bennet Field in New York gestartet. Der New Yorker FBI-Chef hatte unsere Reise befürwortet, nachdem die Verbindung zwischen Smiths Ausbruch und dem Besuch Jeschko Soulies auf der Hand lag.

Für den FBI herrschte Großalarm. Es bedurfte nicht der ausdrücklichen Forderung des Außenministeriums, daß alles getan werden mußte, um das Leben des arabischen Politikers zu schützen.

Zum Glück waren die Presseboys noch nicht hinter mir

her. Die Pressestelle des FBI Washington hatte zwangsläufig bekanntgeben müssen, daß Austin Smith, einer der meistgesuchten Verbrecher der Vereinigten Staaten, einen Deputy Sheriff ermordet hatte und sich wieder auf der Flucht befand, nachdem er bereits festgenommen worden war. Die Nachricht von der entführten Galaxy-Maschine war von New York aus bekanntgegeben worden.

Unser Pressemann hatte das Verbrechen heruntergespielt, zumal die Maschine inzwischen gefunden worden war. Unsere Pressestelle hatte nicht bekanntgegeben, wo die Maschine entdeckt worden war, was sie damit begründete, daß die Ermittlungen noch andauerten. So war es den Presseboys bisher nicht gelungen, einen Zusammenhang mit der entführten Metro und der Befreiung eines Top-Gangsters herzustellen. Die Tatsache, daß eine FBI-Agentin vermißt wurde, hatten wir bisher schlicht verschwiegen. Publicity war das letzte, was uns im Augenblick fehlte.

Der kleine Jet rollte auf das Ende der Landebahn zu. Phil deutete aus seinem Fenster, wo sich die Umrisse der Swearingen Metro im Dunst abzeichneten. In der Nähe der entführten Maschine liefen Männer herum. Experten aus Washington suchten nach Hinweisen, die uns auf die Spur der Entführer bringen konnten. Die Maschine wanderte aus unserem Sichtfeld, als der Pilot den Jet herumschwenken ließ. Dafür geriet ein kleinerer Hubschrauber in unser Blickfeld.

Nachdem die Türen entriegelt worden waren, sprangen wir aus der Kabine und liefen auf die Hummel zu, deren Rotorblätter sich träge drehten. Vor der Maschine stand Frank Chambliss. Er bewegte die Arme und stampfte mit den Füßen auf, um die Morgenkälte aus seinen Knochen zu vertreiben.

Wir machten uns bekannt und kletterten dann in den

Hubschrauber, der sofort abhob. Der Pilot war ein FBI-Kollege aus Washington.

Chambliss sah erschöpft und übernächtigt aus. Er hatte sich rasiert. Die Haut hing schlaff am Kinn. Die Kerben zwischen Nase und Mund bildeten tiefe Schründe. Trotzdem lächelte er.

»Wir haben die Passagiere und die beiden Piloten der Metro in verschiedenen Motels untergebracht«, erklärte Chambliss. »Wir haben mehrere Ärzte aus der Umgebung aufgeboten. Die Jungs haben das Abenteuer alle ohne gesundheitliche Schäden überstanden. Inzwischen konnten alle mit ihren Angehörigen sprechen. Wir haben die Sache also ganz gut im Griff.«

»Was ist mit dem Sheriff?« erkundigte ich mich.

»Die Frau hat ihm zwei verschiedene Drogen verabreicht und ihn später gefesselt aus dem Hubschrauber auf die Betonpiste geworfen. Er hat eine verrenkte Schulter, Prellungen an der Hüfte und eine aufgeschürfte Hand. Sonst offenbar nichts Ernstes. Er hat sich geweigert, ins Krankenhaus zu gehen. Wenn er Wort hält, wird er gegen acht Uhr ins Office kommen.«

Ich sah auf die Uhr. Das wäre in einer halben Stunde. Die Maschine folgte einer schmalen Asphaltstraße, die sich schnurgerade zwischen überschwemmten Wiesen herzog. Auf einer erhöhten Fläche standen Stallungen und ein hübsches Farmhaus.

»Seid ihr mit der Identifizierung weitergekommen?« fragte Phil.

»Dem Sheriff gegenüber hat sie einen Namen benutzt, der sich wie Sheila Ansard anhört. Den haben wir nach Washington gegeben. Man will ja nichts versäumen. Um sicherzugehen, hat Washington einen Zeichner und mehrere Experten mit Foto-Kits rübergeschickt«, sagte Chambliss. »Wir haben uns entschieden, die Jungs schlafen zu lassen. Aber drei oder vier aus dem Team und die Piloten stellten sich den Gesichtsmonteuren zur Verfügung. Ich denke, daß wir bald mit astreinen Bildern für die Fahndung rechnen können. Was den gestohlenen Hubschrauber angeht«, Chambliss sah starr an uns vorbei nach unten, wo saubere Straßen und weit verstreute Häuser in unserem Blickfeld lagen, »so dürfte er nicht vom Boden abheben, ohne erfaßt zu werden. Alle Flugkontrollstellen und alle Radarposten, ob zivil oder militärisch, sind besetzt. Denen entgeht nicht mal eine Bierdose, die ich in die Luft werfe!«

Die Hummel stieß tiefer auf Millford herab. Im Südwesten glitzerte das Wasser in der Bucht. Einige Segel schwebten schon wie hingetupft auf der hellblauen Fläche und fingen das erste Licht der Morgensonne ein. Es war Sonnabend, fiel mir ein, ein Sonnabend im Spätsommer.

»Wir hoffen, doch noch irgendwelche Hinweise zu finden«, sagte ich, während die Hummel die freie Fläche neben der County Hall ansteuerte. »Phil wird sich deshalb um die Passagiere kümmern.« Johnny Novak war in der Nacht noch nicht vernehmungsfähig gewesen. Wir wußten also noch nicht, weshalb er nicht an dem Flug seiner Mannschaft teilgenommen hatte. Der Grund konnte recht aufschlußreich sein. »Ich möchte so bald wie möglich mit dem Chief sprechen«, sagte ich dann.

»Kein Problem«, entschied Chambliss. »Können Sie sich irgendeinen Grund vorstellen, weshalb diese Halunken unsere Kollegin verschleppt haben könnten?«

Phil schüttelte den Kopf.

Ich sagte: »Das wollen wir herausfinden. Deshalb sind wir hier.«

Jill schlug um sich, als sie eine Hand auf ihrer Stirn spürte. Schwaches Licht drang durch ihre halbgeöffneten Lider, und sie hatte Mühe zu atmen.

»Ruhig«, sagte eine beschwörende Stimme an ihrem Ohr. Die Stimme klang vertraut.

Sie zwang sich, die Augen zu öffnen. Verständnislos starrte sie in Vics Gesicht. Es kam ihr nicht mehr so markant vor, eher schwammig und konturenlos. Ihr Mund war trocken. Sie hatte Mühe, ein Wort herauszubringen.

»Was ... ist ...«

»Sie hat dir irgendwas gespritzt. Ich weiß nicht, was. Ich war nicht dabei. Ich habe dich nur gehört ...«

Jill strich, ruhiger jetzt, über ihr Gesicht. Ihre Haut war kalt und feucht. Ihr fiel zunächst gar nicht auf, daß ihre Hände nicht mehr gefesselt waren. Auch Vics Hände waren frei. Dafür waren seine Füße mit Handschellen verbunden. Er wäre nicht weit gekommen, wenn er versucht hätte zu fliehen.

Im Schuppen herrschte ein graues Zwielicht, das durch Ritzen in den Bohlen und durch zwei längliche, hoch angebrachte Luftschlitze fiel. Sie konnte keinen Menschen erkennen – außer Vic.

»Wo sind die ... alle?«

»Die beiden Araber schlafen da hinten im Dunkeln. Auch der Kerl mit den kurzen Haaren. Smith, nicht wahr? Die Frau ist vor zehn Minuten nach draußen gegangen. Die drei jungen Burschen sind die ganze Nacht draußen gewesen. Vielleicht schlafen sie im Hubschrauber. Jill, was hat das alles zu bedeuten?«

Jill richtete sich halb auf. Sofort spürte sie eine Leere im Kopf und hatte das Gefühl zu stürzen. Was waren das für Symptome? Sie horchte der Erinnerung nach. Man hatte ihr etwas gespritzt ... Plötzlich fuhr sie herum.

»Vic, was hast du eben gesagt? Du hast mich gehört?«

Er nickte.

»Was habe ich gesagt?«

»Ich habe nicht alles verstanden. Sie wollten etwas von dir wissen. Sie haben viele unverständliche Fragen gestellt. Wie alt du bist, wo du wohnst, ob deine Eltern noch leben . . .«

Jill schloß die Augen. Nein, es darf nicht wahr sein! Diese Fragen waren typisch für einen Test mit dem Lügendetektor.

Und für einen Kandidaten, dem man ein Wahrheitsserum gespritzt hatte. Sie zog ihre Ärmel in die Höhe. Richtig, dort in der linken Armbeuge entdeckte sie den kleinen rotblauen Punkt, den der Einstich der Injektionsnadel in die Vene hinterlassen hatte.

»Weiter! Was haben sie gefragt?« Ihre Stimme klang tonlos.

»Sie haben nach Flugzeugen gefragt. Ob am Sonntag Maschinen unter Sonderbewachung in New York erwartet werden . . .«

»Was habe ich gesagt?« Sie schrie die Frage fast.

»Ich weiß es nicht . . .«

»O mein Gott!« Soulie . . . Es ging ihnen um Soulie. Einen Moment lang war sie erleichtert. Sie gehörte nicht zum Sicherungskommando für diesen nahöstlichen Politiker. Sie wußte nicht, wo und wann er ankam. Sie hatte mit Jerry über Soulie gesprochen. Nur kurz . . .

Und dann fiel es ihr wieder ein. Floyd Bennet Field. Jerry mußte zum Floyd Bennet Field . . . Er hatte es ihr gesagt! »Vic! Überleg! Was habe ich gesagt? Habe ich den Namen eines Flugfeldes genannt?«

»Floyd Bennet Field, ja, das habe ich gehört. Da haben sie von dir abgelassen.«

»O mein Gott! Vic! Das darf nicht wahr sein!«

»Was hat das alles zu bedeuten? Jill, was werden sie mit uns machen?«

»Ich weiß es nicht«, log sie. »Mir ist schlecht. Ich muß

raus. Ich muß . . .« Sie zog die Beine an. Jemand hatte die Fesseln an ihren Fußgelenken etwas gelockert, aber die Verbindung zwischen den Füßen war nicht lang genug, um mit der Fessel gehen zu können. Sie hielt inne und hob den Kopf, als Vic sie anstieß.

Die Frau schob sich durch die Tür in den Schuppen. Aus umschatteten Augen blickte sie in Jills Richtung.

»Ich muß raus!« rief Jill laut.

Die Frau stand einen Moment reglos. Dann rief sie etwas durch die Tür nach draußen. Herb Stone kam herein. Er trug die MPi in der Hand. Die Frau nahm ihm die Waffe ab und deutete auf Jill. Herb Stone lächelte, als er mit affektierten Bewegungen auf sie zuging und sich neben ihr auf die Knie niederließ.

»Guten Morgen, Süße«, sagte er. Er stützte sich mit beiden Händen auf die Schenkel und betrachtete sie von oben bis unten. »Im Hubschrauber gestern waren Sie gar nicht nett zu mir, erinnern Sie sich? Ich hatte Ihnen ein Angebot gemacht. Sie haben mich beleidigt und dann zusammengeschlagen.« Er streckte eine Hand aus, legte sie auf ihre Hüfte und schob sie dann langsam nach oben. »Ich hab's noch nie mit 'ner Polizistin gemacht . . .«

»Dazu wirst du auch keine Gelegenheit bekommen!« sagte Jill flach.

Vic räusperte sich. »Lassen Sie sie!«

Ein jäher, wilder Blick traf Vic. »Du hältst deinen Mund, Mann, sonst gehen wir beide zuerst raus! Du bist nämlich überflüssig hier, du Angeber, absolut überflüssig!«

Vic senkte den Kopf. Jill bewegte sich. Die Frau wandte ihnen den Rücken zu.

»Ich denke, du sollst mich losbinden«, sagte Jill. »Oder soll ich mich bei deiner Chefin beschweren?«

Schweigend begann er ihre Fesseln aufzuknoten.

Sie zog das Bein, das bereits frei war, unter ihren Körper, richtete sich auf und stand einen Moment schwankend da. Sie spürte Vics hilflosen Blick und sah die Angst in seinen Augen.

»Laß mich nicht im Stich!« flüsterte er.

Sie wehrte Herbs helfende Hand ab, als sie langsam auf die Schuppentür zuging. Der junge Luftpirat folgte ihr wie ein Hund. Die leise Stimme der Frau ließ ihn stehenbleiben.

»Herb, du bleibst hier!« Die Frau sah Jill an. »Bleiben Sie unter dem Tarnnetz, Miss Trent«, sagte sie. »Kip und Shackwood sind draußen. Wenn Sie Anstalten machen, den abgedeckten Bereich zu verlassen, werden sie schießen. Ohne Warnung. Und was wir dann mit Ihrem Freund machen werden, können Sie sich vielleicht denken.«

Jill verließ den Schuppen. Vor der Tür blieb sie zunächst überrascht stehen. Der Helikopter stand näher am Schuppen, als sie gedacht hatte. Das Tarnnetz bedeckte ihn. Es war bis zum Schuppendach gespannt, so daß es einen überdachten Raum zwischen der Maschine und dem Gebäude bildete. Durch das netzartige Gewebe konnte sie den blauen Himmel erkennen.

Und keine Spur von Kip und Shackwood. Ob sie sich außerhalb des abgedeckten Raums aufhielten? Unwillkürlich tastete sie den Helikopter mit den Augen ab. Sie sah die heruntergeklappte kurze Leiter, die drei Fuß über dem Boden endete, sie sah die halb geöffnete Kabinentür und das Dunkel dahinter ... Ihre Nasenflügel blähten sich.

Sie ging am Schuppen entlang auf das eine Ende zu, wo sie einen großen Zuber entdeckte. Der Behälter war mit Regenwasser gefüllt. Sie ging schnell bis zur Ecke des Schuppens, hockte sich hin, und als sie fertig war, wusch sie sich Gesicht und Hände im Zuber. Das Wasser war weich und sauber.

Wieviel Zeit würde man ihr lassen? Unentwegt beobachtete sie ihre Umgebung. Vom Inneren des Schuppens aus konnte man sie nicht sehen. Und wenn sich die beiden anderen Gangster außerhalb des Tarnnetzes aufhielten, konnten auch die sie nicht sehen.

Kurz entschlossen ging sie auf den Einstieg des Hubschraubers zu, setzte einen Fuß auf die unterste Sprosse der Leiter und zog sich in die Höhe. Sie konnte sich gerade durch den Spalt schieben, ohne die Tür weiter aufstoßen zu müssen.

Dann stand sie in der dunklen Kabine und versuchte, sich zu orientieren und sich darüber klarzuwerden, was sie tun konnte.

Sie sah durch die gewölbte Scheibe der hochgelegenen Kanzel auf die Tür des Schuppens hinunter. Noch rührte sich dort nichts. Es war fast unheimlich. Ganz kurz rührte sich eine warnende Stimme in ihrem Hirn. Die Cockpit-Piratin war ihr schon einmal einen Schritt voraus gewesen, als sie Herb Stone, der sie bewachen sollte, mit einer ungeladenen Maschinenpistole ausrüstete.

Sie verscheuchte die warnende Stimme, als sie sich in den engen Raum neben dem Pilotensessel zwängte. Die Bedeutung der zahlreichen Instrumente, Schalter und Hebel im Cockpit war ihr nicht geläufig. Ihr war bewußt, daß sie so oder so nicht in der Lage wäre, die Maschine zu starten und abzuheben, ohne alle Gangster zu alarmieren. Das Tarnnetz würde sich zudem in den Rotorblättern verfangen. Nein, nein, an Fliegen war nicht zu denken.

Sie interessierte sich deshalb auch mehr für das Funkgerät. Sie kniete vor dem olivfarbenen Gehäuse nieder.

Als sie den Hauptschalter auf ON stellte, leuchtete ein rotes Licht auf, Zeiger bewegten sich, und die Leuchtdioden eines Digitalinstruments zeigten die Frequenz an, auf die das Gerät abgestimmt war.

Jills Herz schlug hart, als sie an der Abstimmung drehte. Die Leuchtdioden flackerten. Jill suchte die überstaatliche Frequenz des FBI, von der sie genau wußte, daß sie ständig abgehört wurde. Dem Kollegen am Funkempfänger würde sie auch am schnellsten sagen können, wer sie war und um was es ging.

Das war die Frequenz! Jill zerrte den Kopfhörer mit dem integrierten Bügelmikrofon von der Halterung, preßte eine der Hörmuscheln an ihr Ohr und drückte die Sprechtaste.

»Mayday, Mayday!« sagte sie ins Mikrofon. Sie zwang sich, ruhig zu sprechen, als sie ihre Personalnummer und eine weitere Kennzahl nannte. Diese Kennzahl sollte nicht nur eine sichere Identifizierung ermöglichen, sondern auch erkennen lassen, daß sie unbeeinflußt, also nicht etwa unter Zwang, sprach. Dann sagte sie: »Attentat geplant Floyd Bennet Field! Wiederhole – Attentat geplant Floyd Bennet Field. Umgehende Benachrichtigung FBI New York erforderlich. Erbitte Bestätigung!«

Sie ließ die Sprechtaste los. Sofort hörte sie eine Stimme im Kopfhörer. »Attentat Floyd Bennet Field, verstanden. Informieren New York. Erbitte Angabe Ihres Standorts. Dringend.«

»Genauer Standort unbekannt. Vermutlich . . .«

Sie spürte, daß jemand hinter ihr war und fuhr herum, wobei sie das Mikrofon losließ.

Hinter ihr stand Shackwood, der sich in der Maschine versteckt haben mußte. Wenn er eben erst über die Leiter heraufgekommen wäre, hätte sie ihn hören müssen.

Shackwood schwang seine MPi am Lauf. Wie ein Hammer sauste die metallene Schulterstütze auf sie herab. Jill blockte den Hieb mit dem Unterarm ab.

Ein stechender Schmerz nahm ihr den Atem. Aber sie kämpfte weiter. Sie schnellte sich in die Höhe, griff mit der freien Hand nach der Maschinenpistole und bekam sie auch zu fassen. Shackwood versetzte ihr einen gemeinen Tritt in den Magen. Jills Blick trübte sich für einen Moment. Blind wehrte sie einen weiteren Angriff ab. Als sie ihre Umgebung wieder deutlich erkennen konnte, versetzte sie Shackwood einen Handkantenschlag an den Hals.

Shackwoods Knie wurden weich.

Aber Jill konnte nicht gewinnen.

Da stieg jemand über die Leiter herauf. Dann stand er in der Kabine – Austin Smith. Die Hände hielt er leicht angewinkelt. In seinen Augen stand ein belustigter Ausdruck. Unerbittlich rückte er auf sie zu.

Jill stand eingezwängt im Cockpit. Sie versuchte einen Vorstoß, um mehr Bewegungsfreiheit zu haben, doch der Mann ließ sie nicht an sich heran. Seine Hand, flach wie die Breitseite eines Messers, stieß vor und grub sich unterhalb der Rippen in ihren Leib.

Sofort blieb ihr die Luft weg. Es gelang ihr noch, sich irgendwo festzuhalten und nicht wie ein Brett zu stürzen.

Plötzlich war auch die Frau da, stand über ihr und sah auf sie hinab, während Smith über sie hinweglangte und das Funkgerät abstellte.

»Hat sie es geschafft?« fragte die Cockpit-Piratin.

Jill hörte eine Stimme, bevor sie das Bewußtsein verlor. Die Stimme mußte Shackwood gehören.

»Ja, sie hat es gesagt. Floyd Bennet Field ... Sie hat auch eine Bestätigung bekommen ...«

Die Jungen, mit denen Phil in der Cafeteria des Blue Sky Motel zusammensaß, machten allesamt einen munteren Eindruck. Phil hatte ein kräftiges Frühstück vor sich stehen wie sie, und er trank Orangensaft und Kaffee wie sie.

»He, G-man, wir wollen unseren Coach wiederhaben«, sagte einer.

»Werden Sie die Schweine kriegen, Sir?« fragte ein anderer.

»Bestimmt«, versicherte Phil grimmig. »Ihr seid mit einer mächtig großen Maschine geflogen, hattet viel Platz . . .«

»Deshalb haben wir diese drei Bastarde mitgenommen.«

»Warum habt ihr denn die große Maschine gebucht?«

»Es war keine andere frei.«

»Ich dachte, eure Gruppe sei vielleicht zuerst größer gewesen«, vermutete Phil.

»Nein, nein. Wir waren immer elf Aktive in dieser Leistungsgruppe . . .«

»Es ist also keiner zurückgetreten?«

»Nein, niemand.«

Phil sah den Sprecher an. Der runzelte die Stirn. Ein anderer schaltete sich ein. »Johnny ist zurückgetreten, das weißt du doch!«

»Wer ist Johnny?« fragte Phil.

»Johnny Novak. Er konnte nicht. Warum, weiß ich nicht. He, Marco, warum konnte Johnny nicht mitkommen?«

»Keine Ahnung.«

»Also wärt ihr eigentlich zwölf gewesen«, stellte Phil fest.

»Nein. Paul ist an seiner Stelle mitgekommen.«

»Paul?«

»Paul Torrey. He, wo steckt Paul?«

»Er ist bei den anderen. Ich weiß nicht, wie das Motel heißt.«

Phil wußte, wo die anderen untergebracht waren. Deshalb brauchte er der Frage, wo Paul Torrey steckte, nicht nachzugehen.

»Paßte Paul denn zu eurem Leistungsstandard?« fragte er.

»Hundertprozentig! Aber er trainiert zu unregelmäßig, und bisher war er an Wettkämpfen nicht sonderlich interessiert. Vic hat immer versucht, ihn zu motivieren, aber es hat nie geklappt.«

»Bis auf diesmal«, stellte Phil fest.

Der County Sheriff trug den linken Arm in einer Schlinge. Sein fleischiges Gesicht war noch verquollen, die Augen blutunterlaufen. Er wich meinem Blick aus.

Vor mir lagen die Bilder der Zeichner und der Kollegen mit dem Foto-Kit. Das Gesicht der Frau übte eine eigenartige Faszination auf mich aus. In der Zentrale in Washington hatte man den Namen Sheila Ansard mit allen möglichen Abweichungen, die auf Hörfehlern beruhen mochten, durch den Computer laufen lassen. Wie erwartet, ohne Erfolg. Doch weil inzwischen feststand, daß die Cockpit-Piratin im Umfeld des internationalen Terrorismus zu suchen war, hatten die Kollegen den CIA eingeschaltet, und siehe da, der Geheimdienst wußte uns eine Menge zu erzählen. Vor wenigen Minuten war ein langes Telex eingetroffen, von dem ich mir sofort eine Kopie gesichert hatte.

»Kann es sein«, fragte ich den Chief, »daß die Frau sich Shileah Ansara genannt hat?«

»Shileah, ja, sicher. Ich habe immer Sheila gesagt, das hat sie wütend gemacht.« Der Sheriff sah mich unsicher an. »Wer konnte wissen, daß sie so eine war ...«

Ich ging über den Einwand hinweg. Chief Sprague schielte nach dem Bild der Frau.

Er hatte bestätigt, daß es sehr gut gelungen war. Wie ein Foto.

»Haben Sie sie identifiziert?« erkundigte er sich. »Heißt sie wirklich Sheila Ansard?«

»Shileah Ansara«, korrigierte ich. »So hat sie sich

genannt. Nach der richtigen Shileah Ansara, die bei einem Terrorangriff ums Leben kam.«

Nach Ansicht des CIA dokumentierte die Namenswahl, daß sie bedingungslos zur Selbstaufgabe bereit war, um ein bestimmtes Ziel zu erreichen – zum Beispiel den Tod eines Mannes, der als Verräter angesehen wurde.

»Hat die Frau erkennen lassen, daß sie sich außer für Smith noch für irgend etwas anderes interessierte?«

»Daß sie sich für Tomlinson – für mich hieß er Tomlinson, verstehen Sie? – interessierte, hätte ich nicht mal im Traum geahnt! Sie hat gar nicht viel erzählt ...«

Wahrscheinlich hatte der Chief sich auch für nichts anderes als ihren Körper interessiert, dachte ich.

»Na ja, und dann sollte ich sie ja zur General Venton Air Base führen. Ich hatte den Namen sogar vergessen. Mann, das sind dreißig Jahre her, seit da zuletzt die Marineflieger stationiert waren! Jetzt weiß ich natürlich, daß die da ihr Rendezvous hatten.«

Nein, Chief Sprague hatte nicht viel mitbekommen. Deshalb brach ich das fruchtlose Gespräch ab und stand auf.

»Ich konnte das nicht ahnen!« rief Sprague mir nach. »Ich konnte doch nicht ahnen, daß sie so etwas tun würde!«

Ich hob nur die Schultern. Ich sah mich außerstande, den County Sheriff von seinen Schuldgefühlen zu befreien.

In der Tür prallte ich mit Chambliss zusammen.

»Jerry!« rief er. »Kommen Sie schnell! Wir haben Washington am Telefon. Ihre Kollegin Jill Trent hat sich gemeldet ...«

Das Hillcrest Standard Motel lag an der Straße zur Bucht. Es verfügte über einen Swimmingpool und eine überdachte Terrasse auf einer Seite des Pools. Unter dem Terrassendach standen weiße Tische und gepolsterte Stühle. Die Stühle waren von den fünf Mitgliedern des Schwimmteams belegt, die im Hillcrest untergebracht worden waren. Die Jungs sahen zwar immer wieder auf das blaue Wasser im Becken, aber keiner von ihnen schien große Lust zu haben, so etwas wie ein Trainingsprogramm zu absolvieren.

Phil hatte sich vorgestellt und sich die Namen der Jungs nennen lassen. Billy Evans und Mike Stromsoe waren die beiden, die sich durch die Sümpfe geschlagen hatten, um Hilfe zu holen. Sie hatten die Anstrengungen der Nacht offenbar ebenfalls gut überstanden.

Die anderen jungen Leute waren Roy Dunlap und Bruce Leitner.

Und Paul Torrey.

Torrey war ein Hüne mit ausladenden Schultern und tiefliegenden Augen, die irgendwie düster blickten. Er war etwas älter als die anderen. Er wirkte männlicher, erwachsener.

»Euer Kommilitone und Sportskamerad Johnny Novak wäre um ein Haar umgebracht worden«, sagte Phil unvermittelt.

Die Jungs blickten ihn an. Fragend, überrascht, verständnislos.

»Warum?« fragte Billy Evans schließlich.

»Wir wissen noch nichts Genaues. Er liegt im Hospital und ist noch nicht vernehmungsfähig. Könnt ihr euch vorstellen, daß er den Hijackern einen Tip gegeben hat?«

Bruce Leitner schüttelte überzeugt den Kopf. »Nie! Und was hätte er diesen Verbrechern denn sagen können? Unter uns ist kein Millionärssohn, kein einziger!«

»Was meinen Sie?« fragte Phil. Er sah Paul Torrey an.

Der junge Mann bewegte sich träge. »Warum fragen Sie ausgerechnet mich?«

»Weil Sie seinen Platz eingenommen haben.«

Er runzelte die Stirn. »Ja, und?«

»Wer hat Sie aufgefordert, Johnnys Platz einzunehmen?«

»Vic, unser Trainer. Wer sonst?«

»Gab es noch mehr Kandidaten auf der Reserveliste?«

»Das weiß ich nicht«, antwortete Torrey mürrisch. »Ich verstehe die Fragerei nicht.«

»Du warst der einzige auf der Reserveliste«, sagte Dunlap. »Ich weiß es.«

»Mag sein ...« Torrey sah seine Kameraden an. »Was starrt ihr mich so an?« Torrey wandte sich an Phil. »Ist das die Masche der Bundespolizei? Mißtrauen säen? Was versprechen Sie sich davon?«

»Wir wissen noch zu wenig. Ich hoffe, daß Johnny Novak bald vernommen werden kann. Ich erhalte dann sofort Bescheid. Ich werde dann noch einmal mit Ihnen reden müssen. Sie bleiben ja bis morgen hier, habe ich gehört.«

Phil blieb sitzen. Sein Verdacht gegen Torrey kam ihm widersinnig vor. Aus welchem Grund hätte Torrey Johnny Novaks Platz in einer Maschine einnehmen sollen, die entführt werden sollte? Um den Entführern zu signalisieren, daß die richtigen Leute an Bord waren, in diesem Fall Jill Trent? Als stiller Mann im Hintergrund gewissermaßen? »Wohnen Sie auch im Studentenheim am West Broadway?« fragte Phil.

Torrey verzog höhnisch die Lippen. »Ich habe ein eigenes Apartment im East Village. Sie können mich mal besuchen.«

»Aber Sie gehören dem Freundeskreis arabischer Freiheitskämpfer an«, sagte Phil dann spontan, und sofort erkannte er, daß er ins Schwarze getroffen hatte.

»Viele von uns haben Freunde unter den arabischen Kommilitonen«, sagte Torrey. »Das ist nicht strafbar.«

»Es ist strafbar, sich an den Vorbereitungen für Straftaten zu beteiligen. An Mord, zum Beispiel«, sagte Phil. »Wer von Ihnen gehört dem Freundeskreis sonst noch an?«

Niemand antwortete.

»Ich dachte, viele von Ihnen hätten Freunde unter den arabischen Kommilitonen!« höhnte Phil. »Was ist mit Johnny Novak?«

»Nie«, sagte Billy Evans überzeugt. »Johnny hat keine Beziehungen zu Arabern. Das weiß ich genau.«

»Nun, er wird uns eine Menge zu erzählen haben.« Phil wandte sich um, als er seinen Namen hörte. Das Mädchen von der Motel-Rezeption stand in der Tür.

»Mr. Decker, kommen Sie bitte, hier ist ein Anruf für Sie!«

»Wir sehen uns noch«, sagte Phil zu den Jungs, bevor er aufstand und ins Haus ging. Am Telefon war Frank Chambliss.

»Phil, Jerry läßt Sie bitten, sofort zurückzukommen. Es tut sich was ...«

»Ich komme sofort.« Phil legte auf. Er hatte sich einen Streifenwagen ausgeliehen, der vorn auf dem Parkplatz stand, und ging hinaus.

Von der anderen Seite ging Paul Torrey auf den Streifenwagen zu. Über das Wagendach hinweg starrte er Phil an. Phil schloß den Wagen auf. »Das war noch nicht der Anruf aus New York«, sagte Phil.

»Können Sie mich mit in die Stadt nehmen? Ich will mich mal umsehen.«

Phil stieß die Beifahrertür von innen auf. »Schnallen Sie sich an«, sagte er. Er klinkte seinen eigenen Gurt ein und startete. Auf der Straße gingen ihnen ein paar Wochenendausflügler entgegen, die mit der Fähre herübergefahren waren. Die Sonne stand schon hoch am Himmel und brannte auf den schwarzen Polstern.

»Wenn Sie mir etwas zu sagen haben, tun Sie es lieber jetzt«, sagte Phil.

Paul Torrey machte eine Drehbewegung. Die Schnalle des Sitzgurtes sprang aus dem Verschluß und sauste gegen den Holmen. Torreys rechte Hand lag auf seinen Oberschenkeln. Er hielt eine flache Pistole darin.

»Fahren Sie auf die Bundesstraße! Und dann immer nach Norden. Ich sage Ihnen Bescheid, wenn ich aussteigen will.«

»Sie haben Ihren arabischen Freunden erzählt, daß Vic McGowan mit einer FBI-Agentin befreundet ist«, sagte Phil.

»Was Sie nicht alles wissen ...«

»Warum sind Sie selbst mitgeflogen?«

»So als Rückversicherung. Bevor es losging, mußte einer ja feststellen, ob sie ihre Knarre trug und so.«

»Wissen Sie, worum es ging? Was die Hijacker wollen?«

»Nein ... Es ist ein Freundschaftsdienst, den ich ihnen leiste. Mehr nicht.«

Phil schielte auf die Pistole in Torreys Hand. »Mord ist kein Freundschaftsdienst. Hijacking genausowenig.«

»Reden Sie nicht soviel! Achten Sie auf die Schilder!«

Phil fuhr langsamer.

»Schneller!«

»Nein, Mr. Torrey. Ich werde sogar gleich anhalten. Wußten Sie, daß Ihre Freunde Johnny Novak umbringen wollten?«

»Sie sollen nicht reden!«

»Ich glaube nicht, daß Sie es gewußt haben. Ich glaube auch nicht, daß Sie bereit gewesen wären, einen Mord in Kauf zu nehmen. Wissen Sie eigentlich, was diese ganze Geschichte zu bedeuten hat? Die Entführung des Flugzeugs, die Befreiung eines Schwerverbrechers, der Mord an einem Deputy Sheriff ...«

»Nein.«

»Da wird ein Mordanschlag auf einen Politiker vorbereitet, der morgen nachmittag auf dem Floyd Bennet Field in New York ankommen soll. Dieser Mann – Jeschko Soulie – wird einen Vortrag vor der Vollversammlung der UN halten ...«

»Soulie ist ein Reaktionär.«

»Haben Sie Angst vor Argumenten?«

»Soulie ist ein Verbrecher! Sie als Vertreter des Staates unterstützen einen Verbrecher, wenn Sie ihn vor der Vollversammlung auftreten lassen!«

»Wir sorgen dafür, daß jeder seine Meinung unbehindert vertreten kann, ohne darüber befinden zu wollen, ob sie richtig oder falsch ist. Darüber hinaus verfolgen wir Taten, die nach unseren Gesetzen strafbar sind. Mord, Flugzeugentführung, Menschenraub und Gefangenenbefreiung gehören dazu. Sie lassen sich auf die billige Tour für Handlangerdienste mißbrauchen, Torrey! Sie haben keine Chance davonzukommen. Legen Sie die Pistole weg, Torrey!«

»Lassen Sie das Gesülze! Fahren Sie!«

»Na schön, Sie wollen es nicht anders.«

Phil trat das Gas durch. Der Wagen machte einen Satz. Die Beschleunigung drückte Torrey tief ins Polster. Der junge Mann richtete sich darauf ein, daß Phil noch weiter beschleunigen würde, weil die Straße frei vor ihnen lag.

Deshalb traf es den jungen Mann völlig überraschend, als Phil seinen Fuß auf die Bremse stemmte. Und weil Torrey den Sicherungsgurt geöffnet hatte, flog er hilflos nach vorn, bevor er sich mit seiner freien Hand abstützen konnte.

Phil schlug mit der Hand auf den Verschluß des Sicherungsgurts, und ohne den Fuß von der Bremse zu lassen, warf er sich seitlich auf Torrey. Der schwere Streifenwagen scherte ein wenig aus seiner Spur, aber es gab keine Chausseebäume oder Masten, die seine Fahrt unsanft hätten stoppen können.

Torrey hatte seine Hand mit der Kanone auf der anderen, der falschen Seite. Er hatte seine linke Hand hochgebracht, die er jetzt gegen das Armaturenbrettpolster stemmte. Phil schlug die Hand herab, und Torrey knallte mit dem Gesicht gegen das Gehäuse des Funkgeräts. Er sackte nach vorn, und bevor der Wagen zum Stehen kam, hatte Phil Torreys Rechte nach hinten gebogen und ihm die Pistole entwunden.

Ich zog Phil in das Dienstzimmer des County Sheriffs, nachdem er seinen Gefangenen ordnungsgemäß eingeliefert hatte. Torrey sollte sofort nach Washington weitergeleitet werden, obwohl er, da waren wir einer Meinung, nur ein Mitläufer war, ein Mann, der die radikalen Studenten aus dem Nahen Osten bewunderte, weil sie bereit waren, mit ihrem Leben für ihre Überzeugungen einzustehen.

Viel Neues würde er den Vernehmungsspezialisten nicht erzählen können.

Er wußte einfach nicht genug. Es war ausgeschlossen, daß so hochkalibrige Terroristen wie die, mit denen wir es in diesem Fall zu tun hatten, einen Mann wie Paul Torrey in ihre Pläne eingeweiht hatten.

»Jill hat sich gemeldet«, sagte ich dann zu Phil, nachdem ich die Tür geschlossen hatte. Ich berichtete von meinem Gespräch mit Gene Tillman, unserem Kollegen aus Washington. »Sie haben einen kurzen Funkspruch von ihr aufgefangen. Sie war es, daran besteht kein Zweifel. Sie hat wörtlich gesagt: Attentat geplant Floyd Bennet Field! Sie hat die Durchsage wiederholt und um Bestätigung gebeten. Dann wurde die Verbindung unterbrochen.«

»Das ist doch oberfaul!« sagte Phil prompt.

»Du bist eine alte Unke, Phil. Jill hat den Code genannt, der bestätigt, daß sie unbeeinflußt sprach. Aber was willst du denn? Wir waren schon vorher ziemlich sicher, daß da ein Ding gegen Jeschko Soulie läuft. Jetzt haben wir die Bestätigung, nicht mehr und nicht weniger.«

»Okay, von mir aus. Aber woher wissen die Strolche, daß Soulie auf Floyd Bennet landen soll? Meines Wissens weiß das im Augenblick nicht einmal Soulie selbst!«

»Sie haben es wahrscheinlich von Jill«, gab ich zu. »Ich habe mit ihr darüber gesprochen, daß wir am Sonntag einen Einsatz auf Floyd Bennet haben. Und daß wir für sein Empfangskomittee eingeteilt wurden, wußte sie aus dem Dienstplan. Sie haben ihr die Information unter Zwang entlockt. Entweder haben sie Vic gefoltert oder mit dem Tod bedroht, um sie gefügig zu machen, oder sie haben ihr eine Droge verpaßt. In Drogen ist die Bande groß, wie du selbst festgestellt hast. Auch Chief Sprague kann es bestätigen. Wo wir gerade bei Bestätigungen sind – die Frau heißt Debra Mylresh. Die Kollegen vom CIA haben sie anhand unseres Phantombildes identifiziert. Sie ist eine hochgebildete Palästinenserin mit libanesischer Staatsangehörigkeit. Der CIA hat seine Fühler ausgestreckt. Vor zwei Monaten tauchte sie unter. Es hieß, sie wurde in einem Ausbildungslager auf ein besonders heikles Unternehmen im Ausland vorbereitet. Wie sie ins Land gekommen ist, wissen wir noch nicht. Vermutlich mit einem gefälschten Paß. Wir wissen also auch nicht, ob sie weitere Helfer hat außer Smith. Wir nehmen es aber an.«

»Wenn sie Soulie auf Floyd Bennet angreifen wollen, brauchen sie schon einen Jagdbomber«, meinte Phil.

»Oder einen Hubschrauber wie den Bell UH-1N und

einen Mann wie Austin Smith, der ihn unter Kampfbedingungen geflogen hat. Die Bande ist im Augenblick wahrscheinlich dabei, die Kiste umzubauen und eine Raketenabschußvorrichtung einzubauen. Was bei uns an gestohlenem Army-Material auf dem Markt ist, ist geradezu abenteuerlich.«

»Das mag ja sein«, knurrte Phil. »Aber kannst du mir sagen, wie sie nach Floyd Bennet kommen wollen? Ausgerechnet Floyd Bennet, der größte Militärflughafen im Großraum New York!«

»Sie haben keine Chance«, erklärte ich einigermaßen optimistisch.

»Na schön, dein Wort in Gottes Ohr. Und was tun wir inzwischen?«

»Was geschehen soll, wird im Moment zwischen den Politikern ausgebrütet. Das State Department, die Botschafter und die zuständigen Stellen der UN sind eingeschaltet.« Ich legte meine Hand auf Phils Schulter. »Wir haben uns dem Vorrang der Politik zu beugen. Wir haben also Pause. Wenn du willst, kannst du schwimmen gehen.«

»Ich habe meine Badehose nicht dabei«, sagte Phil.

»Werden sie uns töten, Jill?« fragte Vic leise. »Sag es mir! Ich glaube, ich kann die Wahrheit jetzt vertragen.«

»Ich weiß es nicht«, sagte sie müde. Sie fühlte sich zerschlagen. Ihre Muskeln schmerzten, weil Smith ihre Hände und Füße sehr eng zusammengebunden hatte. Sie konnte nur gekrümmt liegen. Auch Vic war fast zur Bewegungslosigkeit verdammt.

Sie wußte nicht, was sie denken sollte. Von ihrem Platz aus konnte sie nach draußen sehen, weil die Terroristen die Tür aufgestellt hatten. Smith und die beiden Araber arbeiteten am Hubschrauber, wo sie die Abschußvorrichtung für die Raketen einbauten. Jill fragte sich, wieso. Von hier aus hätten Smith und die anderen doch niemals einen Angriff auf eine Maschine fliegen können, die auf dem Floyd Bennet Field stand oder dort landen sollte. Und jetzt machten sie einen gestohlenen Hubschrauber, der zweifellos gesucht wurde, kampffertig, als ob sie damit rechneten, das Opfer werde in ihrer Nähe landen.

Bei dem Gedanken, daß dies vermutlich tatsächlich der Fall sein würde, wurde ihr heiß. Wahrscheinlich hatte sie dazu beigetragen, die Maschine herzulocken. Sie hatte Zeit genug gehabt, um über die Situation heute morgen nachzudenken, und war jetzt überzeugt davon, daß sie in eine raffiniert arrangierte Falle getappt war, als sie ihren Funkspruch absetzte.

Soulie würde also nicht auf dem Floyd Bennet Field landen.

Wo dann?

Jills Gedanken wurden unterbrochen, als wieder ein Flugzeug tief über die Insel strich. Das Dröhnen ließ die Schuppenwände erzittern, und Jill glaubte, den Schatten einer sehr großen Maschine über das Tarnnetz huschen zu sehen. Das Brummen verklang.

In der Nähe war ein Flugplatz. Kein Verkehrsflughafen. Die Maschinen, die über den Schuppen brummten, waren überwiegend Turboprops, einige sogar Propellermaschinen. Jets hatte sie nicht sehen können. Transportflugzeuge, Minensuchflugzeuge, Schul- und Aufklärungsflugzeuge ... Ein Militärflugplatz. Ein Ausbildungszentrum, ein Depot, so etwas. Ob Soulie dort landen würde? Aber woher wollten die Terroristen das wissen? Was machte sie so sicher? Schließlich hatten sie diesen Unterschlupf nicht erst gestern eingerichtet. Sie kam nicht dahinter.

Vic wälzte sich herum. »Sie werden uns umbringen! Sie müssen es tun ... Jill, ich bin ein Feigling! Ich will nicht sterben! Was ist mit deinen großartigen Freunden? Sie werden es nicht schaffen ...«

»Vic, ich habe etwas gelernt, seit ich im aktiven Dienst des FBI bin – solange ich lebe, gebe ich nicht auf.«

»Hört sich kernig an. Wo liegt der Dreh dabei?«

»Ich lebe noch«, sagte sie.

Der Anruf, der uns in Marsch setzte, kam am Sonntagmorgen um sieben Uhr.

Der Sonnabend war in quälender Ungewißheit vergangen. Es gab keine Spur von der Frau, die sich Shileah Ansara nannte, keinen Hinweis auf Austin Smiths Verbleib oder Jills Schicksal. Deshalb hatten wir es vorgezogen, in Millford zu bleiben. Der Lockheed Jetstar, der uns hergebracht hatte, stand uns nach wie vor zur Verfügung, um uns, wenn erforderlich, auf dem schnellsten Weg zurück nach New York zu bringen – oder wo immer wir gebraucht wurden.

Wir wußten, daß Jeschko Soulie am Sonnabendmittag Ortszeit in Beirut gestartet war. Er benutzte eine Sondermaschine der libanesischen Regierung. Wir wußten, daß er in Marokko eine Zwischenlandung eingelegt hatte, um dort zu Gesprächen mit einigen nordafrikanischen Politikern zusammenzutreffen, mit denen er seine eigene Position noch einmal abstimmen wollte, bevor er sie der Weltöffentlichkeit darlegte.

Seit sechs Uhr Eastern Standard Time befand er sich wieder in der Luft. Und eine Stunde später erreichte uns in Millford der verlängerte Arm der Politik, der den Namen Al Malcolm trug. Al Malcolm war einer der Assistenten des FBI-Direktors. Und weil ich schon vor Phil auf den Beinen war und im Wachraum des Sheriff's Office herumtigerte, hatte ich die Ehre, mit Al Malcolm zu sprechen.

»Hallo, Jerry«, begann Al Malcolm. »Wir wollen keine Zeit mit Floskeln verlieren. Soulies Sicherheitsbeauftragter hat von Marokko aus mit dem UN-Sicherheitsdienst gesprochen. Nach dem Start von Soulies Maschine – aus Sicherheitsgründen, wie es heißt. Soulies Sicherheitsbeauftragter stellt im Namen Soulies die Forderung, daß die Maschine nicht auf dem Floyd Bennet Field landet. Wir haben, in Übereinstimmung mit den Vertretern der Navy, übrigens bis zuletzt für eine Landung auf Floyd Bennet plädiert. Dort hätten wir über alle Möglichkeiten verfügt, die Sicherheit Soulies zu gewährleisten. Nun, wir müssen uns jetzt nach seinen Wünschen richten. Soulie verlangt, auf Steelman Navy Base zu landen.«

»Wo ist das, um Himmels willen?«

»Das haben wir uns auch gefragt. Soulies Sicherheitsbeauftragter hat diesen Platz praktisch blind ausgesucht ...«

»Behauptet er?«

»Nun, ja. Der Platz liegt nicht schlecht. Er liegt im Südzipfel von New Jersey, westlich der großen Zedernsümpfe. Er wird von der Navy als Versorgungsbasis für die Flugzeugträger benutzt, soweit sie aus der Luft versorgt werden. Außerdem sind dort mehrere Geschwader U-Boot-Jagdflugzeuge stationiert. Der Platz kann sehr gut abgeschirmt werden. Die Sicherung des Anfluges bis zur Landung kann von der Navy gewährleistet werden. Danach sind Sie verantwortlich, Sie und Phil. Irgendwelche Einwände?«

»Wo ist der Sicherheitsbeauftragte jetzt?« fragte ich.

»Er ist in Marokko geblieben, um die Frage der Landung zu klären. Telefon und Fernschreiber sind sicherer als der Flugzeugfunk.«

»Das mag sein. Aber seltsam finde ich es schon, daß der Mann, der für Soulies Sicherheit zuständig ist, unterwegs aussteigt.«

»Soulie ist von einer ganzen Horde Leibwächter und Sicherheitsexperten umgeben«, sagte Al Malcolm. »Wir wollen keine Gespenster sehen, Jerry. Sie und Phil fliegen nach New Jersey. Der Pilot Ihrer Maschine wird von der Navy instruiert. Sie haben alle Vollmachten. Sie können mit Soulie im Bus nach New York fahren, wenn Sie es für richtig halten.«

»Ich würde es für richtiger halten, ihn ganz woanders landen zu lassen. Auf einem Platz, den wir bestimmen.«

»Das, Jerry, steht nicht mehr zu Debatte. Trotzdem – halten Sie die Augen offen! Und noch etwas – wegen Jill Trent – ich halte Ihnen und ihr, uns allen, die Daumen.«

Als wir um halb zehn auf der Steelman Navy Base landeten, war von den Vorbereitungen, die für den Empfang der Sondermaschine getroffen wurde, nichts zu erkennen.

Diese Vorbereitungen liefen unter strikter Geheimhaltung. Auf dem großen, übersichtlichen Flugfeld und im Schutz der Hangars gingen Maschinengewehrschützen in Stellung. Die Wachtürme wurden mit verstärkten Beobachtungsposten besetzt. Die Radarbeobachter im Tower erhielten Verstärkung. Von benachbarten Stützpunkten der Air Force trafen nach und nach einige Hubschrauber mit erfahrenen Besatzungen ein.

Phil und ich meldeten uns beim Stützpunktkommandanten, wo wir uns auswiesen. Wir lehnten die Einladung zu einem Kaffee und später zu einem Lunch ab und baten darum, daß uns ein Hubschrauber mit einem erfahrenen Piloten zur Verfügung gestellt wurde. Wir wollten uns ständig in der Nähe dieses Hubschraubers aufhalten. Da wir auf dem laufenden bleiben mußten, war es notwendig, eine Telefonleitung bis zu der Stelle zu legen, wo der Hubschrauber stehen würde.

Diese Forderungen stellten keine besonderen Anforderungen an die Möglichkeiten des Stützpunktes dar.

Der Hubschrauber, der uns zugeteilt wurde, war ein wendiger kleiner Bell Kiowa, der jedoch nicht bewaffnet war. Den Einsatz der Kampfhubschrauber behielten sich die Militärs vor. Ich hoffte, daß es nicht zu einem Luftkampf kommen würde.

Der Pilot der Kiowa war ein rothaariger, gummikauender Bursche, der ewig grinste. Er sah aus wie 20, aber wenn man ihn von nahem sah, bemerkte man die unzähligen Falten im sommersprossigen Gesicht. Und man konnte auch die schmale Ordensspange auf seiner Hemdtasche erkennen. Er hieß Allan Pearson.

»Halten Sie die Mühle unter Dampf, Allan!« sagte ich.

»Hab' ich immer, keine Sorge, Sir. Ich war immer als erster in der Luft, wenn ...« Er verstummte, grinste unentwegt und kaute nur etwas heftiger.

Wir setzten uns im Schatten des Hubschraubers ins Gras, beobachteten das Telefon und ließen unsere Augen zwischendurch zu den fernen Bäumen schweifen, denen man es nicht ansah, daß sie ständig im Wasser standen. Wir hatten das Land aus der Luft gesehen. Es bestand aus Inseln und Landzungen und Sumpfgebieten, die sich bis zur Küste erstreckten.

Die Navy-Leute hatten noch einmal ihre Generalstabskarten ausgebreitet und sie nach Stellen abgesucht, die sich möglicherweise für die Landung eines Flugzeugs eigneten. Unsere Kollegen in Washington hatten nicht vergessen, daß der Gegenseite die Lage einer aufgegebenen Rollbahn aus dem Zweiten Weltkrieg im Millford County bekannt gewesen war. Die Navy-Leute hatten im Umkreis von 40 Meilen – bis zur Küste im Osten und der Delaware Bay im Süden – insgesamt vier ehemalige Flugplätze geortet und im Eilverfahren festgestellt, daß zwei dieser Bahnen längst von gewachsenen Ortschaften in

Besitz genommen worden waren und eine weitere im Zuge eines Landgewinnungsprozesses abgetragen worden war.

Nummer vier lag mitten im Sumpfgebiet, war mehrfach überschwemmt worden, und nach Angaben der Navy-Baufachleute war die Piste verrottet. Sicherheitshalber war die Insel am frühen Morgen überflogen worden. Der Navy-Beobachter hatte keinerlei Spuren entdeckt, die auf die Anwesenheit von Menschen hätten schließen lassen.

Ich wäre wenigstens gelandet, dachte ich, und hätte mich aus allernächster Nähe überzeugt, daß die Insel wirklich keimfrei war. Aber ich war ja nicht zuständig.

Allan Pearson war Marineflieger und auf der Steelman Navy Base stationiert.

»Kennen Sie die Insel mit dem aufgegebenen Rollfeld?« erkundigte ich mich.

»Klar doch. Liegt genau in der Einflugschneise für die Maschinen, die vom Atlantik kommen. Warum, Sir?«

»Wenn der Anflug der Sondermaschine gemeldet wird, möchte ich mir die Insel mal aus der Nähe ansehen. Geht das?«

»Kein Problem, Sir. Sie sind der Boß.« Allan Pearson grinste.

Immer noch bedeckte das Tarnnetz den Hubschrauber. In der Kabinentür stand das Gestell mit den Abschußbehältern für die 19 Raketen vom Typ FFAR 2,75. Die tödlichen Köpfe in den einzelnen Kammern waren deutlich zu erkennen.

Austin Smith hatte mit Selim Boutris gesprochen, der die Maschine fliegen sollte. Boutris hatten seinen Teil der Aufgabe verstanden. Die ruhige, disziplinierte Art des Palästinensers hatte Smith beeindruckt. Jetzt ging er mit ihm noch einmal alle Systeme des Bell UH-lN durch. Unter dem Tarnnetz hatte der zweite Araber am Morgen ein Hochleistungsfunkgerät aufgebaut und auf Empfang geschaltet. Er saß jetzt vor dem Gerät, den Kopfhörer übergestülpt, die Augen geschlossen.

Shackwood und Kip hatten eine alte Tonne zur Seite geschoben. Darunter war eine runde Öffnung wie die eines Silos zum Vorschein gekommen, das tief im Boden versenkt war. Die Spitze einer Stange war in der Öffnung zu erkennen. Shackwood kannte seine Aufgabe. Er blieb neben dem Schacht stehen und wartete.

Shileah Ansara ging in den Schuppen. Sie trank einen Schluck Kaffee. Dann schulterte sie ihre Maschinenpistole. Als sie wieder hinausging, streifte sie Jill und Vic, die von Herb Stone bewacht wurden, mit keinem Blick.

Herb Stone trug wieder seine MPi. Jill zweifelte nicht daran, daß die Waffe diesmal geladen war. Stones Gesicht hatte sich mit einem dünnen Schweißfilm überzogen, der seine Ursache nicht allein in der tückischen Luft hatte, die im Schuppen herrschte.

»Diese Fanatikerin will ein Flugzeug abschießen«, sagte Jill, ohne Stone direkt anzusprechen. »Sie wird es vielleicht sogar schaffen, aber sie wird dabei draufgehen.«

Stone sagte nichts.

»Ihr ist es egal. Menschen wie sie nehmen den Tod in Kauf. Du auch, Herb?«

Stone fletschte die Lippen.

»Kannst du es nicht vertragen, wenn ich ausspreche, was du denkst? Stopf mir doch den Mund, Herb!«

Stones Finger bewegten sich am Metall der Waffe.

»Wenn der Jet auf den Schuppen stürzt, gehen wir hoch wie eine Fackel. Wie viele Gallonen stehen dort hinten? Genug für die Insel, nehme ich an.«

»Sei still!«

»Du hattest doch etwas vor mit mir! Herb, ich würde mich freiwillig nicht von dir anfassen lassen, und wenn du der letzte Mann auf Erden wärst. Aber ich werde für dich aussagen, wenn du meine Fesseln löst und mir deine Waffe überläßt.«

Stone stand reglos da, ohne Jill anzusehen. Jill schwieg. Sie hatte das Gefühl, dem Jungen Zeit geben zu müssen.

Doch die Chance, die sie sich ausgerechnet hatte, verflog, als Kip an der Tür erschien und nach Stone rief. »Komm raus, das Netz abziehen! Sie kommt!«

Stone rannte nach draußen.

Er und Kip zerrten das Netz vom Hubschrauber. Shackwood sah die Frau an. Als das Netz davonflog, nickte sie ihm zu. Shackwood schraubte das Ventil einer Preßluftflasche auf. Der Luftdruck trieb einen dünnen Aluminium-Mast aus dem Silo. Als der Mast aus dem Schacht kam und an Höhe gewann, entfaltete sich eine weißrote Windhose, die sich zögernd in den Wind drehte und mit Luft füllte. Dann stand die Windhose hoch über dem Schuppendach.

Selim Boutris und Austin Smith hatten ihre Plätze im Hubschrauber eingenommen. Unwillkürlich blickten sie nach Westen. Doch von der Maschine aus dem Libanon war noch nichts zu erkennen.

Shackwood hatte jetzt den Platz des Arabers am Funkgerät eingenommen. Angespannt lauschte er den Stimmen im Kopfhörer.

»Sie leiten den Landeanflug ein ...«, murmelte er. »Sektor B, Flughöhe 6000, Sinkgeschwindigkeit 800 Fuß pro Minute ...«

»Wann sind sie hier?«

»Noch sechs Minuten«, antwortete Shackwood.

Die Minuten versickerten. Smith stand in der Tür des Helikopters. Er konnte erst dann Befehl zum Starten der Doppelturbine geben, wenn Shackwood nicht mehr darauf angewiesen war, den Funkverkehr zwischen der Sondermaschine und dem Kontrollturm auf der Navy Base zu verstehen.

»Glaubst du, daß du dich einschalten kannst?« fragte Shileah Ansara. Ihr starres Gesicht verriet nicht, wie unruhig sie innerlich war.

Shackwood nickte verhalten. »Höhe dreitausend«, meldete er.

Selim Boutris sagte etwas, und Smith wandte den Kopf.

»Ich kann sie sehen!« rief er.

»Okay, Shackwood«, sagte die Frau. »Sag deinen Spruch!«

Shackwood räusperte sich, dann schaltete er das Gerät auf Senden. »Enka Zero, haben jetzt Sichtkontakt. Setzen Sie Ihre Geschwindigkeit herab! Sinkgeschwindigkeit tausend Fuß. Benutzen Sie die östliche Landebahn! Sie müssen sie gleich sehen. Sie liegt auf einer Insel. Benutzen Sie aus Sicherheitsgründen nur diese einzelne Landebahn ... Hier sind Störungen, Enka Zero. Sie haben Ihre Anweisungen ... Schalten Sie Ihr Gerät auf Kanal vier im internationalen Band! Haben Sie verstanden?«

Shackwood warf die Kopfhörer ab. »Ich glaube, er hat angebissen!« schrie er.

Im selben Moment begann die Turbine zu pfeifen, und Shileah Ansara kletterte an Bord.

Eine Minute nachdem uns der Verbindungsmann im Tower die Annäherung der erwarteten Maschine angekündigt hatte, strich die Kiowa schon in niedriger Höhe nach Osten. Phil und ich hockten hinter Allan Pearson in den Gurtsitzen und sahen an ihm vorbei nach vorn, wo uns bald ein silbriges Glitzern die Position der Maschine verraten mußte.

Mir war bewußt, daß ich gegen meine Befehle handelte. Okay, wir waren erst dann für Soulie verantwortlich, wenn er gelandet war, und so lange konnten wir uns umsehen. Aber dennoch setzte ich möglicherweise meinen Job aufs Spiel. Ich sah Phil an. Er grinste flüchtig. Schon okay, meinte er damit. Ich verzog das Gesicht.

Unter uns glitzerte Wasser zwischen Bäumen und den mit Gras überwucherten Inseln. Der Pilot hob eine Hand und deutete genau geradeaus.

»Dort liegt die Insel. Sie werden sie vielleicht an einem zusammengebrochenen Schuppen erkennen. Sonst hebt sie sich durch nichts von ihrer Umgebung ab. Noch fünf Minuten, Sir.«

»Haben Sie den Funk zwischen dem Tower und der Maschine in Ihrem Gerät?« fragte Phil.

»Ja, Sir.« Pearson rückte die Kopfhörer zurecht. »Sie sind schon auf viertausend runter ...« Plötzlich richtete er sich in seinem Pilotensessel auf. Die Kabine schwankte ein wenig. »Was ist denn das?« stieß er fassungslos hervor. Er deutete nach vorn.

Ich starrte in den Himmel, wo jetzt jeden Moment die fremde Maschine sichtbar werden mußte. Aber Pearson meinte nicht den Himmel. Er meinte die Erde.

Und dann sah ich es. Mitten über dem eintönig grünen und blauen Sumpfgebiet stand eine weißrote Windhose.

Und plötzlich durchschaute ich den Plan und verstand die Falle. Soulies eigener Sieherheitsbeauftragter, ein Mann, dem er vertraute, lieferte ihn seinen Todfeinden aus!

»Jerry, wir müssen Alarm geben!« schrie Phil.

»Zu spät ...«

Pearson brüllte plötzlich. »Da ist eine andere Stimme im Funk! Sie lotsen sie auf die Insel! Mann, o Mann ...«

»Mensch, Pearson, um Gottes willen! Geben Sie Gas! Los, Mann! Und geben Sie Alarm!«

Pearson tat, was er konnte. Er gab Alarm. Er informierte uns, daß es dem fremden Funker offenbar gelungen war, den Flugkapitän und den Navigator der Sondermaschine zu täuschen. Die Maschine hatte bestätigt, auf der Insel zu landen, und sich dann aus der Frequenz der Navy ausgeschaltet.

Taub flog sie in ihr Verderben.

Ich konnte das Flugzeug jetzt sehen. Ich konnte auch deutlicher die Windhose erkennen. Die Insel wurde schnell größer. Der dunkle Umriß eines Schuppens zeichnete sich ab, und dann das Oliv eines Hubschraubers, dessen Rotoren bereits liefen.

»Die Maschine darf dort nicht landen!« sagte Phil. »Wir müssen sie abdrängen!«

»Und dann? Ich wette, der Hubschrauber dort unten hat Raketen an Bord. Die erwischen die Maschine auch im Flug.«

Die Sondermaschine war eine Boeing 727. Ihr Rumpf glitzerte im Sonnenlicht, als sie mit ausgefahrenem Fahrwerk herankam.

»Die Insel ist viel zu kurz für die Boeing«, entschied Pearson sachverständig. »Der Pilot muß das doch sehen!«

»Wenn er es erkennt, ist es zu spät«, sagte ich.

Die Maschine setzte zur Landung an.

Sie war noch vierhundert Yards von der östlichen Spitze der Insel entfernt.

Da hob der große Bell-Hubschrauber ab.

Er stieg auf und segelte dann mit schräg hängender Kabine am Nordrand der Insel entlang. Pearson drückte den Steuerknüppel seiner Hummel nach links. Die Kiowa war schneller als die UH- 1N, und wenn die andere den eingeschlagenen Kurs beibehielt, konnte Pearson ihr den Weg abschneiden.

Aber was dann, zum Teufel?

Wir flogen höher als die Maschine mit den Luftpiraten. Deutlich konnte ich die geöffnete Kabinentür sehen und den Umriß eines Mannes, der hinter einem rechteckigen Gestell stand.

»Sie haben ein Raketenabschußgerät, Sir«, meldete Pearson. »Ich schätze, der Schweinehund kann eine ganze Salve abfeuern. Wenn die sitzt ...«

Wir kamen näher. Die Besatzung der UH-lN konzentrierte sich offenbar ganz auf die anfliegende Boeing. Deshalb hatte sie uns noch nicht entdeckt. Doch die Entdeckung würde jetzt nicht mehr lange auf sich warten lassen.

»Runter!« sagte ich. »Allan! Gehen Sie zwischen die Hummel und die Boeing!«

»Sind Sie sicher, Sir?« fragte Pearson lässig, während er bereits die Nase seiner Maschine nach unten drückte.

Wir gerieten so genau in den Anflugkurs der Boeing. Der Bordingenieur mußte uns auf dem Radarschirm haben. Vielleicht gab er seinem Kapitän den Rat, durchzustarten und sich davonzumachen. Und vielleicht kam der Rat noch nicht einmal zu spät.

Vielleicht stießen wir aber auch gegen die Boeing ...

»Jetzt wird's ernst!« rief Phil.

Ich sah die Cockpit-Piratin. Sie kniete seitlich in der offenen Tür der Kabine, die MPi im Anschlag. Und sie schoß. Ich hörte das Prasseln der Kugeln, die in die Kanzel schlugen. Pearson stöhnte unterdrückt. Er ließ die Kiowa tanzen, um der Frau kein sicheres Ziel zu bieten. Der Pilot der anderen Maschine mußte seinerseits eine Kurskorrektur vornehmen, um die Maschine mit ihrer Breitseite gegen die Boeing auszurichten.

Die Boeing rauschte genau auf uns zu.

Eine weitere MPi-Salve prasselte durch unsere Kiste. Phil und ich hielten längst unsere Pistolen in den Fäusten.

Die Kabinentür stand offen. Phil lehnte mit der Schulter an der Türkante. Er jagte drei Schüsse hinüber.

Die UN-1N quirlte nah an uns vorbei. Der Luftwirbel der Rotoren ließ unsere Kiste schwanken. Jetzt lag der andere genau in Schußposition.

»Allan! Wenn Sie Mut haben ... von oben! Von oben drauf!«

Die Kabine flog in die Höhe und schwenkte herum. Kaltblütig visierte der Pilot die flirrenden Blätter an, die unsere Maschine in Stücke hacken würde, wenn wir zu tief und zu nah in ihren Bereich gerieten.

Aber es war nicht anders zu machen.

Allan Pearson ließ die hübsche kleine Kiowa durchsacken, als sie genau über dem Bell stand.

Zwei, drei Schläge gingen durch unsere Maschine. Metall riß. Rotorblätter schwirrten wie Schwertblätter davon. Eins traf den Bug der Boeing und blieb dort stecken.

Wir klammerten uns irgendwo fest, als der Boden unter unseren Füßen Löcher kriegte.

Die Kufen wurden abgerissen. Die Kabine neigte sich gefährlich zur Seite.

Wir hörten ein schrilles, nervenzerfetzendes Heulen, als Smith in der bereits abstürzenden Maschine die Auslösevorrichtung für die Raketen betätigte.

Der Flugkapitän der Boeing hatte endlich geschaltet. Er hatte wieder vollen Schub auf alle Triebwerke gegeben. Die Raketensalve heulte unter dem Rumpf der Maschine hinweg, und jaulend sausten die tödlichen Geschosse in Richtung offene See.

Pearson hatte immer noch Mühe, seinen Helikopter wieder unter Kontrolle zu bekommen. Die Kabine drehte sich und schwankte wild hin und her.

Ich sah, wie der große Bell am Rand der Insel aufschlug. Eine Seite stürzte ins Wasser, die andere grub sich tief in den weichen Untergrund. Pfeifend stieß ich die Luft aus.

Die Boeing entschwand in westlicher Richtung. Dort lag die vorgesehene Landebahn. Dem Gast der UN und der Vereinigten Staaten war nichts geschehen.

Ich zog mich hinter Pearsons Sitz. Das Gesicht des Piloten war schmerzverzerrt. Seine Montur hatte sich über der rechten Brust mit Blut vollgesogen. Pearson konnte sich kaum noch in seinem Sitz halten.

»Phil!« rief ich. Phil reagierte sofort. Er hielt Pearson fest, während ich von der Seite her den Steuerknüppel bediente. Ruckend und unsicher flog die Kiowa über die Insel. In der Nähe des Schuppens setzte sie auf. Sie neigte sich leicht zur Seite, weil die Kufen abgerissen worden waren, aber sie stand. Mit eingezogenem Kopf hechtete ich aus der Kabine.

Ich hatte eine Bewegung am Schuppentor gesehen, und vorsichtshalber ging ich erst mal im hohen Gras in Deckung.

Eine Stimme schrie: »Wir haben zwei Geiseln!«

»Einen Dreck habt ihr!« brüllte ich zurück. Ich war noch geschockt und wütend. Um Haaresbreite waren wir einer Katastrophe entgangen. Und da wollten die Mistkerle immer noch nicht aufgeben! »Gleich rückt die ganze US Navy an!« schrie ich. »Wollt ihr Bedingungen stellen?«

Ich konnte das Tor jetzt ganz gut sehen.

Ich sah das schwache Mündungsfeuer und hörte den Knall.

Und dann hörte ich Phil brüllen: »Da schießt einer auf uns!«

Ich zielte sehr tief. Dreimal zog ich ab. Und ich biß die Zähne zusammen und versuchte, nicht an Jill zu denken.

Eine Stimme schrie gellend auf. »Aufhören! Ich bin verletzt!«

»Dann kommt nacheinander raus! Mit erhobenen Händen! Ohne Waffen!«

Das Knattern mehrerer Hubschrauber näherte sich jetzt rasch. Jenseits des Schuppens schwirrten sie heran. Gott sei Dank!

Sie marschierten hintereinander mit erhobenen Händen raus. Drei Jüngelchen und ein dunkelhaariger Arabertyp. Nebeneinander stellten sie sich an der Schuppenwand auf. Einer von ihnen, Herbert Stone, hatte eine ungefährliche Fleischwunde am Oberschenkel.

Ich hoffte, daß nicht noch mehr im Schuppen waren, als ich an den Kerlen vorbeirannte. Zwielicht umgab mich.

»Jerry, hier!« rief Jill mit schwacher Stimme.

Selim Boutris, der Pilot der Bell UH-IN, war tot, und auch Smith hatte es erwischt. Er war vom Gestell der Raketenabschußvorrichtung im Moment des Aufpralls erschlagen worden.

Shileah Ansara wurde von den Rettungsmannschaften schwer verletzt geborgen und in ein Marinehospital gebracht. Sie würde vor ein amerikanisches Gericht gestellt werden, und über die Höhe des Strafmaßes würde es keine Debatten geben. Die amerikanische Regierung würde sich nicht erpressen lassen, um sie freizugeben.

Ich führte Jill zum Rettungshubschrauber und half ihr hinauf. In der Kabine wurde eben Allan Pearson notdürftig versorgt. Ein Sanitäter hatte seine Fliegermontur aufgeschnitten und die Wunde in der Schulter freigelegt. Allan sah mich und grinste.

»Halb so schlimm, Sir. Das war schon 'ne heiße Nummer, wie, Sir?«

»Das kann man wohl sagen«, bestätigte ich schaudernd. Ich wollte mich ebenfalls in die Kabine ziehen, weil ich das Gefühl hatte, als brauche Jill meinen Zuspruch, aber ein Sergeant wies mich energisch zurück.

»Sie können hier nicht mitfliegen, Sir«, sagte er entschieden.

»Dann eben nicht.« Ich ließ Vic McGowan vorbei, der als unter Schock stehend galt und deshalb ebenfalls an Bord durfte.

»Danke«, sagte er leise zu Phil und mir. »Ich glaube, ich war nicht der Star in diesem Match.«

»Sie waren Amateur. Machen Sie sich nichts draus!«

Jill reichte Vic die Hand und zog ihn herauf. Zu mir sagte sie: »Ihr seid verdammt spät gekommen!«

Ich schnappte nach Luft.

»Trotzdem – ich mag euch!«

Der Pilot des Rettungshubschraubers gab Gas auf die Turbine. Jill wollte noch etwas sagen.

»He, Jerry! Hast du dich um die Blytons gekümmert?«

Die Blytons? Großer Gott, wer war das? Dann fiel es mir ein, aber ich sagte nichts, weil die Antwort im Getöse des startenden Hubschraubers untergegangen wäre.

»Wir stehen wieder allein da«, bemerkte Phil. »Was meinst du – sollten wir uns aufgrund besonderer Umstände ablösen lassen?«

Ich blickte in den blauen Himmel hinauf. Bei Sonnenuntergang konnten wir wieder in Manhattan sein.

»Warum nicht?« sagte ich. Sollten andere Soulies Babysitter spielen. Aber seine Rede, das nahm ich mir fest vor, wollte ich mir im Radio anhören. Ich interessiere mich nun mal dafür, wofür ich meine Haut riskiere.

ENDE

Band 31 450

Jerry Cotton
Tod den Cops!
Originalausgabe

Bürgermeister Giulianis hartem Vorgehen gegen das Verbrechen ist es zu verdanken, daß New York inzwischen einer der sichersten Großstädte der USA geworden ist. Jetzt aber wollen die Erben der alten Syndikat-Bosse die Herrschaft über New York zurückerobern. Serge Brosnan, der eiskalte Mann aus Rußland, entfesselt hierfür einen erbarmungslosen Krieg in den Straßenschluchten der Acht-Millionen-Stadt. Einen Krieg gegen die New Yorker Polizei. Das Motto lautet: Tod den Cops!

BASTEI
LÜBBE